Hamburg, 1765

(Detailansicht auf den Seiten 118/119)

Petra Oelker arbeitete als Journalistin und Autorin von Sachbüchern und Biographien. Mit «Tod am Zollhaus» schrieb sie den ersten ihrer erfolgreichen historischen Kriminalromane um die Komödiantin Rosina. Zu ihren in der Gegenwart angesiedelten Romanen gehören «Der Klosterwald», «Die kleine Madonna» und «Tod auf dem Jakobsweg». Zuletzt begeisterte sie mit «Das klare Sommerlicht des Nordens», «Emmas Reise» und dem in Konstantinopel angesiedelten Roman «Die Brücke zwischen den Welten».

«Oelkers Detailfreude ist voller historischer Sympathie für den alten Hansegeist, den sie in allen Schichten der Stadt aufspürt.»
(Hamburger Abendblatt)

«Petra Oelker kann's einfach!» (PM History)

«Das macht den Charme all ihrer Bücher aus: Oelker gibt Einblicke in vergangene Zeiten, wirkt aber nie angestaubt.» (Hamburger Morgenpost)

Petra Oelker

Im schwarzen Wasser

Ein historischer Kriminalroman

Rowohlt Taschenbuch Verlag

4. Auflage Februar 2025
Veröffentlicht im Rowohlt Taschenbuch Verlag,
Rowohlt Verlag GmbH, Kirchenallee 19, 20099 Hamburg
Originalausgabe
Zuerst veröffentlicht im Rowohlt Taschenbuch Verlag,
Hamburg, November 2020
Copyright © 2020 by Rowohlt Verlag GmbH, Hamburg
Die Nutzung unserer Werke für Text- und Data-Mining
im Sinne von § 44b UrhG behalten wir uns explizit vor.
Historische Karte S. 2/3: Staatsarchiv der Freien und Hansestadt Hamburg
Hamburg-Karte S. 118/119: Peter Palm, Berlin
Abbildung S. 69: Diderots Enzyklopädie, Bildtafeln, 3. Band
Abbildung S. 189: Diderots Enzyklopädie, Bildtafeln, 4. Band
Covergestaltung any.way, Barbara Hanke / Cordula Schmidt
Coverabbildung Adolph Friedrich Vollmer, Gemälde «Die kleine Alster»,
vor 1842, Öl auf Holz, Hamburger Kunsthalle / INTERFOTO
Satz aus der Caslon PostScript
bei Pinkuin Satz und Datentechnik, Berlin
Printed in Germany
ISBN 978-3-499-00330-1

Kontaktadresse nach EU-Produktsicherheitsverordnung:
produktsicherheit@rowohlt.de

So endet, wer das Böse will!
Und im Tode der Verkommenen
spiegelt immer sich ihr Leben.

Don Giovanni,
W. A. Mozart und Lorenzo Da Ponte

Liste der wichtigsten Personen

Hippolyt Meunier *junger Mechaniker und Erfinder mit wagemutigen Plänen, hat wenig Glück*

Rosina Vinstedt *als Rosina Hardenstein Wanderkomödiantin, nun sesshaft (mehr oder weniger) und immer noch sehr neugierig und reiselustig*

Magnus Vinstedt *Bürger und ihr Ehemann, allzu oft in heikler Mission für den Rat unterwegs*

Adam Wagner *Weddemeister, nur scheinbar gemütlich und unsicher, ist gerade Vater geworden, braucht schon wieder neue Stiefel*

Grabbe und Kuno *Weddeknecht und sein gelbäugiger, sonst rabenschwarzer Hund mit exzellenter Nase*

Claes Herrmanns *Großkaufmann, Hanseat mit Weitblick, genießt sein ziemlich sorgenfreies Leben und macht gern Sperenzien*

Anne Herrmanns *seine 2. Ehefrau, kutschiert ihr Cabriolet lieber selbst und ist keine arme Frau*

Augusta Kjellerup und Mette van Dorting *zwei energische alte Damen der besseren Gesellschaft, haben Ideen und meistens Humor*

JAKOB NEULANDER	*Lehrjunge und nun Erbe der Gerberei Neulander, hat heimliche Leidenschaften*
EVE UND MAERTEN NEULANDER	*Jakobs Eltern, sehr verschiedene Temperamente, wollen das Beste und die Wahrheit wissen*
JOHANNE SÜDERLAND	*genannt die Gardewinsch, als amtliche Stadtleichenfrau insbes. für unerwünschte Leichen und Findelkinder zuständig, kennt den Preis für Verschwiegenheit*
ALINE UND PALLE SÜDERLAND	*ihre Kinder und ‹Arbeitsleute›, haben schlechte Erfahrungen und machen eigene Pläne*
DR. DAVID PULLMANN	*neuer Ratschirurg und Stadtphysikus, trotzdem ein freundlicher Mensch, kennt sich auch mit dem Inneren von Leichen aus*

EINIGE MITGLIEDER DER BECKERSCHEN
KOMÖDIANTENGESELLSCHAFT

JEAN BECKER	*Prinzipal, liebt Heldenrollen und seine Frau*
HELENA BECKER	*seine Ehefrau, auf der Bühne und im Leben erste Heroine, vermisst ihre Freundin Rosina*

TITUS *auf der Bühne der Hanswurst, sonst treuer Ritter von trauriger Gestalt, hat seine Jonglierbälle wiedergefunden*

MUTO GRIMME *sprachloser Akrobat mit heißem Herz und von unbekannter Herkunft*

Prolog

Er blieb stehen, was auch deshalb von Vorteil war, weil sein Gang ein wenig schwankte. Eine kleine Atempause mochte helfen. Er blickte zum Himmel hinauf, der halbe Mond geizte hinter einem Schleier von Dunst mit seinem Licht, und lauschte. Nichts, doch keine Schritte, kein Rascheln im Gebüsch? Der Geselle dort oben war ein Gaukelspieler, machte mehr Schatten als Licht, dem Herzen und dem Geist mehr Unruhe als Gelassenheit. Dieses leichte Rauschen und Geraschel, der sanfte, kaum wahrnehmbare Hauch auf seinem Gesicht waren nur ein Gruß des Nachtwindes gewesen.

Der junge Monsieur Hippolyt Meunier war in froher, sogar leichtfertiger Stimmung. Als Mann der Vernunft und der Wissenschaften ermahnte er sich, umso wachsamer zu sein. Vielleicht war es der Vogel gewesen, der seit einigen Tagen immer wieder auf dem toten Ast der knorrigen Eiche bei der Werkstatt hockte und auf die ungelenken flugunfähigen Wesen hinuntersah. Es war ein hässlicher Vogel, Hippolyt hatte nie ein solches Exemplar gesehen, bis er die Werkstatt bei der Lohmühle bezog. Über alltägliche Arten wie Schwalben oder Sperlinge hinaus kannte er sich mit der gefiederten Welt nicht aus, er fand sie uninteressant. Dieses majestätische Tier in der Eiche hatte er jedoch bemerkt. Schon wegen der Größe und, das hatte der Lohmüller erklärt, weil solch ein Rotmilan zu den Jägern und Räubern zählte und die Menschen sonst mied. Hippolyt hatte mit höflichem Nicken zugestimmt, wie der Lohmüller es erwarten durfte, und sein Unbehagen nicht gezeigt.

Anderes Getier, das sich auf der Erde, in den Hecken und in den Bäumen um die Lohmüllerei und seinen Werkstattschuppen tummelte, ignorierte er. Diesen imposanten Vogel konnte er nicht mehr übersehen. Denn die starren Raubvogelaugen folgten ihm von der Höhe der absterbenden Baumkrone, sobald er aus seiner Werkstatt trat und über den Hof, zum Fahrweg oder zum Ufer hinunterging.

Es war unmöglich zu erkennen, wohin der Rotmilan starrte, ob er überhaupt irgendwohin starrte oder nur friedvoll döste, das sagte ihm sein Verstand. Trotzdem fühlte er sich beobachtet, wenn der Vogel auf seinem Auslug hockte, also musste es einen Zusammenhang geben. Das gebot die Logik, und dem logischen Denken fühlte Hippolyt Meunier sich verpflichtet. Logik und Vernunft, etwas anderes kam für einen Mann seines Metiers nicht in Frage. Das Spintisieren überließ er Poeten und alten Jungfern.

Womöglich holte ihn etwas ein, das vergangen und vergessen sein musste? Wenn es ihm nun wegen eines blöden Vogels mit scharfem Schnabel und beachtlichen Krallen doch einfiel? Dann musste er sich mit dem Vergessen mehr Mühe geben. Etwas endete, und Neues begann. Das war das Prinzip des Fortschritts, auch dem hatte er sich verpflichtet. Alles andere stand dahinter zurück, ganz besonders Privatangelegenheiten.

Er stolperte just in diesem Moment über irgendetwas, das sich wie ein klobiger Stein angefühlt hatte. «Der zweite Krug», murmelte er und fühlte ein unpassendes weibisches Kichern aufsteigen. Ja, der zweite Krug. Den hätte er besser nicht mehr geleert. Oder war es ein dritter gewesen? Dazu dieser bittere, für den Leib höchst bekömmliche Branntwein, den Mamsell Elske ihm dazugestellt hatte …

Aber was waren einige Krüge Bier und ein ordentlicher Schluck Branntwein für einen Mann nach getaner Arbeit an einem frischen Frühlingsabend in froher Runde? Im Eschenkrug auf dem Borgesch traf man arbeitsame ehrliche Leute, immer mit einem offenen Ohr für einen, der was zu erzählen hatte. Und das Mädchen. Sie war keinesfalls eine gewöhnliche Schankmagd, sondern von feiner Art. Und diese Augen – wie der Himmel über dem Meer.

Da stand er nun mitten in der Nacht am Rand der Vorstadt St. Georg, vor sich nur noch von Wassergräben durchzogene Bleichwiesen, und hielt die Nase in die Luft wie Hans im Glück – oder wie Bartel der Dummkopf, es kam ganz auf den Standpunkt an. Noch einmal lauschte er. Das Wasser am Alsterufer glückste unter den Vorsetzen, eine Ente quakelte leise wie im Schlaf, zwei Hunde bellten ein gutes Stück weiter Frage und Antwort. Nun knarrte ein Fenster oder ein Gartentor – der Wind frischte auf, als habe er bisher den Atem angehalten. In dieser Nacht brachte er die Ausdünstungen von den Schweinekoben, der Abdeckerei und den Gassenkummergruben mit, von dort, wo in älterer Zeit der Galgen und das Rad gestanden hatten und die Leichen der Hingerichteten verscharrt worden waren.

Hippolyt zuckte die Achseln und stapfte weiter. Die Gerüche störten ihn nicht, sie kamen selten bis in die Gegend der Lohmühle, gewöhnlich wehte der Wind aus anderer Richtung. Es waren nur noch wenige Schritte, hundert vielleicht, er müsste sie mal zählen, morgen bei Tag. Nur genaue Maße und Zahlen gaben eine gute sichere Ordnung. Wieder blieb er stehen und horchte in die Nacht. Seine Füße waren schwer wie Blei, seine Knie weich wie Brotteig. Bilsenkraut, dachte er und schwankte gleich ein wenig stärker. Bilsenkraut und Stechapfel, die ließen es im Kopf rauschen wie ein Wasserfall im Hochgebirge. Wenn etwas davon in seinem Bier … Unsinn, wer sollte hier so etwas tun? Und warum?

Die Lohmühle ragte als schwarze Silhouette gegen den

Himmel auf, die Konturen verschwammen im aufsteigenden Nebel. Sie war ihm schon heimatlich geworden, er hätte keinen besseren Platz für seine Werkstatt finden können als in ihrem Schutz.

Der Müller und seine Tochter ließen ihn auf freundliche Weise in Ruhe, obwohl er ein Fremder war. Vielleicht hielten sie ihn für einen seltsamen Vogel. So sagte man doch, wenn einer nicht wie alle anderen war? Auf ihn, Hippolyt Meunier, Mechaniker und Erfinder mit einer stolzen Zukunft, traf es zu. Eines Tages sollten alle von seiner Arbeit profitieren, von seiner Kunstfertigkeit, seinem Genie.

So dachte er in der Kühle der Nacht und spürte, wie er errötete, denn eigentlich war er ein bescheidener Mensch.

Just in diesem Moment reckte sich ihm ein trockener Ast in den Weg, er taumelte einige Schritte vorwärts, bis er sich wieder gefangen hatte – vielleicht beflügelte ihn der Weingeist – und doch noch fiel. Er fluchte und lachte, es war zu kurios, mitten in der Nacht, weit und breit kein Mensch, ein schon vertrauter Weg, und er fiel wie der Adler von der Schießscheibe! Sein Knie schmerzte höllisch, plötzlich hätte er gerne ein bisschen geweint, weil er sich doch wieder heimatlos und verlassen fühlte. Natürlich gehörte diese Einsamkeit für einen Mann wie ihn dazu, doch selbst ein Genie fühlte sich hin und wieder wie ein normaler Mensch mit den Sehnsüchten eines ganz normalen Menschen.

«Meunier?» Die Stimme des Lohmüllers klang gedämpft durch den steigenden Nebel. «Seid Ihr das, Meunier? Was macht Ihr da, um Himmels willen? Ich dachte, Ihr schlaft längst.»

Der Müller im bauschenden Nachtgewand war mit wenigen Schritten bei seinem jungen Nachbarn, den er in der Tat für einen seltsamen, allerdings harmlosen Vogel hielt. Er half ihm auf und führte ihn zur Werkstatt.

Das war der Trost, den jeder Mensch ab und zu brauchte. Beinahe hätte das Genie butterweich aufgeschluchzt. Zum Glück nur beinahe. Ob es einerseits am Schrecken über die nächtliche Störung lag, am Weingeist, an dem butterweichen Moment der Weinerlichkeit oder dem schmerzenden Knie andererseits – weder der Müller noch Hippolyt bemerkte, wie einfach sich die Tür zur Werkstatt öffnen ließ, weil das Schloss nicht ganz eingerastet war. Dem Lohmüller fiel es später ein, weil er aber nicht ganz und gar sicher war, behielt er es für sich.

Der alte Rotmilan hätte dazu einiges zu erzählen gehabt, aber kein Mensch versteht einen Milan. Im Übrigen hatte Hippolyt Meunier sich geirrt, der große Vogel interessierte sich nicht für Menschen. Er starrte nur in den Hof hinunter, weil er auf die leckeren jungen Wildkaninchen wartete, die dieser Tage geboren wurden und bald aus ihrem warmen Bau ins Licht huschten.

KAPITEL 1

Beim Erwachen spürte Jakob das Vibrieren von Glück. Gewiss nicht wegen des langen Tages an den Gruben und am Scherbaum, Grund waren die Traumbilder, die ihn in das Erwachen begleitet hatten. Er spürte noch die Berührung weichen, fast ebenholzschwarzen Haares, sah noch weiße Schultern, zärtlich lächelnde Lippen. Ganz nah.

Es war schon hell, als er aus diesem Hauch von Glückseligkeit erwachte, also hatte er zu lange geschlafen. Die Hitze in seinem Körper schwand schlagartig. Die Mainächte waren immer zu kurz. Hastig schlüpfte er in die Kleider und griff nach der Lederschürze. Noch war er Lehrling, noch musste er als Erster bei den Lohegruben in der Wasserwerkstatt sein.

Er sauste barfuß die Stiege hinunter, die klobigen Holzpantinen warteten unten in der Werkstatt. Aus der Küche klangen gedämpfte Stimmen, der getreidige Duft von köchelndem Brei ließ ihm das Wasser im Mund zusammenlaufen. Zwei Stunden noch. Dann gab es auch für den Lehrling, die beiden Gesellen und Knecht Mats die Morgenmahlzeit, auch für den Tagelöhner, der hin und wieder für die besonders schweren Verrichtungen gebraucht wurde. Wenn er, Jakob, einmal Herr über dieses Haus war, so schwor er sich, würde niemand mit leerem Magen an das Tagwerk geschickt.

Manchmal machte ihn der Duft aus der Küche zornig, dann fühlte er sich seltsam fremd in seiner Seele, und er stampfte noch wütender in die mit der Lohe aufgeschichteten Blößen, spürte die geröteten Schrunden an den Knöcheln noch bitterer als an anderen Tagen und schwor sich – nein, daran wollte er nun nicht denken. Er wollte einzig seine Arbeit tun, rasch, gut und zuverlässig, wie der Meister es erwartete.

Der Tag lag noch endlos lang vor ihm, dann folgte der nächste, wieder der nächste und immer so weiter. Eine endlose Reihe von immer gleichen Tagen. Doch irgendwann war es so weit, dann lief er durch eines der großen Stadttore hinaus, das Bündel mit dem Nötigsten auf dem Rücken, mit leichtem Sinn weit hinaus in die Welt. Da war der Himmel viel höher, und jeder Schritt verhieß Neues. Abenteuer, auch Gefahren, so war das Leben, und dort draußen, wo die Gedanken frei wurden wie das Atmen in der klaren frischen Luft, könnte er alles meistern. Daran glaubte er fest. Noch ein Jahr, ein ganzes langes Jahr, dann ging es endlich auch für ihn auf die Walz.

Neuerdings war die Sehnsucht nach der Ferne ein wenig geringer geworden. Womöglich wegen dieser anderen Sehnsucht, die hatte ihr Ziel ganz in der Nähe. Also wollte er jetzt wirklich nur an seine Pflichten denken und an den Abend, der später noch einen kurzen Spaziergang auf den Wällen erlaubte. Oder hinüber nach St. Jakobi, nah bei ihrer Wohnung.

Ihn fröstelte, als er die Wasserwerkstatt betrat, der Morgen war sehr kühl, und er hatte zu wenig Schlaf gefunden. Gestern hatte der für den riesigen Kupferkessel eingeheizte Ofen noch ein wenig Wärme gespendet, davon war nun nichts mehr zu spüren.

Der große Raum lag im Dämmerlicht, aber er fände sich selbst im Dunkeln zurecht. Die Werkstatt war sein eigentliches Zuhause. Was nicht hieß, dass er sie liebte, jedenfalls nicht alle Tage.

Wie an jedem Morgen nahm er den Korb und machte

sich eilig auf die Suche. Er war daran gewöhnt, es bereitete ihm keine Übelkeit, wie dem jüngsten Sohn des Schusters beim Jakobikirchhof. Der hatte in diesem Frühjahr für einige Zeit in der Gerberei gearbeitet, ein Knirps mit wässrig blickenden Augen und einer Neigung zum beständigen Hüsteln. In der Wasserwerkstatt war so einer fehl am Platz. Helmrich hatte den Gestank nicht ausgehalten, die wahrhaftig üblen Gerüche, die zu einer Gerberei gehörten wie Mehlstaub zu einer Backstube. Meistens hatte er es gerade noch auf den Klopperbaum geschafft, um sich wenigstens in den Fluss anstatt in die Gruben zu erbrechen. Er war bald aus der Gerberei geflüchtet. Der Schuster, ein aufbrausender Mann, hatte sich für seinen weibischen Sohn geschämt, und der Junge war aus der Stadt verschwunden.

Es hieß, er sei nun in der Lehre bei einem Riemenmacher im Holsteinischen, ob das stimmte, wusste niemand genau. Jakob hatte nie ganz entschieden, ob er den blassen Jungen bewunderte, weil er seine Schwäche zeigte, oder ihn aus demselben Grund wie die anderen verachtete.

Er klaubte den nächsten Rattenkadaver auf und warf ihn in den Korb zu anderen und einer toten einäugigen Katze, die alle von den ausgelegten Giftködern gefressen hatten. Die Fleisch- und Fettreste von den großen Häuten, der Gestank nach Aas und Fäulnis, manchmal auch nach frischem Blut, wenn Häute aus dem Schlachthaus gegenüber an der Kleinen Alster oder vom Hafen gebracht wurden, lockte alle Tage Horden von Ratten und anderem Ungeziefer an, hungrige Katzen, ab und zu gelang es sogar einem der vielen streunenden Hunde, in die Werkstadt zu dringen. Allen bekam es schlecht. Jakob hatte Respekt vor dem Gift, man konnte nie wissen, welcher Art Dämpfe von vergifteten Tierleichen aufstiegen und den Menschen schadeten. Er hatte vor, recht alt zu werden, also griff er die Kadaver nur mit einer Äscherzange. Seit dem Beginn seiner Lehrzeit gehörte immerhin das Einsammeln von Hundekot für die Beize der Blößen nicht mehr zu seinen Pflichten. Das erledigten nun zwei Alte aus den Gängen für ein paar Münzen und ein gutes Frühstück. Sie waren dankbar für leichte Arbeit.

Als er das Tor zu den Klopperbäumen über der Alster fast erreicht hatte, trat er auf etwas Hartes. Eine scharfe Kante drückte sich in seinen nackten Fuß, er sprang mit einem Aufschrei zur Seite, gerade rechtzeitig, bevor das Metall die Haut durchschnitt. Er taumelte und wäre fast in die sechste Grube gestolpert, die große, in der das neue schnelle Gerbverfahren mit der Brühe probiert werden sollte, ein Experiment, das nicht schiefgehen durfte. Erschreckt wandte er sich dem Tor zu und schob mit zornigem Schwung den linken Flügel auf. Die Morgensonne glitzerte dunstig auf dem Wasser, ließ ihr schräg einfallendes Licht in den Fensterscheiben der gegenüberliegenden Häuser und des alten Klosters spiegeln und erhellte endlich die Werkstatt.

Jakob Neulander hatte keinen Blick für das friedliche Bild am Fluss. Er wusste, worauf er getreten war, auf eines der Werkzeuge, und das ärgerte ihn. Am Ende eines jeden Arbeitstages musste er kontrollieren, ob alle Gerätschaften an ihrem Platz lagen, standen oder auch hingen, besonders die teuren Scher- und Schabeisen und die Zangen. Das war dem Meister so wichtig wie die Arbeit an den Gerberbäumen; Jakob fand das ein bisschen lächerlich, der reinste Ordnungswahn, aber das Wort eines Meisters war in seinem Haus Gesetz. Da wurde nicht gefragt, sondern gehorcht. Wenn sich die Werkzeuge zu Arbeitsbeginn nicht ordentlich an ihren angestammten Plätzen befanden, setzte es Kopfnüsse. Jakob spürte die schmerzende Fußsohle und fand, vielleicht sei die Sache mit der Ordnung doch nicht so schlecht.

Hastig entleerte er den Korb mit den Kadavern in den

Fluss, dann blickte er sich suchend im rasch heller werdenden Morgenlicht um. Er konnte nur auf eines der Schereisen getreten sein, obwohl am vergangenen Abend alle vollzählig und jedes an seinem Platz an der Seitenwand nahe dem Ofen gehangen hatten – dort, wo die Luft etwas trockener war und die Metalle weniger rosteten. Keines hatte gefehlt, wirklich keines. Aber wenn er wieder einmal an etwas anderes gedacht und zu flüchtig hingesehen hatte, vielleicht …

Er stutzte. Noch etwas war anders als sonst. Das Tor zur Wasserseite hatte sich zu einfach öffnen lassen. Das durfte nicht sein. Für die Nacht wurde es von innen mit einem Balken verschlossen, der klemmte an diesem Morgen nur in der Halterung für einen, den rechten, Flügel und war somit nutzlos. Nur wenn der Balken vor beiden Flügeln lag, war das ganze Tor vor Zudringlichkeiten von außen sicher versperrt.

Ein vernehmliches Knurren seines Magen erinnerte Jakob an die wirklich wichtigen Dinge des Lebens. Er zuckte die Achseln. Niemand musste von dem Lapsus erfahren, es war ja nichts geschehen.

«Nur ein bisschen Unordnung», murmelte er und fand, das klinge gut. Da hatte mal ein anderer einen Fehler gemacht, einer der Gesellen. Am Ende des Arbeitstages musste das Tor geschlossen und der Balken vorgelegt werden, das gehörte nicht zu seinen, sondern zu Freders Pflichten. Gestern hatte der Meister die Werkstatt früher als gewöhnlich verlassen, im Amtshaus musste irgendeine wichtige Entscheidung getroffen werden, Jakob hatte sich nicht für den Grund interessiert, ohne den wachsamen Blick des Meisters im Nacken war Freder offenbar unachtsam gewesen. Das passierte leicht, wer wüsste das besser als Jakob.

Der Meister musste nicht davon wissen. Man wusste nie, was für eine Strafe er sich ausdachte. Und für wen. Nicht selten war es der Bote, so hieß es doch, der geköpft wurde.

Stimmen kamen näher. Die beiden Gesellen und der Meister? Er sah sich um. Als er zur Seite gesprungen war, musste sein Fuß dem Eisen unwillkürlich einen Schubs gegeben haben. Und da lag es tatsächlich direkt am Rand der Grube mit der frischen Lohebrühe. Er hatte Glück gehabt, verdammtes Glück. Wie hätte er es erklären sollen, wenn das Eisen in der Brühe verschwunden wäre, ausgerechnet das große mit den Eichenholzgriff? Und wie es wieder herausfischen? Diese Grube maß mindestens sechs Fuß in der Tiefe und in der Kantenlänge und war schon mit der frischen Brühe gefüllt. Selbst die längste Äscherzange wäre nicht lang genug, um den Grund zu erreichen.

Er bückte sich nach dem Eisen, und vor Schreck wäre er beinahe doch selbst in die ätzende Brühe gefallen. Noch füllten keine über Stangen eingehängten Blößen die Grube, diese für die eigentliche Gerbung bearbeiteten, also gründlich enthaarten und entfleischten Rinderhäute, gleichwohl war sie nicht leer. Was darin steckte, sah überhaupt nicht nach einer fürs Gerben vorbearbeiteten Haut aus. Überhaupt nicht wie eine Haut. Es sah aus wie ein vollständiger Mensch.

Das Pferd zog an, und die Kutsche rollte den Neuen Wandrahm hinunter, um zur Brücke über das Dovenfleet abzubiegen. Der Mann im tadellosen weinroten Rock auf einer der unteren Stufen der doppelten Freitreppe, die zum Portal seines Hauses mit der zwölf Fenster breiten Fassade hinaufführte, sah seiner Frau in ihrem leichten englischen Cabriolet immer noch lächelnd nach. Er spürte noch ihre Berührung auf seiner Wange, ihren Duft. Nun wartete er auf die vertraute Veränderung der Geräusche, den plötzlich hohlen Klang der Hufe und Räder auf den Bohlen der Brücke, unter denen nichts als Luft und Wasser war. Und

Schlick, dachte er mit einem plötzlichen Frösteln im Rücken, es war ja längst ablaufendes Wasser. In den bald fünf Jahrzehnten seines Leben hatte er den ganz alltäglich stinkenden Schlick in den Fleeten nur beachtet, wenn in der Commerzdeputation über die Notwendigkeit und die Kosten des Ausbaggerns und Entkrautens debattiert wurde, wobei es jedoch meistens um die Alster und ihre Brückendurchfahrten oder die Anleger an den Ufern ging.

Seit er jedoch im vergangenen Jahr erfahren hatte, wie jämmerlich ein Mensch im Schlick enden konnte, kehrten die Gedanken immer wieder zurück. Die letzten Bilder waren erst aus den Berichten der Leute in seinem Kopf entstanden, doch da saßen sie fest und holten ihn bei den nichtigsten Gelegenheiten wieder ein.

Es war eine sehr finstere Nacht gewesen. Der Mann, der verzweifelt lallend versucht hatte, bei ihm Hilfe zu finden, hatte schon ein tödliches Gift im Körper gehabt. Selbst wenn er, Claes Herrmanns, sich nicht nur angeekelt von dem vermeintlichen Trunkenbold abgewandt hätte, war ihm nicht mehr zu helfen gewesen. Er war also nicht schuld an jenem Tod, dennoch quälte ihn das Bild des später ins Fleet stolpernden und hilflos sterbenden Menschen, Mund, Nase und Augen voller Modder, an die lauernden Ratten, an das Gewürm im von Kot und Unrat stinkenden Morast des Rödingsmarktfleets.

Er ertappte sich auch dabei, wie er diese schmalen Stege ohne Handlauf nun mied und einen Umweg in Kauf nahm, um eine mit einem Geländer versehene Querung oder eine stabile Brücke über die Fleete zu finden.

Wie lächerlich. Er war Claes Herrmanns, Großkaufmann, Mitglied der Hamburger Commerzdeputation und beinahe Senator, Herr eines so honorigen wie erfolgreichen Handelshauses, auch Anteilseigner an einem halben Dutzend Großsegler, und nun brauchte er ein Stück Holz in der Hand, um über einen wenige Fuß breiten Graben oder Wasserlauf zu gelangen? Das gehe vorbei, hatte Thomas Matthew gesagt, als er dem Freund in einer weichen Stunde anvertraute, wie ihn die Erinnerung immer noch bedrängte.

Inzwischen bemühte er sich ziemlich erfolgreich, nicht mehr daran zu denken, trotzdem fiel ihm manchmal ein, dass der Mann, wäre er tatsächlich nur betrunken gewesen, wahrscheinlich auch vom Steg ins Fleet gefallen und dort jämmerlich erstickt wäre. Weil er, der Mann auf der Straße, sich losgerissen und feige weitergeeilt war, anstatt ihm zu helfen.

Doch jetzt war es heller Morgen, er stand auf der Freitreppe seines Hauses, düstere Gedanken hatten da keinen Raum. Heute nicht. Die engen Straßen und Gassen füllten sich um diese Stunde rapide mit Menschen und Wagen, Fuhrwerken, Karren, allem, was Beine oder Räder hatte, als öffne eine geheimnisvolle Kraft jedwede Türen und Tore. Hier auf der Wandrahminsel nahe beim Hafen mit besonders vielen Speichern war es immer turbulent. Das geschah alle Tage, und er genoss es auch als den Klang eines reichen Lebens.

Nun hatte er lange genug müßig herumgestanden, es war höchste Zeit hineinzugehen. Christian war zweifellos schon im Kontor und blickte mit leiser Missbilligung auf die Zeiger der Standuhr. Sein ältester Sohn und Compagnon war pflichtbewusster, als er selbst es in seinen jungen Jahren gewesen war. Jedenfalls konnte er sich nicht erinnern, alle Tage vor seinem Vater im Kontor, in den Speichern oder am Hafen gewesen zu sein, und der war ein sehr viel strengerer Herr des Hauses gewesen, als er selbst es war oder je hatte sein wollen.

Er hörte sich leise lachen und war es zufrieden. Mochten die Passanten, die sich nun auf dem Wandrahm drängten, denken, was sie wollten. Es war ja tatsächlich kurios, an man-

chen Tagen, und heute war offensichtlich ein solcher, schien
es ihm, als sei Christian mit seinen noch nicht dreißig Jahren
der strenge Herr des Hauses und er, der Senior, der nach
Müßiggang und Abenteuer, zumindest nach einem Besuch
in Jensens Kaffeehaus und zu einer Partie Billard schielende
Luftikus. Natürlich war das übertrieben, eine verkehrte Welt
wie in einem der Stücke der Beckerschen Komödiantengesellschaft, trotzdem gefiel ihm die Vorstellung ungemein.

So erlaubte er sich vor der Pflicht noch einmal einen fro-
hen Gedanken an seine Frau. Anne hatte heute wieder selbst
die Zügel genommen, Benni saß neben ihr auf dem Bock.
Zweifellos hielt sich der vom Pferdejungen zum zweiten
Kutscher aufgestiegene junge Mann verstohlen an der Bank
fest. Er konnte sich nicht daran gewöhnen, dass eine Dame
so etwas tat, dazu auf die beste Weise. Anne und die Pferde,
das war kein Problem, sondern Freundschaft.

Sie würde den eleganten Fuchs ruhig und sicher durch
das Gedränge lenken, über den Fischmarkt und weiter an
der Fronerei und St. Petri vorbei zum Jungfernstieg, schließlich über den Gänsemarkt zum Dammtor und hinaus aus
der von den Festungswällen eingeschlossenen Stadt, die sie
oft als zu eng und zu bevölkert empfand. Empfinden musste – ihre Heimatinsel mitten im Ärmelkanal war eine Idylle
gegen eine große Hafen- und Handelsstadt wie Hamburg.

So war es damals, nun schon vor beinahe einem Jahrzehnt, nicht nur ein Zeichen seiner Liebe und der Dankbar-
keit für dieses unerwartete zweite Glück gewesen, sondern
auch eine kluge Investition, den weitläufigen verwilderten
Garten an der äußeren Alster zu kaufen. Anne hatte daraus
Jahr um Jahr mehr ein Paradies im neuen Stil der englischen
Gartenkunst erstehen lassen. Zur Missbilligung einerseits
und heimlichen Bewunderung andererseits des alten Gärtners Kampe liebte sie diese Arbeit nicht nur theoretisch.

In seine Zufriedenheit mischte sich Demut. Er hatte sein schönes Leben nicht nur behalten, er konnte es auch spüren und genießen. Ohne schlechtes Gewissen. Das war das größte Geschenk. Da stand er nun in der Morgensonne, die erste Strahlen in die dicht und vielstöckig bebaute Straße sandte, und fühlte sich leicht.

Die Stadt lag noch im Morgendunst, kein Wölkchen war am Himmel, der Tag würde schön bleiben. Vielleicht hätte er mit Anne hinausfahren sollen. Nun warteten das Kontor und Christian, die Sache mit dem teuren, exklusiveren Rum von den Westindischen Inseln anstelle der bisherigen Rum-Lieferungen aus Boston musste entschieden werden. Nach den Unruhen in Boston gegen das britische Mutterland war plötzlich auch die Sache mit dem Rum zum Politikum geworden, was sehr lästig war. Auch in dieser Hinsicht zeigte Christian einen neuen Ernst und Hang zur Rigorosität.

Also stieg er endlich die breite Außentreppe hinauf. Ein Hüsteln ließ ihn nach oben blicken, das Licht blendete, und für einen Moment erkannte er – aber nein, natürlich war es nur der junge Blohm, der dort vor dem Portal stand, noch einmal hüstelte und dabei die Linke im makellosen weißen Handschuh zierlich angedeutet vor dem Mund hielt.

«Blohm», rief Herrmanns und klang ein bisschen zu munter und leutselig, «was gibt es?»

«Pardon, Monsieur Herrmanns, wenn ich störe, nichts läge mir ferner.» Wieder ein Hüsteln. «Der Abschied von der gnädigen Madam Herrmanns sollte nicht gestört werden, es war angebracht zu warten …»

«Nun ist sie ja schon eine ganze Weile außer Sicht. Was gibt es so eilig?» Claes Herrmanns spürte einen Anflug von Ungeduld, was nicht gerecht war. Der junge Blohm verstand seinen Dienst und gab sich überhaupt große Mühe, er musste nur lernen, was im Haus Herrmanns üblich und gewünscht war. Jedenfalls nicht zu viel Drechselei. Hier war nicht Versailles oder Potsdam.

«Ja, gewiss. Nun.» Blohm machte gerade Schultern, legte die Hände in den weißen Handschuhen ineinander und erklärte wie ein kleiner Herold: «Madam Kjellerup lässt in den Frühstückssalon bitten. Wenn es genehm sei und der Herr sich zu ihr gesellen wolle, bevor er zu seiner Pflicht ins Kontor eile, ja, ins Kontor. Oder an die Börse. Nun, zu seinen Pflichten.»

Der junge Diener errötete in diesem sehr hellen Morgenlicht, umso mehr als ihm zu spät eingefallen war, dass die Börsenzeit erst in einigen Stunden begann. Ein Pickel an seinem Kinn hatte ihm bei der Rasur Schwierigkeiten bereitet, ansonsten war seine Erscheinung makellos, wie es sich gehörte. Es gab jedoch dieses Maß von Makellosigkeit, das unangenehm berühren konnte. Aber Blohm lebte erst wenige Wochen in der Stadt und im Haus am Neuen Wandrahm, und – das vor allem – er war als ein Großneffe des alten Blohm willkommen.

Der war Jahrzehnt um Jahrzehnt an Claes Herrmanns' Seite gewesen, schon seit dessen Kinderjahren. Er war damals als junger Mensch vom Land gekommen, um einen Dienst anzutreten, und hatte dem reichen Kaufmannssohn nebenbei auch das Schwimmen und das Reiten beigebracht, auch das wieder Aufstehen, wenn er vom Pferd gefallen war. Er hatte ihn überhaupt das wieder Aufstehen gelehrt und aus mancher Bredouille gerettet, ob aus echter Gefahr während ihrer Reisen auf den Straßen und jenen in den Sümpfen der Städte, sogar aus manchen Peinlichkeiten, in die ein unternehmungslustiger junger Mensch leicht gerät. Das hatte er erst verstanden, als er längst selbst der reiche Kaufmann war und aus Blohm der alte Blohm wurde.

Als er vor einigen Jahren starb, hatte es keinen Ersatz für

ihn gegeben, weil der alte Blohm eben der alte Blohm gewesen war, bei aller Wortkargheit der vertrauteste Mensch in Claes Herrmanns' Leben. Vielleicht sogar vertrauter, wenn auch auf andere Weise, als Maria, seine erste Frau, und als Anne in den späteren Jahren.

Nun war der junge Blohm aufgetaucht. Woher? Tatsächlich hatte Christian sich darum gekümmert, weil er fand, ein Herrmanns brauche einen verlässlichen Kammerdiener anstatt immer wieder wechselnde Lakaien, schon damit die Leute nicht auf die Idee kämen, er könne sich nach dem Skandal im vergangenen Jahr keinen achtbaren Diener mehr leisten oder – schlimmer noch – es finde sich keiner. Claes hielt das für einen absurden Einfall. Zum Herrmanns'schen Haus am Neuen Wandrahm zu gehören, egal ob im Kontor, im Speicher, in der Küche oder bei den Pferden, bedeutete Renommee, und niemand sprach mehr von den Ereignissen des vergangenen Herbstes. Christian pflegte neuerdings viel mehr als in der Vergangenheit den äußeren Schein. Wann hatte das begonnen? Und warum? Claes' kluge Tante Augusta nahm an, es sei nur eine Marotte ihres lieben Großneffen, die vergehe, bevor es ungemütlich werde. Möge sie recht behalten! Dennoch – wohin war sein fröhlicher, hin und wieder durchaus zu Leichtsinn und Übermut neigender Sohn verschwunden?

Blohm trat eilfertig und mit einem dezenten Neigen des Kopfes zur Seite, als sein Dienstherr die oberste Stufe erreichte, und schob das schwere Portal für ihn auf.

Aber Herrmanns wandte sich noch einmal um, als er schnelle kurze Schritte hinter sich auf der Treppe hörte, und dachte beim Anblick eines so frühen Besuchers, dieser Morgen sei recht bewegt.

«Magister Barghusen», rief er dem Ankömmling entgegen, «was bringt Euch so früh am Tag auf die Wandrahminsel?»

Der Mann auf der Treppe lächelte breit wie ein Mann, der mit der Sonne aufsteht und doch keine Müdigkeit kennt. Er war von mittlerer Größe, sehr schlank und nur wenige Jahre älter als der junge Herrmanns. Sein Rock aus glattem schwarzem Tuch, seine Kniehosen, die Strümpfe, selbst der flache Hut auf seinem dunkelblonden, im Nacken zu einem Zopf gefassten Haar – alles an ihm wirkte ein wenig streng, was an seinem Beruf als Magister der Rechte und Untersekretär des Oberaltensekretärs des Heilig-Geist-Stifts liegen mochte, von dem nichts anderes erwartet wurde. Sein wacher Blick hingegen, die vom raschen Gehen in der Morgenkühle hübsch geröteten Wangen, die mit einem feinen Streifen von Spitze gesäumte Halsbinde, das Hemd aus feinem Leinen, nicht zuletzt die schmalen Silberschnallen seiner Schuhe ließen bei aller Seriosität einen unternehmenden Mann von Geschmack und nicht allzu beschränkten Mitteln erkennen.

«Guten Morgen, Monsieur», Barghusen erreichte mit zwei letzten großen Schritten den breiten Absatz vor dem Portal, «wenn Ihr erlaubt, mit Euch einzutreten? Ich werde in Eurem Kontor erwartet, es geht um den Posten eines zweiten Vorlesers im Heilig-Geist-Stift, Ihr wisst sicher davon. Euer Sohn ist so großzügig, mich in diesem Anliegen zu unterstützen. Die armen Alten, die meisten können nicht lesen oder haben schon zu schwache Augen, und die Bibel, der Katechismus, die Lieder – all das dürfen wir ihren Seelen nicht vorenthalten.»

Es blitzte in Barghusens Augen, was nur am Morgenlicht liegen konnte. Nicht im Traum war daran zu denken, ein Mann wie Barghusen lasse Amüsement aufblitzen, wenn es um arme Alte und die Heilige Schrift ging.

Kuno ließ niemanden passieren. Es kostete ihn keine Anstrengung – seine schläfrig wirkenden gelben Augen täuschten nicht über seine kraftvolle Statur hinweg, über die schon angespannten Muskeln und das prächtige Gebiss. Kuno konnte enorm unwirsch werden, er war eben ein echter Zerberus. Wenn er sich dazu herabließ, sein Gegenüber anzuknurren, einerlei ob lumpiger Taschendieb oder gepuderter Ratsherr, grollte es so tief aus seiner mächtigen Brust, dass jedermann den Rückzug antrat.

Weddemeister Wagner kannte den Hund seines Weddeknechts, seit das Tier ein putziger Welpe gewesen war, der mit Vorliebe seine spitzen Zähnchen an neuen Stiefeln erprobte. Für gewöhnlich begrüßte er den Vorgesetzten seines Herrn mit gelassener, um nicht zu sagen gelangweilter Freundlichkeit. Manchmal aber auch nicht. Was dabei in Kunos mächtigem Schädel vorging, blieb für Wagner ein Rätsel. Weddeknecht Grabbe hatte schon oft versichert, sein Hund sei weder vergesslich noch treulos, er erkenne jeden wieder, dem er einmal begegnet war. Es zeige nur den Eifer eines braven Wächters, der sich alle Tage mit streunenden Katzen und Hunden, Ratten und wirklich bösen Menschen herumschlagen müsse. Das war dem Weddemeister egal. Ein Hund hatte zu gehorchen, erst recht wenn er sozusagen im Dienst der Stadt stand.

«Nun mach Platz», befahl Wagner zum dritten Mal. «Lass mich durch, verdammt.»

Kuno machte schmale Augen, ließ seine Zunge, ein langer sabbernder roter Lappen, aus dem Maul hängen und schnaufte. Wagner schnaufte auch, was bei ihm an der Tagesordnung war. Beider Schnaufen klang auf gewisse Weise verwandt, und Wagner musste den absurden Gedanken verscheuchen, der Hund mache sich über ihn lustig.

Er versuchte es mit Schmeicheln. «Braver Hund», säuselte er und wurde zugleich zornrot. Nun war nicht die Stunde für Geduld. «Braver Hund, Kuno, ja, es ist deine Pflicht. Aber jetzt hau ab. Verschwinde. Beweg dich zur Seite und lass mich da rein. Sofort.»

Er könnte Kuno wegschieben, sicher, das könnte er. Versuchen. Eigentlich war Grabbes Hund ein gutmütiges Tier. Nur manchmal reizbar, leider wusste man nie genau, bei welchem Anlass. Vielleicht machte ihn der Gestank nach faulendem Fleisch aus der Gerberei blutdurstig, das wäre nicht verwunderlich, letztlich zählten Hunde immer noch zu den Raubtieren. Zu den Wölfen. Kuno war nicht mit Madam Matthews faulen Möpsen zu vergleichen, er war groß und schwer wie ein Kalb, immer wachsam. Und diese Zähne …

Wagner hätte gerne sein blaues Tuch aus der Tasche gezogen und über Stirn und Nacken gewischt, aber er hatte die alberne Idee, das sei ein Zeichen seiner Niederlage. Vor einem Hund. Nun ja, vor einem sehr großen Hund. Mit einem sehr großen Maul. Und gelben Augen.

Eine Runde von Gaffern hatte sich um den Weddemeister und seinen Widersacher vor der Tordurchfahrt zum Hof der Gerberei Neulander versammelt, auch die Fenster in den gegenüberliegenden Häusern waren schon gut besetzt. Wagner wunderte sich immer wieder aufs Neue, wie viel Zeit die Leute in dieser Stadt zum Gaffen erübrigten. Die Geschichte würde schnell durch die Gassen laufen: Grabbes schwarzer Köter hatte Weddemeister Wagner nicht zu einer grauenvoll zugerichteten Leiche gelassen. Zwar hatte keiner der Nachbarn die Leiche gesehen, aber ein grauenvoller Anblick – das verstand sich von selbst. Alles andere wäre einfach zu langweilig. Es war schlau von Grabbe gewesen, sein Untier als Wächter vor dem Tor zu lassen. Sie brauchten keine Zuschauer am Ort eines Verbrechens. Oder eines Unfalls, das war noch ungewiss. Tot war zunächst tot, alles andere zeigte sich nach gründlicher Prüfung.

Er wusste nicht einmal, wer nach ihm geschickt hatte. Einer dieser Gassenjungen, die an den Ecken herumlungerten anstatt zu arbeiten oder die Schulbank zu drücken, hatte in aller Frühe an seine Wohnungstür gehämmert und etwas von einem Toten in der Gerberei an der Kleinen Alster gebrüllt, der Weddemeister möge schnell nach dem Voglerswall bei der Kleinen Alster kommen, in der Gerberei sei Entsetzliches geschehen.

Der Junge hatte sich erheblich gröber ausgedrückt, aber Wagner übte sich seit geraumer Zeit darin, die Grobheiten der Sprache zu vermeiden, sogar durch mehr Feinheit zu ersetzen, wie er sie bei den Vinstedts, den Herrmanns, ja, er war mit der vornehmen Kaufmannsfamilie recht gut bekannt!, und Madam Augusta hörte. Er war jetzt Vater einer wunderbaren Tochter, Marikje sollte lernen, zu sprechen wie die guten Bürger, damit sie in deren Kreisen respektiert wurde. Der Junge hatte nicht nur grob gesprochen, sondern auch sehr, wirklich sehr laut. So wusste gleich die ganze Nachbarschaft Bescheid, und die Nachricht flog leicht und rasch wie ein Blatt im Aufwind durch die Stadt.

Bisher war das gespannte Publikum in Wagners Rücken mucksmäuschenstill gewesen, allmählich regte sich Ungeduld.

«Fass, Kuno! Mach schon», rief eine derbe Männerstimme, ein paar Lacher folgten. Wagner fand es unter seiner Würde, eine solche Unverschämtheit zu beachten, Kuno schnaufte nur, in dieser Hinsicht war er offensichtlich mit dem Weddemeister einig.

«Der Säbel», rief ein anderer, «wozu hat der denn den Säbel? Attacke, Weddemeister! Ziehen, stechen, ruckzuck tot.»

Die Lacher klangen schon vergnügter. Wagners Hand

fuhr zum Griff seiner Waffe, er hätte die blitzende Klinge gerne gezogen und gezeigt, wozu sie da war, nämlich nicht um den Wachhund, sondern um nichtsnutzige Tagediebe zu kitzeln. Leider zählte das leichte Hantieren mit Degen und Säbel nicht zu seinen Stärken, seine Beine waren recht kurz, sein Bauchumfang zu ausladend, seine Stiefel ausgetreten – keine guten Voraussetzungen für den raschen Tanz mit der blankgezogenen Waffe, von Eleganz gar nicht erst zu reden. Außerdem widersprach es der Vernunft, dem Pöbel zu folgen.

Ein leiser Pfiff ertönte in seinem Rücken, gleichzeitig lag plötzlich ein Hauch von Zitronenmelisse in der Luft. Kuno legte den Kopf schief, und falls ein Hund lächeln kann, wie es Liebhaber dieser Spezies behaupten, lächelte Kuno. Schleckte sich einmal links und einmal rechts das Maul und erhob sich mit der Andeutung eines Schwanzwedelns. Das Mädchen, das so zart zu pfeifen verstand und den Kräuterduft mitbrachte, ging ganz nah an Wagner vorbei, ihre Kleider streiften ihn. Sie legte ihre Hände um Kunos Kopf, der schloss genüsslich die gelben Hundeaugen und lauschte auf ihre geflüsterte Zärtlichkeit.

Endlich wandte sie sich Wagner zu. «Guten Morgen, Weddemeister.» Ihre Stimme klang dunkler, als ihre zarte Erscheinung vermuten ließ, aber auch diese nur vermeintliche Zartheit täuschte, ihre Hände verrieten grobe Arbeit. Ihr Haar war so schwarz wie Ebenholz, ihre Haut ganz hell, ihr Gang, ihre Bewegungen hatten etwas Tänzerisches. «Wie schön, dass Ihr auf mich gewartet habt. Ihr und der kleine Kuno.» In ihrem Blick lag etwas Schmelzendes, doch selbst Wagner, der den Listen der Frauen leicht unterlag und sie selten als Mittel zum Zweck erkannte, sah den Spott darin, hörte ihr keckes kleines Auflachen und unterdrückte ein Schnaufen. Dann, endlich, zog er sein großes blaues Tuch hervor und wischte sich wenigstens über den Nacken. Er war Aline, der Tochter der Stadtleichenfrau, oft genug begegnet, um weder ihren Blicken noch dem zuweilen sanftmütigen Klang ihrer Stimme zu trauen. Doch jetzt blieb ihm nur, ihr nachzueilen, als sie mit leichtem Schritt an Kuno vorbeilief und in der Hofdurchfahrt verschwand.

Die Neugierigen auf der Straße blieben murrend zurück, denn Kuno lächelte nicht mehr. Den ganzen Tag wurden sich die Anwohner des Voglerswall nicht einig, ob der schwarze Zerberus dem strengen Blick des Mädchens oder dem gezischten Befehl des Weddemeisters gehorcht hatte, als er sich erneut in die Durchfahrt legte, seine Zähne zeigte und bedrohlich knurrte, sobald einer versuchte, an ihm vorbei in den Gerber-Hof und zum Ort des Geschehens zu gelangen.

Die Durchfahrt zur Wasserwerkstatt der Gerberei wurde am äußeren Ende von einem großen zweiflügeligen Tor verschlossen. Die darin eingepasste, gerade mannshohe schmale Pforte stand weit offen. Daneben wartete ein Karren, für den das große Tor geöffnet werden müsste. Wagner kannte das zweiräderige Gefährt. Es sah klapperig aus, tatsächlich konnte es schwere Lasten befördern und tauchte immer auf, wenn ein Mensch auf unnatürliche Weise gestorben war und sein Leichnam auf den Transport in die Totenkammer im Eimbeckschen Haus wartete. Falls man es so ausdrücken konnte. Wagner tat das gerne, weil es klang, als sei noch ein wenig Leben in dem Toten. Er war Soldat gewesen und seit mehr als einem Jahrzehnt Weddemeister in dieser großen Stadt, aber trotz allen Bemühens ließen ihn der Tod und besonders der Anblick gewaltsam Gestorbener niemals gleichmütig.

Der Karren ärgerte ihn. Er gehörte der Stadtleichenfrau, der in dieser Stadt sogenannten Gardewinsch, und zeigte, dass die wieder einmal vor ihm am Ort eines Verbrechens oder – womöglich – tödlichen Unfalls war. Er verstand nicht, wie sie das schaffte. Karla hatte erklärt, sicher habe die Witwe Gardewinsch ein Netz von Zuträgern, wie es auch die Diebe für gute Gelegenheiten hatten, und zahle für Nachrichten in barer Münze. Davon werde in der Stadt geredet. Auch solle sie einigen für ihre Dienste versprochen haben, dereinst ihre Leichname vor dem Zergliedern und Zurschaustellung im Anatomischen Theater zu bewahren und dafür zu sorgen, dass sie unversehrt in einem christlichen Grab die ewige Ruhe finden.

So mochte es sein. Wenn man die Gardewinsch und ihr Gewerbe kannte, gab es daran wenig zu zweifeln, was die Sache nicht besser machte. In jedem Fall musste der Weddemeister ein solches Geschehen und seine Umstände zuerst begutachten. Es sei denn, seine Hoch- und Wohlweisheit der Herr Weddesenator van Witten persönlich machte sich auf den Weg in die schmutzigen Niederungen gemeiner Verbrechen, was jedoch niemals geschehen war, so lange Wagner sein Amt versah.

Allerdings war es vorgekommen, dass ihm die Gardewinsch samt dem Leichnam auf ebendiesem Karren entgegenkam, wenn er erst zum Fundort der Leiche unterwegs war. Das stand gegen jede Ordnung und störte sie doch nicht. Zuerst der Weddemeister und sein Knecht, das war die Vorschrift und gute Regel, bevor allerlei Volks etwas wegnahm oder hinzufügte, die Leiche hin und her schob, womöglich deren Taschen leerte – halbwegs gut erhaltenes Schuhwerk verschwand stets besonders schnell – und überhaupt für jede Form von Durcheinander und Unordnung sorgte. Zu diesen Unruhestiftern gehörte auch die Stadtleichenfrau mit ihrem Hilfsgefolge.

Ihre Anwesenheit hatte nur einen Vorteil – sobald sie und ihre Knechte bei einer Leiche eintrafen, verschwand nichts mehr, niemand gab besser auf die Habseligkeiten acht als sie.

Denn nach der Vorschrift standen ihr alle Kleider einer aufgefundenen Leiche zu, sofern es keine Angehörigen gab, die darauf Anspruch erheben konnten oder erhoben. In einer großen Hafen- und Handelsstadt gab es viele Fremde, namenlos, wenn sie erst einmal tot in der Gosse oder im Fleet lagen. Viele blieben namenlos, was für die Gardewinsch in Sachen Kleider von großem Vorteil war, umso mehr, da nicht alle arme Schlucker waren, als sie noch auf Gottes schöner Erde herumspazierten; etliche waren in Geschäften in die Stadt gekommen und in guten Kleidern aus dem Leben gebracht worden. Ob durch göttliche oder satanische Fügung, sie hatte nie an der Existenz beider Mächte gezweifelt, oder durch menschliche Hand – für die Stadtleichenfrau war beides gleich. Tot war tot.

Diesmal hatte Weddemeister Wagner doppelten Grund zu schnaufen. In der Neulanderschen Wasserwerkstatt, wo in der vergangenen Nacht einen Mann sein Ende ereilt hatte, herrschte alles andere als pietätvolle Stille. Da wuselten Menschen herum wie auf dem Fischmarkt, als legten sie es darauf an, ihm die Arbeit zu erschweren, und der durchdringende Gestank stieg Wagner noch übler in die Nase als fauliger Fisch.

Sein Blick glitt rasch durch die große und schon recht helle Werkstatt. Er registrierte den Boden aus gebrannten Hartsteinen, Mauerwerk und Fenster, die ordentlich aufgereihten Gerber-Werkzeuge, die Scherböcke und verschiedenen Zuber, endlich die Gruben und das weit geöffnete Tor zu den Klopperbäumen, den breiten, auf Holzpfählen in den Fluss gebauten Stegen. Die Bilder blieben in Wagners Kopf, solange sie seiner Arbeit nützlich waren. Selbst an Details, die er nun kaum oder nicht bewusst wahrnahm, würde er sich erinnern. Trotzdem tastete er nach dem Heft und dem Bleistift, die er stets in seiner Rocktasche mit sich trug. Wagner, sein Stift und die gekritzelten Notizen gehörten unabdingbar zusammen.

Just als er entschied, es sei Zeit, sich auf seine Autorität zu besinnen und für Ordnung zu sorgen, kam ihm der Hausherr zuvor und rief mit energischer Stimme: «Macht Platz, Leute.»

Wenn dem auch niemand gleich folgte, verharrten plötzlich alle wie in einer Scharade dort, wo sie gerade waren. Etwa ein Dutzend Männer und Frauen drängte sich in der Mitte der Wasserwerkstatt. Wagner erkannte Mitglieder der Familie Neulander, den Meister und die Meisterin, auch die beiden jungen Töchter, die wegen der Empfindsamkeit ihrer Seelen doch von einem solchen Ereignis ferngehalten werden müssten, zwei Mägde, eine alte und eine junge, den Altgesellen, zwei jüngere Männer. Der kleinere war im Lehrlingsalter und ähnelte auf Jungenart den beiden Mädchen. Wagner erinnerte sich, dass es zwei Neulander-Söhne gegeben hatte und der ältere vor einiger Zeit gestorben war. Während die Mädchen nicht im mindesten erschreckt oder gar ergriffen aussahen, vielmehr neugierig und gut unterhalten, stand der Junge mit bleichem Gesicht und dunkel geweiteten Augen einen Schritt abseits im Lichtschatten. Neben ihm, jedenfalls näher als die anderen, wartete die Tochter der Stadtleichenfrau.

Die hockte inmitten des Geschehens, eine hagere Person mit spitzem Kinn und kräftigen Armen. Unter den gerafften Röcken aus derbem Tuch steckten ihre Füße in Galoschen, die jedem Schmutz und Straßenkot, selbst dem Morast an den Ufern der Fleete und der Hasenmoore widerstanden. Die Gardewinsch wurde selten in saubere Salons oder gepflegte Gärten gerufen. Die wie das Brusttuch erstaunlich weiße Haube war straff genug gebunden, um keine Strähne ihres Haars sehen zu lassen, die Bluse aus beinahe so rauem

39

Stoff wie ihre Röcke wurde von einem breiten ledernen Gürtel gefasst, an dem allerlei Utensilien befestigt waren. In der Stadt wurde geflüstert, darunter seien auch Knöchelchen, vorzüglich von tot gefundenen Kindern und von Katzen mit verschiedenfarbigen Augen. Das war natürlich dummes Geschwätz.

«Hörst du nicht?», raunzte sie den Jungen neben sich an, er war schon ein Mann, was sie gern vergaß, und schubste ihn mit dem Ellbogen zur Seite. «Mach Platz, Palle. Der Weddemeister ist endlich da.»

Er stolperte zur Seite und landete in einer Pfütze, sein hastiger Versuch, sich zu fangen und aufzuspringen, machte das Ganze nur schlimmer. Er fiel auf den Rücken, Hosen und Joppe waren im Handumdrehen mit dem Gebräu aus der Lohegrube getränkt, denn aus nichts anderem bestand die Pfütze. Alle starrten, einem entfuhr ein kurzes meckerndes Auflachen, niemand half dem Sohn und Knecht der Gardewinsch.

Nur Marei, die ältere der Neulanderschen Mägde, brummte etwas. Als Palle sich aufgerappelt hatte, zog sie ihn zu den Klopperbäumen, half ihm rasch aus den Kleidern und hängte sie auf Stangen in den Fluss, füllte den Ledereimer und übergoss den Jungen mit Wasser. Der ließ es mit vor Scham geballten Fäusten und doch dankbar über sich ergehen.

Niemand sah mehr zu, alle starrten wieder auf die Gardewinsch und die leblose Gestalt vor ihr auf dem Werkstattboden, während sie sich behände erhob, um selbst Platz zu machen.

Weddemeister Wagner hatte sich dazu erzogen, unterwegs zum Ort eines Verbrechens keine Bilder in seinem Kopf zu erlauben, wenn von Toten die Rede war. Vernunft lag seiner Natur sehr viel näher als Phantasien, doch im Krieg und als Weddemeister hatte er zu viele schrecklich zugerichtete Tote und Verletzte gesehen, als dass er es ganz und gar vergessen könnte. Für sein Seelenheil mussten die Bilder jener Erinnerungen, Zeugnisse dessen, was Menschen anderen Menschen antun können, verborgen bleiben. Sein Amt erforderte einen kühlen Kopf. Irgendwann war ihm eingefallen, dass sich womöglich jene alten Bilder mit den neuen in seinem Kopf unbemerkt vermischen, was seine Untersuchungen verfälschen musste. Das durfte er nicht zulassen. Schlimm genug, wenn er sich beim Anblick der Opfer neuer Untaten unweigerlich doch noch erinnern musste.

Im Übrigen kam es vor, dass ein Toter gar nicht tot, sondern im besseren Fall nur ohne Besinnung, im schlimmeren nur sehr schwer verletzt war. Der Mann, der nun in einer Pfütze auf dem Boden der Neulanderschen Wasserwerkstadt lag, könnte so einer sein. Wagner sah kein Blut, keine zerschlagenen Knochen, nur einen noch jungen, völlig durchnässten Mann von mittlerer Größe und durchschnittlicher Statur, das braune Haar recht lang, Kniehosen, das weiße Leinenhemd verrutscht. «Keine Joppe oder Rock, keine Schuhe.» Die letzten Worte hatte Wagner, ohne es zu bemerken, halblaut ausgesprochen.

«Die sind drin geblieben», hörte er die harsche Stimme Meister Neulanders.

Wagner nickte, ohne aufzusehen. Selbst ein so friedliches Gewässer wie die Kleine Alster nahm häufig Kleidungsstücke und fast immer die Schuhe Ertrunkener mit seinem Fließen fort.

Wagner blickte zum Wassertor hinüber. Palle stand fröstelnd auf dem Steg, nur notdürftig mit der Schürze bekleidet, die Marei ihm überlassen hatte. Sie zog seine Kleider aus dem Fluss und wrang sie aus, es war ein seltsames Bild, der Junge mit dem schiefen Bein, die erbarmungslose Morgensonne zeigte die Narben überdeutlich, die Magd mit ihrem

grimmigen Gesicht und Palles nasse Spur von der Wasserwerkstatt zum Steg. Nur die eine Spur war zu sehen, und
endlich verstand Wagner.

«Die Grube», sagte er, an Neulander gewandt. «Ihr habt
den Mann gar nicht aus dem Fluss gezogen, sondern in einer
Eurer Gruben gefunden?»

Ein Murmeln ging durch die kleine Menge wie ein Aufflattern, als hätten alle mit angehaltenem Atem darauf gewartet, die Amtsperson, die hier an normalen Tagen weder
willkommen war noch etwas zu suchen hatte, erledige rasch
die nötigen amtlichen Feststellungen und das Leben gehe
weiter.

«Damit Ihr es gleich versteht, Weddemeister», Neulanders
Stimme klang noch harscher als zuvor, «damit Ihr es versteht: Hier weiß keiner, wie der Kerl da reingefallen ist. Wir
kennen den auch nicht, nie gesehen! Also lasst die Gardewinsch ihre Arbeit tun und die Leiche ins Eimbecksche
Haus karren, damit wir dann unsere Arbeit tun können. Hier
gibt es keine Faulenzer und Maulaffenfeilhalter.»

So leicht war Wagner nicht zu beeindrucken, er war es
gewöhnt, unterschätzt zu werden. Es kränkte ihn nur noch
an schwachen Tagen, er wusste längst um die Vorteile, für
ein bisschen dumm gehalten zu werden, wenn man tatsächlich vielleicht ein wenig langsam, aber ziemlich schlau war.

«Reingefallen, aha. Da seid Ihr sicher? Ihr habt ihn in
dieser Grube gefunden?» Wagner musterte streng die sechs
oder sieben Fuß breite Gerbergrube im Boden der Wasserwerkstatt.

Während der Meister seine unmutige Tirade wiederholte,
hockte Wagner sich endlich neben den Toten, über die heftigen Worte des Meisters konnte er später nachdenken. Und
Fragen stellen. Niemand hier kenne den Kerl, versicherte
der Meister noch nachdrücklicher, wirklich niemand. Über-

haupt sei der nur ein Dieb, ein übler Spitzbube, was sonst habe er hier wohl vorgehabt mitten in der Nacht? Und dann falle er in die Grube? Wenn das keine gerechte Strafe sei, geradezu ein Gottesurteil …

Wagner ließ ihn reden. Er berührte das bleiche Gesicht, die rechte Hand, versuchte, die Finger zu bewegen, und unterdrückte ein Schaudern.

«Tot», erklärte die Gardewinsch, die jede Regung des Weddemeisters aufmerksam verfolgte, «war nichts zu machen. Mancher hat Pech auf Erden.» Sie warf einen frommen Blick himmelwärts, den ihr niemand glaubte, am wenigsten sie sich selbst. «Wir hätten sonst geholfen, als gute Christen, ja, das hätten wir.»

Es war nicht nötig zu erwähnen, wie besonders gern sie die beachtliche Prämie eingestrichen hätte, die es seit einigen Jahren für die Rettung Ertrinkender gab, wobei strittig sein mochte, ob ein so ungewöhnlicher Fall wie das Ertrinken in einer Gerbergrube überhaupt zählte.

Wagner nickte abwägend, schon aus Prinzip fand er, hier stimme etwas nicht. Da lag einer in einer Wasserlache, war eindeutig tot und sah dabei so friedlich aus, als sei er ein Geist. Wie konnte sich einer hierher verirren, mitten in der Nacht in eine Gerberei, wo er niemanden kannte? Sofern das tatsächlich stimmte. So mancher Hausherr wähnte sich allwissend und hatte doch keine Ahnung, was in seinem Haus vor sich ging. Das war ein alter Hut.

Der Mann musste sehr betrunken gewesen sein, wirklich stockbesoffen. Andererseits – so gelangte man vielleicht stolpernd in ein Fleet und erstickte im Morast, aber kaum unbemerkt in eine verschlossene Wasserwerkstatt. Mit einem Boot über den Fluss, falls das Wassertor geöffnet war …

Was gab es hier überhaupt zu stehlen, das so ein Risiko wert war? Werkzeuge? Die Häute? Letztere konnte kein

Mann alleine tragen, ungegerbt waren sie ohnedies kaum verkäuflich, also nichts wert. Die zu Leder gegerbten Blößen trockneten fern der Wasserwerkstatt auf langen Gestellen ganz oben auf dem gut durchlüfteten hohen Dachboden.

Fragen, dachte Wagner, viele Fragen. Eine nach der anderen. Er stemmte sich aus der Hocke wieder in die Senkrechte.

«Wieso füllt Ihr eine der Gruben mit Wasser?», wandte er sich wieder an den Meister. «Wo ist da die Lohe? In der gemahlenen Rinde könnte keiner ertrinken.»

«Die neue Zeit», erklärte der Gerbermeister mit Emphase, «die neue Zeit bringt neue Methoden, alles muss schneller gehen, alles muss besser werden. Wir probieren was Neues aus, ein Experiment, vom Gerber-Amt, vom Amtsmeister und dem Patron erlaubt, nichts geht ohne das Amt und den Amtsmeister. Nur so hat alles seine Ordnung. Das ist keine Alchemie und sündiger Zauberkram, bloß neue Handwerkskunst. Einer muss was wagen, sonst geht es nicht voran, und die Engländer …»

Ein nachdrücklicher Seufzer der Meisterin begleitete die letzten Sätze. Sie stand einen Schritt hinter ihrem Ehemann, blass und die Hände vor der Brust gefaltet. In ihrem Blick lag keine Neugier, aber Unrast. Wagner erinnerte sich, wie tief es Meister Neulander vor einigen Jahre gekränkt hatte, als er nicht zum Ersten seines Amtes gewählt worden war, Hallergren war Amtsmeister geworden. Es hatte geheißen, dafür müsse es einen Grund gegeben haben. Womöglich sei es auch von einigem Vorteil gewesen, dass die Meisterin Hallergren mit dem schwedischen Gesandten und der Gattin des Zweiten Bürgermeisters verwandt sei, weitläufig, aber immerhin. Da zeige sich wieder, wie ein guter Familienzusammenhalt das Gemeinwesen schütze und fördere, denn wenn man einander kenne und verbunden sei, wisse man am besten, wer der Fähigste für einen Posten sei, und nur darum gehe es in dieser guten Stadt. Es hatte auch andere Stimmen gegeben, jedoch nur wenige, und die hatten gleich ein Einsehen gehabt. Jedenfalls hatte man bald nichts mehr davon gehört.

Wagner hatte auch damals zu viel anderes zu tun gehabt, um sich mit fruchtlosen Querelen im Gerberamt zu befassen, die ihn ohnehin nur zu interessieren hatten, wenn es dabei zu Mord und anderen Verbrechen kam. Das war nicht geschehen, nun konnte es allerdings nicht schaden, sich ganz nebenbei danach zu erkundigen. Die Meisterin Neulander, das fiel ihm immerhin ein, war damals wochenlang nicht aus dem Haus gegangen. Wegen eines Fiebers, hatte es geheißen, wegen der Beleidigung ihres Mannes, war geflüstert worden.

Während Neulanders große lederne Gerberschürze zeigte, dass sein als schwer und schmutzig bekannter Arbeitstag schon begonnen hatte, als er die Nachricht vom Toten in seiner Werkstatt bekam, trug seine Frau ein zart geblümtes Hauskleid aus feinem Kattun, das zu einer frühen Stunde passte, aber weniger in die Küche eines Gerberhaushaltes als in ein Frühstückszimmer am Neuen Wandrahm oder einem der reichen Sommerhäuser in den Gärten außerhalb der Stadt. Noch eine Frage, notierte sich Wagner in Gedanken, auch die Kleider des jungen Toten ließen keinen Krösus, aber auch keinen Bettler vermuten.

«Das ist nämlich nicht nur Wasser, Weddemeister», fuhr der Gerber wieder ruhiger fort, vielleicht hatte der Seufzer seiner Frau für ihn eine besondere Bedeutung, wer kannte sich schon mit anderer Leute Eheleben aus? «Beileibe nicht. Das ist Lohebrühe, Weddemeister, ein neues Verfahren aus England. Die sind da drüben immer einen großen Schritt mit allem weiter, was die Gewerbe an Neuerungen dringend brauchen, ja, das sind sie. Da ist eben nicht so eine Kleinstaaterei, da gibt es London und die Industrie und die Kohle und die Maschinen …»

Nun fand Wagner es genug. Er hob gebietend die Hand, zum allgemeinen Erstaunen schwieg Neulander sofort.

«Sicher habt Ihr recht, Meister Neulander, aber jetzt geht es nicht um Maschinen und ausländische Konkurrenz. Eins nach dem anderen. Ihr wollt damit sagen, der Mann ist in – was ertrunken?»

«Lohebrühe. Ich weiß nicht, wie die wirkt, wenn da ein ganzer Körper mit Haaren und Kleidern, ja, und Schuhen drinsteckt. Die werden auf dem Grund der Grube liegen, in der teuren Brühe, die verstopfen jetzt den Abfluss. Wer ersetzt mir das, wenn die jetzt unbrauchbar ist? Der Mann ist tot, und Tote sind knauserig. Ja, das ist eine Brühe, Weddemeister, ein Extractus aus der Lohe, wenn Ihr so wollt, viel intensiver, stärker, damit können wir die Häute um einen erheblichen Faktor schneller und gründlicher gerben. Einen erheblichen Faktor. Wäre nicht dieser dumme Mensch …»

Er schwieg abrupt. Vielleicht war ihm eingefallen, der Verlust eines Lebens, zumal eines so jungen, habe vor allem anderen Vorrang. Meister Neulander war tatsächlich von jener ruppigen Natur, die man Gerbern ebenso wie den Zuckerbäckergesellen und den Abdeckern nachsagte, aber er war auch ein Christ und, nun ja, jedenfalls kein Unmensch.

Wagner war jetzt doch ein wenig übel geworden, wenn auch nicht so sehr wie beim Anblick einer blutigen Leiche, die schon von Ratten angenagt war. Nun verstand er die besondere milchige Glasigkeit der halb geöffneten Augen, er verstand auch, warum die Magd dem armen Palle gleich die Kleider vom Körper gezogen hatte: Sie hatte gewusst, dass er nicht in eine einfache Wasserpfütze gestolpert war, sondern in eine ganz andere, womöglich ätzende Flüssigkeit. Wagner verstand nun auch den Geruch, der sich nahe an dieser Grube bittersauer in den üblichen Gerbereigestank nach faulem Fleisch, Kot, Urin und Moder mischte. Hier war einer bei lebendigem Leib gegerbt worden, von außen und, falls er noch gelebt und von dieser Brühe geschluckt hatte, also darin ertrunken war, auch von innen. Es schien unmöglich, ohne fremde Hilfe aus der Grube zu klettern, wenn ihre Wände so glattwandig waren wie der obere Rand. Hilfe war erst gekommen, als es zu spät war.

«Wer?», fragte Wagner und schluckte den üblen Geschmack hinunter. Plötzlich gab es nicht nur viele, sondern viel zu viele offene Fragen, um sich den Luxus eines Anfalls von Übelkeit zu erlauben. Wenn dieser Mensch nicht vom Fluss angetrieben worden war, was schon genug Fragen bedeutet hätte, wenn er in der verschlossenen Werkstatt auf diese dubiose Weise ums Leben gekommen oder gebracht worden war – oder war hier nur sein Leichnam versteckt worden? Dann sah die Sache noch komplizierter aus.

Wagner fühlte sich plötzlich nicht mehr mulmig, sondern auf diese leichte, etwas verschämte Weise beflügelt. Der Jäger war erwacht. Eigentlich liebte er keine Rätsel, er misstraute ihnen, fühlte sich schnell gefoppt oder listig hinters Licht geführt. Noch weniger mochte er jedoch langweilige, allzu eindeutige Fälle.

«Ja, Meister Neulander», er zog sein Tuch aus der Tasche seiner Joppe und rieb über den Nacken, obwohl er jetzt gar nicht schwitzte, «ja, eins nach dem anderen. Viele Fragen, mit Verlaub, Ihr werdet das verstehen und womöglich selbst welche haben. Zuerst …»

«Weddemeister», die Stimme der Stadtleichenfrau mischte sich ein, «der Leichnam ist kalt, der spürt nichts mehr. Muss der noch länger so rumliegen? Das ist ganz gegen die Pietät, tja, und gegen die Christlichkeit. Und sicher ist der auch ein Christenmensch und unterwegs in die ewige Seligkeit oder was er sich sonst verdient hat, bei Einbrechern kann man's nicht wissen, auch in feinen Kleidern. Andererseits, ja. Dann andererseits eben.»

«In seinen Taschen ist nichts», kam Weddeknecht Grabbe Wagners Frage zuvor, «hab ich gleich untersucht, sicher ist sicher. Hat ja eigentlich gar keine. War'n aber schon zu viele Leute hier. Die sagen, den hat keiner angerührt, nur der von der Gardewinsch, der hat ihn rausgezogen. Da war nicht mal 'n Schnupftuch, wo er doch so 'n feines Hemd anhat, nicht mehr neu, würd ich sagen, aber fein is' fein.»

Die Gardewinsch, die in Sachen alte und neue Kleidung eine echte Expertin war, stimmte dem mit entschiedenem Nicken zu. «Auch kein Schlüssel oder 'ne Börse», schloss Grabbe seine Erläuterung.

Wagner schnaufte, ohne es selbst zu bemerken, wie es seine Art war, und bemühte sich, schnell zu überlegen.

«Nun», sagte er nach einer sehr langen viertel Minute, «da mag sie recht haben, Madam Gardewinsch, ja, das mag sie. Er kann nun in die Totenkammer. Dr. Pullmann», ein kurzer scharfer Pfiff der Leichenfrau unterbrach Wagner, sofort verschwanden Aline und der humpelnde Palle, der wieder in seinen nassen Kleidern steckte, längst dünn gewaschenes Zeug, das der Frühsommerwind schnell trocknen würde, im Durchgang zum äußeren Hoftor, um die Karre zu holen. «Dr. Pullmann», fuhr Wagner nachdrücklich fort, «soll sich den Leichnam gleich ansehen. Der Junge hat ihn also aus der Grube gezogen», wandte er sich an Meister Neulander und bemühte sich um einen strengen Blick, was nicht so einfach war, da der Gerbermeister ihn um fast einen Kopf überragte. «Er ist Eurer Lehrjunge?»

Der Gerber nickte, und die Meisterin flüsterte: «Jakob ist unser Sohn.»

«Und wo ist er jetzt?» Wagner blickte sich suchend nach

dem Jungen um, der blass und erschreckt im Schatten gestanden hatte. Jakob war nicht mehr da.

Diesmal schnaufte Wagner nicht, er seufzte. So viele Fragen, und schon der erste Zeuge stahl sich davon. Das fing
nicht gut an. Gar nicht gut.

KAPITEL 2

Eine Viertelstunde südlich der Gerberei an der Kleinen Alster und nur wenige Schritte vom Mastenwald des Hafens entfernt durchschnitt die Mattentwiete mit ihren schmalen alten Häusern die Cremon-Insel. Wer nicht darüber nachdachte, nahm das Areal im Schatten der ehrwürdigen Katharinenkirche gar nicht als Insel wahr. Wohl nur noch Fremde bemerkten, wie der ältere Teil der Stadt auf Inseln in der stark verzweigten und durch Fleete und Vorsetzen gebändigten Flusslandschaft entstanden war.

Von einem Venedig des Nordens, wie man manchmal sagen hörte, konnte indes schon wegen des Mangels an südlicher Sonne und prunkvoller Palazzi keine Rede sein. Gleichwohl zeigte sich Hamburg als reiche Stadt, auch als eine der größten in Europa, und der Flusshafen war trotz seiner Lage tief im Land einer der bedeutendsten. Sogar die Künste wurden gepflegt. Es gab schon lange ein festes Theater, Jahrzehnte zuvor sogar eine bedeutende Oper, weit über das Reich hinaus hochgerühmte Musiker und Konzerte, die sich nicht hinter ihresgleichen in Paris oder London verstecken mussten. Vor allem aber war es eine Handels- und Bürgerstadt. Darauf waren ihre Einwohner stolz. Jedenfalls die meisten.

Die junge Frau auf dem Dach eines der hohen Häuser entlang der Mattentwiete spürte nichts von diesem Stolz, denn sie war hier nicht zu Hause. Obwohl sie sich seit einiger Zeit darum bemühte, wollte sich dieses schöne Gefühl stets nur flüchtig einstellen. Zum Glück fragte sie niemand danach, so bedurfte es weder einer Lüge noch einer ausweichenden Erklärung, auch keiner Antwort auf die Frage, wo sie denn sonst zu Hause sei. Tatsächlich gab es keinen anderen Ort, an dem Menschen lebten, die sie liebten, Freundschaft für sie empfanden oder – auch das – sie verabscheuten. Keinen anderen Ort mehr, an dem man sie vermisste.

Letzteres mochte nicht ganz stimmen. Aber die Menschen, die sie nun womöglich vermissten – womöglich, gewiss war das nicht –, waren noch weniger an einem festen Ort zu Hause als sie selbst. Sie hatte lange zu ihnen gehört – vielleicht zum ersten Mal dachte sie daran in der Vergangenheitsform – und ungeachtet ihrer Rückkehr in ein bürgerliches Leben betrachtete sie die Beckersche Komödiantengesellschaft als ihre eigentliche Familie, und das würde sie immer bleiben. Jean, der Prinzipal, hatte sie hungrig, frierend und verloren am Straßenrand aufgelesen, sie war fast noch ein Kind gewesen, verkleidet in Samthosen und Jacke eines Pagen. Damals hatte sie ihnen wenig nützen können, sie war nur ein Esser mehr gewesen, aber sie hatten sie aufgenommen wie ein aus dem Nest gefallenes Vögelchen.

Anderthalb Jahrzehnte war sie mit ihnen durchs Land gezogen und eine von ihnen geworden. Sie hatte gesungen, getanzt, Komödie gespielt, schon bald in der ersten Reihe im Rampenlicht, sie hatte mit ihnen das Leben auf den Straßen und in immer wieder anderen Städten und Dörfern geteilt, den Applaus. Auch den Abscheu, der den Fahrenden von vielen sesshaften Bürgern und noch mehr von den Menschen auf dem Land gezeigt wurde. Trotz aller Beschwerlichkeiten hatte sie dieses Leben geliebt. Dieses Leben und diese Gesellschaft. Dort hatte sie sich zu Hause gefühlt.

Ihre ersten fünfzehn Jahre, das Leben aus dem sie damals geflohen war, waren nicht vergessen. Sie gehörten zu ihr wie die lange Narbe auf ihrer linken Wange, die Traversflöte, die alten Lieder und Gedichte, die Erinnerungen, auch der Schmerz und die Schuld, wie die darauffolgenden Jahre auf dem Karren und der Bretterbühne. Es war eine ganz und gar andere Welt gewesen. Das große Haus mit dem Park und den Pferdeställen und der Orangerie, die feinen Gewänder und die Bibliothek, die Toten. Manchmal holte die Erinnerung sie ein, meistens mit Trauer, selten mit Wehmut. Nicht mehr mit Zorn.

Die Manieren, die Sprache, die Bildung und bürgerliche Moral ihrer Mädchenwelt waren ihr geblieben. Manches hatte sich ein wenig abgeschliffen während der Jahre im Theater und auf den Straßen, aber Komödianten waren keine Vagabunden, jedenfalls die Beckerschen nicht, sie wurden nur oft dafür gehalten. Feinere Sitten waren bei den Komödianten willkommen und wurden gepflegt, gerade in diesen Jahren, in denen sich so vieles änderte und das Theater und die Komödianten bürgerlich zu werden begannen.

Sie hatte nie in das große Haus ihrer alten Welt zurückkehren wollen. Einmal hatte sie sich dennoch auf den Weg in ihre Vergangenheit gemacht, es war erst wenige Jahre her und ein beinahe tödlicher endender Irrtum gewesen. In eine bürgerliche Welt war sie schließlich doch zurückgekehrt und fühlte sich darin wohl und am richtigen Platz. An den meisten Tagen. Nicht an einem Morgen wie diesem.

Da hockte sie auf einem Dach in der Morgensonne und blickte weit ins Land hinaus, ein großes weiches Tuch schützte sie vor der Frische der frühen Stunde, zweifellos hatte es mehr gekostet, als eine fahrende Theatergesellschaft in einem Monat einnahm. Wenn sie so etwas bedachte, fühlte sie sich unbehaglich. Magnus hielt seine Geschenke für bescheidene Gaben, manche verbarg sie trotzdem vor Helena und den anderen Komödianten. Sie würden die neue Kluft zwischen ihnen nur vergrößern. Das wollte sie nicht. Rosina oder Madam Vinstedt – das war dieselbe Frau. Sie wollte zu beiden Welten gehören, so weit, wie es Helena vielleicht schien, waren diese Welten tatsächlich nicht voneinander entfernt. Weder lebte Rosina in einem Schloss oder großbürgerlichen Palais, noch gehörten Kutscher, Lakai und Zofe zu ihrem Leben. Sie lebte mit ihrem Ehemann in einer bescheidenen Wohnung in einem sehr alten, im Gebälk ächzenden Haus im ältesten Teil der Stadt. Kaum anders als die Beckerschen im Haus der Krögerin an der Neustädter Fuhlentwiete. Es stimmte trotzdem – Madam Vinstedt lebte ein anderes Leben als die Komödiantin Rosina.

Sie hielt die Nase in den Wind, verfolgte den weit schwingenden freien Flug der Möwen und dachte, alles in allem habe sie großes Glück gehabt. Immer wieder. Selbst als sie Helena, Jean und die anderen, ihr ganzes Komödiantenleben verließ, war das nur geschehen, weil ihr ein neues Glück begegnet war, für das sie sich nach langem Zögern endlich entschieden hatte.

Die junge Madam Vinstedt, so hieß die Frau auf dem Dach seit ihrer Heirat, wusste gut um die Gefahren auf den Straßen, auch um diese besonderen Gefahren und den Verdruss, wenn man als Fremdling beargwöhnt wurde. Etliche Fahrende gaben sich neue Namen, aus vielerlei Gründen, manche, um sich unsichtbar zu machen und so aus ihrer bisherigen Welt zu verschwinden, andere, um sich einen interessanten Nimbus zu geben, auf einer Mode mitzuschwimmen, auf dem Theater als Franzose, in der Oper als Venezianerin zu gelten, so auch besser bezahlt zu werden. Wer wollte das verübeln? Die Frau auf dem Dach hatte daran nie gedacht. Sie war vor dreißig Jahren auf den Namen Rosina Hardenstein getauft worden und hatte keinen Grund gesehen, das zu verbergen. Ihr Vater würde sie nicht suchen, dessen war sie immer sicher gewesen, für niemand sonst hatte es dazu Anlass gegeben. Das war nur fast richtig, daran dachte sie jedoch nur noch selten.

Sie blickte über die lieblich anmutende Landschaft der Dächer und Türme der Stadt, über den Hafen und die in der Morgensonne glitzernden, schon von vielen Booten und Schuten befahrenen Wasserläufe, die Masten und Segel, schließlich zum Steintor hinüber, dazwischen, wo immer sich eine Lücke bot, leuchtete das junge Grün mächtiger Baumkronen. Sie genoss den Ausblick und fiel doch nicht mehr auf die Friedlichkeit des Bildes herein. Diese Stadt und das Leben darin waren ihr in all seinen Facetten, in den reichen Häusern wie in den elenden Quartieren und dem Vielfältigen dazwischen, vertrauter als manchem, dessen Familie in der dritten oder vierten Generation hier lebte.

Der Lärm der Stadt erreichte die Dächer als eine vieltönige Melodie aus der Arbeit in den Werkstätten und von den Märkten, aus den bevölkerten stets zu engen Gassen, von den Speichern und vom Hafen. Rosina hatte ungezählte Male auf der Bühne gesungen, auch in Salons, ihr Repertoire reichte von den einfachen Liedern über musikalische Neckereien bis zu den Arien der neuen Zeit, ihre Stimme war warm und zeigte Empfindsamkeit, ihr geübtes Gehör bemerkte jeden falschen Ton der Musiker und anderen Sänger. Aber diese seltsame Musik der Stadt, dissonant, ohne Ordnung und Harmonie, hatte ihr schon immer gefallen.

Der törichte Anflug von Melancholie, der sie gleich nach dem Erwachen auf das Dach hatte klettern lassen, um in diese Ferne zu schauen, wich einer vertrauten gelassenen Heiterkeit. Es erschien ihr als ein Privileg, auf so einem alten Dach sitzen zu dürfen, wie ein Vogel Ausschau zu halten, niemanden zu stören und auch nicht gestört zu werden. Und nicht in einer der Werkstätten, Küchen oder Manufakturen von Sonnenaufgang bis Sonnenuntergang zu schuften. Sie hatte gute Entscheidungen getroffen, und hier oben wich jede Beklemmung der Seele. Am besten natürlich an den sonnigen Tagen, wenn sich die Spinnweben leichter von der Seele lösten als drunten auf der festen Erde zwischen engen Mauern.

Sie hörte den Lärm, sah die Morgenluft vom Rauch aus zahllosen Schornsteinen, offenen Feuern, auch vom Straßenstaub matt werden und fand doch, alles sei gut. Irgendwie. Hier war ihr Platz, hier lebte sie geborgen und sicher, meistens glücklich. Sie wusste nun, dass man sich für das Glück entscheiden und es festhalten musste, wenn es einem begegnete. Es blieb nicht von allein. Der Gedanke gefiel ihr, er bedeutete, es sei mehr als Gottes Gnade und eine Kette von Zufällen.

Letztlich sprach nichts und auch niemand dagegen, wenn sie hin und wieder einen Ausflug in diese schöne Ferne unternahm, womöglich einen langen, wirklich langen Ausflug.

«Es wäre mir sehr lieb, wenn du die Dächer den Katzen überließest.»

Die Stimme klang sanft, ein wenig entschuldigend und doch streng. Magnus Vinstedt lehnte sich aus der Dachluke und griff nach der Hand seiner Frau. Seine Miene verriet, er würde gerne noch mehr sagen, zum Beispiel an die von Wind und Wetter mürben Ziegel erinnern, an das lästige Problem mit der Schwerkraft und an unberechenbare Böen. Aber sie wusste auch so, was ihm gerade durch den Kopf ging, zum anderen fand er, dieser Satz von den Katzen sage schon alles. Also grinste er (vielleicht wegen der Sorge etwas mühsam) und sagte nur: «Frühstück, Liebste. Ist das eine Alternative zu diesem Krähennest?»

Sie blickte ihn an, strich zärtlich die Sorgenfalte auf seiner Stirn glatt und nickte. Er hätte einfach nach ihr rufen können, aber er war zu ihr heraufgestiegen und lehnte sich so weit wie möglich hinaus und ihr zu, obwohl er sich so hoch droben zutiefst unwohl fühlte und, wie sie sehr wohl wusste, den Blick in die tief unten liegende Gasse tunlichst vermied.

«Wie schade, die Luke ist zu schmal für dich», spottete sie neckend. «Was könnte dich sonst aufhalten, auf den Dachfirsten entlangzubalancieren. Wenn man schnell genug ist, halten die Ziegel und Sparren, und man kommt bis zur Steinstraße. Die ist zu breit, um über die Lücke zu springen, sonst …»

«Hör auf», lachte er, «schon der Gedanke bereitet mir Übelkeit. Allerdings», fuhr er fort, um seine Erleichterung zu verbergen, als sie schließlich durch die Luke zu ihm auf die knarrenden, aber noch sicheren Dachbodendielen herabrutschte, «wäre ich ein Kater oder ein Akrobat wie Muto – wer weiß. Bei Vollmond würden wir über die Dächer geistern, in die Stuben der Menschen gucken, vielleicht ihre Gedanken stehlen.»

«Du seufzt», sagte Magnus, als sie kurz darauf in ihrer kleinen Wohnstube frühstückten. Das Geschirr aus blau und weiß gemusterter Fayence war ein Geschenk von Anne Herrmanns, es gehörte zu den Glanzlichtern in der Ausstattung ihres Haushalts. Magnus Vinstedt war in einer wohlhabenden Bürgerfamilie aufgewachsen, er hatte viel von der Welt gesehen und genoss es nun, in dieser Stadt Wurzeln zu schlagen, sie sogar schon zu fühlen. Er mochte auch den bescheidenen unauffälligen Haushalt, in dem er mit seiner Frau lebte, es gab ihm das gute Gefühl der Unabhängigkeit. Sie waren hier glücklich, aber sie könnten auch jederzeit weiterziehen. Irgendwann, vielleicht.

Er gab der neuen Ausgabe der *Addreß-Comtoir-Nachrichten*, die er nur rasch überflogen hatte, einen gleichmütigen Schubs. Sein Blick auf Rosina glich nun eher dem eines milden Vaters auf sein ungebärdiges Kind, was er allerdings entschieden bestritten hätte. Er sorgte sich als ein Ehemann, der nur eines wollte: mit seiner geliebten Frau gemeinsam ein gutes Leben haben. Auch Kinder, wenn aber Gott und die Natur das nicht für sie planten, lebten sie auch so dieses gute Leben. Wenn er bedachte, wie viele Frauen, die er gekannt hatte, im Kindbett gestorben waren, wünschte er sich, Rosina möge nie schwanger werden.

Magnus Vinstedt hatte mehr als mancher andere das Talent zum Glück. In solchen Kategorien dachte er jedoch nicht. Er war ein kluger Mann und dachte an Zufriedenheit, an Gemeinschaft, an gegenseitige Achtung, an Geborgenheit und Vertrauen. Das waren hohe Werte, die sich nicht alle, schon gar nicht immer verwirklichen lassen, aber häufig. Er glaubte auch an die Beständigkeit der Liebe. Was in der Summe betrachtet ein noch höheres Ziel bedeutete als etwas so Vages wie Glück.

«Ich seufze?» Ihre Brauen zogen sich über der Nasenwurzel zusammen, dann gab sie noch einen halben Löffel Zucker in ihren Kaffee – das eine wie das andere ein Luxus, an den sie sich allzu leicht gewöhnt hatte – und rührte heftig um, den Blick fest auf die Tasse geheftet, als könne sie rein kraft dieses Blickes ein Überschwappen verhindern. Oder ein kleines Seebeben verursachen.

«Ja, du seufzt, Liebste. Es klingt nach einer schweren Last.» Er hatte einen scherzenden Ton versucht und selbst gehört, wie falsch es klang. So fuhr er nur zögernd fort: «Oder immer noch nach Abschied?»

Ihre blauen, in manchen Momenten ins Graue changierenden Augen wurden dunkel, plötzlich standen Tränen darin. Erst als zwei kleine Rinnsale über ihre Wangen rannen, fuhr sie unwirsch mit dem Handrücken darüber.

«Sie müssen nicht gehen. Sie können bleiben. Aber natürlich …» Sie griff nach ihrem Mundtuch und wischte sich über die Lippen, als ließen sich auch Worte oder Gedanken wegwischen.

«… aber natürlich hat der Sommer begonnen», setzte Magnus ihren Satz behutsam fort, «der Weißdorn blüht, Heckenrosen auch, die Luft auf den Straßen vor den Toren ist jetzt leicht wie Perlwein, sie lockt hinaus und übers Land.»

Rosina nickte, und ihre Miene wurde weicher. Es berührte sie, wie er Jeans schwelgerische Worte wiederholte.

«So ist unsere Bestimmung», hatte Helena, Erste Heroine und Ehefrau des Prinzipals der Beckerschen Komödianten und Rosinas vertrauteste Freundin, noch hinzugefügt, «unsere Bestimmung, ja. Man entscheidet sich dafür oder dagegen.» Helena hatte barsch geklungen, wie immer, wenn sie einen Kummer verbarg.

Titus, dicker Spaßmacher mit einem Hang zur Melancholie und stets ein guter Geist der Gesellschaft, hatte gebrummt, spätestens im Herbst seien sie zurück, allerspätestens wenn sich der Ahorn gegenüber dem kleinen Komödienhaus am Dragonerstall rot färbe, es dauere nur ein paar Wochen. Zum Glück bedachte in diesem Moment niemand, dass das Ahornlaub erst im Oktober sein flammenrotes Herbstkleid trug. Im Rathaus, hatte Titus hinzugefügt, habe man versichert, das Privileg zum Komödiespielen im Dragonerstalltheater werde der Beckerschen Komödiantengesellschaft wieder gewährt werden. So stehe doch alles zum Besten.

Rudolf, Baumeister abenteuerlichster Bühnenmaschinerien, Flugwerke und raffiniertester Kulissen, und seine Frau Gesine, die als Gewandmeisterin aus wenigen Fetzen und etwas Flitter königliche Garderoben zu zaubern verstand, hatten nichts gesagt. Sie hatten ihre eigene Art zu schweigen, nach all den gemeinsamen Jahren waren beide Rosina so vertraut, es bedurfte keiner Worte zum bevorstehenden Abschied am Stadttor, das weite Land voraus. Sie wussten um Rosinas Ambivalenzen und kannten sich selbst gut damit aus.

Muto, der stumme Akrobat mit den dunklen Augen und dem rostroten Haarschopf, der Rosina seit Jahren ein jüngerer Bruder war, hatte sie umarmt und das glückliche Leuchten seiner Augen nicht verborgen. Die Freude auf die Freiheit jenseits der Mauern und städtischen Enge und Regularien war groß, er war bei allen bitteren Erfahrungen noch jung genug, um nicht schon am Anfang der Reise an Nöte und Gefahren zu denken. Die Straße lag vor ihnen, der Sommer, die Welt. Wer dachte da an Unwetter und plötzlich unpassierbare Flüsse, an wütende Dorfhunde oder gebrochene Radachsen? Sie waren bald unterwegs, darauf hatte er gewartet. Vielleicht würde er Rosina nicht vermissen, er trug sie in seinem Herzen, und sie sahen sich wieder, daran zweifelte er keinen Augenblick. Alles hatte seine Zeit, das stand sogar in der Bibel.

«Und du würdest doch gerne mit ihnen gehen?» Magnus' Stimme klang behutsam, weil es vielleicht klüger wäre, darüber zu schweigen. «Bis sich der Ahorn rot färbt?»

Sie stützte ihr Kinn in die Hände, ließ den Blick über die Fenster des gegenüberliegenden Hauses, das schiefe Fachwerk und weiter hinauf in den hohen Himmel wandern.

Was sollte er tun, wenn sie nun ja sagte? Einfach nur ja. Er hatte sich versprochen, ihr nicht im Weg zu stehen. Natürlich war das ein äußerst leichtfertiges Versprechen gewesen, damals im Überschwang des tiefen gemeinsamen Glücks. Als er sie endlich gewonnen hatte. Es war eines dieser Versprechen, die einem Mann das Gefühl selbstloser Großzügigkeit geben, bei einer dieser Angelegenheiten, die weit in der Zukunft zu liegen scheinen und kaum je eintreffen werden. Und wenn sie plötzlich doch eintrafen? Musste man da sich selbst Wort halten? Geschah es denn nicht aus Liebe und echter Fürsorge, wenn er sich ihr an einer Kreuzung vor den falschen Weg stellte, anstatt sie einfach ziehen zu lassen, wieder hinaus auf eine ungewisse Reise?

Rosina liebte das Theater nicht weniger als vor ihrer Heirat. Er wusste, wie sehr sie es genossen hatte, im vergangenen Jahr in die Rolle und Maske der schönen Soubrette zu schlüpfen, die direkt vor der Premiere mit einem äußerst fragwürdigen jungen Herrn durchgebrannt war. Rosina war hineingesprungen in diese Rolle und wieder in dieses Leben, für einige Abende nur, sie war grandios gewesen und der Applaus zum Sturm geworden. Sie war auch glücklich gewesen.

Er blickte sie fragend an. Sie sagte nicht ja, sie sagte: «Jein», und rührte noch einmal, schon etwas weniger heftig, ihren Kaffee. «Ja und nein. Du weißt es doch.»

Er wusste es. Schon lange, und von Anfang an hatte er versucht zu verstehen, wie es war, wenn man zwischen zwei Welten lebte. Wenn man sich entschieden hatte und wusste, dass es eine gute, sogar richtige Entscheidung gewesen war, was nicht dasselbe sein musste, dennoch ein Drängen nach dieser unwägbaren Freiheit spürte, die nur Fahrende verstehen. Soldaten und Seeleute vielleicht auch, jedoch kaum ein Bürger, der sein Leben hinter sicheren Mauern verbrachte. Mancher träumte wohl davon, so wie man träumte zu fliegen oder überhaupt ein anderer zu sein, ohne Not lebte dennoch niemand auf den Straßen.

Sie sprachen nicht zum ersten Mal darüber, aber heute hatte ihre Antwort unsicherer geklungen als sonst. Wankelmütiger. Er wollte noch einmal fragen: ‹Bist du sicher? Willst du hier sein, bei mir, bei Tobi, bei unseren Freunden? Oder …›

Er kam nicht einmal dazu, den riskanten Satz zu Ende zu denken, erst recht nicht, ihn auszusprechen.

Die Tür flog auf, Tobi stürmte herein, sein Haar noch struppiger als gewöhnlich. Pauline folgte ihm auf dem Fuß, das runde Gesicht hochrot. Anders als der Junge, der trotz seines Alters von bald zwölf Jahren immer noch ein dünner und auf vielen Fluchten erprobter und trotz seiner O-Beine blitzschneller Knirps war, schnaufte sie vor Anstrengung. Der Korb voll Feuerholz und die vielen Stufen hätten auch ohne Eile dazu gereicht. Wie immer, wenn er vor Freude und Eifer aufgeregt war, blickte sein linkes Auge noch weniger geradeaus als gewöhnlich, was ihm einen so listigen wie aufmüpfigen Ausdruck verlieh.

Rosina kehrte schlagartig in ihre alltägliche Gegenwart zurück. Magnus' Frage, die auch ihre eigene war, war vergessen. Für den Moment.

«Tobias!», rief sie wie eine besorgte strenge Mutter, die gleich das Wichtigste fragte, damit kein Raum für Schwindeleien entsteht: «Warum bist du nicht in der Schule?»

Auch Tobi schnappte nach Luft, nicht weil ihm wie Pauline die Treppenstufen das Letzte abverlangt hatten, schuld war einzig die aufgeregte Freude, eine wirklich scheußliche Neuigkeit verkünden zu können.

Die Nachricht aus der Gerberei an der Kleinen Alster war wie der Wind durch die Stadt gesaust und mit erstaunlichen Details angereichert worden. Tobis Variante fiel relativ milde aus. Auf Rosinas streng gehobene Brauen reduzierte er die Zahl der von Ratten und geifernden Hunden übel angefressen faulenden Ermordeten von vier auf ehrliche zwei, na gut, vielleicht auch nur einen. Pauline hatte sich schon bei der ersten Erwähnung fluchtartig in der kleinen Küche in Sicherheit gebracht und den beruhigenden Pflichten der Hausbesorgerin gewidmet.

Zu seinem Bedauern wusste Tobi nur wenige jener Details, von denen er ehrlich behaupten konnte, sie seien wahr, weil er – darauf bestand Rosina leider – sie weder selbst gesehen, noch aus erster, höchstens zweiter Hand erfahren hatte. Sicher wusste er – aus erster Hand – nur, dass der Weddemeister samt Weddeknecht und Kuno, dem schwarzen Untier, dorthin geeilt war, um die gemeine Mörderbande, na gut, vielleicht auch nur zwei? Mörder zu fangen und in den Kerker zu werfen. Bald baumelten sie zuckend und zappelnd am Galgen, am besten flocht man sie aufs Rad und ließ die Raben …, jedenfalls waren die Kerle sicher sowieso längst auf der Flucht, aber Servatius, der Knopfmacher, hatte gesagt, mit Glück ersoffen sie schon im Stadtgraben, spätestens in der Elbe, und die Fische täten sie fressen, was nur gerecht wäre.

Magnus schluckte und dachte, dem Jungen müsse es in seinem ersten Lebensjahrzehnt, bis er als Pflegekind zu den Vinstedts gekommen war, an der Erziehung zu Empfindsamkeit und christlicher Nächstenliebe gemangelt haben. Die Freude an Grausamkeiten als unterhaltsame Abwechslung war allgemein üblich, solange sie andere betraf, so war die Welt nun mal, dennoch – es gab viel an Geist und Seele dieses fröhlichen und der Liebe durchaus fähigen Kindes zu tun. Tobi war ein großer und begeisterter Geschichtenerzähler, man könnte ihn auch talentiert nennen, es wäre ungerecht, ihn immer der Lüge zu bezichtigen.

«Die Gerberei Neulander?», fragte Rosina. «Nahe der Schwarzbachschen Kattundruckerei?»

Tobi nickte halbherzig. So genau wusste er es nicht, andererseits gab es dort nur noch eine Gerberei. Das grässlich stinkende und jegliche Art von Ungeziefer anlockende Gewerbe sollte schon lange aus der inneren Stadt vertrieben und an die Flussläufe außerhalb der Befestigung verlegt worden sein. Meister Neulander, so hieß es, müsse gute, sogar allerbeste Beziehungen zum Rathaus haben, wenn er trotz mancher Beschwerden den alten Sitz seiner Gerberei halten konnte.

Magnus nippte an seinem kalt gewordenen Kaffee und verbarg so sein Vergnügen einerseits über Tobis kleinen Auftritt, andererseits über Rosinas nur vermeintlich kühles Interesse am neuen Einsatz des Weddemeisters. Natürlich schickte es sich nicht für eine Dame, wenn ihre Augen bei der Schilderung von Verbrechen diesen besonderen Ausdruck von Konzentration bekamen, aber sie war nun mal keine betuliche Madam Bocholt oder eine in Gebete flüchtende Jungfer, erst recht keine klatsch- und skandalsüchtige Madam Schwarzbach, zweifache Witwe so reicher wie skrupelloser Manufakteure. Sie war Rosina, Tochter aus gutem Haus, das sie – noch ein halbes Kind – bei Nacht und Nebel verlassen hatte, für viele Jahre Wanderkomödiantin mit einer ganzen Palette von Talenten und oft zur Stelle, wenn es an Alster und Elbe, einmal sogar an der Themse, Verbrechen aufzuklären galt. Seine Frau, das gestand Magnus gerne zu, war mit einer enormen Wissbegier, Ausdauer und Einfallsreichtum gesegnet, wenn es um die Lösung düsterer Rätsel ging.

Nun war sie die junge Madam Vinstedt und pfuschte dem Weddemeister immer noch gerne und versiert, aber diskreter in seine Geschäfte. Als Komödiantin hatte sie auch stets versucht, im Hintergrund zu bleiben, weil eine Fahrende schnell selbst jeder Untat verdächtigt wurde, als Magnus' Ehefrau, als Bürgerin, bemühte sie sich darum, weil sie den guten Ruf, den er in der Stadt genoss, nicht schmälern wollte.

Es gab Stimmen, die behaupteten, die Erfolge des Weddemeisters fielen ohne diese Zusammenarbeit magerer aus. Tatsächlich war Wagner selbst dieser Ansicht. Auch wenn er das sehr selten erwähnte, was wiederum in Rosinas und ihrer Freunde Sinn war. Denn, wie schon erwähnt, es schickte sich überhaupt nicht für eine ehrbare Frau und brave Bürgerin, sich mit so schmutzigen, gar sündigen Angelegenheiten wie Verbrechen zu befassen. Auch nur darüber nachzudenken.

Magnus Vinstedt hatte vor zwei Jahren sehr genau gewusst, wen er heiratete, vor allem: wen er liebte. Als sie sich in London kennenlernten, als er sie schließlich aus einer argen Bredouille retten konnte, hatte sie als junger Mann verkleidet in einer üblen Spelunke mit blutigen Hundekämpfen herumspioniert. Da war er schon in sie verliebt gewesen, andersherum hatte es ein bisschen länger gedauert. Und noch länger, bis sie sich diese Liebe erlaubt hatte. Sie war keine, die leichten Herzens vertraute.

Nun fühlte er sich wie zwischen Skylla und Charybdis, zwischen zwei Bedrohlichkeiten. Ob sie mit der Komödiantengesellschaft reiste oder mit dem Weddemeister in den düsteren Ecken der Stadt herumstöberte – vielleicht hätte er sich doch ein stilles Mädchen mit einer Vorliebe für Stickerei und Pudding suchen sollen. Ein absurder Gedanke! Er lächelte glücklich.

Endlich lag der Leichnam in den nassen Kleidern auf dem Karren. Die Gardewinsch und ihre Arbeitsleute, sie sagte immer nur «meine Arbeitsleute», wobei die jedem als ihr Sohn und ihre Tochter bekannt waren, hatten sich nicht helfen lassen. Weddemeister Wagner hatte es mit Befriedigung bemerkt. Was die Stadtleichenfrau dort tat, war eine Amtshandlung, jedenfalls wenn man es genau betrachtete. Solange ungewiss war, wie der Tote in diese fatale Grube geraten war, galt der Leichnam als ein Corpus Delicti. Fremde Hände und neugierige Augen Unbefugter hatten da nichts zu suchen oder zu schaffen.

Wagner betrachtete den Toten aus der Nähe, wie es seine Pflicht war, und entdeckte auch jetzt nichts, was auf eine

Begegnung mit einem Messer oder Knüppel hinwies. Die genaue Untersuchung nahm Dr. Pullmann in der Totenkammer im Eimbeckschen Haus vor. Wagner war froh darum, mit diesem Chirurgen und Physikus wusste er dort endlich jemanden, dessen Fähigkeiten und Genauigkeit er vertrauen konnte. Wenn es etwas zu entdecken gab, entdeckte Dr. Pullmann es, wenn es auch noch so gering oder gut verborgen war, und er würde nichts schönreden oder verschweigen.

Er selbst scheute sich vor der Berührung Toter. Er misstraute ihnen, besonders den gewaltsam Gestorbenen. Ganz gegen seinen Verstand meinte er noch die Gefahr und das Grauen zu spüren, dem diese armen Opfer begegnet waren. Das war unsinnig, er vertraute es niemandem an, nur Karla vielleicht, eines Tages.

Der Körper auf dem Karren war bis vor wenigen Stunden ein junger Mensch gewesen, lebendig, voller Pläne und Hoffnungen für ein langes Leben, mit Unternehmungslust, womöglich hochfliegenden Träumen, einer Familie. Nun berührte Wagner doch noch die kalte Hand aus einem Moment des Mitgefühls heraus. Die Einsamkeit, dachte er, diese Einsamkeit.

Dann nickte er mit einer schroffen Bewegung, trat zurück, und der Leichnam verschwand unter dem großen alten Leintuch der Gardewinsch, das schon viele tote Körper bedeckt hatte.

Es war, als gehe ein Aufatmen durch die Menschen in der Werkstatt. Dann ein leises Geräusch, das wiederum nach einem unterdrückten Schluchzen eines der Mädchen oder der Mägde klang. Endlich rollte das Gefährt mit seinem seltsamen Knarren zur Tordurchfahrt. Draußen wachte immer noch Kuno, so musste es sein, andernfalls wäre die Wasserwerkstatt längst von Gaffern bedrängt, niemand war auf die Idee gekommen, das Tor von innen zu versperren.

Meisterin Neulander schwankte, ein wenig nur, als der Karren verschwunden war. Ausgerechnet Grabbe, der weder für besondere Empfindsamkeit noch für Galanterie bekannt war, beides wäre für einen Weddeknecht auch recht unpraktisch gewesen, bemerkte es, erlaubte sich, ihren Arm zu nehmen und sie zwei Schritte weiter zu einer Bank zu führen. Dann machte er sich eilig auf den Weg, um die Gardewinsch und ihre Leute mit dem Leichnam zu begleiten. Es gehört zu seinen Aufgaben, Neugierige fernzuhalten, Kuno war dabei stets eine effektvolle Unterstützung.

Heute hätte Grabbe es auch bleiben lassen können und Wagner mit grimmiger Miene und breiten Schultern zur Seite stehen, der Gerbermeister wirkte nicht wie ein einfach zu befragender Zeuge. Obwohl Kuno ohne Grabbe nirgendwohin ging, würde der Hund sich womöglich die Freiheit nehmen, Aline auch ohne seinen Herrn zu folgen. Allein um diese Blamage zu vermeiden, musste Grabbe sich beeilen, und ganz nebenbei war der Herr wie sein Hund gerne in Alines Nähe, selbst wenn das die Gesellschaft der Gardewinsch und einer angegerbten Leiche einschloss.

«Und jetzt, Weddemeister», Neulander schlug sich, kaum dass Grabbes Schritte verklangen, mit den flachen Händen auf seine schwere Lederschürze, «was jetzt? Wir schließen den Toten in unsere Gebete ein, wie es sich gehört. Das versteht sich, aber ihr könnt mir kaum verübeln, wenn diese Gebete kurz ausfallen. Wir haben keine Ahnung, wie der Kerl hier hereingekommen ist, und schon gar nicht, warum! Ein frecher Langfinger hat Pech gehabt, was sonst? Sicher besoffen. Jedenfalls ist diese Schweinerei nicht unsere Schuld, der Schrecken war groß genug. Für die Frauen, wir Männer sind an totes Fleisch gewöhnt, uns schreckt so leicht nichts. So sagt man doch von uns Gerbern, als wären wir die Kerle aus dem Schlachthaus, was wir bei Gott nicht sind. Jetzt müssen

wir an die Arbeit, und ich, wenn Ihr gütigst erlaubt, Weddemeister», das klang ganz nach einer patzigen Schärfe, für die
Gerbermeister Neulander tatsächlich bekannt war, «tausche
meine Arbeitsschürze gegen den besseren Rock und gehe
zum Amtsmeister, der muss gleich Bericht bekommen, und
ich – verdammt, die teure Lohebeize», sein Gesicht wurde
plötzlich so zornrot wie seine Stimme laut, «wer ersetzt mir
die?»

Wagner war kein Stoiker, und brüllende Männer, die ihn
um einen halben Kopf überragten, waren nicht gerade seine
liebsten Gesprächspartner.

«Und wer ersetzt dem jungen Kerl in Eurer Grube sein Leben?», fragte er ungewohnt scharf zurück und wippte ganz
automatisch hoch auf die Zehenspitzen. «Natürlich haben
Fremde in einer Werkstatt nichts zu suchen, gleichwohl –
ich erinnere Euch, und falls Ihr es vergessen habt, fragt
gerne den Amtsmeister, wie es in diesen Angelegenheiten
Recht und Vorschrift ist. Es ist Eure Sache, die Werkstatt des
Nachts gut zu versperren und gefährliche Stellen wie eine
Lohegrube sicher abzudecken, damit kein Unglück geschehen kann. Ihr werdet gewiss erklären können, wieso all das
nicht geschehen ist. Ihr seid kein Bönhase oder Freimeister,
sondern ein zum Amt gehörender eingeschriebener Gerbermeister. Mit allen Rechten und Pflichten. Also, wie konnte
der Fremde in Eure Grube geraten, ja, in Eure Grube? Ich
gebe Euch ein paar Minuten Zeit, darüber nachzudenken»,
Wagner wippte besonders energisch auf seine Zehenspitzen,
«derweil möchte ich wissen, wohin Euer Sohn verschwunden ist. Lasst ihn holen, ich will mit ihm sprechen. Falls er
das Haus verlassen hat, lasst ihn schleunigst suchen, bevor
ich die Stadtsoldaten auf seine Spur schicke.»

Der letzte Satz klang beinahe so laut wie Neulanders Tirade und womöglich sogar eine Nuance schärfer. Wagner

fühlte sich schon viel besser und, bei aller Bescheidenheit, ein wenig stolz, weil dieser grobe Kerl von Meister ihn nicht kleinmachen konnte.

Marei, die ältere Magd, wollte den Jungen gleich suchen, als Jakob schon die Treppe herabkam.

«Ich bin da», sagte er und trat in die Wasserwerkstatt. Die Meisterin seufzte auf, ob aus Erleichterung oder aus Verzagtheit, weil sie ihren Sohn weit weg und in Sicherheit wähnte. «Ich habe nur ein trockenes Hemd angezogen», erklärte er, stand sehr gerade und sah den Weddemeister an. Auch alle anderen sahen den Weddemeister an, die Neulanders, Meister, Meisterin, die beiden Töchter, die Mägde, die alte und die junge, die beiden Gesellen.

«Nun», Wagner tastete mit der Rechten nach seinem Bleistiftstummel, mit der Linken nach dem großen blauen Tuch, räusperte sich in die plötzliche Stille und sagte: «Nun gut. Wenn Ihr nun den Amtsmeister besuchen wollt, Meister Neulander, bitte, und wenn die Fr…, die Damen sich ein wenig zurückziehen wollen, jetzt wird nur der Lehrjunge gebraucht, Jakob. Und ihr», wandte er sich an die beiden Gesellen, die Mägde verschwanden schon durch die Tür zur Küche, «haltet im Tordurchgang Wache. Ihr lasst keinen durch, bevor es erlaubt ist.» Wagners Blick glitt prüfend über die an der Wand aufgereihten Werkzeuge. «Nehmt von den schweren Eisen mit», knurrte er, «schlagt keinem den Schädel ein, aber tut so, als ob's jedem ruckzuck dräute.»

Die Torflügel zu den Klopperbäumen standen nach wie vor weit offen, wie es während der Arbeitsstunden wegen des Lichts und der frischen Luft üblich war. Es dümpelten viel mehr Boote auf dem Wasser oder in der Nähe als gewöhnlich, was Wagner nicht überraschte. Die Nachricht aus der Gerberei an der Kleinen Alster lockte viel Volk an wie faulendes Fleisch die Schmeißfliegen. Unglück und

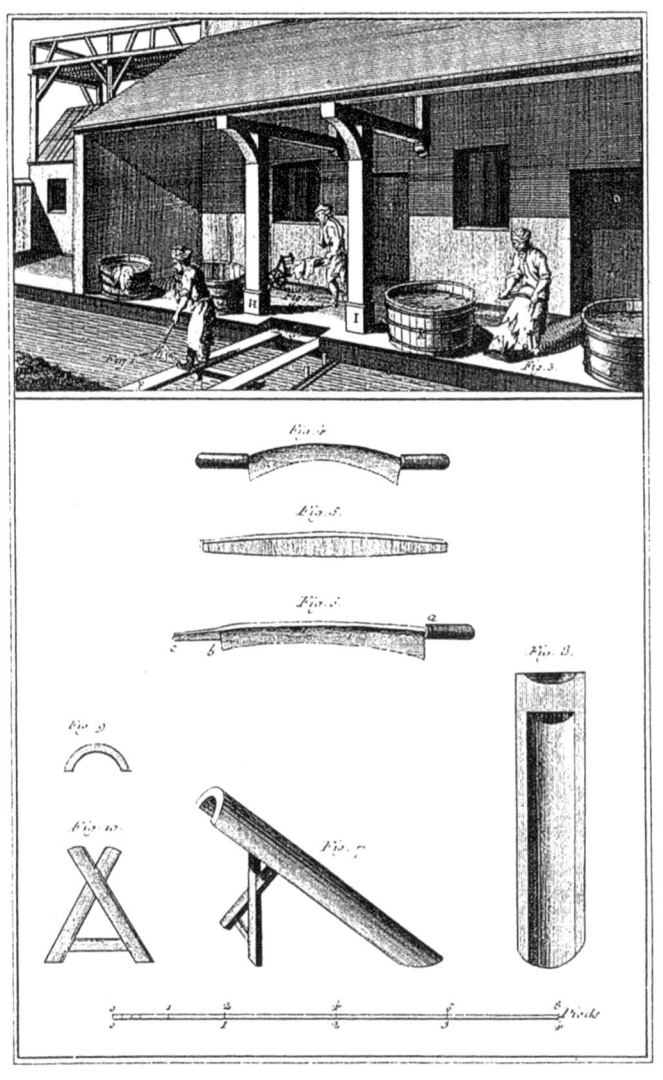

Wasserwerkstatt einer Gerberei im 18. Jahrhundert

Neugier waren untrennbare Geschwister. Spätestens an der Gardewinschen Karre konnte jeder, der noch nicht davon gehört hatte, erkennen, dass es wieder einen Unglücklichen erwischt hatte, auch wenn ihn niemand in der Stadt gesehen hatte, was andererseits die Gerüchte und Mutmaßungen aufs herrlichste blühen ließ.

Der Weg bis zum Eimbeckschen Haus mit der Totenkammer war nicht weit, und der Karren wurde von Grabbe und Kuno bewacht, auch gab es um ihn kein Gedränge, wenn er seine Fracht trug, niemand wollte dem Tod zu nahe kommen. Doch jeder in der Stadt wusste, dass es um diesen Tod ein unchristliches Geschehen gab, eine Mordtat, einen Selbstmord, einen schrecklicher Unfall, bei dem der Schutzengel einen Grund gehabt haben musste, wegzusehen. Natürlich gab es auch in dieser guten Stadt Ruchlose, denen nichts heilig war, die selbst eine so armselige Leiche nicht schreckte, von der niemand wusste, ob sie ohne Umweg über das Fegefeuer direkt in die Hölle ging.

Wer fremd in der Stadt war, mochte einwenden, auf so einer Karre könne man unter dem Tuch versteckt alles Mögliche transportieren, seien es Torf für den Ofen oder ein geschlachtetes Schwein für die Vorräte. Tatsächlich war das undenkbar. Auf diesem Gefährt wurden nur Leichen transportiert, nichts und niemand sonst als jene, für die die Stadtleichenfrau zuständig war. Die Gardewinsch mochte eigen sein. Eben die Gardewinsch. Zu ihr gehörte auch ihre ganz eigene Ehre, und weil sie und ihre Leute mit den Toten ihren Lebensunterhalt verdienten, behandelte sie die Leichname mit Respekt. Soweit das möglich war. Und falls es nicht zu teuer wurde.

«Nun, Jakob», Wagner musterte das junge Gesicht des Lehrlings und fand, es sei nicht mehr ganz so bleich. Natürlich musste es in Betracht gezogen werden, aber jetzt konnte

Wagner in dem jungen Gesicht keinen Täter sehen – wenn es überhaupt einen gab. «Wir sind jetzt unter uns. Sage mir genau, was heute Morgen passiert ist. Alles, lass nichts aus. Du bist als Erster in der Werkstatt gewesen, wie an jedem Morgen? Gut, also wie an jedem Morgen, ein ganz gewöhnlicher Morgen. Ja. Was dann?»

«Dann? Die toten Ratten. Am Morgen muss ich immer zuerst – zuerst alles in einen Korb sammeln, alles, was da rumliegt. Die Leute denken, in einer Gerberei ist es schmutzig, weil es immer stinkt, das tut es, ja, und man bekommt den Gestank nie weg. Wir», er stockte, «wir achten aber auf unsere Werkstatt, wie alle guten Gewerke.»

Wagner dachte flüchtig, dieser Junge mit dem Kindergesicht und der leisen Stimme gleiche seinem Vater wenig, der für gelegentliche Anfälle von Zorn und für Unbotmäßigkeit gegenüber der Obrigkeit bekannt war.

«Gewiss, Jakob, Ordnung halten. Das ist immer gut. Wasser für die Reinlichkeit habt ihr mehr als genug gleich vor der Tür. Da ist es leichter, reinlich zu sein. Ja. Was ist dann geschehen, als die Sache mit den Ratten …»

«Ich kannte ihn», unterbrach Jakob den Weddemeister und stieß den Atem aus, als müsse er sonst ersticken. «Nicht gut», fuhr er rasch fort, «aber ich kannte ihn. Ich bin ihm einige Male an der Alster und auf der Wallpromenade begegnet, er war dort mit seinem Skizzenbuch, und wir haben uns darüber unterhalten. Er hieß Meunier. Er war ein Mann der Wissenschaften und hatte große Pläne. Wirklich große Pläne. Er kannte sich auch gut mit den Sternen aus, über Land und auf See, das hat er gesagt. Er wusste so viel und zeichnete ganz wunderbar. Immer steckten gute Stifte in seiner Tasche, solche sind nicht billig zu haben. Sicher», Jakobs Stimme senkte sich fast zu einem Flüstern, «sicher war er kein schlechter Mensch.»

Diesmal hob sich Wagner nicht auf die Zehenspitzen. Es war überflüssig. Er fühlte sich beschwingt und auf dem Weg zum Erfolg. Mit dem Jungen stimmte etwas nicht, er hatte es gleich bemerkt. Sein aschfahles Gesicht konnte nicht nur von der Begegnung mit dem Tod eines Fremden herrühren. Ja, das hatte er gedacht. Und niemand brauchte so lange, nur um ein reines Hemd anzuziehen.

KAPITEL 3

Zweifellos ist das unermüdlich schlagende Herz einer jeden Stadt das Rathaus, wo bedeutende Männer in wichtigen Sitzungen wichtige Entscheidungen treffen. Da geht es um Krieg und Frieden, Handel und Wandel, um Fragen des Rechts, der Gegenwart und der Zukunft, überhaupt um jegliche das Wohl der Stadt und ihre Bürger betreffende Angelegenheiten. Hier und da auch das der Bürgerinnen, denn was für die Männer der Stadt gut ist, ist nebenbei auch von Vorteil für die Frauen und ihre Familien, das weiß jeder.

Das Hamburger Rathaus stand samt dem anschließenden Niederngericht im Zentrum der Stadt bei der Trostbrücke, wo sich in alter Zeit auch ein früher bescheidener Flusshafen befunden hatte. Börse und Commerzium, die Treffpunkte der Kaufmannschaft, standen gleich daneben, und wenn jemand anmerkte, die seien bedeutsamer für das Wohl der Stadt als das Rathaus, denn da gehe es zuerst ums Geld und ohne Geld gehe gar nichts, stimmte natürlich niemand direkt zu, aber es sprach auch niemand dagegen, nicht einmal die Vertreter der Geistlichkeit.

Nur wenige Schritte weiter und gleich nach links abgebogen befand sich noch ein so ungemein repräsentatives Haus, in dem womöglich zuerst und diskret die Fäden für die wichtigsten Entscheidungen gezogen wurden. Nicht Jensens Kaffeehaus hinter der Börse ist gemeint, das in dieser Hinsicht auch nicht zu unterschätzen war, sondern das sogenannte Eimbecksche Haus mit dem Ratsweinkeller. Seine Grundmauern zählten zu den ältesten der Stadt, sie standen schon ein halbes Jahrtausend und hätten manche Geschichte zu erzählen, wenn wir uns besser auf die Sprache alter Mauern verstünden, schöne und schlimme Geschichten, grausige und tragische, sanfte, ganz alltägliche, auch vergnügliche, und alle waren geschehen, wirklich und wahrhaftig. Die alten Grundmauern und Kellerräume trugen nun, selbst neu überwölbt, das vor wenigen Jahren solide und geschmackvoll erbaute neue Eimbecksche Haus. Das alte war mehr als baufällig gewesen, in St. Petri war für die Arbeiter gebetet worden, die das aus den Fugen geratene verschachtelte Gemäuer einreißen mussten.

Da stand es nun an der Ecke Dornbusch und Kleine Johannisstraße, ganz neu und auf schlichte Weise schmuck und elegant. Vom breiten Podest der doppelläufigen Freitreppe an der Vorderfront führten zwei weitere Portale ins Innere, das rechte allerdings nur in die Räume des Städtischen Pfandhauses. Zahlreiche große Fenster ließen nun viel Licht hinein.

Das stolze neue Gebäude mehrte den Ruhm der Stadt. Natürlich war auch gemeckert worden, nicht zuletzt wegen der erheblichen Kosten, doch so, wie das Neue die Menschen zunächst irritiert, gewöhnen sie sich schnell an das, was ist, und vergessen das, was war.

Unter der Freitreppe öffneten sich im Sockelgeschoss links und rechts eines mit Efeu bekränzten Bacchus aus Pirnaischem Sandstein zwei Rundbogenportale zu den Gängen und Räumen des städtischen Ratsweinkellers. Der bestand wie eh und je aus einer ganzen Reihe von Gelassen zwischen den dicken Mauern. Die wie breite Nischen angeordneten Räume wurden kärglich von Talglichtern erhellt, was manchen Geschäften und Treffen zugute kommen mochte, und durch einen langen Gang mit den Lagern für die Weine und Brände verbunden, die dicken Bierfässer nicht zu vergessen.

In den oberen Etagen dienten Räume verschiedener Größe zu verschiedenen Versammlungen und Festlichkeiten, auch Auktionen fanden hier statt, ob für Grundstücke und Häuser, Möbel, Kleider, Kutschwagen oder Hausrat, Nachlässe, ganze Schiffe oder nur die Ladung, für Gemälde und Kunstgegenstände aller Art. Sogar die Städtische Klassenlotterie wurde hier gezogen, was praktisch war, weil im wenige Schritte entfernten Ratsweinkeller auf den Gewinn angestoßen oder der Kummer wegen eines Verlustes ertränkt werden konnte, wobei Letzteres erheblich häufiger vorkam.

So wurde unter diesem Dach den verschiedensten Vergnügungen und Geschäften nachgegangen, wurde viel geredet, geflüstert, schwadroniert, verhandelt und gezecht, sicher auch mit großen Ohren gelauscht. Frauen, insbesondere Damen, waren dabei ebenso wenig erwünscht wie arme Männer und Gesindel.

Über dem Lotteriesaal im neuen Anbau versteckte sich ein sehr besonderer Saal, das Anatomische Theater der Stadt. Zu seiner Einweihung waren gleich zwei just enthauptete, also noch recht frische Körper zergliedert worden, ‹vor zahlreicher Versammlung›, wie sich viele erinnerten, das hatte dem letzten Zweifler die Bedeutung des Saales bewiesen. Todesurteile waren längst nicht mehr an der Tagesordnung, es war gewinnbringender, womöglich auch vernünftiger oder christlicher, Spitzbuben im Werk- und Zuchthaus schuften zu lassen oder zur Deportation in die Kolonien an die Engländer zu verkaufen. Dass es just zu diesem Termin gleich zwei gegeben hatte, mochte einigen Unmut erregt haben, der aber schnell verstummt war, weil die Hinrichtungen mit der Abnahme ihrer Häufigkeit beim außerordentlich zahlreichen Publikum umso mehr zum beliebten Spektakel geworden waren.

Wenn ein Leichnam für eine Sektion zur Verfügung stand, fand sich auf den Bankreihen und der in halber Höhe umlaufenden Galerie nach wie vor Publikum ein, mal mehr, mal weniger, je nach dem Stand des Verwesungsprozesses mit den unvermeidlich zunehmenden Gerüchen. Das Interesse an der Beschaffenheit und dem Funktionieren des menschlichen Körpers, der Wunsch nach mehr Wissen, wuchs beständig.

Anders als im Ratsweinkeller waren Damen hier erlaubt und wurden recht häufig gesehen. In diesen modernen Zeiten sei den Frauen nichts mehr heilig, hatte Madam Schwarzbach neulich erst bei ihrem Kaffeekränzchen geklagt, von Damen wolle sie in dem Zusammenhang kaum reden. Die weibliche Zartheit und Empfindsamkeit, diese Zierde ihres Geschlechtes, schwinde Jahr um Jahr, wo solle das nur hinführen, es heiße, man erlebe kaum noch Ohnmachten im Anatomischen Theater, nicht einmal das.

Der Mann, der an diesem Vormittag am Seziertisch des Anatomischen Theaters stand, machte sich keine Gedanken über Damen oder Ohnmachten, obwohl er sich mit beiden recht gut auskannte. Er konzentrierte sich auf seine Arbeit und war bemüht, die richtige Balance zwischen schnell und sorgfältig zu halten. Eine gute Sektion erforderte behutsames Arbeiten, das wiederum erforderte viel Zeit. Da der menschliche wie jeder andere tierische Körper mit dem letzten Herzschlag und Atemzug umgehend mit seiner Auflösung begann, um es poetischer auszudrücken als dieser Vorgang sich tatsächlich darstellte, war es mit dem Faktor Zeit so eine Sache. Darum wurde nur in den kalten Monaten seziert, wenn der Verwesungsprozess langsamer voranschritt.

Das Frühjahr war kalt gewesen, noch steckte die Kälte in den Mauern und Räumen des Hauses, also hatte der neue Ratsphysikus Dr. Pullmann sich erlaubt, die Leiche, die ihm unverhofft in die Totenkammer getragen worden war, der Wissenschaft zuzuführen, obwohl der Mai schon begonnen hatte. So war der arme Teufel von Hungerleider aus den Gängevierteln um St. Jakobi nicht einfach im Elend verreckt. Dort hatte sich niemand für ihn und seine Leiche zuständig gefühlt, hier diente sie einem hehren Zweck, der zukünftigen Kranken Rettung bringen konnte. Irgendwann. Wie das Sezieren, Erkennen und Begreifen war die Umsetzung wissenschaftlicher Erkenntnisse in praktische Heilkunde ein langwieriges Geschäft.

Hinter den Fenstern frischte der Wind auf und schob eine Wolke vor die Sonne. Das Licht schwand schlagartig. Dr. Pullmanns Hand mit dem Skalpell verharrte über dem Seziertisch. Als seine Augen sich auf das matte Licht eingestellt hatten, setzte er seine Arbeit fort. Morgen wollte er nur ein extra vom Körper abgetrenntes Bein sezieren. Das war nicht spektakulär, aber er hatte sich dafür entscheiden müssen.

Nach Dr. Pullmanns Erfahrungen verwesten manche Leichname langsamer als andere. Dieser nicht. Der Alte aus den Gängen war in seinen letzten Lebensjahren nicht gesund gewesen, das waren die wenigsten dort, die Organe, die Gefäße … Also hatte der Physikus in der vergangenen Nacht selbst, nur mit Hilfe seines Anatomieknechtes Steffen, den Leichnam bis auf seine Hülle aus Haut, Muskeln, Sehnen und Knochen ausgeweidet. Es war kein angenehmes Geschäft gewesen.

Heute konnte er repetieren und abfragen, was in den vergangenen Tagen noch den Leib gefüllt hatte, um dann den Aufbau dieser Leibeshülle zu zeigen, die so geniale wie kunstvolle Architektur, die selbst in einem von Mangel und Krankheiten gezeichneten Körper erkennbar war. Morgen wollte er den angehenden Wundärzten den Aufbau eines Beines demonstrieren. Das war, wie alle Gliedmaßen, sehr viel diffiziler, als es von außen erschien. Gerade für die tägliche Arbeit der Wundärzte war es von großer Bedeutung, möglichst viel darüber zu lernen.

Es waren sechs angehende Wundärzte. Ebenso viele Männer saßen heute als Publikum auf den erhöht stehenden Bänken. In der zweiten Reihe hatte Dr. Pullmann wieder den Ratssyndikus erkannt. Der alte Mann war mit verrutschter Perücke eingeschlafen, bisher ohne den kleinsten Schnarcher, was als rücksichtsvoll empfunden werden musste. Neben ihm hockte mit bleichem Gesicht sein Kutscher, den er seinem Diener als Begleiter vorzog, wie allgemein bekannt war. Der hielt sich ein kleines Kräuterkissen vor die Nase, in seinen schwieligen breiten Händen ein kurioser Anblick. Nicht alle Kutscher entsprachen dem vorgeurteilten Ruf des schlagkräftigen Raubeins.

In der vorderen Reihe saß der jüngere Herrmanns, er verfolgte das Geschehen konzentriert und offensichtlich ungerührt. Der Mann neben ihm war ganz in schlichtes Schwarz gekleidet, anstelle des üblichen Dreispitzes trug er einen flachen Hut. Er kam Pullmann bekannt vor, später würde er sich erinnern. Die beiden jungen Herren waren erst eingetreten, als er seine anatomische Demonstration schon begonnen hatte.

Einige Plätze weiter hatte der Kunsthändler und Maler Matthes Platz genommen, Dr. Pullmann kannte ihn von einer der Auktionen hier im Haus. Seine junge Frau begleitete ihn heute nicht. Der sechste Zuschauer war ein unauffälliger Mann in schon mittleren Jahren, den der Arzt nie zuvor gesehen hatte. Trotz der schlechteren Sicht auf das Geschehen saß er ein wenig abseits.

Dr. Pullmann gab stets vor, der üble Geruch der Verwesung störe ihn nicht, er sei nicht nur Physikus, sondern auch Chirurg und vor allem als Militärarzt aus den Kriegslazaretten daran gewöhnt wie andere Leute an die Dämpfe des Misthaufens in ihrem Hof. Fast glaubte er es selbst. Tatsächlich gelang es ihm häufig nur mit großer Selbstbeherrschung und Konzentration, die Übelkeit im Zaum zu halten, auch die Anflüge von tiefer Traurigkeit über das so jämmerliche Nachleben eines Menschen auf dem Seziertisch. Das war ihm ein kleiner Preis für die Erkenntnisse aus jeder Sektion, diese Nahrung für seine wissenschaftliche Neugier, die Mehrung des Wissens zum eigenen Gefallen ebenso wie zum Gewinn für kranke Menschen. Er hatte an der berühmten *Académie royale de chirurgie* in Paris studiert und war dort auch promoviert worden, nirgends in Europa wurden die Medizin und die Anatomie besser gelehrt. Die Chirurgie galt dort schon lange nicht mehr nur als blutiges Handwerk, sondern als hochgeachtete akademische Kunst und Wissenschaft.

Die Wundärzte standen um den Tisch, drei am Kopfende, drei am Fußende, damit das Licht aus dem großen Fenster ungehindert auf den Leichnam fallen konnte. Zwei schienen bleicher als sonst, was nicht ungewöhnlich war. Auch gab es heute kein nervöses Kichern, keine respektlosen Bemerkungen mehr. Der Tod war den jungen Männern vertraut, er gehörte zum Alltag, doch auf diese Weise machte es einen Unterschied. Das Zergliedern eines menschlichen Körpers war bei jeder anderen Gelegenheit ein schweres Verbrechen und eine große Sünde. Hier diente es der Wissenschaft und den Menschen, dem Fortschritt der Heilkünste. Es war erlaubt und dennoch für die Seele ein Tabu, das es erst zu überwinden galt.

«Die Leber, Messieurs», fuhr Dr. Pullmann mit seiner Belehrung fort und klang lauter als gewöhnlich. «Hier, an dieser Stelle im Oberbauch hat die Leber ihren angestammten Platz. Ihr wisst das natürlich längst.»

Alle Köpfe beugten sich eifrig vor, um genauer in den

ziemlich leeren Leib hineinzusehen. Der Blasse mit den erschreckten Augen und der pickeligen Stirn etwas weniger eifrig, er drückte verstohlen seinen Handrücken gegen die Nase.

Als wolle sie assistieren, zog die Wolke plötzlich weiter, und das hellere Licht kehrte zurück.

«Sie ist nicht mehr da», erklärte Dr. Pullmann, «wie kaum zu übersehen ist. Die Leber», er gab seiner Rede einen dozierenden Ton, «ist ein Organ voller Blut, was noch weniger haltbar ist als Muskeln oder Knochen. Ihr habt alle schon Lebern gesehen. Und davon gegessen, allerdings vom Kalb oder vom Schwein, mit milden Zwiebeln in Butter gebraten. Sie unterscheiden sich wenig, die menschlichen und die tierischen Lebern, man könnte sagen: Was die Leber betrifft, ist auch der Mensch ein Schwein.»

Im Publikum zog jemand hörbar den Atem ein, ein Kichern aus einer anderen Ecke wurde schnell unterdrückt. Pullmann grinste. Es war unbotmäßig, den Menschen mit einem Schwein zu vergleichen, gehe es auch nur um die Leber. Die Nachricht, der neue Stadtphysikus setzte die menschliche mit der schweinischen Leber gleich, flog bald flink durch die Stadt, dessen war er gewiss. Spätestens nach einer Stunde hieß es womöglich, er bestreite gänzlich den Unterschied zwischen Mensch und Tier.

«Also, meine Herren zukünftigen Wundärzte: Die Leber ist nicht mehr da, wie man erkennt.» Dr. Pullmanns Blick glitt auffordernd über die jungen Gesichter. «Was fehlt noch?»

«Rippen?», piepste der blasse Jüngling und schluckte vernehmlich, «die abgesägten unteren Rippen?»

Pullmann nickte nachsichtig. «Mehr oder weniger. Was noch, Messieurs? Herz und Lungen, Magen, Gedärm und Milz haben wir besprochen. Was noch? Etwas, das in der Länge gut einen Finger misst und immer mit der Leber verbunden ist. Mir ist noch keine ohne dieses grünliche Säckchen begegnet. Dessen Inhalt ist für unseren Leib unverzichtbar, womöglich auch für unser Gemüt, sie kann die Säfte bitter machen, bitterer als ein böser Lehrherr oder ein betrügerischer Makler.»

«Die Gallenblase», rief endlich ein dicklicher, besonders rotwangiger Jüngling in den sich dehnenden Moment angespannten Schweigens und stach triumphierend den rechten Zeigefinger in die Luft, «die Gallenblase.»

«Sehr richtig.» Pullmann seufzte. Dass die Antwort auf diese simple Frage nicht wie aus der geladenen Pistole gekommen war, fand er deprimierend. Vielleicht waren diese Männer weder dumm noch faul oder ohne echtes Interesse an der Anatomie des menschlichen Körpers, sondern er ein schlechter Lehrer. Plötzlich war er froh, weil der Leichnam auf dem Seziertisch der letzte war, bis mit den kalten Monaten das Sezieren wieder möglich wurde, weil die Leichen in der Kälte weniger rasch gärten und faulten und sich auf den letzten Weg alles Irdischen machten.

«Und warum …» Die Erläuterung der segensreichen Verbindungen der Gallenblase mit dem Pankreas und dem Duodenum wurde von einem mächtigen Rumpeln hinter der Tür zur Treppe unterbrochen. Ein Fluch folgte, noch ein Rumpeln wie von schweren Holzschuhen gegen anderes Holz, und die Köpfe seiner Schüler wandten sich einer sechsköpfigen Hydra gleich abrupt zur Tür. Er würde nie verstehen, wieso ein Rumpeln auf einer Hintertreppe interessanter sein konnte als ein weit geöffneter menschlicher Leib, insbesondere für Wundärzte in ihrer Lehrzeit.

Bevor er seine Schüler entschieden zur Ordnung rufen konnte, flog die Tür auf, und die Gardewinsch trat ein.

«Oha, da stör ich wohl», stellte sie fest, ihre Miene verriet, wie einerlei ihr das war. «Die jungen Herren wollen grad was lernen, und die Stadtleichenfrau kommt einfach rein ins Theater, hat nicht mal angeklopft, bringt schlechte Nachrichten, oder gute, kommt drauf an.»

Andere Frauen hätten nun gekichert, vielleicht boshaft, vielleicht vergnügt, spöttisch gar, die Gardewinsch nicht. Es war ungewiss, ob sie überhaupt kichern konnte, ob sie es selbst als junges Ding, das auch sie einmal gewesen sein musste, gekonnt hatte. Immerhin hörte man sie ab und zu lachen, sogar sehr laut, wenn auch auf eine seltsam gleichtönige Weise.

«Guten Morgen, verehrte Madam Gardewinsch.» Dr. Pullmann ließ die Hand mit dem Skalpell auf die knochige kalte Schulter vor ihm sinken. «Sei die Nachricht gut oder schlecht – was bringt Ihr uns?»

Kein Kind, schoss es ihm durch den Kopf, Herr im Himmel, lass es nicht wieder ein Kind sein. Bitte nicht.

Die sechsköpfige Hydra hatte sich Dr. Pullmann zugewandt, nun starrten sie wieder zur Stadtleichenfrau, mit erschreckten Gesichtern, als hätten sie die Befürchtung ihres Lehrers gehört.

«Was wird's wohl sein?» Mit dem ausgestreckten Ellbogen schob sie Aline so nebenbei wie entschieden zurück, die versuchte trotzdem, über die Schulter ihrer Mutter in das Anatomische Theater zu schauen. Ihr Gesicht blieb im Schatten, es war nicht zu erkennen, ob sie die jungen Männer mit einem schmelzenden Lächeln beschenkte oder ihre Neugier dem Geschehen auf dem Seziertisch galt.

«Ein Mann, jung wie Eure Schüler hier, aber tot», erklärte die Stadtleichenfrau, «wirklich und endgültig tot. Da hilft nichts mehr, kein Aderlass, kein Schröpfkopf, kein Klistier aus Tabakrauch, wie's der Doktor Unzer rät. Der Kadaver ist nun inner Totenkammer, der Weddemeister sagt, Ihr sollt ihn gleich ansehn.»

Ein Raunen ging durch die Reihen um den Tisch und im Publikum. Der Weddemeister? Das klang nach Untat und Verbrechen, vielleicht sogar nach Skandal.

Die Männer im Publikum, von denen zumindest zwei sich heute eine anregendere Stunde versprochen hatten, nämlich die Öffnung des Schädels und die Präsentation des Gehirns, waren verstimmt, als der Arzt erklärte, er bedauere, aber die Sektion sei für heute beendet. Man habe den Grund selbst gehört. Leider sei es auch nicht möglich, den gerade gelieferten Leichnam anzusehen, nicht vor der Untersuchung durch den Physikus. Morgen vielleicht, man werde sehen und es gegebenenfalls wie üblich mit einem Anschlag an den Säulen in der Börsenhalle bekanntgeben. Wegen der Kürze und Bescheidenheit der heutigen Demonstration gelte der bezahlte Eintritt morgen noch einmal, er werde ein Bein sezieren, die Gerüche seien weniger übel.

«Halt!», rief er als die kleine Herde der Wundarztlehrlinge eilig wie die Schulbuben das Theater zu verlassen begann. Anders als das zahlende Publikum fanden sie diese neue Entwicklung höchst angenehm. «Halt», rief Dr. Pullmann noch einmal, und alle blieben stehen. «Obwohl dieser Leib», er legte für eine stille Sekunde die Hand auf den grindigen Kahlkopf des Leichnams, bevor er fortfuhr, «ja, obwohl dieser Leib uns nicht mehr in Gänze zur Verfügung steht, so doch mit einigen seiner langsamer vergänglichen Teile. Ein Bein zum Exempel. Ihr habt es gerade gehört. Wer sich vorbereitet, sieht mehr. Überlegt also, was wir morgen an einem Bein erkennen werden. Morgen in aller Frühe. Wenn es von St. Nikolai sieben Mal schlägt, steht die Sonne für unser Theater hoch genug. Dann seid ihr wieder hier. Alle. Und jetzt …»

Es war nicht nötig weiterzusprechen. Wie der Wind eilten alle sechs zur Tür und drängelten die Hintertreppe hinunter, langsamer gefolgt von Christian Herrmanns und seinem Begleiter, noch langsamer von dem auf seinen Kutscher gestützten, leutselig winkenden alten Syndikus. Der fünfte Mann und der Kunsthändler Matthes waren schon unbemerkt verschwunden, vielleicht durch den zweiten Ausgang. Der führte zu den unteren Etagen und dem Ratsweinkeller, jedenfalls wenn man sich in dem weitläufigen Haus auskannte.

D ie Feder kleckste. Rosinas Schrift war akkurat und stets leserlich. Heute nicht. Gewöhnlich gab es dafür zwei Gründe, entweder war die Tinte zu flüchtig abgestreift, oder ein vor lauter Ungeduld schlecht geschärftes Messer hatte die Schreibfeder im falschen Winkel geschnitten. An diesem Morgen mochte beides zutreffen. Rosina musterte stirnrunzelnd den Klecks, leider war es nicht der erste, immerhin hatte er eine interessante Form. Sie wischte die Feder sorgfältig ab – beinahe mit Geduld – und setzte das Federmesser erneut an. Aber so wie die Feder eine frisch geschnittene Spitze brauchte, brauchte das Messer einen guten Schliff. Ihr war nach Seufzen, doch gerade weil ihr so sehr danach war, verbot sie es sich.

Hatte es sie früher je gestört, wenn eine Feder nachzuschneiden, das Messerchen zu schärfen war? Früher – das war ein dummes Wort. Jetzt war jetzt. Sie schob energisch den Stuhl zurück, nahm Messer und Feder und ging in die kleine Küche. Der feinere der Wetzsteine lag genau dort, wo er liegen sollte, Paulines Ordnungssinn beeindruckte sie immer wieder aufs Neue. Das Messerchen war schnell geschärft. Zu schnell, dachte sie und verstand, dass die Kleckserei auf dem Papier weniger von der stumpfen Feder und ihrer Ungeduld herrührte, sondern von Unmut – es widerstrebte ihr, diese Strophen aufzuschreiben.

Es war immer ihr Lied gewesen, sie hatte es aus ihrem ersten Leben mitgebracht, aus der Lieder- und Notensammlung ihrer Mutter, und verband es mit Vertrautheit, Wärme und dem Duft der Sommerblüten. Nur an grauen Tagen auch mit Abschied und Schmerz. Das gehörte zum Besonderen dieses Liedes, seiner Worte wie der Melodie: ‹Willst du dein Herz mir schenken, so fang es heimlich an …› Es war ein Liebeslied und sprach von so viel mehr als der heimlichen Liebe zwischen einem Mann und einer Frau. Sie würde es nie vergessen, nicht die Worte, nicht die Melodie, so war es während ihrer Jahre mit der Beckerschen Komödiantengesellschaft nie aufgeschrieben worden, es war nicht nötig gewesen, weil es auf dieser Bühne niemand anderes gesungen hatte. Nicht einmal Florinde, die gern alles nahm, was sie für sich als brauchbar oder wertvoll ansah, egal ob es andere verletzte oder kränkte, gar Herzen brach. Die zauberhafte schillernde Florinde hatte nur einen Sommer zur Gesellschaft gehört, bevor sie wenige Stunden vor einer Premiere in ein so ungewisses wie trügerisches neues Glück durchgebrannt war. Niemand wusste, was aus ihr geworden war. Vielleicht sang sie irgendwo auf irgendeiner Bühne dieses Lied aus der Erinnerung. Rosina wünschte ihr, es möge gründlich misslingen.

Bevor die Beckerschen Komödianten nun für den langen Sommer wieder über Land zogen und in anderen Städten spielten, was stets mit viel Singen und Tanzen verbunden war, wollte sie ihr Lied Helena schenken. Ein Lied konnte Freunde wie Feinde verbinden, so gehörte es niemandem allein. Wer es hören wollte, sollte es hören. Erst recht dieses Lied. Sie hatte es auch mit Helena gesungen, ihr klarer Sopran und Helenas warme Altstimme – wenn sie jetzt darüber nachdachte, glaubte sie, ihrer beider Duett habe inniger und bewegender geklungen als ihr Solo. Ein solches Lied sollte frei wie ein Vogel sein, wenn sie es nun als ihr eigenes Helena schenkte, war das ein Symbol, das sie beide verstanden. So hoffte sie.

Das Lied war alt, wohl ein halbes Jahrhundert. Es hieß, die Melodie stamme aus der Feder des einstigen Leipziger Thomaskantors Bach, Vater des Hamburger Musikdirektors, des sehr viel berühmteren Monsieur Carl Philipp Emanuel Bach. Das war Rosina immer einerlei gewesen, was zählte war die Wahrhaftigkeit des Gefühls, die darin lag.

Natürlich hatte dieses Lied nicht nur zur Sammlung ihrer Mutter gehört, sicher wurde es auch noch in so manchen Salons, sogar auf anderen Bühnen gesungen, trotzdem hatte sie es in ihrem Herzen als so etwas wie ihr Erbe empfunden, ihr Eigentum. Nun war es Zeit zu teilen.

Helena wusste um die Bedeutung, die dieses Lied für ihre Freundin hatte. Nun sollte es für sie besonders schön und makellos geschrieben sein, ohne Kleckse auf feinstem Papier, gerollt und mit einem Seidenband gebunden.

Aber – vielleicht war nun nicht die richtige Stunde, womöglich nicht einmal der passende Tag? Dann war es sinnlos, teure Bögen zu verschwenden. Noch blieb genug Zeit, bis die Beckerschen Wagen durchs Tor hinausrollten, zumindest einige Tage. Also morgen. Morgen war die richtige Zeit, um ohne Kleckserei zu schreiben. Das fühlte sie genau. Gut Ding will Weile haben, so hieß es doch.

Rosinas gute Laune kehrte schlagartig zurück. Es war Mai, die Sonne schien, auf dem Jungfernstieg wurden duftende Maiblumen aus den Vierlanden feilgeboten – dieser war kein Tag, um ihn mit Tintenfingern zu verschwenden.

Hinter dem halb geöffneten Fenster zwitscherte es übermütig, Schwalben sausten im eleganten Flug vorbei und waren sehr vergnügt. Rosina griff nach ihrem Schultertuch und dem Beutel aus weichem Leder, prüfte, ob ein paar

Münzen darin klimperten, und sauste schon die Treppe hinunter. Ihr war nach einem raschen Spaziergang in der Sonne, nach Klatsch und nach Neuigkeiten aller Art, und vielleicht, nur vielleicht, erfuhr sie etwas von dem Toten in der Neulanderschen Gerberei. Am besten schlug sie gleich den direkten Weg zur Neustadt ein, es war kaum mehr als ein Katzensprung. Bei Jakobsen und seiner Schwester im Bremer Schlüssel gab es nicht nur gutes Bier und köstliche dicke Suppen, das Wirtshaus war auch die reinste Nachrichtenbörse. Niemand hatte bessere Ohren und aufmerksamere Augen als der Wirt in der Neustädter Fuhlentwiete.

A n diesem Vormittag kam sie nicht bis zum Bremer Schlüssel, nicht einmal bis zum Jungfernstieg mit der Lindenallee entlang der Binnenalster, wo sich auch manche, allerdings weniger verlässliche Neuigkeit aufschnappen ließ. Als sie mit Schwung aus dem Haus auf die Straße sauste, rannte sie beinahe eine schlanke unauffällige Dame um. Theda Harling, so hieß die unauffällige Dame, sprang erschreckt zur Seite.

«Madam Vinstedt», rief sie noch nach Atem ringend, «fast wäre ich wohl zu spät gekommen? Ich hatte befürchtet, Euch gar nicht anzutreffen. Leider es ist ein wenig eilig, beinahe ungehörig, ich muss um Nachsicht bitten. Madam Kjellerup …»

«Was ist geschehen? Ist Madam Augusta krank?» Rosina hatte Augusta Kjellerups Gesellschafterin erst auf den zweiten Blick erkannt. Sie waren einander noch nicht oft begegnet. Madam Harling, eine noch recht junge Witwe aus dem Ostfriesischen, war auf kuriose Weise und, so beteuerte Madam Augusta gern, mit der Hilfe eines dicken Weihnachtsengels in ihre Dienste und damit in das große

Herrmanns'sche Haus am Neuen Wandrahm geraten. Mehr Gesellschafterin als Zofe, trotzdem war sie eine stille Person und leicht zu übersehen.

«O nein», beteuerte sie nun, «es geht Madam gut, ausgezeichnet, würde ich sogar sagen. Mir ist keine andere begegnet, die dem Alter so erfolgreich trotzt. Sie bittet nur um Euren Besuch.» Ein winziges, impertinentes Grübchen schlich sich in Theda Harlings rechte Wange, was sie gleich weniger unauffällig erscheinen ließ. «Gleich, wenn es Euch möglich ist, ja, tatsächlich zu dieser unpassenden Stunde.» Das Grübchen schwand zugunsten eines breiten Lächelns. «Ich sollte es vielleicht erklären – Madam macht gerade selbst Besuch, nämlich bei der Ehrwürdigen Jungfrau Domina van Dorting im Johanniskloster. Die Damen würden sich beide über Euren Besuch ungemein freuen. Das soll ich ausrichten und hinzufügen, es werde Schokolade serviert, wenn es beliebt mit einer Prise Vanille. Die Ehrwürdige Jungfrau ist sicher, dem könntet Ihr kaum widerstehen, es gebe keine bessere Bestechung. Oh!», sie legte mit scheinbarer Missbilligung den Zeigefinger an ihr Kinn, «diese Überlegung sollte ich sicher für mich behalten.»

«Ganz sicher.» Rosina lachte. «Aber wie nett von Euch, das zu vergessen.»

W ährend Rosina Vinstedt und Mamsell Harling im morgendlichen Gedränge durch die verwinkelten Gassen und über die Brücken der Altstadt zum Johanniskloster an der Kleinen Alster gingen, in bester Laune und tatsächlich mit eiligem Schritt – gleichermaßen wegen des Wunsches der beiden alten Damen und der Aussicht auf eine Tasse Schokolade –, stapfte Weddemeister Wagner nicht ganz so eilig von seiner neuen Wohnung in der Neustädter Fuhlentwiete zum Eimbeckschen Haus. Auch seine Stimmung war nicht ganz so heiter.

Marikje hatte in der Nacht und noch am Morgen viel geweint. Seine nervöse, um nicht zu sagen ängstliche Überlegung, nach Madam Matti zu schicken, hatte Karla mit einem tröstenden Lächeln beantwortet. Wenn sie bei jedem weinerlichen Tag Marikjes nach der lieben alten Hebamme vom Hamburger Berg rufe, zöge Matti am besten gleich bei ihnen ein, hatte sie erklärt. Das Kind hatte dazu gegluckst, gegen jede Vernunft war Wagner sicher gewesen, seine winzige Tochter lache ihn aus.

Dennoch – Karla war ein versponnener Engel, sie wusste so wenig von der Welt. Selbst noch wie ein Kind, so hatte er immer gedacht und war gewöhnt, dass seine zarte, hin und wieder zum Somnambulen neigende Frau ihm in allem folgte. Seit Marikje auf der Welt war, sah manches anders aus. Natürlich waren Kinder Frauensache, aber er war es, der beständig Gefahren witterte. Karla schien ihm überhaupt verändert. Sie ging aufrechter und geradeaus, auf ihre eigene Art. Wahrscheinlich war das gut, jetzt, da sie eine neue, überhaupt die schwerste Verantwortung trug. Kinder starben doch so leicht.

Der Gedanke ließ ihn abrupt stehen bleiben, kalter Schweiß rann seinen Rücken hinab, und es flimmerte vor seinen Augen. Er atmete tief und sah wieder klar. Inmitten dieser Welt voller Gefahren sorgte er sich – tat das nicht jeder gute Familienvater? –, aber er konnte nicht immer bei ihnen sein und aufpassen, auf diese beiden, ohne die sein Leben zum dunkelsten Jammertal würde.

So tiefe Furcht und Sorge hatte er nicht gekannt, bevor er Klara und mit ihr das Glück kennengelernt hatte. Die lebenskluge Matti hatte seine Unruhe gespürt und ihm auf ihre bestimmte, zugleich milde Art erklärt, Karla sei still und

sehr jung, aber anders als es scheine weder dumm noch hilflos. Sie habe in ihrem Leben schon mehr erdulden müssen
und überstanden, als mache andere Frau, sie gebe gut auf ihr
Kind acht und habe schnell gelernt, was eine junge Mutter
wissen müsse. Alles andere liege in Gottes Hand.

Wagner hatte genickt, obwohl er sich gerade in diesem
Fall ungern nur auf Gottes Hand und ewigen Ratschluss verlassen wollte. Er könnte es nicht verzeihen, nicht Gott, sich
selbst und wen er noch als schuldig befände, stieße Karla
und Marikje etwas zu.

Er tastete hastig nach seinem Bleistift und dem blauen
Tuch, beides war an seinem Platz in den ausgebeulten Rocktaschen, was ihn stets am besten beruhigte, und er setzte
seinen Weg mit neuer Entschlossenheit fort. Er werde es
lernen und auch verstehen, hatte Matti noch mit ihrem ver-
schmitzten Lächeln hinzugefügt, Liebe, dieses größte Glück,
bedeute zugleich immerwährende Sorge. Schließlich seien
die Menschen schon lange aus dem Paradies vertrieben, und
was sei das für eine Liebe, wenn sie gleichgültig lasse oder
einen Mann zum Despoten mache?

Also wollte er es lernen, obwohl er nicht wusste, wie das
möglich war. Karla sei weder dumm noch hilflos? Wahrscheinlich war es gut, sicher war es das. Trotzdem – zumindest Letzteres gefiel ihm gar nicht.

Endlich eilte er die Treppe hinauf, die zur Totenkammer,
zum Anatomischen Theater und einigen Nebengelassen
für die Arbeit mit den Leichnamen und die Ausbildung der
Wundärzte und Hebammen führte. Die Räume dort oben
schätzte er wenig, die Treppe gefiel ihm hingegen ausgezeichnet. Diese Stufen waren besonders flach und breit, der
Transport der Leichname und der Särge, auch der Wasser-
tonnen oder großen Spiritusgläser und all der nötigen Utensilien war viel weniger beschwerlich als auf gewöhnlichen

Treppen. Selbst ein Mann mit recht kurzen Beinen und beachtlicher Leibesfülle gelangte fast ohne Schnaufen und hochrotem Kopf bis in die oberen Etagen.

Von St. Nikolai schlug es zehn, als Wagner den Treppenabsatz zur Totenkammer erreichte, vielleicht auch von St. Petri, es gelang ihm nur schlecht, die Glocken der verschiedenen Kirchen auseinanderzuhalten. Er entschied sich für St. Nikolai, nach dessen Turmuhr wurden im Rathaus die Uhren gestellt, diese Zeit war amtlich für die ganze Stadt. Nach diesen Glockenschlägen war er pünktlich. Sicher war die Gardewinsch wieder vor ihm angekommen, hier hatte das seine Ordnung, die Totenkammer gehörte zu ihrem ureigensten Reich.

Die Tür war nur angelehnt, wer sich nicht auskannte, konnte dem Geruch folgen, um die richtige Kammer zu finden. Palle stand am Schreibpult, sortierte irgendwelche Papiere und nickte dem Weddemeister nur schweigend zu, ohne sich stören zu lassen. Der Tote aus der Gerberei, Hippolyt Meunier, wenn stimmte, was Jakob Neulander wusste, lag auf einem der drei Tische, die für die Totenschauen bereitstanden. Die anderen beiden waren leer. Der intensive Geruch, um nicht zu sagen der Übelkeit verursachende durchdringende Gestank, stieg nicht von Meuniers Leichnam auf, sondern kam aus einem tiefen und breiten Gestell in einer Nische. Darin lag ein weiterer Toter in einer einfachen Holzkiste, deren Deckel mit drei beachtlichen Granitbrocken beschwert war. Wagner schauderte. Natürlich dienten die Steine nicht dazu, den als wandelnde Nachtmahr wieder aus der Kiste steigenden Toten aufzuhalten, wie Wagner es in diesem schrecklichen Raum immer wieder vor seinem inneren Augen sah, sondern den Verwesungsgeruch aufzuhalten. Niemand könnte behaupten, es gelinge gut. Ein halbes Dutzend mit gezuckertem Leim und Arsen bestrichene Leinwandstreifen hingen als Fliegenfänger in der Nähe, sie trugen reiche Beute.

Auch wenn der Leichnam in der Holzkiste nach der Sektion in den vergangenen Tagen ordentlich zugenäht worden war, war er nicht mehr vollständig. Seit dem frühen Morgen fehlte auch noch sein rechtes Bein, es wurde gerade im Anatomischen Theater seziert und diente so der Menschheit, jedenfalls der Ausbildung der Wundärzte, was im besten Fall auf dasselbe herauskam.

«Morgen kurz vor Sonnenuntergang», sagte die Gardewinsch, just als Wagner sich suchend nach ihr umsah, und trat aus der Nische ins hell durch die Fenster fallende Licht, «morgen Abend, Weddemeister. Dann wird der alte Joost auf dem Friedhof von St. Gertrud ins Grab gelegt. Zur ewigen Ruhe, das klingt doch schön friedlich. Da ist er auch nicht so allein», fügte sie hinzu, «liegen schon drei drin. Oder vier. Wer weiß das noch genau? Wenn das halbe Dutzend voll ist, soll jedenfalls zugeschaufelt werden. Kann nicht mehr lang dauern und passiert besser, bevor der Regen wiederkommt. Das war 'ne üble Schweinerei in diesem Frühjahr.»

Wagner nickte knapp. Die Stadtleichenfrau sollte wissen, wer dort in der Grube lag, auch ob einer ohne amtlichen und kirchlichen Segen reingeschmuggelt worden war, womöglich mitten in der Nacht. Er musste sie bei Gelegenheit danach fragen, recht streng, wobei er genau wusste, wie wenig seine Strenge sie störte. Im Übrigen wollte er es auch nicht allzu genau wissen. Wer tot war, gehörte unter die Erde, und wer erst mal in einer jener Kuhlen landete, blieb am besten dort. Solange kein Bürger vermisst wurde, auch keine Bürgerin, war es zu viel Aufwand, in den Gruben zu suchen. Bis man da einen fand, war er womöglich nicht mehr zu erkennen. Jedenfalls im Sommer.

Die Gardewinsch hatte den Namen des Toten genannt,

als handele es sich nicht nur um irgendeinen Leichnam. Das fiel ihm auf, doch es war unnötig, einen Gedanken daran zu verschwenden. Der Mann hatte in den so labyrinthischen wie elenden Jakobi-Gängen gehaust, dort war er gefunden worden, und dort wohnte auch die Gardewinsch mit ihrer Familie, allerdings am Rand, wo es sich schon recht manierlich leben ließ.

«Der Neue ist noch ganz frisch», erklärte sie wieder im sachlichen Ton und deutete mit dem Kinn auf Meuniers Leichnam. «Hübscher Junge, wirklich schade. Hoffentlich war er wenigstens ein übler Sünder, wenn er unsre schöne Welt schon so früh verlassen musste.»

Der Leichnam war entkleidet, nur ein schmales Leintuch bedeckte sein Geschlecht. Wagner trat an den Tisch. Er dachte unwillkürlich an gemarterte Märtyrer, von denen er Bilder gesehen hatte. Allerdings schien der Körper dieses Toten unversehrt, nicht im Geringsten gemartert. Wagner hatte für ein schnelles erstes Urteil genug Tote gesehen, auch die, die in der Totenkammer begutachtet wurden, weil der Grund für ihren Tod amtlich festgestellt werden musste. Er wusste auch, dass solch ein erstes Urteil häufig nicht standhielt.

Palle lehnte nun an der Fensterbank, die Arme vor der Brust verschränkt, das gesunde Bein über das schiefe gekreuzt. Andere in so geringer Position zeigten sich ehrerbietiger. Er murmelte etwas, das nach ‹Physikus› klang, und humpelte hinaus, um Dr. Pullmann und den Anatomiegehilfen zu holen.

Der Stadtphysikus war im Anatomischen Theater noch mit dem Bein des toten Alten in der Holzkiste beschäftigt. Heute saß kein Publikum auf den Bänken im Halbrund, ein Unterschenkel und Fuß mit nichts als Haut, Knochen, Nerven und Gefäßen, Sehnen, Muskeln und Lymphbahnen interessierte weitaus weniger als ein geöffneter Leib. Hätte er für heute die Öffnung des Schädels versprochen, wäre der Saal gut besucht gewesen, denn alle wollten einmal ein Gehirn sehen. Es hatte sich herumgesprochen, wie erstaunlich schlicht, nahezu belanglos es aussah, obwohl diese seltsame weiche Masse, deren Form an einen halben Walnusskern denken ließ, letztlich für alle Funktionen des gesamten Körpers verantwortlich sein sollte. Womöglich auch für die der Seele, so hieß es schon seit der griechischen Antike, bewiesen war es nicht.

Auch in diesen aufgeklärten Zeiten glaubten noch viele, wahrscheinlich sogar die meisten Menschen, alles Denken und Fühlen habe seine Ursache im Herzen. Ihm gefiel der Gedanke, diese perfekt und diffizil von Gott, der Natur oder einer unbekannten höheren Macht erdachte rote Muskelmaschine im schützenden Käfig der Rippen sei Quelle und Hort aller Gefühle, Gedanken und Entscheidungen. Diese weiche blasse Masse unter der Schädeldecke mochte ein geheimnisvolleres Wunderwerk sein, aber es wirkte träge und belanglos. Als Mann der Wissenschaften hatte er beide Materien, beide Wunderwerke der Physis in den Händen gehalten und untersucht, er wusste natürlich, dass es auf den ersten äußerlichen Blick nicht ankam.

Dr. Pullmann brachte zwei der angehenden Wundärzte mit, die unfähigsten, was aber niemand außer ihm wusste. Die übrigen vier setzten im Anatomischen Theater schon halbwegs kundig die Sektion des Unterschenkels fort, während der Stadtphysikus mit der amtlichen Totenschau begann.

Alle standen um den Tisch, die bei einer Totenschau in dieser Stadt vorgeschrieben waren: Dr. Pullmann, er war wegen seiner besonderen Studien und Fähigkeiten zugleich städtischer Chirurg, und seine Schüler, sein Anatomiegehilfe

Steffen, die Stadtleichenfrau und der Weddemeister. Der vertrat wie gewöhnlich zugleich den Weddesenator, der diese unter seinen Amtspflichten am wenigsten liebte und sie generös seinem verlässlichsten Beamten anvertraute. Am Stehpult beim Seitenfenster zog Palle den Stopfen aus dem Tintenglas, bereit, den Verlauf der Totenschau und die Ergebnisse für den Rat zu protokollieren.

«Nun», sagte Dr. Pullmann, sah sich suchend um und trat an die Waschschüssel, die heute an einem anderen Platz stand. Er wusch sich die Hände und trocknete sie sorgfältig an einem noch ziemlich frischen Leintuch ab. Die Gardewinsch runzelte ungeduldig die Stirn. Diese ständige Händewascherei war unnötig und vertane Zeit. Bei den Wehmüttern mochte diese neue Mode der übertriebenen Reinlichkeit womöglich doch von Vorteil sein, das Kindbettfieber war eine wahrlich mörderische Plage. Hier ging es nur um Tote. Denen war egal, wie die Hände der Lebenden aussahen oder rochen.

Palle hüstelte, Wagner wippte auf seinen Fußspitzen, und der Physikus wiederholte, wie es zu seinen Gewohnheiten gehörte: «Nun.» Es klang schon ein wenig amüsiert, als wisse er, auch ohne sich umzusehen, was die Blicke in seinem Rücken meinten, worin er nicht irrte. «Wir haben hier einen besonders gut erhaltenen Leichnam», erklärte er und wandte sich endlich dem Leichentisch zu. Beiläufig strich er eine aus dem im Nacken gebundenen, schon früh ergrauenden braunen Haar entkommene Strähne hinter das rechte Ohr. «Bleiben wir zunächst im Allgemeinen. Dieser arme Mensch hat nur etwa zweieinhalb Jahrzehnte gelebt. Kaum länger. Ich bin sicher, unser verdienstvoller Weddemeister», er warf Wagner einen freundlichen Blick zu, «wird womöglich ein Passpapier entdecken, einen Gesellenbrief oder Ähnliches, und die Zahl der Jahre genauer herausfinden. Tatsächlich macht das nur noch wenig Unterschied. Gut erhalten, sagte ich», er wiegte den Kopf und schob die Unterlippe vor, «natürlich war zu überlegen, ob es an der Brühe liegt, in der er in der Gerberei gefunden wurde. Schreib das auch auf, Palle, ganz genau, damit der Rat alle Fragen beantwortet findet. Steffen hat noch gestern Abend Meister Neulander gefragt, wie diese Brühe wirkt, Lohebrühe, wenn ich recht informiert wurde, insbesondere wie schnell sie wirkt. Leider konnte der Meister darüber nichts Verlässliches sagen. Diese Art Gerberei sei eine neue Methode, die er auch zum ersten Mal ausprobiere, niemand sonst im Umkreis von etlichen Tagesreisen, wahrscheinlich sogar im ganzen Deutschen Reich, habe das bisher versucht.»

Der Arzt strich mit den Fingerspitzen, dann mit der flachen Hand über die nackte Haut des Leichnams, zunächst leicht, dann mit ein wenig Druck. «Die Haut fühlt sich kaum anders an als bei einem vergleichbar jungen Toten. Eher besser als die meisten, sein Leben kann nicht von Last, Hunger und Krankheit verdunkelt gewesen sein. Außer einigen älteren Schrammen an den Unterarmen und Händen, eine am Schienbein, weist nichts auf so etwas hin. Auch keine Pockennarben. Offenbar genoss er den Luxus, sich oft waschen, sogar baden zu können, ich sehe keinen alten Schmutz oder Schorf, Entzündungen et cetera. Sehr kalt», murmelte er dann und zog die Hand zurück, «sehr kalt», und fuhr lauter fort: «Die Augen jedoch …»

Wagner schluckte, er erinnerte sich an den verstörenden Anblick der milchigen Augen.

«… die Augen sind von feinstem Gewebe. Sie sind trüb. Das ist in der Lohegrube geschehen, davon kann ich ausgehen. Der junge Neulander, der ihn gefunden hat, kannte ihn vor seinem Tod und hat nichts von trüben Augen erwähnt.» Er blickte Wagner fragend an, als der nickte, fuhr er fort: «Hast du das auch, Palle? Gut. Ähnliches trifft auf die Schleimhäute der Mundhöhle und im Rachen zu, in geringerem Maß, doch erkennbar. Der Körper schien ganz frei von Gebrechen. Ein beneidenswert gesunder junger Mann hat hier das Zeitliche gesegnet. Jedenfalls soweit wir das von außen sehen können. An der rechten Hand», seine Finger glitten den rechten Arm des Leichnams herunter und zum zweiten und dritten Finger, «an der Rechten hat er sich früher mal verletzt. Es muss eine Reihe von Jahren her sein. Man fühlt noch Brüche, aber gut verheilte, was nicht immer der Fall ist. Offenbar hat sich damals jemand seiner sorgsam angenommen. Er kann nicht ganz arm gewesen sein, denn offenbar konnte er sich erlauben, einige Zeit nicht zu arbeiten. Die verletzten Finger waren wohl geschient, sie sind fast gerade wieder zusammengewachsen. Bitte, Weddemeister, wenn Ihr das überprüfen wolltet.»

Wagner ließ seinerseits die Fingerspitzen über die kalte Hand gleiten. Er spürte die Unebenheiten unter der Haut etwa einen halben Zoll vom Handrücken.

«Dies ist keine Stelle an der Hand, die man sich so einfach bricht», erklärte der Arzt, «es ist aber lange her und hat nichts mit seinem Tod zu tun. Seine Hände verraten, er hat mit ihnen gearbeitet. Nicht wie ein Kutscher, Schiffsbauer oder Reepschläger, aber anders als ein Schreiber. Wagner», fuhr er nach einer Sekunde Schweigen fort, «ich spürte Eure Ungeduld, und Ihr habt recht.»

Wagner knurrte zustimmend, dann sagte er: «Meunier war wohl Erfinder irgendwelcher mechanischen Apparate. Das mag es erklären.»

Dr. Pullmann nickte. «Wenn wir jetzt den Leichnam umdrehen …» Steffen trat sofort an den Tisch und drehte mit der so geübten wie tatkräftigen Hilfe der Gardewinsch den Toten auf den Bauch, «… erkennen wir mehr. Madam

Gardewinsch und ich und unsere Leute haben nach Eurer Weisung gestern alles genau untersucht, Weddemeister. Nun seht Ihr es selbst.»

Was Wagner sah, erleichterte ihn ungemein. Auf dem Rücken des Toten, etwa in Höhe der Schulterblätter, zeugten Verfärbungen unter der Haut von einem Schlag, jedenfalls sah es danach aus. Aber vielleicht war der Mann nur rückwärts auf etwas gefallen, ein breites Geländer, einen Karren, irgendeine breite Kante, schon einen Tag oder einige Stunden bevor sein trübes Schicksal ihn ereilte. Gut zwei Handbreit darüber aber, wo bald der Hals in den Schädel überging, erkannte Wagner endlich, was ihm die Gewissheit gab, die er brauchte: eine heftige Verletzung, die von dem dichten üppigen Haar nun kaum mehr verborgen war. Jemand hatte kräftig zugeschlagen. Nicht mit der Hand, sondern mit einem sehr harten Mordwerkzeug.

«Ja, dort ist der Schädel gebrochen», erklärte Dr. Pullmann und scheuchte erfolglos ein halbes Dutzend Fliegen von der Wunde, «es ist zu fühlen. Unser junger Freund hier ist viel zu früh und auf unschöne Weise gestorben, aber er ist nicht in dieser flüssigen Gerberlohe ertrunken. Zumindest war er schon auf dem Weg in die Ewigkeit. Ein Unfall wird es nicht gewesen sein. Ihr sucht einen Totschläger, Weddemeister, einen Mörder.»

Wagner nickte mit einem seiner vertrauten Schnaufer, er folgte jedoch nicht der auffordernden Geste des Arztes, selbst zu fühlen. Es erleichterte ihn, dass der Junge nicht in dieser üblen Brühe ertrunken war, während er in panischer Verzweiflung vergeblich versuchte, an der glatten Wand aus der tiefen Grube zu entkommen. Sein Blick wanderte zu den Händen, die Knöchel und Fingerkuppen waren unversehrt, nichts verriet einen solchen Kampf. Überhaupt gab es bis auf die Verletzungen an Schädel und Rücken keine Blessuren, die auf eine körperliche Auseinandersetzung oder die Abwehr eines Angriffs schließen ließen, ob mit einer Waffe oder mit den bloßen Händen.

«Für eine Sektion gibt es keinen Grund», schloss Dr. Pullmann, «dieser Junge sollte bald in Frieden unter die Erde.»

Niemand hatte ein Klopfen gehört, nur Palle, der gerade von seinem Protokoll aufsah, bemerkte, wie die Tür sich auf diese Weise öffnete, die Unsicherheit, Höflichkeit oder Heimlichkeit verriet. Noch einer der Wundarztlehrlinge, so hatte er gedacht. Die interessierten ihn nicht, sie behandelten ihn, als seien sie ihm haushoch überlegen, womöglich auch von dieser Akademie in Paris oder sonst einer Universität gekommen und nicht aus den Vorstädten oder den dunkleren Vierteln dieser Stadt. Es gab Wundärzte, die sich auf ihr Handwerk verstanden, wer wie Palle erheblich mehr Zeit in der Totenkammer als in der Schule verbracht hatte, wusste, dass die eher die Ausnahme als die Regel waren. Aber es war keiner der Wundarztlehrlinge, sondern ein auf eigene Weise eleganter Mann, sein grauer Samtrock über den schwarzen Kniehosen schimmerte bläulich, die Halsschleife seines Hemdes war schlicht, doch raffiniert gebunden, kurz und gut, für einen Mann, der seinen fünfziger Jahren wohl näher war als den Vierzigern, kleidete er sich recht jugendlich.

«Pardon, Messieurs. Ich muss mich entschuldigen, vous permettez? Ich komme ganz ohne Einladung, sicher störe ich …»

Die Gardewinsch räusperte sich vernehmlich, selbst ein nahezu tauber Mensch hätte den Unmut darin nicht überhören können. «Ja, Madam, ich sehe es. Pardon. Wenn Ihr dennoch erlaubt», er blickte den Stadtphysikus an, «wenn Ihr mir eine halbe Minute gewährt, um mich zu erklären …»

Er faltete die Hände vor der Brust, lächelte verbindlich und schwieg erwartungsvoll.

Dr. Pullmann war der Einzige, den der Eindringling weniger störte als amüsierte. «Eine halbe Minute ist kurz, Monsieur, die kann ich gewähren. Wenn die Leichenfrau und der Weddemeister auch einverstanden sind.»

Der Mann wusste seine Chance zu nutzen. Sein Name sei Matthes, stellte er sich vor, Kunstmaler und Kunsthändler, Bürger dieser Stadt. Er habe einen Vorschlag zu unterbreiten. «Meine Gattin ist eine vorzügliche Künstlerin. Sie hat die beste Ausbildung genossen, die eine Frau finden kann, nämlich in Nürnberg, bei den vortrefflichen Schwestern Dietzsch. Ihr habt gewiss von den Damen gehört, sie kommen aus der Schule der Familie Merian. Nirgends lernt man besser in unserer Zeit, insbesondere wenn es um Stillleben geht. Für Damen ist das die angemessene Kunst, darin sind wir gewiss einig, wer könnte anderer Meinung sein? Meine Madam Matthes ist in diesem Sujet eine besondere Künstlerin. Wirklich außerordentlich besonders. Und ein Toter», er lächelte wieder verbindlich, «ist auch sehr still, n'est-ce pas? Dieser ist zudem recht hübsch und gut erhalten.» Er reckte ein wenig, wirklich nur ein wenig, den Hals, der allerdings ungewöhnlich lang schien, und blickte an Wagner vorbei auf den Leichnam. «Es wäre doch möglich, ihn zu porträtieren? Um den armen Toten für die Ewigkeit festzuhalten, jetzt, da er die irdischen Sphären verlässt.»

Dr. Pullmann begann sich nun wirklich zu amüsieren. Natürlich wurden Tote manchmal gezeichnet oder ihr Porträt in Kupfer gestochen, auch und besonders für die Wissenschaft oder wenn sie einen großen Namen in der irdischen Welt hatte, es wurden auch Abdrücke der Gesichter aus Gips oder Wachs für die Nachwelt angefertigt. Aber ein Porträt von einer der Schönheit verpflichteten Blumenmalerin?

«Warum möchte Madam Matthes gerade diesen Toten malen?»

«Zeichnen, Monsieur le Docteur, wenn Ihr erlaubt. Zunächst zeichnen, vielleicht, wie es sich ergeben wird, könnte sie danach auch eine Gouache anfertigen. Das ist eine wirkungsvolle Technik bei einfachen Motiven. Jedes, das sich nicht bewegt, ist ein einfaches Motiv. Sehr geeignet für Damen, was aber keinesfalls ihre Kunst schmälert. Man mag darüber streiten, das mag man tatsächlich, aber …»

Die Gardewinsch fand es wieder an der Zeit für ein ungeduldiges Räuspern, und Matthes verstand sofort. Es war nicht die Stunde für einen Vortrag über Maltechniken – zumal vor einer Gesellschaft von Banausen und in einer Totenkammer neben einem auf dem Bauch liegenden Leichnam – sondern für eine Antwort.

«Es nimmt nur die gerade nötigste Zeit in Anspruch», fuhr er schmeichelnd, wenngleich ein wenig hastig fort. «Und bedenkt: Ein so junger Mensch hat gewiss Familie, Eltern, Geschwister, Onkel und Tanten, Paten, Familie eben. Wie ich gehört habe, weiß man noch wenig über ihn und seine Herkunft, umso dienlicher wird es sein, sein Aussehen festzuhalten, bevor er in der Grube endet, nun ja, in einem christlichen Grab bestattet wird. Ein Bild von ihm als friedlich Entschlafener wird seine Liebsten trösten.» Offensichtlich war ihm dieser Grund erst beim mahnenden Räuspern der Gardewinsch eingefallen.

Wer in den Gesichtern um den Leichentisch zu lesen verstand, erkannte unterschiedliche Meinungen. Der Weddemeister hielt es für unpassend, Mordopfer zu zeichnen wie Blumengebinde, womöglich mit diesen Käfern, Schmetterlingen und einem Stundenglas garniert, womöglich in Öl. Überhaupt witterte er einen ganz anderen Grund für diesen Vorschlag. Es würde ihm schon noch einfallen.

Die Gardewinsch dachte bei aller Ungeduld über die Umständlichkeit der Rede dieses seltsamen Vogels, sein Anliegen sei doch sehr interessant. Den Toten schmerzte und beleidigte nichts mehr, so ein bisschen Gekritzel auf Papier war eine Kleinigkeit gegen eine tagelange Sektion mit all der Schnippelei im faulenden Fleisch, wer konnte schon wissen, ob die Seele nicht doch noch fühlte und schreckliche Qualen litt. Überhaupt war eine Zeichnung eine großartige Idee. Es wäre allerdings dumm, so etwas irgendeiner fremden Frau zu überlassen, denn da eröffnete sich ein vielversprechendes Geschäftsfeld. Als hilflose Witwe und Mutter musste sie schließlich an ihr Alter und den Sparstrumpf denken, von der Aussteuer für die Tochter gar nicht erst zu reden.

Oder man kam zuerst einmal mit dieser Nürnberger Madam ins Geschäft. Sie selbst und ihre Leute verstanden sich auf zahlreiche Geschäfte und Fertigkeiten, das Zeichnen gehörte nicht dazu. Oder doch? Sie streifte ihren Sohn am Stehpult mit einem prüfenden Blick – er sah gelangweilt aus. Seine Schrift war erstaunlich akkurat, nicht umsonst durfte er die Protokolle für den Weddesenator schreiben. Wenn er auch Zeichnungen von Toten zu machen verstand, war sie nicht auf fremde Hilfe angewiesen. Fremden sollte man noch weniger vertrauen als anderen. Womöglich schaffte Palle das, ein bisschen Zeichnen konnte nicht so schwierig sein, nicht mal für einen Krüppel, und sie würde ihm schon sagen, wie sie auszusehen hatten, die Toten auf dem Papier. Jedenfalls nicht hässlich oder mit dem Entsetzen im Gesicht. Andererseits, für richtig üble, erschreckende Fratzen gab es womöglich noch mehr Käufer, man könnte beide Varianten …

Nun sahen alle Dr. Pullmann an. Der erinnerte sich an diesen Monsieur Matthes. Er hatte gestern von einer der hinteren Reihen der Sektion zugesehen, zuvor schon in Begleitung einer recht jungen Frau. Er fand ihn wenig einnehmend, er war ihm zu eifrig, zu servil. Andererseits setzte er sich nur für etwas ein, das zu seinem und seiner Frau Beruf und Broterwerb gehörte. Vielleicht war sie die ständige Blumenmalerei leid. Warum also nicht? Sollte die junge Madam Matthes diesen Toten ruhig zeichnen. Er blickte wieder fragend zu Wagner, der verstand und nickte zu seiner Überraschung.

KAPITEL 4

Meister Neulander hatte seine Kinder, Jakob, Regine und Neeleke, und die beiden Hausmägde an den schweren, vom Alter und Honigwachs fast schwarzen Eichentisch in der Wohnstube befohlen. Das geschah selten, doch nun gab es dringliche Fragen zu beantworten. In solchen Angelegenheiten war er nicht versiert. Zwar ging er im Lohgerberamt keiner Debatte oder echten Auseinandersetzung aus dem Weg, auch im Bremer Schlüssel gehörte er gern zu den Wortführern. Familienangelegenheiten fand er erheblich schwieriger, die überließ er seiner Frau.

Eve hatte sich in all den Jahren ihrer Ehe immer gut darauf verstanden, die Strenge einer Meisterin mit der von Zeit zu Zeit angebrachten Milde einer Mutter zu verbinden. Heute musste er die Fragen selbst stellen, und bei allem, was ihm in der unruhigen Nacht nach dem Fund der Leiche kreuz und quer durch den Kopf gegangen war, wollte er Antworten hören. Schabernack, selbst Schummeleien und Ungehorsamkeiten waren das eine, ein Toter, sogar ein womöglich von fremder Hand Getöteter in seiner Werkstatt, etwas ganz anderes.

Natürlich glaubte er nicht, eines seiner Kinder, überhaupt ein Mitglied seines Hauses könne etwas damit zu tun haben, gar selbst schuldig sein – das zu behaupten, sollte nur jemand wagen! –, dennoch musste er herausfinden, was herauszufinden war, bevor der kleine dicke Mann von der Wedde zum zweiten Mal kam. Das würde ganz gewiss geschehen. Er kannte den Weddemeister nur wenig, aber er kannte dessen Ruf und hatte die aufmerksamen Augen in dem träge wirkenden Gesicht sehr wohl bemerkt.

Jakob hatte den Toten gekannt, schon das war merkwürdig – was hatte der Junge mit so einem Fremden zu tun? Flausen, dachte Meister Neulander, nichts als Flausen. Nur weil einer zeichnen kann und hübsche nutzlose Bilder malt, vielleicht auch schon weit gereist ist, hatte Jakob ihn bewundert? War das nicht zu läppisch?

Jakob war immer schon ein stiller Junge gewesen, einer, von dem er nicht viel wusste. Solange Johannes da gewesen war, hatte er das kaum beachtet, schon gar nicht darüber nachgedacht. Es hatte ihn nicht gestört. Nun war es anders. Jakob hatte Johannes' Platz eingenommen, er war der nächste Meister Neulander, der fünfte in der Reihe dieser Lohgerberfamilie. In einem Jahr war seine Lehrzeit zu Ende, er wurde freigesprochen und ging als Geselle auf die Walz. Vielleicht hatte er den jungen Fremden deshalb nach diesem und jenem gefragt, wie es war dort draußen, in der Fremde.

Und Regine? Der Anblick des Toten hatte sie erschreckt, natürlich, aber wenn er es jetzt bedachte, war sie vor allem neugierig gewesen. Die Mädchen heutzutage – die waren anders als in seiner Jugend.

Neulander wünschte, Eve wäre jetzt neben ihm. Aber nach diesem Schrecken brauchte sie Ruhe. Seit Johannes nicht zurückgekehrt war, kam es immer wieder vor, dass sie diese Ruhe brauchte, diese Abgeschiedenheit, die er nicht verstand. Heute Morgen hatte er selbst die Vorhänge in der Kammer wieder zugezogen, damit sie noch Schlaf finde. Er brauchte Lärm, wenn die dunkle Wand wieder näher kam. Frauen waren da wohl anders. Besonders Eve.

Die zarte starke Eve aus der Weinhändlerfamilie, in deren Haus man kein Bier trank, sondern Wein aus Frankreich und vom Rhein und alle sechs Töchter auf dem Spinett oder der Laute zu spielen gelernt hatten, mehrstimmig zu singen sowieso. Es war wie ein Wunder gewesen, als er sie bekam. Die winzige Mitgift hatte ihn nicht interessiert, auch sein Vater hatte nur wenig gemurrt, weil er von dieser Hochzeit mehr Zugang zu anderen feinen Familien erhofft hatte.

Eve hatte ihn gewollt, den jungen Maerten Neulander, das war das eigentliche Wunder gewesen. Sie hatte ihn gewollt, obwohl er immer stank, wie Gerber nun einmal stanken und den Gestank ihres Gewerbes nie ganz loswurden, nicht mit der teuersten Seife. Er hatte es versucht, als er damals um sie warb. Noch mehr als er spürte, dass sein Werben nicht hoffnungslos war.

Das Glück ihrer ersten Jahre hatte aus dem Wunder Wirklichkeit gemacht. Es war nur schleichend glanzlos geworden, wie es so ging im Leben. Wunder waren nicht für die Ewigkeit, so wie das Glück, aber die Erinnerung daran hatte das Glück weiter in die Zufriedenheit getragen. Und das war viel. Sehr viel.

Erst mit Johannes' Tod in diesem reißenden Bach im Rheinischen war alles schwierig geworden. Johannes war wie er gewesen, ein echter Neulander, der nichts fürchtete. Er hatte die enge Verwandtschaft von Furchtlosigkeit und Leichtsinn noch nicht verstanden gehabt, so war er in den Strudel geraten, aus dem ihn niemand retten konnte. Seit Johannes nicht mehr lebte, war Eve an manchen Tagen nur mehr ein Schatten und an allen Tagen unberührbar, unerreichbar auch für ihn, ihren Mann. Wie nah sie einander gewesen waren, bei aller Unterschiedlichkeit miteinander eins – das war lange her.

Jakob und Neeleke glichen Eve, auch Regine ähnelte ihrer Mutter sehr, aber ihre Augen, die Haltung, der starke Wille, das kam von den Neulanders. So hatte der Lohmüller aus St. Georg neulich gesagt, als er die Lohe geliefert hatte und Regine für den Müller und seinen Knecht Brot, Schinken und einen Krug Bier gebracht hatte.

«Hätte ich einen Sohn», hatte er zwinkernd hinzugefügt, «dann käm deine Regine uns nicht aus.»

Dann hatte er noch etwas von ihrem männlichen Charakter gesagt, wie man das bei besonderen Mädchen und Frauen nannte. Das hatte ihm gefallen.

Es war höchste Zeit, Regine zu verheiraten. Wäre sie nicht so wählerisch, wäre sie längst vergeben. Neeleke war sanfter, ein braves Kind. Das machte es leicht. Ohne es zu bemerken, hatte er für Schwächen und Wünsche seiner Jüngsten mehr Verständnis als für die ihrer Geschwister.

Endlich schob Neulander geräuschvoll den Stuhl zurück, seine Kinder und die beiden Hausmägde wandten sich ihm zu, weniger erschreckt als erwartungsvoll. Marei räusperte sich, es klang ungeduldig. Es gab im Haus Besseres zu tun, als untätig herumzusitzen. Ein paar dicke Fliegen summten, zwei weitere versuchten vergeblich, dem giftigen Leimstreifen zu entkommen. Sonst war es still, selbst der Kanarienvogel hockte nur auf seiner Stange und ließ keinen Triller hören. An gewöhnlichen Tagen wären durch das geöffnete Fenster zur Wasserwerkstatt die Stimmen der Männer bei der Arbeit hereingekommen, nur ab und zu, das Hantieren mit den Messern und Schereisen auf den Häuten und Fellen erforderte Sorgfalt und Aufmerksamkeit, aber es war doch stets lebendig. In der Werkstatt und an den Klopperbäumen über dem Fluss arbeiteten die Männer in bedrückter Stimmung. Keiner wollte mit der kleinen Versammlung um den großen Tisch tauschen, der Meister hatte sie alle schon am vergangenen Abend ausgefragt, sehr schlecht gelaunt und umso ungeduldiger, als keiner etwas gewusst hatte. Er glaubte ihnen. Jedenfalls hatte er das gesagt, und alle waren erleichtert gewesen, sogar der Altgeselle.

«Hast du der Meisterin den Tee gebracht?», begann Neulander endlich.

Marei nickte und brummte etwas, das als ja verstanden werden konnte. Gewöhnlich war die Meisterin am Morgen eine der Ersten in der Küche und der Werkstatt, sah nach dem Rechten, gab Anweisungen, verteilte die Arbeit, erklärte, was zu erklären war, und fasste immer selbst mit an. Heute blieb sie in der Schlafkammer und sollte nicht gestört werden. Was sie gestern in der Werkstatt sehen musste, habe sie erschreckt, so hatte der Meister knapp erklärt, aber ein Krug Tee werde ihr guttun.

Den hatte Marei gleich bereitet, aus frischen Brennnesselblättern vom Hamburger Berg und getrocknetem Johanniskraut aus den Vorräten und einem großen Löffel Honig, und den Krug hinauf in die Schlafstube gebracht. Dort stand er nun und dampfte vor sich hin, denn die Meisterin war nicht in der Kammer, auch ihr neues Schultertuch und der bestickte Beutel fehlten – also war sie ausgegangen. Marei hatte den Krug dort gelassen, wenn sie ihn wieder herunterbrächte, würde jemand nach dem Grund fragen. Wahrscheinlich Neeleke, der entging selten etwas, und was Neeleke wusste, wusste schon vor dem nächsten Glockenschlag auch Neulander. Das dumme Ding konnte nichts für sich behalten und dachte nie daran zu überlegen, ob sie jemandem Ungemach bereitete. Wenn aber die Meisterin das Haus verlassen hatte, ohne dass es jemand bemerkte, dann sollte es auch niemand bemerken. Und dann sollte es auch so bleiben.

Also nickte Marei noch einmal, und Neulander begann mit der lästigen Fragerei. Sein Gesicht war gerötet, er wollte die Fragen schnell hinter sich bringen, die Fragen und die Antworten.

«Jakob», begann er, genauso wie sein Sohn es befürchtet hatte, «ich will es jetzt genau wissen. Wieso kanntest du diesen Fremden, und vor allem: Wie ist er in unsere Werkstatt gekommen? Und warum?»

Das waren drei Fragen auf einmal. Jakob wusste nicht auf alle eine Antwort, jedenfalls keine gute. Er hätte gerne ein wenig nachgedacht, um sich für die richtigen Antworten zu entscheiden. Leider sah sein Vater nicht aus, als habe er gerade eine geduldige Stunde.

D as Kloster St. Johannis stand ziemlich genau in der Mitte der Stadt, und zwar seit etwa einem halben Jahrtausend, was sich beeindruckend anhörte und auch so war. Im Norden grenzte es an die Kleine Alster. Trotz der Enge der Stadt hatten sich eine Bleiche und ein Garten erhalten, die der Domina und den Klosterjungfern vorbehalten waren und über einen Steg erreicht wurden, der das in die Kleine Alster mündende Fleet überbrückte.

So stand das Kloster an einem recht idyllischen Ort, obwohl ein Schlachthaus zu den direkten Nachbarn gehörte und die Klopperbäume der Gerberei und der großen Kattundruckerei und einige andere Werkstätten das jenseitige Ufer säumten.

Genau genommen war St. Johannis kein Kloster mehr, seit die ursprünglichen Bewohner, etwa vier Dutzend auf ziemlich weltliche Weise lebenslustige Dominikanermönche, mit der Reformation aus der Stadt gejagt worden waren. Das noch größere Kloster der Hamburger Zisterzienserinnen in Harvestehude war damals kurzerhand abgebrochen und die noch reicheren Besitztümer von den Stadtvätern zunächst enteignet worden. Sicherheitshalber, hatte es damals geheißen, da die frommen Schwestern sich dem neuen Glauben der Stadt nicht fügen wollten. Ein kleines Häuflein der Nonnen, die nun keine mehr sein durften, wollte nach der rigiden Auflösung ihres Klosters und der Verunglimpfung und Zerstörung ihrer Lebensweise als Konvent zusammenbleiben, so wurden sie zu weltlichen Stiftsjungfern erklärt, die Äbtissin zur Ehrwürdigen Jungfrau Domina. Als Bleibe wies ihnen der Rat einen Flügel des verlassenen Dominikanerklosters St. Johannis zu. Der Name für diesen Hort der frommen Jungfern war geblieben. Niemand dachte daran, das jemals zu ändern.

Die anderen Flügel und Innenhöfe des Anwesens beherbergten seither die Hamburger Lateinschule Johanneum, das Akademische Gymnasium und eine respektable Bibliothek, die auch den Bürgern offenstand.

Die Schulen mit der Bibliothek waren strikt von dem Jungfernstift getrennt. Allerdings fühlten sich einige Konventualinnen vom Lärm der Jungen in den Unterrichtspausen gestört. Wie solle man die Luft trennen, hatte Domina van Dorting erst kürzlich grimmig gefragt, als ihr die für ihre nervöse Empfindsamkeit bekannte Mademoiselle Meyerink wieder einmal ihr Leid klagte. Aus den Innenhöfen waren die übermütigen Jungenstimmen kaum zu überhören, was einige andere Jungfern wiederum als Zeichen von geradezu ansteckender Fröhlichkeit begrüßten. Wenn es um Mauern ging, gab es jedoch tatsächlich keinerlei Verbindungen mehr. Selbst ein letzter Durchschlupf war inzwischen versperrt, nachdem erst vor einigen Jahren tief in den labyrinthischen Kellergängen eine fast vergessene, doch heimlich benutzte Tür entdeckt worden war.

Rosina erinnerte sich noch, zugleich schaudernd und amüsiert. Der Skandal war damals so diskret abgewendet worden, wie es nur mit besten Verbindungen und der Autorität eines reichen, über fast jeden Zweifel erhabenen Mannes im Verein mit einer so klugen wie gewitzten Domina möglich war.

«Ich soll Euch direkt zum Salon der Ehrwürdigen Jungfrau Domina bringen.» Mamsell Harling war zögernd stehen geblieben, als sie den Tordurchgang an der Straße Hinter dem Breitengiebel passiert hatten und im Klosterhof von einer dicken weißen Gänseschar aus sicherer Entfernung empört beschnattert wurden. «Aber wahrscheinlich kennt Ihr den Weg durch diese Flure besser als ich. Ich bin heute zum ersten Mal hier.»

Rosina nickte. «Madam Augusta hat alte Geschichten erzählt», stellte sie amüsiert fest. «Allerdings sind einige Jahre vergangen, seit sie mich als Dienstmädchen bei der Ehrwürdigen Jungfrau eingeschleust hatte, um für sie Augen und Ohren offen zu halten.» Ihr Blick glitt suchend über die Fassaden um den rechteckigen Hof. «Wenn man gleich den richtigen Eingang erwischt, ist es ganz einfach. Eigentlich.»

Tatsächlich bog sie nur einmal falsch ab und bemerkte den Irrtum schnell. Just als ein Dienstmädchen mit einer nach Schokolade duftenden Kanne durch den oberen Gang herbeieilte, erreichten sie die Wohnung der Ehrwürdigen Jungfrau Domina. Schon durch die geschlossene Tür hörten sie ein doppeltes Lachen.

Mamsell Harling ließ Rosina und auch das Dienstmädchen mit dem schweren Tablett eintreten, bevor sie folgte. Die beiden vornehmen alten Damen sahen der mehr oder weniger herzitierten Besucherin erwartungsvoll entgegen. Die Begrüßung war herzlich. Beide kannten Rosina Vinstedt gut, jede auf ihre Art. Beide schätzten sie, auch jede auf ihre Art.

Mette van Dorting, seit Jahrzehnten Domina der Konventualinnen und der Witwen im St. Johanniskloster, und Augusta Kjellerup, Witwe eines Kopenhagener Fernhandelskaufmanns und Tante des Großhandelskaufmanns Claes Herrmanns im Haus am Neuen Wandrahm, kannten sich seit ihrer Mädchenzeit. Sie waren nicht die allerbesten Freundinnen gewesen, aber doch Freundinnen, bis Augusta nach

Kopenhagen versprochen worden war. Sie hatte dort eine unerwartet gute, vielleicht sogar glückliche Ehe gelebt, aber an dunklen Tagen dachte sie noch heute, Gott habe dafür einen zu grausamen Preis gefordert. Drei ihrer Kinder waren früh an Scharlach gestorben, der überlebende Jüngste, Sven, liebte von klein auf das Meer, er war bei seiner ersten Fahrt auf See geblieben, gerade so alt, wie sie im Jahr ihrer Heirat gewesen war. Damals hatten ihre schwarzen Jahre begonnen. Zwei Jahre später war Thorben, ihr Mann, von einer Reise nach Bordeaux und Santander nicht zurückgekehrt. Es lagen viele Schiffswracks auf dem Grund der Biskaya.

Es hatte sehr lange gedauert, bis sie aus ihrer Erstarrung erwacht war, noch einmal lange, bis sie zu Besuch nach Hamburg kam, den Ort ihrer Kindheit. Sie war am Neuen Wandrahm sehr willkommen gewesen, so hatte sie sich zum eigenen Erstaunen im turbulenten Herrmanns'schen Haus leicht eingelebt und war geblieben.

Mette van Dorting hatte nie geheiratet, sondern ihr Leben als Konventualin in St. Johannis verbracht, schließlich war sie zur Ehrwürdigen Jungfrau Domina ernannt worden, der Ersten Dame des Konvents. Es war eine Rolle und eine Aufgabe, die sie perfekt ausfüllte. Sie meisterte einerseits die kaufmännische Seite mit dem Klosterschreiber und den Pächtern (zuweilen auch trickreich, wenn das bessere Ergebnisse versprach) und zugleich den Erhalt des Friedens in der kleinen Gemeinschaft der Stiftsjungfern und Witwen, zuweilen mit Nachsicht und Verständnis, stets mit festen Regeln und Autorität. Nicht zu vergessen, mit einem gewissen grimmigen Humor. Es gelang ihr sogar, die Patrone des Klosters, die Senatoren und Bürgermeister, bei Laune zu halten, was auch hieß, sie gut zu bewirten, im passenden Moment charmant zu lächeln oder geschickt zu lavieren und die Herren dabei möglichst wenig mit dem Klosterleben und seiner Verwaltung zu belästigen, was beiden Seiten sehr recht war.

«Wie überaus freundlich von Euch, unserer ungeduldigen Einladung zu folgen, Madam Vinstedt.» Die Domina reichte Rosina die Hand. «Ihr seht aus wie das blühende Leben. Wirklich, ganz reizend.»

Rosina war gerade damit beschäftigt, auch Madam Augusta mit dem der Höflichkeit geschuldeten Handkuss zu begrüßen, wie der Knicks nur angedeutet. Die Begrüßung der Domina ließ sie stutzen. Mette van Dorting beherrschte alle Varianten hanseatisch großbürgerlicher und höfischer, sogar kleinbürgerlicher Höflichkeiten (von spitz gezielten Unhöflichkeiten hier zu schweigen). So schmeichelhafte Bemerkungen über das Aussehen einer nicht mehr ganz jungen Frau von zwar guter Reputation, aber doch zweifelhafter Vergangenheit gehörten gewöhnlich nicht zu ihrem Repertoire.

Madam Augusta verbarg ein Lächeln hinter ihrem bestickten Fächer, Mamsell Harling machte ein unbeteiligtes Gesicht, wie es sich in ihrer Stellung bei einem solchen Besuch gehörte, nur ihre Augen verrieten Neugier.

«Danke, Ehrwürdige Jungfrau», sagte Rosina brav. «Eure Einladung kam nicht im Mindesten ungelegen, ich …»

«Es ist gut, Mette», unterbrach Madam Augusta in der Befürchtung eines Austausches von Floskeln, die beide Frauen perfekt beherrschten, dennoch nicht schätzten, wie sie wusste. «Wenn wir Madam Vinstedt nicht bald einen Stuhl anbieten, ist die Schokolade kalt, und wir haben sie mit einem falschen Versprechen gelockt. Wer mag schon kalte Schokolade, ob mit oder ohne Vanille. Setzt Euch, Rosina, und Ihr, Theda, gesellt Euch zu uns, Ihr müsst nicht in der Lakaien-Ecke ausharren. Außerdem werde ich vergesslich, Ihr sollt später meine Erinnerungslücken füllen.»

Die Domina war nicht gewöhnt, unterbrochen zu werden.

Sie hüstelte irritiert, ihre Brauen hoben sich auf die ihr eigene unvergleichliche Weise. Manchmal dachte sie nicht daran, wie sehr eine gemeinsame Mädchenzeit den gegenseitigen Respekt auf ein menschliches, manchmal sogar kindlich unbefangenes Maß stutzte. Dann fiel es ihr wieder ein, auch warum sie die Freundschaft mit Augusta so belebend fand.

«Nun gut», sagte sie und klang beinahe milde, als die vier Frauen um den Mahagonitisch saßen, von dem Rosina voller Bewunderung das Fehlen auch des winzigsten Stäubchens oder Kratzers bemerkte.

Das Mädchen rührte die Schokolade in der mit zierlichen Tulpen, Vergissmeinnicht und Weinlaub bemalten weißen Vincennes-Kanne noch einmal um und füllte die bereitstehenden hohen Tassen. Fast hätte die Domina dem Mädchen erlaubt, den bescheidenen Rest, der noch in der Kanne sein musste, mit der Köchin und dem Aschenmädchen zu teilen, aber das ging zu weit. Augusta mochte es mit ihren Dienstboten halten, wie sie wollte, sie war schließlich nur eine Witwe in äußerst gemütlichen Lebensumständen und trug kein Amt, das Respekt einflößend war und bleiben musste, sollte nicht Unordnung und Schlamperei Tür und Tor geöffnet werden.

Einige Sätze über das Wetter und die Frage nach dem Wohlergehen des Ehemannes und des Pflegesohnes mussten dennoch sein, zum Glück fielen die Antworten zufriedenstellend aus, vor allem erfreulich knapp, und man konnte endlich zur Sache kommen.

«Es ist immer eine Freude, mit Euch zu plaudern, Rosina», erklärte Madam Augusta verschmitzt, «selbst so früh am Vormittag.»

Wieder hoben sich die Brauen der Domina. Dass Augusta Madam Vinstedt schlicht Rosina nannte, war auch gegen jede Regel, aber sie hatten in den vergangenen Jahren viel miteinander erlebt und dabei auch ganz andere Regeln missachtet, sie fühlten sich einander schon lange verbunden.

«Ja, so früh am Vormittag. Aber heute brauchen wir Euch, meine Liebe. Es wird nicht wirklich überraschen, denn es geht um das Unglück in der Gerberei Neulander. Wir wüssten gerne Genaueres darüber. Ihr seid näher an dem, was die Leute auf der Straße und den Märkten sagen oder was der liebe, leider verteufelt verschwiegene Wagner weiß. Euch wird er eher als uns alten Kaffeekränzchendamen verraten, was wirklich geschehen ist. Um es deutlich zu sagen: Wir wollen Euch aushorchen, Rosina. Und wenn es möglich ist, sollt Ihr für uns hören, was die Leute und der liebe Wagner dieser Tage sagen. Und was sie wissen. Das ist ja nicht immer dasselbe.»

Es war erstaunlich, doch das giggelige Kichern kam aus Mette van Dortings Mund. Rasch hob sie ihre Hand vor die Lippen, strich beiläufig über ihre Nase und machte dazu eine sehr ernsthafte Miene.

«Du musst es erklären, Augusta», sagte sie dann und fuhr schon selbst fort: «Es ist nicht nur degoutante Neugier, Madam Vinstedt, wirklich nicht. Wir machen uns Sorgen, das ist der wahre Grund.»

«Sorgen?» Rosina sah Madam Augusta fragend an. «Kennt Ihr die Neulanders so gut? Sie sind Gerber, haben das Kloster oder Monsieur Herrmanns mit dem Meister zu tun?»

«Nein. Das heißt, ich weiß es nicht. Wenn das Haus Herrmanns Leder braucht, wird es bei den Lederhändlern ausgesucht und gekauft. Das ist Aufgabe des Kontors. Oder Brooksens, wenn es um die Pferde, überhaupt die Ställe und Wagen geht. Die Gerber stellen das Leder ja nur her und verkaufen es an die passenden Gewerke weiter. Schuster, Riemer, Täschner, Sattler oder Wagenmacher. Es sind ja etliche, ohne Leder geht fast nichts. Aber das wisst Ihr ja.»

Rosina nickte. «Daran habe ich auch nicht gedacht, eher an die vielfältigen Verpflichtungen, Bekanntschaften und Aktivitäten, für die Monsieur Herrmanns und Euer ganzes Haus in der Stadt bekannt sind. Zum Beispiel über das Commerzium. Und hat der junge Neulander nicht sogar einige Jahre das Johanneum besucht? Die Lateinschule betrifft das Scholarchat, Euer Neffe ist noch Scholarch.»

«Da gibt es wohl kaum Verbindungen», übernahm nun die Domina. «Neulander ist nicht Erster Amtsmeister, der mag hin und wieder auch mit dem Rat oder der Vereinigung der Kaufleute im Commerzium bei der Börse zu verhandeln haben, ich kenne mich da gar nicht aus. Uns geht es weniger um den Meister, um den natürlich auch, sicher, und um seine und Eves Kinder. Der Junge soll den Toten entdeckt haben, nicht war? Aber vor allem», ihre Stimme wurde ein Nuance tonloser, «kennen wir die Meisterin recht gut, ich kenne sie sogar seit ihrer Kindheit. Ihretwegen sorgen wir uns.»

«Zuerst kannten wir ihre Mutter», übernahm Madam Augusta wieder die Erklärung, «leider ist sie früh gestorben. Sie war etwas jünger als wir, aber der Kreis der Familien war damals recht klein.»

Dass sie die jüngere Magdalena in ihren gemeinsamen Mädchenzeiten zum Lieblingsziel ziemlich unfreundlicher Späße und Neckereien gemacht hatten, sie auch gerne hatten spüren lassen, dass ihre Familie weniger bedeutend war als die Herrmanns und van Dortings, fanden sie heute nicht nötig zu erwähnen. Als Magdalena starb, waren schon zwei ihrer Töchter gestorben, eine mit einem Weinhändler im Burgund verheiratet, eine lebte mit ihrer Familie im Dänischen, eine in Königsberg. Eve, die jüngste, war als Ehefrau Meister Neulanders noch in Hamburg, in der Gerberei direkt gegenüber dem Kloster, nur durch das friedliche Wasser der Kleinen Alster getrennt.

Seither hatten Mette und auch Augusta sich immer wieder Eves angenommen, diskret, schließlich war sie die Frau eines Meisters, aber sie hatten ihr das Gefühl gegeben, als alte Freundinnen ihrer Mutter für sie da zu sein, und mehr oder weniger heimlich immer beobachtet oder beobachten lassen, wie es Eve erging. Zuerst aus Scham und als Wiedergutmachung, weil sie mit dem Erwachsenwerden verstanden hatten, wie gemein sie damals zu der schwächeren Magdalena gewesen waren, Eves Mutter, aber bald, weil sie Eve mochten. Ohne andere weibliche Verwandte in der Nähe war Eve diese Freundlichkeit in all ihrer Zurückhaltung immer sehr lieb gewesen.

Rosina brauchte nicht zu fragen, was mit dem schlichten, gleichwohl an möglichen Bedeutungen reichen Wort ‹Familien› gemeint war: natürlich die führenden Familien der Stadt. Interessant war daran nur, dass die Frau eines Gerbers, zudem mit einer Gerberei von nur mittlerer Größe, aus solch einer Familie stammen sollte. «Dann seid Ihr Meisterin Neulanders Patinnen?»

«O nein», riefen die beiden alten Damen wie aus einem Mund, und Augusta fuhr nach sehr kurzem Zögern fort: «Nein, ich lebte längst in Kopenhagen, als Magdalena den Weinhändler Burgner heiratete und ihre Kinder bekam. Eve war die Jüngste, das sechste Mädchen.» Augusta seufzte ein ganz klein wenig, es klang mitleidig, und Mette nickte. «Die Familie war nicht mehr so wohlhabend, eine üppige Aussteuer für alle Töchter wird kaum mehr möglich gewesen sein. Am wenigsten für die jüngste.»

«Es hieß», fuhr wiederum die Domina fort, «deshalb habe sie den Neulander nehmen müssen. Es hieß aber auch, und das sicher zu Recht, sie sei ihm mehr als höflich zugetan gewesen. Was ich immer noch erstaunlich finde, der Neulander ist nicht gerade ein Feingeist zu nennen, und die kleine Eve

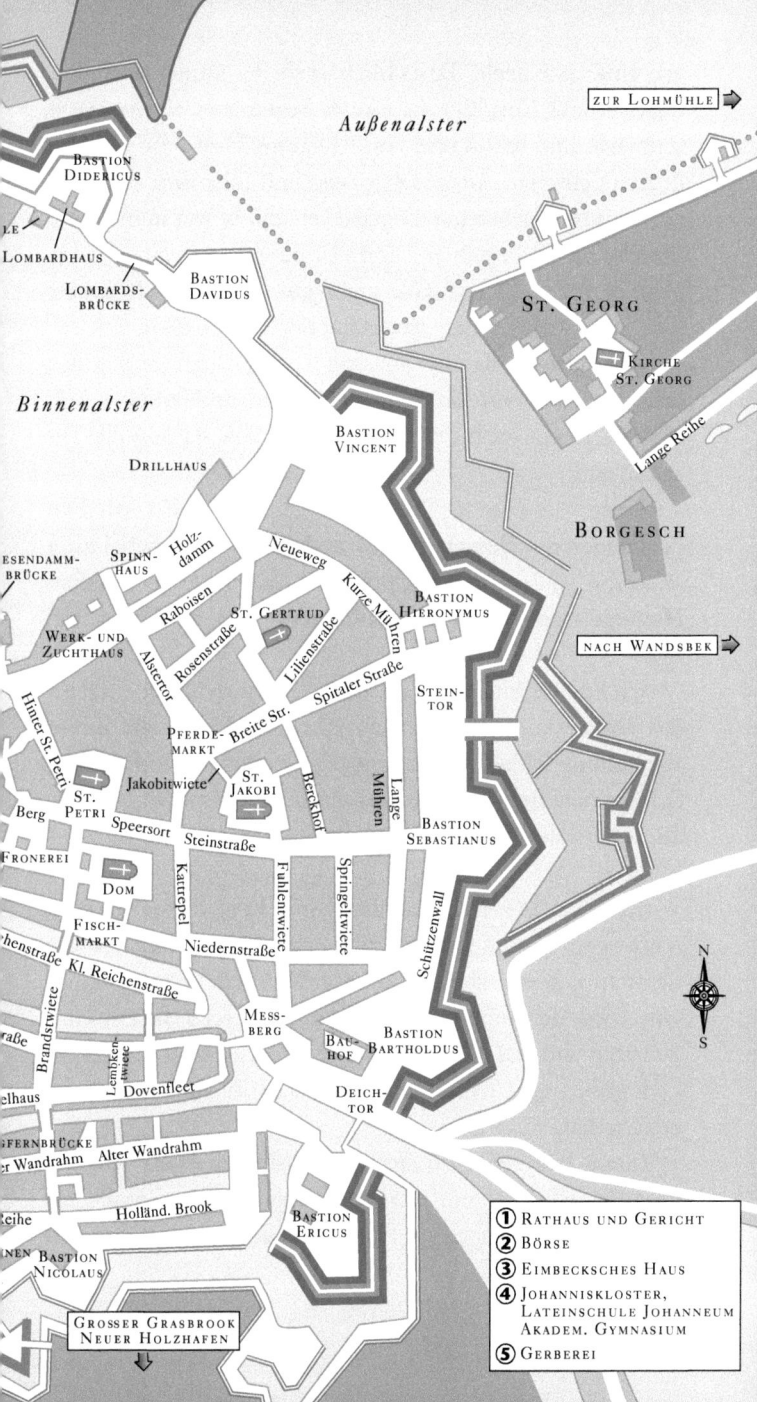

Außenalster

ZUR LOHMÜHLE ⇨

BASTION
DIDERICUS

LE

LOMBARDHAUS

LOMBARDS-
BRÜCKE

BASTION
DAVIDUS

ST. GEORG

KIRCHE
ST. GEORG

Binnenalster

BASTION
VINCENT

Lange Reihe

DRILLHAUS

BORGESCH

ESENDAMM-
BRÜCKE

SPINN-
HAUS

Holz-
damm

Neueweg

WERK- UND
ZUCHTHAUS

Raboisen

St. Gertrud

Kurze Mühren

BASTION
HIERONYMUS

NACH WANDSBEK ⇨

Altstertor

Rosenstraße

Lilienstraße

Spitaler Straße

STEIN-
TOR

PFERDE-
MARKT

Breite Str.

Hinter St. Petri

Jakobitwiete

St.
JAKOBI

Herrlof

Lange
Mühren

Berg

St.
PETRI

Speersort

Steinstraße

BASTION
SEBASTIANUS

FRONEREI

Kattrepel

Fuhlenwiete

Springeltwiete

Dom

FISCH-
MARKT

chenstraße

Kl. Reichenstraße

Niederstraße

Schützenwall

Brandstwiete

straße

Lemkentwiete

MESS-
BERG

BAU-
HOF

BASTION
BARTHOLDUS

elhaus

Dovenfleet

DEICH-
TOR

GFERNBRÜCKE

er Wandrahm

Alter Wandrahm

Reihe

Holländ. Brook

BASTION
ERICUS

INEN

BASTION
NICOLAUS

GROSSER GRASBROOK
NEUER HOLZHAFEN

① RATHAUS UND GERICHT

② BÖRSE

③ EIMBECKSCHES HAUS

④ JOHANNISKLOSTER,
   LATEINSCHULE JOHANNEUM
   AKADEM. GYMNASIUM

⑤ GERBEREI

war eine zarte Seele. Tatsächlich ist sie das immer noch. Ein unerwartetes Eheglück, ja, Gottes Segen geht eigene Wege, und viele sind schön und von Rosen gesäumt.» Sie hüstelte ihren poetischen Ausrutscher weg und fuhr fort: «Eve hat sich in ihrem Leben gut eingerichtet, und es war immer eine Freude, ihr zu begegnen. Erst seit dem Tod ihres Ältesten geht es ihr nicht gut. Gar nicht gut. Der arme Johannes war … du meine Güte, was ist auf der Treppe los?»

Nun hörten alle die aufgeregten, nur halbwegs unterdrückten Stimmen lauter werden. Madam Harling erhob sich rasch, um nach der Ursache zu sehen, da flog die Tür schon auf.

«Tante van Dorting, bitte, ich …!» Erschreckt sah Eve Neulander die Besucherinnen und verbesserte sich hastig stotternd und unsicher knicksend: «Ehrwürdige Jungfrau Domina, verzeiht mein Eindringen, aber ich muss, ich muss …»

«Ich konnte Madam nicht aufhalten, Ehrwürdige», fiel ihr das Mädchen aufgebracht ins Wort, die Haube auf ihrem strohblonden Haar sah derangiert aus, das lenkte von dem Schokoladenfleck auf ihrer ansonsten blütenweißen Schürze ab, was vielleicht von Vorteil für sie war, «es war ganz unmöglich …»

Beide, das Mädchen und die bleiche Frau, die sie versucht hatte, vom Salon fernzuhalten, schwiegen sofort, als die Domina sich energisch erhob. Ihr Blick war streng. «Schon gut, Anna, du kannst gehen. Und du, Eve, setzt dich. Komm zu Atem und lass mich wissen, was dich zu so erstaunlicher Heftigkeit und Unvernunft bringt, dass du die arme Anna erschreckst.»

Theda Harling füllte auf einen diskreten Wink Madam Augustas ein Glas mit Zitronenwasser aus der Karaffe auf der Anrichte, stellte es vor Eve Neulander auf den Tisch und zog sich nun doch auf den Stuhl in der Ecke zurück. Madam Augusta fand viel zu erstaunlich, was gerade geschah, um es zu bemerken. Sie bedauerte, kein Fläschchen Rosmarinbranntwein in der Tasche zu haben, ihr verlässlichstes Mittel bei allen Arten von Krisen wie von Glücksfällen. Leider handelte es sich hier eindeutig um eine Krise.

Das fand Rosina auch, dennoch dachte sie, die Angelegenheit fange an, interessant zu werden.

Es musste einen Grund geben, dass sich der dumme Kerl ausgerechnet in die Gerberei verirrt hatte. Und hier sterben musste. Meister Neulander hatte versucht, nicht daran zu denken, und endlich nachgegeben. Er hatte sich von Marei einen Krug Bier aus dem Keller holen lassen, nun saß er damit auf der Klopperbaumbank, spürte die feste Wand seines Hauses im Rücken und sah über die Kleine Alster. Zuerst ohne sie zu sehen, doch nun sah er sie. Das Wasser, zwei Ruderboote und einen kleinen Ewer flussabwärts zur nahen Elbe, ein paar Enten dazwischen, immer Möwen in der Luft, sah die alten Fassaden der gegenüberliegenden Häuser, die Fenster, sah das frische Grün im Garten der Domina, sah links die aufragende Wasserkunst. Das gab ihm seine Ruhe zurück. Ein wenig.

Er hat sein Leben hier verbracht, einzig für die Gesellenwanderung war er weit weg gewesen, so wie es üblich und Pflicht war, wenn man Meister werden wollte. Kaufleute reisten häufiger, manche bis nach Italien oder über den Ozean, das hatte ihn nie gelockt. Ein Handwerksmeister mit einer großen Werkstatt blieb, wo seine Arbeit war, seine Familie, die vergangene und die gegenwärtige und so Gott es gewährte auch die zukünftige.

Er war es immer zufrieden gewesen. Auch Johannes' Tod –

nein, Johannes' Tod hatte er Gott noch nicht verziehen, und er glaubte nicht, dass das noch möglich wurde. Aber das war nichts, was ein Mann der Welt zeigte. Sie hatten zwei ihrer Kinder wenige Wochen nach deren Geburt verloren, aber schon getauft waren sie nun in Gottes Reich. Und andere Familien verloren mehr, so war es eben. Aber Johannes?

Es war trotzdem ein gutes Leben. Er lebte und arbeitete. In wenigen Tagen konnten die Blößen in der dritten Grube aus der Lohe gehoben werden. Er hatte das kleine Stück Blöße, das immer nur zu diesem Zweck mit in die Grube gehängt wurde, mit dem scharfen Messer geprüft. Es wurde Zeit, auch die Blößen aus der zweiten, vielleicht sogar der vierten Grube waren fast reif. Es war gutes Leder. Er nahm einen Schluck Bier und wischte mit dem Handrücken über die Stirn. Die Sonne wärmte schon. Sie tat gut, diese Wärme.

Das Leder konnte ihn noch nicht genug ablenken. Er prüfte sich und fand, dass es stimmte: Er vertraute seinen Kindern, auch den Mädchen, sogar den Gesellen, dem zweiten Lehrjungen und dem Arbeitsmann. Eigentlich fand er das erstaunlich. So viel Vertrauen. War die Welt so gut? Oder log er sie sich zurecht?

Er fuhr mit der Hand durch die Luft, eine dicke schillernde Fliege schreckte brummend davon, aber er hatte nur den Gedanken verscheuchen wollen. Es war ein dummer Gedanke.

Noch ein Schluck Bier, es schmeckte angenehm leicht und kühl, nur ganz wenig würzig, genauso, wie er es mochte.

Regine und Neeleke hatten versichert, sie kennten den Toten nicht, beide hatten ihn genau angesehen und sich nicht gefürchtet. Es war natürlich nicht der erste Tote, den sie sahen. Dennoch würde es Gerede geben, das wusste Neulander. Ein junger Mann war in die Werkstatt eingedrungen, über der zwei behütete Mädchen wohnten, auch eine propere junge Magd, Marei wollte er hier nicht mitrechnen. Was lag näher, als Schmutziges zu argwöhnen? Oder zu behaupten. Das sollte mal einer versuchen. Er war kein junger schlagkräftiger Geselle mehr, aber immer noch ein schlagkräftiger Meister. Darüber musste er lächeln. Er hatte sich lange nicht mehr geschlagen, sehr lange. Es für die Töchter zu tun, kam ihm albern vor, es gab andere Mittel, ihre Ehre zu schützen, aber es war ein guter Gedanke. Vielleicht gefiele es Eve, obwohl sie ganz sicher abstreiten würde, solche Gassenunarten zu mögen.

Von seinen Männern hatte ihn auch niemand gekannt. So wie der tote Junge ausgesehen hatte, wie er gekleidet gewesen war, auch seine Schuhe hatten sie inzwischen aus der tiefen Grube geangelt, hatte er sicher nicht die Gesellschaft von Männern aus einer Gerberwerkstatt gesucht. Aber Jakob? Der war auch ein Gerberlehrling, aber eben – Jakob. Er hatte den Fremden – wie hatte er geheißen? Meunier? Ja, so war es wohl. Meunier. Und Hippolyt mit Vornamen. Jakob war ihm auf den Wällen begegnet, an seinen freien Sonntagen, wann sonst? Dann an der Alster nicht weit vom Pferdemarkt, so hatte Jakob sich erinnert.

Die Zeichnungen waren es gewesen, die ihn zum Stehenbleiben veranlasst hatten, Meunier hatte auf einem Holz gesessen und mit einem Stift gezeichnet. Er war freundlich gewesen und hatte erklärt, was er tat, auch von Farben erzählt, die er in der St.-Georg-Vorstadt aufbewahrte, wo er wohnte.

Neulander hatte nicht weiter gefragt. Sein Sohn dachte, er wisse nicht, wie gern er zeichne und nichts lieber hätte als Unterricht bei einem guten Lehrer, aber er wusste es längst und hatte auch längst entschieden, das komme nicht in Frage. Es brachte den Jungen nur auf Abwege. Jakob war Gerber. Punktum.

Aber der eigentliche Beruf, wenn man es so nennen konnte, des Toten war das Bauen von mechanischen Apparaten gewesen, so einer musste sich vielleicht aufs Zeichnen verstehen, wie die Zimmerleute, die Tischler und Baumeister. Es gab auch eine Werkstatt draußen in St. Georg, einen Schuppen. Alles sei noch am Anfang, hatte Meunier Jakob erklärt, so etwas brauche Zeit, und er warte noch auf die Materialien, die Werkstoffe, alles, was er für den großen Auftrag benötige, den er bekommen habe. Er werde eine wahre Wundermaschine bauen.

Jakob hatte das übertrieben gefunden, Meunier sei wohl recht eitel gewesen, aber andererseits freundlich und ohne Falsch, deshalb hatte es ihn nicht gestört. All das hatte er auch dem Weddemeister berichtet, mehr oder weniger.

Ganz offenbar waren es die Begeisterung und Selbstgewissheit des jungen Meunier, die den Jungen beeindruckt hatten. Das und diese Zeichnungen. Allmählich hätte Neulander doch gerne gewusst, was dran war an der Kritzelei, ob sie überhaupt das Papier lohnten, wie sie aussahen, diese Blätter mit Kohlestift oder Rötel. Oder hatte er Bleistifte, gar Silberstifte benutzt? Dann war er nicht ganz arm gewesen.

Nein, hatte Jakob noch auf eine letzte Frage geantwortet, er sei niemals dort gewesen, aber Meunier habe gesagt, seine Werkstatt befinde sich in St. Georg hinter den Bleichwiesen in der Nähe der Mühle. Der Mühle? Der Lohmühle? Jakob hatte unschlüssig den Kopf zur Seite gelegt. Daran habe er gar nicht gedacht, hatte er erklärt, aber die Lohmühle sei dort ja die einzige.

Neulander leerte seinen Krug. Dann stand er auf und ging mit energischen Schritten in die Wasserwerkstatt. Es war nun genug, der Tag eilte voran, die Sonne stand schon hoch, und hier wurde nicht gearbeitet? Er steckte beide Zeigefinger in den Mund, ein wahrlich markerschütternder Pfiff gellte durch die Werkstatt – beinahe erschrak er selbst und hoffte, er habe Eve nicht gestört –, und bald darauf wurde in der Lohgerberei Neulander wieder gearbeitet, wie es sein sollte.

Neulander fühlte die alte Sicherheit zurückkehren. Die Kraft. Vielleicht sogar mehr als zuvor. Womöglich war es doch ab und zu ganz gut, den Gedanken freien Lauf zu lassen.

Nur um diese neue englische Brühe, diese fatale Suppe in der sechsten Grube, um die wollte er sich erst morgen kümmern. Frühestens.

D a auch die Domina vor einiger Zeit mit Madam Augustas bewährtem Rosmarinbranntwein bedacht worden war, kam das belebende Elixier doch noch zum Einsatz. Das Fläschchen war schon ziemlich leer. Es stand aber kaum zu befürchten, die Ehrwürdige Jungfrau Domina selbst habe so oft Anlass gehabt, den Branntwein aus dem Glasschränkchen zu holen, um zu damenhafter Gelassenheit zurückzufinden.

«Eve, mein liebes Kind», sagte die Domina mit seltener Sanftheit, als das Glas gehorsam und in winzigen Schlückchen geleert und der Atem Meisterin Neulanders ruhiger geworden war, «was hat dich so aus der Fassung gebracht? Der Tote in eurer Gerberei? Das ist schrecklich, ja, wirklich bedauernswert, der arme Mensch soll recht jung gewesen sein. Eine solche Untat im eigenen Haus – wer wäre da nicht erschreckt? Aber er war dir und den deinen fremd, oder nicht? Und, nun ja, ich denke … ach was», ihre Stimme verlor das Säuseln und wurde wieder klar und fordernd, «einerlei was ich denke, du brauchst Hilfe, das erkennt ein blinder Bettler. Es war richtig, zu mir zu kommen. Du siehst, Madam Kjellerup ist auch da, so stehst du unter doppeltem Schutz, und falls du Madam Vinstedt noch nicht kennst, wir sind schon lange mit ihr bekannt. Sie hat mein Vertrauen, also ist sie auch gut für deines. Nun lass uns wissen, was passiert ist.»

«Danke», flüsterte die Neuländerin, «danke.» Sie schob, immer noch ein wenig fahrig, eine Haarsträhne unter ihre leichte Haube. «Ich muss um Verzeihung für mein Benehmen bitten. Ich war ganz ruhig, aber als das Mädchen mich nicht vorlassen wollte und immer nur wiederholte, es sei schon Besuch im Salon, ich müsse wieder gehen …»

«Da bist du etwas unwirsch geworden, ja. Das kann vorkommen und ist morgen vergessen.»

«Es ist dieser Traum», erklärte die Meisterin, «dieser Traum. Zuerst der tote Junge in der Werkstatt, und dann war dieser Traum, als sei er gar keiner, als sei ich wach und alles geschehe, wie ich es sah. Das muss etwas bedeuten. Wenn Johannes gar nicht in dem Fluss ertrunken ist, wenn er diesen Jungen geschickt hat, und der ist nun … nun in unserer Werkstatt ertrunken? Warum gerade in unserer Werkstatt?» Sie presste die Lider aufeinander, ihr Atem ging wieder schneller.

Alle schwiegen.

«Ein Traum kann verwirrend sein, Eve», erklärte die Domina endlich. «Was war dann? Was hat dir der Traum gezeigt? Oder fang am besten am Anfang an, dann verstehen wir es noch besser.»

Sie wusste schon, worum es ging, und das bekümmerte sie wirklich. Ihr Blick traf Augustas, beide verstanden. Letztlich ging es um Johannes Neulanders Tod, Eves ältesten Sohn, der im letzten Jahr seiner Gesellenwanderschaft in einem zum reißenden Fluss geschwollenen Bach ertrunken war. Vielleicht aus Leichtsinn. Er war ein starker, zum Übermut neigender unternehmungslustiger junger Mann gewesen. Vielleicht hatte er das Wasser als Herausforderung empfunden, als Spiel, ein fröhliches Messen der Kräfte und seine dabei überschätzt. Aber das hatte niemals jemand in Gegenwart Eves ausgesprochen.

Es ging also immer noch um Johannes. Immer wieder. Madam Augusta verstand es tiefer, sie fühlte den Verlust ihrer Kinder und ihres Mannes nach all den Jahren an manchen Tagen, tatsächlich eher in hellen Nächten, als sei es nicht vor Jahrzehnten, sondern gerade erst geschehen. Für Mette van Dorting war das Theorie. Auch sie hatte im Laufe ihres langen Lebens nahe, vielleicht sogar geliebte Menschen verloren, doch nichts kam dem Tod der eigenen Kinder gleich. Und Johannes' Tod vor zwei Jahren – für Eve, für die ganze Familie Neulander, war das, als sei es gestern geschehen.

«Lass dir Zeit, Eve», sagte Madam Augusta, und die Domina wiederholte: «Und dann fang am Anfang an. Als du den toten Jungen in der Werkstatt sahst.»

Eve nickte und atmete noch einmal tief und richtete sich gerade auf. Ja, da sei dieser Tote gewesen, begann sie in beinahe sachlichem Ton, zuerst habe sie ihn nicht ansehen wollen, dann habe sie es aber doch tun müssen. «Ob ich wollte oder nicht, ich musste hinsehen.» Er war so jung, dieser Tote. Wie Johannes. Und er glich Johannes. Dabei war er ihr kleiner erschienen, aber was konnte man schon genau erkennen, wenn einer auf dem Werkstattboden lag und all die Menschen drum herum? Der Weddemeister war gekommen und hatte Fragen gestellt. Schließlich hatten die Stadtleichenfrau und ihre Leute, die Madam Gardewinsch, Aline und Palle, den Leichnam auf ihren Karren gelegt, um ihn in die Totenkammer im Eimbeckschen Haus zu bringen. Als der Karren über das Pflaster im Hof und zum Tor knarrte, hatte sie es plötzlich gewusst. Sie war ganz sicher gewesen, und eigentlich war sie es noch: Dieser Junge war gekommen, um ihr von Johannes zu berichten, um Grüße zu bringen, Trost, eine Botschaft. «Und jetzt war er tot und konnte nichts mehr berichten und bringen.»

Sie schwieg, und als sie noch einen Schluck des Zitronenwassers trank, nutzte Rosina die Atempause für eine Frage.

«Euer Sohn ist weiter im Süden in einem Fluss ertrunken, Madam Neulander, im Rheinischen, davon habe ich gehört. Es war vor etwa zwei Jahren? Wie könnte er einen Freund oder auch nur eine Botschaft schicken?»

Die Neulanderin fuhr zu Rosina herum, ihr blasses Gesicht rötete sich zornig, die müden Augen wurden hellwach. «Das weiß ich nicht. Aber ich spüre es. Ob Ihr es glaubt oder nicht, ist einerlei. Ach», sie presste beide Handflächen gegen die Schläfen, «Ihr habt ja recht, so zu fragen. Dennoch …» Sie hob in einer hilflosen Geste die Schultern. «Träume sind Schäume», flüsterte sie, «so sagt man. Vielleicht ist es so, vielleicht aber nicht immer.»

«Und nun hat Jakob, Euer jüngerer Sohn, den Toten nicht nur gefunden, das allein muss ein entsetzlicher Schrecken gewesen sein. Es heißt auch, er habe ihn gekannt?»

«Gekannt? Ich weiß nicht. Was heißt schon gekannt? Sie sind sich ein oder zwei Mal draußen auf den Wällen oder an der Alster begegnet. Jakob mochte die Bilder, die der fremde Mensch zeichnete, er zeichnet selbst recht schön, er hat ein gutes Auge für feine Dinge. Er weiß aber nicht viel von dem Fremden, der Weddemeister hat ihn gefragt. Jakob wusste nur, wie er hieß, ich habe den Namen vergessen, er klang französisch, vielleicht stammt er von den Hugenotten ab wie die Godeffroys oder der alte Monsieur Chaunel. Und dass er sich mit den Sternen auskannte. Sie waren nicht wirklich miteinander bekannt, nicht genug, als dass Jakob ihn in unser Haus eingeladen hätte. Und dann», sie schluckte, und ihre Stimme wurde wieder zittrig, «dann lag er da am Morgen in der Wasserwerkstatt.»

Alles sei ihr durch den Kopf gegangen, den ganzen Tag, hin und her, immer wieder. Auch das Schreiben habe sie noch einmal gelesen, das diese Leute damals mit Johannes' Gesellenbuch geschickt hatten. Maerten habe ihr selbst zur Nacht einen Schlaftrunk gebracht, trotzdem habe sie kaum geschlafen, gegen Morgen erst, und da sei der Traum gekommen.

Da war Johannes gewesen, er habe sie angesehen und vielleicht auch gewinkt, sie möge mit ihm fahren, aber das habe sie nicht genau erkennen können, sie habe es sich aber so sehr gewünscht. «Plötzlich wurde es ganz dunkel, aber er fuhr in diesem Boot, das kann doch nur heißen, er ist nicht ertrunken, sondern gerettet.» Da habe sie es gewusst, denn Johannes habe es im Traum erklärt. «Er ist zurückgekommen. Und in der Gerbergrube …», ihre Worte erstickten in einem tiefen Aufschluchzen, «in der Grube», stammelte sie, «da ist er ertrunken. Noch einmal. In dieser furchtbaren Brühe. Ach, verzeiht.» Sie putzte sich mit einem feinen Tuch aus ihrer Rocktasche die Nase. Es sah sehr tapfer aus. «Ich will jetzt nicht weinen, es war schon genug in der Nacht. Es klingt, als sei ich von Sinnen. Ich weiß es selbst. Aber ich bin nicht von Sinnen, alles ist ganz klar. Ich bitte Euch sehr, liebe Tante, und Euch, liebe Madam Kjellerup, im Namen meiner Mutter, die Eure gute Freundin war und heute sicher selbst für mich sprechen würde, ich bitte Euch, mir zu helfen. Ich muss ihn sehen. Ich muss selbst sehen, wie der Tote aus unserer Werkstatt aussieht. Ich muss es wissen. Ich verstehe, dass er nicht mein Sohn sein kann, und bin genauso sicher, dass er es doch ist.»

Es war weniger die Ehrwürdige Jungfrau Domina, die tat, was sie seit mindestens drei Jahrzehnten nicht mehr getan hatte, als vielmehr die drin verborgene viel weichere Mette van Dorting. Später war sie selbst am meisten darüber erstaunt, doch auch dann gefiel es ihr immer noch. Sie strich Eve, wieder die kleine Eve, sanft über die Wange, dann schloss sie sie in die Arme und flüsterte Beruhigendes, als Eves erneutes Schluchzen nicht enden wollte. Wer genau hinsah, was sich selbstverständlich keine der anderen Damen im Salon erlaubte, entdeckte zumindest auf der linken Wange der Domina auch eine Träne.

Noch mischte sich in Jensens Kaffeehaus bei der Börse nur wenig Tabakqualm mit dem Kaffeeduft. Der war heute besonders würzig, fand Claes Herrmanns. «Ausgezeichnet», erklärte er, als Jensen ihm die zweite Tasse brachte, «der Kaffee ist heute exzellent. Nicht nur wegen des Kardamoms.»

«Danke ergebenst, Monsieur Herrmanns, eine neue Sorte, ja, ich bin sehr froh, wenn es Euch mundet. Nicht zu wenig Kardamom eingerührt? Nein? Sehr gut, ja. Das zeigt wieder einmal Eure Kennerschaft. Ein Mocca, sozusagen, in der Tradition des alten Orients. Wir schätzen die Tradition, unbedingt. Wenn es beliebt, noch ein Löffelchen Zucker?» Er wedelte fahrig ein paar Krümel Anisgebäck vom Tisch, vergaß den Zucker und eilte noch dienernd zurück zu seinem Tresen.

Claes Hermanns sah ihm lächelnd nach. Jensen neigte zu gewundenen Sätzen, heute wirkte der ganze Mann gewunden, sozusagen. Er beugte sich wieder über die *Gazette politique et historique* und genoss die Behaglichkeit. Das Französische schien ihm heute allerdings ein wenig anstrengend, den *Hamburgischen Correspondenten* hatte er schon gestern ausgiebig studiert, die *Times* wurde gerade von einem sehr langsamen Leser festgehalten. Er hatte den Mann noch nie hier gesehen. Die Stadt wurde von immer mehr Reisenden besucht, für die Betuchteren und Gebildeten unter ihnen war Jensen eine beliebte Anlaufstelle.

Er lehnte sich zurück und blickte träge dem Treiben zu, wobei das Wort noch nicht so recht passen wollte. Es war still genug, um das Klackern der Elfenbeinkugeln auf dem Billardtisch im hinteren Raum gut zu hören, sogar das Kratzen einer Feder an jenem Seitentisch, an dem auch Tinte und Papier, Siegellack und feine Schnüre für die Gäste bereitstanden, wie es sich neben einer guten Auswahl an deutschen und ausländischen Zeitungen für ein honoriges Kaffeehaus gehörte.

Auch der Mann, der da die Feder ungeschickt oder auch ungehalten kratzen ließ, war Herrmanns fremd. Er sah recht schlicht aus, ein wenig bäuerlich, aber natürlich sagte die Qualität der Kleidung nicht alles über die Lebensverhältnisse eines Mannes aus. Herrmanns grinste – dass er sich überhaupt für solche Gedanken Zeit nahm. Die passten mehr für ein Kaffeekränzchen, und er schämte sich nicht einmal. Er fand es vergnüglich.

Gleich schloss die Börse, dann wurde es bei Jensen schlagartig voll und laut und interessant. Wieder einmal dachte er, es sei wirklich angenehm, dass Christian an den meisten Tagen den Gang zur Börse übernahm, worauf sein Sohn und Compagnon inzwischen fast bestand. Claes Herrmanns hatte ein tätiges Leben geführt, nun genoss er es – niemand glaubte ihm so recht –, Pflichten nach und nach loszulassen. Er nahm sich Zeit für die schönen Seiten des Lebens, gönnte sich Muße, meistens mit Anne. Womöglich fing er noch an, Romane zu lesen.

Jensen war irgendwie schon immer da gewesen, jedenfalls seit er selbst in das Alter gekommen war, das Kaffeehaus zu besuchen. Damals war der jetzige Wirt noch der Sohn des Wirts gewesen und der alte Jensen sich selbst der beste

Kunde, besonders bei spanischem Branntwein und rotem Bordeaux.

So war der Junior bald zum Kaffeehauswirt geworden. Da er nicht zum Branntwein und nur ab und zu zum Bordeaux neigte und seine Geschäfte verstand, war aus der damals eher düsteren Diele bald ein behaglicher, gern besuchter Treffpunkt geworden. Jetzt aber, just in diesem Moment, leerte Jensen in einem Zug ein nicht zu kleines Glas Pfefferminzlikör. Es sah aus, als müsste er seine Nerven beruhigen.

Jensen war ein guter Wirt, und doch ein empfindsamer Mensch geblieben, was sich eigentlich widersprach, wie jeder wusste. Heute war er aufgeregt, weil ein fataler Fehler passiert war, was weder Claes Herrmanns noch die anderen Gäste erfahren würden.

Das überaus kräftige Aroma des Kaffees, der heute serviert wurde, lag nicht an einer ‹neuen Sorte›, die kleinen grünen Bohnen sahen doch alle gleich aus, schuld war Jensens Tochter. Lore verstand sich am allerbesten auf die Arbeit mit der Röstpfanne, heute hatte sie jedoch an anderes als an die Bohnen und das Wohl des Kaffeehauses gedacht. Jedenfalls hatte sie geröstet und geröstet und geröstet …

Der Anlass für diese Unachtsamkeit konnte nur der neue Knecht des Weinhändlers sein. Ginge es um dessen Sohn, könnte es zu einem Handel nach seinem Geschmack geraten, für alle Beteiligten von großem Vorteil. Aber ein Knecht? Dazu ein rothaariger. Jensen kam nicht dazu, harte Entscheidungen gedeihen zu lassen, die Börse hatte geschlossen, und die Gäste strömten herein.

Werner Bocholt, Claes Herrmanns' Freund seit den Jahren auf der Lateinschule Johanneum, schaffte es wie gewöhnlich, als einer der Ersten bedient zu werden, obwohl ihn niemand als Drängler oder Krakeeler bezeichnen konnte. Sein gewöhnlicher Gesichtsausdruck verriet einen Hang zur

Misanthropie, als er neben seinem Freund Platz nahm und an seinem Kaffee nippte, sah es fast aus, als lächele er.

«Wie schön», Herrmanns klopfte ihm sanft auf die Schulter, «dein Gesicht verrät gute Geschäfte an der Börse.»

«Gute Geschäfte? Ach was.» Bocholt nahm noch ein winziges Schlückchen seines Kaffees, er trank ihn immer ohne zusätzliche Gewürze, nickte bedächtig und murmelte: «Der Kaffee heute – erstaunlich.» Dann fuhr er ziemlich deutlich fort: «Gute Geschäfte? Das kann ich nicht behaupten. Dein Sohn macht gute Geschäfte, da muss man aufpassen, wenn man gerade dieselben machen will.

«So lange Christian die Regeln einhält, ist nichts dagegen zu sagen. Gleiches Spiel für alle.» Herrmanns lachte. «Oder dachtest du, aus ihm würde kein tüchtiger Kaufmann? Dann hätte ich ihn nicht zum Compagnon gemacht.»

«Pass mal gut auf, dass er dich nicht bald aus deinem Kontor aussperrt.»

Leider ließ Bocholt, dessen Neigung, anderen Menschen zu misstrauen, mit den Jahren kaum geringer geworden war, auch bei sehr guten Freunden wenig Takt walten. Diesmal klang Claes Herrmanns' Lachen nicht mehr ganz so leicht, doch das erlaubte er sich nicht selbst zu bemerken.

«Börse ist keine Partie Whist an Madam Büschs charmantem Spieltisch. Und wer plötzlich schwere Verantwortung trägt, kämpft mit härteren Bandagen. So waren wir auch.»

«Tja», murrte Bocholt, «wenn du das sagst, dann war das wohl so. Ich weiß trotzdem nicht, ob das gut ist. Wir haben noch viel vor, Claes, so lange du das nicht vergisst, ist es ja gut.»

Beide waren froh, als sich der englische Kaufmann Thomas Matthews zu ihnen setzte, eine große Tasse dampfenden Tee in der Hand, und das wackelige Thema somit beendete. Er war hoch in seinen dreißiger Jahren, lebte schon seit einiger Zeit an der Elbe und war mit einer sehr eleganten, etwas exaltierten, dazu um einige Jahre älteren Hamburgerin verheiratet. Entgegen der allgemeinen Erwartung musste diese Ehe zu den gelungenen gezählt werden, war also kein Thema mehr für schadenfrohes Geflüster am Spieltisch oder beim Kränzchen, schon gar nicht in Jensens Kaffeehaus. Nachdem Agnes Matthew auch noch ein Mädchen geboren hatte, das sie selbst ihren beiden Möpsen vorzog, war sie endgültig von der Klatsch-Liste verschwunden. Dieser Tage wusste man sie mit dem Kind und den Möpsen, viel Gepäck und einigem Personal, jedoch ohne ihren Gatten bei einer Trinkkur in Bad Pyrmont, da hatte sich wieder manche Augenbraue gehoben. Da das überaus gesunde Schwefelwasser aus der Pyrmonter Quelle kaum für eine echte Vergnügungsreise sprach und Thomas Matthew gerade in diesen Wochen ein vielbeschäftigter Mann war, war das Gerede schon im ersten Anlauf versickert.

Seit einiger Zeit fungierte er als neuer inoffizieller Mittelsmann zwischen dem Rat und den Merchant Adventures. Diese Vereinigung englischer Kaufleute besaß seit etwa hundertsechzig Jahren ein eignes Kontor in Hamburg und genoss seit jeher großzügige Sonderrechte. Inzwischen war sie nur noch von geringer Bedeutung für den Handel, darin übertrafen andere englische Kaufleute sie längst bei weitem. Kurz und gut, es gab immer wieder Ärger wegen dieser Engländer. Mancher im Rat und noch mehr in der Bürgerschaft wäre sie gerne losgeworden, nicht zuletzt, weil ihnen eine gewisse Selbstherrlichkeit und ein übermäßiger Hang zum Luxus nachgesagt wurden. Mal abgesehen davon, dass ihre Religion, die sie anders als andere Glaubensrichtungen völlig frei praktizieren durften, doch ziemlich katholisch war. Hinter den Kulissen wurde verhandelt, leider ging es kaum voran.

Der Lärmpegel war mächtig gestiegen. Etliche der Herren, die von der Börse herübergekommen waren, brachten ein beachtliches Lebensalter und ein kaum noch beachtliches Hörvermögen mit. Vor allem aber waren die Börsenstunden stets aufregend, es brauchte ein Weilchen, bis sich alle Gemüter beruhigt hatten. Der Vorschlag des Seidenkrämers Weidemann, doch immer den Physikus nach der Börsenzeit zu Jensen einzuladen, damit er zur Stelle sei, falls sich ein Schlagfluss oder plötzlicher Fieberanfall zeige, war heimlich begrüßt und doch als Zeichen von Hypochondrie abgelehnt worden.

An allen Tischen und bei den an der Theke oder den Fenstern zusammenstehenden Männern wurde der Qualm aus den langen weißen Tonpfeifen immer dichter, es herrschte gute Stimmung. Selbst die Debatte um die neue österreichische Erhöhung der Zuckerzölle verlief schnell im Sande, sogar ganz ohne despektierliche Urteile über die ferne Maria Theresia, womöglich weil der zweite Sekretär des Gesandten der Kaiserin im hinteren Raum mit dem jüngsten Syndikus Sillem eine Partie Billard spielte und für seine guten Ohren bekannt war.

Es ging also wie gewöhnlich in der ersten Stunde nach Börsenschluss hoch her. Jensen sauste emsig und schwitzend hierhin und dorthin, seine unerschütterliche Tochter behielt mit beständigem Lächeln die Übersicht. Erst als der Holzmakler Sandfort mit schon in etwas schriller Tonlage zum zweiten Mal fragte, was es denn Neues von dem Mord gebe, verebbte das allgemeine Auf und Ab der Stimmen.

«Mord?», fragte Claes Herrmanns leise, Bocholt und Matthew zuckten die Achseln.

«Kommt ja vor», brummte Bocholt und widmete sich lieber weiter seinem Kaffee. Er interessierte sich nicht im Geringsten für solcherlei Untaten, solange es nicht ihn, seine

Familie, sein Kontor und die Speicher, überhaut seine Leute und seine Geschäfte berührte.

Die meisten der Männer hatten von dem Mord gehört, schließlich war der Leichnam schon vor anderthalb Tagen entdeckt worden.

«Keiner irgendwo in der Gosse oder in den Gängen, der Mord bei Neulander natürlich», Sandfort sah glücklich aus, alle hörten ihm zu. Nur das Klackern der Billardkugeln ging unbeeindruckt weiter. «Der Tote ist jedenfalls kein Hamburger, und niemand weiß, wer der wirklich war, das ist doch interessant.»

«Was ist daran interessant?», widersprach der Schreiber der Kattundruckerei Schwarzbach. «In unserer Stadt wohnen einige tausend Fremde, das ist gut so, wer immer nur im eigenen Saft klebt, kommt nicht voran. Dein Vater ist doch auch aus Holland gekommen, Sandfort, oder nicht?»

Zustimmendes Gemurmel hielt sich die Waage mit widersprechendem.

«Das stimmt schon, gerade im Handel. Ja, Handel braucht Wandel. Aber was der Tote in unserer Stadt wollte, das weiß keiner so recht, und hier wird viel rumspioniert. Der lag in der Werkstatt, in einer der Gruben, die sind tief und die Wände glatt. Da kann einer lange strampeln», sein schrilles Lachen klang mit Triumph gewürzt, «ja, lange strampeln und kommt doch nicht raus. Wenn er kein Goliath ist.»

Leider konnte Sandfort nur unzulänglich, um nicht zu sagen gar nicht erklären, warum die Grube anstatt mit der üblichen festen Rindenlohe mit irgendeiner gemeinen Brühe gefüllt gewesen war.

«Was hat der Kerl denn da gemacht?», rief einer aus den hinteren Reihen. «Und wieso überhaupt in Neulanders Wasserwerkstatt?» ein anderer, «da gibt es doch nichts zu stehlen, was sich wirklich lohnt.»

So ging es noch ein bisschen hin und her, das Thema hielt aber nicht lange vor, bis Kopper vielsagend blinzelte und mit gespieltem Flüstern zu bedenken gab, immerhin habe der Gerber zwei hübsche Töchter, und die kleine Magd sei auch nicht zu verachten. «Und der junge Sohn», kam es aus einer Ecke am Fenster, was aber allgemein überhört wurde. Die Sache mit den Töchtern leuchtete ein, war aber keine echte Neuigkeit.

Rufe nach frischem Kaffee wurden wieder laut, Jensens Tochter begann, schon für die nächste Runde und bevor die meisten der Männer in ihre Kontore zurückkehrten eine ganze Reihe von Gläsern mit süßem Port zu füllen. Die Gespräche wurden leiser und wandten sich dem zu, was Männer nach der Börsenzeit im Kaffeehaus gewöhnlich besprachen, Geschäfte, Zipperlein, Politik und das Wohlergehen oder nicht Wohlergehen der Familie, das Wetter, die Preise für gute Kutschpferde, der zu klein werdende Hafen, die fragwürdigen Preise für englische Steinkohle, die ständig vom Versanden bedrohte Elbe …

«Der Mann soll ein Sterndeuter gewesen sein», rief Sandfort im Versuch, noch einmal Aufmerksamkeit zu erregen, «der hatte es mit den Sternen. Ich sage nur Venusdurchgang! Kann sein, er war Navigator auf einem Schiff in die Südsee oder wie man das jetzt nennt. Ich sage nur: Terra Australis. Heißt jetzt New Wales oder so ähnlich. Und ein Mechanikus war er auch, einer, der mechanische Geräte baut, das ist jedenfalls sicher.»

«Mechanikus? In St. Georg?», entfuhr es Claes Herrmanns, allerdings hörten das nur Bocholt und Matthew, worauf Bocholts Ellbogen zur Seite schoss, was seinen Freund nicht nur erschreckt verstummen, sondern auch den Rest seines Kardamomkaffees auf seinen Rock aus tiefblauer Seide schwappen ließ.

Als freundlicher und äußerst höflicher Mann übersah Thomas Matthew diese kleine Szene. Für ihn war sie nicht mehr als eine rasch vergehende Unstimmigkeit, wie sie bei alten Freunden hin und wieder vorkam, ohne dass es Dritte zu interessieren hatte.

KAPITEL 5

Eine Brise kam von der Alster über das Vorland und die Bleichwiesen, sie brachte auch rufende Stimmen der Männer von den Lastbooten mit. Weddemeister Wagner verstand die verwehten Worte nicht, aber es klang gut gelaunt, und er dachte, wie schön es wäre, wenn auch er jetzt in einem Boot säße, anstatt den weiten Weg durch die Altstadt und das Steintor, über das Vorland und die lange, erst einseitig bebaute Straße und entlang der Bleichwiesen zu marschieren. Es war kein wirklich weiter Weg, eine gute Stunde vielleicht, aber seine Stiefel brauchten schon wieder neue Sohlen, ständig drängten sich Sand und kleine Steinchen hindurch. Nun war er fast am Ziel, und die frische Luft auf seinem Marsch durch das frühlingsgrüne blühende Vorland entschädigte ihn. Auf den Weiden reckten sich vielfarbige Sommerblumen dem Licht entgegen, in den Hecken blühte der Weißdorn, an geschützten Stellen schon der Holunder. Es wurde nun viel gebaut in den Vorstädten, ganz besonders in St. Georg mit seinen langen Alleen und dem schützenden Vorwerk, aber noch überwogen freies Grünland und Gärten.

Er fand es immer wieder erstaunlich, wie der Atem freier und tiefer wurde, die Stimmung heiter, sobald er die enge, allzu volkreiche Stadt durch eines der Tore verlassen hatte. Also wollte er nicht über ein bisschen Sand in den Stiefeln klagen.

Er überquerte einen Wasserlauf, der mit schmaleren zuführenden Gräben dafür sorgte, dass die Wiesen nicht wieder zu Sumpfland wurden. Auf dem Gras waren in lange Reihen Leinenstücke ausgebreitet. Ein halbes Dutzend Frauen und

Mädchen ließen mit durchlöcherten großen Schöpfkellen Wasser darüberrieseln, um die Bleiche zu beschleunigen. Noch einmal leerte er seine Stiefel aus und lauschte. Er hörte die Sägen vom Holzplatz, das Knarren der Räder und Riemen schwerer Wagen auf der Großen Allee und dem Steindamm, aufgeregtes Quieken aus den Schweinekoben, Vogelgezwitscher. Die Schwalben und Feldlerchen mit ihrem übermütigen Gesang flogen nun tief, was für seinen Rückweg wenig Gutes verhieß.

Endlich bog er auf den befestigten Weg entlang des Vorwerkwalls nach Norden ein und marschierte mit schnellerem Schritt auf die Bockwindmühle zu, die sich als dunkle Silhouette gegen den diesigen Himmel abzeichnete. Die Flügel standen still, das ganze Anwesen wirkte verlassen. Nur ein Dutzend Hühner scharrte auf einem Wiesenstück nach Futter.

Wagner wischte sich aufschnaufend mit seinem großen blauen Tuch über Stirn und Nacken und ging entlang einer dichten Hecke zum Müllerhaus. Das stand wie die Mühle erhöht über dem Alsterufer, wo ein Boot an einem Steg vertäut lag.

Niemand öffnete auf sein Klopfen an der Tür zur Wohndiele, sein Rufen blieb ohne Antwort. Die Tür war versperrt, also ging er um das langgestreckte Haus herum, dessen größerer Teil Speicher und Stall beherbergte. Es roch nach Ziegen. Das Tor zum Garten stand weit offen. Ein Mann, seine wahrhaft ärmliche Kleidung verriet den niederen Knecht, besserte den Knüppelzaun aus, der einen Blumengarten abtrennte. Ein Wiesenstück mit Obstbäumen schloss sich an, die Apfelbäume standen noch in voller Blüte. Wagner hatte kein Auge für Gärten, wie gut und reich dieser bestellt war, war selbst für ihn nicht zu übersehen.

Der Müller sei nicht da, erfuhr Wagner, als der Mann endlich von seiner Arbeit aufsah. Zum Hafen gefahren, Holz holen mit dem Müllerknecht und der Tochter. Vorm Abend sei keiner zurück. Er hob wieder den ziemlich bedrohlich aussehenden Hammer und begann, einen neuen Pfahl in die Erde zu treiben. Der Mann war alt wie Methusalem, sein Mund zeigte mehr Zahnlücken als Zähne, und eines seiner Augen war schon trüb, aber er hatte kein Leben, das seinen Muskeln erlaubte, schwach zu werden.

«Ja», der Alte schob auf die nächste Frage missbilligend die Unterlippe vor, «ja, im großen Schuppen hat einer gewohnt.»

«Jetzt nicht mehr?»

Ein harter Schlag trieb den neuen Pfahl eine Handbreit tiefer ins Erdreich, der Alte zuckte die Achseln und schlug erneut zu. Mit dem hätt er nichts zu tun gehabt. Seltsamer Vogel. Seit zwei Tagen hätt er den nicht mehr gesehen. Vielleicht auch drei. «Jaja, im Schuppen bei der alten Eiche. Da hat er gearbeitet. Was so einer Arbeit nennt.»

Wagner hätte den Mann gerne weiter ausgefragt, aber der antwortete nicht mehr und arbeitete an dem Zaun, als gelte es, eine im nächsten Gebüsch schon lauernde rabiate Rotte Schwarzwild abzuwehren.

Der Schuppen bei der alten Eiche erwies sich als ein stabiles Gebäude aus gutem Holz, er stand geschützt in einer sanften Mulde. Wer in den Bruchbuden der Gängeviertel und manchen Hinterhäusern der Altstadt lebte, würde sich unter solch einem Dach königlich fühlen. Wenn dieser Meunier mechanische Apparate gebaut hatte, war er für seine Werkstatt auf einen trockenen Raum mit einem guten Dach angewiesen gewesen. Es sei denn, er wollte einen Handel mit Rost betreiben. Wagner fielen die überaus verblüffenden Automaten ein, die der Uhrmachermeister an der Ecke Berg und Große Johannisstraße baute und handelte. Godard.

Meunier. Zwei französisch klingende Namen? Beide betrieben irgendetwas Mechanisches? In Gedanken machte Wagner sich eine Notiz – vielleicht wusste der Uhrmacher etwas über den jungen Mechaniker.

Das Dach des Schuppens hatte keinen Schornstein, wer mit Metallen arbeitete, brauchte aber Feuer, eine Esse. Vielleicht war der feine junge Herr wohlhabend genug gewesen, um solche Arbeiten einem Schmied aufzutragen. Bei dem nahen Holzplatz auf dem Borgesch und beim Gasthaus Eschenkrug gab es nur einen Hufschmied. Es lohnte sich dennoch zu fragen. Die Idee gefiel Wagner, sein Weg hatte ihn durstig gemacht, und der Eschenkrug war ein angenehmes Gasthaus. Womöglich gab es dort auch jemanden, der den Toten gekannt hatte. Zumindest ein wenig. ‹Ein wenig›. Das galt in dieser Geschichte an allen Ecken und Enden, wenn es um Auskünfte über den Toten ging, sein Woher und Wohin, seine Pläne in der Stadt. Wenn es um den Grund für seinen Tod ging, war ‹ein wenig› noch zu viel. Da gab es gar nichts. Das würde er ändern.

Der Weddemeister hatte viele Tote gesehen und eine ganze Anzahl von Morden und ähnlichen Untaten aufgeklärt. Es gab nur eine geringe Anzahl von Motiven, aber eine größere an Varianten, was die Sache oft kompliziert machte. Er war ein geduldiger Mann, jedenfalls meistens, und stets beharrlich, das führte ihn fast immer zum Ziel. In diesem Fall konnte es schwieriger werden. Wenn er nicht bald Menschen fand, die diesen Meunier besser gekannt hatten als der junge Neulander.

Auch andere Tote waren unbekannte Fremde gewesen, die meisten hatten in irgendeiner Gosse gelegen, kein Mensch hatte sich für sie interessiert. In einer großen Stadt mit einem bedeutenden Hafen kamen alle Tage Fremde durch die Tore und über die Anleger, um Geschäften nachzugehen, ihr Glück zu suchen oder weil es sich hier leichter und lohnender betrügen und gaunern ließ als auf dem Land, wo die Leute einander kannten und wussten, wem sie vertrauen sollten, und besonders, wem nicht. Ein Toter in der Werkstatt eines Meisters und mit dem jüngeren Sohn und Lehrling bekannt – das war etwas anderes. Da florierten Gerüchte, böser Klatsch, echte und falsche Verdächtigungen, und womöglich versteckten sich Motiv und Tat in der Familie. Da konnte man nicht einfach für ein Grab auf den St.-Gertrud-Friedhof sorgen, und der Tote war damit vergessen.

Als Wagner um die Ecke des Schuppens bog und vor der Holztür stand, frischte die Brise auf. Eine dunkle Wolkenwand dräute im Süden jenseits der Elbe. Noch tat sie harmlos, und vielleicht hielt der Fluss das Wetter zurück, wenn er aber Pech hatte, erreichte er das Stadttor durchnässt. Immerhin nicht von Lohebrühe, sondern nur von Regenwasser durchnässt. Wenn er sich ein bisschen beeilte – diesmal fluchte er laut.

Ein Rotmilan landete just in diesem Moment auf dem toten Ast der alten Eiche. Er schlug noch einmal unwirsch mit den Flügeln und ließ sein klagendes Pfeifen hören, als wolle er daran erinnern, dass dies sein Revier sei, dieser Baum und die Kaninchen in der Mulde und den umliegenden Wiesen.

Wagner hingegen dachte unvernünftig, der Vogel verspotte ihn, weil das schlichte Holztor versperrt war, als berge es die Goldvorräte der Hamburger Bank. Zwei ins Holz getriebene Eisenhaken hielten eine veritable Kette und verstärkten die Hartholzstange, die quer in den Haken steckte und die Tür geschlossen hielt. Alles kein Problem, hinge nicht an der vermaledeiten Kette ein dickes rundes Vorhängeschloss.

Ob der Müller einen Schlüssel hatte? In den Taschen des Toten war keiner gefunden worden. Allerdings war auch

sonst nichts gefunden worden. Wer immer ihn in der Lohebrühe versenkt hatte, hatte zuvor seine Taschen geleert.

Ein Windstoß ließ ihn wieder zum Himmel blicken.
Der wurde dunkler, ohne Zweifel. Wagner betrachtete das
Schloss genauer, sein Beruf hatte ihn einiges über Schlösser gelehrt. Geldtruhen, die mit acht oder zwölf Schlüsseln
versperrt und geöffnet wurden, in deren Deckeln sich aus-
geklügelte, mit den Schlössern verbundene Gestänge versteckten, waren ihm ein Buch mit sieben Siegeln geblieben.
Eines wie dieses hier jedoch sollte zu bewältigen sein. Es
war fein poliert und gut gearbeitet, ein Schmuckstück – mit
nur einem bescheidenen Schlüsselloch. Das besserte seine
Laune schlagartig. Mit dem Messer könnte es gehen, sofern
dessen Spitze nicht abbräche, was ziemlich ärgerlich wäre.
Es könnte auch … das Geräusch war unangenehm, doch
in seinen Ohren Musik. Die Haken waren leichter heraus-
zubrechen gewesen, als er gedacht hatte. Auch der passende
Griff eines Messers konnte gute Dienste leisten. Manchmal
erwies sich gewaltsames Handeln doch als das beste Mittel.

Endlich schob er die Tür auf und betrat Meuniers Be-
hausung.

Das Licht war nur matt, dass es überhaupt Fenster gab,
sogar zwei und beide verglast, war ungewöhnlich. In der
hinteren rechten Ecke vor der fensterlosen Wand stand ein
Bett, kaum mehr als ein Lager, zwischen einfachen Decken
prangte ein besticktes Samtkissen. Der junge Mechaniker
hatte also auch hier gewohnt.

Die Schlafecke war durch einen Vorhang abgetrennt –
womöglich waren vor einiger Zeit auf den Bleichwiesen einige Stoffbahnen abhandengekommen. Ein Mantelsack lag
daneben, fast leer, bis auf einen Katechismus und einiges an
Leinenzeug, drei Halsbinden, je zwei Hosen und Hemden,
ein feines Handtuch, ein Beutel mit Tabak und einer noch

ungebrauchten Tonpfeife. Ganz unten halb versteckt lag ein noch ziemlich neues, in teures Kalbsleder gebundenes Buch mit dem Titel *Voyage en Sibérie*, Wagner wollte es sich später ansehen, schon wegen der zahlreichen Bilder jener fremden Welt.

Den Mantelsack wollte er ohnedies mitnehmen, manchmal versteckte sich etwas in den festen Stoffen. Über einem aus der Wand ragenden Holz hing eine Jacke, eine Art Umhang mit Ärmeln. Gute Wolle, ein großer Kragen, an der Innenseite waren zwei Taschen aufgenäht, Wagner tastete, griff hinein und fand beide bis auf ein altes Samtband und fünf Kupferpfennige leer. Das war eine geringe Barschaft. Auf einem oberen Querbalken stand ein mit Wachspapier bedeckter und zugebundener Tonkrug, darin lag in ein Leintuch eingewickelt ein Stück Roggenbrot.

Der Schuppen glich im Innern beinahe einer Stube, Ritzen in den Holzwänden waren sorgfältig verstopft, der Fußboden war etwa zur Hälfte mit Brettern ausgelegt. Da hatte jemand Geld übrig gehabt. Der Raum maß wohl fünfzehn mal zwanzig oder zweiundzwanzig Fuß, eine recht bescheidene Größe, und wurde von einem beachtlichen rechteckigen Arbeitstisch nah den Fenstern beherrscht. Zwei Öllampen und ein Teller mit vier Unschlittkerzen mochten am Abend recht gutes Licht spenden, zwei weitere, nahezu gänzlich heruntergebrannte, standen auf einem Hocker neben dem Bett.

Hier war gearbeitet worden, leider war nicht zu erkennen, was. Eine zwei Handbreit große Drehbank war auf dem Tisch befestigt, die Haltestifte hielten nichts, ein Fiedelbogen lag daneben, Stichel und Zangen verschiedener Größe, zwei feine Sägen, grobe und feine Feilen, Polierstifte für den feinsten Schliff – Schlosserwerkzeuge. Nur für feinere Arbeiten. Interessant.

Eine einfache Bank ohne Lehne an der Wand, zwei Stühle, die aussahen, als sollte ein beleibter Mensch sie besser meiden, ein dritter ohne Beine. Keine Esse, keine Feuerstelle.

In einem fast bis zur niedrigen Decke reichenden tiefen Regal lagerte allerlei Gerümpel, jedenfalls in Wagners Augen, in einigen Kästen auch verschiedene kleinere Stücke von unterschiedlichen Hölzern. Zwei Kisten beherbergten ein Sammelsurium von Alteisen in Form von rostigen Beschlägen oder zerbrochenen Fenstergittern, Nägeln und Kanteisen, kaputtem Werkzeug und anderen nicht mehr erkennbaren Stücken. In weiteren Fächern lagerten alte Kacheln, Töpfe, ein kleines, offensichtlich leeres Fässchen, einige neue, jedenfalls ungebrauchte Stücke mittelstarken und ungefärbten Leders, wie es die Riemer und Zaumschläger verwenden, in einem der mittleren Fächer ein Paar Schuhe neben Reitstiefeln, eine ziemlich angestaubte Perücke, was in einem Raum wie diesem kein Wunder war. Wie die nicht minder staubigen Samtbänder und Haarbeutel wäre sie in einer Schachtel besser aufgehoben gewesen. Wagner durchsuchte alles flink und gründlich und fand nichts Überraschendes. Auch keine Papiere, die mehr über den Toten verrieten. In einem alten Lederbeutel steckten vierzehn preußische Taler, was kein blendender Reichtum war, aber einen Mann einige Wochen oder sogar Monate ernähren konnte.

Schließlich lehnten in einer Ecke zehn oder gar zwölf Fuß lange Holzstangen, einige dünne Metallrohre lagen gebündelt davor. Auch drei metallene Reifen mit Speichen und etwas, das an einen Sonnenschirm erinnerte, allerdings ohne den Stoff oder das Wachspapier, das erst vor der Sonne beschützte.

Werkzeug und Material für wer weiß was und allerlei Kram. Das war alles? Dafür hatte der weite Weg sich kaum gelohnt, wenn nicht wenigstens der Müller weitere Auskunft geben konnte. Und dessen Tochter. Junge Frauen waren für gewöhnlich schwatzhafter und verstanden und sahen mehr von den Menschen. Und der, der hier gehaust hatte, war auch jung gewesen.

Wagner wandte sich noch einmal dem Tisch zu. Darauf lagen noch einige Tücher hingeworfen, als habe sie ein Windstoß hergeweht. Sie waren von kräftiger Webart, wie man sie für Sitzpolsterbezüge verwendete, und darunter kam eine große, ziemlich dicke Mappe zum Vorschein. Ein Donner grollte heran und schreckte ihn auf, der Blitz war Wagner entgangen. Er hoffte, es sei tatsächlich nur ein Donner, kein Kanonenschlag von einem der englischen Schiffe, die so reich mit Waffen ausgestattet im Hafen lagen, dass auch die Barbaresken im Mittelmeer abgeschreckt wären. Zu seinem Glück war er für die Schiffe nicht zuständig, das war sogar ein großes Glück, seit er auf der Überfahrt nach England die Seekrankheit kennengelernt hatte. Der Hamburger Wasserschout und seine Knechte waren tüchtige Männer, doch wo es Kanonen und Gewehre gab, lauerte auch Gefahr, und sei es aus Dummheit und Ungeschick.

Es war ein Donner gewesen, keine Kanone, der Himmel wurde noch dunkler. Wenn er Pech hatte, musste er im Schutz des Schuppens ausharren, und wenn das Pech groß war, sogar die Nacht hier verbringen. Karla würde sich entsetzlich sorgen. Diese Vorstellung gefiel ihm überhaupt nicht, und im Schlafplatz oder in der Werkstatt eines Ermordeten konnte nichts Gutes liegen. Die Nacht würde ihm sehr lang werden.

Er blickte wieder aus dem Fenster zum Himmel, der dräute in der Tat. Doch nun sah er etwas, das ihm noch weniger gefiel. Die Kutsche, die am Rand der Mulde hielt, war gewiss nicht die des Müllers. Wer zum Holzhafen fuhr, war mit dem Leiterwagen unterwegs, kaum mit einem geschlossenen Wagen. Es war ein schäbiges Gefährt, eine bessere Holzkiste auf Rädern, die dringend einen neuen Anstrich brauchte; sollte es so heftig regnen, wie der Himmel versprach, wurden wenigstens die übelsten Schichten von Staub und Kot abgewaschen. Pferd und Kutscher konnte Wagner von diesem Fenster nicht erkennen.

Ein neuer Donner rollte heran, und nun schwang der Schlag auf. Eine in einen dunklen Umhang gehüllte Gestalt stieg aus, ein hochgewachsener Mann drückte den Dreispitz gegen den auffrischenden Wind fest auf den Kopf. Wagner verstand nichts, aber es sah aus, als spreche der Mann mit jemandem im Inneren der Kutsche. Nun zeigte er auf den Schuppen. Wagner wich zurück und blickte sich hastig um. Wer immer das war, wollte auch in Meuniers seltsames Reich. Und etwas suchen? Finden? Wer in solcher Karre fuhr …

Rasch zog er die noch einen guten Spalt offen stehende Tür ganz heran und verbarg sich hinter dem Vorhang. Ein jämmerliches Versteck – zu einem besseren reichte die Zeit nicht.

Da wurde die Tür schon aufgeschoben – hatte sie auch so geknarrt, als er selbst den Schuppen betrat? Sein Herz begann, aufdringlich zu klopfen, es kostete ihn große Mühe, ein drängendes Schnaufen zu unterdrücken.

Es war still im Salon der Ehrwürdigen Jungfrau Domina, als Eve Neulander ihr tränennasses Gesicht mit einem klösterlichen Mundtuch trocknete, während die Domina sich bemühte, zu ihrer Ehrwürdigkeit zurückzufinden. Beides gelang recht gut. Dann reichte ein freundlich auffordernder Blick Madam Augustas, und Rosina bot an, Meisterin Neulander in die Totenkammer zu begleiten, am besten sofort, wozu lange warten. Augusta nickte zufrieden, und Eve

Neulander, obwohl ihre Augen sich nun doch ein wenig erschreckt weiteten, erhob sich sofort, nickte entschlossen und sagte: «Ja, am besten sofort. Danke, Madam.»

Plötzlich hatte sie es eilig, selbst der Abschied von ihren beiden alten Beschützerinnen fiel bis an den Rand der Unhöflichkeit knapp aus.

An der Einfahrt zum Hof des Eimbeckschen Hauses blieb sie stehen und sah Rosina fragend an. «Ist es hier? Ich war noch nie dort.»

«Wenn Ihr doch lieber später …»

«Nein.» Eve Neulander war blass, dennoch verriet ihr Blick über die Entschlossenheit des Moments hinaus eine innere Stärke, von der nur wenige wussten. «Jetzt. Durch diese Tür dort?»

«Ja, durch diese Tür und die Treppe hinauf.»

Da war die Neulanderin schon weitergelaufen. Auf der Hälfte der Treppe blieb sie stehen. «Ich bin dankbar für Eure Begleitung, Madam Vinstedt. Als ich zur Ehrwürdigen Jungfrau aufgebrochen bin, habe ich nicht nachgedacht, ich war wie ein Kind. Ihr habt sicher bemerkt, wie unvernünftig meine Gedanken waren. Wirklich unvernünftig, umso froher bin ich, dass gerade Ihr mich begleitet.» Ein entschuldigendes Lächeln glitt über ihr Gesicht. «Wenn Ihr es mir nicht verübelt – ich denke, Ihr versteht es eher, weil Ihr vom Theater kommt, dort ist auch nicht alles von der Vernunft bestimmt, nicht wahr?»

«Nein», Rosina lachte leise, «bei uns herrscht wahrhaftig nicht nur die reine Vernunft. Auf der Bühne regieren Laune, Unvernunft des Herzens und viel Spiel mit jeglichen Gefühlen, aber auch mehr Ernst, als es dem Publikum oft scheinen mag. Oder», überlegte sie, «als das Publikum erkennen will. Sicher habt Ihr recht, Madam Neulander, einerlei ob es vernünftig ist, ich verstehe, warum Ihr Euch vergewissern müsst.

Eine furchtbare Gewissheit ist erträglicher als eine nie vergehende Ahnung, sei sie noch so», sie schwieg einen Atemzug, «so unvernünftig. Wollen wir weitergehen?»

Rosina hatte auf dem Theater wie im Leben viele Rollen gespielt, als echte Rosina oder in der Maske und Verkleidung, die die Situation und Notwendigkeit gerade gefordert hatten. Sie war also geübt im raschen Erfinden glaubwürdiger Ausreden und Erklärungen, Vorwände, Ausflüchte. Schmeicheleien nicht zu vergessen, die waren, wie jeder wusste, oft die wirksamsten Mittel, ein Ziel zu erreichen oder eine Lüge zu verbergen. Natürlich war dies kein wirklich ehrenhaftes Talent, aber ein praktisches, für eine junge Frau, die sich ab und zu auf den Spuren von bedrohlichen Übeltätern bewegte, auch ein verzeihliches.

All die schönen Sätze, die sie sich rasch zurechtgelegt hatte, um die Neulanderin in die Totenkammer und zu der Leiche zu bringen, ohne dass falsche Verdächtigungen wucherten, erwiesen sich als überflüssig.

Auf Rosinas Klopfen öffnete die Stadtleichenfrau Gardewinsch selbst die Tür. Die Neulanderin war einen halben Schritt hinter ihrer Beschützerin plötzlich zögernd stehen geblieben. Was suchte sie hier? Mit welchem Recht? Ein fremder Toter, ein Ermordeter dazu – was würden die Leute sagen? Maerten würde schrecklich zornig sein, und Regine, die vernünftige Tochter ihres Vaters, wieder dieses spöttische halbe Lächeln zeigen. Doch nun war es zu spät umzukehren. Die Gardewinsch musterte rasch die beiden Frauen vor ihrer Tür und trat mit einer einladenden Handbewegung zur Seite. «Madam Vinstedt und Meisterin Neulander, welche Ehre.»

Rauch kokelnder Kräuter und Gewürzhölzer aus dem durchlöcherten Deckel eines Messingbehältnisses auf dem eisernen Ofen milderte den durchdringenden Leichengeruch kaum. Rosina war der Gardewinsch nie lange genug begegnet, um miteinander zu sprechen, dass sie ihren Namen kannte, erstaunte sie. Tatsächlich war sie bekannter in der Stadt, als sie dachte.

«Ihr wollt dem fremden jungen Herrn eine letzte Ehre erweisen, weil er in Eurer Werkstatt sein Leben lassen musste? Das ist wahrhaft christlich, wo er sonst keinen hat, der sich die Mühe macht, aber man weiß es ja nicht genau.» Sie neigte den Kopf und faltete die Hände vor der Brust. «Bei einem, der fremd in der Stadt ist. Eine ganz verlor'ne Seele.»

Palle, ihr Sohn und Gehilfe, lehnte an der Wand hinter dem Stehpult, auf dem das aufgeschlagene Protokoll-Buch lag, seine Finger waren tintenfleckig. Er grüßte die Besucherinnen mit einem angedeuteten Nicken, im Übrigen tat er so, als sei er gar nicht da. Nach seinen Erfahrungen war das die beste Methode, halbwegs unbeschadet durch seinen Alltag zu kommen.

«Danke», sagte Rosina, wie man automatisch danke sagt, und die Neulanderin sagte nichts. Beide blickten auf das unerwartete Bild, das sich ihnen mit dem Toten bot. Die Neugier und Befriedigung im Gesicht der Stadtleichenfrau bemerkten sie nicht.

Der Mann, der Hippolyt Meunier gewesen war, lag auch jetzt auf dem Leichentisch nahe beim Fenster, und auch jetzt war nur die Mitte seines knabenhaften Körpers mit einem Leintuch bedeckt. Zwei Bienenwachskerzen, die ganz gewiss nicht aus dem Vorrat der Gardewinsch stammten, brannten auf einem hohen Hocker neben seinem Kopf, das Licht schärfte die eigentlich weichen Konturen seiner Gesichtszüge. Oberhalb des Tisches brannte eine Öllampe, ihr traniger Geruch ging in der intensiven Melange der anderen Gerüche unter.

Nun erhob sich die Frau, die anderthalb Schritte von dem Toten entfernt gesessen hatte. Sie war sehr jung, kaum mehr als zwanzig Jahre alt, ihr lockiges dunkles Haar war ganz gegen die Mode im Nacken gefasst, es umschmeichelte ihr schmales helles Gesicht mit den dunklen Augen. Sie trug ein mit hellblauen Streublumen gemustertes Kattunkleid in dunklerem Blau, die weiße Bluse unter dem Mieder war mit feiner Häkelei gesäumt. Um ihren Hals lag eine zarte Kette von Blüten aus Elfenbein und Perlmutter. Sie hielt einen Rötelstift und ein Zeichenbrett in ihren Händen, eine ganze Anzahl verschiedener weiterer Stifte steckte in einer auf ihren Rock genähten Tasche. Nach kurzem Zögern neigte sie wie Palle grüßend den Kopf.

«Madam Matthes, aus Nürnberg gebürtig», erklärte die Gardewinsch im verbindlichen Ton einer Gastgeberin, «die bekannte Blumenkünstlerin, mit Farbe und Pinsel oder Stift, Ihr habt gewiss von ihr gehört. Ganz ausgezeichnete Kunst.»

«Danke, Madam Gardewinsch.» Rosina hatte das Gefühl, hier werde zu viel geredet, und wusste nicht, warum. «Wenn Ihr Madam Neulander einen Augenblick Euren Platz neben dem, nun ja, neben dem Tisch überlassen könntet, Madam Matthes, wäre sie sicher dankbar. Wir werden Euch nicht lange stören. Ihr zeichnet ein Porträt des Toten? Dürfen wir fragen, wer Euch den Auftrag gegeben hat?»

«Der Physikus hat es erlaubt», beeilte sich die Gardewinsch zu versichern, und die Frau mit dem Zeichenstift erklärte: «Niemand hat es mir aufgetragen.» Sie hob die Hand, als wolle sie hüsteln, doch sie trat nur einen Schritt beiseite, damit Eve Neulander Platz nehmen konnte. Dann fuhr sie mit kindlich ernster Miene fort: «Ich habe mir selbst den Auftrag gegeben, Madam, so könnte man sagen. Es ist mein Beruf, Blumen und Tiere zu malen. Zumeist tote Tiere, ich besitze selbst einige ausgestopfte Exemplare, das gehört zu meinem Metier. Nun ergab sich die Gelegenheit», eine leichte Röte flog über ihr Gesicht, «die Möglichkeit, sollte ich besser sagen, einen Menschen zu malen, den schon die Unruhe und die Pein des Lebens verlassen hat. Ein Stillleben. Die Schönheit des Todes.»

Rosina fröstelte. Ein Bild von einem jungen Mann, der erschlagen in einer Gerbergrube gefunden worden war – es fiel ihr schwer, dabei an friedvolle Stille und Schönheit zu denken.

Eve Neulander hingegen nickte. Sie hatte sich auf den Hocker neben den Toten gesetzt, ganz vorne auf die Kante, und betrachtete sein Gesicht genau, Zoll um Zoll. Ihr angespannter Blick wurde weich, fast zärtlich und liebevoll. Vielleicht war es mehr ein Streicheln als ein prüfendes Mustern. Zwei Tränen rannen über ihre Wangen, und doch war ein Lächeln um ihren Mund. Sie hob die rechte Hand, aber sie berührte es nicht, dieses junge, noch ganz ungelebte Gesicht.

Sie saß nur da und sah ihn an, bis ein hartes metallisches Klack die Stille unterbrach. Palle war etwas aus den Händen gerutscht und auf den gekachelten Boden unter dem Stehpult gefallen, ein kleines Werkzeug vielleicht, er bückte sich beiläufig und hob es auf.

«Ich möchte jetzt gehen», sagte Eve Neulander, ihre Stimme klang plötzlich klar und einfach. Im Aufstehen strich sie ihre Röcke glatt, als hole eine so alltägliche Geste sie wie just der Klang von Metall in ihr eigenes Leben zurück. Sie wischte mit den Handrücken über die Wangen und nickte, sagte «Danke», legte eine nicht zu kleine Silbermünze auf den Tisch der Madam Gardewinsch und ging hinaus zur Treppe.

Rosina war von der Plötzlichkeit des Aufbruchs verblüfft, sie hatte vorgehabt, den toten Hippolyt selber zu betrachten, aus anderem Grund als die Neulanderin, aber umso genauer, nun blieb nur, ihr nachzueilen.

An der Tür wandte Rosina sich noch einmal um. Die Stimme der Malerin hatte einen fremden weichen Klang, und ihr Ohr war in diesen Dingen geübt. Es gab viele als Fremde geltende Leute in der Stadt, auch Stimmen von Menschen, die wie sie selbst hier zu Hause waren, aber aus anderen Regionen stammten, klangen anders als die norddeutschen, manchmal noch in der zweiten oder dritten Generation. Die Sprache verriet oft mehr als das Aussehen. Es mochte stimmen, wenn die Gardewinsch sagte, diese Malerin von Blumen und toten Tieren stamme aus der berühmten Reichsstadt im Süden, die auch für ihre besonderen Malerschulen bekannt war. «Ihr seid noch fremd in Hamburg, Madam Matthes?», fragte sie.

«Noch recht fremd, ja. Aber Monsieur Matthes stammt von hier, mein lieber Ehemann. Er ist vor zwei Jahren aus Nürnberg hierher zurückgekehrt, und ich bin ihm im vergangenen Winter gefolgt. Ihr habt vielleicht von ihm gehört. Er verfertigt sehr schöne und sehr gefragte Radierungen, besonders lobt man jene nach den Werken Albrecht Dürers, des größten Nürnberger Künstlers. Wohl des größten überhaupt. Monsieur Matthes ist auch ein angesehener Kunsthändler, eigener und fremder Werke. Die nächste Auktion wird bald in der Börsenhalle angeschlagen sein.»

Die letzten Sätze klangen Rosina steifer. Es waren eingeübte Sätze einer schüchternen jungen Frau, die ein Geschäft anpreisen musste. Warum nicht? Auch eine Blumenmalerin und ein Kunsthändler mussten essen.

Die Neulanderin wartete im Hof auf der Bank unter der alten Linde, blickte in die frühsommergrüne Krone hinauf und atmete noch tief die frische Luft ein.

An der Hofeinfahrt saß eine Straßenhändlerin mit ihrem Korb und bot süße Waren feil. Rosina kaufte vier Harburger Kringel, der süße Duft von Zimt und Honig mochte auch helfen, den Geruch der Totenkammer zu vertreiben. Sie wollte nicht darüber nachdenken, ob das direkt nach diesem Besuch pietätlos war. Eve Neulander nahm einen und biss gleich zufrieden aufseufzend hinein.

«Seid Ihr nun beruhigt?», frage Rosina, als sie ihre Kringel zur Hälfte gegessen hatten. «Geht es Euch besser?»

«Danke, viel besser. Natürlich ist es nicht mein Sohn, der dort oben in diesem traurigen Zimmer liegt, sicher auch niemand, den er geschickt haben könnte, das wäre doch zu seltsam. Gleichwohl …», sie lehnte sich an den rauen Stamm der Linde, als vertraue sie sich dem Baum und seinem Schutz an, «Johannes war durch diesen armen Jungen zum ersten Mal wieder ganz nah bei mir. Er ist im Rheinischen begraben, in fremder Erde von fremden Leuten. Versteht es bitte nicht falsch, ich bin dem Meister und seiner Familie dort sehr dankbar, wirklich zutiefst dankbar, sie sind Gerber wie wir und haben für eine gute Beerdigung in geweihter Erde gesorgt, aber so weit von seinem Zuhause. Von mir. Keiner von uns war bei ihm für das letzte Geleit. Es erschien mir auf diese Weise niemals wirklich, es blieb – wie ein Betrug. Ach, ich weiß nicht, wie ich es sagen soll. Dieser arme törichte Junge dort oben in der Totenkammer sieht ganz anders aus als mein ältester Sohn, trotzdem hat er mich an Johannes erinnert. Auf irgendeine Weise. Ich bin ihm dankbar. Das ist auch ein bisschen verrückt, nicht wahr? Aber ich fühle es doch. Sein Tod hilft mir – ich weiß nicht, vielleicht hilft er mir, mich ein wenig mit dem Abschied zu versöhnen. Und hoffentlich», sie schluckte und warf ihrer Begleiterin eine kurzen prüfenden Blick zu, bevor sie leise weitersprach, «hoffentlich hilft mir das, weniger zornig zu sein. Alle denken, ich bin furchtbar traurig. Es stimmt, das bin ich – todtraurig. Aber darunter bin ich sehr zornig. Das ist eine bittere Qual, wie kann ich auf ihn zornig sein? Dann denke ich, er war so klug, warum war er dann an jenem Tag so dumm? Er muss doch gesehen haben, wie das Hochwasser toste und schäumte. Warum glaubte er, er könne einfach hindurchwaten? So übermütig. Das macht mich so zornig, und ich darf es doch nicht sein. Es ist falsch und ungerecht. Versteht Ihr das?»

«Ja», sagte Rosina. Sie verstand sehr gut, es bedurfte keiner Erklärung. Für sie beide nicht.

«Trotzdem», murmelte Eve Neulander, «trotzdem wüsste ich jetzt gerne, wie dieser Mann in unsere Werkstatt gekommen ist. Und warum. Vielleicht, ich meine, vielleicht hatte er doch einen Auftrag. Irgendeinen Auftrag.»

W ieder zurück in ihrer Wohnung in der Mattentwiete, wäre Rosina gerne wieder auf das Dach geklettert, um von ihrem Ausguck weit hinaus ins Land zu schauen. Als spiegle sich dort die Zukunft. Doch zum einen kam ihr das zu melodramatisch vor, zum anderen war ein böiger Wind aufgekommen, wie er nicht zum heiteren Mai passte, aber manchmal vom Meer und der Elbe heraufzog, um den schon leuchtenden Sommer als Illusion zu entlarven. Alles war Theater, sogar das Wetter. Ganz besonders das Wetter. Unberechenbar wie die Stegreifpossen mit dem Hanswurst. Genau das war es, das alte Stegreiftheater. Der Gedanke gefiel ihr gut.

Es war zu dunkel für den Nachmittag, da zog also ein Unwetter auf, fernes Donnergrollen eilte ihm schon voraus. Womöglich prüfte nur der Blechschmied bei der Holzbrücke ein neues Blech. Auch wie im Theater. Hinter der Bühne in der Londoner Drury Lane in Covent Garden hatten Garricks Leute zum entzückten Schrecken des Publikums mit einem solch teuren Blech wahrlich Angst einflößenden Donner gezaubert. Es hatte viel bedrohlicher geklungen als der rumpelnde Lärm, der bei der Beckerschen Gesellschaft im Komödienhaus am Dragonerstall oder dem großen Theater am Gänsemarkt aus einer mit dicken Steinen gefüllten sargähnlichen Kiste entstand.

Dieser Holzkistendonner war die große Freude der Kinder gewesen, Manon, Fritz und Muto, den stummen Muto hatte der rüde Lärm stets zu einem übermütigen Lachen gebracht. Nun waren diese Theater-Kinder erwachsen und suchten eigene Wege. Auf dem Theater oder anderswo wie Manon, das zeigte bald die Zeit. Auch diese Holzkiste mit den rumpelnden Wackersteinen würde ihr fehlen. Es war eben ein ganz eigener Donner, und immer kündete er ein Drama an. So war es auf dem Theater, und so musste es sein. Endlich lächelte sie, und der Anflug von Melancholie löste sich auf.

Der nächste Donner rollte heran, nun schon etwas näher. Man sagte, die Stunde vor einem Gewitter lähme alles, Mensch wie Tier, selbst die Pflanzen. Das mochte stimmen. Wenn man allerdings mit dem Komödiantenwagen auf den Straßen unterwegs war, galt gerade in dieser Stunde ganz besondere Beweglichkeit und Eile. Die Planen mussten über die Wagen gezogen, überhaupt alles festgezurrt werden, die Pferde oder Maultiere beruhigt, Schutz gesucht.

In all den Jahre ihrer Wanderschaft hatte sie auch darin Glück gehabt und niemals erlebt, wie der Blitz in die Wagen einschlug oder einen aus ihrer Gesellschaft mit seiner Kraft und seinem Feuer traf und tötete. Sie hatte davon gehört. Auf den Straßen und in den Gasthäusern, besonders an den Kreuzungen und Poststationen, wurden immer Geschichten erzählt, die meisten, wenn man andere Fahrende traf. Diese Geschichten, die Abende um das Feuer, im Sommer die halben Nächte, aus manchen hatten Helena und Jean Theaterszenen gemacht. Meistens war es ein großer Spaß gewesen, auch aus einigen, die sie im Bremer Schlüssel in der Neustädter Fuhlentwiete gehört hatten. Da wurden die kuriosesten Schnurren fabuliert, gern vermischt mit aktuellen Nachrichten aus der Stadt oder der weiten Welt, die für viele von Jakobsens Gästen in Bergedorf und Pinneberg begann. Manches war sogar wahr.

Sicher war die Neuigkeit von dem Toten in der Gerberei längst im Bremer Schlüssel angekommen und Quelle für neuen Tratsch. Servatius, der Knopfmacher, pries sich selbst als der schnellste Bote neuer, am liebsten schlechter Nachrichten. Heute war er mit seinem Bauchladen beim Eimbeckschen Haus unterwegs gewesen, obwohl er mit einem der Lotterieverkäufer gestritten hatte, als gehe es um sein Seelenheil, war ihm kaum entgangen, wer die Tür zum Aufgang zur Anatomie und zur Totenkammer öffnete. Rosina Vinstedt mit der Neulanderin? Daraus konnte ein ganzer Strauß von Gerüchten gesponnen werden, traurige, gemeine, aberwitzige, absurde. Kaum fröhliche. Vielleicht hatte sich sogar herumgesprochen wie es wirklich gewesen war.

Auch diese Überlegung hatte Rosina gut verstanden, es hatte keiner Erklärung bedurft. Das wollten alle wissen, die von dieser Geschichte – schon wieder eine Geschichte – gehört hatten, also mindesten die halbe Stadt.

Sie trat an das weit offen stehende Fenster ihrer Wohnstube und blickte auf die Straße hinunter. Dort unten, wo gewöhnlich der Alltagslärm einer pulsierenden Stadt herrschte, diese Geräusche von Menschen und Tieren, aus den Werkstätten, vom nahen Hafen, war es beunruhigend still. Auch aus dem Haus mit seinen dünnen Fachwerkwänden war wenig zu hören, nicht einmal von Madam Hopperbeck, eine stets hilfsbereite und über alles, was in der Nachbarschaft vor sich ging, bestens informierte Frau, die leider keinen Schritt ohne ihre holländischen Holzschuhe tat.

Auch die Wohnung war leer und ungewohnt still. Pauline, guter Geist bei allem, was den Haushalt der Vinstedts ausmachte, half ihrer ältesten Tochter auf dem Grasbrook bei der großen Wäsche, Pflegesohn Tobi hatte nach (wegen seiner noch zu kindlichen Hände) wenig erfolgreichen Versuchen auf Rosinas Flöte eine fröhliche Leidenschaft für den Chorgesang entdeckt, noch schwänzte er keine Probe. Er war ein munteres phantasievolles Kind, böswillige Stimmen sprachen von einem Hang zur Lüge, das sei bei Waisenkindern unklarer Herkunft nun mal häufig. Wer auf dem Theater und dem Komödiantenkarren zu Hause gewesen war, wusste kalte Lüge von bunter Phantasie zu unterscheiden. Jedenfalls meistens. So hatte Tobi mit seiner Pflegemutter doppeltes Glück gehabt, und gerade jetzt hätte sie gerne einer seiner aufgeregten Geschichten zugehört.

Die Luft war drückend geworden, der Himmel zeigte über den Dächern und dem westlichen Horizont eine giftige gelb-schwarze Färbung. Ein Blitz über dieser düster-grellen Himmelswand wäre erlösend, aber wieder lief nur ein tiefes Grollen aus den Wolken heran.

Just als der Regen zu prasseln begann und sie um die schon recht betagten Dachziegel fürchtete, öffnete sich die Tür, und Magnus trat ein. «Glück gehabt», rief er, «der Himmel sah aus, als wolle Zeus persönlich einen seiner mörderischen Blitze direkt auf die Holzbrücke oder gar in die Mattentwiete schleudern.»

Er warf den Dreispitz auf den Stuhl in der Ecke der Diele, strich rasch die ins Gesicht gefallene Haarsträhne hinters Ohr zurück und umarmte seine Frau ganz zart und fest zugleich, hielt sie auch fest, sodass Rosina, die nun gerne gefragt hätte, was im Rathaus besprochen worden war, nur ihre Wange an seine schmiegte und gar nicht wissen wollte, wann man ihn wieder auf eine dieser Reisen schickte.

Es waren zwei Männer, leider sprachen sie wenig und zudem mit gesenkten Stimmen. Wagner glaubte, etwas von der Sorge um ein Auftauchen des Müllers zu verstehen, hörte die Worte Steintor, Rollen, umsehen. Juufra? Das hörte sich wie ein Name an, irgendwie französisch.

Schließlich: Schwarzpulver.

Schwarzpulver!?

Das wiederum klang bedrohlich. Frankreich, schoss es ihm durch den Kopf, man hörte viel von Hunger und Unruhen in Frankreich, mehr noch aus den amerikanischen Kolonien. Schwarzpulver? Revolte? In Hamburg? Warum? Andererseits hatte es auch hier Unruhen gegeben, echte Revolten gar. Es war wohl ein Jahrhundert her, als schließlich zwei wohlhabende Kaufleute vor den Toren geköpft wurden, nachdem die Verschwörung gegen den Rat gescheitert war.

Wagner schwitzte. Wem oder was war er da auf der Spur? Er dachte an Karla und Marikje und wünschte sich brennend, nicht hier, sondern bei ihnen und mit ihnen in Sicherheit zu sein. Er schwitzte noch mehr, dann schämte er sich. Er war der Erste Weddemeister, seine Liebe und Treue hatten zuerst der Stadt und ihrer Regierung zu gehören. Aber dies war keine Situation, um den Säbel zu ziehen und ‹Attacke› schreiend vorwärtszustürmen. Schon schwitzte er etwas weniger. Vorsichtig lugte er um den Vorhang. Er sah nur zwei schwarze Rücken, der größere der Männer trug keine Perücke, sein braunes, von erstem Grau durchzogenes Haar war noch voll, der andere war einen halben Kopf kleiner und trug eine mausbraune Perücke, die nicht nach erster Qualität aussah. Aha! Das passte zu der schäbigen Kutsche.

Gerade entdeckte der Größere die Mappe. Wagner hatte den Stoff noch rasch darüber geworfen, aber warum sollten diese beiden dümmer sein als er? Sicherheitshalber verbarg er sich wieder hinter dem Vorhang.

«Ich weiß nicht, Herrmanns», die Worte klangen nun laut und deutlich, «wir dringen hier einfach so ein, wenn uns jemand sieht …»

«Eindringen? Die Tür stand doch offen. Und ich fange gerade an zu verstehen, was wir hier haben. Guck doch mal, was er hier gezeichnet hat.»

Wagner hätte kaum verblüffter sein können, wäre es die Stimme des Kaisers von China gewesen. Diese und der genannte Name hingegen waren ihm schon lange vertraut. Er trat aus seinem Versteck. Die beiden Männer beugten sich über einige Papierbögen, die sie aus der dicken Mappe genommen und auf dem Tisch ausgebreitet hatten. Sie bemerkten Wagner erst auf sein vernehmliches Räuspern.

Als er später Rosina die Szene schilderte, erinnerte er sich genüsslich an die erschrockenen Gesichter der beiden honorigen Herren. Da hatten sich zwei der bekanntesten und wohlhabendsten, auch einflussreichsten Männer der Stadt dabei ertappen lassen, wie sie ohne Erlaubnis in fremdem Besitz herumschnüffelten. Rosina hatte Wagner nicht daran erinnert, dass es zu den Eigenarten einflussreicher wohlhabender Männer gehörte zu tun, was sie wollten.

«Wagner!» Claes Herrmanns schnappte nach Luft. «Du meine Güte! Wie könnt Ihr uns so erschrecken! Was macht Ihr hier? Und woher kommt Ihr so plötzlich? Eben war noch niemand …»

«Ich hab's gesagt», murmelte Werner Bocholt, der zweite Mann, mit Grabesstimme, «ich hab's gesagt. Da liegt kein Segen drauf.»

Werner Bocholt, Großkaufmann wie sein Freund seit Lateinschultagen und der größere Moralist, war blass geworden, nun färbte sich sein Gesicht rot, was sogar in der schummerigen Beleuchtung sichtbar war und den Weddemeister argwöhnen ließ, da drohe ein Schlagfluss.

«Pardon, Messieurs, wenn Ihr erlaubt. Ich denke allerdings – nun ja.» Die Hände hinter dem Rücken verschränkt, wippte Wagner zweimal auf die Fußspitzen, was ihm stets ein sehr angenehmes Gefühl von Körpergröße und allgemeiner Bedeutsamkeit gab; bei so hochgestellten Persönlichkeiten und Freunden seines Senators und Dienstherrn war es ihm bisher nie auch nur in den Sinn gekommen. «Ich denke doch, es ist an mir zu fragen, was Ihr hier sucht? Und aus welchem Grund. Ja, besonders, aus welchem Grund.»

Claes Herrmanns rieb sich das Kinn, Bocholt sank ermattet auf die Bank an der Wand.

«Lieber Wagner, das ist ganz einfach», begann Claes Herrmanns und schnippte sich erst einmal einen Krümel trockenen Laubs von seinem Umhang aus feinstem englischen Tuch, «wirklich einfach, ja, hm, wir waren nämlich gerade in der Nähe, und es ist doch ein recht hübsches Anwesen, und …»

Ein mächtiger Donnerschlag übertönte seine gewundene Rede, als müssten die Worte unverzüglich Lügen gestraft werden, Regen prasselte einem Wasserfall gleich auf das hölzerne Dach.

«Mairegen bringt Glück und Segen», entfuhr es Monsieur Bocholt. «Mein Gott», stöhnte er, «was für einen Unsinn red ich da.»

Wagner war völlig seiner Meinung und fühlte sich ausgesprochen gut. Er war gespannt auf die Wahrheit.

Erstaunlicherweise war das Dach gut genug gearbeitet, um die Regenflut zurückzuhalten. Nur in der Ecke bei den langen Holzstangen rann ein Rinnsal an der Wand herunter, schlecht für das Holz, von Vorteil für die drei Männer und die Hinterlassenschaften Hippolyt Meuniers, besonders die papiernen.

Herrmanns und Bocholt hatten den jungen Mechaniker in guter Gesellschaft im Ratsweinkeller kennengelernt, so erfuhr Wagner nun. Man war ins Gespräch gekommen – an dieser Stelle wies Bocholt seinen Freud darauf hin, er, Claes, sei ins Gespräch gekommen, er selbst lasse sich nicht so schnell mit fremden jungen Herren ein, man wisse nie, wohin das führe, und nun sehe man es doch.

Das zu erwähnen, sei überflüssig und kleinlich, fiel Herrmanns ihm ins Wort, und Bocholt, der immer noch auf der Bank saß, schlug ein Bein über das andere, lehnte sich zurück und machte seine ohnedies schmalen Lippen noch schmaler. Da sie seit fast einem halben Jahrhundert an solche kleinen Unstimmigkeiten gewöhnt waren, ließ Herrmanns sich davon nicht beeindrucken. Er interessiere sich immer für Neuigkeiten, je älter er werde auch immer mehr für jene in Technik und Gewerben, erklärte er. «Junge Erfinder brauchen Interesse und Unterstützung, damit es in der Welt vorangeht. Das kann man nicht allein den Engländern überlassen.»

«Aha», sagte Wagner, «Unterstützung.»

«Herrmanns meint Aufmunterung», erklärte Bocholt von seiner Bank, «Aufmunterung.»

Claes Herrmanns nickte. «Der Tod des jungen Mechanikers ist schon Stadtgespräch. Wir haben auf der Börse davon gehört und uns Sorgen gemacht und …» Ein kräftiger Donnerschlag unterbrach ihn. «Nun, Sorgen ist vielleicht ein wenig viel», fuhr er fort, als der Donner im ferner werdenden Grollen verhallte, «so gut waren wir nicht miteinander bekannt, aber Gedanken. Wir», Bocholt räusperte sich kräftiger, «es ist ja gut, Bocholt», Claes Herrmanns' Stimme bekam nun doch einen Anflug von Ungeduld, «also ich hatte überlegt, eigentlich schon beschlossen, dem jungen Erfinder einen Auftrag zu geben.»

Das Räuspern von der Bank wuchs zu einem veritablen Hustenanfall.

«Nichts Großes», fuhr Herrmanns unerschüttert fort, als sein Freund wieder normal atmete, «nur etwas Praktisches.» Er klopfte nachdenklich mit dem rechten Zeigefinger auf den Bogen, der vor ihm auf dem Tisch lag. «Praktisch sollte es sein, ja, praktisch. Nicht Großes und nichts völlig Unerprobtes.»

Plötzlich glaubte Wagner zu verstehen. Er blickte auf die ausgebreiteten Bögen und tippte auf den nächsten. Die Zeichnung darauf passte zu den Metallreifen, die er in einer Ecke der Werkstatt gefunden hatte, auch zu dem halbfertigen Schirm. «Dann war dieses Gerät für Euch bestimmt?»

«Gerät?» Herrmanns folgte Wagners Blick. «O ja, Ihr meint, nach dieser Zeichnung? Durchaus, ich meine, warum nicht? Es ist eine Art Rollstuhl. Das erkennt man gleich, wenn man genau hinsieht. Es ist immer gut, wenn man genau hinsieht. Das weiß ein Weddemeister doch am besten. Ein Stuhl für Menschen, die nicht mehr laufen können, oder nur sehr schwer. Viel besser als eine Sänfte, wirklich fabelhaft. Und so praktisch. Eine großartige Einrichtung für alte Leute oder Gichtkranke.»

«Madam Kjellerup?», fragte Wagner nun seinerseits besorgt, «geht es ihr nicht gut?»

Wagner kannte die alte Dame und verehrte sie, seit sie vor einer Reihe von Jahren die Erste in den reichen Bürgerhäusern gewesen war, die ihn nicht durch den Dienstboteneingang ins Haus führen ließ, sondern darauf bestanden hatte, dass der Weddemeister des Haus am Neuen Wandrahm durch das vordere Portal betrat, selbst wenn er in Begleitung seines Weddeknechts und dessen vierbeinigem Gehilfen Kuno anklopfte.

«Augusta?» Claes Herrmanns' Gesicht verriet Unverständnis über diesen plötzlichen Wechsel ihres Themas. «Ach so. Doch, es geht meiner Tante gut, für ihre Jahre sogar fabelhaft gut. Aber», seine Miene erhellte sich und bekam beinahe fröhliche Züge, was nur als ein Zeichen der Freude über die blühenden Gesundheit seiner von ihm und seinem ganzen Haus geliebten Tante verstanden werden konnte, «aber ja, da habt Ihr den richtigen Schluss gezogen. Ihr seid ein schlauer Fuchs, lieber Wagner. Verratet mich nicht, es könnte sie kränken. Trotzdem ist es gut, für alle Eventualitäten vorbereitet zu sein. Der kluge Mann baut vor. Tja», ein leichter Seufzer kam von der Bank, dort tupfte Bocholt sich die Stirn, die Schwüle setzte ihm offensichtlich zu, «es wird ein hübsches Gefährt mit diesem Schirm darüber. Der arme Junge, was hätte er uns und der Welt nicht noch an formidablen Gerätschaften schenken können! Und das hier?» Herrmanns' Zeigefinger glitt weiter über die Zeichnung. «Sind das Fußstützen? Wirklich praktisch. Was denkt Ihr, Wagner?»

Wagner dachte, so ein Stuhl mit diesen Metallrädern lasse sich verdammt schwer durch Staub oder Schlamm der Straßen schieben, gleichwohl sei Fürsorglichkeit für betagte Verwandte etwas sehr Schönes. Und dann dachte er, in der verlassenen Werkstatt eines ermordeten jungen Mechanikers könne es nicht nur darum gehen, eigentlich. Und ob die Sache mit dem Stuhl auf Rädern wirklich so ganz und gar neu war?

Die übrigen Zeichnungen, Berechnungen, Entwürfe, auf großen Bogen oder kleinen Zetteln, manche eilig hingeworfen, andere akkurat mit Lineal, Zirkel und Winkelmesser gezeichnet, sagten Bocholt und Herrmanns nichts, ebenso dem Weddemeister, der sich in vielem auskannte, aber wenig in Mechanik und Bauzeichnerei, denn um so etwas schien es sich zu handeln.

«Büsch», sagte Herrmanns, und Bocholt sagte: «Sonnin», beide nickten im schönsten Einvernehmen. Wagner nickte auch.

Der Regen hatte nachgelassen, unter der Tür war Wasser eingedrungen, die Pfütze breitete sich nun aber nicht weiter aus. Wagner war plötzlich sehr guter Dinge. Der Besuch dieser beiden Großbürger in dem Schuppen bei der Lohmühle, dazu mit solch einer Kutsche, war ihm immer noch nicht ganz geheuer, doch das beunruhigte ihn nicht mehr. Zu seinem Glück kannte er sie lange und gut genug, um sich zu gedulden. Im Übrigen hatte er sich neulich erst vorgenommen, sein stetes Misstrauen abzulegen, andererseits – ein Weddemeister ohne Misstrauen war nicht vernünftig. Vernünftig hingegen war, sich zu freuen, weil er nun nicht durch die nassen Wiesen und die schlammigen Wege zurückgehen musste. Die Mietkutsche dort draußen bot gerade Platz für drei Männer.

Als sie den Schuppen verließen, nahm Wagner einen Hammer aus Meuniers Kisten mit, es war ein Kinderspiel, die Haken für die Kette mit dem Schloss wieder ins Holz der Tür zu treiben. So war der Schuppen wieder sicher – jedenfalls wirkte es so.

Der Kutscher hatte sich vor dem Unwetter ins Innere seines Gefährts geflüchtet, er kroch heraus, als Claes Herrmanns kräftig anklopfte. Das Pferd, wahrhaftig ein trauriger Zossen, hatte das Unwetter nur im Schutz der alten Eiche aushalten müssen. Claes Herrmanns nahm sich vor, dem schmuddeligen Kutscher auch ein Trinkgeld für eine Portion Hafer für den knochigen Gaul zu geben.

Der Müller, seine Tochter und der Müllerknecht waren noch nicht zurückgekehrt, vielleicht hatten sie sich vor dem Regen in Elskes Gasthaus geflüchtet, dem Eschengkrug auf dem Borgesch.

Der Geruch in der Kutsche erinnerte Wagner vage an die Totenkammer. Aus Meuniers Mantelumhang, Wagner hatte ihn in den Mantelsack gestopft und beides mitgenommen, stieg hingegen ein frischer Hauch Zitronenmelisse auf.

Obwohl es in der Kutsche eng war, gelang es Claes Herrmanns, die Mappe noch einmal zu öffnen. Auf dem Tisch hatte er alle Bögen zusammengeschoben und zwischen den Pappen verstaut, die sich mit drei Bändern verknoten ließen. Wagner hatte sich artig bedankt und erklärt, die Aufzeichnungen des Toten werde man in seiner Amtsstube im Rathaus sicher verwahren. Er werde Professor Büsch und Baumeister Sonnin in seine Amtsstube bitten, um diese Zeichnungen anzusehen und zu erklären. So sei es das Beste und nach der Regel und guten Vorschrift. Bocholt hatte wieder einmal geseufzt, Claes Herrmanns hatte Zustimmung gemurmelt und Wagner jovial auf die Schulter geklopft. Beide hatten nicht wirklich froh ausgesehen.

Während Herrmanns noch einige der Bögen und Zettel ansah, fiel Wagner ein, es sei doch bemerkenswert: Der Gerber, in dessen Wasserwerkstatt der junge Mechaniker sein Ende gefunden hatte, probierte gerade eine neue Methode seines Gewerbes aus, so neu, dass sie zumindest in Hamburg noch niemand zuvor versucht hatte, und auch mit diesen Zeichnungen und den dreirädrigen Gefährten sollte offenbar Neues erfunden oder erprobt werden. Nach den Skizzen in der Mappe etwas noch viel Neueres, nie Dagewesenes? Womöglich war das kein Zufall.

«Wie hübsch», sagte Claes Herrmanns in Wagners Gedanken, «so etwas konnte er also auch.» Er hielt eine Bleistiftskizze vom Alsterufer mit der Lombardsbrücke und eine Gouache von Sommerblumen mit Schmetterlingen und einer Raupe hoch. «Habt Ihr irgendwo Malutensilien gefunden, Wagner? Ich habe keine gesehen. Das Blumenbild hat er wahrscheinlich gekauft, um diese Bretterbude zu verschönern.»

«Ich weiß nicht», Bocholt zog missbilligend die Stirn in Falten, «ich weiß wirklich nicht, ob das schmückt. Da hat wohl einer erst geübt.»

KAPITEL 6

Madam Gardewinsch befand sich in bester Stimmung. Die Arbeit des Tages war getan, durch das weit geöffnete Fenster kam milde Luft herein, draußen flogen die Schwalben wieder hoch. Ein gutes Zeichen, es würde trocken bleiben. Sie war Beerdigungen bei jedem Wetter gewöhnt, aber im Regen wurden die Kuhlengräber zu Matschlöchern, das machte die Arbeit erheblich schwerer. Dr. Pullmanns Anatomieknecht hatte auch das halbe Bein gebracht, an dem die Wundarztlehrlinge noch von den Geheimnissen der Schöpfung gelernt hatten. Nun konnte das, was vom alten Joost übrig war, in die Erde. Staub zu Staub.

Auch der zweite Leichnam sollte bald in die Erde. Dann kehrte wieder die Ordnung ein, die sich für eine Totenkammer schickte. Im Anatomischen Theater konnten Wissbegierige gegen eine im Rathaus zu entrichtende Gebühr bei den Sektionen zusehen oder die anatomischen Seltsamkeiten und Gräuel bewundern, die dort in Gläsern ausgestellt waren. Schön und gut, aber eine Totenkammer war etwas anderes, die war kein Jahrmarkt. Hier gab es nichts zu gaffen. Nicht mal gegen Geld.

Die Gardewinsch hatte längst aufgehört, sich über solche Spinnereien zu wundern, die Menschen wanderten sogar aus dem Millerntor und über den Hamburger Berg zum Pesthof, um die elenden Irren und die Tobsüchtigen zu begaffen, lebende Tote sozusagen. Christlich war das nicht. Sie wollte längst den Pastor fragen, was darüber in der Bibel stand oder in den Schriften des Herrn Luther, der doch wohl ein ziemlich kluger Mann gewesen sein musste. Wozu selber lesen, wenn man einen fragen konnte, der es wissen musste. Außerdem waren so viele Buchstaben und Wörter nicht Sache der Gardewinsch. Palle und Aline verstanden sich recht gut auf das Schreiben und das Lesen, das war fein und von Vorteil, aber genug für eine Familie.

Der Leichnam des Ermordeten aus der Gerberei hatte neue Begehrlichkeiten geweckt. Viele wollten die Leiche sehen, die Gardewinsch und ihre Leute, sogar Dr. Pullmann und sein Gehilfe konnten noch so überzeugend versichern, der Tote sehe ganz normal aus, an ihm sei weder Schreckliches noch Überirdisches zu entdecken, außerdem habe der Rat verboten, die Ruhe in der Totenkammer aus reiner Schaulust zu stören.

Sogar am vergangenen Abend noch, es war schon beinahe dunkel gewesen, hatte sich ein illustres Kränzchen vergnügter Damen und Herren im Ratsweinkeller nach dem Weg und der Treppe hinauf zur Totenkammer erkundigt, als sei dort eine exotische Schmetterlingssammlung oder ein Löwe mit zwei Köpfen ausgestellt. Gerade in der Nacht sei es ein formidables Erlebnis, hatte ihr Anführer erklärt, ein Mann mit teurer weißer Perücke und rosenholzfarbenem Seidenrock, eine gegerbte Leiche dazu eine absolute Novität. Der Mond stehe fast voll am Himmel und gebe geheimnisvolles Licht …

Das mit dem Mond stimmte nicht, und der Kellermeister hatte sie energisch fortgeschickt. Er kannte die Gardewinsch gut genug, um gar nicht erst zu versuchen, sich nebenbei ein ordentliches Geld zu verdienen und die Leute hinaufzubringen, damit sie neue Schauergeschichten verbreiten konnten. Da war nichts zu machen. Dennoch bedauerte er manchmal, dass die Türen zum Anatomischen Theater und zur Totenkammer seit der Eröffnung des neuen Hauses Schlösser hatten und am Abend in der Regel versperrt waren.

Die Gardewinsch hatte sich amüsiert, als er ihr davon erzählte. Niemand behauptete, die Menschenliebe sei ihre vorzüglichste Charaktereigenschaft, aber wer ihre Totenkammer zum Karneval machen wollte, den traf ihr heimlicher Fluch. Die stille junge Malerin hatte aus gutem Grund eine Extra-Erlaubnis gehabt und im Übrigen nicht gestört. Ihre Demut vor dem Tod und der Respekt vor den schweren Aufgaben einer Stadtleichenfrau hatten der Gardewinsch gefallen, und was sie gezeichnet hatte, war nicht schlecht gewesen, wirklich gar nicht schlecht. Ergreifend, so hatte sie bei sich gedacht, ein Wort, von dem sie kaum wusste, dass sie es im Kopf hatte. Vielleicht kam man am besten doch mit ihr selbst ins Geschäft, Palle würde es niemals auf solche Weise gelingen, außerdem hatte er genug anderes zu tun.

Es gab nicht viel, das sie noch verblüffen konnte, der Hausmagd der Neulanders war es heute gelungen. Die Meisterin hatte ausrichten lassen, Madam Gardewinsch möge für ein gutes Begräbnis mit christlichem Segen sorgen, nicht in einer Kuhle, sondern in einem einzelnen Grab. Gegen den Armenfriedhof von St. Gertrud sei nichts einzuwenden, aber er solle einen Platz am Rand bekommen, im Schatten der blühenden Kastanien. Sie möge Marei aufschreiben, was zu tun sei und welche Kosten es verursache, die Familie Neulander komme für alles auf.

Das hatte die Gardewinsch nicht nur fröhlich gestimmt, sondern auch sehr neugierig gemacht. So etwas hatte es noch nie gegeben. Schon als sie den Toten in der Werkstatt abholten, hatte sie vermutet, da gehe etwas nicht mit rechten Dingen zu. Ein Mord in der Gerberei? Das konnte vorkommen, aber was hatte der fremde junge Mensch dort zu suchen gehabt? In einem Haus mit zwei jungen Töchtern? Interessant. Wie war er überhaupt in den Hof und die Werkstatt gelangt, wenn doch angeblich alle Tore gut verschlossen gewesen waren?

Und dann stand die Meisterin Neulander plötzlich selbst vor der Totenkammer? Als sie eintrat, war sie bleich wie Spucke und beinahe heiter, als sie sehr plötzlich ging. Damit nicht genug, sie war auch in Begleitung dieser Madam Wanderkomödiantin gewesen, die so gern rumschnüffelte, jetzt wie eine respektable Bürgerfrau tat und mit den Herrmanns und dem Weddemeister bekannt war. Und ihr Gatte? Auch kein Hamburger, aber immer wieder für den Rat unterwegs, wer weiß, wohin und in welcher Mission, einmal sogar bis nach Venedig, das war schon Orient. Interessant, alles sehr interessant.

Ja, die Gardewinsch hatte einen fröhlichen Tag. Viele mochte es befremden, wenn eine Stadtleichenfrau ohne Leichenbittermiene durch die Welt ging, schließlich forderte der Tod Ernsthaftigkeit. Dem stimmte sie zu, im Prinzip, aber auch ein Metzger schwang nicht von früh bis spät mit blutigen Händen die Messer, und der Kantor Bach ging nicht beständig singend und summend durch die Straßen der Stadt oder in den Ratsweinkeller. Alles hatte seine Zeit, das stand ganz sicher in der Bibel, jedenfalls so ähnlich. Tatsächlich hatte noch niemand Madam Gardewinsch auf dem Friedhof von St. Gertrud lachen sehen, wo die armen Leichen aus der Totenkammer oder was von ihnen übrig war gewöhnlich in einem Kuhlengrab ihre letzte Ruhe fanden.

Sie wusste sehr genau, wann es angebracht war zu lachen, gar zu scherzen, oder aber Ergriffenheit und Bitternis zu zeigen, schließlich bedeutete die Gegenwart des Todes immer auch die Nähe zu Gott. Oder zum Satan, was auch kein Grund für Albernheiten war. Kein Mensch konnte wissen, wie es für die armen Verblichenen mit dem Fegefeuer und der anschließenden Hinauf- oder Hinabfahrt sein werde.

Über ihr eigenes Ableben hatte sie sich bis zum Krieg

kaum Gedanken gemacht. Nachdem einige, die sie gut gekannt hatte, mit der preußischen Armee gezogen waren und nicht zurückkamen, als nach sieben Jahren wieder Frieden war, hatte sich das geändert. Auch ihr Ehemann war im blutigen Schlamm eines jener Schlachtfelder gestorben, so hatte man ihr jedenfalls gesagt, wahrscheinlich in der Schlacht bei Torgau, vielleicht auch irgendwo im Feldlazarett an Seuchen und Fieber, von beidem hatte man Schreckliches gehört. Ihre Totenkammer, selbst das Anatomische Theater waren dagegen das reinste Paradies. So oder so – wie zahllose andere galt er seither als verschollen.

Das Verschwinden ihres Mannes vor nun schon einem guten Jahrzehnt hatte sie wenig gegrämt, nicht in der Tiefe ihres Herzens. Sie lebte ohne ihn besser, in jeder Hinsicht. Außerdem wurde eine schwer arbeitende Witwe, wenn sie nicht zu viel jammerte, höher geachtet als eine ebenso hart arbeitende, aber rechtlose Ehefrau. Von bösen Zungen wurde behauptet, der Mann der Gardewinsch sei gar nicht mit den Preußen gezogen, sondern bei Nacht und Nebel irgendwohin verschwunden, jedenfalls weit weg von der Totenkammer und der Frau, die dort und über ihn das Regiment führte. Nun habe er ein faules lustiges Leben, bei den Ungarn vielleicht oder in London. Einmal war auch behauptet worden, er sei mit Captain Cook ans andere Ende der Welt gesegelt. Wenn ein Mann was wage, könne er überall auf der Welt sein Glück machen.

Sein Glück machen. Die Gardewinsch zuckte verächtlich die Achseln. Sie war kein Mann, aber schlau, und ihr Glück machte sie hier, wo sie sich auskannte, wo sie die Wände sprechen hörte und Leute, die für einen Sechsling, einen Krug Bier oder eine fette warme Mahlzeit an ihrem Tisch für sie die Augen offen hielten und die Ohren aufsperrten. Oder für das Versprechen, sie würden dereinst ohne den Umweg über das Zergliedern im Anatomischen Theater ganz und vollständig in die Ewigkeit eingehen.

Für sie fügte sich hier alles zum Besten. Sogar dieser fremde Monsieur Mechanikus war aus dem Weg. Aline hatte es entschieden abgestritten, sogar darüber gelacht, sie, die Gardewinsch, hatte trotzdem geargwöhnt, da bahne sich eine Liebschaft an. Sie hatte lohnendere Pläne für ihre Tochter, und die ließ sie sich nicht so einfach durchkreuzen.

Sie nahm ihre Tonpfeife aus der Lade und stopfte sie mit einer Portion feinen Virgini-Tabaks, dann sah sie sich noch einmal in der Totenkammer um, ihrem Reich, und nickte. Sie schloss zufrieden das Fenster, schob das große Protokoll-Buch auf dem Stehpult gerade, prüfte den Stopfen im Tintenglas, Palle verschloss es nie richtig, müsste er selbst die gute teure Tinte bezahlen …

Nun seufzte sie doch ein bisschen an diesem erfolgreichen Tag. Palle brauchte strenge Zucht, sonst riss Schlendrian ein, darin glich er seinem Vater. Noch ein Blick nach den zugenagelten Holzkisten, das hatte der Junge halbwegs gut gemacht. Den alten Joost aus dem Gängeviertel und diesen jungen Meunier von wer weiß woher konnte jetzt keiner mehr brauchen, ob ganz oder teilweise. Ihr Spiel war endgültig vorbei, Zeit für die letzte Ruhe.

Sie zog ihr Brusttuch zurecht, lockerte die Haube und zupfte zwei Haarsträhnen wie zufällig ins Gesicht, endlich verschloss sie die Tür und ging gemächlich die Treppe hinab.

Es dämmerte bald, das war die richtige Zeit, um in der Nische hinter dem großen alten Weinfass eine Pfeife zu rauchen und ein Glas von dem süßen portugiesischen Wein zu probieren, den Kellermeister Appolt kürzlich angepriesen hatte. Niemand sah sie dort, aber für sie war es ein feiner Beobachtungsposten. Falls ihr dort der Tischler vom Bauhof begegnete, was ziemlich wahrscheinlich war, er traf dort häufig den Kalkhofschreiber, und sie wüsste zu gerne, was die beiden ständig mit gesenkten Köpfen zu bereden hatten, wenn er also da war, konnte sie gleich sechs der einfachen Särge für zukünftige Kundschaft bestellen. Drei große und drei kleine, oder besser acht, jeweils vier. Es war immer gut, einen Vorrat zu haben, ob an diesen Holzkisten, an Brot oder Silberstücken.

Der Neulander und seine Leute, die sind ganz Ordentliche. Vom Meister bis zur Kleinmagd, wer was anderes sagt, der lügt. So seh ich das.»

Weddeknecht Grabbe nickte, das oder ganz Ähnliches hatte er in den letzten anderthalb Stunden ständig gehört, obwohl er danach gar nicht gefragt hatte. Allmählich fand er so viel Lob und gute Nachrede erstaunlich, das war einfach nicht normal oder nicht das Übliche. Irgendwer meckerte immer, und irgendjemand wusste Schmuddeliges oder Nachteiliges zu erzählen. Ob wahr oder gelogen. Heute am Voglerswall nicht.

«Und die Meisterin», fuhr Bück, zweiter Schustergeselle bei Meyerschott, schon fort, «die ist 'ne feine Frau, ich würd sagen, die ist 'ne Madam. Ich wohn hier schon immer, und ich weiß noch, wie sie als Braut hier ankam. Das war nicht leicht für so 'ne junge Frau mit dem alten Meister und der alten Meisterin, aber da kann man nix machen, so ist das, die Jungen kommen dazu, und die Alten haben noch das Sagen. Aber sonst hat die Eve gleich jeder gerngehabt.»

Er kratzte sich hinter dem rechten Ohr, blinzelte in die Abendsonne und schüttelte den Kopf. «Nee, nicht immer, aber meistens. Und die Alten sind ja bald gestorben, beide in einem Sommer», sein verstohlenes Kichern verriet, dass er seinerseits sie nicht vermisste, «das ist gnädiger, als wenn sich einer lange mit 'ner gemeinen Krankheit rumschinden muss. So seh ich das. Die Altmeisterin Meyerschott, da könnt ich …»

«Ja», unterbrach Grabbe hastig, «darum geht's jetzt aber nicht.» Er wurde allmählich ungeduldig. So war es immer, wenn man Leute befragte und sie einfach reden ließ, hinterher war man ganz dösig im Kopf von all den Geschichten, die sie loswerden mussten, die man aber gar nicht hören wollte. Was ging ihn die Altmeisterin von dem Schuster am Neuen Wall an?

«Denk noch mal nach, Bück. Es war 'ne milde Nacht, kein Regen, fast Halbmond. Hast du hier in der Straße oder sogar direkt bei der Toreinfahrt der Neulanders was gehört oder gesehen? Du guckst doch sicher mal aus dem Fenster.»

Bück kratzte sich hinter dem anderen Ohr, als gelte es, eine enorm schwere Entscheidung zu treffen, wahrscheinlich trafen sich dort nur gerade drei Läuse.

«Nee», sagte er schließlich, «das hätt auch keinen Zweck gehabt. Wenn ich rausguck, kann ich das Tor gar nicht sehen. Und ich guck auch nachts nicht raus, wer weiß, was da alles rumgeistert. Manche wollen das nicht glauben, aber in der Nacht sind auch die Wiedergänger … Wiedergänger! Da solltet ihr mal drüber nachdenken in eurem feinen Rathaus. Wiedergänger. Also, wenn ich das jetzt mal tu, so drüber nachdenken, da fällt mir gleich der Altmeister ein. Dem kann doch nicht gefallen, was sein Sohn da macht mit der englischen Suppe. Der hat die Engländer nie gemocht, der Alte, und so 'n neuer Tüdelüt kam dem nicht ins Haus.»

Grabbe hätte gerne sehr laut geknurrt, so wie Kuno das manchmal tat, ganz unten aus dem Bauch. So geheim und diskret war der Versuch mit der neuen Gerberbrühe also behandelt worden, dass selbst ein halb zahnloser Schwätzer wie Bück davon wusste. Das hieß, es wusste die ganze Straße, dann wusste es jeder, den es interessieren mochte.

Natürlich zweifelte Grabbe als vernünftiger Mensch nicht daran, dass es Wiedergänger gab, aber hier ging es nicht um Neulanders neue Arbeitsmethoden und Experimente, sondern um einen armen Teufel von fremdem jungem Mechanikus, den der alte Neulander nicht mal gekannt hatte; der ruhte seit etlichen Jahren im Grab, es hieß, sein Sohn habe die Särge seiner Eltern mit dem besten Leder ausschlagen lassen, was manche wirklich empört hatte, weil es das noch nie gegeben hatte, jedenfalls war es Verschwendung und nicht mal vornehm gewesen.

Nachdem Grabbe ermattet versichert hatte, er werde Bücks Vorschlag wegen der Wiedergängerei an der Kleinen Alster im Rathaus bekannt machen, der Weddemeister und insbesondere seine Magnifizenz, der Herr Weddesenator, werden das sicher bedenken, zog Bück den Kopf ein. Mit den mächtigen Ratsherren wollte er nichts zu tun haben, das war ihm zu gefährlich, also verschwand er lieber in den nächsten Gang zwischen den hoch aufragenden alten Häusern.

Grabbe sah sich um, es waren nur wenige Menschen auf der Straße, was wirklich erstaunlich war. An einem solchen Frühsommerabend waren gewöhnlich viele Menschen unterwegs, saßen auch auf den Stufen vor ihren Häusern oder auf den kleinen wackeligen Hockern oder Bänken, die sie im Sommer vor die Türen stellten, rauchten ihre Pfeifen, sahen den Kindern bei ihren Spielen zu. Der Lärm aus den Werkstätten in den Höfen, Kellern und Erdgeschossen verklang um diese Stunde allmählich, in den Häusern war es schon zu dunkel für die Arbeit. Es hatte sich rasch herumgesprochen, dass der Weddeknecht herumschnüffele, dabei stellte er nur ganz einfache Fragen. Aber so waren die Menschen – misstrauisch, sicher hatten sie heimlich alle was zu verbergen.

Er verstand das, jeder Mann musste sehen, wie er sich und seine Familie durchbrachte. Manchmal ging das geradeaus, manchmal nicht.

Bück war für heute der Letzte gewesen, er war durch alle Häuser gestapft, die der Weddemeister ihm aufgetragen hatte. Sogar die Leute, denen er auf der Straße begegnete, hatte er gefragt. Ohne Erfolg, niemand hatte in der fraglichen Nacht etwas gesehen oder gehört, nicht mal betrunkene Nachbarn oder eine schreiende Katze, was im Mai besonders verwunderlich war. Und das Ganze wenig glaubwürdig machte, aber das war Grabbe einerlei, er hatte seine Aufgabe erfüllt, alles andere war Sache des Weddemeisters. Er konnte nun an den Feierabend denken.

Grabbe klopfte gedankenlos mit der flachen Hand an seinen Oberschenkel, aber Kuno kam ja nicht, das Klopfen war ihm so selbstverständlich geworden, er tat es, ohne vorher daran zu denken. Sobald er klopfte, war Kuno gleich nah bei ihm, schubste mit seiner dicken feuchten Nase Grabbes Hand, und es ging zusammen weiter.

Heute war Grabbe allein, vielleicht war er deshalb zuerst von vielen übersehen oder nicht gleich erkannt worden. Als Mann fand er das bedauerlich, wenn es die Frauen betraf sogar nahezu beleidigend, als Weddeknecht hingegen höchst vorteilhaft. Tatsächlich war er ein unauffälliger Mann in mittleren Jahren mit runden Schultern und dünnem mausbraunem Haar. Obwohl er für seinen ausgezeichneten Appetit bekannt war – es hieß, nur sein schwarzer Köter sei verfressener –, blieb er hager, seine Kleidung wirkte wie seine Stiefel stets staubig und abgetragen, was der Realität entsprach, und unterschied sich nicht von jener der Arbeiter und Kleinbürger. Aber so war es das Beste, wurde der Weddemeister nicht müde zu betonen.

Erst seit der gelbäugige Kuno ständig an seiner Seite

ging, übersah ihn niemand mehr. Summa summarum freute das Grabbe. Ein Weddeknecht sollte unauffällig nach Übeltätern suchen können, er musste sich jedoch wie der Weddemeister Respekt verschaffen, er war ein Mann im Auftrag des Rats, mehr ging in dieser Stadt nicht. Ein Weddeknecht war kein Ratsherr oder Oberalter, auch kein Hauptpastor oder Gesandter, ein Weddeknecht wühlte ständig im Dreck, gleichwohl repräsentierte er die Stadt und ihre Ordnung. Auch das hatte Weddemeister Wagner ihm gleich zu Anfang eingebläut, denn das erforderte, Stolz und entschiedene Autorität zu zeigen, aber nicht immer gleich draufzuhauen, erst recht nicht auf die Köpfe, überhaupt nur im Notfall und wenn es ums Leben ging. Oder um die Ehre einer Frau.

Über Letzteres hatte Grabbe einige Zeit nachgedacht. Er wusste nicht genau, ob damit alle Frauen gemeint waren, egal ob eine vierspännig fahrende Madam oder die Huren aus den Gängen. Es gab schließlich auch etliche wirklich bösartige und wehrhafte Weiber, die verstanden keine solche Höflichkeit.

Schließlich hatte er das Problem vergessen. Es war überflüssig, wenn es mal zur Rangelei oder veritablen Schlägerei kam, was seltener geschah, seit Kuno mit ihm unterwegs war, ging es ohnedies nie um hochstehende Weiber. Jedenfalls fühlte Grabbe echten Stolz über den Respekt, der seinem Hund entgegengebracht wurde, schließlich war es sein Hund. Er hatte ihn als dünnen verlausten Welpen irgendwo bei den Wällen gefunden und aufgepäppelt, er hatte ihn erzogen und staunend erlebt, wie das kleine Bündel erst mollig wurde und dann wuchs. Und wuchs und wuchs und wuchs. Sie waren eine Mannschaft, Grabbe und sein Hund. Wenn sie den Weddemeister begleiteten, nahmen sie ihn als Dritten auf, darin waren beide einig, obwohl sie es Wagner nie sagten oder zeigten.

Ohne Kuno schienen ihm die Wege länger, aber es dauere nur zwei oder drei Tage, hatte Brooks versichert. Kuno hatte sich die rechte Vorderpfote verletzt, als er auf Grabbes Pfiff durch Unrat und Abwässer eines Hasenmoores sauste, um auf kürzestem Weg an die Seite seines Herrn zu gelangen. Eine im Schlamm verborgene Scherbe schnitt in seine Pfote. Ein Hund war ein Hund, ein Tier, das überstand eine Verletzung und wurde wieder gesund, oder es starb. Kuno sollte nicht sterben. Und zum Glück kannte Weddemeister Wagner den Kutscher und Stallmeister der Familie Herrmanns.

Brooks sprach nicht viel, das hatte er nie getan, er wusste alles über Pferde, über gesunde und kranke, und er wusste, wie man verletzte Tiere kurierte. Kuno hatte ihn nicht gebissen, als er sich der schmerzenden, mit Blut und Dreck verkrusteten Pfote annahm, nicht einmal nach ihm geschnappt. Er hatte gegnurrt und gewimmert und stillgehalten. Grabbe wusste nicht, wie Brooks das gemacht hatte, aber es war ihm egal. Er wollte schnell seinen Hund zurück. Noch war er mit seiner von einer stinkenden säuerlichen Paste bedeckten und dick verbundenen Pfote bei Brooks im Pferdstall, damit er nicht auf dumme Ideen kam. Kuno war dort ungewöhnlich schläfrig, Grabbe hatte Brooks nicht danach gefragt.

Er sah sich noch einmal um. Als hätte es der Abendwind durch die Häuser und Wohnungen geflüstert, der Weddeknecht gehe endlich fort, tauchten die ersten Gesichter in den Fenstern auf. Wenn der nächste Glockenschlag vom Dachreiter von der St.-Johannis-Kirche über die Kleine Alster herüberwehte, würde die Gasse wieder eine schmale Gasse voller Menschen und Tiere an einem Frühsommerabend sein.

So war es immer. Zuerst stellten sich alle blind und taub. Dennoch war er wieder ganz gut gestimmt. Er hatte dieses und jenes über die Neulanders erfahren, auch über Jakob, der

Gerber werden musste und anstelle seines toten Bruders die Werkstatt erbte. Keiner hatte etwas von Streit gesagt, auch nichts, das nur hinter vorgehaltener Hand geraunt wurde. Es war eine ziemlich langweilige Familie. Aber, das hatte Grabbe schon gelernt, zuerst sah und hörte man nur von der Oberfläche. Irgendwas würde darunter schon gären.

Niemand hatte in der Nacht, besonders nach Mitternacht, einen Menschen in der Gasse gesehen. Keiner, bis auf den verrückten Gus Oostmann. Das mit den Wiedergängern sei Quatsch, der Bück tue sich nur wichtig, ein Mann war da gewesen, lange nach Mitternacht, die Wächter waren mit ihren Rufen gerade durch, da war einer gewesen, der hinter einem anderen herschlich. Ganz schön eilig. Ob die in der Gerberei waren, ob sie da herkamen oder reingingen – das hatte er nicht unterscheiden können, sei noch zu dunkel gewesen. Aber da war einer gewesen, ganz sicher, einen Umhang mit einer Kapuze hatte er gehabt, ganz schwarz in der Nacht, alles war ganz schwarz. Wie bei den alten Mönchen aus St. Johannis, die waren ja alle tot, böse sündige Männer waren die gewesen. Es hieß auch, da, wo die jetzt wär'n, hätten sie alle einen Klumpfuß und einen Ringelschwanz wie Schweine, nur mit schwarzem Fell drauf. Auf den Schuhen von dem hier hatte es geleuchtet, leuchtende Schuhe. Halber Mond.

Viel war das nicht. Und Mönche? Hier gab es keine Mönche. Ob mit oder ohne Ringelschwanz. Wer konnte wissen, was der dumme Kerl irgendwo aufgeschnappt hatte. Im Übrigen gehörte Gus zu denen, die immer was gesehen hatten, wenn ihn einer fragte, die auch immer wussten, was man hören wollte. Und immer war es ganz wichtig! Aber was er sagte, stimmt nie. Er war ein bisschen wirr im Kopf, er schielte auf dem linken Auge, es war mit den Jahren schlimmer geworden, das Schielen, und sein Kopf schmerzte ihn oft, auch das wurde wohl schlimmer. Gus war so von Gott oder der Natur gemacht, da wurde nichts mehr anders oder besser.

In ein oder zwei Tagen würden sich doch noch einige andere plötzlich erinnern, so war es oft. Heimlich würden sie es ihm dann zuflüstern, damit es niemand in der Nachbarschaft bemerkte. Aber an eins hatte Gus ihn erinnert. Die Nachtwächter waren gerade durch gewesen? Dass er nicht gleich daran gedacht hatte. Aber egal, sicher hatte der Weddemeister die schon gefragt.

In der Nacht hatte es wieder geregnet, zu wenig, um Gassen und Straßen in Schlammfurchen zu verwandeln, genug, die Luft aufs Neue zu erfrischen und Dächern und Baumkronen gleichsam frische Farbe zu geben. Sogar die Damen aus Sandstein, die auf dem Portal zum Rathausanbau Gerechtigkeit und Eintracht symbolisierten und zugleich das von Löwen gehaltene Stadtwappen flankierten, erschienen im frischen Glanz. Seit sich die Amtsstube des Weddemeisters im Rathaus befand, ging, nein, schritt er täglich sehr aufrecht durch dieses Portal und fühlte sich als ein Mann, der für Gerechtigkeit sorgte und so zur Eintracht der Bürger seiner Stadt beitrug.

Obwohl es nur ein anderer Raum für dieselbe Aufgabe war, fühlte er sich stolzer als in der alten Amtsstube in der Fronerei nahe St. Petri und dem Mariendom. Die hatte sich direkt über dem Keller für die peinlichen Befragungen und den Arrestkammern und neben der Stube des Fron befunden, vor dem Fenster stand der Kaak, wie der Pranger allgemein genannt wurde. Den umdrängte oft eine johlende Menge und bespuckte, verlachte und beschimpfte den Mann oder die Frau dort am Pfahl, bewarf sie mit Kot und Verfaultem. Gerade die Frauen, die Mädchen waren oft noch halbe Kinder.

Strafen mussten sein, die gehörten zur Gerechtigkeit, die auch über dem Portal mit einem Schwert in der erhobenen Hand dargestellt war, häufig gönnte er sie den Delinquenten, dennoch gab es welche, die ihn jammerten. Das durfte niemand wissen, der Arm der Gerechtigkeit wurde niemals schwach. Nur Karla hatte er es eines Nachts anvertraut. Je älter er wurde, umso häufiger erlaubte er sich den Gedanken, die Richter seien in ihren Urteilen nicht immer gerecht oder auch nur weise. Was nicht zuletzt daran liegen mochte, dass die Frau, die er liebte und geheiratet hatte, einige Zeit im Spinnhaus eingesessen hatte. Unschuldig, doch ohne ihn und seine Gewissheit ihrer Unschuld wäre sie niemals freigekommen und seine Frau und sein Glück geworden.

Es wurde nicht einfacher, wenn man sich erst einmal erlaubt hatte, selbst zu denken und sogar zu urteilen, gegen das Übliche zu handeln. Eine Gratwanderung, ihm war sie zum Glück gelungen, sonst säße er womöglich selbst im Werk- und Zuchthaus. Dieser Grat war schmal. Er hatte Freunde, die ihm vertrauten und helfen würden, wenn man ihn fälschlich einer Untat verdächtigte.

Heute hatte Wagner besonderen Besuch. Zuerst war der Lohmüller von St. Georg gekommen. Willem Mettler hatte sich in aller Frühe auf den Weg in die Stadt gemacht, nachdem ihm am Abend zuvor ein Bote die Nachricht gebracht hatte, er möge sich umgehend, nämlich gleich am nächsten Tag, beim Weddemeister einfinden, um Auskunft über seinen Mieter, den nun toten Mechaniker Meunier zu geben. Mettler hatte wenig, jedoch nur Freundliches über Meunier berichtet. Er sei ein ruhiger junger Mensch gewesen, wahrscheinlich ein Träumer, aber er habe ihm vertraut. Warum? Mettler hatte ein ratloses Gesicht gemacht und endlich erklärt, der Junge habe so etwas an sich gehabt, das gleich für ihn einnahm. Außerdem hatte er sofort und ohne Plänkelei die Miete bis Johanni bezahlt. Letztlich habe er ihn wenig gekannt, dasselbe gelte für Ellen, seine Tochter, aber der Tod des Jungen stimme sie beide wirklich sehr traurig.

Mettler war als ehrbarer Mann bekannt, ihm musste nicht misstraut werden. Und just als Wagner genug gefragt und der Lohmüller genug geantwortet und seinerseits gefragt hatte, meldete ein Ratsdiener, jener sauertöpfische mit der herablassenden Miene, die Messieurs Sonnin und Büsch wünschten den Weddemeister zu sprechen. Es sei nun gut mit den Formalitäten, war Sonnins Stimme aus dem Flur erklungen, der Ratsdiener ruckzuck zur Seite geschoben, und der Baumeister und der Professor waren eingetreten. Der Lohmüller war gleich verschwunden, und Wagner fiel noch ein, dass er nicht nach der Tochter gefragt hatte, aber nun war der nächste Besuch schon da, und Wagner vergaß Ellen Mettler.

Man bitte um Entschuldigung, hatten der Professor und der Baumeister versichert, sie seien den Haupteingang gewöhnt, von dort hätte der Diener sie durch das große Haus her lotsen müssen. Aber nun seien sie hier und sehr neugierig zu hören, was es zu begutachten gebe. Ratsherr van Witten habe gerade schon etwas angedeutet.

Da standen sie nebeneinander, der in seinen mittleren Jahren schon beleibte Professor Büsch im üblichen schlichten schwarzen Tuchrock und ohne die ihm so lästige Perücke, der ältere Baumeister im schon etwas verblassten und an den Kanten hier und da abgeschabten Rock aus weinrotem Samt, beide den Dreispitz unter den Arm geklemmt, beide in schlammigen Schuhen. Und beide die Unternehmungslust im Blick.

Wagner brauchte keine langen Erklärungen, sie wussten, um was es ging (wahrscheinlich wusste es die halbe Stadt!), jedenfalls um eine Mappe mit kryptischem Inhalt, die dem Toten aus der Neulanderschen Gerberei gehört hatte.

Sonnin erklärte noch, er bedauere, dass er und sein Freund Büsch nicht schon gestern der Einladung hätten folgen können, er sei erst am Abend aus Wilster zurückgekommen. Man bedürfe dort seiner Unterstützung bei der Rettung der alten Kirche, die kurz vorm Einstürzen sei, nur mit der Hilfe eines gnädigen Gottes stehe sie noch auf ihren Mauern, sehr viel klüger sei der Bau einer neuen.

Wagner wartete nun auf einen Vortrag über den ebenso jämmerlichen Zustand des ehrwürdigen Hamburger Rathauses mitsamt Hinweisen auf die Risse in den Decken und Wänden, die man auch in der Amtsstube der Wedde erkannte, und was die Stadt zu tun gedenke, wenn das Haus zusammenbreche und den Rat, die Syndici, überhaupt alle, die die Stadt regierten und verwalteten, unter sich begrub. Der Baumeister focht schon lange für den Abriss des tatsächlich überaus baufälligen Gebäudes und die Errichtung eines repräsentativen neuen Rathauses. Nun beschränkte er sich jedoch auf einige grimmige Blicke gegen die Wände, während der Professor den Weddemeister auf seine freundliche Art begrüßte und schon die Mappe aufschlug. Dann hörte man eine Weile nur das Rascheln des Papiers, hier und da ein leises, sehr leises Seufzen oder ts-ts-ts.

Wagner wartete.

«Beachtlich. Oder verrückt. Je nachdem.» Baumeister Sonnin kratzte sich schließlich mit dem Zeigefinger unter der braunen Perücke, gleich oberhalb der rechten Schläfe. Das tat er häufig, wenn er eine detaillierte Erklärung geben wollte, es aber nicht vermochte. Noch nicht vermochte, irgendwann fand er die Lösung für ein Problem oder eine gestellte Aufgabe. Er fand sie durch Nachdenken gepaart mit Wissen und Erfahrung, mit Beharrlichkeit und dem Quäntchen Phantasie, ohne das vermeintlich Undenkbares nicht zu denken ist. Er fand die eine, oder er entschied sich für eine der Möglichkeiten.

Die so einfache wie geniale Technik, zur Seite geneigte Kirchturmspitzen geradezurücken, selbst auf enormen Bauwerken wie dem Turm von St. Katharinen, hatte ihm bei einigen Bürgern der Stadt den Ruf eingebracht, er sei mit dem Teufel im Bunde, was ihn gleichermaßen geärgert wie amüsiert hatte.

«Eine interessante Frage», murmelte er nun, schob die Papierbögen weiter auseinander und blickte Professor Büsch auffordernd an. «Was sagt Ihr dazu, lieber Freund, was sagt der Mathematiker und Ökonom?»

Johann Georg Büsch, Professor der Mathematik und einiger anderer sehr unterschiedlicher, auch technischer Fächer am Akademischen Gymnasium, zugleich Leiter der weithin renommierten Hamburger Handlungsakademie, war als großer und kenntnisreicher Liebhaber technischer Erfindungen und neuer Entwicklungen und unermüdlicher vielfältiger Publizist bekannt. Dennoch blickte er nun ein wenig ratlos auf die Zeichnungen und rieb sich seinerseits die knollige, oft leicht gerötete Nase.

«Da bin ich ganz Eurer Meinung, Sonnin: eine interessante Frage. Ich habe aber so eine Idee, eine sehr vage Idee, was der arme junge Mensch hier entworfen oder skizziert haben könnte. Der Grund für seinen Tod wird es kaum gewesen sein, dann wären diese Blätter doch sicher verschwunden. Denkt Ihr nicht auch, Weddemeister?»

«Womöglich», stimmte Wagner halbherzig zu, «womöglich. Aber, nun ja, das muss noch weiter untersucht werden. Die Tür zu diesem Schuppen war jedenfalls verschlossen.»

«Natürlich. Voreilige Erkenntnisse sind weder verlässlich noch hilfreich. Andererseits – wo es ein Schloss gibt, gibt es auch einen Schlüssel. Oder zwei? Ein Bauwerk sollte es wohl nicht werden.»

«Nicht mal ein Ziegenstall», rief Sonnin entschieden. «Nein, nein, mir scheint, hier geht es um eine Maschine. Aber diese Berechnungen …»

«Ihr seid sicher, Weddemeister, der Tote hat diese Entwürfe oder Aufrisse selbst gemacht und ebenso die Berechnungen selbst angestellt?», fragte Professor Büsch.

Wagner knetete längst sein großes blaues Tuch mit der Rechten, nun hätte er sich gerne die feuchte Stirn gewischt, das kam vor den beiden Herren nicht in Frage. Gerade diese beiden zu bitten, den Inhalt der Mappe aus Meuniers Werkstatt zu begutachten und womöglich sogar zu erklären, hatte er eine ganz fabelhafte Idee gefunden. Auch der Schlosser neben der Glockengießerei am Wall beim Schweinemarkt mochte auf den Bögen einiges erkennen, aber der Baumeister und der Professor, Letzterer unterrichtete auch praktische Mechanik, waren nicht nur bedeutende Männer der Wissenschaften in der Stadt, beide dachten zudem stets über die Grenzen eines Handwerks oder Gewerbes hinaus und wussten das Wissen zu verknüpfen.

Im Übrigen war es der Einfall zweier Großbürger mit besten Verbindungen zum Rat gewesen, den in den Wind zu schlagen, wäre töricht. Dennoch hatte es ihn erstaunt, als beide, Büsch und Sonnin, sogleich bereit waren, ins Rathaus zu kommen. Er hatte nicht bedacht, dass den Wissenschaften zugeneigte Männer sich durch große Neugier auszeichneten, durch sich nie erschöpfende Wissbegier.

«Die Mappe lag auf seinem Arbeitstisch», erklärte Wagner, «in dem Schuppen bei der Lohmühle, dort hat er gearbeitet und auch gewohnt. Niemand sonst.»

Wagner schimpfte sich einen Idioten. Er war nicht einmal auf die Idee gekommen, die Mappe könnte jemand anderem gehören, was zweifellos möglich war. Zum Glück fiel ihm sofort ein, auch die Messieurs Herrmanns und Bocholt hatten nicht an diese Möglichkeit gedacht, was die neuen Schweißperlen auf seiner Stirn gleich verschwinden ließ.

«Ein Automat könnte vielleicht gemeint sein», schlug er vor, «Monsieur Godard, der Uhrmacher am Berg bei St. Petri versteht sich auf große Automaten, wirkliche Wunderwerke mit beweglichen Figuren zu der Musik und der Uhrzeit, sogar mit dem Lauf von Mond und Sonne.»

Büsch und Sonnin nickten im Duett. Sie kannten den hugenottischen Uhrmacher und schätzten dessen gute Arbeit. Beide beugten sich wieder über die Bögen. Büsch nahm einen, der mit langen Reihen von Zahlen und Berechnungen von Winkeln, Geraden und Rundungen gefüllt war, und setzte sich auf den Amtsstuhl des Weddemeisters hinter den Schreibtisch mit der geneigten Schreibfläche. Wagner schluckte. Er war stolz auf diesen Stuhl mit den gepolsterten Lehnen, dessen Zustand zwar von vielen Jahren der Benutzung zeugte, doch nicht entfernt mit dem einfachen alten Holzstuhl in seiner früheren Amtsstube in der Fronerei zu vergleichen war. Bisher hatte es niemand gewagt, diesen Platz des Ersten Weddemeisters einzunehmen, allerdings hatten sich bisher auch keine höherstehenden Bürger, gar Mitglieder des Rats oder der Deputationen in Wagners Amtsstube verirrt.

«Dieser Sessel auf Rollen ist immerhin ein praktischer Einfall. Wenn die Beine schwach werden …», hub der um anderthalb Jahrzehnte ältere Sonnin an.

«Eine guter Einfall, ja, aber kein neuer Einfall», unterbrach Büsch, ohne von dem Bogen aufzusehen, über dem er gerade grübelte, «für jene Arbeit sind die Zeichnungen und Berechnungen auf eigenen Bögen leicht zu erkennen. Recht nett mit dem Schirm, aber alles in allem auf den Straßen sehr

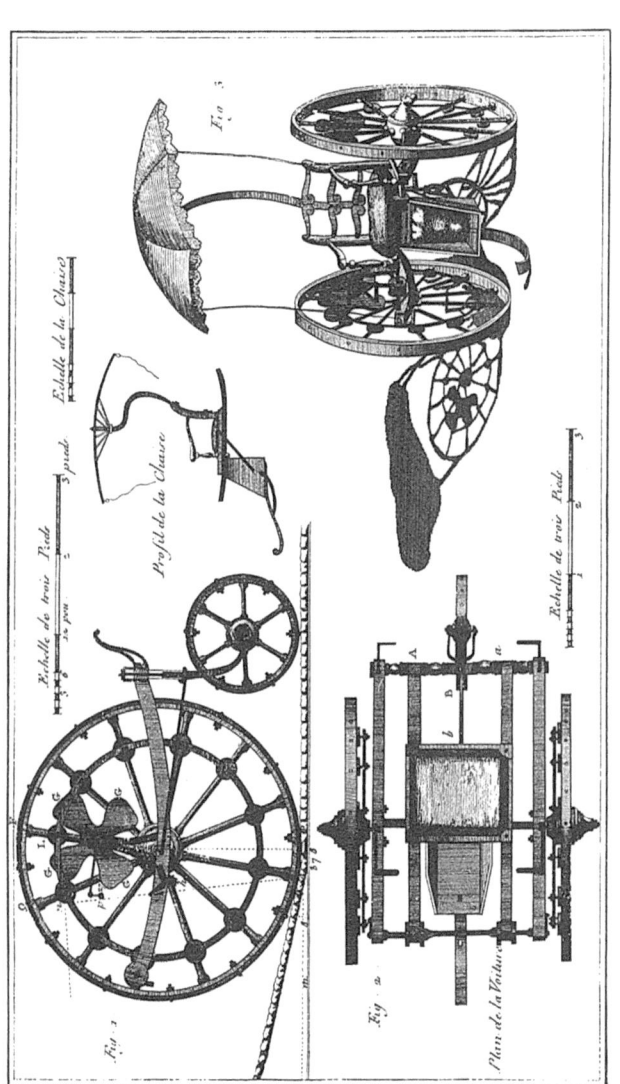

Rollstuhl – Arbeit eines Mechanikers

unpraktisch, mit diesen eleganten, dafür dünnen Rädern – für endlose Schlossflure mit ihrem Parkett, für gute ebene Dielen mag das passen, aber sonst?» Er drehte den Bogen, den er gerade mit einem Vergrößerungsglas erkundete, schüttelte den Kopf, drehte ihn wieder zurück. «Wenn mich nicht alles täuscht», murmelte er dann, «wirklich nicht alles täuscht, könnte das die Lösung sein. Ein verwegener junger Erfinder, der da in Neulanders schwarzer Grube verschieden ist», fuhr er laut fort. «Jammerschade, wer weiß, was mit der Zeit und der ordnenden Kraft der Wissenschaften noch aus ihm hätte werden können? Zu seinem und unser aller Vorteil. Nun seht doch mal, Sonnin. Lasst das nützliche Ding auf Rollen beiseite, Ihr seid doch noch ganz gut zu Fuß. Dies ist erheblich interessanter.»

Büsch rutschte von Wagners Stuhl und breitete vier der Bögen auf dem großen Tisch am Fenster zum verbreiterten Nikolaifleet aus. Durch das gelangte viel Licht in die dunkel getäfelte Amtsstube, im Sommer als Draufgabe mörderische Gerüche aus dem Schlick, besonders bei ablaufendem Wasser und Ebbe, selbst wenn beide Flügel geschlossen waren.

Insgesamt hatte mindestens ein Dutzend Bögen in der Mappe gesteckt, dazu eine ganze Anzahl Zettel auf billigerem Papier voller Kritzeleien, Zahlen und Buchstaben, Formeln, unleserliche Notizen, als seien sie hastig notiert worden, bevor die aufgeblitzte Idee ins Vergessen entkommen konnte. Die hübschen Zeichnungen von der Alster und die Gouache von Sommerblumen mit Raupe und Schmetterling hatten beide, Sonnin und Büsch, gleich aussortiert und beiseitegelegt.

«Das passt zusammen», fuhr Büsch fort und wandte sich an den Weddemeister: «Hat dieser Junge, der das Pech hatte, ihn zu finden, hat er nicht gesagt, der Tote habe einen Apparat bauen wollen, etwas Besonderes? Etwas Großes und

Neues, er habe nur auf die nötigen Gerätschaften gewartet …»

«Material. Jakob hat von Material gesprochen. So hatte Meunier ihm gesagt, ja.»

Büsch nickte. «Beides war notwendig. Und Ihr sagt, die Werkstatt war bis auf einige Metallstangen, etwas Holz, die einzelnen Teile, die zu dem Rollstuhl, oder was es auch werden sollte, passen könnten, und Kisten mit allerlei Einzelteilen und Werkzeugen so gut wie leer gewesen? Kein großer Kessel? Keine Esse? Hm», brummte er, als Wagner Zustimmung murmelte und nickte, «dann hatte der junge Mechaniker von seinen Träumen erzählt, oder er war erst ganz am Anfang der Verwirklichung seiner Pläne und hat tatsächlich größere Lieferungen erwartet. Oder es gibt eine zweite, nämlich die eigentliche Werkstatt. Trotzdem – er hat zumindest einen Schmied gebraucht, und zwar einen, der sich auf verschiedene Fertigkeiten seines Gewerbes versteht. Auch kräftige Helfer hätte er gebraucht. So eine Maschine kann keiner alleine bauen.»

Sonnin schnaufte fast so tief aus dem Bauch, wie es Wagner gewöhnlich tat. «Büsch! Nun weiht uns endlich ein, der verehrte Weddemeister will ebenso Konkretes hören wie ich. Dazu hat er uns ins Rathaus beordert. Ich habe jetzt auch eine Ahnung, aber rück mit der Sprache raus. Ich denke – ha! es geht um Dampf.»

«Kluger Freund! Um Dampf. Das denke ich auch, ich bin sogar vermessen genug zu sagen: Genau das verraten uns diese etwas wirren, aber nur auf den ersten Blick dilettantischen Aufzeichnungen. Meunier, das war doch sein Name?, Meunier wollte eine besondere Dampfmaschine bauen, ja, ich weiß, das ist keine ganz neue Erfindung, aber eine ziemlich neue und gewiss keine, die fertig erfunden und entwickelt ist. Ist überhaupt irgendeine technische Erfindung je fertig?

Das wäre ja ein Trauerspiel, wenn der menschliche Geist sich so einfach mit Neuem zufriedengäbe und nicht versuchte, es noch besser und besser zu machen. Also schaut her.»

Drei Köpfe beugten sich über die ausgebreiteten Bögen, just in dem Moment flog die Tür auf. Der Stuhl des Weddemeisters musste an diesem Morgen doch noch eine hochwohlgeborene Last tragen.

A uch die Ehrwürdige Jungfrau Domina des Johannisklosters wollte den schönen Morgen genießen. Sie legte den leichten Umhang um die Schultern, dessen graublaue Farbe wunderbar mit dem matten, aber seidig schimmernden Grün ihres Gewandes harmonierte, und ließ sich die robusteren Schuhe bringen. Ihr kleiner Garten war seit jeher ihre Freude. Anders als Anne Herrmanns, die ständig selbst Hand anlegte und ihrem Gärtner tatkräftig ins Handwerk pfuschte, erfreute sich die Domina auf manierlichere Weise nur an der Schönheit der Blumen und anderer Gewächse und natürlich an der Köstlichkeit der frisch geernteten Gemüse und Kräuter.

Verglichen mit dem Herrmanns'schen Garten samt dem komfortablen Sommerhaus und Orangerie an der Außenalster oder dem der Eppendorfer Mühle, die zu den verpachteten Besitztümern des Klosters gehörte, war der Garten auf der Landnase in der Kleinen Alster gleich neben dem Kloster und der Kirche St. Johannis nur ein Klecks, aber ein schöner und äußerst erholsamer Klecks. Zudem waren es nur wenige Schritte vom Klosterflügel bis zum Gartentor. Es bedurfte keiner schicklichen Begleitung, auch keiner beschützenden, selbst in den Abendstunden.

Sie schlenderte über die Gartenwege, blinzelte in die Sonne und überlegte, um diese Stunde sei die Bank in der Hainbuchenlaube gewiss sonnig und vorm Wind geschützt. Es gab drei weitere Bänke, aber keine zweite an so behaglicher Stelle. Der Blick über das Wasser war in diesem Garten nahezu allgegenwärtig.

Keine der Konventualinnen erging sich im Garten, was der Domina sehr recht war, sie wünschte sich einen ruhigen Morgen. Einige Schritte entfernt band der erfreulich schweigsame Gehilfe des Gärtners wuchernde Brombeerranken zurück, nur hinter der niedrigen Hecke zwischen den Blumen- und den Gemüsebeeten summte es. Die Domina lächelte, das war keine Hummel, obwohl es danach klang. Sie beugte sich über die Hecke und wäre beinahe mit Magdas Kopf zusammengestoßen. Der Köchin verrutschte vor Schreck die feste weiße Haube, aber die Domina lachte nur.

«Das macht dieses schöne sommerliche Wetter, Magda, da neige ich ab und zu zum Übermut, ich verlasse mich darauf, dass du es niemandem sagst.»

Sie lächelte noch einmal, jeder wusste, solche Sätze waren überall auf der Welt in den Wind gesprochen. Andererseits konnte es nicht schaden, wenn in der Stadt geredet werde, die Domina lache hin und wieder und sei überhaupt recht leutselig, also ganz anders als ihr Ruf.

Magda grinste über ihr rundes, von der Anstrengung gerötetes Gesicht. In der rechten Hand hielt sie ein dickes Bündel gerade erst aus der Erde gezogene Frühlingszwiebeln.

«Die ersten, Ehrwürdige Jungfrau, die ersten in diesem Jahr, sie sind prächtig gediehen.» Sie wischte sich mit dem Handrücken ihrer Linken den Schweiß ab, ein breiter Streifen Erde zierte nun ihre Stirn und den Rand der Haube.

«Sehr prächtig, Magda. Was wirst du daraus kochen?»

«Eine Suppe mit Fleischbrühe und Eiern, Muskatblumen, vielleicht Petersilie, die Zwiebeln vorher mit ein paar Krümeln Zucker sanft anbraten, das gibt den besonderen Geschmack.»

«Und es klingt nach einer belebenden Speise, auch bestens geeignet für unsere liebe Meyerink. Ich sah sie vorhin über den Klosterhof zur Treppe ihrer Wohnung laufen, mir schien, sie kam direkt aus dem Garten. Ihre Röcke wehten sogar, es sah nicht aus, als geschehe das aus Übermut. Obwohl wir es ihr wünschen sollten.»

Magda machte ein frommes Gesicht, wie immer, wenn es galt, ein unbotmäßig spöttisches Grinsen zu verbergen. Mademoiselle Meyerink und Übermut, das entsprach dem Vergleich einer Sandwüste mit einem munteren Bergbach. Sie hatte ihre guten Tage mit sanfter Fröhlichkeit, aber die schienen sie selbst zu erschrecken. Einige behaupteten, die Meyerink sei nur an ihren grauen Tagen glücklich. Die Domina hoffte, es stimme, denn dann wäre sie sehr viel häufiger glücklich als unglücklich. Darüber hatte die Domina schon lange einmal nachdenken wollen, vielleicht sollte sie diese Frage Augusta gegenüber erwähnen? Die war in der Welt herumgekommen und hatte viel mehr erlebt. Den letzten Gedanken würde sie natürlich nicht erwähnen, daran dachte sie nur bei sich. Augusta war schon selbstbewusst genug, manchmal geradezu selbstzufrieden, was nicht zu einer guten hanseatischen Protestantin passte, das musste nicht noch gefördert werden.

«Nein, leider. Kein Übermut», erklärte die Köchin und wedelte bedauernd mit den weißen Zwiebeln am frischen Grün. «Die Mademoiselle sorgt sich wegen der Leiche in der Lohgerberei gegenüber. Sie meint, sie hat da was gesehen, und sie meint auch, vielleicht war es nur geträumt.»

Die Domina unterdrückte wenig erfolgreich ein Aufstöhnen, natürlich klang es immer noch manierlich. Seit sie von dem grässlichen Mord in der Neulander-Gerberei gehört hatte, hatte sie sich nicht nur um Eve gesorgt. Einige Fenster der Klosterwohnungen gingen auf die Kleine Alster hinaus und boten gute Sicht auf die Klopperbäume der Gerberei. Sie hatte gleich Klosterschreiber Malchow ins Rathaus geschickt und ausrichten lassen, die Ehrwürdige Jungfrau Domina persönlich habe ihre Damen befragt, keine habe etwas gesehen, alle Bewohnerinnen des Klosters schliefen in der Nacht ausgezeichnet. Das treffe auch auf die vergangene Nacht zu, es sei nicht nötig, die Konventualinnen und die Dienstboten mit unnötigen Fragen zu behelligen.

Im Prinzip stimmte das. Im Prinzip. Sie hatte nicht allzu gründlich gefragt und ohnedies ganz selbstverständlich angenommen, wer in jener Nacht oder am frühen Morgen etwas beobachtet hatte, werde es sie wissen lassen. Schließlich war sie die Domina.

«Nun gut, Magda, was hat unsere liebe Meyerink gesehen oder geträumt? Würdest du es mir bitte anvertrauen? Jetzt.»

Magda überlegte nur kurz. Auf eine solche Frage gab es nichts als eine sofortige Antwort. «Ihr werdet», sie räusperte sich, wie sie es bei einigen der Konventualinnen beobachtet hatte, wenn die mal nicht mit der Sprache rauswollten, die Brauen der Domina hoben sich. «Ja, ihr werdet ungehalten sein, Ehrwürdige Jungfrau. In der Nacht, als es da drüben passierte», die Zwiebeln zeigten weit ausholend nach der Gerberei am jenseitigen Ufer, «da war Mademoiselle Meyerink im Garten, und ich konnte sie doch nicht alleine gehen lassen, mitten in der Nacht, wo sie eine so empfindsame Seele ist, das sagt Ihr selbst.»

«Hm, sage ich das? Was, um Himmels willen, wollte sie mitten in der Nacht im Garten?»

«Mitten in der Nacht, genau. Das war ganz wichtig. Sie wollte von den letzten Huflattichblüten und von frischen Blättern direkt am Ufer pflücken, ernten würd ich sagen. Da konnte ich sie nicht alleine gehen lassen, so am Rand fällt man leicht ins Wasser, das wär Euch gar nicht recht gewesen.»

«Ist der Huflattich nicht längst verblüht? Nein, Magda, das will ich jetzt nicht so genau wissen, die letzten Blüten, das hattest du schon erwähnt. Hatte das nicht Zeit bis zum hellen Tag?»

«Auf keinen Fall. Die wirken nur, wenn man sie bei Halbmond mitten in der Nacht gepflückt hat. Mit allem Tau drauf.»

«Wirken, aha. Und wogegen?»

«Wofür, Ehrwürdige, eher wofür.» Magda schüttelte ein wenig Erde von den Zwiebeln, bevor sie erklärte: «Für gute Träume. Ja, und ich dachte mir, gute Träume sind nicht zu verachten und können nicht schaden, will ich mal sagen. Und wenn sie dann glücklicher ist …»

«Gut. Wenn es sie glücklich macht, ohne dass sie ins Wasser fällt und keiner da ist, sie wieder rauszuziehen, ist dagegen nicht allzu viel einzuwenden. Lass es trotzdem nicht zur neuen Mode werden, sonst heißt es bald in der Stadt, in St. Johannis wohnen Hexen und Nachtgespenster. Was hat sie nun gesehen, dort drüben bei den Neulanders? Es kann nicht sehr hell gewesen sein.»

«Och, Halbmond ist schon ganz gut. Aber es ist ja ein ganzes Stück rüber übers Wasser, da kann man …»

«Was?! Magda, was war es denn nun?»

«Ein schwarzer Mann, jedenfalls einer, der ganz schwarz angezogen war, was nichts Besonderes ist, das sind die meisten. Dann hat sie gesehen, wie er …, also sie sagt, der ist wohl geflogen. Der Zaun ist ziemlich hoch, und da war was an seinen Schultern, wie Flügel. Kann sein, sie denkt, das war ein Teufel.»

«Mit Flügeln?!»

«Ja. Mit Flügeln. Das gibt es sicher. Sie hat den Teu…,

also den Kerl auf den Klopperbäumen gesehen, und dann ist der gleich über den Bretterzaun gestiegen, der das Neulander-Haus von dem daneben trennt, das gehört schon zur Kattundruckerei, also eigentlich nicht trennt, da ist ja der schmale Gang zwischen den Häusern. Die Neulanders haben da so einen Zaun wie 'ne hölzerne Wand, vom Haus bis ins Wasser.»

Die Domina nickte. Seit Jahrzehnten ging ihr Blick über dieses Wasser und traf oft auf die Neulandersche Gerberei. Obwohl die Zeit und die Witterung diese Trennwand unauffällig grau gemacht hatten und sie gut zur Hälfte von einem Holunderbusch, allerlei Gestrüpp und üppigen Brennnesseln verdeckt war, war sie doch zu erkennen.

«Und darüber ist ein Mann in schwarzer Kleidung geklettert?»

«Sagt Mademoiselle Meyerink.»

«Du hast es selbst gar nicht gesehen?»

«Nein. Ich habe die Huflattichblüten gesucht. Das war nicht so einfach, für die kleinen Dinger war's doch ziemlich dunkel, es gab kaum noch gelb leuchtende Blüten, die meisten war'n längst welk und bräunlich. Ich konnte doch nicht zulassen, dass die Mademoiselle selbst da am rutschigen Ufer …»

Sie wartete immer noch auf eine scharfe Rüge und wurde überrascht.

«Danke, dass du auf sie achtgegeben hast, Magda, ich hoffe trotzdem, es bleibt eine Ausnahme. Zudem bin ich sicher, Mademoiselle Meyerink hat geträumt. Punktum. Sind wir uns einig?»

«Punktum», bestätigte Magda, nickte erleichtert und eilte schon mit dem Zwiebelbündel zurück in ihre Küche, den sichersten Ort, den sie auf der Welt kannte. Sie war doppelt erleichtert, weil die Ehrwürdige sie nicht gescholten hatte und weil sie nun nicht mehr darüber nachdenken musste, ob es ihre Pflicht war, dem dicken Weddemeister davon zu erzählen, was ohne die Erlaubnis der Domina ohnedies nicht in Frage gekommen wäre. Sie hätte es auch ungern getan. Seit er diese dünne kleine Diebin geheiratet hatte, dieses halbe Kind, anstatt sich für eine gestandene Frauensperson zu entscheiden, die sich in Haus und Küche auskannte, fand sie ihn überhaupt nicht mehr nett. Nicht mal liebenswürdig, wie die Ehrwürdige sagen würde.

Die Ehrwürdige Jungfrau Domina Mette van Dorting überlegte nicht lange. Schon bevor sie schlendernd die Bank in der Laube erreichte, hatte sie beschlossen, was sie gerade von ihrer Köchin gehört hatte, nicht aus dem Kloster zu lassen. Ihre Aufgabe war es, für die Konventualinnen und Witwen in St. Johannis zu sorgen, für ihr leibliches wie seelisches, auch geistiges Wohlergehen. Das gelang ihr bisher ziemlich gut, und so sollte es bleiben. Aufgabe des Weddemeisters war es, jenen bösen Menschen zu finden, der in der Gerberei ein Leben ausgelöscht hatte, was ihm zweifellos auch ohne ein paar zusätzliche Auskünfte aus dem Kloster gelingen würde. So hatte jeder seine Aufgabe, und die zarte Seele Meyerink musste nicht noch mehr beunruhigt werden, sondern konnte ihre schönen Träume im Huflattich-Tee suchen und hoffentlich finden, am besten natürlich mit Gottes Hilfe.

Gerade noch hatte Weddemeister Wagner sich mit Professor Büsch und Baumeister Sonnin wohl und sogar ein wenig bedeutend gefühlt, nun empfand er sich als überflüssig. Leider war ihm dieses Gefühl vertraut, und es störte ihn nicht immer. Er hatte gelernt, davon zu profitieren, wenn Menschen ihn übersahen oder kaum der Beachtung wert fanden, in seiner eigenen Amtsstube jedoch fand er es kränkend. Allerdings lag nahe, dass er wie auch die meisten anderen verblassten, wenn ein Mann wie der Weddesenator den Raum betrat. Van Witten war groß, laut, stets elegant und teuer gekleidet, er war auch schlau, manchmal klug und mit einem Selbstbewusstsein gesegnet, wie es einigen Männern aus sogenannten alten Familien in die Wiege gelegt ist, die von klein auf daran gewöhnt worden waren, bedeutend zu sein, und keinen Zweifel kannten.

Da van Witten darüber hinaus auch eine gewisse Jovialität pflegte und seinen Weddemeister um dessen Verdienste willen sehr schätzte, hätte Wagner es mit seinem Dienstherrn schlechter treffen können.

Van Witten selbst hatte die Tür zu Wagners Amtsstube aufgestoßen, das zutiefst beleidigte Gesicht des Ratsdieners war hinter seinem breiten, in sandfarbene Seide gekleideten Rücken nur kurz zu sehen gewesen. In van Wittens Bugwelle folgten sein alter Freund Claes Herrmanns und ein jüngerer Mann, den Wagner nicht kannte. Er wurde als Barghusen vorgestellt, Schreiber des Oberaltensekretärs Papenborg, und Herrmanns ergänzte: «Ein Freund meines Hauses.»

Barghusen dankte ihm mit einem Lächeln.

Van Witten hatte natürlich jederzeit das Recht, sich nach der Arbeit des Weddemeisters zu erkundigen, nach dem Stand der Dinge und den Ermittlungen, er tat das recht selten, und wenn, beorderte er den Weddemeister in sein Ratszimmer, ab und zu samt Grabbe. Nur Kuno hatte dann draußen zu bleiben. Monsieur Herrmanns sei zufällig in der Nähe gewesen, nämlich im Commerzium, und habe einiges im Rathaus zu erläutern gehabt. Da man schon einmal hier sei, möchte man sich nach dem Urteil der lieben Messieurs

Sonnin und Büsch über die Entwürfe oder Pläne in der Mappe des Toten erkundigen.

Eines musste man van Witten lassen, entgegen dem Brauch kam er gerne gleich zur Sache und hielt sein Gegenüber selten mit nur höflichem, also hohlem Geschwätz auf. Einzig wenn es unabdingbar war, weil dieses Gegenüber einen noch höheren Rang bekleidete, zum Beispiel König von Dänemark, der Gesandte vom Wiener Kaiserhof zählte trotz des uralten Adels seiner eigenen Familie nicht dazu, übte er sich versiert in gepflegter Wortdrechselei der feinen Gesellschaft.

Er nahm auf dem gepolsterten alten Lehnstuhl hinter Wagners Tisch Platz und blickte ‹die lieben Messieurs Sonnin und Büsch› auffordernd an. Büsch lachte, und Sonnin, dessen Füße in seinen zu schmalen Schuhen allmählich schmerzten, ließ sich auf den zweiten Stuhl fallen.

«Nur zu, Büsch», rief er, «erklärt den neugierigen Magnifizenzen und Messieurs, was wir herausgefunden haben. Oder – wir wollen hübsch akkurat bleiben, was wir denken, möglicherweise herausgefunden zu haben.»

«Du meine Güte», der Weddesenator machte ein beeindrucktes Gesicht, «so vorsichtig? Es werden doch nicht etwa Kanonen sein? Neue Wunderwaffen? Eine Präge für falsche Münzen? Das fehlte noch. Da fuscht der Preuße schon genug herum. Dann lieber Kanonen. Welche Geheimnisse barg die Mappe dieses jungen Monsieurs, ich meine des toten Monsieurs Dingsbums denn nun.»

Monsieur Herrmanns habe schon berichtet, wie er mit Monsieur Bocholt einen ersten Blick auf die Kritzeleien habe werfen können, draußen in St. Georg.

Dann lehnte er sich zurück, der alte Lehnstuhl knarzte, faltete die Hände auf der Seide um seinen beachtlichen Bauch und schaute frohgemut in die Runde, als werde nun eine Komödie im Theater am Dragonerstall gegeben.

Leider wartete Professor Büsch mit einer recht ausführlichen physikalisch-mechanisch-mathematischen Ausführung auf. Für ein Mitglied des Rats, das beide Rechte studiert hatte und sich auch sonst in der Verwaltung, Ökonomie und Diplomatie auskannte, glich das einer Lesung aus dem Buch mit den sieben Siegeln.

Schließlich schwieg Büsch, rieb sich die Hände und erklärte launig: «Das war die Theorie, die niemals zu unterschätzen ist, Messieurs, weil sie die Grundlage für alles bilden muss. Nun aber die praktische Seite. Baumeister Sonnin und ich erkennen auf diesen Bögen Belege für Planungen, Aufzeichnungen, Berechnungen für eine mit Dampf zu betreibende Maschine.»

«Hm», sagte der Weddesenator, «nur Dampf, heiße Luft, sozusagen.»

Claes Herrmanns blickte angelegentlich aus dem Fenster, Barghusens Miene war ein einziges Fragezeichen.

«Wer war dieser geheimnisvolle Monsieur Meunier überhaupt?», fragte van Witten, ehe der Professor weitersprechen konnte. «Der war fremd in der Stadt, das sind ja viele, aber wie lange war er schon hier? Und wer außer diesem Gerberlehrjungen kannte ihn?»

Wagner trat einen Schritt vor. «Wenn Ihr erlaubt, Magnifizenz – der Lohmüller aus St. Georg, in dessen Schuppen hat er gewohnt und gearbeitet, es ist ein recht stabiler Schuppen mit einem guten Dach, der Müller war heute in aller Frühe hier, ich hatte gestern einen Boten nach ihm geschickt. Er mochte den Jungen, er wusste aber nicht viel von ihm. Er hat versichert, er habe ihm vertraut, weil er in diesen Dingen immer auf sein Herz hört.»

«Wahrlich rührend», knurrte Baumeister Sonnin aus dem Hintergrund, «oder dumm.»

«Meunier war Magdeburger», fuhr Wagner rasch fort, «er

hat ein oder zwei Jahre an der Universität zu Göttingen studiert, von Eltern oder Geschwistern wusste der Müller nichts.»

«Und sonst kannte ihn niemand? Außer diesem Gerber? Das wäre doch seltsam. Als junger Mann in einer großen Stadt macht man doch Bekanntschaften.»

Claes Herrmanns räusperte sich, wie man es tut, wenn man beiläufig etwas erwähnt, das man lieber für sich behalten sollte. Eigentlich. Er spürte nun schon eine ganze Weile den auffordernden Blick des Weddemeisters.

«Bocholt und ich sind ihm auch begegnet», begann er. «Vor einiger Zeit im Ratsweinkeller nach einem Treffen im Commerzium, da war es wieder um den Schlick unter der Lombardsbrücke gegangen. Jedenfalls – Meunier saß in derselben Nische mit uns am langen Tisch in Gesellschaft eines Herrn, den wir nicht kannten. Als der sich bald verabschiedete, kamen wir ins Gespräch.»

Man habe sich ein wenig unterhalten, der junge Mann habe übrigens reines Deutsch gesprochen, vielleicht mit einer leichten brandenburgischen oder thüringischen Färbung, er könne das nie unterscheiden, aber keinesfalls mit einem französischen Akzent. Er habe von seinen Ideen gesprochen, noch ganz ungenau, aber es habe kenntnisreich und interessant geklungen, überhaupt habe er die Gabe gehabt, unterhaltsam zu reden.

Claes Hermanns holte noch einmal etwas tiefer Luft, bevor er erklärte: «Meunier hat Männer gesucht, die seine Arbeit lohnenswert fanden und fördern wollten. Ich habe sehr ernsthaft darüber nachgedacht. Warum nicht? Du kannst gerne klug lächeln, van Witten, ein bisschen frischer Wind in den Gedanken würde dir auch nicht schaden. Jedenfalls haben Bocholt und ich ihm, nun, wir haben ihm das in Aussicht gestellt. Und deshalb», fuhr er rasch fort, bevor jemand wieder Konkreteres einforderte, «deshalb waren Bocholt und ich draußen bei der Lohmühle. Als wir von seinem Tod gehört hatten, wollten wir uns umsehen. Die Tür zu Meuniers Schuppen war offen, also sind wir hineingegangen, eben um uns umzusehen. Dort trafen wir unseren geschätzten Weddemeister, der Rest ist bekannt.»

«Ich darf mich Monsieur Herrmanns anschließen», erklärte Magister Barghusen in den Moment der Stille, der nach so vielen Sätzen häufig eintrat. «Meunier hielt sich wohl gerne im Eschenkrug auf dem Borgesch auf, bis dort ist es von der Lohmühle nur ein Spaziergang. In der Gaststube habe ich ihn gesehen und mich auch einmal, nein, zweimal mit ihm unterhalten, er war immer zu einer Plauderei aufgelegt. Er war auch – wie soll ich es sagen, ohne zu übertreiben? –, ja, er war nicht gerade vertraut, aber mit der Tochter der Stadtleichenfrau bekannt, zumindest ein wenig, ebenso mit deren Knecht oder Arbeitsmann, wenn ich es richtig gesehen habe. An manchen Tagen und Abenden halten sich dort recht viele Menschen auf, womöglich haben die jungen Leute nur in der Nähe zueinander gesessen.»

Van Witten nickte. «Dann kann man in diesem Krug noch nach ihm und seinen Bekanntschaften fragen. Eschenkrug sagtet Ihr? In St. Georg beim Holzplatz auf dem Borgesch? Mir scheint, davon habe ich gehört.» Er guckte plötzlich sehr heiter. Niemand in der Runde fand es nötig, daran zu erinnern, dass es von dort nur einen Steinwurf bis zum Köppelberg war, dem Platz für die Enthauptungen, und der Weg von dort durch das 4. Tor im Vorwerk hinaus zum Galgen, den Pfählen und Rädern in den Wiesen weiter außerhalb angelegt worden war. «Das Gasthaus habe ich noch nie besucht. Pflegt man dort eine passable Küche? Die ist außerhalb der Wälle hin und wieder überraschend gut.»

Barghusen erlaubte sich zu lächeln. «Nein, Euer Magnifizenz, darin muss ich enttäuschen. Man speist eher schlichte Suppe von dem, was im Garten hinter dem Haus und den nahen Feldern wächst, und recht festes Fleisch dazu. Nicht gerade Filetstücke. Es ist der Weg aus dem Tor und übers Vorland, der mich gelockt hat, ein wenig körperliche Ertüchtigung erfrischt auch den Geist.»

«Amen», knurrte Sonnin, der nicht einmal in jüngeren Jahren ein Freund solcher Betätigung gewesen war.

«Wenn ich noch ergänzen darf? Er erwähnte großzügige Förderer, allerdings», fügte er zögernd hinzu, «kann ich nicht sagen, ob er sie erst erhoffte oder schon hatte.»

«Na, fein», van Wittens Lachen klang so vergnügt wie schadenfroh, «da sind ihm ein paar Dumme auf den Leim gegangen.»

Büsch neigte wägend den Kopf, und Sonnin wedelte abwehrend mit beiden Händen. «Nicht unbedingt», widersprach Büsch nachdenklich, «nicht unbedingt. Mancher bedeutende Denker oder Erfinder schafft fatale Unordnung auf dem Papier und birgt in seinem Kopf eine geniale Ordnung. Wenn man sich gestattet, frei darüber nachzudenken, ist diese Idee, ich würde lieber sagen, dieser Plan, zumindest überlegenswert. Wir müssten noch genauere Berechnungen …»

«Überlegenswert», unterbrach ihn van Witten, er neigte heute mehr als gewöhnlich dazu, Urteile anderer zu wiederholen. «Eine Maschine mit Dampf. Schön und gut, aber wozu? Die Engländer probieren dazu doch schon alles Mögliche, hat man mir zugetragen. Er war doch kein Engländer? Klingt eher französisch, der Name. Wenn der überhaupt stimmt. Also, was soll es genauer werden?»

«Ein Dampfwagen», erklärte Büsch und faltete seinerseits zufrieden die Hände vor dem nicht minder ausladenden Bauch.

«Also eine Dampfmaschine, die herumgefahren werden kann? In den Manufakturen? Wie soll das gehen?»

«Ich denke, es soll eine Kutsche werden, nur ohne Pferde, stattdessen mit Dampf.»

Van Witten lachte sehr herzhaft, Professor Büsch jedoch, der über gute Verbindungen zu anderen Wissenschaftlern verfügte, eine Sammlung technischer, auch astronomischer Instrumente und einige tausend Bücher und Schriften nicht nur besaß, sondern auch verstand und nutzte, lachte nicht mit.

«Dazu gibt es längst Versuche», erklärte er. «Vor drei oder vier Jahren erst hat ein Franzose namens Cugnot für die Artillerie seines Königs so eine Art Dampfwagen gebaut, wenn ich mich richtig erinnere als Zugwagen, wahrscheinlich für schwere Geschütze, ja, das wird es gewesen sein. Es hat aus irgendeinem Grund nicht funktioniert.»

«Zu schwer», erklärte Baumeister Sonnin, der auch davon gehört hatte, «das Gefährt war zu schwer, eine kippelige Angelegenheit, das Ding soll bei der stolzen Präsentation mit viel Dampf munter losgerollt sein und schließlich eine Mauer durchbrochen haben, da ist es stecken geblieben. Jedenfalls waren die Generäle unzufrieden, um es fein auszudrücken. So eine Dampfmaschine ist schwer wie Hünensteine, ein solcher Wagen hat eben keine Zügel, der ist nicht zu bremsen. Einmal losgelassen, walzt der auch ohne hüh und hott alles nieder.»

«Richtig, ich erinnere mich. An dem Problem könnte man gewiss arbeiten. Bremsen. Die müssten natürlich andere sein als bei den Pferdwagen.» Büsch rieb wieder seine Knollennase und sah aus, als ratterten in seinem Kopf schon die ersten Berechnungen und Entwürfe zur Lösung dieses Problems. «Da war noch etwas. Herrmanns, habt Ihr nicht vor Jahren auf der Insel Jersey, wo ihr unsere liebe Madam Anne gefunden habt, einen jungen Engländer getroffen, der damals schon plante, ein solches Schiff zu bauen?»

«Ein Franzose, richtig. Ein sehr junger Mann, fast noch ein Knabe, aber voller großer und durchaus ernsthafter Ideen.» Claes Herrmanns klang plötzlich wieder enthusiastisch. «Ein französischer Graf, wenn ich mich recht erinnere, zumindest aus gräflicher Familie. Er plante, ein Dampfschiff zu bauen. Es ist fast ein Jahrzehnt her, aber ich erinnere mich gut daran. Zuerst hat er uns amüsiert, er war ungemein eifrig. Obwohl ich so gut wie nichts von Euren Wissenschaften verstehe, habe ich schließlich doch verstanden, welche Kraft der Dampf haben kann. Denkt nur an einen Topf mit kochendem Wasser oder Suppe, wenn er lange genug kocht, hebt sich der Deckel, gewöhnlich fällt er dann vom Topf. Wenn man sich das in größerer, besser in viel größerer Dimension vorstellt, wenn man den Deckel nicht einfach nutzlos fallen lässt, sondern die Kraft irgendwie mit Sinn …» Er bemerkte, wie ihn alle aufmerksam, irritiert oder amüsiert ansahen, und lachte widerwillig. «Ja, Ihr habt mich ertappt. Mein alter Kaufmannskopf ist damals auf Abwege geraten. Ich fand den Enthusiasmus des Jungen anregend. Womöglich stimmt es, wenn es heißt, auf einer Insel denke man freier. Leider weiß ich nicht, was aus ihm und seinen Plänen geworden ist.»

Baumeister Sonnin hatte von dieser Weisheit mit den Inseln noch nie gehört und hielt sie für lächerlich, aber er erinnerte sich nun auch. Herrmanns hatte oft genug davon erzählt, damals.

«Insel schön und gut», kicherte er, «vor allem hatte Euch just die Liebe erwischt, am Schlafittchen sozusagen, obwohl Ihr es noch gar nicht wusstet. Die Liebe beflügelt und lässt sogar an das Unmögliche glauben, zum Beispiel dass Menschen und Maschinen fliegen können und Esel und Hornochsen!»

«Oder auch nicht an das Unmögliche», wandte Barghusen behutsam ein, er hatte es vorgezogen, die Sache mit den Eseln und Hornochsen zu überhören. «Pardon, wenn ich mich einmische, ich verstehe ganz gewiss noch weniger von diesem Metier als Monsieur Herrmanns. Dennoch – könnte eine solche dampfende Maschine für einen weitblickenden Kaufmann nicht von Wert sein? Eine neue Möglichkeit, Kraft zu entwickeln, nur aus Wasser und Kohle, wenn ich es recht verstehe …»

Barghusens vorsichtiger Gedanke wurde wohlwollend aufgenommen, allerdings entsprang daraus keine ausführliche Debatte, da alle Anwesenden zu wenig über dieses Verfahren wussten. Professor Büsch nahm sich wieder vor, seinen lange gehegten Wunsch bald in die Tat umzusetzen und nach England zu reisen, nicht nur nach London wie die meisten, sondern auch in die nördlicheren Gebiete, wo die Industrie in hoher Blüte stand und, so schien ihm schon seit geraumer Zeit, alle Tage neue wichtige Techniken erfunden und entwickelt wurden.

Claes Herrmanns wiederum dachte, Christians neuer Ratgeber in Sachen der tätigen christlichen Nächstenliebe sei wohl doch ein weitblickenderer Kopf als er angenommen hatte.

Nur Wagner blieb bei der Sache. Während die Herren sich noch in Spekulationen über zukünftige Möglichkeiten des Dampfes ergingen, erwog er, auf welche Weise diese Leute vom Eschenkrug am geschicktesten auszufragen seien. Wie und durch wen.

KAPITEL 7

Während dem Eschenkrug in der Vorstadt St. Georg und nahe der Hinrichtungsstätte etwas Düsteres anhaftete, war die Schänke Zum Bremer Schlüssel in der Neustädter Fuhlentwiete längst zu einem gemütlichen, nahezu bürgerlichen Gasthaus geworden. Heute ging es hoch her. Schuld war Servatius, der Knopfmacher von der Caffamacherreihe. Er war für seine scharfe Zunge berüchtigt, der alte Brodersen, der trotz Schiffbruch nicht als ordentlicher Seemann den nassen Tod gefunden hatte, sondern glatzköpfig, krumm und zahnlos seine Tage auf den Straßen der Neustadt und seine Abende bei Jakobsen verbrachte, nuschelte lieber von gespaltener Zunge. Jakobsen, der Wirt, sprach schlicht von Dröhnbüdelei. Er wiederum war bekannt für seinen Humor und seine Großzügigkeit, Letzteres war eine ungewöhnliche Eigenschaft für einen Wirt, aber auch für klare Worte.

Andererseits war Servatius immer für eine heftige Debatte gut, was die allgemeine Stimmung und den Umsatz von Bier und Branntwein erfreulich steigerte. Bei den Spekulationen, welcher Kerl einen Grund gehabt haben konnte, so ein Jüngelchen überhaupt und ausgerechnet in der Lohgerberei umzubringen, ging es nicht so recht voran. Zu meucheln, hatte Jean Becker immerhin eingeworfen. Der Prinzipal seiner Komödiantengesellschaft war wie alle anderen am langen Tisch seit Jahren Stammgast im Bremer Schüssel, er parlierte gern auch jenseits der Bühnenbretter in einer gepflegten Theatersprache, was in diesem Moment jedoch niemand beachtete. Nicht einmal Helena, seine Eheliebste und die Erste Heroine der Komödiantengesellschaft, und die übrigen heute um den Tisch sitzenden Mitglieder der Gesellschaft.

Immerhin waren alle darin einig, es könne sich kaum um eine aus dem Ruder gelaufene Dieberei gehandelt haben. Zwar steckten große, sogar sehr große Werte in einer Gerberei, aber vor allem in dem Wassergrundstück, den Gebäuden und den zahlreichen Häuten und Blößen in verschiedenen Stadien des Gerbvorganges in den Gruben oder auf den Trockenböden. Nichts davon konnte einer allein wegschleppen. Auch hieß es, der Tote sei ein ganz vornehmer Mensch gewesen, somit auch nicht wirklich arm und zum Stehlen gedrängt, vor manchen Marktständen und in den Kellerkneipen war er wahlweise zum dänischen Grafen, venezianischen Violinisten oder Dresdener Kaffeehauswirt geworden, da war alles möglich.

An dem langen gescheuerten Holztisch mit den einfachen Bänken nahe den Fenstern hatte sich an diesem Abend wie oft die halbe Beckersche Komödiantengesellschaft niedergelassen. Wegen des milden Abends einerseits und des dichter werdenden Tabakqualms andererseits hatte Jakobsen zwei dieser Fenster geöffnet, auch um nebenbei unauffällig auf die neuen Gardinen aus feinem Kattun hinzuweisen, die jedem Bürgersalon Ehre gemacht hätten. Seit er vor einigen Jahren so schlau gewesen war, einige kleinere Tische nahe dem Kachelofen mit Leintüchern zu bedecken, fanden sich stets auch ‹bessere›, jedenfalls besser betuchte Gäste mit praller Börse ein, deren Gewohnheiten entsprochen werden musste. Aber Jakobsens Schwester Ruth, erst seit wenigen Jahren wieder in der Stadt und Herrin der winzigen höllenheißen Küche hinter dem Schankraum, lockte mit ihren Kochkünsten, besonders ihren delikaten Suppen mehr neue Gäste als die saubersten Tischdecken und hübschesten Gardinen.

Von jenen Tischen waren heute nur zwei besetzt, doch bis die Nachtwächter verkündeten, es sei Zeit, die Türen zu schließen, das Licht zu löschen, und die Gasthäuser sich leeren mussten, verging noch ein Weilchen.

Die Beckerschen Komödianten logierten gleich im Nachbarhaus bei der Witwe Kröger, wie schon in früheren Jahren, als sie nur als durchreisende Gesellschaft von Wanderkomödianten die Stadt besucht hatten. Seit sie den größeren Teil des Jahres in Hamburg blieben, musste die Krögerin nicht mehr nach anderen Untermietern suchen. Was im Übrigen kein Problem gewesen wäre, es gab viel zu wenig Wohnungen in der Stadt, noch in den letzten feuchten Kellern, in jedem Schuppen oder zugigen Dachboden wurde gewohnt, wenn man es häufig auch kaum so nennen konnte.

Im Komödienhaus im Dragonerstall nahe der Bastion Ulricus spielten die Beckerschen nun hauptsächlich Vaudeville, diese frech-vergnügten Stücke mit Tanz und Gesang, und konnten sich die Miete für das ganze Jahr erlauben. Ab und zu gelüstete es Jean als stolzen Prinzipal nach Drama, Haupt- und Staatsaktion mit lustig furzendem und rülpsendem Hanswurst und allem Drum und Dran, überhaupt nach dem großem Auftritt, nach tragischeren, blutrünstigeren Szenen aus den Dramen des Mister Shakespeare, so bot die Gesellschaft dem Publikum immer wieder eine Abwechslung. Als Akteur, der in Londoner Drury Lane Theater Royal unter der Ägide des noch berühmteren Schauspielers Mister Garrick den leider zunächst recht lange stummen, gleichwohl schicksalhaften Geist im Drama Hamlet hatte geben dürfen, konnte er nicht völlig darauf verzichten.

Sein genialer Vorschlag, als die Komödianten gestern Abend gemeinsam im Krögerschen Hof beim Wein um ein kleines Feuer saßen, man solle schnell aus dem Mord in der Gerberei ein prickelndes Drama dichten, solange der Tod des Fremden noch für Unruhe sorgte, würden die Leute für so eine Szenerie das Theater stürmen, war leider nicht angenommen worden. Helena war seiner Meinung gewesen, Titus, der Spaßmacher der Beckerschen Komödiantengesellschaft, hatte etwas von ‹pietätlos, aber andererseits …› gebrummt. Die Übrigen hatten geschwiegen, was Prinzipal und Prinzipalin wünschten, wurde letztlich doch gemacht. Nur Gesine, die freundliche stille Gewandmeisterin, hatte den Plan plötzlich ungewohnt entschieden als unchristlich abgelehnt. Das gerate in dieser Stadt zu heikel, der Tote sei nicht in den düsteren Gängen oder im Hafen gefunden worden, sondern im Haus eines Meisters. Darum gehe es erst recht nicht auf dem Theater, schließlich wollten sie nicht aus der Stadt gejagt werden. Rudolph, Baumeister genialer Theatermaschinerien, Kulissenmaler, Darsteller stummer Diener und alter Väter, zudem ihr Ehemann, hatte ihr beigepflichtet, auch er war von stillem Naturell und dazu ein frommer Mensch. Die Übrigen hatten dazu genickt oder auch nicht oder weiter im Feuer gestochert.

Aber wer kannte die Theaterwelt besser als Jean Becker? Im Kopf schrieb er schon Verse. In ein paar Tagen sah gewiss alles anders aus. Und – was die Leute auf den Straßen oder hier im Gasthaus darüber redeten, phantasierten und vermuteten, war ihm das reinste Futter für sein Drama.

Etwas konkreter wurden nun die Überlegungen, wie der Mechaniker – auch der Beruf hatte sich als interessante Zugabe herumgesprochen – und sein Mörder in die Werkstatt gelangt waren, wobei der Weg über die Kleine Alster favorisiert wurde. Dagegen sprach, dass, wer in der Nacht übers Wasser ruderte oder stakte, von den Fenstern der die Ufer säumenden Häuser und sogar vom Jungfernstieg leicht gesehen werden konnte. Niemals lagen in der Nacht alle im tiefen Schlummer, egal um welche Stunde.

Zudem wurde Neulanders Wasserwerkstatt mit dem Beginn der Dunkelheit auch zum Wasser hin verschlossen, die

Holztore, die einen großen Teil der Außenwand ausmach-
ten, waren von innen mit einem Querbalken gesperrt. Das
steuerte Jakobsen bei, der die Gerberei kannte. Leider wusste niemand in der Runde, ob die Tore auch verschlossen
gewesen waren, als Jakob Neulander den Toten entdeckte.
Er selbst habe den Toten in diese Grube mit dem schwarzen
Höllenwasser gestoßen oder ihn darin untergedükert, glaubte auch niemand an diesem Tisch.

«Nee», sagte Jakobsen, «der ist ein feiner Junge, für einen
Gerber ist der butterweich. So einer kann das nicht, höchstens wenn ihm einer das Messer an die Kehle setzt. Dann
wird jeder fuchtig. Der mit dem Messer und der ohne.»

«Tja», sagte Servatius, «so was denkt man sich oft. Da
wohnen aber auch die Töchter und die leckere junge Magd.
Kann gut sein, die Mädchen haben den Kerl reingelassen,
der soll ja 'n schmucker junger Herr gewesen sein. Dann
wurde der plötzlich lästig und ...»

«Das ist doch Unsinn.»

Servatius nickte spöttisch. «Jaja, Jakobsen, ich sag's doch:
So was denkt man sich oft. Aber weiß es einer genau?»

«Ich glaub das auch nicht.» Titus, der bisher wie gewöhnlich recht schweigsam gewesen war, schüttelte nun entschieden den Kopf. «Das ist Humbug. Man braucht kräftige
Arme, wenn man einen jungen Mann erschlagen will. Und
dann noch wegschleppen und in diese Grube stoßen oder
schieben? Das schaffen die Frauen nicht.»

Er blickte Helena irritiert an, als die lachend losprustete
und mit dem Kinn auf Lineken zeigte. Die dünne Schankmagd schob sich gerade durch die Bänke, in jeder Hand die
Henkel von drei bis an den Rand gefüllten großen Bierkrü-
gen, das Gesicht nur leicht gerötet.

«Ach, guter Titus, wir zarten Geschöpfe tragen nie Schwe-
reres als Seidenfächer, Schokoladentässchen oder Federhü-

te.» Helena klopfte ihm nachsichtig auf die Schulter. «Keine Körbe mit Wäsche oder Kostümen, wir schleppen weder Kinder noch Waschzuber und Wassereimer, keine Kessel mit köchelndem Kornbrei, ziehen keine Wagen aus dem Morast, und keine Frau schleppt ihren vom Suff besinnungslosen Mann nach Hause. Von der Arbeit am Treidelpfad entlang der Alster und überall auf der Welt gar nicht erst zu reden.»

«Stimmt ja», gestand Titus zu, «und zwei oder drei junge Frauen zusammen ... Trotzdem», er rubbelte sein störrisches gelbes Hanswurst-Haar, «Meistertöchter treideln nicht, nur mal zum Beispiel, die kleinere ist fast noch ein Kind, und die Neulanders haben Mägde. Die Mädchen als Mörderinnen? Ich weiß nicht ...»

«Die Weiber sind alle nicht besser als die Kerle», trumpfe Servatius auf, «nur geschickter beim Morden, Titus, und dann werden die nicht so oft geschnappt. Die Weiber sind sogar schlimmer. Machen ihre Engelsunschuldsschnute, quetschen sich paar Tränen aus 'n Augen, und gut is'. Und wer baumelt am Ende am Galgen, bis ihn die Raben fressen? Einer, der nix dafür konnte. Man soll nicht von Hexerei reden, aber da ist schon was dran.»

«Servatius, du spinnst», Helena Becker starrte ihn zornig an. Sie war auch mit den Silberfäden im kastanienfarbenen Haar noch eine üppige Schönheit und alles andere als müde und gleichgültig, wie es das Leben manche andere machte.

Titus brummte Zustimmung, es klang ein bisschen halbherzig, so blieb fraglich, wem die Zustimmung galt. Er fuhr sich wieder mit seinen großen Händen durch sein struppiges strohgelbes Haar und sah Jean, seinen Prinzipal, fragend an. Der war jedoch mit der köstlich riechenden dicken Suppe beschäftigt, die ihm Schankmagd Lineken gerade aus Ruths Küche gebracht hatte, seine dunklen Augen waren vor Behagen halb geschlossen – was interessierte ihn da die

Meinung des Knopfmachers? Servatius schwafelte bei jeder Gelegenheit schon so lange, wie sie einander kannten, und das war mehr als ein Jahrzehnt. Kürzlich erst hatte Jean bei sich entschieden, als Prinzipal seiner Gesellschaft und des Theaters im Dragonerstall sei so ein Streit um Spekulationen unter seiner Würde, ganz besonders mit dem Knopfmacher.

«Jaja», feixte Servatius, zufrieden, wieder Helenas Empörung angestachelt zu haben, «ihr Weiber haltet zusammen, das weiß man ja. Und dann bringt ihr uns unter die Erde und lebt in Saus und Braus von unserm sauer verdienten Geld.»

Jean murmelte etwas von Lady Macbeth in seine Suppe, aber nur sehr leise, weil jene Dame nicht selbst zum Messer gegriffen hatte, wie er seit den Besuchen des Londoner Theaters wusste. Allerdings hielt er so eine ränkevolle Anstiftung wie die ihre für die geschickteste Meuchelmord-Methode.

«Wenn ich dir so zuhöre, Servatius», erklärte Helena mit nun schon hochrotem Gesicht, «wundert mich überhaupt nicht, dass deine Frau dir weggelaufen ist.»

Zum Glück verschluckte Jean sich gerade in diesem Moment, womöglich hatte er auf ein Pfefferkorn gebissen, und wurde von einem Hustenanfall geschüttelt, leider fiel ihm dabei der Löffel in die Suppe, die spritzte über den Tisch, traf Josef, der als vergleichsweise neues Mitglied der Beckerschen Gesellschaft solchen Wortgefechten noch staunend lauschte, seine Hand zuckte erschreckt zurück, traf Servatius schroff am Kinn – nur Jakobsens dröhnendes Gelächter verhinderte Schlimmeres. Was gut war, denn obwohl der Knopfmacher gewöhnlich nur mit der Zunge Gemeinheiten austeilte, sobald ihn selbst eine traf, kamen auch mal flink seine Fäuste zum Einsatz, insbesondere bei der Sache mit seiner treulosen verschwundenen Frau.

«Liebe Leute!», rief Jakobsen, inzwischen waren auch die

anderen Gäste zum Publikum geworden. «Wenn das 'ne Probe für eure neue Komödie ist, will ich die ganz sehen, von vorne bis hinten. Aber auf eurer Bühne im Dragonerstall, samt Tanz und gutem Ende!»

Alle lachten, Josef entschuldigte sich stotternd, und Helena erklärte schon wieder vergnügter: «Denk bloß nicht, ich entschuldige mich auch, Servatius. Ich hab gesagt, was ich denke und was stimmt. Das nehm ich nicht zurück.»

Sie wandte sich suchend nach Lineken um und zeigte auf ihren leeren Bierkrug, Streit machte sie immer durstig. «Es muss doch echte Neuigkeiten geben, Tatsachen. Hat niemand etwas gehört, das ein bisschen vernünftiger ist als Servatius' Erkenntnisse? Wenn Rosina endlich auftauchte …»

«Nur Gerüchte», unterbrach ein anderer Neuankömmling, klopfte Servatius auf die Schulter und setzte sich neben ihm auf die Bank. Vandenfelde, der Schlachter vom Küterhaus an der Heiliggeistbrücke, brauchte nach getaner Arbeit ein Glas Branntwein, besser zwei, und hatten Kälber ihr Leben lassen müssen, mindestens drei. Er kam stets mit gewaschenen Händen in den Bremer Schlüssel, seine blutige Schürze störte hier kaum, nicht an diesem Tisch unter alten Freunden.

Jakobsen brachte schon den ersten Branntwein und blieb mit vor der Brust verschränkten Armen stehen. Sowieso und weil ein guter Wirt immer Augen und Ohren offen hält, schließlich sind Gasthäuser wie die Kaffeehäuser die besten Börsen für Nachrichten aller Art. Auch für Gerüchte, das verstand sich von selbst, die zu sortieren blieb jedem selbst überlassen.

«Nun sag schon, Vandenfelde. Wenn es was wert ist, kriegst du gleich den zweiten Branntwein.»

Vandenfelde grinste. «Spione», sagte er und senkte die Stimme, «Neulander hat eine geheime Methode, soll wahre

Zauberei sein, mit der er die Rindshäute schneller gerben kann, als 'ne Schwalbe von hier nach Bergedorf braucht. Wenn das funktioniert, gehen alle anderen Gerber bald betteln. Ist doch keine Überraschung, wenn einer wissen wollte, wie er das macht.»

«Das wäre allerdings ein Grund», überlegte Jean, der gerade seinen Teller leer gelöffelt hatte, «dann kann man sich an fünf Fingern ausrechnen, wer der Mörder ist. Der Neulander selbst hat den Spion erwischt und ihm den Garaus gemacht.»

«Nee, dann hätte er den Toten doch nicht in seiner eigenen Grube versteckt», befand Jakobsen, «sondern draußen in der Alster versenkt. Wenn im Fluss eine Leiche auftaucht, kann die von irgendwoher gekommen sein. Der Neulander ist ja nicht dumm.»

«Wenn er es aber eilig hatte? Das wird kaum ganz ohne Geräusche gegangen sein. Dann hat er gedacht, jemand kommt, um nach dem Rechten zu sehen, einer der Gesellen vielleicht, und schon hatte er es verdammt eilig und keine Wahl.»

Diese Frage konnte auch nach einigem weiteren Hin und Her nicht entschieden werden, ob mit oder ohne Branntwein, da das Gerücht mit dem Spion zum Verdacht gewachsen war, wandte sich die Gesellschaft der Frage nach dem Auftraggeber zu. Die Gerber der Stadt und der Umgebung wurden dabei zunächst übergangen, weil das Nächstliegende für gewöhnlich nicht besonders spannend ist. Da der Tote einen ausländisch klingenden Namen gehabt hatte, kam man ziemlich rasch überein, es könne sich nur um einen Franzosen im höheren, womöglich königlichen Auftrag handeln, auch weil der Franzose als solcher zum Spionieren neige (‹besonders in Liebesdingen›, warf Jean ein, was aber kein Gehör fand), seit die Engländer diese Fortschritte in der Industrie machten. Und heiße es etwa nicht, diese neue Methode der Lohgerberei komme aus England?

Das Gasthaus begann sich allmählich zu leeren, als noch einmal die Tür aufging und zwei neue Gäste eintraten und freudig begrüßt wurden. Helena rückte gleich ein wenig zur Seite, um für Rosina Platz zu machen, umarmte die Freundin aus reiner Freude und beschwingt von Jakobsens würzigem Bier, Magnus zog sich einen Hocker heran, in die Lücke, die noch am Tisch war, direkt neben Vandenfelde. Die mit getrocknetem Blut gezeichnete Schürze ließ ihn schlucken. Obwohl er diese bunte Runde nun schon einige Jahre kannte, war er noch ein Neuling und ein Bürger, den eine blutbeschmutzte Schürze irritierte, um es behutsam auszudrücken.

Rosina schickte ihm ein Lächeln, ihr entgingen solche Feinheiten selten, und er fühlte sich aufgenommen. Jean schob ihm das Branntweinkännchen zu, Jakobsen hatte es auf den Tisch gestellt, weil er es leid war, immer wieder nachzuschenken, Titus winkte Lineken um ein frisches Glas. Brodersen hätte sich auch gefreut, Rosina gehörte zu denen, die seine alten Geschichten immer noch anhörten und dafür ein Bier spendierten, aber der alte Seebär war in seiner Ecke längst eingedöst. Und Servatius? Der hatte ‹den feinen Mönsjö Ratsspion Vinstedt› nie leiden können und guckte nur grimmig in seinen Krug.

Rosina ließ ihren Blick über die Runde gleiten und fragte nach Muto. Helena zuckte mit den Achseln, Titus sagte gar nichts, und Jean erklärte: «Irgendwo, er hatte heute einen fröhlichen Tag und will sich amüsieren.»

Rosina nickte. Muto war erwachsen. Natürlich zog er es vor, mit Fritz, Gesines und Rudolfs Sohn, der so wunderbar die Traversflöte zu spielen verstand, durch die Bierkeller am Hafen oder gar in den Gängen zu ziehen, als mit den Alten bei Jakobsen am immer gleichen Tisch zu sitzen. Sie hoffte, dass es so war.

Sie hatten ihn einst bei Leipzig auf der Straße aufgelesen, beim Grimmaischen Tor, ein dünnes Kind, verletzt und ohne Familie, ohne Herrn, das rote Haar verfilzt und voller Läuse. Er war schnell ein selbstverständliches Mitglied der Beckerschen Gesellschaft geworden, bald auch ein so kraftvoller wie eleganter Akrobat, der sich das meiste selbst beibrachte. Nur das Sprechen nicht. Er sprach nicht, obwohl Dr. Struensee und einige Jahre später auch der Taubstummenlehrer Heinicke in Eppendorf befunden hatten, er könne es, aber etwas in ihm wolle es nicht. So war es bis heute geblieben, nur ganz selten kamen einige Worte aus seinem Mund.

Für Rosina war Muto, so hatten sie das namenlose Kind von Anfang an genannt, ein kleiner Bruder geworden. Sie waren einander immer nah und hatten eine eigene Sprache aus Gesten, Geräuschen und ihrer Mimik gefunden, die anderen Komödianten hatten es ihr nachgetan, aber nie mit dieser Selbstverständlichkeit. Nun war Muto erwachsen, und sie hörte doch nie auf, sich um ihn zu sorgen.

Auch wenn die Freude bei allen anderen groß war, war die Enttäuschung allgemein, als Rosina versicherte, sie wisse auch nichts Neues, und, nein, sie habe den lieben Adam Wagner nicht getroffen, auch nicht um ihm seine Dienstgeheimnisse zu entlocken, aber sie verspreche, sie werde sich darum bemühen, sobald sich eine Gelegenheit ergebe.

«Der Wagner weiß sicher was Neues», sagte Vandenfelde im bedauernden Ton, «aber den sieht man hier nicht mehr.»

«Ich sag's doch», krähte Servatius, schon nicht mehr völlig Herr seiner Stimmlage, «seine Karla, diese dünne Elster, die hat ihn mächtig unnerm Pantoffel. Der darf abends nicht mehr raus, muss sein Kind schaukeln. Wenner nich' aufpasst, musser das Balg noch säugen. Früher …»

Da ging die Tür noch einmal auf, und wie es im wahren Leben außer auf dem Theater kaum jemals geschieht, geschah es hier doch: Wie aufs Stichwort erschien Weddemeister Wagner, ganz ohne amtlichen Auftrag. Er war nur theoretisch nicht mehr im Dienst. Wie aller Welt bekannt war, war der Erste Weddemeister selbstverständlich immer im Dienst und wusste bei seiner Ehre und seinem Eid über die wirklich interessanten Angelegenheiten zu schweigen. Aber vielleicht, nur eine winzige ganz unbedeutende Ausnahme …?

Als er nach allgemeinem Zusammenrücken auch noch Platz am langen Tisch gefunden und einen Krug Bier vor sich hatte, rückte Wagner endlich mit der Sprache heraus. Er tat es mit gutem Gewissen und ohne mit seinem großen blauen Tuch Gesicht und Nacken zu wischen.

Er habe gerade die Nachtwächter befragt, erklärte er, die in der Mordnacht in der Gegend um die Gerberei unterwegs gewesen waren. «Zuverlässige Männer, alle beide, sehen und hören auch gut, was man nicht von allen sagen kann. Wer lange Soldat war und an der Kanone Dienst getan hat, der kann halb taub sein oder auch ganz und muss doch sein Brot verdienen, dann …»

«Wagner, lieber Freund», Rosinas Stimme hatte etwas Bettelndes, «wir schwören Verschwiegenheit», ein glucksendes Höhöhö von Titus unterbrach sie, aber nur ganz kurz, «Verschwiegenheit», betonte sie noch einmal, «jedenfalls werden wir uns sehr darum bemühen. Was haben die Nachtwächter gesehen?»

«Tja», sagte Wagner, offensichtlich genoss er neuerdings die Macht des Wissenden über die Nichtwissenden, dann lächelte er auf seine vertraute Art – ein bisschen verschmitzt, ein bisschen geniert – und sagte: «Nichts. Köller und Pretzich haben nichts gesehen. Das kann ich verraten. Natürlich haben sie dies und jenes gesehen, beide sind gute Wächter, und es war immerhin Halbmond, Pretzich behauptet, er habe sogar einen Fuchs gesehen, Köller ist aber ganz sicher, es war nur ein Hund mit rötlichem Fell, ungewöhnlich, aber möglich, ja. Jedoch», er hob bedauernd die Hände, «keinen Menschen in der Gegend um die Gerberei, auch keinen Lärm, nicht einmal ungewöhnliche Geräusche aus der Wasserwerkstatt. Nicht zu so später Stunde.»

Aus dem Pastorenhaus erklang der Gesang einer hellen Frauenstimme, dazu spielte jemand auf einer Blockflöte. Beides klang geübt und ganz hübsch, wenn man so etwas mochte. Madam Gardewinsch blieb stehen und lauschte. Trotz des milden Abends waren nur wenige Menschen auf dem Kirchplatz um St. Jakobi, alle hasteten vorüber zur belebteren Steinstraße mit ihren Gasthöfen oder zum Pferdemarkt, wo gewöhnlich bis in die Dunkelheit viel Volk unterwegs war. Spätestens mit der Dämmerung mieden die Menschen jedoch die Nähe zu den Gräbern, die sich längst nicht mehr nur in den Kirchen fanden, sondern auch unter Steinplatten auf den Höfen um sie herum. Bei Tag bewegten sie sich hier nicht anders als auf einem Markt, bei Tag fürchteten sie die Toten und deren Geschichten nicht. Im hellen Licht gingen kaum Gespenster um, weder in den Köpfen noch auf den Straßen und Plätzen.

In den Augen der Stadtleichenfrau war das lächerlich, denn dabei ging es nicht um Ehrfurcht vor der Totenruhe, das konnte ihr keiner weismachen, es ging um die Angst vor denen unter der Erde, um Erinnerungen, um das Grauen. Wenn sie es recht bedachte, gefiel ihr die Musik doch nicht, keine Triller und nichts animierte zum Tanzen. Da wurde wohl für eine Beerdigung geübt. Als brauchten die Toten so ein Gepiepe. Da war ihr jede Amsel lieber.

Sie bog in die Jakobitwiete ein, mit nur vier Häusern ein wahrhaft kurzes Sträßchen, das vom Kirchhof auf den Pferdemarkt führte. Vor dem Wachhaus und den Pferdeställen der Stadtsoldaten und des Rats lungerten noch einige Bengel und Männer herum, wie überall, wo Pferde und Soldaten waren. Palle hatte sie das schnell ausgetrieben. Wobei, neuerdings – abends trieb er sich nun oft rum, sie wusste nicht, wo und mit wem, er sprach nicht viel. Und er war ihr über den Kopf gewachsen, dünn, aber kräftig. Auch wenn sie es oft und sehr gern vergaß, er war nun ein Mann. Das gefiel ihr nicht. Aber so war es nun einmal.

Auch die Nachtwächter hatten hier ihre Hauptwache, bei denen lungerte keiner rum. Wieder blieb sie stehen, sah zu, wie die Laternenträger auf ihrem Warteplatz ihre Lichter anzündeten, und verspottete sich selbst, sie habe heute wohl einen nachdenklichen, gar nörgeligen Abend. Mit so was vertat eine kluge Frau keine Zeit, und gerade im Ratsweinkeller war sie noch vergnügt gewesen. Sie hatte nur Hunger, der portugiesische Wein war süß und kräftig, trotzdem kein Sattmacher. Da musste noch ein Stück Speck in der Küchenkiste sein, Brot auch, eine Schale kalter Brei. Wenn Palle nicht wieder nur an sich gedacht und alles aufgefressen hatte. Der Junge dachte immer nur an sich. Sie war eben viel zu weich.

Der Gedanke an den Speck ließ sie schneller gehen. Ihre Wohnung befand sich in der vierten Etage des vorletzten Hauses, zwei Kammern und eine Feuerstelle in der Abseite, gut gemauert, dafür hatte sie gesorgt, sie wollte nicht im Schlaf verbrennen, das kam anderswo oft genug vor.

Das Haus hatte einen niedrigen Anbau, es sah aus, als lehne der sich schutzsuchend gegen das viel ältere große Fachwerkgemäuer. Süderland, ihr gewesener Ehemann, hatte im Anbau die ‹Kleidersellerei› betrieben, die von jeher zum Metier der Stadtleichenfrau gehörte, weil die Kleider der Toten, der fremden und der unerwünschten, der Stadtleichenfrau gehörten. Nur wenige waren so stark zerfetzte Lumpen, dass sie keiner mehr kaufen oder eintauschen mochte.

Auch noch mit diesem Handel hatte sie sich plagen müssen. Inzwischen schon gehörte diese Kleiderhökerei zu Alines Arbeit, das Mädchen war immer anstellig gewesen, schon als sie kaum über den Tisch gucken konnte. Inzwischen machte sie gute Geschäfte mit den Kleidern und allem, was von den Toten für sie übrig geblieben war. Seit Aline sich die Mühe machte, manches zu waschen und zu flicken, die Gardewinsch hatte das zuerst für dummerhaftige Zeitverschwendung gehalten, blühte das Geschäft. Früher waren die Leute gekommen, wenn sie etwas brauchten, heute bot Aline die besseren der Kleider und einiges von anderen Hökern Dazugekauftes und Verschönertes auf dem Straßenmarkt an und betrog fast nie. Das Mädchen war eine hübsche Katze, sie verstand zu schnurren, auch in aller Manierlichkeit zu fauchen, darauf fielen die Männer wie die Frauen gerne rein, die jungen wie die alten.

Jedenfalls kam nicht in Frage, dass sie ihre Familie und die Arbeit im Stich ließ, schon gar nicht für einen dummerhaftigen Habenichts und Hansguckindieluft, nur weil der hübsche Augen hatte und mit dem Zeichenstift hantierte. Aber das, sie rieb zufrieden die Hände gegeneinander, hatte sich erledigt. Und vielleicht hatte Aline doch nicht gelogen, als sie abstritt, den Jungen besser zu kennen, als gut für sie und ihre Zukunft war.

Es war nun nahezu dunkel und schon abendlich ruhig. Wer es sich leisten konnte, zündete eine Unschlittkerze an, hinter einigen Fenstern glomm müder Schein, manchmal flackernd im unregelmäßigen Docht. Im ersten Haus stritten zwei Männer, mit rauen Stimmen, irgendwo wurde noch Holz gehackt, eine Katze schrie und schoss aus einem der engen Durchgänge zwischen den Häusern über die Twiete und verschwand im Dunkel des Kirchhofes, eine zweite sprang ihr fauchend nach. Die Gardewinsch war froh, gleich zu Hause zu sein – und blieb abrupt stehen.

Hinter einem der beiden Fenster des Anbaus, und zwar hinter dem der Kleidersellerei, schimmerte ein Licht. Da bewegte sich auch etwas. Diebe? Was sonst? Aline arbeitete nur im helleren Licht des Tages mit den Kleidern und war, wie es sich für sie gehörte, längst in ihrer Wohnung.

Die Gardewinsch trat ganz nah ans Fenster und versuchte, durch die Scheibe zu erkennen, was dort vor sich ging. Das Glas war Alines Idee und teuer genug gewesen, besser Glas als nur notdürftig und nie komplett zu schließende Holzläden, hinter denen bald Nässe und Schimmel allgegenwärtig wären. Der Dreck auf dem Glas war der beste Schutz vor Gaffern und Auskundschaftern, nun störte er. Trotzdem – im schwachen Licht der Laterne an der hinteren Wand bewegte sich eine Silhouette. Ein Mann. Palle? Sicher nicht. Was machte der Kerl da? Tanzte der? Drehte sich und – was? Egal, das war ihre Kleidersellerei, ihr Eigentum. Das Vorhängeschloss war nicht mehr an der Tür, die ließ sich leicht öffnen, Aline musste kürzlich Fett in die Scharniere geschmiert haben. Da war der Dieb, eine schlanker junger Mensch, er trug den besten Rock, Kniehosen aus ziemlich gut erhaltenem und noch teuer zu verkaufendem Samt, eine braune Perücke für alle Tage, weder Strümpfe noch Schuhe – er bemerkte, dass er nicht mehr allein war, und fuhr erschreckt herum.

Die Gardewinsch erstarrte, wütender Zorn durchfuhr sie heiß, und ohne zu denken, ohne zu zögern schlug sie den Mann, der Aline war, hart ins Gesicht.

Als es von St. Nikolai zehn Uhr schlug, die Stunde, in der alle Gasthäuser schließen und die Einwohner der Stadt in den Häusern sein sollten, waren die Nachtwächter gerade mit ihren mahnenden Rufen durch die Neustädter Fuhlentwiete gegangen. Auch die Gesellschaft am langen Tisch im Bremer Schlüssel hatte sich auf den Heimweg gemacht. Für die Komödianten war es nur ein Katzensprung bis zum Krögerschen Hoftor, Wagner wohnte neuerdings nur einige Häuser weiter in der entgegengesetzten Richtung, Servatius und Vandenfelde gerade fünf Minuten (im nüchterneren Zustand) entfernt am Valentinskamp, auf Rosina und Magnus wartete ein etwas weiterer Weg bis zur Mattentwiete nahe dem Neuen Kran am Hafen.

Nach der Vorschrift mussten sie nun eine Stocklaterne mit sich tragen, damit jenes Gesindel, das in der nächtlichen Düsternis auf Diebereien, Raub und Totschlag oder Hurerei aus war, von den ordentlichen Leuten zu unterscheiden blieb, die sich nur ein wenig verspätet hatten oder in einem Notfall unterwegs waren; wer der Nachtwache begegnete, hatte das Woher und Wohin zu erklären, wer man war, sowieso. In jeder Nacht füllten sich einige Kerkerzellen.

Die Wirte der Gasthäuser verfügten über Stocklaternen für ihre Gäste, Jakobsen besaß bescheidene zwei, die waren schon vergeben. Rosina lachte. «Macht nichts, Jakobsen, wir sind zu zweit und schnell», und schon tauchten sie und Magnus in die Dunkelheit der schmalen Gassen ein. Ihre Schritte klangen gedämpft, die Straßen waren hier nicht gepflastert, und beide fühlten sich übermütig wie Kinder, die den Unterricht schwänzten.

Als ihnen kurz vor der Ellerntorbrücke zwei dunkle Silhouetten in breiten Mänteln und Hüten entgegenkamen, zog Magnus Rosina rasch in einen kaum schulterbreiten Durchgang und umfing sie mit seinem schwarzen Umhang, sodass sie darunter ganz verschwand und sie beide im Schatten unsichtbar wurden. Hatte ihr Herz gerade noch erschreckt gestolpert, durchströmte sie, nun von seinem Körper und seinem Mantel vor der schwarzen Nachtwelt geschützt, jenes Gefühl von Geborgenheit, das nur im völligen Vertrauen existieren kann. Es hätte sie nicht gestört, die halbe Nacht so im Geheimen bleiben zu müssen.

Die Schatten waren schnell vorüber. Es waren zwei Nachtwächter gewesen, von denen der eine den anderen anknurrte, weil der ihre Laterne hatte ausgehen lassen.

Als sie die Ellerntorbrücke überquerten, riss die Wolkendecke weiter auf, im Licht des zunehmenden Mondes und unter den Myriaden von Sternen, die sich im reglos liegenden Wasser des Fleets spiegelten, glich die Stadt plötzlich einem Traumgebilde. Leider fiel Rosina gleich ein, dass hier auch ganz reale Albträume stattgefunden hatten, sie zog Magnus eilig weiter fort.

«Was denkst du zu der Sache mit dem Spion?», fragte sie leise, als sie in den Burstah einbogen.

«Als Mörder oder als Opfer?» In seiner Stimme lag ein Lächeln.

«Von beiden Möglichkeiten, aber eher als Opfer. Es ist nur ein Gerücht, vielleicht dennoch bedenkenswert.»

«Ich halte wenig davon», sagte er zögernd. «Die anderen Lohgerber haben es nicht nötig herumzuspionieren. Im Gegenteil, Neulander wagt in Verabredung mit dem Lohgerberamt, also letztlich der Gesamtheit der Hamburger Lohgerber, den Versuch mit der englischen Brühe. Für ihn ist es ein Risiko, die Häute könnten verderben, die vorsichtigeren Amtsbrüder können nur profitieren.»

«Und die Lohgerber aus den Nachbarstädten und -dörfern?»

«Das kommt mir erst recht unwahrscheinlich vor.»

«Aber andere Länder? Die Holländer oder Franzosen? Die Preußen, die Österreicher vielleicht? Die Russen?»

«Nein.» Magnus schüttelte den Kopf. «Das klingt für mich ziemlich absurd, nach einem zu großen wie überflüssigen Aufwand und Risiko. Wenn das Hamburger Lohgerberamt diesen Versuch machen kann, können es alle anderen auch. Man muss sich nur diese Brühe beschaffen, die ist offenbar in England zu haben, wenn man gut dafür bezahlt. Was Neulander in einer seiner Gruben probiert, ist nicht annähernd so geheimnisvoll, wie Vandenfelde irgendwo gehört hat.»

«Woher weißt du davon? Aus dem Rathaus?»

Wieder lachte er leise. «Aus dem Rathaus, von dem Platz vor der Börse, aus dem Ratsweinkeller, jedem Kaffeehaus – ich bin sicher, auch am Hafen wird davon gesprochen. So ist es mit Geheimnissen, ihre Haltbarkeit ist meistens kurz. Dieses war nicht mal eines, jedenfalls kein echtes.»

Er legte seinen Arm mit dem Umhang wieder um ihre Schultern und hielt sie fester. So gingen sie mit raschen Schritten im Schatten der Nikolaikirche über den leeren Hopfenmarkt zur Holzbrücke, die direkt zur Mattentwiete führte. Es grenzte an ein angenehmes Wunder oder lag an einem Anfall von Schläfrigkeit der Nachtwächter, dass ihnen keiner mehr begegnet war. Auch kein Räuber, kein Klabautermann oder Wiedergänger, von denen es hieß, sie alle trieben von Zeit zu Zeit in den nächtlichen Straßen nördlich des Hafens ihr Unwesen. Nicht zu vergessen der Geist der Bleichen Mutter vom Bleichenfleet, die bei der Ellerntorbrücke seit Jahrhunderten ihre tote Tochter suchte, von der Titus vor einiger Zeit so überzeugend zu berichten gewusst hatte. Es war eine Mainacht von wunderbarer Ereignislosigkeit geblieben.

Beinahe. Auf der Holzbrücke blieb Magnus stehen und sah übers Wasser und hielt sie fest. Sie verstand: «Es ist also entschieden. Wann reitest du?»

Später in der Nacht erwachte sie aus einem schlimmen Traum, wie sie oft einer einholte, bevor Magnus eine Reise antrat. Sie schlüpfte aus dem Bett, behutsam, er sollte nicht erwachen. Von ihrem Platz am Fenster sah sie in den Himmel. Der dünne Mond war hinter die Dächer gewandert, von Osten her schon die Morgendämmerung zu ahnen.

Es sei ein wenig eilig, hatte er dort an der Holzbrücke gesagt und nicht mehr erklärt. Sie wusste längst, dass er wieder für den Rat oder einen der Syndici unterwegs sein sollte, als ein diskreter diplomatischer Bote. Mit Nachrichten oder Dokumenten, die man den Ratsboten nicht auftragen wollte, aus welchem Grund auch immer. Auch diesmal hoffte sie, dieser Grund sei nicht mit einer besonderen Gefahr verbunden.

In drei Tagen verließ er die Stadt. Er musste eilig reiten, nicht mit seinem eigenen Pferd, das er niemals auch nur für wenige Tage wegen der nötigen Pferdewechsel in einer der Poststationen zurücklassen würde. Die Reitpferde aus dem Stall des Rats, hatte er ihr versichert, seien gut gepflegt, schnell und robust, sie müsse keine Sorge haben.

Und dann, später in der Nacht, hatte er ihr etwas versprochen. Noch in diesem Sommer würden sie zusammen reiten, beide in Männerkleidern, wie sie es wünschte, zunächst bis Köln, um endlich Besuch bei seiner Schwester zu machen und um ihr die berühmte Handelsstadt am Rhein zu zeigen, den prächtigen, gleichwohl seit zweihundert Jahren halbwegs brachliegenden Dom, der auch keine aufragenden Türme hatte, weil den Stadtvätern seinerzeit das Geld ausgegangen war, jedenfalls für diesen Zweck. «Und dann …», hatte er überlegt, und sie hatte gesagt: «… immer weiter. Dann immer weiter – wohin der Wind uns weht.»

Kapitel 8

Der Kunsthändler Matthes wohnte in der Straße Bei der Börse im ältesten Teil der Stadt zwischen Trostbrücke und Zollenbrücke. Hier lebte es sich nicht unbedingt reich und vornehm wie in der nahen Großen Reichenstraße, aber doch honorig. Durch das Nikolaifleet bestand eine direkte Verbindung zum Hafen, also waren ebenso viele Schuten wie Fuhrwerke unterwegs, Rathaus und Kran, Jensens Kaffeehaus und die Börse, auch das Eimbecksche Haus erreichte man in wenigen Minuten.

Alles schien hier nur einen Katzensprung entfernt, dachte Rosina, die Miete musste beachtlich sein. Vielleicht war Monsieur Matthes in Nürnberg besonders erfolgreich gewesen, konnte über einen gut gefüllten Sparstrumpf verfügen, oder seine Frau hatte eine stolze Mitgift in die Ehe eingebracht.

Sie erwähnte solche Gedanken nicht, jedenfalls nicht in Gesellschaft Madam Augustas und Anne Hermanns', obwohl beide vertraute Freundinnen waren und ihr nicht verübelten, wenn sie mal im Zorn, mal im Trotz, mal aus purer Notwendigkeit die Regeln der guten Hamburger Gesellschaft missachtete. Beide waren auf jeweils eigene Weise in der Welt herumgekommen und sowieso alles andere als stocksteif und bigott. Wer sich mit einer Wanderkomödiantin befreundete, sogar mit einer ganzen Komödiantengesellschaft, konnte weder das eine noch das andere sein.

Es war der vorletzte Tag vor Magnus' Abreise, trotzdem hatte Rosina nur sehr kurz gezögert, als Madam Augusta vorschlug, gemeinsam mit der lieben Anne und Madam Harling den Kunsthändler Matthes zu besuchen. Natürlich galt der Besuch vor allem Madam Matthes, der jungen Malerin schöner Blumenbilder und des Porträts eines auch ihr fremden Toten. Man benötige keine Einladung, hatte Madam Augusta fröhlich entschieden, als Rosina doch zögerte, weil das in jedem Bürgerhaus nötig gewesen wäre. Sie und die liebe Anne seien darin einig, ein Kunsthändler sei ein Kaufmann, und wer etwas verkaufe … ach was, sie hatte abgewinkt und abschließend erklärt, der Mann lagere eine ganze Reihe von verkäuflichen Gemälden und Radierungen, wie man höre, plane er eine Auktion im Eimbeckschen Haus. Er verwahre die Kunstwerke in einem oder gar zwei Extraräumen seiner Wohnung, also könne man sie dort wie in einem Laden ansehen. Im Übrigen arbeite Madam Matthes dort in einem gut ausgestatteten Atelier, auch diese Werkstatt sei zweifellos sehenswert.

Woher sie all das wusste, fragte Rosina nicht. In einem großen Haushalt samt Speichern, Ställen und Kontor mit einer kleinen Armee von Bediensteten war mit wenig Mühe und einer Portion Glück nahezu alles zu erfahren, was in der Stadt vorging, von heimlichen Liebschaften bis zu drohenden Staatsstreichen. Im Zweifelsfall hatte Madam Augusta Elsbeth gebeten, seit vielen Jahren die Köchin und Regentin des Herrmanns'schen Haushaltes, sich auf den Märkten am Meßberg oder bei der Nikolaikirche ein wenig umzuhören, oder Betty, Annes Zofe, hatte strategischer als sonst mit den Zofen und Dienstmädchen anderer Häuser Klatsch ausgetauscht. Die Ergebnisse wären in beiden Fällen reiche Ernte gewesen. Auch Claes Herrmanns' munterer Barbier war für seine Schwatzhaftigkeit berüchtigt.

Manchmal, wenn Rosina der betagten Madam Augusta zuhörte, kam sie sich als Dilettantin vor, obwohl ihr selbst viel mehr der Ruf vorauseilte, sie habe einen sechsten Sinn für dunkle Ereignisse und eine ausgeprägte, äußerst unschickliche Neigung, sie ans Licht zu holen. Kurz und gut, die alte Augusta und die fast noch junge Rosina waren seit ihrer ersten Begegnung vor etwa zehn Jahren nach einem konfliktreichen Anfang ein gutes Gespann. Was natürlich auch nicht erwähnt wurde, allein wegen der respektlosen Wortwahl.

Wohnung, Atelier und Lagerraum der Matthes befanden sich in der dritten Etage eines Fachwerkhauses nahe der Zollenbrücke. Hätte es nicht ihren Stolz gekränkt, hätte Augusta den Gedanken an eine Stuhltrage oder leichte Sänfte samt zwei kräftigen Trägern in die Tat umgesetzt.

Auf ihr Klopfen öffnete eine sehr junge Hausmagd und blickte erschreckt auf das Damen-Quartett. Offensichtlich war sie an solchen Besuch nicht gewöhnt. Sie knickste ungeschickt. Der Herr sei nicht im Hause, erklärte sie mit einem für norddeutsche Ohren ungewohnten Singsang in der Stimme, der Rosina an die wenigen Sätze der Malerin in der Totenkammer erinnerte. Die Nürnbergerin hatte das Mädchen also aus ihrer Heimatstadt mitgebracht. Der Herr sei in Geschäften in der Stadt, betonte die mit erneutem Knicksen, sie bemühte sich, verständlich zu sprechen, es gelang ihr schon gut. Ihre Hände strichen nervös über ihre große, reich bestickte weiße Schürze über dem blassblauen Rock und der an einen kurzen Kittel erinnernden Bluse aus ungebleichtem Leinen.

«Nun, mein liebes Kind», sagte Madam Augusta, sie rang nach dem Aufstieg noch nach Atem, «das ist bedauerlich, denn wir möchten Bilder ansehen, die deine Herrin gemalt hat. Wir haben von ihrer vorzüglichen Kunst gehört, nun sind wir begierig, ja, sehr begierig, selbst zu sehen.»

«Bitte die Damen herein, Tonia.» Madam Matthes war aus ihrem Atelier in die Diele getreten, sie schob ihr Mädchen sanft zur Seite und knickste mit einer einladenden Handbewegung vor der vornehmen alten Dame im mauvefarbenen Seidengewand und der von gleichfarbigen Seidenbändern gesäumten Witwenhaube.

«Der Burgner Joseph kommt doch gleich», flüsterte Tonia.

«Ja, Tonia, aber es hat noch Zeit. Er wird auch gerne warten.» Madam Matthes lächelte verbindlich. «Sobald mein Schüler die Stifte und das Papier hat, vergisst er leicht alles andere. Wenn ich Euch bitten darf, Mesdames. Es ist Monsieur Matthes und mir eine große Ehre. Mein Gatte wird untröstlich sein, Euch versäumt zu haben. Wenn Ihr eintreten möchtet, ist es mir ein Vergnügen, einige Werke zu zeigen, besonders von weit besseren Künstlern.»

«Und Euer Atelier, Madam?», fragte Anne Herrmanns über Madam Augustas Schulter.

Die Malerin nickte, die Andeutung eines Lächelns nahm ihrer Miene ein wenig von der aufgesetzten Förmlichkeit. «Wenn es Euch Freude macht. Ich muss nur bitten, zumindest mein beschmutztes Gewand zu übersehen, Pinsel und Farben, Ihr werdet verstehen …»

Madam Augusta war entzückt, jedenfalls gebärdete sie sich so. Sie entschuldigte sich für ihr unangemeldetes Eindringen und bedankte sich für den freundlichen Empfang, wie es bei einer Herzogin angemessen gewesen wäre. Rosina hatte keine Erfahrung in Besuchen von Kunsthandlungen und Ateliers, sie dachte ungeduldig, wenn es so weitergehe, sitze man gleich bei Wein und Mandelkuchen zusammen und tausche Komplimente aus, bekomme aber keines von den Bildern zu sehen und erfahre auch sonst nichts.

Madam Augusta stellte ihre Begleiterinnen vor, die Malerin nickte, als Rosina an der Reihe war. Sie erinnerte sich an die seltsame Begegnung in der Totenkammer.

Rosina war sicher, Madam Augusta hatte genau gewusst, dass der Kunsthändler und Ehemann zu dieser Stunde anderswo unabkömmlich beschäftigt war, womöglich hatte sie dafür ihren Neffen eingespannt, Claes Herrmanns. Letzteres traf nicht zu, Ersteres sehr wohl. Alle waren mit seiner Abwesenheit sehr zufrieden, übrigens auch Madam Matthes. Wäre er da gewesen, hätte seine junge Gattin nur bescheiden und stumm lächelnd im Hintergrund gestanden. Wie es sich gehörte, besonders wenn es um Geschäfte ging.

Das Atelier war eine Überraschung. Aus zwei Räumen von bescheidener Größe, wie sie in solchen Häusern das Gewöhnliche waren, war einer gemacht worden, die tragenden Balken hatte der Baumeister erhalten und frisch weißeln lassen. Drei Fenster gingen nach Norden und schafften jenes Licht, das in diesem Metier gebraucht wurde. Überall in der Stadt, besonders in diesem ältesten Teil, standen die Häuser zu nah beieinander, waren die Gassen zu schmal, als dass die Wohnungen außer in den obersten Etagen hell sein konnten. Hier war es anders. Das gegenüberliegende Haus ragte nur zwei Etagen hoch, vielleicht waren die oberen vor geraumer Zeit abgebrannt, oder dem Bauherrn war einst das Geld ausgegangen. Jedenfalls war das Atelier der Madam Matthes licht und klar.

Rosina hatte nie zuvor Anlass gehabt, sich Gedanken über die Notwendigkeiten für ein gutes Atelier zu machen, hier verstand sie es ohne Erklärung. Der Raum war nicht sonnendurchflutet, das Licht war hell, klar und gleichmäßig, es blendete nicht und veränderte die Farben mit der Tageszeit oder der Intensität nur wenig. Um die Macht des Lichts, seine Veränderungen, sein Spiel, seine Magie wussten alle, die auf dem Theater zu Hause waren.

Eine Staffelei war in eine der hinteren Ecken gerückt, sie war mit einem Leintuch verhängt. Nahe dem mittleren Fenster stand ein großer Tisch mit einer schrägen Fläche wie bei den Kontortischen, ein unberührtes Zeichenblatt lag darauf, eine Schale mit verschiedenen Stiften stand daneben. In Regalen befanden sich ordentlich aufgereiht überwiegend dunkle Gläser in unterschiedlicher Größe für die Erden und Steine, Holzspäne und Pulver, vielleicht auch Halbedelsteinbrocken, aus denen die Malerin die Pulver für ihre Farben herstellte. Alle waren akkurat beschriftet. Auf einem besonderen Tisch lagen drei Reibsteine, es sah aus, als habe der unerwartete Besuch Madam Matthes hier bei der Arbeit gestört. Eine Art gläserner Stempel stand auf einem der Steine, auf dem wartete eine schon mit Wasser fein geriebene rotbraune Substanz auf mehr Reiben, bis sie für die Malerei taugte.

Es gab Vorräte von Papier, Tonkrüge mit einer Sammlung verschiedener gewaschener, jedenfalls von Farbresten freier Pinsel und Spatel. Es gab auch eine ganze Sammlung von Objekten unterschiedlichster Art, Muscheln und Äste, Medaillons, Steine, auch Köpfe und Büsten, Tiere wie ein ausgestopftes Rotkehlchen und ein Zeisig, Körperteile wie Füße und Hände aus Gips oder Marmor, Gefäße, insbesondere Vasen in besonderen oder harmonischen Formen, an einem der Balken waren zwei Gehörne von Rehböcken befestigt. Zu einigen ausgestopften Tieren, die Malerin hatte davon in der Totenkammer gesprochen, wie Rosina sich jetzt erinnerte, zählte auch ein junger Fuchs, das Fell schon staubig und mürbe. Er musste vor langer Zeit sein Leben gelassen haben, vielleicht bedeutete er eine Erinnerung oder war ein Geschenk aus früheren Jahren. Auch ein üppiger Fliederstrauß und ein Gebinde aus Frühsommerblumen und frischem Buchen- und Birkengrün mochten als Modelle oder Muster dienen. Im mittleren Teil des Regals lagen einige Bücher und großformatigere Alben.

Die Tür zu einem weiteren Raum stand einen breiten Spalt offen. Rosina glaubte, von dort ein Geräusch zu hören, sie lauschte, aber es war ein Irrtum gewesen, da knarrte nur ein Fensterflügel. Sie erkannte eine Presse, ganz ähnlich denen, die sie vor einer Reihe von Jahren in der Druckerei der Madam Boehlich am Valentinskamp und im selben Sommer auch in London gesehen hatte. Sie glaubte sich zu erinnern, dass Monsieur Matthes neben seinem Kunsthandel weniger Maler als Kupferstecher war.

Zu gerne hätte sie mehr über die Farben und die Möglichkeiten ihrer Herstellung gewusst, auch welche der Bestandteile schon gemahlen zu kaufen, wie und womit sie zu mischen waren, auch über die Pinsel und wozu die einzelnen eingesetzt wurden. Sie unterschieden sich deutlich, sie waren aus unterschiedlichem Haar und in verschiedener Stärke gefertigt. So viele Jahre hatte sie bei der Komödiantengesellschaft erlebt, wenn Rudolf Kulissen baute und bemalte, Farben waren schön, aber teuer, besonders für eine Gesellschaft, die immer darum kämpfen musste, dass ihre Mitglieder satt wurden. Das hatte sie gewusst, ansonsten war sie mit ihren eigenen Aufgaben mehr als genug beschäftigt gewesen.

Nun begann sie, von der Malerei und ihrem Zauber fasziniert zu sein, ob sie Kunst erschaffte oder nicht. Was für ein Wunder. Aus gemahlenen Steinen oder Erdklumpen, zerriebenen Hölzern und chymischen Pulvern wie aus der Küche des alten Alchemisten in der einstigen Apotheke im Opernhof, vermischt mit dieser oder jener Flüssigkeit, verschiedenen Ölen, auch Gummiarabikum, Leim, Tonerde – so stand es auf einigen der Gläser. Sicher wurden die Mischungen wie bei den Kattundruckern noch um die eine oder andere geheim gehaltene Zutat ergänzt, bevor wunderbare Gemälde auf Papier, auf Holz oder Leinwand, nicht zuletzt auf Wänden entstanden.

Allerdings konnte eine besonders wichtige Zutat nie fehlen, das Talent. Und die Fertigkeit. Auch die Kunst bedurfte der Übung und des hartnäckigen Fleißes.

«Rosina, nun lass doch mal diese Gläser und Pinsel», Anne zupfte sie am Ärmel, «schau die Bilder an.»

Natürlich. Die fertigen oder halbfertigen Bilder. Die hingen an den Wänden, lehnten an Gestellen, lagen in großen Alben auch auf einem Tisch. Rosina merkte, dass ihre Augen alles aufnahmen, doch zugleich nach dem Gesicht aus der Totenkammer suchten. Madam Augusta hatte darum gebeten, zunächst nur die Werke der Madam Matthes zu sehen, und zugestanden, auch einige ihrer Lehrmeisterinnen aus der Nürnberger Maler-Familie Dietzsch.

Zumeist waren es Blumenbilder nach holländischer Manier, wunderschön in den Formen und Farben, detailliert im Pinselstrich, akzentuiert mit Schmetterlingen oder Raupen und Käfern. Keine Stillleben mit Essbarem und an die Vergänglichkeit gemahnende, vielmehr Bilder des Kunstvollen im akkurat Natürlichen, die Überzahl strahlte aus fast schwarzem Grund. Madam Matthes malte Aquarelle und mehr noch die plastischer erscheinenden Gouachen. Ölgemälde von ihrer Hand gab es hier nicht.

«Ist es möglich, Madam», Rosina zögerte aus einer ihr sonst fremden Scheu, «ist es vielleicht möglich, das Porträt aus der Totenkammer zu sehen?»

Die Malerin hingegen zögerte keine Sekunde. Sie öffnete eine Mappe, die neben den frischen Bögen auf ihrem Arbeitstisch lag.

«Es sind bisher nur Skizzen», erklärte sie mit einer bescheidenen Handbewegung, sie breitete drei davon aus und trat einen Schritt zurück, um den Besucherinnen Platz zum Schauen zu geben. Das oberste Blatt hatte sie beiseitegenommen, es gehörte nicht dazu.

Selten sehen zwei Menschen dasselbe, fast immer nur das Gleiche, Ähnliche. Was ein entscheidender Unterschied sein kann. Hippolyt Meunier, zumindest Madam Augusta und

Rosina kannten über Eve Neulander von der Ehrwürdigen Jungfrau Domina den Namen, zeigte im Tod ein Gesicht ohne Ausdruck. Was die Malerin gesehen hatte, war mehr, eine stille Verlorenheit, etwas Kindliches. Etwas sehr Berührendes. Es wurde ganz still im Atelier, bis Madam Augusta leise seufzte, ein feines Tüchlein aus ihrem Pompadour zog und gegen die Augen drückte. Ihr Sohn, dachte Rosina, das Bild erinnert sie an ihren Sohn, von dem es kein solches Bild gibt, kein solches Gedenken. Nicht einmal ein Grab, nur den schwarzen Grund des Meeres.

Als die vier Frauen die Treppe wieder hinunterstiegen, kam ihnen, immer zwei Stufen auf einmal nehmend, ein junger Mann entgegen. Auf dem Absatz drückte er sich in die Mauerecke, um sie vorbeizulassen, zum Glück war er ziemlich dünn. Mit seinem höflichen Gruß neigte er den Kopf ausnehmend tief. Seine Kleidung war schlicht, doch keineswegs ärmlich, ein weicher Hut klemmte unter seinem linken Arm. Da war er schon, der Schüler der jungen Malerin.

Unten angekommen, holte Madam Augusta tief Luft. «Diese Treppe», schnaufte sie, «ich dachte, ich bin durch die vielen Stufen im Neuen Wandrahm daran gewöhnt, aber diese sind die reinste Hühnerleiter. Das ist in meinen Jahren nun doch beschwerlich.»

Umso mehr war ihr jetzt nach einer heißen Schokolade, gern mit Kardamom und am liebsten in Jensens Kaffeehaus. Keine sprach dagegen. Sie gehörten zu den bisher erst wenigen Frauen aus den Bürgerhäusern die dieses Kaffeehaus hin und wieder gern besuchten und in der eigentlichen Männerdomäne auch gern gesehen wurden. Natürlich niemals direkt nach der Börsenzeit, alles hatte seine Grenzen, sogar der Fortschritt in dieser vernünftigen Stadt.

«Kennt ihr den Jungen, der uns auf der Treppe begegnet

ist», fragte Madam Augusta, als sie zu Jensen hinüberschlenderten, sie sah nun wieder sehr zufrieden aus.

Keine ihrer Begleiterinnen kannte ihn.

Madam Augusta nickte. Sie hatte nichts anderes erwartet, außer von Rosina vielleicht, die immer für ungewöhnliche Bekanntschaften gut war. «Er ist eine manierliche Erscheinung, finde ich. Ich hoffe, ihr könnt noch schweigen? Uns ist nämlich gerade ein Geheimnis begegnet, das wir wahren sollten. Jedenfalls bin ich mir dessen ziemlich sicher.»

«Noch ein Geheimnis», seufzte Rosina und sah dabei ganz erwartungsfroh aus, «es gibt viele dieser Tage.»

«Natürlich. Wäre das Leben sonst nicht gar zu langweilig?»

«Nun sag schon, Augusta.» Anne Herrmanns verfügte schon immer über geringe Vorräte an Geduld. Sie mochte die Tante ihres Mannes sehr gern, und sie verdankte ihr viel, nur deren Vorliebe, andere auf die Folter zu spannen oder auf falsche Fährten zu führen, wenn es um die Auflösung einer guten Geschichte ging, schätzte sie gar nicht.

«Hat Madam Matthes nicht gesagt, der Schüler, den sie erwartete, heiße Burgner? Oder war es ihr Mädchen? Einerlei, der Name fiel. Übrigens finde ich ihre Bilder sehr ansprechend, die Überzahl ist sogar wunderschön. Ich hätte gerne eines für meinen Salon. Also werde ich sie bald noch einmal besuchen müssen. Trotz der Hühnerleiter.»

Anne Herrmanns, Rosina und auch Theda Harling hatten mehr auf diese Bilder, die reiche Auswahl an Farben und Utensilien geachtet und waren viel zu neugierig auf das Porträt des Toten gewesen, um auf gemurmelte Namen zu achten.

«Doch», insistierte Madam Augusta, «ich bin sicher, sie hat Burgner gesagt. Das ist bemerkenswert. Seid ihr einmal dem Jüngsten der Neulanders begegnet, Eves Sohn?»

«Nein», sagte Rosina, «aber wenn ich Euch so zuhöre und das Blitzen in Euren Augen sehe, ahne ich etwas. Der jüngste Neulander hat doch den Toten in der Gerbergrube gefunden. Und – da war auch so ein Geruch im Treppenhaus, nein, direkt um den Mann, als er uns entgegenkam. Habe ich recht?»

«Kluges Mädchen.» Madam Augusta nickte, und Anne sagte, sie bedauere, verstehe aber grade gar nichts.

«Ich denke, er gleicht seiner Mutter, obwohl ich sein Gesicht nur sehr flüchtig gesehen habe», überlegte Rosina. «Er hat den Kopf so tief gebeugt, wohl nicht nur aus Höflichkeit, sondern um sein Gesicht zu verbergen. Er wollte nicht erkannt werden.»

«Er gleicht ihr sogar sehr», bestätigte Madam Augusta, «ja, der junge Mann unterwegs zum Zeichenunterricht bei Madam Matthes heißt nicht Burgner, seine Mutter hieß vor ihrer Heirat so, Eve Burgner, nun Meisterin Neulander. Auf der Treppe kam uns Jakob Neulander entgegen. Es wird seinem Vater überhaupt nicht schmecken, wenn es ihm jemand verrät.»

Rosina entfuhr einer ihrer undamenhaften Pfiffe, und Anne Herrmanns sagte: «Das ist tatsächlich ein bemerkenswerter Zufall. Oder auch nicht? Mir fehlen ein paar Details zu dieser Geschichte, die ich unbedingt erfahren möchte. Hat nicht gerade jemand etwas von einer heißen Schokolade bei Jensen gesagt?»

Da standen sie schon vor der geöffneten Tür des Kaffeehauses, köstlicher Duft der luxuriösen Getränke wehte ihnen entgegen, vermischt mit würzigem Tabakduft. Rosina dachte noch an das Atelier der junge Madam Matthes. Das skizzierte Gesicht einer jungen Frau, das die Malerin so rasch aus der Mappe genommen und beiseitegelegt hatte, erinnerte sie an etwas. An jemanden? Noch ein Rätsel. Sie mochte keine ungelösten Rätsel, besser gesagt: Sie hielt sie schwer aus, ohne nach der Lösung zu suchen. In diesem Fall konnte es überflüssig sein: Es war eine noch wenig kunstvolle Zeichnung, wahrscheinlich sah die Porträtierte ganz anders aus.

Erst auf ihrem Heimweg zur Mattentwiete fiel ihr ein, wenn Jakob Neulander der einzige Schüler der Malerin war, sie lebte ja noch nicht lange in der Stadt, handelte es sich sehr wahrscheinlich um eine seiner Übungen, dann war es doch aufschlussreich zu wissen, wen die Skizze darstellte.

Nein, sie sah nicht aus dem Fenster, sie kletterte auch nicht zu ihrem Auslug aufs Dach. Das wäre ohnehin zwecklos, selbst von dort oben konnte sie nicht sehen, wie er durch die engen Straßen bis zum Steintor und aus der Stadt ritt, weiter durch die lange Allee und immer weiter und weiter.

Sie würde sich keine Träne erlauben, sich auch nicht um ihn sorgen, höchstens heimlich. «Nur ein bisschen, Liebste», hatte Magnus in ihr Haar geflüstert, als er sie beim Abschied umarmt hielt, «aber nicht zu sehr. Dazu gibt es keinen Grund.»

Das war natürlich schändlich untertrieben. Jedem, der über Land wanderte, ritt, mit der Kutsche oder einem Fuhrwerk unterwegs war, begegneten Gefahren. Nicht umsonst schlossen sich Reisende von jeher zu Gruppen zusammen, Fuhrwerke auf den ganz Europa durchziehenden Handelsstraßen bildeten oft lange Wagenzüge. Die Beckersche Komödiantengesellschaft war vielen begegnet, manche hatten sie schon meilenweit voraus bemerkt, vor allem in trockenen Sommern, wenn der ganze Wagenzug in einer Wolke von Staub und Fliegen vorantrottete.

Gefahren waren immer da, sie konnten hinter jeder Ecke lauern – genauso wie das Glück, ihnen zu entkommen. Wem das Gemüt dazu gegeben war, betrachtete es als ein Spiel der Götter und der unberechenbaren Natur und sah die Belohnung oder Entschädigung auch in der Lust des Reisens, des Unterwegsseins, im Abenteuer, das die Fremde bedeutete.

Selbst wer nur ein Federbett, drei Bücher oder eine Kuh zu vererben hatte, machte vor dem Aufbruch sein Testament. So war es eben. Es hieß, sogar Pilger, die doch unter Gottes und ihrer liebsten Heiligen Schutz wanderten, hinterlegten eines an einem sicheren Platz. Wer die schützenden Mauern der Städte, Dörfer und Anwesen verließ, begab sich in Gefahr, das war jedoch kein ausreichender Grund, hinterm Ofen zu bleiben. Was sollte werden aus der Welt ohne die reisenden Händler und Fuhrleute, Gelehrten und Boten, Handwerker und Künstler, ohne die Neugierigen und Wissbegierigen, die Suchenden und die Findenden?

Magnus ritt allein. Er war nicht in solch jagender Eile wie die reitenden Boten der Postlinien, die Tag und Nacht mit ständig wechselnden Pferden und nach festem Plan kreuz und quer durch ganz Europa galoppierten, dennoch hatte er keine Zeit zu verlieren.

Nun war er fort. Rosina hätte ihn bis zum Tor oder auch ein Stück darüber hinaus begleiten können oder ihm von der Höhe des Walls beim Steintor nachwinken, zusehen, wie er die Große Allee hinab und an Böckmanns Garten vorbeiritt, aber so ein stundenlanger Abschied gefiel ihnen beiden nicht.

Außerdem kam er bald zurück, schon in vier Wochen, vielleicht ein wenig später oder ein wenig früher, je nachdem, ob in Wetzlar alles verlief, wie es sollte. Diese kurze Spanne Zeit verging wie im Flug. Magnus hatte Briefe versprochen, unterwegs an den Poststationen und den Pferdewechseln traf er immer auf Eilboten, die nach Norden ritten. Und dann, wenn er wieder zurück war, ritten sie zusammen, mitten hinein in den Sommer. Wohin der Wind sie wehte.

Plötzlich war es sehr still in der kleinen Wohnung. Totenstill, dachte sie und versprach sich rasch, dieses überaus dumme Wort nicht einmal mehr zu denken. Lautes Singen vertrieb dumme Worte und erst recht dumme Gedanken am besten, und weil es mit dem lauten Singen gerade nicht so gut klappte, begann sie zu summen. Ein bescheidener Anfang war besser als gar kein Anfang.

Dann tat sie, was sie schon lange vorgehabt hatte. Sie kniete sich in der Schlafkammer vor das Bett und zog und zerrte eine große Schachtel darunter hervor. Auch eine ordentliche Portion Staub, immerhin nicht die kleinste Maus, tot oder lebendig. Sie wischte sorgfältig Staub und Spinnweben von der Schachtel, ein unvoreingenommener Beobachter würde darin wohl Zärtlichkeit erkennen. Endlich hob sie den Deckel ab, der Hauch eines Duftes nach Schminke ließ sie glücklich lächeln.

Es war höchste Zeit gewesen, die kleine Theaterkiste wieder zu öffnen. Sie enthielt nicht viel, vor allem keine Textbücher, sondern ein bisschen Flitterzeug, eine aufreizende Seidenbluse, zwei mit Spitzen gesäumte Kragen, einen Rock voller bunter Blüten aus schon brüchiger Seide, ein Schnürmieder aus nachtblauem Samt, Strümpfe, ein Paar abgetragene Seidenschuhe, ein unbrauchbarer, aber wegen der besonderen Erinnerungen geliebter Fächer, ein Säckchen farbiger Glasperlen aus Böhmen – sie schob alles behutsam zur Seite und fand am Grund der Schachtel, was sie suchte. Herrenrock, Hose und Hemd, Strümpfe, sogar die Schuhe des jungen Reisenden aus dem vogtländischen Reichenbach oder des Leipziger Studenten, als die sie sich einige Male ausgegeben hatte, einmal auch als Hilfsschreiber im Kontor des schrecklichen Zuckerbäckers Marburger, den jemand mit einer seiner Zuckerhutformen erschlagen hatte. Oder bei der Reise über den Harz in ihre Vergangenheit, weil es sich in Frauenkleidern unbequem und auffällig reiste, aber daran wollte sie nicht mehr denken.

Wir reiten, wohin der Wind uns weht? Nicht in Röcken und im Damensattel. Ausritte im Damensattel hatte sie mit ihrem ersten Leben hinter sich gelassen.

Rasch waren die Bänder und Knöpfe von Rock und Bluse gelöst, das Mieder abgestreift. Das feine Hemd passte, es war nicht mehr ganz weiß, das ließ sich in der Frühsommersonne bleichen, die Strümpfe waren erstaunlich makellos, die Kniehose, nun ja. Dazu waren Knöpfe da, dass man sie versetzte, wenn es nötig war, ein Zoll auf jeder Seite sollte reichen, auch in der Weste brauchte sie inzwischen ein wenig mehr Platz, wenn an den Seiten ein schaler Keil eingefügt würde, passte sie wieder wie maßgeschneidert.

Fehlte noch der Hut. Der steckte mit einem Paar solider Handschuhe, die auch für Ausritte taugten, in einer anderen Schachtel. Sie kniete sich wieder vor das Bett, und als sie noch überlegte, sich auf den Bauch zu legen, damit ihre suchenden Hände bis in die hinterste Ecke reichten, traf sie ein heftiger Schlag im Rücken, sie schlug hart mit dem Kopf gegen das massive Holz des Bettes und fiel in die Dunkelheit.

M agnus Vinstedt, wieder diplomatischer Bote im Auftrag des Rats, ritt doch nicht alleine aus dem Tor. Als er St. Katharinen passierte, entdeckte er Tobi gleich. So dünn und klein für einen knapp Zwölfjährigen, das rote Strubbelhaar ohne Mütze, die lag wieder irgendwo, das linke Auge blickte noch weniger als an gewöhnlichen Tagen ganz geradeaus, was sicher nur an der Mischung aus Furcht und

Aufregung lag, auch an der Hoffnung. Er stand am Rand der Straße, vielleicht fünfundzwanzig Schritte östlich der Katharinenschule, damit Lehrer Wildt den Schwänzer nicht erkannte und zurück in das Klassenzimmer zwang. Anstatt aus dem Sattel zu steigen und ihn ins Klassenzimmer zurückzubringen, beugte Magnus sich zu dem Jungen hinab, fasste dessen dünne Hand und zog ihn zu sich hinauf auf das Pferd. Manchmal war es sehr einfach, ein Kind glücklich zu machen.

«Bis zum Tor», sagte er im Versuch, streng zu sein, «nur bis zum Tor. Madam Rosina und Pauline brauchen dich zu Hause. Ich verlasse mich auf dich.»

Tobis Herz hüpfte vor Freude und Aufregung. Dennoch nickte er brav. «Bis zum Tor», sagte er, und dann: «Oder vielleicht – bis hinters Tor? Nur ein Stückchen?»

Magnus lachte. «Einverstanden, Tobi, ein Stückchen. Bis dahin halt dich gut an mir fest.»

Tobi hatte an diesem Tag doppeltes Glück. Er ritt zum Abschied mit seinem verehrten Pflegevater ein Stückchen durchs Tor hinaus und fühlte sich ganz fabelhaft, erst recht als die Torsoldaten nach einem kurzen Blick auf ein Papier des Rats, das freies Passieren bis Wetzlar erlaubte, stramm salutierten und sie beide gleich durchs Tor hinausließen.

Das zweite Glück war einer der wenigen Lehrer, die Kinder nicht nur drillten und in Gottes Namen züchtigten, sondern auch mochten, jedenfalls an den meisten Tagen und selbst solche wie Tobias Rapp. Es bedurfte keines Petzers, Lehrer Wildt hatte den leeren Platz in der hintersten Schulbank gleich gesehen und machte ein strenges Gesicht, wie es seine Pflicht war. Vom Fenster hatte er allerdings beobachtet, für wen und wofür der Junge eine Strafe in Kauf nahm. Gut möglich, der Lehrer hatte morgen einen vergesslichen Tag und erinnerte sich nicht mehr so genau an Tobis schändlichen Ungehorsam.

Madam Vinstedt, Rosina, bitte, so kommt doch zu Euch, um Gottes willen, bitte ...» Die jammernde Stimme holte Rosina aus ihrer kurzen Benommenheit. Sie saß an ihr Bett gelehnt auf dem Boden und versuchte zu verstehen, warum Paulines rundes Gesicht Schrecken und Sorge zeigte. Und warum sich an ihrem Kopf eine Beule bildete. «Madam?» Paulines Stimme wurde zaghaft. «Ihr versteht mich doch?» Sie wedelte heftig mit beiden Händen vor Rosinas Gesicht. «Seht Ihr mich? Ich bin's, Pauline ... Aber hören könnt Ihr mich doch?»

Rosina setze sich gerade auf und tastete nach der empfindlichen Stelle oberhalb ihrer rechten Schläfe. «Mir geht es gut, Pauline», sagte sie mit einer Stimme, die ihre Worte Lügen strafte. «Wirklich. Ich weiß nur nicht ...»

«Es war fürchterlich, da war ein Dieb in Eurer Schlafkammer, was sollte ich da denken? Ein Dieb, ja, und da hing gerade der Wäschestampfer an der Wand, und ich hab gedacht, besser als nichts. O, Madam, es tut mir so leid, aber warum macht Ihr auch solche Sachen? Ich dachte, das mit dem Theater ist vorbei, und nun – wie seht Ihr denn auch aus? Da musste ich denken, ja, das musste ich doch, und das wär noch schöner, wenn hier einfach einer reinkommen kann und stehlen, was Euch gehört, und mir auch, und gerad jetzt, wo Monsieur nicht mehr da ist, wer soll Euch sonst beschützen?»

«Halt, Pauline. Nicht so schnell.» Rosinas Kopf war nun wieder ganz klar, ein solcher Wasserfall an Worten verwirrte sie aber noch. «Habe ich es richtig verstanden? Du kamst die Treppe herauf und in die Wohnung, du hast einen Dieb gesehen und kurz entschlossen zugeschlagen?»

«Ja, es war so schrecklich! Ich hab nur den Rücken getroffen, leider, ja, aber der Dieb ist gleich nach vorne gekippt und mit dem Kopf, rums, gegen die Bettstelle geschlagen, das gute Bett aus feiner Eiche, wirklich feines Holz, das hält noch hundert Jahre, und so schön poliert, ja, da ist der Dieb dagegengeschlagen, mit dem Kopf. Ach, Madam, Ihr habt mich wirklich erschreckt, sonst hätte ich Euch nie mit dem Stampfer auf den Rücken geschlagen. Ich konnte doch nicht wissen, dass Ihr der Dieb seid, also so aussicht und gar keiner seid, meine ich, und dann mit Eurem armen Kopf so gegen das Bett schlagt, als sollt's Kleinholz werden.»

«Mon Dieu.» Rosina tastete behutsam nach der Beule, es war nur eine kleine Beule, und es war auch nur eine kleine Benommenheit gewesen. Der Wäschestampfer war keine schwere Waffe wie das große Bügeleisen. «Ich habe immer gedacht, diese Kleider bringen mir Glück. Einmal haben sie mir das Leben gerettet, sozusagen, das ist aber lange her, vielleicht nutzt sich so etwas ab, ich meine, die gute Wirkung.»

«Rosina? Ist jemand zu Hause?» Die Stimme kam aus dem Treppenhaus näher. Dann stand Anne Herrmanns in der Tür zur Schlafkammer, einen großen Sommerblumenstrauß aus ihrem Garten im Arm, ihre Zofe Betty versuchte, ihr neugierig über die Schulter zu sehen, beinahe wäre ihr dabei der Korb mit dem Fläschchen Rosmarinbranntwein von Madam Augusta und der Schachtel mit Konfekt von Mamsell Elsbeth entglitten.

Anne blickte amüsiert auf das sich ihr bietende Bild: Ihre Freundin hockte in nur halbwegs geschlossenen Kleidern eines Mannes, allerdings ohne Schuhe und Strümpfe, auf den Dielen vor ihrem Bett und rieb sich die rechte Schläfe, daneben kniete Pauline mit unschicklich gerafften Röcken, beide Hände auf einen großen Wäschestampfer gestützt.

«Wir bringen ein Körbchen mit Trostgaben nach Magnus' Abschied, und nun wird hier für eine private Theateraufführung geprobt? Wie heißt das Stück?»

So endete ein Morgen, der mit einem Abschied und einem Schrecken begonnen hatte, mit Gelächter und einem zweiten Frühstück, diesmal mit Tee und Konfekt. Pauline war dankbar, dass Madam Rosina die Sache mit dem Wäschestampfer nur nebenbei erwähnt, dafür mehr von ihrer mutigen Wehrhaftigkeit gesprochen hatte. Über all diesen Aufregungen vergaß Pauline völlig zu erzählen, was sie gerade an Absurdem auf dem Fischmarkt beim Dom gehört hatte. Es war nur Klatsch, aber hochvergnüglicher Klatsch, und Madam Rosina war sich für solche Geschichten noch nie zu fein gewesen.

Wenn das Anatomische Theater still und verlassen war, wenn keine Leiche auf dem Sektionstisch lag, sich keine zukünftigen Wundärzte oder Wehmütter darüberbeugten und die Bänke für das Publikum unbesetzt waren, erschien der Saal größer, als er tatsächlich war. Das war an sich kein überraschendes Phänomen, hier traf es jedoch besonders zu. Vielleicht weil man vom Seziertisch oder den beiden Eingängen beim Blick zu den Fenstern keine Hauswände von gegenüber, sondern nichts als den Himmel sah? Oder es lag an der ungewöhnlich hohen, von Säulen getragenen Kuppel in der Decke, die tatsächlich nur eine gelungene Illusionsmalerei war?

Seit Dr. Pullmann zum Stadtphysikus ernannt worden war, hatte er den Saal nahezu täglich betreten, doch nun nahm er all das zum ersten Mal richtig wahr. Bis dahin war er einfach zu beschäftigt gewesen. Dass die praktischen Belehrungen angehender Wundärzte und der Wehmütter ebenso zu seinen Aufgaben zählten wie das Zergliedern von Leichnamen, um sie über Anatomie und Funktionieren des menschlichen Körpers zu unterrichten, gefiel ihm entschieden. Er gab sein Wissen gerne weiter, und – so gestand er sich leichten Herzens ein – er genoss den Respekt, den seine Schüler ihm, seinem Wissen und seiner Erfahrung zollten, seinem Können. Auch vorher beim Militär hatte man ihn zumeist respektvoll behandelt, aber er war kein Soldat gewesen, und vielen galt ein Chirurg kaum mehr als ein Bader oder Dienstbote, obwohl etliche ihm ihre Gesundheit oder gar das Leben verdankten.

Endlich war es ihm wieder möglich, ganz offiziell und ohne Heimlichkeit seinen Wissensdurst, seine Neugier auf dieses Wunderwerk des menschlichen Körpers zu stillen. Mehr zu verstehen, was darin vor sich ging, mehr darüber zu lernen, wie ein Kranker oder Verletzter zu heilen sei, Schmerzen zu lindern. In Kriegszeiten hatte man ihm im Schatten der Schlachten zahllose Körper gebracht, die zu geschunden und zerfetzt gewesen waren, um sie zusammenzuflicken oder an den vielen Toten wenigstens noch bei einer Sektion neue Erkenntnisse zu gewinnen. Für Letzteres war ohnedies keine Zeit gewesen. Es hatte nur gegolten, die Halbtoten zu retten, die Verletzten zu verarzten, mehr mit Säge und Zange, anstatt mit feinem Messer und Nadel und Faden.

Schlachtfelder setzten sich auf eigene Weise in den Lazaretten fort, mit dem Blut und der Qual der Schmerzen, mit Schmutz, Eiter und Wundbrand, Gewürm in schwärenden Wunden, mit der Todesangst und diesem elenden Sterben. Der Zorn über die Verschwendung von Leben, die Pein, das Mitfühlen mit den Männern, von denen dort mehr krepierten als gesundeten, holte ihn erst später ein. In den Nächten in seinem sicheren Haus neben der Mühle an der Alsterbrücke beim Lombard, im tiefen Frieden. Die Bilder waren nicht nur in sein Gehirn, mehr noch in seine Seele eingebrannt, auch die Gerüche und der Gestank, die Schreie, das Wimmern, das Fluchen. Das plötzliche Verstummen. Da war ein

Raum für die Erinnerung in ihm geblieben und so zu einem nie endenden Kriegsschauplatz geworden. Ohne Marie … ja, ohne Marie? Was wäre ohne seine Frau aus ihm geworden?

Seit er sich als Stadtphysikus auch um Stadtarme kümmerte, erinnerte ihn deren Leben und Sterben ständig aufs Neue daran. Ähnliche Qualen, ähnlicher Schmutz, das elende Sterben. Die Leichen, die auf seinen Seziertisch gebracht wurden, stammten fast alle aus jenen Gassen, den stinkenden Gängen und Hinterhöfen. Das Winterhalbjahr hatte ihm genug in die Totenkammer und in den Saal gebracht, um mit der Unterrichtung seiner Schüler gut voranzukommen, auch die Vorträge, die er oder Professoren des Akademischen Gymnasiums für sie wie für das allgemeine Publikum gehalten hatten, waren stets gut besucht gewesen.

Nun begann der Sommer, Sektionen wurden zur Ausnahme. Zwar mussten alle auf unnatürliche Weise Gestorbene untersucht werden, um die Ursache des Todes zu finden, doch dazu bedurfte es kaum einer Sektion. In den allermeisten Fällen waren die ‹äußeren Ursachen› rasch zu erkennen, die Schläge und Tritte, Wunden von Waffen, Knüppeln oder harten Kanten, Steinen, Würgemale, alles, was Menschen sich einfallen ließen, um andere zu verletzen oder zu töten. Die Ertrunkenen sahen am friedlichsten aus, sofern sie entdeckt und aus dem Wasser gezogen worden waren, bevor dessen Bewohner sie als ihre Beute betrachteten.

Mit dem Beginn des Sommers veränderte sich das Leben in der Etage, in der die Gardewinsch und der Stadtpysikus herrschten, es wurde ruhiger, und die Ausbildung der Wundärzte konzentrierte sich ganz auf ihre praktischen ärztlichen und chirurgischen Tätigkeiten, die kaum im Anatomischen Theater stattfand.

Dr. Pullmann fühlte sich immer noch als Neuling in diesem Haus. Natürlich hatte er seine Patienten außerhalb seiner Aufgaben als Stadtphysikus, was er für diesen Dienst erhielt, hätte kaum zum Leben gereicht, die besuchte er zumeist in ihren Häusern und Wohnungen, andere behandelte er in seinem Haus bei der Lombardsbrücke, gewöhnlich waren das die ärmeren. Immer noch zählten etliche Stadtsoldaten dazu. Es waren ein besonders arbeitsreicher Winter und Frühling gewesen.

Nun nahm er sich endlich einmal die Zeit, ‹sein Theater› in aller Muße zu betrachten. Gleichmäßiges Tageslicht fiel durch die Fenster herein, es war schon Sommerlicht. Sein zorniger Ausbruch hatte endlich etwas bewirkt, neuerdings waren die Scheiben blitzblank geputzt. Wozu das teure Glas, hatte er gebrüllt, wenn Staub und Ruß und die Ausdünstungen der Lebenden wie der Toten die Scheiben verklebten und kaum Licht hereinließen?

Die im Halbrund angeordneten Bänke wirkten ungemein akkurat. Er folgte langsam den Stufen und setzte sich in die oberste Reihe. So sah es also für das Publikum aus. Es waren nur wenige Schritte, trotzdem schien der Seziertisch zu weit entfernt, um auch nur halbwegs genau zu erkennen, was bei der Zergliederung geschah. Die Schauobjekte vor den Fenstern wiederum waren durch Gitter geschützt, aber ganz aus der Nähe zu betrachten. In den mit Spiritus gefüllten Gläsern unterschiedlicher Größe schwammen oder steckten Teile menschlicher Körper. Anatomische Schauobjekte für das Publikum, Lernobjekte für die Wundarztschüler und die Wehmütter. Besonders gefragt waren monströse Abnormitäten, wie er sie in der Sammlung der Akademie in Paris gesehen hatte. Im Hamburgischen Anatomischen Theater enthielten die Gläser eher Alltägliches. Für einen Physikus Alltägliches, für das Publikum besonders genug, um alles mit wohligem Schaudern anzusehen. Besonders das Glas mit dem kleinen Fetus ließ niemand aus.

Der Physikus hatte die ruhige Stunde im Saal allein mit sich, den Objekten und einigen summenden Insekten nutzen wollen, um weiter darüber nachzudenken, wie es gelänge, die Leichname haltbarer zu machen und sie weniger schnell an die schwer erträgliche Fäulnis zu verlieren. Darüber dachten die Menschen nach, seit sie um ihre Vergänglichkeit wussten. Und schon seit einigen Jahrhunderten gab es einen schwungvollen Handel mit ägyptischen Mumien, obwohl ihre Echtheit immer wieder bezweifelt wurde. Methoden, oder auch nur Versuche, die Körper bedeutender Herrscher in ihrem irdischen Zustand zu behalten, führten auch im heutigen Europa zu erstaunlichen Ergebnissen. Jedoch nutzten diese Methoden dem Anatom und Physiologen wenig, da sie die Gewebe veränderten, die in erstaunlich vielfältiger Beschaffenheit den Köper bildeten und untersucht und erkannt werden sollten.

Eis, dachte Dr. Pullmann, sehr viel Eis. Ganze Räume davon, wie in den überflüssig gewordenen Munitionskammern tief in den Wällen, wo wohlhabende Bürger im Winter aus den zugefrorenen Flüssen geschnittene Eisblöcke einlagern ließen, um darin noch in der Sommerwärme leicht vergängliche Lebensmittel zu lagern. Es war erstaunlich, wie lange es dauerte, bis das Eis dort schmolz. Die Blöcke hielten sich gegenseitig eisig, umso mehr, je größer sie waren. Kleine Brocken schmolzen schnell. Hier oben im Eimbeckschen Haus fast unter dem Dach, selbst im Ratsweinkeller, falls einer der Lagerräume mit den dicken Mauern verfügbar wäre, schmölze das Eis rasch, aber möglicherweise …

Ein ungewohntes Geräusch lenkte ihn von der erfreulichen Vorstellung einer eisgekühlten Zergliederungskammer ab. Er war an Konzentration gewöhnt und ließ sich nicht leicht ablenken, wenn seine Gedanken einem bestimmten Weg folgten. Doch nun lauschte er aufmerksam, denn er konnte nicht erkennen, woher die Geräusche kamen, und just das weckte seine Neugier.

Kamen sie von oben? Über dieser Etage befanden sich direkt unter dem Dachfirst nur noch einige Kammern, eher Verschläge und zu niedrig, als dass ein erwachsener Mensch darin aufrecht stehen konnte. Dr. Pullmann war nie dort gewesen, und er wusste nicht, was sich dort befand, wohl nur alte Akten. Madam Gardewinsch hatte so etwas erwähnt, im Rathaus oder im Commerzium sei nie genug Platz für all das beschriebene Papier, die Herren kritzelten ja ständig irgendwelche Protokolle, Vermerke, Anweisungen aller Art oder Zeugnisse. Er hatte nicht richtig zugehört. Alte Akten hatten mit der Vergangenheit zu tun, auch mit Beweisen für Eigentum oder städtischen Streit und Besitz, juristischen Spitzfindigkeiten, kurzum Angelegenheiten von der Art, mit denen er sich nicht befassen wollte. Hin und wieder hatte er von dort oben schon früher Schritte gehört, auch ein Schaben und Knacken, als schöbe jemand Kisten oder schwere Körbe herum. Leise Geräusche.

Nun klang es, als bewege sich etwas behutsam in der Wand. Er hatte von steinernen Labyrinthen gehört, die so kurios oder auch so phantastisch angelegt waren, dass man darin immer wieder von den eigenen Schritten und deren Echo genarrt und tiefer und tiefer in die Irre geführt wurde, bis man rettungslos verloren war. Gewiss waren das nur Knospen phantasievoller Literatur, wie sie neuerdings in Romanen auftauchten, doch so oder so gruselte ihn diese Vorstellung. Allerdings musste es sich um ein ungeheuer weitläufiges Labyrinth handeln, so wie jenes, dem Theseus nur mit Hilfe des langen Fadens der schönen Ariadne entkommen konnte.

Er lächelte nachsichtig mit sich selbst. So war es eben, wenn man sich einige Stunden der Muße verordnete, machte der Kopf, was er wollte, dann mäandrierten die Gedanken wie jener Fluss im Osmanenreich samt Nebenflüssen an jeder Biegung. Er mochte gerade solche Stunden umso mehr, als sie selten waren. Dieses Haus war groß genug, doch erst vor wenigen Jahren neu und solide erbaut worden, zwar auf den alten Grundmauern, dennoch gab es darin keinen Platz für altmodische Labyrinthe.

Nun hörte er Schritte oder ein gleichmäßiges nicht zu hartes Ausstampfen, das wiederum schien von der unteren Etage zu kommen. Aber es – wanderte? Wäre es schon in der Zeit der Hundstage, nähme er an, die Hitze habe ihn verwirrt, aber es war nur ein angenehm warmer Frühsommertag.

Im anderen Flügel des Hauses wurde eine Auktion vorbereitet, noch nicht die Kunstauktion, von der Monsieur Matthes gesprochen hatte, vorerst ging es um wertvolles altes Mobiliar und Hausrat, wenn dabei Gerumpel entstand, konnte man es hier doch nicht hören. Aber direkt unter dem Anatomischen Theater befanden sich die Räume für die Ziehung und Verwaltung der Städtischen Lotterie, auch dort gab es Schränke für die penibel geführten Protokolle, die Gewinne, und Einlagen, und eine Tresor-Truhe mit sechs Schlüsseln. Sechs Männer, jeder mit einem Schlüssel in der Hand vor der Truhe aufgereiht, um den schweren Deckel zu öffnen – dieses Bild gefiel ihm.

Dr. Pullmann hatte es auch einmal bei der Lotterie versucht, nur vorsichtig, er konnte sich kein großes Risiko erlauben und glaubte nicht an eine großzügige Fortuna, sein Glück fand er ohnedies auf andere Weise. Es wäre jedoch schön gewesen, Marie mit einem Gewinn zu überraschen. Wie die meisten Menschen, die so weit von der Küste entfernt lebten, hatte sie noch nie das Meer gesehen, aber sie träumte davon, einmal diese Unendlichkeit und die Kraft des stets bewegten Wassers zu erleben. Er hatte sich versprochen, die Reise ans Meer möglich zu machen.

Jetzt war es wieder still. Fast still. Jemand musste die Tür zum Ratsweinkeller geöffnet und vergessen haben, sie wieder zu schließen. Unter den Lotterie-Räumen erstreckte sich in diesem Teil des Hauses schon das Flaschenlager des Ratsweinkellers, die Fässer für Wein und Bier, ebenso die kleineren für die Brände, müssten nicht weit davon gelagert sein, sicher auch Holz für die Öfen. Verwehte Stimmen kamen vorn dort, nun ein dumpfer Fall, ein Knirschen. Ein Fall? Als sei eines der Fässer von der Schubkarre gepurzelt?

Dr. Pullmann fand es bemerkenswert, wie die Töne und Geräusche in diesem Haus eigene Wege gingen. Vielleicht lag es an den Baumeistern, andererseits wäre es auch interessant, in einem Spukhaus zu arbeiten. Er lachte leise und erhob sich – zu viel Muße erzeugte lächerliche Ideen. Wieder hörte er etwas, diesmal war es eindeutig, behutsame, wie zögernde Schritte kamen über den Treppenabsatz. Schritte, die er erkannte. Die Tür öffnete sich, und Palle schob sich in den Saal, er zuckte erschreckt zusammen, als er den Physikus sah, der im Gegenlicht nur als schwarze Silhouette erschien.

«Palle», Dr. Pullmann ging die Stufen hinunter, «suchst du Madam Gardewinsch? Sie ist zum Pastorat von St. Jakobi gerufen worden, die Tochter des Diakons hat bei der Sakristeitür einen Säugling entdeckt. Wohl wieder ein armes Findelkind. Aline hat sie begleitet.»

Palle nickte, er entlastete sein beeinträchtigtes Bein, legte den Fuß unauffällig über den des gesunden Beines und fuhr angelegentlich mit den Fingerspitzen über den gescheuerten Seziertisch. «Nein, ich wollte nur sehen, ob alles aufgeräumt und sauber ist. Ja, das wollte ich. Und Euch fragen, ob Ihr den Zahnreißer kennt, der bei der Bastion Bartholdus seinen Wagen abgestellt hat. Man kann sich heute auf eine Liste schreiben lassen, dann wird man morgen behandelt. Es heißt, der reißt kranke Zähne so leicht aus, man merkt's kaum, und schon ist es geschehen. In das Loch fügt er gleich einen neuen Zahn ein, am besten, man bringt selbst einen mit.»

Dr. Pullmanns Brauen hoben sich beträchtlich, was niemals Gutes verhieß. «Das hört sich nach einem üblen Quacksalber an. Hast du einen kranken Zahn, Palle?»

«Ich? Nein, es kann aber mal sein, dann ist es gut, wenn man schon weiß, was zu tun ist.» Seine Finger fuhren eifriger über den Seziertisch. «Ich dachte nur, weil Ihr Euch viel besser auskennt als wir. Auch als der vorherige Physikus», fügte er schmeichelnd hinzu. «Aber ich darf nicht stören, nein, meine Mutter wär sehr ungehalten.»

Er verbeugte sich und humpelte wieder zur Tür hinaus und zog sie leise ins Schloss. Seine Schritte verharrten noch für einen Moment, dann entfernten sie sich über die breite Treppe zum Hof.

Dr. Pullmann sah immer noch auf die geschlossene Tür. Er kannte den Jungen, seit er vor fast fünf Monaten dieses Amt übernommen hatte, trotzdem hatte er wenig mit Palle gesprochen und wusste fast nichts von ihm, auch nicht, was sein Bein so schwer verletzt hatte. Palle blieb stets im Hintergrund, neben seiner Mutter und seiner Schwester wirkte er blass. Vielleicht war das ein falscher Eindruck.

So oder so – er hätte gerne gewusst, was Palle wirklich im Anatomischen Theater gewollt hatte. In einigen Jahren würden auch entlang der Wände des Saals alle möglichen Schränke und Truhen aufgereiht stehen, so war es immer, wenn irgendwo Platz war. Als ertrügen die Menschen keinen leeren Raum. Bisher war das nicht geschehen, das Haus war noch zu neu. Einzig in der hinteren rechten Ecke stand ein schmaler Schrank, der der Stadtleichenfrau gehörte. Vielleicht hatte Palle keine Lust gehabt, ihn in Gegenwart des Stadtphysikus zu öffnen. Interessant.

Dr. Pullmann beschloss, Palle seine kleinen Geheimnisse zu lassen, sich selbst den Rest des Tages zu schenken, um ihn mit Marie in dem Haus an der Lombardsbrücke zu verbringen. Wenn er Glück hatte, brauchte heute niemand mehr seine Dienste.

KAPITEL 9

Sicher wäre es besser, im Bremer Schlüssel eine süße Limonade zu trinken und sich dazu von Jakobsen oder dem alten Brodersen seltsame Geschichten erzählen zu lassen, als ausgerechnet auf der alten Bank am Dragonerstall zu sitzen und in die Luft zu starren, melancholisch den Mauerseglern nachzusehen und durch den Lärm der Stadt auf das Rauschen der Lindenblätter im Sommerwind zu horchen. Früher hatte sie es kaum beachtet, aber das Rauschen in den Baumkronen war immer die schönste Musik gewesen, wenn die Komödiantengesellschaft im Irgendwo abseits menschlicher Behausungen Rast machte. Die Städte waren voller Lärm, all die Werkstätten, die Tiere und die Menschen, die Fuhrwerke und Kutschen, jeder Karren knarrte, jede Winde quietschte, Ketten rasselten, Hunde bellten und jaulten, Gänse schnatterten, Vieh brüllte in den Küterhäusern – erst in der Nacht wurde es still. Bis kurz vor Sonnenaufgang, dann begann das unruhige Konzert von neuem.

Gleichwohl liebte sie das vielfältige Leben in der großen Stadt, schon seit sie das erste Mal auf einem Wagen voller Kostüme, Kulissen, Körbe und Kästen durch eines der Tore in den Festungswällen gerollt war. Nun war sie wieder eine sesshafte Frau, und je länger sie hier lebte, umso mehr fühlte sie zugleich die Sehnsucht nach dem freien Land außerhalb der sicheren Festungswälle, nach dem weiten Blick, der flirrenden Luft im Sommer, nach dem unvergleichlichen Gefühl, das sich sofort eingestellt hatte, wenn sie unter einem Baum im Gras lag, das Licht durch die Blätter fiel, Feldlerchen ihre rasanten Flugkunststücke über den Feldern und dem Grasland übten und auch ihr zwitschernder Gesang auf und ab tanzte, die kollernden Rufe der Birkhähne in der Dämmerung. Wer mochte da an kalte Regentage denken, an Schneematsch oder ein gebrochenes Rad am Karren, an Bäche, die zu hastigen Flüssen anschwollen und die Wege für Tage versperrten, an durchnässte Kleider und Kostüme, an Krankheit und Hunger.

«Papperlapapp», rügte sie sich endlich, «die Gründe für deine Entscheidung sind die besten, also reiß dich zusammen. Weinerlichkeit ist so dumm wie nutzlos. Außerdem fängt der Sommer erst an, niemand kann wissen, was er noch bereithält.»

Sie sprach es laut aus, damit sie es selbst hörte und sich danach richtete. Niemand hatte es beachtet, was ihr sehr recht war. Sie war sicher gewesen, die Beckersche Gesellschaft, zumindest Helena und Jean, Titus und Rudolf, Gesine, vielleicht sogar Muto, in ihrem Theater zu treffen. Nun war niemand hier, das Tor verschlossen. Alles wirkte verwaist, als seien sie nicht erst in einigen Tagen, wie es geplant war, sondern schon heute, als mit dem Sonnenaufgang die Tore geöffnet worden waren, auf ihren bepackten Wagen fröhlich hinausgerollt. Ohne adieu zu sagen. Was für eine törichte Vorstellung! Wenn sie nun ein wenig wartete …

Auf dem Platz vor dem Dragonerstall nahe der Bastion Ulricus war wenig Volk unterwegs, was erstaunlich war, denn in dieser Stadt war ständig überall Gedränge. Oder erschien es ihr nur so, weil sie während der letzten Tage zu häufig an das alte Leben außerhalb der Wälle dachte? Wahrscheinlich war es so. Das beste Mittel dagegen war ein Besuch bei Anne im Herrmanns'schen Garten an der Außenalster, das hätte sie längst tun sollen. Morgen vielleicht. Oder übermorgen. Andererseits: Wenn man mit großem Durst auf einen ebenso großen Krug frischen Bieres hoffte und dann nur ein Schnapsgläschen voll bekam, machte das noch unruhiger. Dennoch war es immer eine gute Idee, Anne in ihrem Garten zu besuchen.

Die größere Hälfte des Dragonerstalles beherbergte schon seit langem nicht mehr die Pferde der Stadtsoldaten, sondern einen Theaterraum für wandernde Komödiantengesellschaften. Inzwischen hatte die Beckersche Gesellschaft das kleine Theater exklusiv gemietet. Jedenfalls solange es dem Rat gefiel und keine andere Gesellschaft mehr bot oder sonst eine Möglichkeit fand, das Privileg zu ergattern und die Beckerschen zu verdrängen. So war das Leben, es ging zu wie bei den Birkhähnen, wer am besten kollerte, bekam die Beute, dort die fruchtbarste schönste Henne, hier das einen bescheidenen Lebensunterhalt sichernde Theater. Seit es dank Rudolfs Talenten zum Tischler, Baumeister, Maler, Schlosser und was sonst ein fahrender Bühnenmeister beherrschen musste, von einem staubigen bröckelnden Stall-Theater zu einem Komödienhaus im besten Zustand geworden war, war die Konkurrenz umso mehr zu fürchten.

Nun stand es wie verlassen und wartete schläfrig auf die Rückkehr der Komödianten und auf den Tumult, der sie gewöhnlich begleitete. Rosina lauschte und glaubte hinter dem Fachwerk noch das Rascheln der Kostüme und die Tanzschritte auf den Bühnenbrettern zu hören, den verwehenden Klang der Traversflöte, der Violinen und Hörner, die Farbe von Rudolfs Kulissen zu riechen. Tatsächlich roch es nach den Pferden in der anderen Hälfte des langgestreckten Gebäudes, ein Geruch, der auch wieder an das Reisen erinnerte.

Rosina reckte die hängenden Schultern und spürte, wie das Lächeln zurückkehrte. Wie reich ihr Leben war, das vergangene wie das gegenwärtige. Grund genug, auch auf ihre Zukunft zu vertrauen. Und schließlich – ohne Auf und Ab, Hell und Dunkel, Stille und Lärm regierte die Eintönigkeit, die hatte sie noch nie lange ertragen.

Also noch ein kurzer Besuch bei Jakobsen im Bremer Schlüssel, bevor sie in die Mattentwiete zurückkehrte und – ja, und was? Einerlei, auch dort gab es immer etwas zu tun, was längst hatte getan werden müssen. Zum Beispiel die Knöpfe an Hose, Weste und Rock eines jungen Reisenden um einen oder zwei Daumenbreit zu versetzen.

«Voilà», murmelte Rosina und wollte sich endlich von der Bank erheben, als Weddemeister Wagner sich ohne langes Brimborium (ganz gegen seine Gewohnheit) neben sie auf die Bank fallen ließ. Die Begrüßung beschränkte sich auf das Nötigste, dann schwieg er, und sie saßen zu zweit auf der Bank und starrten in die Luft.

«Ich dachte Euch hier zu finden», sagte Wagner schließlich, seine Stimme klang, als komme sie direkt aus der Gruft.

Rosina beugte sich vor, um ihn anzusehen. «Obwohl hier bald niemand mehr ist.»

Wagner zuckte die Achseln. «Weil hier viel war und wieder viel sein wird. So dachte ich, ja, man geht oft dorthin, wo … nun ja. Ihr wisst schon, was ich meine.»

Rosina nickte, natürlich wusste sie es, sie hatte nur nicht gedacht, er mache sich solche Gedanken. Er sah auch nicht aus, als habe er sie gesucht, um sie zu trösten, zu unterhalten oder gar aufzumuntern, wobei Letzteres wahrlich nicht zu seinen Stärken gehörte. Tatsächlich sah er aus, als brauche er all das selbst.

«Wie lange ist es heute her?», fragte sie behutsam.

«Acht Tage. Genau genommen, achteinhalb.»

Rosina zupfe sich am Ohr, sie hätte lieber stellvertretend für ihren alten Freund, den Weddemeister, schwer geseufzt. Oder geflucht. Fast neun Tage seit dem Fund des Toten in der Grube des Lohgerbers, und immer noch lieferte Wagner seinem Weddesenator keine Ergebnisse. Nicht einmal ein falscher Schuldiger hockte in der Fronerei, was am Ende zwar fatal wäre, aber erst einmal wie das Ergebnis rapider und erfolgreicher Arbeit des Ersten Weddemeisters wirkte. Wenigstens nach außen.

«Es ist wie verhext», brummte Wagner, «niemand hat ihn gekannt, nicht wirklich niemand, aber es waren immer nur sehr flüchtige Bekanntschaften. Er lebte noch nicht lange in Hamburg, zudem war sein Unterschlupf in der Vorstadt abgelegen hinter den Bleichwiesen bei der Lohmühle, dort trifft man nicht viele Leute. Im Eschenkrug beim Holzplatz soll er auch mal eingekehrt sein. Das ist schon alles.» Nach einer Atempause fuhr er fort: «Das hat wenig zu sagen, die meisten Untaten passieren zwischen Menschen, die sich lange kennen, wenn einer nicht gerade Straßenräubern oder anderem Mordgesindel in die Hände fällt, in den Branntweinkellern in den Gängen oder am Hafen in eine Rauferei gerät, da prügeln sich Hans und Franz, und dann ist plötzlich einer tot. Das kommt vor, ja, ziemlich oft genau genommen. Trotzdem – in so einer Wasserwerkstatt?» Wagner druckste. «Eigentlich bleiben nur die Neulanders», presste er schließlich hervor, «aber ein Mord in einem Meisterhaushalt, in einer so honorigen Werkstatt? Die Gerber haben so ihren Ruf, das weiß jeder, aber der Neulander? Der ist manchmal ein grober Kerl, aber schon lange nicht mehr mit den Fäusten, nicht mehr seit er Meister in seiner eigenen Lohgerberei ist. Doch vor allem, wenn es einer der Neulanders gewesen wäre, einer aus dem Haus, einer, der sich gut auskannte, hätte der den Toten kaum in diese Grube gezerrt, sondern gleich in die Alster.»

Rosina fielen außer dem Meister einige andere ein, die beiden Gesellen zum Beispiel. Von der älteren Hausmagd hieß es, mit der sei nicht gut Kirschen essen, wenn ihr etwas gegen den Strich gehe, besonders wenn jemand gegen ihre Meisterin sprach.

«Die beiden Gesellen, der alte und der junge, wohnen im Gerberhaus, der ständige Arbeitsmann hat eine Schlafstelle in der Neustadt, im Alten Steinweg», überlegte Wagner weiter laut, was, wie jeder weiß, besser geht, wenn jemand zuhört.

«Ist Meunier nicht hin und wieder im Ratsweinkeller eingekehrt?», erinnerte sich Rosina. «Dort sind ihm doch die Messieurs Herrmanns und Bocholt begegnet? Das habe ich von Jakobsen im Bremer Schlüssel gehört.»

«Die Messieurs.» Wagner nickte mit so düsterem Blick, dass Rosina lachte.

«Welche Laus ist Euch denn dazu über die Leber gelaufen? Mit den Herrmanns steht Ihr inzwischen auf eher freundschaftlichem Fuß.»

«Beinahe, ja. Aber eigentlich – nun, ich sage mal, wie es ist. Monsieur Herrmanns taucht nach dem Mord nur aus Neugier in Meuniers Schuppen bei der Lohmühle auf, und dann stöbert er einfach in den Sachen dieses Mechanikers rum, ohne Erlaubnis, dabei geht es um einen Mord. Wäre ich nicht zufällig auch gerade dort gewesen, nun, ich kann nichts behaupten, ich habe nur den Verdacht, ja, den Verdacht, er hätte die Mappe mit den Plänen mitgenommen, und ich hätte das Nachsehen gehabt. Wenn Servatius oder der alte Brodersen so was machen, heißt es Einbruch und Diebstahl.»

Rosina hätte gerne eingewandt, Herrmanns hätte die Mappe ganz gewiss in Wagners Amtsstube abgeliefert, nachdem er sie sich angesehen hatte, leider war sie darin nicht so sicher, wie sie vorgab, und zog es vor zu schweigen.

Der sonst eher wortkarge Wagner war ohnedies nicht aufzuhalten und schimpfte schon weiter: «Dann besucht er auch ganz zufällig den Weddesenator, als Baumeister Sonnin und Professor Büsch sich in meiner Amtsstube die Pläne und Skizzen aus Meuniers Mappe ansehen und herausfinden sollen, worum es da geht. Wahrscheinlich geht, wer kann das schon genau wissen? Sieht mir eher nach Spintisiererei aus. Da kennen sich Männer wie der Baumeister und der Professor natürlich besser aus. Ja, viel besser.» Wagners großes blaues Tuch fuhr hastig über Nacken und Stirn. «Kann man das denn glauben?», fuhr er fort. «Neugier, schön und gut, trotzdem – die Herren wissen mehr, als sie mir sagen. Es ist delikat, Monsieur Herrmanns und seinen Lateinschulfreund etwas, nun ja, etwas entschiedener zu befragen. Ihr erinnert Euch so gut wie ich – einen Großbürger in die Bredouille zu bringen, ist keine gute Sache, nach einem dreiviertel Jahr gleich noch einmal, und beide Male war es falsch …»

«Hmm», machte Rosina, und Wagner nickte dankbar, weil sie nicht gleich mit aufgeblähten Worten abwiegelte. «Ich verstehe, was Ihr meint, und Eure Sorge. Obwohl Ihr Eure Stärke und Eure Position in der Stadt unterschätzt. Im Übrigen habt Ihr Claes Herrmanns im vergangenen Jahr nicht in die Bredouille gebracht, das hat er ganz alleine geschafft. Wenn ich es jetzt bedenke – Monsieur Herrmanns ist sicher an vielem interessiert, was nicht direkt zum Handel und zur Politik der Stadt gehört. Da stimme ich Euch zu. Was hatte er denn erklärt? Nein, lasst mich überlegen, ob es mir wieder einfällt, manchmal ergeben sich dabei neue Aspekte. Also: Er und Monsieur Bocholt haben erklärt, sie hätten Meunier im Ratsweinkeller getroffen …»

«… zufällig am selben Tisch gesessen, ja, und gehört …»

«… und gehört, wie der von einer ganz großartigen Erfindung sprach, einer Maschine, die er bauen wolle, und das habe sie beide interessiert?»

«So in etwa. Meunier hat sich wohl direkt an sie gewandt. Wie man mit Tischnachbarn im Ratsweinkeller eben ins

Gespräch kommt. Es muss aber mehr dahinterstecken. Ihr hättet die Mietkutsche sehen sollen, mit der diese beiden vornehmen Kaufleute zur Lohmühle gefahren sind! Ein dreckiges Wrack auf quietschenden Rädern, der Kutscher und sein Klepper sahen aus, als machten sie's nicht mehr lange. Ich bin für die Rückfahrt nur mit eingestiegen, weil wieder ein Unwetter im Anzug war. Und weil Meuniers Mappe sicher und trocken ins Rathaus gebracht werden musste. Und zwar von mir, nicht von neugierigen Großbürgern.»

«Also waren sie inkognito unterwegs.»

«Inkogn… ach so, ja. Unerkannt. Wegen dieser Kutsche.»

Rosina kicherte, die Geschichte begann vergnüglich zu werden. Die beiden Herren in Samt und feinem englischen Tuch in so einem Gefährt, das hätte sie gerne gesehen. «Am Tor und an den Wällen wird viel eher die Runde gemacht haben, die Häuser Herrmanns und Bocholt seien bankrott, wenn sie ihre lackierten Kutschen nicht mehr benutzen.»

Diese Vorstellung ließ Wagner endlich schmunzeln. Er kannte die Familie Herrmanns seit etlichen Jahren und wusste sie zu schätzen, woran Rosina und Madam Augusta Kjellerup erheblichen Anteil hatten. Dennoch lebten sie in sehr verschiedenen Welten, was ab und zu einen Anlass für eine Prise Schadenfreude angenehm machte. Er lehnte sich zurück, faltete die Hände um den Bauch und sah wieder zuversichtlich aus.

«Ich bin sicher, nun ja, fast sicher, es geht um Geld. Worum sonst? Geld macht immer Ärger. Ich meine: viel Geld.»

«Ach», seufzte Rosina, «wenig Geld auch. Vor allem, wenn es einem fehlt. Falls ich es richtig verstehe, denkt Ihr, Herrmanns und Bocholt wollten den Mechaniker mit seiner Erfindung unterstützten, also seine Arbeit finanzieren? Teilhaber werden? Das könnte auch eine ganz vernünftige Idee gewesen sein. Verratet Ihr mir endlich, worum es bei Meuniers Bastelei überhaupt geht? Ich habe nichts gehört, es wird in der Stadt wenig darüber geredet.»

«Dies und das», widersprach Wagner milde. «Aber ja, das stimmt, sie hatten das vor. Ihr wart während der letzten Tage mit anderem beschäftigt.»

Er versuchte, ihr zu erklären, was Professor Büsch aus Meuniers Bögen herausgelesen und Baumeister Sonnin mit zustimmendem Nicken bestätigt hatte.

«So etwas wie eine englische Dampfmaschine auf Rädern also?», fragte Rosina stirnrunzelnd. «Eine Kutsche ohne Pferde?»

Wagner nickte. «Ich sage ja, Spintisiererei. Wozu denkt einer sich so eine Maschine aus, die Holz und Kohle frisst, ganz bestimmt einen Höllenlärm macht, heißen Wasserdampf spuckt und explodieren kann, wenn uns der Herrgott doch schon Ochsen und Pferde, Maultiere und starke Männer geschenkt hat?»

Rosina fand, darüber müsse sie erst einmal nachdenken, und wünschte, Rudolf wäre hier. Der Bühnenbaumeister hatte vielleicht von solchen Maschinen gehört und eine verständige Meinung dazu.

Der Platz vor dem Dragonerstall und dem Komödienhaus war nun wieder belebter, Menschen liefen vorbei, schlendernd oder in Eile, ein vierspänniges Fuhrwerk rollte zum Valentinskamp, ein zweispänniges folgte, Frauen hatten sich im Halbschatten eines vorkragenden Daches einen Platz gesucht, um erste Zwiebeln, Möhren und Kräuter zu verkaufen, ein ganzer Pulk Jungen rannte johlend vorüber, vielleicht Schüler der Paßmannschen oder der Rumbaumischen Armenschule. Ein Lumpensammler mit einem Hundekarren wich ihnen schimpfend aus, zwei Wasserträgerinnen schleppten ihre schwappende Fracht am Tragjoch mit gleichmäßig schwerem Schritt über den Platz, ein kleiner Trupp Stadtsoldaten marschierte zur Constablerwache auf der Bastion. Sie versuchte, sich vorzustellen, wie die Fuhrwerke, die Karren, auch einige der Menschen mit solchen dampfenden Wagen über den Platz rollten – ein Lachen stieg in ihrer Kehle auf, es war ein zu absurdes Bild.

Wagner hatte noch ein bisschen weiter geknurrt, sie hatte nur halb zugehört, bis er sie am Ärmel zupfte. «Seht Ihr die Jungfer dort drüben?», fragte er und senkte die Stimme, obwohl keine, die er meinen konnte, nah genug war, ihn zu hören. Er saß dabei wieder ganz aufrecht und zeigte mit dem Kinn zu den Häusern an der Ecke des Valentinskamps zum Bäckerbreitergang.

«Die alte Zwiebelverkäuferin?»

«Nein, das Mädchen dort drüben, ein Stückchen weiter rechts. Sie kauft gerade einen Becher Wasser. Erkennt Ihr sie?»

Rosina beschirmte ihre Augen mit beiden Händen gegen die Sonne und versuchte zu sehen, was Wagner sah. «Nein, ich glaube nicht», sagte sie endlich. «Wer ist sie?»

«Ihr habt sie nicht in der Totenkammer getroffen?»

«Nein, dort waren nur die Gardewinsch und ihr Sohn, Palle. Und die Malerin, Madam Matthes. Diese Jungfer sieht ganz anders aus. Sie ist hübsch.»

«Hübsch, so? Nun ja», Wagner hüstelte, und Rosina verbarg ein Lächeln. «Das ist die Tochter der Gardewinsch, der Stadtleichenfrau. Kennt Ihr wenigstens den jungen Monsieur an ihrer Seite?»

Wieder zögerte Rosina. Es war schwer zu entscheiden. Das Mädchen sprach noch mit der Wasserträgerin, und neben ihr standen zwei Männer, jedoch keiner wirklich vertraulich nah. Die Hüte beider jungen Herren, die polierten Schuhe, ihre ganze Kleidung und Erscheinung passten kaum für Begleiter einer Frau, deren Hände bei ihrer selbst in

diesen aufgeklärten Zeiten häufig noch als ‹unehrlich› gel-
tenden Arbeit in der Totenkammer rot und rau geworden
waren. «Welchen der beiden meint Ihr? Steht sie dort nicht
zwischen zweien? Den linken oder den mit dem Degen?»

«Den an ihrer linken Seite.»

«Falls er Euch an Christian Herrmanns erinnert – er ist es
nicht.»

«Nein, aber vielleicht ein Freund der Herrmanns?» Wagner hüstelte unbehaglich, dann zuckte er die Achseln und
fuhr fort: «Aus der Ferne sehen die Herren alle gleich aus. Ja,
zumindest beinahe gleich.»

Rosina beschirmte die Augen mit der Hand, um besser zu
sehen, doch sie schüttelte den Kopf. «Nein, den erkenne ich
auch nicht.»

Wagner machte ein missmutiges Gesicht. «Wahrscheinlich
liegt die Lösung doch eher draußen in St. Georg», knurrte er.

Rosina überlegte. «Habt Ihr nicht gerade den Eschenkrug
erwähnt?», fragte sie schließlich. «Ich denke, ein Spaziergang
aus der Stadt hinaus könnte mir in diesen schönen Maitagen
gefallen. Ich wollte schon lange einmal schauen, wie es
Wirtin Elske und Pieter Hillmer vom Holzplatz geht.» Wagners Miene verlor schlagartig alle Zaghaftigkeit, und Rosina
lachte. «Elske ist zwar weniger für Schwatzhaftigkeit als für
ihre Schroffheit bekannt», erklärte sie, «aber mit ein bisschen Glück sollte ich irgendetwas herausfinden.» Ihr Blick
wanderte noch einmal zum Valentinskamp. «Die beiden dort
drüben jedenfalls kenne ich nicht, bisher kannte ich auch die
Tochter der Stadtleichenfrau nicht. Wie heißt sie?»

«Aline Süderland.»

«Meine Güte! So ein sehnsüchtiger Name.»

Wagner blinzelte irritiert, er hatte nie gehört, ein Name
könne sehnsüchtig sein.

Plötzlich hatte Rosina es eilig. Die johlenden Jungen

hatten sie daran erinnert, dass auch Tobi bald aus der Kirchenschule von St. Katharinen heimkam. Pauline erwartete ihn sicher mit einem süßen Brei, doch sie wollte selbst da sein, schon um zu antworten, wenn er wieder nach Magnus' Reise fragte. Diese Reise, überhaupt das Reisen, beschäftigte ihn sehr.

Als sie aufstand und ihre Röcke glatt strich und das leichte Schultertuch vor der Brust zu einem Knoten schlang, spürte sie Wagners Unruhe. Seit Marikje auf der Welt war, dachte sie immer zuerst an die Sorge um sein Kind, wenn er auf seine typische Art leise schnaufte und auf seinem Platz herumrutschte.

«Da liegt noch etwas auf Eurer Seele», stellte sie fest und blickte ihn auffordernd an.

Wagner räusperte sich, sein großes blaues Tuch blieb in der ausgebeulten Tasche seines Rocks, also war das Gewicht auf seiner Seele noch nicht wirklich schwer.

«Nun», sagte er, «ich dachte nur, falls Ihr zufällig einmal bei den Herrmanns Besuch macht, womöglich sogar gleich morgen?, könntet Ihr auch zufällig fragen, was es mit der Bekanntschaft der Herren zu dem jungen Meunier sonst noch auf sich hat, ja, ich meine hatte?»

Rosina setzte sich wieder auf die Bank. «Das wüsste ich nun auch sehr gerne.» Sie überlegte und wägte ihre Worte ab, bevor sie fortfuhr. «Euer Dilemma, lieber Wagner, ist meinem ganz ähnlich, nur auf etwas andere Weise. Ich halte immer Augen und Ohren für Euch offen, wenn es darum geht, einer Schandtat auf die Spur zu kommen. Ich schlüpfe auch in alle möglichen Rollen, um etwas herauszufinden, und Ihr erfahrt es immer, wenn ich etwas entdeckt habe, sei es auch nur ein Hinweis oder eine Idee. Es ist jedoch etwas anderes, wenn es um Freunde geht.»

Wagner brummte widerwillige Zustimmung. «Ich weiß»,

sagte er, «deshalb wollte ich Euch gar nicht fragen. Eigentlich.»

«Ich bin ganz sicher, keiner aus der Familie hat etwas mit dem Tod Meuniers zu tun. Was aber nicht heißt», fuhr sie zögernd fort, «dass auch niemand im Neuen Wandrahm irgendetwas weiß. Vielleicht ohne zu wissen, wie wichtig es ist. Meintet Ihr so etwas?»

«So etwas. Ja.» Wagner nickte, falls ein Nicken zugleich erleichtert und erwartungsvoll aussehen kann, traf genau das hier zu. «Und die Sache mit dem Geld. Ich habe keines in Meuniers Sachen gefunden, dabei kann er nicht völlig arm gewesen sein. Und falls er schon etwas oder gar einiges von der avisierten Unterstützung bekommen hat, muss das irgendwo sein. Da war aber nichts außer ein paar preußischer Taler.»

«Eigentlich ist es einfach. Ich frage danach, weil ich neugierig bin, das weiß jeder und Claes Herrmanns ganz besonders, ich höre zu, und wenn ich etwas erfahre, das Ihr wissen solltet – was dann? Dann gibt es zwei Möglichkeiten. Ich bitte um Erlaubnis, Euch davon zu erzählen, oder ich überzeuge ihn, es selbst zu tun.»

Wagners zustimmendes Aufseufzen klang, als habe er unversehens das köstlichste Stück Rinderbraten mit Speck und Thymiansoße vor sich.

Als Rosina in den Valentinskamp einbog, zu eilig für eine Dame, auch die Röcke zu sehr gerafft, konnte sie nur noch durch hastiges Ausweichen verhindern, eine Frau anzurempeln, aber die Röcke raschelten gegeneinander, nah genug, die andere herumfahren zu lassen. Wie war der sehnsüchtige Name gewesen? Aline Süderland? Die Tochter der Stadtleichenfrau blickte erschreckt in Rosinas Gesicht.

Sie war auch aus der Nähe eine hübsche junge Frau. Hübsch wie eine Katze, ging Rosina rasch durch den Kopf, als sie sich für ihre Hast und ihr Ungeschick entschuldigte. Aline Süderland war nicht allein. Sie stand ganz nah bei einem der beiden Männer, die Wagner und Rosina zuvor in ihrer Nähe bei der Wasserträgerin gesehen hatten. Er stand einige Zoll zurück im Durchgang zwischen zwei Häusern, seine Hand an ihrer Taille, ihr schlanker Körper verdeckte ihn fast. Wäre Rosina ihr nicht in der Eile zu nah gekommen, hätte sie den Mann im Schatten kaum bemerkt.

Der blickte sie über Alines Schulter aufmerksam an. Noch eine Entschuldigung murmelnd, hastete Rosina weiter, es war nicht zu übersehen gewesen, wie sehr sie gestört hatte.

Wie bemerkenswert, dachte sie, die Jungfer Süderland hat einen heimlichen Liebsten. Gleich schalt sie sich ein dummes Klatschweib, aber nur ein bisschen. Nicht Alines helles, errötendes Mädchengesicht sah sie vor sich, wenn sie an diese kurze Begegnung dachte, es waren die Augen des Mannes, sie spürte seinen Blick noch im Rücken. Wie lächerlich, dachte sie, und blieb doch stehen, um sich noch einmal verstohlen umzusehen. Das Mädchen mit dem sehnsüchtigen Namen und ihr Begleiter waren verschwunden.

Wohin? Irgendwohin. Es ging sie nichts an. Verflixte Neugier. Immer noch neigte sie dazu, aus kleinen Begegnungen ein großes Melodram zu machen oder im Hintergrund ein echtes Drama zu wittern. Hier traf es womöglich zu. Romeo und Julia … was für ein alberner Einfall! Einfach eine unpassende Liebe, wie sie alle Tage vorkam. Und auch wieder verging. Das war dann immerhin ein kleines persönliches Melodram.

Ach ja, irgendwann stand sie wieder einmal auf der Bühne und spielte die Dramen und die Komödien, verborgen unter dicker Schminke und im aufgeputzten Kostüm. Dann würde sie wieder tanzen und singen … Sie hüpfte fröhlich weiter und ignorierte den flüchtigen Gedanken, es schicke sich nicht, zu hüpfen und die Knöchel sehen zu lassen, wenn man sich entschieden hatte, eine Madam Vinstedt zu sein.

Erst als sie über die Holzbrücke lief und schon die Treppe hinter der weit offen stehenden Haustür sah, durch die sie gleich zu ihrer Wohnung hinauflaufen würde, hatte sie ein nachträgliches Déjà-vu. Sie blieb stehen und überlegte. Wie lange war es her, seit sie die Zeichnung gesehen und gedacht hatte, sie müsse von Jakob Neulanders Hand sein? Sie hatte geglaubt, in dem Gesicht etwas Vertrautem zu begegnen, und sich geirrt. Das Gesicht auf der Zeichnung gehörte zu der jungen Frau vom Platz vor dem Dragonerstall, Aline Süderland, und der war sie nie zuvor begegnet. Daran würde sie sich erinnern, es war kein Gesicht wie tausend andere. Der Mann, dessen Hand so besitzend an ihrer Taille gelegen hatte, so gar nicht brüderlich, war jedenfalls nicht Jakob Neulander gewesen. Wieder ein Gesicht, das sie nicht kannte. Dies war kein Dorf, sondern eine sehr große Stadt, die Mehrzahl der Menschen waren für sie Unbekannte.

Sie zuckte die Achseln und eilte weiter. Sollte das Mädchen mit dem sehnsuchtsvollen Namen doch glücklich sein, wünschte sie und lief die letzten Schritte durch die Twiete und ins Treppenhaus. Es roch nach Schlick aus dem Fleet, nach Vanille und Kohlsuppe. Eine wenig appetitliche Mischung, doch wunderbar vertraut.

Tobi war gerade erst nach Hause gekommen, als Rosina in die Diele trat. Sie hatte seine munter schwatzende Stimme schon auf der Treppe gehört. Das Abenteuer seines Tages war nach der Schule und der Chorprobe ein Wettrennen beim Brooktor gewesen. Leider hatte er nicht gewonnen, aber fast, und überhaupt hatte Piet, der jüngste Sohn des Häutemaklers Hammer, nur gewonnen, weil er ganz besondere Schuhe aus besonders schnellem Leder hatte, was nicht gerecht war, weil keiner sonst solche Schuhe hatte. An der Stelle erlaubte Tobi sich Luft zu holen und einen Löffel Grütze zu nehmen.

Pauline nickte zu allem, was er sagte, und füllte seine Schale zum dritten Mal mit der süßen Hafergrütze, die eigentlich für das Frühstück am nächsten Morgen gedacht war. Der Junge konnte essen wie kein Zweiter, und war doch spindeldünn.

Rosina ärgerte sich, weil sie an Lorenzens Lederhandlung vorbeigelaufen war, anstatt rasch ein Täschchen für den Jungen zu kaufen, wie sie es eigentlich geplant hatte. Morgen, nahm sie sich vor, morgen wollte sie daran denken. Leider nützte so ein ‹morgen› wenig, wenn man zwölf Jahre alt war und mit der schweren Kränkung kämpfte, tatsächlich als einer der Letzten durch ein Ziel gerannt zu sein. Als Trost erlaubte sie ihm, nur kurz in den Katechismus zu schauen, sein aufgeregter Kopf lernte heute sowieso nichts mehr, Lehrer Wildt würde streng die Brauen heben, wenn er ihn morgen prüfte, und hoffentlich nicht zum Rohrstock greifen, wie es seine Pflicht wäre. Stattdessen durfte Tobi sich noch in ein oder zwei Kapitel aus Hausius' Kompendium zur Naturgeschichte vertiefen, zum Beispiel über den feuerspeienden Berg Ätna, über Magnetsteine oder die Geheimnisse der Irrlichter.

Damit war er sehr einverstanden, das Buch war ein Geschenk seines Pflegevaters. Er widmete sich umgehend weniger den lehrreichen Aufsätzen als den farbigen Kupfern mit den seltsamsten Tieren aus aller Welt wie Nashorn, Orang-Utan oder das wahrhaft schreckliche Krokodil, weil Bilder viel aufregender erzählten als die lästigen Buchstaben. Trotz all der Tiere war er im Handumdrehen eingeschlafen, das Buch fest umklammernd.

Die Dämmerung war schon nah, der Lärm der Stadt ebbte ab. Es versprach einer dieser ganz gewöhnlichen ruhigen Abende zu werden, wenn zwei Frauen mit einer Näharbeit am Tisch sitzen und noch einmal jede für sich die Ereignisse des Tages passieren ließen. Oder dessen Ereignislosigkeit, was in manchen Fällen vorzuziehen war. Durch das geöffnete Fenster kam mit der kühl werdenden Abendluft der Gesang einer jungen Amsel herein. Sie machte sich über Madam Hopperbecks Katze lustig, die gegenüber in einer Kastanie lauerte und den weiten Sprung aufs Dach nicht wagen konnte. Rosina betrachtete missmutig Nadel und Faden. Das Nähen, sei es auch nur eine so kleine Ausbesserung, gehörte weder zu ihren Talenten noch zu ihren Vorlieben. Vielleicht, wenn sie ein bisschen seufzte, würde Pauline ihr die Stichelei mit einem generösen ‹ts-ts-ts, Madam› aus der Hand nehmen und es besser machen. Pauline war mehr als eine Perle oder gute Hausfee der handfesten Art, sie war ein seltener Fund, ein glänzendes Goldstück.

Leider war ihre Aufmerksamkeit ganz und gar vom aufgegangenen Saum eines Kopfkissens in Anspruch genommen. So entging ihr Rosinas Kampf mit den zu versetzenden Knöpfen. Rosina legte die Weste schließlich auf den Tisch und zündete die Kerzen in dem dreiarmigen Leuchter an.

«Schon so spät», sagte Pauline, sah von ihrer eifrigen Nadel auf und hinaus in den matt gewordenen Himmel. «Es wird eine schöne Nacht, fast Vollmond, denk ich. Da wird die Mademoiselle sicher wieder unruhig und muss im Garten der Domina geistern.»

«Im Garten der Domina? Welche Mademoiselle? Eine der Klosterjungfern?»

«Das hab ich doch erzählt – oder nicht?» Eine hitzige Röte flatterte über Paulines Gesicht. «Nein, hab ich nicht. Ich wollte es. Aber dann», sie beugte sich mit besonderem

Eifer wieder über ihre Näharbeit, «dann hab ich's wohl vergessen. Es war an dem Morgen mit dem Dieb.»

«Ach, Pauline, das war doch meine Schuld. Du hast uns nur heldenhaft verteidigt. Der Wäschestampfer war eine gute Waffe, nämlich keine mörderische wie das große Bügeleisen. Dir gebührt nichts als Lob! Was war nun mit der Mademoiselle? Um welche geht es überhaupt? Halt, warte noch.» Sie stand auf, holte zwei Gläser und das Fläschchen mit Madam Augustas Rosmarinbranntwein aus der Vitrine über der Rosenholzkommode und schenkte ein. Dann hob sie ihr Glas. «Auf die mutige Verteidigerin der Vinstedts in der Mattentwiete! So! Nun will ich die neueste Geschichte aus dem Kloster hören.»

«Also», sagte Pauline und lehnte sich wohlig zurück, wenn ihre Wangen sich wieder röteten, dann nur aus Eifer und Vergnügen an ihrer Geschichte, «ich erzähl jetzt mal nur das Wichtigste.»

Da lehnte Rosina sich auch zurück, ‹das Wichtigste› war als Ankündigung vor einer ausführlichen Schilderung zu verstehen.

Pauline hatte auf dem Fischmarkt beim Dom ein feines Stück Seeteufel ergattern wollen. «Der delikateste Fisch! Dabei sieht er noch schrecklicher aus als dieses Krokodil in Tobis Buch, wirklich viel schrecklicher, aber Seeteufel war schon aus. Der Wirt vom Kaiserhof am Neß lässt immer allen aufkaufen für seine vornehmen Gäste, immer tut er das, was nicht richtig ist. Aber Kabeljau ist auch ein feiner Fisch …»

«Unbedingt, sehr fein. Und bei dem Fischer mit dem Kabeljau hast du die Mademoiselle getroffen. Welche war es?»

«Nein, doch nicht die Mademoiselle. Lydia hab ich getroffen, die Wäscherin vom St. Johanniskloster, Ihr kennt sie sicher, weil Ihr ja viele im Kloster kennt, und Lydia hat es von der Köchin der Domina gehört, Magda. Nach strenger Anweisung der Ehrwürdigen Jungfrau soll es aber keiner wissen», Pauline entfuhr ein glucksendes Lachen, «keiner darf es wissen, hat sie gesagt, schon gar nicht außerhalb vom Kloster, was nur beweist, wie delikat die Angelegenheit ist.»

«Das klingt plausibel.» Rosina schenkte Pauline noch ein Schlückchen Rosmarinbranntwein nach. «Und nun die delikate Angelegenheit.»

Erstaunlicherweise fasste Pauline sich jetzt, da es um den eigentlichen Teil der Geschichte ging, wirklich kurz. So erfuhr Rosina von der seltsamen Vorliebe der zarten Mademoiselle Meyerink für Huflattich, der leider um Mitternacht herum gepflückt werden musste, um eine gute Wirkung auf ihre Seele zu haben, weshalb die mitleidige Magda, nämlich die Köchin der Ehrwürdigen Jungfrau Domina, sie in den Garten begleitet hatte, damit die Mademoiselle bei ihrer Huflattichsuche im Dunkeln nicht ins Wasser fiel und ertrinken musste, weil der Dominagarten doch auf der Landzunge mitten in der Kleinen Alster lag.

«Das Fräulein hat dann nur über das Wasser in die Nacht geguckt, was Magda sehr recht war, weil sie den Huflattich sowieso lieber selbst gesucht hat. Das war im Dunkeln nicht so einfach, da sind ja im Mai keine leuchtend gelben Blüten mehr, nur noch bräunliches Zeug. Plötzlich war die Meyerink ganz aufgeregt, sie hat nämlich gegenüber einen schwarzen Engel gesehen, vielleicht auch einen Satan mit Flügeln. Der Mond hatte sich wohl gerade hinter eine dicke Wolke geschoben, nur halb, aber das war genug, jedenfalls war das Fräulein einer Ohnmacht nah, hat Magda der Lydia erzählt, aber Magda sagt …»

«Halt», Rosina saß plötzlich sehr aufrecht. «Halt, Pauline. Nur damit ich weiß, ob ich es richtig verstanden habe: Mademoiselle Meyerink war nachts im Garten der Domina und hat behauptet, gegenüber, also am anderen Ufer der Kleinen Alster, einen Engel oder Satan, jedenfalls eine schwarze Gestalt gesehen zu haben. Mit Flügeln?»

«Genau so», Pauline atmete zufrieden aus, «wenn sie nicht bloß geträumt hat. Ich hab ja gesagt, ich erzähl nur kurz das Wichtigste.»

«Ja, nur das Wichtigste. Ein Engel oder ein Satan und gegenüber dem Kloster?»

«Ja», Pauline nickte und nahm noch ein Schlückchen aus dem nachgefüllten Glas. «Gegenüber vom Kloster, wo die Klopperbäume von Neulanders Lohgerberei über dem Wasser sind. Da hat die Meyerink das gesehen, der schwarze Engel ist nicht richtig weggeflogen, nur ein kleines Stück, sagt Lydia, hat die Magda gesagt, nämlich über die Bretterwand zwischen der Lohgerberei und dem Haus vom Kattundrucker Schwarzbach. Aber Magda hat auch gesagt, grad diese Mademoiselle sieht oft Sachen, die sonst keiner sieht.»

«Einerseits, andererseits», murmelte Rosina, sie erinnerte sich gut, wie just diese zarte Seele auch schon verwirrende Geräusche gehört hatte, die ihr niemand geglaubt hatte und die dennoch ganz real und von großer Bedeutung gewesen waren. «Und nun wirst du mir noch sagen, diese seltsame Huflattichexpedition habe genau in der Nacht stattgefunden, bevor Jakob Neulander den Toten in der Gerbergrube entdeckt hat?»

«Genauso war es. Aber die Ehrwürdige Jungfrau Domina hat entschieden, die Meyerink spinnt, ich meine, sie hat wieder nur geträumt. Man muss sie beschützen und darum die Angelegenheit vergessen, hat die Ehrwürd'ge gesagt, sonst landet die Mademoiselle noch im Pesthof bei den Irren und Tobsüchtigen.»

Dass die Domina van Dorting für eine ihrer Konventualinnen die Zukunft im Pesthof fürchtete und gar aussprach, konnte nur als schmückende Würze der Geschichte aus Lydias oder Magdas, vielleicht auch aus Paulines Phantasie verstanden werden. Jedenfalls würde die Ehrwürdige Jungfrau so etwas niemals aussprechen, selbst wenn sie heimlich davon überzeugt war, und ganz gewiss nicht vor ihrer Köchin.

Rosina überlegte nur kurz. Sie griff nach ihrem warmen Schultertuch und der dunklen Haube, die ihr auffallendes blondes Lockenhaar ganz verbarg, und schlüpfte in die festeren Schuhe, die sie immer trug, wenn sie einen ihrer langen Spaziergänge auf den Wällen oder durchs Millerntor hinaus und über den Hamburger Berg unternahm.

Pauline beobachtete sie verdutzt. «Was habt Ihr vor? Es ist dunkel, da bleibt man zu Hause. Ihr wollt doch nicht etwa zur Ehrwürd'gen? Das geht nicht. Das macht Magda furchtbaren Ärger …»

«Keine Sorge, Magda wird nicht verraten. Überhaupt ist es erst halbdunkel. Wir müssen übrigens unbedingt unsere Laterne ausbessern lassen.»

«Dann geht Ihr zum Weddemeister und erzählt ihm von dem Engel bei den Neulanders?» Paulines Stimme war hektisch geworden, sie sah überhaupt nicht mehr amüsiert aus.

«Stimmt», sagte Rosina, «ich bin bald zurück.»

«Aber der wird die Domina danach fragen, der Wagner fragt immer überall rum und macht furchtbare Unruhe, und dann bestraft die Domina Magda und Lydia auch. Könnt Ihr die Geschichte denn gar nicht für Euch behalten?»

«Das würde ich gerne, Pauline, aber Wagner muss das wissen. Ein junger Mann ist ermordet worden, in der Werkstatt der Neulanders, und immer noch gibt es dafür keine Erklärung. So kann es doch nicht bleiben. Vielleicht hat die Meyerink wirklich nur geträumt, oder es war eine ganz harmlose Kletterei. Trotzdem hast du recht, es wäre niederträchtig,

Lydia und Magda zu verraten, und dumm, sie zu bestrafen. Womöglich würden die beiden nie wieder mit dir reden, und ohne sie wüssten wir nichts von diesem – ja, von diesem Wesen, das ausgerechnet in jener Nacht auf den Klopperbäumen der Neulanders herumgeklettert ist. Mach dir keine Sorgen, ich lass mir unterwegs etwas einfallen. Irgendeinen Gefallen schuldet Wagner mir sicher noch. Außerdem ist er kein Unmensch, er tut nur manchmal so, weil es sich für einen Weddemeister gehört.»

Als sie Wagners Wohnung in der Neustädter Fuhlentwiete erreichte, hatte sich die Dunkelheit doch schon wie eine Decke über die Stadt gelegt. Aber noch glommen hinter vielen Fenstern Lichter, waren Menschen auf den Straßen unterwegs, klang fröhlicher oder trunkener Lärm aus den Schänken, Gasthäusern und Bierkellern. Hamburg war auch für die gute Straßenbeleuchtung bekannt, die Laternen mit dem Rüböl wurden nur zu bestimmten, in einem jährlichen Leuchtenkalender festgelegten Zeiten und nur für bestimmte Stunden angezündet, allerdings nicht in den zehn Nächten um Vollmond, der ja mehr als genug Licht spendete, was das Ganze dennoch kompliziert machte, da der Mond die dumme Angewohnheit hatte, sich unberechenbar hinter Wolken zu verbergen. So gab es oft Stunden oder ganze Nächte ohne jedes Licht, weder des Mondes noch der Laternen.

An diesem Abend hatte Rosina darum keine Sorge. Bevor sie die Treppe zu Wagners Wohnung hinaufstieg, blickte sie prüfend zum Himmel und entdeckte keine Wolke, der Mond hatte wenig Chancen, Versteck zu spielen.

Bei Wagner und Karla schimmerte noch Licht unter der Wohnungstür hindurch, kein Laut drang heraus – Rosina hatte keine Sekunde mit der Überlegung verschwendet, ob sie womöglich schon schliefen. Sie horchte und klopfte vorsichtig.

Wagner öffnete die Tür, behutsam, als sei sie aus dünnem Glas, die Scharniere ließen nicht das kleinste Quietschen oder Knarren hören. In der winzigen Diele, die sich gleich zur Wohnstube erweiterte, brannte eine Kerze in einer Laterne vor spiegelndem Glas. Das Bild hinter Wagner in diesem sanften Schein erinnerte Rosina an ein altes holländisches Gemälde, das sie in einer der Wohnungen im Kloster gesehen und bewundert hatte. Karla lehnte in eine weiche Decke gehüllt in einem hohen Sessel, der ihren zierlichen Körper wie eine schützende Höhlung aufnahm, und schlief mit Marikje in ihren Armen.

Wagner legte einen Finger auf die Lippen. Ohne seinen Weddemeisterrock sah er verletzlich aus, so wie seine junge Familie verletzlich war.

«Sie schläft», flüsterte er, «endlich schlafen sie beide. Die Zähne», raunte er noch leiser, «es tut ihr schrecklich weh.» Er blickte voll tief mitempfundenem Schmerz auf das winzige Mädchen in den Armen seiner Frau.

«Verzeiht», flüsterte auch Rosina, «es ist spät, ich weiß, aber Ihr müsst wissen, was ich gerade erfahren habe. Nein, nicht über die Herrmanns und das Geld, über die Neulanders. Ich denke, es ist wichtig genug für diese Eile.»

Wagner zögerte. Dann nickte er und nahm seinen Rock vom Haken neben der Tür und deutete Rosina, die Treppe wieder hinunterzusteigen.

Als sie unten angekommen waren, war sein Rock zugeknöpft, die Taschen wie gewöhnlich von seinen unverzichtbaren Utensilien ausgebeult, Staub auf einer Schulter, kurz und gut, er war wieder Wagner in seinem alten Weddemeisterrock. Bis auf den Fleck von Marikjes Brei auf dem linken Ärmel, aber den zu bemerken war nicht nötig.

Sie setzten sich auf den Beischlag an dem vier Stufen hohen Aufgang zur Haustür, niemand beachtete sie. Der Mond war aufgegangen, aber noch nicht über die hohen Häuser der schmalen Straße geklettert, sie saßen in deren Schatten der Häuser und genau so war es gut. Wagner wäre erfreuter gewesen, wenn Rosina Neuigkeiten von den Herrmanns gebracht hätte, von großen Summen Geldes, die – nur mal angenommen – der Tote veruntreut hatte, natürlich bevor er tot war. So etwas. Dabei hoffte er zugleich, die Herrmanns seien nicht darin verstrickt, aber jemand, den sie kannten, vielleicht einer der ausländischen Gesandten oder Kaufleute, ein Diener oder Schreiber oder jemand aus dem englischen Haus. Der Court war eher pleite als eine prosperierende Gemeinschaft von Merchants, solche waren leicht verführbar, wenn es um abenteuerliche Wege der Geldvermehrung ging.

«Die Meyerink?», fragte er enttäuscht, als Rosina ihm gleich eröffnete, es sei falsch, wenn es heiße, niemand habe in der Nacht von Meuniers Tod etwas in der Nähe der Lohgerberei bemerkt. Mademoiselle Meyerink sei in jener Nacht, wohl um Mitternacht herum, im Garten der Domina gewesen und habe eine Gestalt auf den Klopperbäumen beobachtet …

«Wirklich die Meyerink», unterbrach er sie, «die so oft manches sieht und hört?»

«Genau die. Und es sind nicht immer Phantastereien, das wisst Ihr so gut wie ich.»

Wagner brummte Unverständliches. Rosina wusste nicht, wie oft die zarte Mademoiselle seit jenem Abenteuer in den labyrinthischen uralten Kellergelassen des Klosters und des Johanneums in der Amtsstube des Weddemeisters auftauchte, er hatte auch nicht vor, es zu erwähnen. Er und Grabbe hatten mal mehr, mal weniger eifrig ihre Beobachtungen untersucht, samt Kuno, der die Mademoiselle sehr gern mochte, womöglich wegen der Kuchenreste in ihren Taschen. Außer jener Beobachtung im Keller unter St. Johannis vor einer Reihe von Jahren war alles nur Schall und Rauch gewesen, man konnte es auch Spinnkram und Träumerei nennen.

Da es die traurige Mademoiselle offenkundig glücklicher machte, wenn sie ihm ab und zu ihre bedeutsamen Beobachtungen anvertrauen konnte, hatte Wagner beschlossen, sie zu den sieben unausweichlichen Plagen eines Ersten Weddemeisters zu zählen und auf dieser Liste als die geringste zu führen. Außerdem betrachtete er sie und ihre Besuche als Übungen in Geduld, die nie schaden konnten.

«Falls ich Euer Brummen richtig verstehe», sagte Rosina, «wollt Ihr trotzdem hören, wen die zarte Meyerink in der Nacht gesehen hat.»

«Sicher nicht wieder den heiligen Benedikt.»

«Nein, den nicht. Obwohl – möglich ist vieles. Sie hat einen schwarzen Engel gesehen. Oder einen Satan mit Flügeln. Jedenfalls schwarz wie die Nacht, obwohl Halbmond war, und er ist von den Klopperbäumen der Neulanders über die trennende Bretterwand zum Nachbargrundstück geflogen. Wie schon gesagt, manches ist möglich, erst recht um Mitternacht. Wagner?» Rosina klopfte ihm auf die Schulter. «Wohin starrt Ihr plötzlich? Seht nun Ihr ein Gespenst? Den schwarzen Engel persönlich?»

«Der irre Gus», sagte Wagner mit Grabesstimme, und Rosina blinzelte suchend in die fast dunkle Straße. «Gus?», fragte sie. «Wer ist der wirre Gus?»

«Der irre Gus. Wirr ist auch nicht falsch, nein, gar nicht falsch. Aber vielleicht doch, in diesem Fall.»

Als Rosina erfuhr, was der Mann, der in den Straßen um die Kleine Alster ‹der irre Gus› genannt wurde, Grabbe erzählt hatte, war sie mit sich sehr zufrieden. Es war richtig gewesen, Wagner so spät noch von Mademoiselle Meyerinks

‹Traum› zu erzählen. Grabbe und auch Wagner hatten Gus' Geschichte als Wichtigtuerei eingeordnet. So war es eben mit Gus. Er fügte niemandem Schaden zu, er erzählte nur oft dummes Zeug. Anders als Mademoiselle Meyerink drängte ihn allerdings nichts, das ausgerechnet dem Weddemeister oder gar den Stadtsoldaten anzuvertrauen.

Hinter der Gerberei ein geflügelter Satan, vor der Gerberei vielleicht ein Mönch aus der Vergangenheit? Den hatte Gus in der Nacht, ebenjener Nacht, nicht weit vom Tordurchgang zur Werkstatt der Neulanders gesehen, ein ganz und gar lautloses Wesen unter einem Kapuzenumhang. Jedes für sich konnte als Phantasterei gelten, beide zusammen – das war bedenkenswert. Im Mondlicht und mit der lebhaften Phantasie der Meyerink wurden eine Kapuze schnell zu Satansflügeln und eine Kletterpartie zum Flug. Und ob es überhaupt eine Kapuze oder ein breiter Kragen oder Schal gewesen war – auch hier war vieles möglich.

Als Rosina zurück zur Mattentwiete eilte, fiel ihr ein, wie sehr beides mit dem Kloster St. Johannis verbunden war. Eine der Konventualinnen hatte vom Garten der Domina aus einen Teufel oder Engel, oder wer immer es gewesen war, beobachtet, und der vermeintliche Mönch, dem Gus begegnet war, hätte zu den Männern gehört, die bis vor etwa zweihundertfünfzig Jahren im St. Johanniskloster gelebt und eher als sündig denn fromm gegolten hatten.

Darüber mochte sie nun nicht nachdenken. Es war spät, und obwohl die Nacht schön war, war es doch sehr dunkel. Längst waren Wolken aufgezogen, an der Elbe blieb der Himmel nie lange wolkenlos, und inzwischen begegneten ihr nur noch wenige Menschen. Wagner hatte sie heimbegleiten wollen, jedoch nur sehr halbherzig widersprochen, als sie abgelehnt und ihn energisch zu Karla und Marikje hinaufgeschickt hatte. Dann solle sie im Bremer Schlüssel fragen, ob jemand sie begleiten könne, es seien immer Menschen dort, denen auch in dunkelster Nacht zu vertrauen sei.

Das hatte sie versprochen und es doch nicht getan. Nun ging sie diesen Weg weniger in Gedanken als in Gefühlen noch einmal mit Magnus, so wie vor wenigen Nächten nach ihrem letzten Besuch im Bremer Schlüssel. Ob er Wetzlar schon erreicht hatte? Ob es ihm gutging? Darauf musste sie vertrauen, und vielleicht brachte ein Eilbote schon morgen einen Brief. Sie spürte seine Wärme, den Mantel, mit dem er sie umfangen gehalten hatte, sie waren schnell gegangen an jenem Abend, so wie sie jetzt, und es waren Schritte hinter ihnen gewesen.

So wie jetzt? So wie jetzt.

Dies war eine Stadt, hier lebten viele Menschen, und viele waren abends in den Straßen unterwegs, bevor die Nachtwächter gegen zehn Uhr für Ruhe sorgten. Sie ging schneller, nur weil es schon spät war, Pauline sorgte sich längst. Schneller, noch ein bisschen, aber nein, sie würde nicht rennen, sie kannte solche Momente gut genug, es war nur die dunkle Magie der Nacht, die in ihrem Rücken saß, und fast immer ging es gut aus. Fast immer. Sie würde nicht … doch, sie ging noch schneller, und die Schritte wurden schneller, die waren nur ihr eigenes Echo, ganz gewiss … vielleicht sollte sie trotzdem rennen. Bis zur nächsten Brücke? Da rannte sie schon und rannte – und prallte gegen eine große schwarze Gestalt, harte Finger hielten im Straucheln ihre Arme wie Schraubstöcke – etwas hechelte, und es roch sehr stark nach Hund.

Grabbe starrte sie verdutzt an – es war nur ein Zufall, dass er sie just unter einer jener Laternen eingefangen hatte, die einige wohlhabende Bürger oder Kaufleute über ihren Türen aufgehängt hatten.

«Madam Vinstedt?» Er ließ ihre Arme los und trat einen

höflichen halben Schritt zurück. «Wir dachten, ja», er tätschelte den breiten Schädel seines Hundes, der sich ganz nah an seinen Herrn hielt, nachdem die Beute gestellt worden war, «tja, was dachten wir, Kuno und ich? Sah nach ’ner diebischen Elster aus. Pardon, Madam, wir wollen Euch nicht beleidigen, aber so mitten in der Nacht, wenn’s bald Zeit ist, die Lichter auszumachen? Ihr solltet nicht allein hier sein. Das ist nicht gut für feine Madams.»

«Danke, Grabbe», Rosinas Herzschlag beruhigte sich, «heute bin ich leider gar nicht fein. Ich habe noch einen Besuch gemacht», sie sah keinen Anlass, ihm zu verraten, bei wem, «es ist ein bisschen spät geworden. Habt Ihr zufällig denselben Weg wie ich? Ein Stückchen vielleicht in Richtung Mattentwiete? Ihr und der liebe Kuno?»

Es war nicht mehr weit. Bevor die Uhrglocken der Kirchtürme die volle zehnte Stunde schlugen, lief Rosina die Treppe zu ihrer Wohnung in der Mattentwiete hinauf. Pauline würde schimpfen, vor allem aus Sorge und ein bisschen, weil es sich nicht gehörte, so spät alleine durch die Nacht zu laufen und böser Klatsch die Folge sein konnte. Besonders bei einer Frau, die viele Jahre zu den Fahrenden gehört und auch auf der Bühne getanzt und ihre Knöchel gezeigt hatte. Letzteres würde Pauline denken, aber niemals aussprechen. Daran dachte Rosina. Deshalb fiel es ihr erst in der Nacht ein, als sie vom Schreien zweier Katzen auf dem Dach erwachte, Grabbes genagelte Stiefel klangen viel härter als andere. Und diese anderen Schritte waren anders gewesen, nicht militärisch kurz und eilig wie Grabbes, sondern sanfter, ungleichmäßiger? Gewöhnlicher also, nicht besonders wie die des Weddeknechts. Sie fröstelte, schließlich war die Nacht kühl, und schlief trotzdem gleich wieder ein.

KAPITEL 10

Wagner stand auf dem Neulanderschen Klopperbaum über der Kleinen Alster und blickte zum anderen Ufer hinüber. Auf dem Steg vor dem alten Klostergebäude knieten zwei Frauen und spülten Wäsche, der Korb zwischen ihnen war groß. Ein wenig weiter rechts lag der Garten der Domina. Es war ein idyllisches Bild, trotzdem wippte er ungehalten auf den Stiefelspitzen. Von dort hatte Mademoiselle Meyerink also tief in der Nacht bei halbem, dazu wolkenverhangenem Mond übers Wasser geblickt und just hier, wo er nun stand, eine Gestalt gesehen. Teufel oder Engel mit kleinen Flügeln. Es war immer wieder verblüffend, was Menschen sahen. Oder was sie glaubten zu sehen. Ohne das, was der irre Gus Grabbe erzählt hatte, wäre es nur wieder eine weitere Phantasiegeschichte der traurigen Mademoiselle gewesen.

Jetzt bewegte sich in dem Garten dort drüben nichts. Auf dem Wasser fuhren drei kleinere Ewer, Flussewer nannte er die, bei der Kattundruckerei Schwarzbach legte gerade ein mit gebleichten Tuchen beladenes Ruderboot an. Er wandte sich der Bretterwand zu, die die Grundstücke der Neulanders und der Schwarzbachs trennte, Wind, Wetter und der Lauf der Zeit hatten das Holz grau werden lassen. Wenn die Meyerink richtig gesehen hatte, und das sagte ihm sein Bauch, musste es ein Klettermeister gewesen sein, zumindest ein halbwegs akrobatisches Wesen. Wagner setzte nicht auf Engel oder Teufel, sondern auf einen ganz menschlichen Unhold.

Er hatte Rosina versprochen, über die Quelle seines Wissens zu schweigen und besonders der Ehrwürdigen Jungfrau Domina keine Fragen zu stellen. Das ärgerte ihn jetzt, so blieb nur, Absurdes zu behaupten, ohne einen Zeugen nennen zu können.

Um die alten Bretter wucherten Brennnesseln und dorniges Gestrüpp, ein krüppeliger Holunder stand dazwischen in Blüte, das musste bei der Kletterei hinderlich gewesen sein. Die Wand war noch stabil, sie hielt einen Mann aus.

«Guten Morgen, Weddemeister. Ihr bringt uns endlich Aufklärung über die seltsamen Dinge, die am Voglerswall vorgehen?»

Maerten Neulander stand in der weit offenen Tür zwischen seiner Wasserwerkstatt und dem Klopperbaum, dem breiten Steg über der Alster. Er trug nicht die Gerbertracht, nämlich die über die Knie reichenden Stiefel und die große Schürze aus robustem Leder, das blaue Hemd aus festem Stoff, sondern den für einen Besuch im Amtshaus der Gerber passenden bürgerlichen Rock, eine makellose Kniehose, ein reines weißes Hemd mit der Halsbinde. Sein Blick, seine ganze Haltung waren nicht freundlich, nicht einmal höflich. Wagner hätte gerne genauso grimmig geblickt, doch er dachte an Karlas Rat, nach dem er auch von einem so unwilligen Menschen sicher mehr erfahre, wenn er den Meister für seine Arbeit lobe und sich einiges davon erklären lasse. Jeder Mann spreche am liebsten über seine Arbeit und sein Haus. Sie wollte ihm damit sagen, er solle Neulander schmeicheln, worauf Wagner sich ganz schlecht verstand, es ging auch gegen seine Prinzipien. In diesem einen Fall wollte er es trotzdem versuchen.

«Nein, Meister Neulander, keine Aufklärung, leider», begann er, «wir verfolgen wichtige Spuren, das immerhin, im Übrigen, Euer Haus ist außerordentlich, wirklich beachtlich, auch das hier», er zeigte auf die lange, mit einer Zange bestückte Stange, mit der der Altgeselle eine Ochsenhaut im

Fluss wässerte. In Löchern, aus denen einmal Augen geblickt hatten, hielten Haken und Lederbänder die schwere, im Äscher geweichte Haut im fließenden Wasser fest.

Der Meister machte schmale Augen. «Ihr interessiert Euch für die Gerberei, Weddemeister? Das ist ungewöhnlich.»

«Findet Ihr?» Wagner hüstelte und fühlte erste kleine Schweißtropfen im Nacken. «Nun, vielleicht, andererseits, wir alle brauchen an jedem Tag Leder, nichts geht ohne Leder, ja, Holz und Leder, und hier bei Euch sieht man, wie es gemacht wird. Harte Arbeit, und nur mit großer Erfahrung gut zu machen.»

Die Augen des Meisters waren nicht mehr ganz so schmal. «Harte Arbeit», brummte er, «da habt Ihr verdammt recht, und da können wir solchen Aufruhr mit toten Fremden nicht brauchen. Kommt mit in die Wasserwerkstatt. Da könnt Ihr das meiste sehen, was hier getan wird. Obacht, Weddemeister! Wenn Ihr nicht vorher zwischen blutige Häute geraten wollt.»

Wagner drehte sich erschreckt zur Wasserseite um. Ein Boot machte am mittleren Klopperbaum fest, seine Fracht sah eklig aus, blutige Häute von dem Küterhaus am jenseitigen Ufer, zwischen dem Kloster und bei den mächtigen Wasserrädern der Wasserkunst am Jungfernstieg. Drei Männer waren nötig, um die schweren Häute aus dem Boot auf den Klopperbaum zu hieven. Sie brachten einen ganz eigenen Gestank von Blut und Kot und totem Fleisch und eine Wolke von Fliegen mit.

Neulander grinste. «Das schöne Leder», sagte er, «am Anfang sieht es gar nicht schön aus, schlachten ist kein Wonnebad, es ist schmutzig. Hörner, Ohren, Schwanz, der Schädelknochen, jeder Dreck im Fell, alles noch dran und muss weg. Zuerst wird der Schmutz ausgeschwemmt. Wir haben ein breit fließendes Wasser vor der Tür, ohne das ist die Gerberei nur schwer zu machen. Der Fluss wäscht die Häute erst sauber, mit unserer Hilfe, aber er macht hier die meiste Arbeit, Weddemeister. Erst wenn sie faulig riechen, nach einer Woche oder ein paar Tagen mehr, löst sich schon ganz allmählich ab, was wir fürs Leder nicht brauchen können, Schmutz, Haare, Unterhäute, Fett, je nach Beschaffenheit. Bis dahin holen wir die Häute an den langen Zangen jeden Tag aus dem Wasser, legen sie auf den schrägen Gerberbaum und schaben und kratzen mit dem passenden Eisen ab, was sich schon lösen will, und hängen sie wieder ein. Wenn es anfängt mit dem Stinken, dann ist es die richtige Zeit für den nächsten Arbeitsschritt. Der Gestank stört die Leute von jeher, alle wollen Leder, aber keiner den Gestank.» Neulander redete sich wieder in Rage. «Darum will uns hier auch keiner haben, mitten in der Stadt, angeblich vergiften wir auch das Wasser, aber das machen nur die Kattundrucker. In der Lohgerberei muss es stinken, weil die Häute totes Material sind, und das ist vergänglich, das wissen auch der Stadtphysikus und die Stadtleichenfrau in der Totenkammer, ob Mensch oder Ochse, einer ist erst sicher tot, wenn er anfängt, faulig zu riechen. Wenn er stinkt. Das weiß jedes Kind. Bei uns ist das auch ein wichtiges Zeichen. So ist das, seit Menschen Häute zu Leder machen, und so wird's bleiben bis in die Ewigkeit.»

Als habe er sich selbst zugehört und fand nun, die Ewigkeit ins Spiel zu bringen, war zu hoch gegriffen, wurde Neulanders Miene wieder friedlich. «Jedenfalls», fuhr er fort, «wir prüfen mit den Fingern und den Messern, wie sich die Schichten lösen, ohne den Gestank geht es trotzdem nicht. Erst wenn es dann wieder faulig riecht, werden die gesäuberten Häute zurechtgeschnitten, und das Äschern fängt an.»

Wagners Gesicht war ein einziges Fragezeichen. «Äschern, aha.»

«Das löst die Haare erst ganz. Wir haben sechs Äschergruben, andere haben mehr, wieder andere weniger. In denen ist gebrannter Kalk in Wasser aufgelöst, in jeder Grube in anderer Konzentration. Jede Haut wandert durch alle Gruben, muss antrocknen und in die nächste Grube, das dauert wohl ein halbes Jahr, dann haben sich fast alle Haare, Fleischreste und die Unterhaut gelöst, auch eine obere Schicht, für das Leder brauchen wir die Mitte. Dann noch einmal vier Monate in wieder stärker verdünntes Kalkwasser, immer wieder wird zwischendurch getrocknet und geschabt, mit den Füßen weichgestampft und wieder gewässert, geschabt und alles weggelöst und gekratzt und geschnitten, was noch als Kalk und Fleisch und Geweben dranhängt. Wenn anderthalb Jahre ins Land gegangen sind, wenn wir gut gearbeitet haben, können die weichen und glatten Blößen in die Lohe. Gemahlene Eichen- und Fichtenrinde in der Grube zwischen den aufgeschichteten Blößen, auch eine besonders dicke Schicht am Boden der Grube, dann wird vom Rand her mit Wasser aufgefüllt, behutsam, damit nichts aufschwimmt. Wenn die Grube gefüllt ist, wird sie mit einer dicken Schicht schon ausgelaugter Lohe bedeckt, darauf Bretter zum Abschluss, mit Steinen beschwert. Alle Vierteljahr werden die Häute rausgeholt, gespült und gewaschen, auf dem Gerberbock mit dem Schereisen geschabt und weiter von allem Überflüssigen befreit.»

Wagner sah sich in der Wasserwerkstatt um, hier arbeiteten nur vier Männer, aus der Haut des gerade geschlachteten Ochsen oder Rinds bis zum gegerbten Leder dauerte es mehr als zwei Jahre, kein Wunder, wenn die englische Lohebrühe, mit der Neulander erste Versuche machte, so über die Maßen bedeutend war. Wagner würde nie mehr, jedenfalls nicht so bald, über die hohen Preise für einen neuen Gürtel oder neue Stiefel klagen. Er sah auch die ver schiedenartigen Werkzeuge, die meisten aus Eisen mit hölzernen Griffen. Eine ganze Reihe hing an der Wand nahe dem Ofen. Mordwerkzeuge, dachte er, fast jedes könnte ein Mordwerkzeug sein, weil es schwer war oder scharfe Kanten oder Schneiden hatte. Oder Zangen, die stark genug waren, eine Ochsenhaut im Fluss zu halten. Er war sicher, jenes, das Meuniers Ende herbeigeführt hatte, lag irgendwo auf dem Grund der Kleinen Alster. Oder es hatte dort gelegen, der Fluss nahm alles mit sich, selbst eiserne Werkzeuge.

«Nein», sagte Meister Neulander, und als Wagner ihn fragend ansah, fuhr er fort: «Ich sehe Euren Blick. Das sind meine Werkzeuge, keines fehlt. Wir hüten sie, manche hat schon mein Vater sein Leben lang benutzt. Nein, keines fehlt.»

«Aha, wenn Ihr da so sicher seid. Und die Steine? Ihr habt gerade von Steinen gesprochen, die die Bretter auf der Lohe beschweren.» Wagner sah sich suchend um und zeigte zu zwei hinteren Gruben. «Solche Steine dort», und als Neulander zögernd nickte, «sind die auch vollzählig?»

«Die Steine. Ich verstehe, was Ihr meint. Daran habe ich noch nicht gedacht. Das kann ich Euch nicht sagen. Wenn man irgendwo welche findet, nimmt man sie mit, meistens außerhalb der Stadt natürlich, dann hat man mal mehr, mal weniger. Die handlicheren nutzt Marei auch in der Küche.»

Wagner fand, das sei eine sehr unbefriedigende Auskunft. Zugleich gefiel ihm außerordentlich, wie Meister Neulander diese Unsicherheit seiner Antwort selbst missfiel. Ab morgen würde er seine Steine zählen.

«Sehr schade. Andererseits, man weiß es nicht so genau. Ist Euch inzwischen eingefallen, was er sonst stehlen konnte, falls er das vorhatte? Außer den Werkzeugen. Er wollte sicher keinen Besuch machen, mitten in der Nacht, wohl sogar um Mitternacht. Anderseits, junge Leute …»

«Wagt es nicht, Weddemeister.» Neulanders Gesicht nahm

eine ungesunde Röte an. «Wagt es nicht, bei meinen Töchtern unstatthafte Liebschaften auch nur zu vermuten. Oder bei meinen Mägden», fuhr er energisch, immerhin etwas ruhiger, fort. «Ihr müsst wohl so denken, Weddemeister, es ist trotzdem falsch. Jakob kannte den Mann, aber nur wenig, und weil der hübsch zeichnete, was nichts bedeutet. Natürlich habe ich alle in meinem Haus streng befragt, das war meine Pflicht als Meister und als Hausherr, ob sie etwas von dem Toten wussten oder ihn selbst gekannt hatten. Niemand außer Jakob hatte je auch nur von ihm gehört. Ihr könnt mir nur einen Fehler ankreiden: Unser vorderes Tor war nicht so versperrt, wie wir es gewöhnlich halten. Das mögt Ihr nachlässig finden, zu Recht, der Geselle war – vergesslich.»

Die Miene des Meisters ließ darauf schließen, dass dem Gesellen der Lapsus schlecht bekommen war. «Aber es ist immer Sache des Meisters, auf alles zu achten. Trotzdem – alle haben geschlafen, die Kammern sind weiter oben. Dies ist ein großes Haus, die Schlafkammern befinden sich nicht gleich über der Wasserwerkstatt, da werden die gegerbten Leder zugerichtet, das braucht Platz. Was aus der Lohe kommt, muss weiterbearbeitet werden, vom Wasser ausgepresst und angetrocknet, gefettet, geglättet, ausgezogen, gewalkt und gehämmert, je nachdem, zu welchem Zweck die Leder gedacht sind. Leder muss erst von uns gemacht werden, glatt und gleichmäßig, manches dünner, anderes bleibt dicker, auch mit Öl bearbeitet, damit es nicht zu spröde wird, wenn es auf den Gestängen in den oberen Böden unterm Dach zum Abschluss richtig trocknet. Erst über der Etage für die Zurichtung und unter den Trockenböden sind die Schlafkammern. Dahin kommt kein Mensch, ohne dass ich es höre, auch nicht mitten in der Nacht. Ihr könnt ganz sicher sein – ich höre alles.»

Wagner nickte und dachte, niemand hörte im tiefen Schlaf

alles. Wenn Neulander das glaubte, war nichts zu machen. Plötzlich hatte er das Gefühl, er verschwende hier seine Zeit. Er hätte jetzt sehr gerne einen Becher Bier getrunken, leider zeigte sich der Gerbermeister nicht gastfreundlich, schließlich war ein Weddemeister unter diesen Umständen auch nicht nur ein freundlicher Besuch. Er müsste nun fragen, ob jemand mit den Neulanders im Streit liege und ihnen auf diese böse Weise Ärger machen wolle, aber das klang absurd. Wer so etwas wollte, warf Kadaver von den zahllosen an Arsen krepierten Ratten in die Trinkwasservorräte oder schüttete Vitriol in die Lohe oder die Äschergruben, steckte jedoch nicht gleich einen ganzen Mann hinein. Nicht mal einen, der vorher erschlagen worden war. Vielleicht mit einem Stein von der Bedeckung der Lohegruben.

«Wenn es erlaubt ist», sagte Wagner, «möchte ich noch einmal von den Stegen vor der Werkstatt auf die Umgebung sehen. Der Mörder muss nach der Tat möglichst lautlos wieder verschwunden sein, womöglich über das Wasser. Wenn ich mich recht erinnere, war das Wassertor am Morgen auch nicht so sicher wie sonst versperrt.»

«Das steht Euch frei. Ich wäre an seiner Stelle wieder durchs vordere Tor gerannt. Aber wie Ihr meint. Die Häute sind jetzt im Wasser, Ihr stört dort nicht mehr bei der Arbeit.»

Wagner trat noch einmal auf den breiten Steg mit den für das Wässern und Spülen nötigen Lücken zwischen den Brettern. Der Fluss gluckste unter ihm, die großen Häute hingen im Wasser wie Geister, ihm gefiel das nicht, obwohl er nun wusste, dass es gut so war. Jedenfalls für das Leder, der Streit um das Wasser und seine Reinheit für die, die es tranken, war nicht neu. Er betrachtete noch einmal den Bretterzaun. Die Lücke, besser gesagt der schmale Gang zwischen diesem und dem nächsten Anwesen hinter dieser Barriere war von hier zu erreichen, sofern man nicht so kurz gewachsen war wie Wagner.

Im Gestrüpp an den Brettern entdeckte er endlich etwas, das dort nicht hingehörte. Am liebsten wäre ihm natürlich ein Ring mit eingraviertem Namen oder Wappen. Ach ja, all die schönen Träume. Es war angenehm, das Neulander-Haus mit einer noch so geringen Beute oder neuen Erkenntnis zu verlassen.

Er frohlockte – leider zu früh. Der erste Fund hing in den Brennnesseln, was die Bergung unangenehm machte. Es war ein Stofffetzen von einem schon ausgebleichten blauen Stück Leinen, der an das große blaue Tuch in seiner Rocktasche erinnerte. Allerdings – ständig begegnete ihm ein dummes Aber oder ein Allerdings, ein Jedoch oder Womöglich. Also, allerdings war durch ein Loch im Stoff ein Brennnesseltrieb gewachsen, und das nicht erst seit einer Woche.

Ein zweiter, weniger tief, dafür in den Dornen festgehalten, war vielversprechender: ein Fetzen aus feinem weißem Leinen, von der Art, aus der auch Manschetten guter Männerhemden genäht wurden. Vielversprechender, in der Tat, allerdings!, ja, allerdings gab es Hunderte oder gar einige tausend Männer in der Stadt, die solche Hemden trugen. Eins besaß er selber. Trotzdem verließ er das Gerberhaus nicht mit ganz leeren Händen.

E s war ein seltsamer Abschied. Auch der Himmel hatte seine Rolle angenommen – er weinte nicht, aber er zeigte sich grau und kühl. Am Morgen hatte die Beckersche Komödiantengesellschaft begonnen, die Wagen zu beladen. Natürlich war alles gut vorbereitet, die Körbe und Kisten, Säcke und Schachteln, die Vorhänge, Teile der Kulissen und der Theatermaschinerie, alles stand im Dragonerstalltheater bereit und musste nur noch auf die drei Wagen geladen werden, Muto und Josef schirrten die Pferde an, Helena und Gesine wuchteten Korbtruhen mit dem kostbarsten Besitz einer jeden Theatertruppe, die Kostüme, auf die Wagen, Rudolf und Fritz mit den weißblonden Kräusellocken verstauten die sperrigen Kulissen und Theatermaschinerien in einem jahrelang erprobten Plan möglichst fest und zugleich platzsparend. Gesche und Jörn, ein neues junges Paar der Gesellschaft, standen auf den Wagen und ordneten und sicherten, Titus schleppte die schweren Stücke aus dem Theater, zwischendurch legte er kleine Pausen mit seinen Bällen ein, aus Freude und wegen der Kinder, die sich um diesen unerwarteten Trubel gesammelt hatten und in stiller Erwartung beobachteten, was dort geschah und ob womöglich etwas für sie abfalle. Da fiel nichts ab oder herunter, aber Titus, der dicke Spaßmacher mit dem struppigen gelben Hanswurst-Haar und der leuchtend grünen Weste, schenkte ihnen das Vergnügen kleiner Vorstellungen.

Es war einige Zeit vergangen, seit er mit den Jonglierbällen ein wahrer Meister gewesen war. Vielleicht war es ein Zufall, aber genau als Rosina die Gesellschaft verlassen hatte, waren die Bälle aus weichem Leder, stramm gefüllt mit Sägemehl, ganz unten in einem der Körbe geblieben. «Sie wollen nicht mehr fliegen», hatte er geknurrt, wenn er gefragt wurde, warum er ihnen und dem Publikum diesen Spaß vorenthalte, «sie wollen einfach nicht mehr fliegen.»

Als sich der Morgen der Abreise rapide näherte, als Titus schon glaubte, die frische Sommerluft vom Land außerhalb der Festungswälle zu riechen und zu schmecken, hatten die Bälle es sich überlegt und wieder nach ihm gerufen. Es war ihm eine große Freude gewesen. Vieles verlernt ein Komödiant nie, aber ein bisschen eingerostet waren die schnellen Bewegungen für das perfekte Werfen und Fangen trotzdem.

Da waren die Kinder das beste Publikum. Wenn er die Bälle auf Art eines guten Hanswursts fallen ließ oder zu weit und hoch warf, wenn er herumsprang und stolperte und schwankte und von allem ein bisschen mehr, als es nötig war, bereitete er ihnen das größte Vergnügen. Und er spürte, wie er wieder lebendig wurde, wach und bereit für die Reise. Wie gesagt, manches verlernte ein Komödiant nie, es rostete nur mal ein wenig ein.

«Hohoho», rief Titus und krächzte dabei ein bisschen, «hohoho, wollen die Wagen schon durchs Tor …»

Alle sahen von ihrer Packerei auf, wandten sich nach ihm um, reckten die angestrengten Schultern und Rücken und ließen sich anstecken von seiner wiedererwachten Lust auf seine Profession und das Leben als Fahrender. Es ging wieder hinaus aus den Mauern, durchs freie Feld, durch die Wälder. Wer dachte da an Sturm- und Regentage, an Bauern oder Wächter, die dem fahrenden Volk die Hunde nachhetzten.

Jakobsen und seine Schwester Ruth kamen zum Abschied und brachten einen Krug Bier und zwei noch warme Brote, auch die Krögerin kam, einige der Dragoner aus dem Stall gesellten sich dazu. Servatius, der Knopfmacher, hatte sogar alle Miesepetrigkeit bei seiner Arbeit gelassen und übergab Gesine mit großer Geste fünf besondere Knöpfe für die Kostüme als Abschiedsgeschenk, es sei auch von Vandenfelde, der lasse grüßen. Der alte Brodersen verschlief den Abschied. Endlich, als alle Arbeit so gut wie getan war, kam auch Jean, von wo immer er noch gewesen war, als stolzer Prinzipal in seinem roten Samtrock unübersehbar über den Platz heran.

Und Helena? Die Prinzipalin stand nun auf dem vorderen Wagen in ihrem praktischen dunklen Reiserock mit der weiten Bluse über dem blauen Mieder, um die Schultern schon das vielfarbige Tuch mit den glänzenden roten Fransen geschlungen, sanfter Wind wehte ihr eine Strähne kastanienfarbenes, erst von wenigen silbrigen Fäden durchzogenes Haar ins Gesicht. Sie wandte sich mit suchendem Blick dem Valentinskamp zu, und dann winkte sie.

Rosina rannte. In der Linken trug sie einen Korb mit einer großen Schachtel feinen Konfekts, in der rechten einen gerollten, von rotem Seidenband gehaltenen Papierbogen. Vielleicht waren doch ein paar Kratzer oder winzigkleine Kleckse zwischen die Zeilen geraten, aber es war ihr Lied, und nun gehörte es Helena. Und irgendwann sangen sie es wieder zusammen. Vielleicht bald, sicher noch vor den Herbststürmen, wenn die Festungswälle nicht mehr bedrängten und einengten, sondern zu einem sicheren Hort gegen die winterliche Kälte und Dunkelheit verhalfen.

Es war ein großes Umarmen und Gute-Wünsche-Rufen, und wer ganz genau hinsah, erkannte, wie die Sonne durch die Wolkendecke schimmerte, als wolle sie doch noch dabei sein und die guten Wege weisen. Endlich stiegen alle auf die Wagen, Muto in den Sattel seines Pferdes, und in Rosinas Kopf vermischten sich viele Bilder. Am deutlichsten wurden die von ihrer ersten Ankunft in dieser Stadt, es hatte geregnet damals, Muto war noch ein Kind gewesen, aber schon ein großer kleiner Akrobat. Als sie in die Stadt gerollt waren, hatte er unter der Plane geschlafen und die Fahrt durchs Tor und in den ersten städtischen Trubel versäumt, was ihn sehr verdrossen hatte. Der Empfang war trübe gewesen, an jenem Tag vor so vielen Jahren, man hatte diese Fahrenden nicht haben wollen, denn Jean, ihr Prinzipal, war als Mörder eingekerkert worden. Sie hatten um sein Leben gefürchtet und auf ihre Weise für ihn gekämpft. Das war lange her, fast ein Jahrzehnt. Ihre Welt hatte sich sehr verändert, aber sie waren doch – irgendwie – dieselben geblieben.

«Wartet», rief Rosina, als die Wagen anrollten, «wartet.»

Mit einem Satz sprang sie auf den Bock des mittleren

Wagens und saß neben Helena und Titus, der überließ ihr gleich mit zufriedenem Schnaufen die Zügel.

«Wie immer!», rief er und lachte, und alle lachten, Fritz spielte übermütige Triller auf seiner Traversflöte, und Rosina, die meistens einen der Wagen kutschiert und darüber breite kräftige Hände bekommen hatte, fühlte sich leicht wie ein Vogel hoch in den Lüften.

Eine Fliege summte auf der vergeblichen Suche nach einem offenen Fenster, um aus dem Speisezimmer zu entkommen. Es handelte sich um eine sehr laute Fliege, vielleicht ein aus dem Süden eingeschlepptes Exemplar, man hörte neuerdings von solchem Getier. Die Schiffe brachten Waren und Menschen von weit her, warum nicht auch besonders laute dicke Fliegen? Vielleicht schien das Summen aber nur so laut, weil auch die Stille in einem Zimmer sehr laut sein konnte, selbst wenn darin sonst stets zum Plaudern aufgelegte Menschen um den Tisch saßen. So sagte man doch: eine dröhnende Stille. Natürlich war das ein Widerspruch in sich, trotzdem wusste jeder, was gemeint war, sofern er jemals einen so peinlichen oder so erschreckenden Moment erlebt hatte. Sprach man nicht auch – zumindest an der Küste und auf hoher See – von der Ruhe vor dem Sturm?

Dabei hatte es so friedvoll begonnen. Nach dem gemeinsamen Mittagessen waren die Männer aus dem Kontor an ihre Schreibpulte zurückgekehrt, auch Madam Harling hatte sich mit Madam Augustas Einverständnis entschuldigt, einige Korrespondenz warte auf sie. Christian hatte schon am Morgen erklärt, man möge ihn nicht zum Essen erwarten, nach der Börse, heute war ‹sein› Börsentag, habe er noch einige Angelegenheiten zu erledigen. Da er so auffällig leichthin gesprochen hatte und seine Miene nicht zu Fragen aufforderte, hatten weder Anne und Claes Herrmanns noch Madam Augusta gefragt, obwohl alle drei gerne mehr gewusst hätten, wenn auch aus unterschiedlichen Gründen.

Der Tisch war abgeräumt, nur die Gläser und der Krug mit dem leichten Bier warteten noch darauf, geleert zu werden. Claes Herrmanns fühlte eine angenehme Trägheit. Er paffte ab und zu ein kleines Wölkchen aus seiner langen Tonpfeife in die Luft und hörte Anne und Augusta mit halbem Ohr zu, wie sie das für die Pfingstzeit übliche Ausschmücken des Hauses mit jungen Birken planten, auch für das Gartenhaus an der Außenalster wollte Anne bei einem Bauern in den Walddörfern die duftenden Zweige bestellen. Claes fand es nicht nötig, für ein Sommerhaus inmitten eines üppigen Gartens frisches Grün zu bezahlen. Er wusste aber, wie viel Freude es Anne machte.

Seine Gedanken wanderten zu seinem jüngeren Sohn und ließen ihn in aller Zufriedenheit ein weiteres Qualmwölkchen paffen. Niklas würde nun in Göttingen studieren, wie der Junge es sich gewünscht hatte. Er war schon dort und sah sich um, sprach mit den Leuten an der Universität und machte Pläne. Claes hatte Niklas immer für einen Träumer gehalten und lange gebraucht, sich daran zu gewöhnen, bis er schließlich sogar eine eigene Qualität darin erkannt hatte. Aus dem versponnenen, nach dem Tod seiner Mutter mehr als schüchternen Knaben war ein stiller, gleichwohl für seine Ideen eintretender junger Mann geworden. Auch für seine Ziele, denn Niklas hatte Ziele. Die entsprachen nicht gerade dem Ideal eines strebsamen Kaufmanns, passten aber in die Zeit. Jedenfalls hoffte er das, für sich wie für seinen Sohn.

Und – ein guter Kaufmann musste vorausschauend denken. Der liebe Professor Büsch, an dessen Handlungsakademie Claes seinen Jüngsten sehr viel lieber gesehen hätte, hatte ihm versichert, um den Jungen und dessen Pläne müsse er sich nicht sorgen. Niklas sei klug und werde seinen Weg gehen. Die Welt werde immer größer und weiter, solche wie Niklas mit dieser besonderen Neugier und ganz eigenen Gedankenwelt würden mehr denn je gebraucht.

Wenn er nun, schon bevor seine Studien richtig begonnen hatten, mit einem Göttinger Professor Lichtenberg für einige Zeit nach London reisen wollte, mochte das ein Luxus sein – Christian hatte streng ausgesehen, als er ihm davon berichtete –, doch sollte der Junge sich nur ein paar Wochen oder Monate in der Welt umsehen, bevor er sich wieder in seiner Bücherwelt verkroch. Die Reise würde ihm nicht schaden, ganz im Gegenteil, und wer konnte wissen, wozu es ihn animierte? Außerdem war es nicht gleich Baltimore, wohin es seine Schwester Sophie nach dem Lissaboner Skandal als frischgebackene Mrs. Braniff gezogen hatte. Solche Abenteuer mussten noch warten.

Gerade als Claes dieses angenehme Gefühl spürte, wenn alles Denken verschwamm, bevor es in leichtem Schlummer versickerte, wurde die Tür auf eine Weise geöffnet, die ihn in die hellwache Welt zurückholte.

«Christian», rief Anne, «wie schön. Soll ich Elsbeth bitten, Kaffee zu machen, bevor du wieder im Kontor verschwindest? Sie hat heute Morgen Bohnen geröstet.»

«Danke. Nein.» Er nahm ein Glas von der Anrichte, füllte es selbst zur Hälfte mit dem leichten Bier und starrte es für einen Moment an, dann trank er entschlossen einen großen Schluck und setzte sich an den Tisch.

«Vater», begann er sofort, «wenn ich das Papier, das nun im Kontor in der Lade meines Pultes liegt, richtig verstehe – und daran ist leider kaum zu zweifeln –, hat dieser Mechaniker mit seinen absurden Ideen, der nun in einer Kuhle mit anderen Taugenichtsen auf dem Armenfriedhof liegt, von dir – ich weiß kaum, wie ich es ausdrücken soll – von dir erhebliche Summen zum Geschenk bekommen. Möchtest du mir das bitte erläutern.»

Da war er, der Moment der dicken Fliege und das Ende der Ruhe vor dem Sturm.

«Nein», sagte Claes, als der kurze unendliche Moment vergangen war, «ich werde dir nur eins erklären: Dieses Papier in deinem Pult gehört nicht dorthin. Erkläre du mir, warum es trotzdem dort ist. Und um was für ein Papier es sich im Detail überhaupt dreht. Das muss dir reichen, mein Sohn. Es geht um etwas, das nur mich angeht, und …»

«Ich bitte dich! Nur dich? Solche Summen gehen das gesamte Haus Herrmanns an, immer. Es geht um unsere Existenz, wohin soll so etwas führen? Wir sind keine Bank, die Kredit ohne die mindeste Sicherheit gibt, sondern nur gegen Ware in entsprechendem Wert. Wir sind nicht die Fugger, und die haben Könige finanziert und viel davon gehabt. Sehr viel. Du hast große Summen – verbrannt, so muss man es nennen.»

«Christian», Claes' Stimme war von einer kalten Ruhe, die weder Anne noch Augusta an ihm kannten, «du vergisst, mit wem du sprichst. Und du vergisst auch, dass wir nicht allein sind, du mutest unseren Damen eine Ungehörigkeit zu, die ich nicht erlauben kann.»

«Darin hast du recht. Pardon, ich hätte mich beherrschen und dich ins Bibliothekszimmer bitten müssen, um diese – diese Angelegenheit zu besprechen. Wenn ihr erlaubt», er erhob sich steif und verneigte sich knapp vor Anne und Augusta, um sich gleich wieder seinem Vater zuzuwenden. «Würdest du die Güte haben und mit mir …»

«Nein.» Auch Anne erhob sich. Sie lächelte, was in ihrem plötzlich sehr blassen Gesicht grotesk wirkte. «Nein, wir werden hier darüber sprechen. Ich denke, ich weiß, worum es geht, und da es solchen Zorn entfacht, muss es jetzt und hier besprochen werden. Setzt euch», sie nahm selbst wieder Platz, sodass Vater und Sohn nur blieb, es ihr gleichzutun, «und behandelt Augusta und mich nicht wie hübsche Accessoires, wir kennen uns beide von klein auf bestens in einem Handelshaus aus. Nicht nur im Salon, auch im Kontor.»

Claes sah Anne prüfend an. Er wäre nun sehr viel lieber mit Christian alleine, aber sie hatte ihre Gründe, und er hatte sie fast von Anfang an auch als die ungewöhnliche und mutige Frau geliebt, die sie war.

«Gut, wie ihr wünscht.» Er legte seine erkaltete Pfeife auf die Zinnschale und nahm einen Schluck aus seinem Glas, bevor er ruhig fortfuhr: «Gehen wir es etwas ruhiger an, Christian. Du sprichst von einer Abrechnung oder einem Beleg von der Hamburger Bank, so nehme ich an, die fälschlich an dich gesandt worden sind. Ich will nicht annehmen, du habest meine privaten Papiere auf andere Weise an dich genommen.» Er bemühte sich zu übersehen, wie Christian errötete. «Du bist mein Compagnon, nicht der Herr unseres Hauses. Das wirst du sein, aber noch nicht jetzt, noch sind wir beide da. Wie meine Dokumente auf dein Pult und in die Lade geraten sind, klären wir später oder auch nicht, das ist jetzt unwichtig. Wieso denkst du, ich könne mit meinem Besitz nicht tun, was mir beliebt?»

«Weil es unser Haus schwächt und schädigt, weil es unvernünftig war. Höchst unvernünftig. Fünfhundert Mark banco. Was hätte man mit diesem Geld an Nützlichem bewirken können, und wenn ich bedenke, wie schwer verdienstvolle Männer wie Freund Barghusen für die Armen an den Türen bitten müssen. Für eine solche Summe hätten wir auch weitere Parten an Handelsschiffen kaufen können, das wäre hervorragend für die Zukunft des Hauses. Man kann dafür ein neues Armenstift bauen und die Bewohner für ein Jahr mit Feuerholz versorgen, man kann …»

«Das ist ein bisschen übertrieben, aber mit achthundert Mark ginge das leicht. Auch einen weiteren Vorleser kann man sich damit leisten. Oder den Kindern im Waisenhaus Extrarationen an Rindfleisch für die Sonntage. Was sie übrigens durch Augustas christliche Gaben schon bekommen.»

Christian sah seinen Vater erst irritiert, dann fassungslos an. «Achthundert Mark banco», sagte er tonlos, «und wo …?», er musste einen aufgeregten Schluckauf unterdrücken, «wo sind die Verträge, die Absprachen? Du wirst doch eine sehr hohe Beteiligung am Erfolg der Erfindung vereinbart haben. Dazu muss es Dokumente geben, mit Unterschriften und Siegeln.»

«Natürlich, die gibt es.» Er zupfte an seiner Spitzenmanschette herum: «Oder: Die gab es. Was, denkst du, haben wir in Meuniers Schuppen gesucht, als Wagner uns ertappte wie Schuljungen beim Äpfel-Stehlen?»

«Weg? Alle Dokumente sind weg? Vater, das ist verrückt. Noch verrückter, als es der tote Mechaniker war.»

«Vielleicht.» Claes Herrmanns' Stimme klang trotz alledem heiter, falls es nicht seiner wahren Laune entsprach, war er ein hervorragender Komödiant. «Manchmal muss man so etwas riskieren, auch etwas scheinbar Verrücktes. Im Übrigen …»

«Im Übrigen», unterbrach Anne ihn mit fester Stimme, «ist das ein Streit um des Kaisers Bart, denn ein beträchtlicher Teil des Geldes stammt aus meinem Besitz. Dein Vater hat keine ganz arme Frau geheiratet, Christian, vielleicht hast du das nicht bedacht.»

«Und ich», warf Augusta ebenso heiter wie ihr Neffe ein, «ich habe auch mein Scherflein beigetragen. Ich kann dir nur raten, lieber Christian, solltest du dich eines Tages doch noch für die Ehe entscheiden, lass deiner geliebten Gattin ihr Erbe. Eine Frau, die über eigenes Geld verfügt, ist sehr viel besser gelaunt als eine, die sich immer ducken und um Nadelgeld bitten muss.»

Nun starrten alle Augusta an, bis Claes Herrmanns in lautes Gelächter ausbrach, Anne fiel ein, und Augusta blickte in hohem Maße zufrieden in die Runde.

«Stimmt es, Augusta», fragte Claes endlich, «oder machst du dir einen Spaß mit uns? Gib es nur zu. Wir leben gerade in einer Stunde der ehrlichen Worte.»

«Kein Spaß», erklärte sie. «Wir sollten ihn nicht verraten, Claes, nicht wahr? Aber ich bin sicher, Christian ist kein Schwätzer, gerade in dieser Sache. Dies ist nichts, über das man in Jensens Kaffeehaus plaudert. Der liebe Bocholt war so charmant, mich an seinem Anteil zu beteiligen, ganz diskret natürlich. Ich hielt das für eine fabelhafte Idee, es ist viel interessanter als Lotteriespielen. Das Risiko ist etwa das gleiche, aber es gefällt mir viel besser, an einem solchen Abenteuer beteiligt zu sein. Ich bitte euch, ein Dampfwagen! So eine Novität. Wozu darf ich so alt werden, wenn ich nicht verrückt genug für eine kleine Caprice bin.»

«Kleine Caprice mit Monsieur Bocholt?», japste Christian. «Dem vernünftigsten Mann der Stadt, ach was, Europas!»

«Tja», sagte Claes und grinste, und Augusta sagte: «Dem ist kaum zu widersprechen, auch mit dem Humor ist es bei ihm nicht weit her, wie wir wissen, aber er kann ein angenehmer Gesellschafter sein. Vernunft mit Ernsthaftigkeit gepaart – damit kann das Geschäft nur richtig gewesen sein. Jedenfalls theoretisch.»

«Unbedingt», rief Anne, die die gemurmelten letzten beiden Worte überhört hatte und sich plötzlich ganz beschwipst fühlte, weil so viel unerwartete Versöhnung in der Luft lag. «Unbedingt, und mein Bruder hat geschrieben, Jouffroy d'Abbans, der uns damals auf Jersey mit dieser wunderbaren Begeisterung von seiner Idee erzählt hat, ein solches Schiff zu bauen, ein Dampfschiff, ganz ohne Segel, was ich noch viel verrückter finde, ist inzwischen erwachsen und plant in Paris erste Versuche. Es heißt, sogar der König habe großes Interesse und dessen Admiräle natürlich auch.»

Niemand am Tisch hörte das leise Klirren hinter der Tür, alle waren zu sehr vom Geschehen unterhalten, amüsiert oder fassungslos. Blohm mit dem Silbertablett voller böhmischer Likörgläser nahm das Ohr von der Tür. Ein guter Diener, so hatte er gelernt, sollte möglichst viel über die Belange seiner Herrschaft wissen, natürlich nur, um ihr in bester Weise zu dienen. Er ging leise wieder, mied die dritte, nämlich die zum Knarren neigende Diele, um sich in der Nische mit dem Wandbrunnen aus Kieler Fayence eine kleine Notiz zu machen, wegen der womöglich lukrativen Sache mit dem Dampf, nur wegen der interessanten Wissenschaft.

«Wie erfreulich», sagte Augusta am Tisch, «es ist wirklich eine feine Erfindung, falls sie funktionieren sollte. Aber Verrückte wie wir nähren uns von der Zuversicht. Da bleibt noch eine Frage. Ich dachte, Christian, es sei an dir, sie zu stellen.»

Der blickte wieder in sein Glas, es war immer noch halbvoll, obwohl er just in diesem Moment furchtbaren Durst spürte, und überließ es Augusta fortzufahren. Er ahnte die Antwort, das wäre in diesem Moment ein verdienter, doch zu billiger Triumph gewesen.

«Bleibt also diese Frage», fuhr Augusta bereitwillig fort, «was ist mit dem Geld geschehen, das er schon bekommen hatte? Was hat Meunier damit gemacht? Wo ist es? Ich könnte auch fragen», schloss sie heiter, «wer hat es?»

Der Nachmittag schritt voran, als Rosina sich auf den Weg zurück zur Stadt machte. Es war die Stunde, zu der das Licht sich noch nicht vom Tag verabschiedet, aber schon melancholisch wird. Auch die Reihe der Fuhrwerke und Kutschen, die auf das Steintor zu rollten, wurden zahlreicher, bis sie in den letzten Stunden vor Toresschluss in großer Menge zum Tor drängten. Rosina blickte noch einmal zum Borgesch zurück. Zwei mit Stämmen beladene Fuhrwerke vom Holzhafen hatten den Holzplatz beinahe erreicht, das Geräusch der langen Sägeblätter, die über den Gruben aus dicken Baumstämmen Bretter machten, war kaum mehr zu hören, der Nordwest trieb es über die Gärten und Felder der Marschlande zur Elbe. Freundlicherweise nahm er auch den Gestank von den Schweinekoben und den Straßenkummergruben mit.

Der Tag war ereignisreich gewesen. Zwei, vielleicht drei Stunden waren vergangen, seit sie sich ein zweites Mal von den Komödianten verabschiedet hatte, gleichwohl glaubte sie, noch das Schaukeln des Wagens zu spüren, den Druck in ihren Händen, die das Kutschieren nicht mehr gewöhnt waren. Dabei war es nur ein kurzes Stück Weg vom Dragonerstall am westlichen Abschnitt des Festungswalles, durch die Stadt und das Steintor bis zum Beginn der Großen Allee. Von dort war es nicht mehr weit bis zum Eschenkrug, als sie vom Wagen gestiegen war, hatte es noch einmal ein großes Verabschieden gegeben, und die Wagen waren weitergerollt.

Sie hatte ihnen nachgesehen, endlich mit leichtem Herzen, und sich amüsiert, als ihr das Gesicht der Madam Schwarzbach einfiel. Die reiche Witwe war den bepackten Komödiantenwagen in ihrer offenen Kutsche auf dem Jungfernstieg entgegengekommen, ihre Fülle in einen Berg von Kissen gelehnt. Ihren flinken kleinen Augen entging nichts. So erkannte sie Rosina, die eine Madam Vinstedt geworden war und nun, kaum dass ihr ehrbarer Ehemann nach Wetzlar ritt, wieder mit den Fahrenden loszog. Diese brandneue Wahrheit machte gewiss schon die Runde in der Stadt. Madam Schwarzbach würde schrecklich enttäuscht sein.

Wagners mehr oder weniger unausgesprochene Anregung, sie möge sich dort beim Holzplatz und im Eschenkrug einmal umsehen, war ihr gerade recht gekommen. Und sicher erfuhr sie dort mehr als ein Weddemeister im amtlichen Auftrag.

Es war etwa ein Jahr her, seit Rosina zuletzt auf dem Borgesch gewesen war. Das Gasthaus unter dem tiefgezogenen, zur Wetterseite schon moosigen Reetdach stand von Eschen beschattet in der Senke hinter dem Holzplatz. Rosina hatte gehört, es habe inzwischen auch offiziell eine neue Wirtin bekommen. Der alte Wirt war im vergangenen Winter gestorben, was niemanden überrascht hatte, weil Wilhelm Hain nicht alleine, sondern mit einer ganzen Horde tückischer Dämonen aus dem Krieg zurückgekommen war, so sagten die Leute in St. Georg, mit denen hatte er Tag für Tag bis in die Nacht einen Krug Branntwein und dazu den einen oder anderen Schluck Bier teilen müssen. Die neue Wirtin, Elske, war als Schankmagd und Köchin schon lange die eigentliche Herrin der Wirtschaft gewesen. Es hieß, der alte Wilhelm habe ihr das ganze Anwesen vermacht, was zu schönstem Klatsch Anlass gegeben hatte, an dem aber nichts stimmte, jedenfalls fast nichts.

Von außen erschien das Haus düster, aber Diele und Gastraum waren gefegt, die Spucknäpfe fast leer, die Tische gescheuert, es gab Zinnleuchter für die Unschlittkerzen, und die Bierkrüge auf der Theke wirkten unversehrt, der große Kachelofen, auch daran erinnerte Rosina sich, war erst vor wenigen Jahren gebaut worden.

Elske kam aus der Küche hinter dem Thekentisch, als Rosina eintrat. Sie war immer noch so rotblond, der dicke Zopf unter der lockeren weißen Haube wieder im Nacken zum Knoten gewunden, und ihr offen musternder Blick verriet immer noch ihre Neigung, Menschen zu misstrauen. Ihre Züge hingegen schienen weicher, ihre Figur fülliger – Elske war schwanger. Sie blinzelte in das Gegenlicht vor der offen stehenden Tür, dann lächelte sie ihr breites Lächeln.

«Rosina? Sehe ich richtig? Die feine Madam Vinstedt. Was treibt Euch zu uns vor die Tore zwischen Galgenfeld und Schweinekoben?» Das war übertrieben, die Schweinekoben und Kummergruben lagen noch ein ganzes Stück weiter bei der äußeren Befestigung, und das Galgenfeld befand sich seit geraumer Zeit viel weiter außerhalb. Elske kokettierte also immer noch mit ihrem Leben in der Vorstadt, mit dem zweifelhaften Ruf. «Es ist lange her.»

«Sehr lange», stimmte Rosina zu. «Mehr als ein Jahr? Die Zeit vergeht zu schnell.»

Elske füllte einen Becher mit klarem Wasser und reichte ihn Rosina. Erst als sie trank, spürte sie, wie durstig sie gewesen war.

«Bei uns schmeckt das Wasser besser als alles, was ihr aus den Fleeten schöpft», sagte Elske mit dem Stolz der Vorstädterin gegen die Leute aus der Altstadt und fügte dann hinzu: «Pieter und ich dachten schon, dass Ihr bald kommt.»

«Stimmt», sagte eine Stimme hinter Rosina, «man hört aus der Stadt, Ihr helft dem Weddemeister immer noch gern auf die Sprünge.»

Pieter Hillmer vom Holzplatz war eingetreten, er brachte den Geruch von frisch gesägtem Holz mit und begrüßte Rosina mit einem freundlichen Nicken. Er war wenige Jahre älter als sie, somit einige Jahre jünger als Elske. Sein wettergegerbtes Gesicht mit den ernst blickenden Augen, das strohblonde, kaum kinnlange Haar waren unverändert, doch strahlte er eine Würde aus, die sie damals nicht an ihm wahrgenommen hatte. Er war kein glücklicher Mann gewesen, in jenem Jahr, das schien sich geändert zu haben.

«Und in der Stadt wird gesagt, der erste Mann vom Borgesch und Mamsell Elske vom Eschenkrug haben geheiratet. Ich gratuliere.» Pieter nickte ernsthaft, und Elske, nun Madam Hillmer, lächelte ganz allgemein.

An der Tür entstand Unruhe, Pieter trat hinter den Tresen zu Elske. Seine Männer vom Holzplatz machten Pause. Sie waren zu sechst und schoben sich die Bänke um einen großen Tisch zurecht, durch das Schlurfen und Klappern ihrer Stiefel und Holzschuhe war das Tock-tock des Holzbeins eines der Älteren, der vor Jahren als Flößer zwischen die Stämme geraten war, auf den Dielen deutlich zu hören. Alle gaben sich redlich, gleichwohl vergeblich Mühe, den ungewohnten Gast zu übersehen. Elske brachte die schon gefüllten Bierkrüge, einen Laib Brot und ein großes Stück geräucherten fetten Speck. Das Messer, das sie dazulegte, sah aus, als könne es auch den Abdeckern hinter den Kummergruben beste Dienste leisten.

«Ihr seid wegen des Jungen von der Lohmühle hier?», fragte sie, nachdem sie sich mit Rosina an den nächsten Tisch gesetzt hatte. «Stimmt es? Einer hat ihn umgebracht? Ausgerechnet in der Lohgerberei an der Kleinen Alster?»

«Ja, in der Nacht vor fast anderthalb Wochen. Dann kanntet Ihr ihn also.»

«Nur wenig. Ab und zu kam er auf ein Bier zu uns. Weiß man noch nicht, wer's war?»

«Das ist schwierig herauszufinden, wenn einer fremd in der Stadt ist, wenn ihn kaum jemand kennt und man nicht einmal genau weiß, woher er gekommen ist. Warum habt Ihr gesagt: ‹ausgerechnet in der Lohgerberei›?»

«Zum Glück versteh ich nicht viel von solchen Sachen wie Mord und Totschlag, wobei ich nicht behaupte, hier leben nur Engel. Trotzdem ist es doch ein spaßiger Zufall, wenn einer im Schuppen bei der Lohmühle wohnt oder arbeitet, so genau weiß ich nicht, was er da gemacht hat, und wenn er dann in einer Lohgerberei sein Ende findet. Hübsch gesagt, sein Ende findet, schöner wird's davon trotzdem nicht. Überhaupt nicht. Ich weiß», sie legte die Hände um ihren sich sanft wölbenden Bauch, den ihre Röcke und die Schürze für Unaufmerksame und Gleichgültige noch versteckten, «aber warum soll man's hässlich und gemein sagen? Ist auch so schlimm genug.»

Ihr Blick glitt zum hinteren Fenster, es bot nur einen sehr begrenzten Ausblick auf den Hühnerhof mit einer anschließenden Wiese. Beide wussten, dass sie an dasselbe dachten, an die im vorletzten Februar ermordeten Schwestern, denen Elske stärker verbunden gewesen war als allen anderen Menschen.

«Ich denke, er war ein netter Junge», sagte sie endlich mit fester Stimme, «ein netter dummer Junge. Wie einer häufig ist, wenn er immer behütet wird und dann mit zu großen Träumen in die Welt zieht. Manchmal geht es gut, und so einer findet seinen Hafen. Manchmal auch nicht.»

«Dann war er oft im Eschenkrug?»

Elske zuckte die Achseln. «Was ist oft?» Und als Rosina sie immer noch fragend ansah: «Er war gerne hier, besonders wenn viele Gäste da waren. Wer immer alleine in so 'nem Schuppen haust, braucht Gesellschaft. Und bevor Ihr fragt, ich weiß nicht, was er da bei der Mühle gemacht hat, ein paar Mal hat er erzählt, er will eine Maschine bauen, die soll die Welt verändern, wie Kolumbus … hat er Kolumbus gesagt, Pieter?»

Der war noch damit beschäftigt, die Bierkrüge seiner Männer nachzufüllen. Andere Gäste waren nicht da. «Kann sein. Ich hab ihm nicht richtig zugehört, er hat wohl 'n bisschen damit angegeben, wenn Aline hier war. Und Palle», er grinste, «der hat ihn aber weniger interessiert.»

«Aline?», fragte Rosina und dachte, der Weg habe sich schon gelohnt. Es stimmte, was Wagner gehört hatte: Aline hatte Meunier gekannt, zumindest waren sie sich hier begegnet. «Die Tochter der Gardewinsch?»

«Ihr kennt Aline? Sie kommt manchmal her und hilft mir, weniger in der Küche als in der Gaststube. Wo ein schönes Mädchen ist, soll man's auch zeigen, das ist gut fürs Geschäft. Ihr vom Theater wisst das noch besser als ich.»

«Stimmt. Ein Gasthaus ist auch ein Theater, nur ein halbes vielleicht, dafür spielen alle mit auf Eurer Bühne. Dann arbeitet Aline also für Euch? Weiß das Madam Gardewinsch?»

«Nein und ja, ich bin so was Ähnliches wie Alines Patin, nur ohne den Segen vom Pfarrer. Ich kenne Johanne fast mein Leben lang.»

Es brauchte einen Wimpernschlag, bis Rosina verstand, dass mit Johanne die Gardewisch gemeint war. «Dann seid Ihr sehr vertraut mit dem Mädchen. Der junge Meunier war bestimmt in sie verliebt?»

Elskes Blick wurde wachsam. «Jetzt reimt Euch bloß keinen Unsinn zusammen. Aline war zu ihm nicht netter als zu anderen Gästen, da könnt ihr jeden fragen. Wenn einer sich in ihr hübsches Gesicht verguckt, ist das nicht ihre Schuld.»

«Pardon, so hab ich's nicht gemeint. Natürlich ist das nicht Alines Schuld, und wie Ihr schon sagtet, wir vom Theater kennen uns mit mancherlei aus, seit es Theater gibt, also seit Adam und Eva oder gleich danach. Frauen auf der Bühne und Frauen an der Theke schüren die Phantasie mancher Männer, und die halten sich dann für unwiderstehliche Don Juans.»

Elske wusste nicht, wer dieser Herr war, jedoch verstand sie auch so nur zu gut. «Aline kann sich wehren», erklärte sie ruppig, «aber das finden manche dieser Kerle besonders reizvoll. Kann man so oder so verstehen. Jedenfalls, wenn ich sage, Aline kann sich wehren, mein ich nicht, sie könnte einen dummen Jungen umbringen, nur weil der sie anhimmelt.»

Daran habe sie gar nicht gedacht, erklärte Rosina. Eigentlich habe sie an gar nichts Bestimmtes gedacht. Überhaupt sei sie nur in der Nähe der Großen Allee gewesen und habe eine kleine Rast im Eschenkrug machen und einen Rat einholen wollen. «Nämlich ob Ihr wisst, wer der junge Meunier überhaupt war. Weil er so nah bei Euch logiert hat.»

«Logiert. Hm, so fein kann's in dem Schuppen nicht gewesen sein. Das Frühjahr war kalt und nass, da wird er tüchtig gefroren haben, er war irgendwann im März zum ersten Mal hier. Aline hat sich daran erinnert. Vielleicht hatte er Geld und 'n paar Pelze für sein Lager, dann war's gemütlicher. Jetzt guckt Ihr schon wieder so. Ich weiß nicht, ob er Geld hatte, ob viel oder wenig. Er hat immer gleich bezahlt, was er getrunken und gegessen hat, hat auch mal einen eingeladen, der ärmer dran war. Er war kein Knieper.»

«Genau», warf einer der Männer aus der Holzplatzrunde ein, der, dem an der linken Hand zweieinhalb Finger fehlten. An deren Tisch war es inzwischen still geworden, keiner hatte sich den beiden Frauen zugewandt, aber alle hatten begonnen, aufmerksam zuzuhören. Zuerst weil es nach Streit geklungen hatte, das versprach gute Unterhaltung, hier war ja sonst nichts los, außerdem hatten sie alle den kleinen Mechaniker gekannt, wenn auch nur wie man einen kennt, der ein bisschen anders ist, aber nicht stört. «Genau», bekräftigte er, «der war 'n bisschen verrückt, hat aber keinem was getan. Von hier war der nicht, nicht mal aus Altona …»

«Braunschweig», wusste ein anderer, «der hat mal was von Braunschweig gesagt …»

«Nee», mischte sich sein Sitznachbar ein, «nee, das war 'n anderer, der Meunier hat mal gesagt, er is' aus Magdeburg.»

«Magdeburg? Weiß ich nicht, kann sein, ist auch egal. Wo er jetzt tot ist, ist das egal.»

Trotzdem ging es noch ein bisschen hin und her, Göttingen kam ins Spiel, Lüneburg, Rosina hörte zu. Elske war aufgestanden und kam mit einer Schale Suppe mit Graupen zurück, es duftete nach Brühe, Petersilie und Ingwer, stellte sie mitsamt einem Löffel und einer Scheibe Brot vor Rosina auf den Tisch, was sehr großzügig war. Vielleicht hatte sie sich erinnert, dass Rosina zwar mit dem Weddemeister vertraut war, ihm aber nicht wie ein Hündchen folgte, sondern im Zweifelsfall auf der richtigen Seite blieb und auch zu schweigen verstand. Sie nickte auffordernd und setzte sich wieder.

«Warum fragt Ihr nicht den Lohmüller, der hat ihn sicher besser gekannt als wir. Ach ja, ich verstehe, da wart Ihr schon.»

Rosina kaute gerade auf einem Stückchen Rindfleisch, das der Suppe Kraft gab, und schüttelte den Kopf. «Die Suppe ist köstlich, wirklich köstlich», sagte sie endlich und tauchte den Löffel schon wieder ein, «nein, ich war nicht dort. Das ist Sache des Weddemeisters, ich denke, er hat längst mit ihm gesprochen. Und wenn ich es noch mehr bedenke, hat der Lohmüller gemeint, Meunier sei gern zum Eschenkrug gewandert. Hin und wieder. Es gibt eine Reihe anderer Gasthäuser in St. Georg, Eures hat er bevorzugt. Ich bin wirklich nur zufällig in der Nähe gewesen.» Sie zeigte ihr altes Katzenlächeln, was jemand, der sich in der weiten Welt auskannte, mal ein Ozelotlächeln genannt hatte, und Elske lachte mit.

«Gerade habt Ihr so ein Katzengesicht gemacht wie Aline, die kann es mindestens so gut. Und denkt deswegen einer, Ihr habt den armen Jungen umgebracht? Solchen Quatsch?

Vergesst mal Aline. Ist der Meunier nicht mitten in der Nacht umgebracht worden? Na bitte! Aline schläft mit Johanne in der Kammer, Johanne hört alles, sogar tief im Schlaf», sie lachte in sich hinein, Rosina hätte gerne gewusst, welche Erinnerung so vergnüglich war.

«Vielleicht hat sie einen eifersüchtigen Galan oder gar einen Bräutigam …»

«Eifersüchtig auf den Jungen? Da muss ich lachen», sagte Elske und lachte diesmal überhaupt nicht.

Aber der Holzarbeiter mit den fehlenden Fingern lachte, nachdem er erst einmal kräftig gerülpst hatte. «Umgekehrt», verkündete er feixend, «das war umgekehrt.»

«Wie umgekehrt? Aline war eifersüchtig? Auf wen?» Rosina fragte danach nur halbherzig. Diese ewig gleichen Liebeshändel waren meistens nur Händel um Macht und Besitz. Andererseits wurden um Macht und Besitz Kriege geführt – warum nicht ein Kleinkrieg mit nur einem Toten? Zunächst einem Toten, wer konnte wissen, was noch geschah?

«Nee», sagte der Fingermann, «das glaub ich nich'. Aber bei der Aline weiß man nie. Nee, der Mechaniker.»

«Finger, du erzählst dummes Zeug.» Elske klang streng, aber ihr Tadel verpuffte unbeachtet.

«Der Mechaniker, das sag ich, und das stimmt. Einmal hat's sicher gestimmt. Als dieser feine Monsieur hier war, mit dem feinen schwarzen Rock, wo keiner wusste, was der hier wollte. War wohl 'n Sonntag, wo oft Leute aus der Stadt kommen.»

«Der wollte 'n Krug Bier trinken. Der kam doch von Wandsbek rüber. Da ist man durstig, wenn man ganz von Wandsbek kommt …»

«Dort, wo der Baron Schimmelmann sein neues Schloss baut?», fragte Rosina. «Den ganzen Weg von Wandsbek zu Fuß?»

Das wusste keiner. «Muss wohl, 'n fremdes Pferd war nicht angebunden.»

«Kann er hinten angebunden haben.»

Die Sache mit dem Pferd musste dringend entschieden werden, leider gelang es nicht endgültig, woran die Hühner die Schuld trugen. Denn eine letzte Frage blieb strittig. Hätte er das Pferd hinten angebunden, wo ein Fremder sowieso nichts zu suchen hatte, hätten die Hühner wild gegackert, Zeter und Mordio, weil das dumme Federvieh schon bei jedem Mucks dachte, der Fuchs schleiche in den Hof. Andere fanden, dieses Geschrei zeuge im Gegenteil von der Klugheit des Geflügels, weil der Fuchs nun mal ein mörderischer Hühnerdieb sei. Bevor die Frage der Dummheit oder Klugheit der Hühner in Elskes Stall vertieft werden konnte, erinnerte Rosina an den Mann aus Wandsbek. Auf den sei der Mechaniker also eifersüchtig gewesen? Und ob Aline den Herrn denn schon länger gekannt habe?

«Ich hab gehört, der war gar nicht in Wandsbek», wandte der jüngste der Männer ein, den noch anstelle eines ordentlichen Bartes zahlreiche Pickel schmückten, «der war bei den armen alte Weibern im Stift bei der Kirche.»

«Bei der Kirche», sagte Rosina, «aha, das ist nicht so weit von hier. Wer war er eigentlich?»

Das wusste auch keiner, aber schlecht gelaunt sei er gewesen. «Stimmt», sagte Pieter, er hatte sich inzwischen zu seinen Männern gesetzt. «Ich erinnere mich auch. Die Laune wurde aber bald besser.»

«Sag ich ja, war alles wegen Aline, das hat den Spinner aus dem Mühlenschuppen fuchtig gemacht.»

«Fuchtig? Er war wütend? Sie haben sich geprügelt?»

«Ha, das wär mal was gewesen.» Die Vorstellung einer garantiert unterhaltsamen Prügelei, gerade zwischen zwei Fremden, rief allgemeine Heiterkeit hervor, sogar Elske lachte. «Das wär ein Spaß gewesen. Die sahen beide nicht nach kräftigen Fäusten aus. Ab und zu gibt's hier 'ne Prügelei, obwohl ich's verboten habe. Sonst geht alles zu Bruch, die teuren Fenster, die Krüge. Und wer bezahlt mir das? Keiner. Prügeln können die Kerle sich draußen so viel sie wollen, da ist genug Platz. Nee, es sah aus, als hätten sie 'ne kurze – wie würdet Ihr das nennen? Meinungsverschiedenheit.» Sie spitzte dabei affektiert die Lippen. «Und jetzt denkt Ihr: Mit so 'ner Meinungsverschiedenheit hat's angefangen, und zu Ende war's in der Lohgerberei an der Kleinen Alster?»

Der Fingermann lachte dröhnend, er fand das sehr komisch, Elske auch. Die anderen wiegten die Köpfe, leerten endlich ihre Krüge, sofern noch ein Rest drin war, und folgten Pieters Pfiff zurück an ihre Arbeit.

Rosina fand es Zeit zu gehen, obwohl sie wenig erfahren hatte, kaum mehr, als dass Aline und Palle im Eschenkrug so etwas wie ein zweites Zuhause hatten und sich ab und zu Leute, insbesondere Männer im dunklen Rock aus feinem Tuch, auf einen Krug Bier herverirrten und mit Aline anzubändeln versuchten.

Himmel – warum hatte sie nicht gleich daran gedacht? Wie hatte sie das über dem Geschwätz der Männer vergessen können?

Der etwas feinere Herr in dieser Schänke und jener mit Aline in der Hausnische am Valentinskamp? Zwei Männer? Oder ein und derselbe?

Eifersucht konnte mörderisch sein. Das kam wahrlich nicht nur auf dem Theater vor. Trotzdem, das war dünn. Und irgendetwas passte nicht zusammen. Irgendetwas? Da passte gar nichts zusammen.

Als sie sich verabschiedete und Suppe und Wasser bezahlen wollte, nahm Elske ihre Münze nicht. «Die Suppe war grad noch im Topf übrig», sagte sie schroff, «und unser Wasser ist eine Gottesgabe, dafür Geld nehmen wär lästerlich.»

An der Tür berührte sie zögernd Rosinas Arm, ihr Gesicht war ganz klein geworden. «Eine Frage noch, wenn Ihr erlaubt. Ja, nur eine Frage. Ihr kennt die alte Hebamme auf dem Hamburger Berg, stimmt's? Es heißt, sie ist die allerbeste, sie kann Mutter und Kind retten, wo andere aufgeben. Mit Gottes Hilfe, natürlich nur mit Gottes Hilfe und wenn es so im ewigen Buch geschrieben steht. Meint Ihr, sie kann … wir werden gut bezahlen, was sie auch verlangt. Meint Ihr, ich kann um ihre Hilfe fragen?»

Elske, die stolze Elske, hatte Angst wie alle Frauen. Weil sie wie alle Frauen wusste, was die Männer leicht vergaßen: Jede Geburt war ein Wettkampf mit dem Tod, dem mächtigsten aller ungleichen Gegner, der allzu oft der Sieger war.

«Natürlich könnt Ihr Matti um ihre Hilfe bitten», sagte Rosina sanft. «Es ist das Beste, was Ihr für Euch und Euer Kind tun könnt. Klänge es nicht so dumm, würde ich sagen, Matti hat Zauberkräfte in ihren Händen, vielleicht noch mehr in ihrem Herzen. Sie spürt und weiß alles, wenn es um Körper und Seele der Frauen geht. Wartet nicht zu lange», sagte sie noch, schon halb im Gehen, «je früher, je besser. Matti kann auch helfen, damit das Kind in Euch gedeiht.»

Rosina passierte das Steintor, ohne aufgehalten zu werden. Keiner der Wachsoldaten wollte wissen, ob sie unter ihrem Rock einen Beutel Kaffeebohnen in die Stadt schmuggele oder drei Eier und ein Klümpchen Butter, um sie auf dem Markt am Meßberg teuer zu verkaufen, keiner unterstellte ihr, sich selbst anbieten zu wollen, was bei einer noch halbwegs jungen Frau, die alleine unterwegs war, schnell geschah. Sie lief die Wallstraße entlang, überquerte beim Deichtor die Bille, und da sie ohne nachzudenken den Weg über die Wandrahminsel eingeschlagen hatte, beschloss sie, das als Wink zu verstehen, bei den Herrmanns anzuklopfen.

Es war keine ganz schickliche Zeit für unangemeldete Besuche in einem solchen Haus, aber Anne und Madam Augusta würde das nicht stören. Und vielleicht ergab sich ganz nebenbei die Gelegenheit zu fragen, was Claes Herrmanns, womöglich auch Monsieur Bocholt, über das Leben und Treiben Hippolyt Meuniers wussten. Und – nur eventuell – nach möglichen Gründen für dessen Tod. Seit ihrem Besuch im Eschenkrug war ihre Neugier erst richtig entfacht.

Auf ihr Klopfen öffnete Brooks, der gerade zu den Ställen gehen wollte. Viel länger, als Rosina das Haus und seine Bewohner kannte, war er der Kutscher und Stallmeister der Herrmanns. Er gehörte nicht gerade zu den Schwätzern, um es zurückhaltend auszudrücken, trotzdem erklärte er nun, die Mesdames säßen in Madam Augustas Salon beim Tee, er komme gerade von dort, ein freundliches Lächeln breitete sich über sein zerfurchtes Gesicht, als er fortfuhr, sie werde sicher auch jetzt gerne empfangen, den Weg kenne sie ja.

«Man hört, Ihr habet Kuno kuriert? Ist er wieder der Alte?»

«Grabbes schwarzes Untier? Ja, tatsächlich ist er ein freundliches Geschöpf, das müsst Ihr übrigens für Euch behalten, es würde Grabbe sehr kränken, und hat den Verband nur einmal am Tag von der Pfote gezerrt. Jetzt humpelt er nur noch ein bisschen, das geht vorbei.»

Kurze, schnelle Schritte. Mit einem hastig wiederholten «Pardon, Madam? Madam, Pardon? Ihr wünscht?» unterbrach ein herbeieilender Diener den Kutscher. Brooks knurrte etwas, das nach ‹Fledermaus mit Handschuhen› klang, zwinkerte und verschwand gelassenen Schritts über die breite Außentreppe.

«Kommt einfach in den Stall», rief er noch über die Schulter zurück, «wenn Ihr Monsieur Vinstedts Fuchs besuchen oder selbst reiten wollt.»

Blohm, Claes Herrmanns' neuer Diener mit den absurden weißen Handschuhen, hatte die Frau, die der Kutscher vorwitzig, nämlich ohne jede Befugnis in die Diele gelassen hatte, endlich als Freundin des Haues erkannt. Erst auf den zweiten Blick, weil eine Frau mit solchem Schuhwerk und beschmutztem Rocksaum, überhaupt keineswegs passend für einen Besuch gekleidet und frisiert, gewöhnlich an der Hintertür klopfte. Also dienerte er ohne echte Ehrerbietung, als er sie die Treppe hinauf zum Salon der Tante des Hausherrn geleitete. Er meldete die Besucherin nach der guten Ordnung, Madam Vinstedt wünsche Besuch zu machen! – zum Glück hatte Brooks ihm den Namen wieder in Erinnerung gerufen –, und trat mit elegant ausholender Geste zur Seite, um diese Madam einzulassen. Aber diese Madam war nicht da.

Rosina stand noch in der Biegung auf halber Treppe und betrachtete stirnrunzelnd drei Mantelumhänge, die in der großen Kaufmannsdiele an den Wandhaken bei der Waage auf ihre Besitzer warteten. Das gute schwarze Tuch war nichts Besonderes, sondern das Übliche. Alle drei hatten doppelte, tief über die Schultern reichende Kragen, bei zweien an der Spitze zusammengeschoben. Fast wie bei einer Kapuze. Oder wie kleine teuflische Flügel?

Blohm tauchte einige Stufen über ihr wieder auf, das Gesicht in unbotmäßigem, kaum verhohlenem Ärger gerötet, sie hatte ihm den gründlich geübten Auftritt verdorben. «Madam! Wenn ich bitten darf, Madam! Ihr werdet nun erwartet!»

«Ja, ich komme schon.» Rosina blickte immer noch hinunter in die Diele. Fast hätte sie den Diener nach den Besitzern der Mantelumhänge gefragt, aber dem spitznasigen jungen Blohm, der Fledermaus mit Handschuhen, wollte sie ihre unpassende Neugier nicht gönnen. Überhaupt waren Mantelumhänge dieser Art offenbar sehr in Mode, wenn dort gleich drei ganz ähnliche hingen.

Kapitel 11

Eine Klingel über der Tür? Zu teuer, aber es wäre schön. Immer wenn jemand hereinkam oder hinausging, wurde das Glöckchen bewegt und machte diesen freundlich einladenden Ton wie im Laden der Kunstblumenmanufaktur am Baumwall. Nichts Lautes oder Schrilles, nur ein kleines Glöckchen, das machte Musik. Und einen Schrank für die guten Kleider, die sie bei einigen Straßenhändlern entdeckt und für ihre Kleidersellerei gekauft hatte. Dann konnte aus diesem Lumpenlager ein wirklich manierlicher Laden werden.

Aline wollte viel, auch wenn sie nicht darüber sprach. Pläne behielt man besser für sich, bis es zu spät war, sie verächtlich zu machen oder zu hintertreiben. Mit den Straßenhökern hatte sie schlau gehandelt, Feilschen war ein Spiel, das ihr Spaß machte. Sie hatte nun einen ersten Vorrat an besseren Kleidern als jene, die von den Toten übrig blieben, Ware, die ihr einen guten Preis bringen sollte. Aber wer bezahlte einen guten Preis für etwas, das aus den Haufen und Stapeln oder zwischen den ganz alten Lumpen in den Körben hervorgezogen wurde? Wer hingegen eine Hose oder ein Hemd, auch einen Hut oder Handschuhe aus dem Fach eines sauberen Schrankes nahm, Hemden und Blusen sogar gewaschen und ausgebessert, hielt Kleider in den Händen, die nicht nach Schimmel, sondern noch nach Bienenwachspolitur rochen, nach Zitronenmelisse. Gar nach Lavendel. Das sprach sich herum, alles sprach sich herum in einer Stadt, und dann kam bald auch andere Kundschaft.

Seit Aline begonnen hatte, über die Kleidersellerei nachzudenken, hatte sie viel vor. Der eine oder andere Anlass war dazu nötig gewesen, neue Gedanken brauchten einen Anstoß, trotzdem war sie heimlich stolz darauf. Daran änderte eine unverdiente Ohrfeige gar nichts.

Was war schlimm daran, Männerkleider anzuprobieren? Und warum war es verwerflich, darin herumzuspazieren? Es waren gute Kleider gewesen, der Samt erst wenig abgewetzt, die braune Perücke noch fest. Der Umhang war ihr ein wenig zu lang gewesen, das hätte man ändern können. Inzwischen hatte sie alles gut verkauft, nichts anderes hatte sie vorgehabt.

Sobald sie daran dachte, brannte die Ohrfeige wieder in ihrem Gesicht. Es war nicht die erste gewesen, wer sein Kind liebt, züchtigt es, so hieß es. Sie und Palle hatten eine Menge solcher Liebe erfahren, so wie andere Kinder und Frauen auch. Aber das letzte Mal war lange her, seit sie und Palle groß genug waren, sich zu wehren, hatte sich diese Art Liebe nur noch selten bewiesen.

Palle hatte es schwerer gehabt. Als ihn ein scheuendes Pferd im Gedränge auf der Steinstraße mit einem Vorderhuf traf und sein Bein schwer verletzte, hatte die Gardewinsch, auch Aline nannte ihre Mutter so, keinen Wundarzt gerufen. Er solle sich nicht anstellen, hatte sie ihn angeherrscht und vorwärtsgestoßen, sondern die Karre weiterschieben. Der Leichnam darauf war sehr schwer gewesen. Erst später, als der Junge am Fieber fast starb, hatte sie nach einem Wundarzt geschickt. Palle hatte es überlebt und auch sein Bein nicht verloren. Aber seither konnte er nicht mehr richtig gehen und galt vielen als Krüppel.

Sie waren nun keine Kinder mehr, und sie, Aline Süderland, hatte vor, ein anderes Leben zu führen, ein besseres Leben, sie hatte nicht vor, sich aufhalten zu lassen.

«Was fällt dir ein?», hatte die Gardewinsch gezischt, als sie Aline in den Männerkleidern sah. Sie schrie nie, wenn sie richtig böse war, sie zischte. «So gehst du nicht auf die Straße. Was soll dieser Karneval? Wozu braucht eine ehrliche Frau Männerkleider? Nur Vagabundenweiber tun das. Unstetes Gesindel. Zieh das aus. Sofort ziehst du das aus.»

Aline hatte gespürt, wie ihr Schrecken kaltem Zorn wich. Aber sie hatte die Samtkleider, die sie nur einmal hatte probieren wollen, ruhig, gleichwohl mit zitternden Händen, ausgezogen und sich versprochen, sie werde sich nie mehr schlagen lassen. Gut möglich, dass sie andernfalls zurückschlüge.

Seither waren erst wenige Tage vergangen, dennoch war sie schon nicht mehr sicher, ob sie sich richtig an diese gezischten Worte erinnerte. Vagabundenweiber? Was gingen die sie an? Und es stimmte nicht. Es gab einige wirklich vornehme, sogar adelige Damen in der Stadt, die in Männerkleidern ausritten, mit einem weiten Mantelrock darüber, aber doch in Männerkleidern, Stiefel und Hosen waren immer zu sehen, und ihr schien, sie taten das mit Stolz. Bis auf ein paar verknöcherte Frömmler störte das in dieser vernünftigen Stadt niemand. Sie selbst hatte sich das nie gewünscht, aber sie wusste, wie viel leichter es sich darin bewegte. Auch die schönsten Röcke waren oft hinderlich, die Säume schleiften ständig im Schmutz und in den Pfützen der Straßen. In Männerkleidern konnte man sich viel freier bewegen, auch schneller. Und vielleicht, so dachte sie nun, wenn sie zukünftig ein eigenes Pferd besaß …

Sie zuckte die Achseln, stapelte einige wirklich lumpige Hosen aufeinander und legte sie in die alten Körbe. Es war schon dämmerig in dem niedrigen Raum, also war es längst Zeit. Wenn sie nicht gemeinsam in der Totenkammer gearbeitet hatten oder nach einem Findelkind sehen mussten, holte die Gardewinsch neuerdings ihre Tochter am Abend bei den Kleidern ab, und sie gingen zusammen in ihre Wohnung hinauf. Wenn Palle dort schon wartete, aßen sie gemeinsam, wenn er nicht da war, fragte niemand, wo er sein könnte. Ein junger Mann brauchte seine Freiheiten.

Aline öffnete die beiden Fenster, um vor der Nacht frische Luft hereinzulassen. Sie hatte schon früher gehört, frische Luft sei der Gesundheit förderlich, und neulich hatte Dr. Pullmann einen kleinen Vortrag darüber gehalten. Er hatte die Verbesserung der Luft in der Totenkammer gemeint, als gerade drei Leichname in dem Regal in Holzkisten lagen, um am nächsten Tag in einem Kuhlengrab beerdigt zu werden. Allerdings hatte der Tischler nur zwei Deckel geliefert, was bei Kadavern, die schon einige Zeit in einem Graben oder Hinterhof gelegen hatten, doppelt unangenehm war.

Die Gardewinsch war daran gewöhnt, sie fand diese neue Mode mit der frischen Luft lächerlich. Wozu man Häuser baue und Läden vor die Fenster oder gar das teure Glas in die Rahmen setzte, wenn man sie dann ständig aufreiße? Frische Luft? Gehöre nach draußen, nicht ins Haus. Und was an tückischen Dämpfen aus dem Erdreich aufsteige und krank mache, wie jeder wisse, warum solle man das ins Haus lassen?

Aline öffnete trotzdem die Fenster, in der Totenkammer und bei den Kleidern. Jedenfalls wenn sie alleine war.

Plötzlich fühlte sie sich unbehaglich. Sie wollte nicht mehr warten, sicher war ihre Mutter längst in die Wohnung hinaufgegangen und empfing sie gleich mit grimmigem Gesicht, warum sie so spät komme, ob sie sich neuerdings herumtreibe.

Rasch schloss sie ab und lief die Treppe hinauf, es war dunkel, roch wie immer nach Abtritt und zu vielen Menschen. Die Wohnung war verlassen, sie kletterte die steile Leiter zu Palles Abseite unter dem Dach hinauf, auch dort war niemand.

Sie setzte sich auf den dreibeinigen Hocker vor dem Herd. Im Topf klebte fest gewordene Buchweizengrütze, die könnte sie in Scheiben schneiden, es musste auch noch ein Streifen Speck da sein, dazu drei Zwiebeln, es würde für sie alle drei reichen, sie könnte …

Sie kratzte nicht die Grütze aus dem Topf, schnitt nicht Speck und Zwiebeln. Sie nahm das Messer auf, nur um es gleich wieder auf das Schneidbrett zu legen, öffnete das Fenster und sah in die Gasse hinunter. Da waren Menschen, die meisten in Eile, die Gardewinsch war nicht darunter.

«Sei doch froh», murmelte Aline und hielt doch weiter Ausschau. Hätte man sie gefragt, hätte sie entschieden behauptet, eine Stunde mehr, gar ein ganzer Abend, selbst der Rest ihres Lebens ohne die Aufsicht und Schurigelei ihrer Mutter sei die Erfüllung eines Traums. Das dachte sie auch jetzt, aber es waren nur Worte, und gleich fühlte sie sich als eine schlechte Tochter. Aline und die Gardewinsch liebten einander nicht, wie sich die Träumer und Poeten die Liebe zwischen Müttern und ihren Kindern dachten. Aber sie gehörten zusammen, wie es üblich und unabdingbar war, sie teilten ihre Wohnung und ihre Arbeit, ihr Essen. Sie brauchten einander, und vielleicht zum ersten Mal verstand und fühlte Aline, dass es doch um mehr ging als um das Dach über dem Kopf, Arbeitslohn und Essen, auch wenn sie es nicht benennen konnte.

Plötzlich fühlte sie eine große Unruhe. Wenn in den Gängen geflüstert wurde, die Gardewinsch betreibe so manches Geschäftchen, wenn das nur gutgehe und nicht im Schlick der Fleete oder im Werk- und Zuchthaus ende, dann wusste Aline nicht genau, was daran stimmte, zugleich zweifelte sie nicht daran. Nutzte nicht jeder Mensch Gelegenheiten, um das Leben ein bisschen leichter oder bunter zu machen? Und übersah nicht alle Tage jemand die Gefahren solcher

Geschäfte, die Grenzen des Möglichen? Schlagartig blitzte in ihrer Erinnerung ein halbes Dutzend Geschichten von Überfällen oder Unglücken in der Stadt allein während der letzten Wochen auf, sah sie einen hageren Frauenkörper auf der Leichenkarre …

Da rannte sie schon die Treppe wieder hinunter. Es gab viele Tage, an denen sie die Gardewinsch ans andere Ende der Welt wünschte, manchmal sogar auf den Grund des Ozeans, jedoch niemals, wirklich niemals auf den Leichenkarren.

Der Abend war mild, und es war viel Volk in den Straßen, sie schlängelte sich hindurch und erreichte schon bald den Hof des Eimbeckschen Hauses. Sie sah zum Fenster der Totenkammer hinauf – da war kein Licht, es war noch nicht ganz dunkel, aber wenn die Gardewinsch dort wäre, hätte sie jetzt schon zwei Kerzen angezündet. Immer nur zwei. Aline seufzte erleichtert auf, die Gardewinsch war zu einem Leichenfund gerufen worden, natürlich, sie und Palle bargen einen Toten. Sie gingen nur ihrer Arbeit nach. Gleich kamen sie mit der beladenen Karre in den Hof – aber die Karre stand in der Ecke bei der Tür zur breiten Treppe, genau dort, wo sie ihren Platz hatte, wenn sie nicht gebraucht wurde.

Und nun? Aline schob die Tür auf und lief mit langen Schritten die Treppe hinauf. Es musste nichts bedeuten, wenn noch keine Kerze brannte. Aber auch in der Totenkammer war niemand. Sie öffnete die Tür zum Anatomischen Theater. Sie war heute ebenso wenig verschlossen wie die zur Totenkammer – keine Menschenseele und bis auf gedämpftes Gemurmel und Gläserklirren aus den unteren Etagen nur Stille. Sie eilte durch den Saal, mattes Abendlicht fiel durch die Fenster herein, fiel auch durch die Gläser der Schausammlung toter und missgebildeter Körperteile, und gab dem Raum mit seinem seltsamen Mobiliar und der hohen Decke etwas Gespenstisches.

Sie schlüpfte rasch durch die seitliche Tür, die zu einer schmalen Treppe hinunter zum Ratsweinkeller führte. Die Gardewinsch dachte, ihre Kinder wüssten nicht, wie gerne sie im Schutz des riesigen alten Weinfasses in der Mitte des Kellerganges ein Glas Portugiesischen oder Rheinischen trank, vor den anderen Gästen sicher verborgen. Zugleich entging ihr von dort wenig. Das tags wie nachts dämmerige Licht narrte oft die Augen, gute Ohren hingegen hörten in dieser Ecke mehr, als manchen Gästen lieb sein konnte.

Als Aline die Tür zum Keller öffnete, schlugen ihr die von Tabakrauch geschwängerte Luft und der Geruch von verschüttetem Wein und schalem Bier entgegen. Speisen gab es im Ratsweinkeller nicht, allerdings konnte man sich von den Garküchen in den umliegenden Straßen etwas bringen lassen, was jedoch wenig in Anspruch genommen wurde. Sie trat vorsichtig in den breiten Gang. Der führte schnurgerade vom Hauptentree beim Bacchus bis zu den Lagern, und am Ende einige Stufen zu einem Ausgang und in einen bescheidenen dreieckigen Hof an der Kleinen Johannisstraße. An der linken Seite des Ganges reihten sich die Nischen mit Tischen und Bänken, im letzten Drittel verschlossene Lagerräume wie auf der gesamten gegenüberliegenden Seite. In der Mitte des Ganges stand das große Fass, bewacht von einer alten, deutlich mehr als mannsgroßen hölzernen Figur, sie sah nach einem Ritter aus, vielleicht verkörperte sie auch einen edlen Wilden, ähnlich dem im Bremer Schlüssel. Die vom Fass nahezu verborgene Bank bot gerade zwei Menschen Platz, nun saß dort weder die Gardewinsch noch jemand anderes.

Alines Augen gewöhnten sich rasch an das diffuse Licht. Sie hielt Ausschau nach Kellermeister Appolt, er würde wissen, ob Madam Gardewinsch hier war. Oder hier gewesen war. Bevor sie ihn entdeckte, wurden Stimmen in einer der mittleren Nischen lauter, eine schimpfende und eine halbherzig beschwichtigende.

«Ein Schwein, 'n schändlicher Verderber, das war der. Ersäufen wie 'ne Katze hätt man den sollen, das wär noch zu milde, hab ich gesacht, vielssu milde! Jetzissa ersoffen wie 'n Stück Rindsfell ...» Die Stimme des Mannes wurde mit den Worten lauter und zugleich verschwommener, wie es eben war, wenn einer zu viel getrunken hatte. Diese Stimme klang nach mindestens einem Quart Wein, oder auch zwei.

«Setz dich wieder», sagte die beschwichtigende, dabei ein Lachen unterdrückende Stimme, «und schrei besser nicht rum, sonst holt der Kellermeister die Wachsoldaten, und du landest im Loch.»

Das sei ihm egal, schimpfte der Betrunkene nuschelnd, ganz egal, er wolle noch mal ein Hurra ausbringen, jawohl, auf den Tod von diesem miesen Kerl. «Den hat der Teufel geholt, das is' doch klar. Der Teufel persönlich», er lachte auf betrunken singende Art, «diesen miesen gemeinen ...»

Aline schob sich um die Holzfigur, um besser in die Nische zu sehen, aus der die Stimmen kamen. Der Betrunkene war, wie es Trunkenbolden oft widerfährt, zum Vergnügen der anderen Männer geworden, zum schwankenden Hanswurst, keiner stand ihm wirklich bei, keiner beschützte ihn vor sich selbst. Auch Gäste aus anderen Nischen waren neugierig dem Lärm gefolgt, zwei verabschiedeten sich rasch mit indignierten Mienen, die anderen standen feixend und erwartungsvoll, was nun geschehen mochte.

Der Betrunkene plumpste zurück auf die Bank. «Meunier?», nuschelte er, den Namen mochte nur verstehen, wer ihn schon kannte, «von wegen Meunier. Meier, Henner Meier. Aufgebläht war der Kerl, un' jetzisses aus mit ihm.»

Er lachte schrill, verschluckte sich und hustete gurgelnd. Der Mann neben ihm beugte sich grinsend vor und klopfte mit falschem Mitgefühl seinen Rücken – und Aline erschrak.

Der Betrunkene richtete sich wieder auf und wedelte mit dem schwankend erhobenen Zeigefinger. «Das habt ihr gut gemacht, ganz richtig, ja, Gerechtigkeit, haben wir …», seine Stimme verschwand in einem unverständlichen Wortbrei, er beugt sich schwankend vor und küsste den Mann, der ihm den Rücken geklopft hatte, schmatzend mitten ins Gesicht.

Den Schwadroneur kannte Aline nicht. Der Junge, der ihm stumm und mit erschreckten Augen gegenübersaß, war Jakob Neulander, neben ihm lehnte sich ein älterer Mann mit unbewegtem Gesicht weit zurück gegen die Wand der Nische, Aline glaubte in ihm den Ehemann der Malerin zu erkennen, Monsieur Matthes. Sie war beiden auf der Treppe begegnet, als er seine Frau aus der Totenkammer abgeholt hatte. Sie hatte ihn für deren Vater gehalten, bis sie oben hörte, wer er tatsächlich war.

Der Mann neben dem Betrunkenen jedoch, den er dankbar zu küssen versucht hatte, das war Palle. Ihr Bruder. Eine dritte Stimme lachte leise aus dem Hintergrund, es klang nicht freundlich.

«Macht Platz», rief eine noch viel unfreundlichere Stimme, «wo ist der Trunkenbold mit den lästerlichen Reden?»

Sofort füllte sich der Gang mit neugierigen Gästen aus anderen Nischen, Kellnern, einer Magd, auch der Kellermeister tauchte wieder auf und hielt sich strikt hinter dem breiten Rücken des Weddeknechts Grabbe. Der tätschelte Kunos Schädel, nur sicherheitshalber, alle wichen respektvoll zurück, so blieb ungewiss, ob das Spalier, durch das Grabbe und Kuno zu dem schräg am Tisch hockenden Betrunkenen marschierten, wegen des Hundes oder wegen des Weddeknechts gebildet worden war. Grabbe war das einerlei, Kuno sowieso.

Dann ging es schnell, weil das, was geschehen musste, für einen Weddeknecht ganz gewöhnliche und oft geübte Pflicht war. Im Handumdrehen waren die, die noch am Tisch saßen, aufgestanden, Grabbe hatte ihre Gesichter trotzdem gesehen, keines außer dem des Betrunkenen und des Älteren war ihm fremd, er würde sie wiederfinden, alle. Falls es nötig wurde.

Er zerrte den Kerl, der die Ruhe eines honorigen Ratsweinkellers ungebührlich störte, auf die Füße und schleppte ihn, mehr als dass er ihn führte, durch den langen Gang, bis er mit ihm über die Stufen zum Bacchus-Ausgang hinauf in die Nacht verschwand. Nur Kuno wandte sich noch einmal nach den immer noch gaffenden Männern um, schleckte sich übers Maul, dass der Sabber nur so spritzte, was recht bedrohlich aussah, und folgte noch leicht humpelnd seinem Herrn.

Es war nicht weit. Die nächste Station war auch ein Keller, nämlich der höchst ungemütliche Kerker in der Fronerei bei St. Petri, der sich gleich neben dem Gewölbe der Marterkammer für die peinlichen Befragungen befand.

Aline stand noch immer reglos im Schatten des großen Fasses. Die Männer, die mit dem zornigen Fremden zusammengesessen und alle deutlich weniger getrunken hatten als er, hatten Münzen für ihren Wein oder ihr Bier auf dem Tisch gelassen und waren schnell verschwunden. Bis auf einen, dessen Lachen sie zuvor gehört, ihn aber nicht gesehen hatte – Magister Barghusen. Er blieb beim Kellermeister stehen, um sein Glas Burgunder zu bezahlen und auch die Zeche des Betrunkenen zu begleichen.

«Ihr werdet den bedauernswerten Menschen kaum wiedersehen, Meister Appolt», erklärte er leise, «selbst wenn er der Fronerei entkommt, was wir für ihn hoffen wollen. Er musste vor sich selbst und der Häme anderer gerettet werden. Ich wusste, Ihr werdet meinen Wink verstehen, die Wache kam schnell. Umso weniger sollt Ihr auf die Begleichung seiner Zeche verzichten.»

Er habe gerade mit Monsieur Matthes eine Auktion hier im Eimbeckschen Haus mit Zeichnungen und Drucken zugunsten der armen Alten im Stift bei der St.-Georg Kirche verabredet, sie erwarteten einen guten Gewinn dank der großzügigen Bürger dieser Stadt. Da könne man auch einmal die Schuld eines fehlgeleiteten Sünders und Trinkers begleichen.

Der Kellermeister verstand den Zusammenhang mit der mildtätigen Auktion nicht genau, aber machte sich das Leben niemals mit zu vielen Fragen unbequem, also dankte er Magister Barghusen ergebenst und mit tiefen Dienern, weniger wegen der Zeche, die er hätte verschmerzen können, weil solche Vorfälle im Ratsweinkeller selten, aber doch in seinen Kalkulationen im Voraus eingerechnet waren. Vielmehr war er erleichtert, weil der Magister in doppelter Hinsicht Großmut bewies, nämlich indem er eine fremde Schuld beglich und zudem nicht übel nahm, hier in eine Gesellschaft geraten zu sein, die seinem gewohnten Umgang und besonders seiner Stellung als Magister der Rechte und Untersekretär des Oberaltensekretärs des Heilig-Geist-Stifts nicht entsprach.

Aline fing den Blick Magister Barghusens auf, ihr Herz schlug schneller, und – da schob sich eine Hand unter ihren Arm und griff fest zu. «Verdammt, Aline, was machst du hier? Das ist kein Ort für Frauen, und wieso bist du nicht zu Hause? Es ist schon dunkel. Was denkst du, wird Mutter sagen?»

«Und woher kommst du so plötzlich? Bist du nicht gerade davongeschlichen? Und was Mutter sagen würde», sie entzog ihm mit einem unwirschen Ruck ihren Arm, «das wüsste ich gerne. Ich bin nur hier, weil ich sie suche. Sie ist nicht zu Hause, auch nicht oben in der Kammer. Manchmal ist sie heimlich hier unten, das weißt du so gut wie ich. Verrate mir lieber, was du im Ratsweinkeller machst, wo der Wein doppelt so teuer ist wie anderswo und Leute wie wir nicht gern gesehen sind? Und wieso», fuhr sie leiser fort, beinahe so zischend wie die Gardewinsch, «wieso kennst du diese Männer?»

Er blickte sie an, dann verzog sich seine Miene spöttisch, und er sagte überhaupt nicht leise: «Das fragt genau die Richtige!»

Sie beeilten sich, nach Hause zu kommen. Palle hatte ihre Mutter seit dem Nachmittag nicht mehr gesehen, ihn sorgte das nicht, er war vor allem hungrig. Die billigen Garküchen der Umgebung hatten schon geschlossen, am Hafen mochten noch einige ihr Essen verkaufen, das war zu weit für diesen Abend, Palle hoffte auf die Speckseite.

Vor dem Haus angekommen, blickten beide zu ihrem Fenster hinauf. Es war dunkel. Sie nahmen die Treppe mit langen Schritten, Aline war schneller und öffnete die Tür. Ihre Mutter, die Stadtleichenfrau Gardewinsch, war immer noch nicht da.

Derweil stand Weddeknecht Grabbe im Kerker und blickte gleichmütig auf seinen neuesten Gefangenen. Der lag wie tot auf der Pritsche, doch nicht ganz wie tot, er begann gerade, vernehmlich zu schnarchen. Immerhin war der Strohsack noch recht frisch, was so viel hieß, er war nur in der Mitte von Urin und Resten von Erbrochenem verklebt. Grabbe trug dem Wächter auf, den Kerl schlafen zu lassen, der Weddemeister werde morgen in aller Frühe zum Verhör kommen.

Es sah Grabbe ganz danach aus, als gehe es mit der Jagd nach dem Mörder aus der Gerberei endlich voran. Wenn stimmte, was der Bierjunge aus dem Keller gehört hatte, könnte es sogar rapide direkt bis ans Ziel gehen. Rückenwind, dachte Grabbe, is' ja auch mal schön.

Es war noch dämmerig, als Aline erwachte. Sie fühlte sich benommen, doch dann schreckte sie auf, weil ihr schlagartig ins Bewusstsein drang, was gestern Abend geschehen war. In der schmalen Schlafkammer war gerade Platz für zwei noch schmalere Betten und einen Schrank – wie gestern Abend, wie in der Nacht war das zweite Bett leer. Die Uhrglocke von St. Jakobi schlug, und Aline zählte mit. Der Dämmer täuschte, es war schon sieben Uhr, längst heller Tag, doch der Himmel verbarg sich hinter grauen Wolken, wenig Licht gelangte in die eng beieinanderstehenden Häuser. Aline hätte gerne ihre wollene Decke über den Kopf gezogen und dazu einen Zauberspruch gewusst, der sie in den tiefen Schlaf schickte, den sie in der Nacht nicht gefunden hatte. Sie war zwanzig Jahre alt, seit sie sich erinnern konnte, hatte es keine Nacht gegeben, in der ihre Mutter nicht zu Hause gewesen war. Sie lauschte – die Geräusche aus dem Haus und von der Straße glichen denen anderer Tage, nur in ihrer Wohnung war nichts als Stille. Der nächste Schrecken überfiel sie, sie sprang von ihrem Lager, lief durch die Stube mit der gemauerten Feuerstelle und rief, zuerst leise, dann lauter, ganz laut – «Palle!», schrie sie. «Palle?»

Palle war nicht da.

Weddemeister Wagner war an diesem Morgen sehr froh. Der Mann auf dem alten Holzstuhl versprach die Lösung seines Problems zu sein. Endlich war der Mörder Meuniers gefasst, er hatte sich selbst ans Messer geliefert. Ans Schwert, dachte Wagner, oder ans Rad. Zorn und Branntwein waren von jeher eine äußerst unbekömmliche Mischung und die beste Voraussetzung für mörderische Dummheiten.

«Aus Magdeburg, aha, da seid Ihr also zu Hause. Und warum seid Ihr hier?»

«Warum ich hier bin?» Der Mann auf dem Stuhl blickte sehr grimmig, sein eben noch bleiches Gesicht rötete sich zornig. «Das wüsste ich auch gern. Darf man in dieser Stadt nicht mit Freunden ein Glas trinken, ohne dass man dafür eingesperrt wird?»

Wagner hatte mehr Demut erwartet, zerknirschte Abbitte, zumindest jämmerliches Lamentieren. Diese Empörung fand er nicht angemessen. «Mit Freunden?», wiederholte er. «Ein Glas? Dazu gibt es auch andere Meinungen, nämlich nicht mit Freunden, sondern mit Fremden, und nicht ein Glas, sondern ein ganzer Krug oder zwei. Dazu habt Ihr die Zeche geprellt, ein guter Bürger musste für Euch einspringen, das ist eine Schande.» Er hob gebieterisch beide Hände, als der Mann auf dem Stuhl voller Empörung tief Luft holte. «Eins nach dem anderen», fuhr Wagner fort. «Leider wart Ihr gestern Abend nicht mehr in der Lage, um genau über Euch Auskunft zu geben, wie es sich gehört hätte. Das hat nun Vorrang. Also, Euer Name, so sagtet Ihr gerade, ist Werner Drosch, Ihr seid zweiunddreißig Jahre alt und aus Magdeburg zu uns gekommen. Euer Gewerbe?»

Werner Drosch sah immer noch ziemlich empört aus, nebenbei auch wie ein Mann, den ein mächtiger Kater quälte, der sich gerne gewaschen hätte, weil sein eigener Gestank ihm Übelkeit bereitete. An ein Frühstück dachte er aus gleichem Grund nicht, nur an eine ganze Wanne voll trinkbaren Wassers. Dann atmete er tief aus, nickte und ergab sich in sein Schicksal. Fürs Erste.

«Seifensieder», sagte er, «feste und weiche Seifen, auch parfümiert, in der dritten Generation, unsere Manufaktur ist angesehen und profitabel, neuerdings fertigen wir auch Talg- und Wachslichter.» Sein Ton war unversehens stolz geworden, aber nur für einen Moment. «Einen Drosch aus Magdeburg könnt Ihr nicht einfach in diesen stinkenden Kerker schleppen, nur weil er ein bisschen, ich sage ein bisschen! zu viel getrunken hat.»

Wagner kritzelte noch in das Wachbuch, was der Mann aus Magdeburg zu seinem Gewerbe gesagt hatte, dann sah er auf und sagte streng: «In dieser Stadt, Monsieur, geht es nach den Vergehen und den Verbrechen, nicht nach Herkunft und Gewerbe. Egal in welcher Generation.»

Drosch machte sehr schmale Lippen und sehr schmale Augen. «Ha!», rief er, «wer's glaubt.» Das mit der Zeche sei nicht seine Schuld, ein Drosch prelle keine Zeche, niemals. Er hätte natürlich bezahlt, wenn nicht dieser grobe Kerl mit dem bissigen Köter gekommen und ihn einfach weggezerrt hätte. Im Übrigen werde er heute abreisen, wenn er die Kutsche versäume, werde es teuer.

«Soso», sagte Wagner. «Die Kutsche. Man wird sehen. Und was war der Anlass Eurer Reise? Seife verkaufen?»

Die Tür wurde aufgeschoben, der Knecht des Frons, ein hagerer Mann mit einem struppigen schwarzen Bart und völlig kahlen Kopf, brachte einen großen Krug von dem leichten Hamburger Bier und einen Trinkbecher. Drosch wollte gleich danach greifen, doch Wagner hielt den Krug zurück. «Zuerst antworten», bestimmte er, «dann könnt Ihr trinken. Der Anlass Eurer Reise?»

Das sei eine Familienangelegenheit, die gehe niemanden was an.

«Soso», sagte Wagner wieder, «gestern Abend im Ratsweinkeller wart Ihr mit Euren Geheimnissen großzügiger. Da wolltet Ihr noch jemanden wie eine Katze ersäufen, wenn mir richtig rapportiert wurde, woran ich nicht zweifele, ersäufen, ja, den Mechaniker namens Meunier.»

«Ach was Meunier!»

Bemerkenswert, dachte Wagner, manchmal genügt ein Name, um einen, der gerade noch seine Geheimnisse strikt für sich behalten wollte, zum Reden zu bringen, geradezu zum Explodieren. Er schob Drosch den Krug zu, lehnte sich zurück und hörte zu.

«Meunier? Ha! Meier. Und nicht Hypodings oder wie er sich hier genannt hat, nur Henner. Henner Meier.»

Da Drosch nun wieder so gut wie nüchtern war, drückte er sich etwas gewählter aus als in der vergangenen Nacht. Meunier, oder wie Drosch nun sagte Meier, habe bei seinem Nachbarn gearbeitet, der ein Schlosser und Mechaniker für feine Apparate und Maschinen sei. Henner sei aus Göttingen gekommen, habe dort an der Universität ein Jahr, vielleicht anderthalb Jahre studiert, dann habe er die Studiererei aufgegeben, was er, Drosch, als ein Zeichen für einen starken Charakter nahm, schließlich gebe es schon mehr als genug Männer der Wissenschaften, und die meisten seien Faulenzer. Bei dem Schlosser habe Henner sich anstellig und geschickt gezeigt und schnell gelernt. Immer freundlich sei er gewesen, meistens vergnügt. Dabei habe er sich in sein Haus eingeschlichen, das gute Haus der Droschs, nach der Arbeit oder am Sonntag nach dem Kirchgang habe man ihn immer gern gesehen.

Er habe auch hübsche Zeichnungen gemacht, von Madam Drosch, dann auch von Hermine. Seine jüngere Schwester lebe bei ihm im Hause, ein liebes einfaches Mädchen von siebzehn Jahren, kein eitles Plappermaul, nein, fleißig und bescheiden, wie jeder Mann gern eines zur Frau hätte. Aber nun nicht mehr. Es sei eine große Schande.

Er trank wütend einen Becher leer und füllte sich gleich selbst nach. Wagner wusste, was nun kam. Es war die alte Geschichte. «Und Eure junge Schwester …»

«Guter Hoffnung», knurrte Drosch düster. «Guter Hoffnung. Wir sind moderne Menschen, meine Frau und ich, und die Liebe, na ja, da kann man schon mal ausrutschen, sogar ein so braves Mädchen wie unsere Hermine. Wir hatten uns zwar einen vernünftigeren Mann für sie gewünscht, aber nun ja. Der Henner war keine gute Partie, und er passte nicht zu unseren Geschäften. Er konnte auch nie Meister in der Schlosserei werden, nicht mal Geselle. Er war nur ein Tüftler und Bücherblätterer, und was so einer für 'ne Zukunft hat, weiß kein Mensch, manchmal wird er groß, weil er Glück hatte und ihm was Besonderes eingefallen ist, gewöhnlich bleibt er aber klein und lebt in 'ner zugigen Bude, wo der Regen durchs Dach kommt und Schmalhans Küchenmeister ist. Trotzdem war er ein netter Kerl, dachten wir, und Hermine mit ihrer verdammten guten Hoffnung, da musste doch was passieren. Bei uns gibt es immer Arbeit, hab ich ihm gesagt, und das Seifengeschäft – um es mal so zu sagen: Die Leute waschen sich immer lieber, viele sogar alle Tage, früher ging das auch ohne Seife, heute kaum noch. Seife hat mehr Zukunft als diese mechanischen Gerätschaften.»

Darum sollte schnell geheiratet werden, alle seien damit zufrieden gewesen, die bescheidene Hermine sogar glücklich. Bis zum 10. Januar, drei Tage vor der Hochzeit, natürlich eine ganz bescheidene stille Hochzeit, der Pfarrer sei schon gut bezahlt gewesen, wegen der Eile.

Drosch schwieg, und Wagner wartete geduldig auf das, was in dieser Geschichte nun kommen musste. Und auch kam.

Henner Meier verschwand. Einfach so, löste sich ohne jeden Abschied von irgendwem in Luft auf. Drei Tage vor der eiligen Hochzeit.

«Der Sauhund», brüllte Drosch plötzlich, «ganz Magdeburg lacht über uns, alle zerreißen sich das Maul, und Hermine versteckt sich nun alle Tage. Den schleif ich an den Haaren zurück, das hab ich ihr versprochen, und wenn er sich wehrt, schlag ich ihm die Zähne ein, dem feinen Monsieur, was glaubt der, wer er ist? Ein gemeiner Lügner und Betrüger ist der, gar nichts sonst ...»

«Und dann habt Ihr ihn hier gefunden», fiel Wagner ihm energisch ins Wort. «Wie? In einer so großen Stadt kann ein Mann leicht verschwinden und wird nie mehr gefunden.» Wagner wusste leider nur zu genau, wovon er sprach.

«Mit Glück und guten Freunden», Drosch zeigte eine stolze Miene, «ein Magdeburger Händler war wegen besonderer Partien Schlesischen Leinens und amerikanischen Tabaks in der Stadt gewesen, als er zur Erbauung an der Lieblichkeit der Ausblicke über die Promenade auf den Wällen spazierte, hat er den verschwundenen Meier gesehen. Der saß da mit seinem Zeichenbrett, am hellen Tag, wenn anständige Leute arbeiten. Mein Freund hat gewinkt, er wollte ihn begrüßen, doch da war Meier verschwunden. Hatte sich wieder in Luft aufgelöst, der feige Hund.» Nur eine Madam, die er gerade gezeichnet hatte, war übrig geblieben. Sie war sehr ungehalten über das plötzliche Verschwinden des Zeichners, sie wusste noch einen Namen, in etwa, es hatte nach Monsieur Meunje geklungen.

Drosch hatte umgehend die Kaiserliche Post nach Hamburg genommen, war wie empfohlen im Gasthaus Zum

Goldenen Roß in der Steinstraße abgestiegen und hatte sich auf die Suche gemacht.

«Eine sehr interessante Stadt, dieses Hamburg, teuer, meine Herrn!, aber sehr interessant.» Sein zufriedenes Grinsen ließ Wagner vermuten, Drosch habe weniger die vielgerühmten Kirchen und Bibliotheken als die Gasthäuser und Hinterzimmer mit den besonders interessanten Damen genossen, was aber bei der Suche nach einem flüchtigen Bräutigam vernünftig erschien. «Drei Tage, dann hab ich endlich in einem wirklich exzellenten, ganz seriösen Kaffeehaus bei der Börse von einem Mechaniker gehört, der Name klang nach Meunje, der bei der Lohmühle in der Vorstadt an der Alster wohnt. Keine gute Gegend da draußen, das passte ja. Am nächsten Morgen wollte ich ihn da aufstöbern.»

«Soso, am nächsten Morgen, aber dann ergab es sich anders. Weil die Gelegenheit günstig war, habt Ihr ihn in die Gerberei verfolgt und ihm da den Garaus gemacht.»

Drosch starrte ihn an, wieder eine ganze Reihe wunderbar schmähender Worte in der Kehle, so dauerte es einen Moment, bis er begriff, was der Weddemeister gesagt hatte.

«Den Garaus? Seid Ihr verrückt? Das hat ein anderer gemacht. Ich hab's vom Roß-Wirt gehört, der wusste es schon, gleich am Morgen, er hat gesagt, der ist jetzt schon unterwegs ins Anatomische Theater im Eimbeckschen Haus. Das kannte ich schon, das Eimbecksche, also bin ich dahin gegangen, um zu sehen, wie der Physikus dem Henner seinen schändlichen Kadaver in Stücke zergliedert, ja, das wollte ich, obwohl ich ein sehr zartfühlender Mensch bin, empfindsam, wie man jetzt sagt. Der Roß-Wirt hat gesagt, so 'n junger Körper, der wird da ganz sicher aufgeschnitten, und alle gucken zu. War aber ein anderer an der Reihe. Leider, ja. An dem war nicht mehr viel dran, der war mindestens doppelt so alt wie der Henner, das sah man.»

Er trank wieder einen großen Schluck, atemlos vom eignen aufgeregten Zorn. «Warum hätte ich den ersäufen sollen? Der musste unsere Hermine heiraten. Danach konnte er gerne wieder verschwinden, am besten bis an die Wolga oder nach Amerika und besonders gerne mit falschem Namen, wir hätten Hermine dann schon ordentlich zur Witwe gemacht …»

«Aha!»

«Auf dem Papier, Mensch! Versteht Ihr nicht? Das Mädchen ist unglücklich genug, soll ihr Kind sein Leben lang als Bankert vor den Bürgern kriechen? Nur weil ein Papier und der Eintrag im Taufregister fehlt oder der falsche ist? Mich stört's nicht, dass ihm einer das Lebenslicht ausgeblasen hat, mich stört aber gewaltig, dass er's jetzt schon gemacht hat. Wir haben den feigen Kerl noch gebraucht. So einen bring ich doch nicht um! Und überhaupt – was hatte das mit der Gerberei zu tun? Was gab's da für ihn zu suchen? Mitten in der Nacht? Hat der Gerber auch Töchter oder Schwestern? Dann seht Euch gefälligst bei denen um, anstatt einen braven Magdeburger Manufakturisten zu bezichtigen, nur weil er im Ratsweinkeller mal …»

Wagner wollte es gerade wieder mit der gebieterisch erhobenen Hand versuchen, eine Geste, die er kürzlich durch Zufall als wirkungsvoll entdeckt hatte (eigentlich war es während einer Befragung um die Abwehr zweier aufdringlicher Fliegen gegangen), der Seifensieder hatte nun genug gebelfert und musste weiter ordentlich befragt werden. Insbesondere wollte Wagner wissen, ob Drosch den jungen Meunier in Hamburg nicht doch gefunden hatte, ob er ihn zuerst in St. Georg bei der Lohmühle entdeckt und inzwischen dessen Schuppen durchsucht hatte, ob der junge Meier Verwandte hatte, Eltern, Geschwister, woher er gebürtig war. Noch eine Reihe weiterer Fragen wartete in

Wagners Kopf, zum Beispiel wo Drosch während der Nacht des Mordes gewesen war. Doch da wurde wieder die Tür geöffnet, diesmal heftig und mit einem Schwung, der die obere Seite des Wachbuchs aufflattern ließ

«Lass mich los, du Idiot», zischte eine Frauenstimme, «natürlich ist es eilig. Was denkst du, warum ich sonst freiwillig in dieses stinkende Loch komme? Wirklich, Weddemeister», Aline hatte den verdutzten Fronknecht schließlich mit einem kurzen Tritt gegen sein Schienbein abgeschüttelt und stürmte in das Zimmer, «hier stinkt es wirklich erbärmlich. Ich brauche Eure Hilfe. Unbedingt. Es ist furchtbar.» Sie sank plötzlich ermattet auf den Hocker neben Wagner, ihr hastiger Redefluss wurde zum Rinnsal. «Meine Mutter ist verschwunden. Schon seit gestern Abend. Sie ist noch nie über Nacht ausgeblieben. Niemals. Ihr müsst uns helfen.»

Die Stadtleichenfrau verschwunden? Dafür mussten Wagners Fragen tatsächlich warten und Drosch gleich zurück in den Kerker.

*M*eine *ferne Liebste,*
endlich treffe ich einen Eilboten, der nach Hamburg
reitet. Ein frisches Pferd steht schon gesattelt für ihn im Hof,
so bleiben mir nur wenige Minuten. Sei versichert, ich bin
wohlauf. Die Straßen sind belebt, weder zu staubig noch zu
nass, niemand versucht, mich auszurauben, mein Pferd oder
mich zu erschießen – um in der Reihenfolge deiner Sorgen
zu bleiben. Wann könnte es schöner sein zu reiten als im
Mai? Nur wenn du bei mir wärst …

Dann folgten die Liebesworte, nach denen sie sich mehr gesehnt hatte, als ihr bewusst gewesen war.

Rosina las die Zeilen nun schon zum zehnten Mal. Oder

zum elften? Sie hätte gerne einen viele Seiten langen Brief bekommen, doch auch mit diesen wenigen Zeilen fühlte sie sich ihm ganz nah. So war es eben, wenn man unterwegs war. Da galt es, stets Gelegenheiten zu nutzen, wie sie sich boten, ob es um eine gute Wasserstelle ging, ein Gasthaus in einer entlegenen Gegend, eine Furt in einem ansonsten nach Hochwasser aussehenden Fluss oder die Gefälligkeit eines nach Norden reitenden Boten. In der Eile hatte er versäumt – oder es wegen der drängenden Zeit für unbedeutend gehalten –, den Tag und den Ort zu benennen, so geheimnisvoll konnte sein Auftrag nicht sein, dass er beides mit Absicht ausgelassen hatte.

Sie stellte sich stets gern die Szene vor, rechnete die Tage zurück und überlegte, was sie getan und erlebt hatte, während er an einem fernen Ort an sie schrieb, an irgendeiner Straßenkreuzung oder Relaisstation mit den großen Ställen für die Pferdewechsel der Kutschen und Reiter, besonders der Eilboten. Als Fahrende hatte sie selbst viele solcher Stationen und Orte passiert, sobald sie daran dachte, war ihr Kopf voller lebendiger Bilder, und es fiel ihr leicht, Magnus inmitten dieser Bilder zu finden. Seltsam, sie hatte nie daran gedacht, sie könnten einander schon damals an solchen Orten begegnet sein, er hätte sich kaum nach einer Gesellschaft von mit Staub und Straßenschmutz bedeckten oder gegen die Kälte in vielfach gestopfte und zusammengeflickte Kleider und Decken gehüllte Wanderkomödianten umgedreht. Sie hätten einander nicht erkannt. Damals noch nicht. Erst später, in einem fremden Land.

Sie rollte den Bogen, strich noch einmal zärtlich darüber und steckte ihn in die Tasche, die Pauline in ihren Rock genäht hatte. Sie würde die Zeilen noch einmal lesen, womöglich auch zwei- oder dreimal, auf ihrem Lieblingsplatz über der Dachluke, obwohl der Himmel heute grau war, und zwischendurch über die Stadt und das Land schauen. In südwestlicher Richtung, dabei wollte sie sich einen einsamen Reiter auf den Straßen vorstellen.

Wo sollte man eine verschwundene Stadtleichenfrau suchen? Musste sie überhaupt gesucht werden, nur weil sie mal eine Nacht nicht nach Hause gekommen war? Das konnte in einer Stadt, deren Tore von Sonnenuntergang bis Sonnenaufgang geschlossen waren, leicht geschehen. Es gab die Vorstädte St. Georg im Osten und den sogenannten Hamburger Berg im Westen, das daran anschließende Altona gehörte schon zum dänischen Reich, war aber auch nicht weiter als einen Spaziergang entfernt. Es gab eine ganze Reihe weiterer Dörfer im gesamten Umkreis, nach deren Besuch die Gardewinsch die rechtzeitige Rückkehr vor Toresschluss verpasst haben konnte.

Aline hatte solche Überlegung mit ungeduldigem Kopfschütteln abgelehnt. Nein, hatte sie schließlich gerufen, das sei unmöglich, sie würde nirgendwo hingehen. Sie kenne viele Leute, aber sie habe keine Freunde, die sie besuche.

«Außer Elske natürlich, aber sie hätte es uns gesagt, wenn sie ausgegangen wäre, überhaupt irgendwohin gegangen wäre. Wir müssen doch immer bereit sein, wenn eine Leiche gefunden wird oder ein ausgesetztes Kind. Das wisst Ihr doch, Weddemeister. Ihr muss etwas zugestoßen sein, es gibt keine andere Erklärung.»

Wagner blickte Aline prüfend an. Die Augen in ihrem blassen Gesicht waren gerötet, sie rutschte ungeduldig und nervös auf dem Hocker herum. Das war nur natürlich, wenn ihre Mutter tatsächlich verschwunden war. Allerdings hatte Wagner bisher nie den Eindruck gehabt, zwischen der Gardewinsch und ihren Kindern herrsche so etwas wie Liebe und Fürsorge. Vielleicht war Aline aus anderem Grund aufgeregt und bleich? Vielleicht wurde ihm gerade eine üble Schmierenkomödie geboten.

Er sah Alines weit geöffnete Augen und entschied, diesmal nicht zu misstrauen, also – keine Schmierenkomödie. Außerdem waren die Tore seit Stunden geöffnet, die Gardewinsch wäre inzwischen zurück, wenn sie gestern Abend außerhalb der Tore gestrandet war und kein Geld für eine Extra-Gebühr gehabt oder hatte ausgeben wollen, um noch durch ein Seitentor eingelassen zu werden.

Aline hatte nun schon überall gesucht, wo sie sein könnte, in der Kleidersellerei, dann im Eimbeckschen Haus in der Totenkammer, im Anatomischen Theater und den Nebengelassen. Sie war die stets dunkle Treppe zum Ratsweinkeller hinuntergelaufen, da sei es leicht zu stolpern, und bis ein verletzter Mensch dort gefunden werde …

Aline schluckte, ihre Stimme war heiser geworden, dann fuhr sie eilig fort: «Auch im Keller war sie nicht, natürlich nicht», beeilte sie sich hinzuzufügen, «aber der Kellermeister kennt uns, es hätte sein können – jedenfalls, er hat sie nicht gesehen, auch gestern nicht.»

Wagner dachte, es sei recht traurig, wenn ein Mensch so wenige andere Menschen und Zufluchtsorte hatte wie offenbar die Gardewinsch. Und ob es bei ihm anders aussähe.

«Und die Totenkarre», fragte er, «ist die auch weg?»

«Nach der habe ich zuerst gesehen. Die Karre steht im Hof auf ihrem Platz.»

«Und Palle?»

Alines Augen wurden dunkel. «Er sucht sie. Schon den ganzen Morgen. Ganz bestimmt tut er das immer noch.»

Sie dachte, das sei eine Lüge, und Wagner argwöhnte genau das. Tatsächlich stimmte jedoch, was sie gesagt hatte. Jedenfalls beinahe. Als Palle etwas später als seine Schwester den klugen Einfall hatte, auch im Ratsweinkeller zu fragen, hatte der Kellermeister die Achseln gezuckt und Palle daran erinnert, dass er gestern Abend selbst hier gewesen sei, ob er die Gardewinsch da gesehen habe? Nein? Eben. Und vormittags sei sie noch nie hier gewesen, im Übrigen habe Aline schon nach ihr gefragt, und es sei doch bedenklich, wenn man die amtliche Stadtleichenfrau überhaupt und insbesondere am hellen Vormittag in einem Weinkeller suchen müsse. Aline sei schon zum Weddemeister gerannt, der sei heute in der Fronerei, das sei auch nicht gut, es höre sich ja an, als hocke die Stadtleichenfrau im Kerker, den Kaak vor Augen oder Schlimmeres. Wenn sich das rumspreche, beschmutze es den guten Ruf der Stadt, das könne Madam Gardewinsch nicht recht sein. Er suche besser woanders.

Palle nahm sich vor, Appolts dreiste Worte bei der nächsten Gelegenheit aufs beste zu belohnen. Zum Beispiel mit zwei Quart Spiritus aus den Gläsern mit den Leichenteilen in das teuerste Weinfass gemischt, und wenn das Fass schon halbleer getrunken war, mit einer ganzen Wolke von Flugblättern die delikate Mischung bekanntmachen, die Appolt an die bedeutenden Herrn der Stadt und deren Gäste ausgeschenkt hatte.

Als er in der Fronerei eintraf, hatte Wagner zwei Knechte ausgesandt, um im Waisenhaus und in St. Georg nach der Gardewinsch zu fragen.

Sie hatte Magnus' Brief noch einmal gelesen und lange genug übers Land geschaut, was an einem grauen Tag wie diesem nur halb so anregend war wie an sonnigen oder wenigstens dramatisch gewitterschwangeren Tagen. Endlich besann sie sich darauf, es sei höchste Zeit, dem Weddemeister von den Verbindungen und Bekanntschaften zu berichten, von denen sie gestern im Eschenkrug erfahren hatte – und einen Teil von dem, worüber anschließend in Madam Augustas Salon gesprochen worden war.

Womöglich wäre nun manches anders gekommen, hätte Rosina nicht auf der Treppe Madam Klook getroffen, die unbedingt von einer Neuigkeit berichten musste. Die Treppe war schmal, Madam Klook breit, da blieb nur stehen bleiben und zuhören.

Die verschlungenen Pfade, über die diese Nachricht schließlich bei Madam Klook gelandet war, verstand Rosina nur vage, sie waren aber auch nicht so wichtig wie der Kern des Ganzen: Die Stadtleichenfrau Gardewinsch sei verschwunden, schon seit gestern Abend, nun kümmere sich sogar der Weddemeister darum, womöglich wisse Madam Vinstedt längst davon und kenne schon viel mehr bemerkenswerte Einzelheiten? Man stelle sich das mal vor, Tag um Tag klaube die Frau armselige Tote aus den Straßen auf, dazu verlorene Kinder, tot oder lebendig, bringe sie pflichtbewusst in die Totenkammer oder ins Waisenhaus, erfülle aufopferungsvoll ihre zahlreichen Pflichten, und nun liege sie heute selbst auf dem Totenkarren, und ihre Kinder müssten sie in die schreckliche Kammer im Eimbeckschen Haus bringen, und dann mache sich der Physikus im Anatomischen Theater mit seinem scharfen speziellen Messer ans Zerglie…

Da rief Rosina entschieden: «Halt! Nein, Madam Klook, ich habe noch nichts davon gehört und danke für die Nachricht, aber ich nehme viel eher an, man findet sie bald unversehrt, oder sie kehrt vergnügt von einem Besuch zurück und missbilligt die ganze Aufregung. Oder es amüsiert sie. Jeder vergisst doch mal die Zeit. Wenn ich Neues höre, lasse ich es Euch wissen, ganz bestimmt, aber nun muss ich eilen …»

Damit war Madam Klook sehr zufrieden. So vertraut, wie

ihre Nachbarin mit dem Weddemeister war, konnte sie bald, sehr bald auf Neuigkeiten zählen.

Die Gardewinsch war verschwunden? Rosina glaubte keine Sekunde, sie mache sich einen schönen Tag auf dem Hamburger Berg oder lasse sich auf einer Lustschüte auf der Alster herumrudern – schon die Vorstellung schien ihr absurd. Sie lief über die Holzbrücke, drängte sich durch die Menge um die Verkaufsbuden auf dem Hopfenmarkt im Schatten von St. Nikolai, weiter über die alte Trostbrücke und den Ness zum Eimbeckschen Haus. Wenn stimmte, was die Klook gesagt hatte, fand sie Wagner nicht in seiner Amtsstube im Rathaus, sondern hier. Sie umrundete das große Gebäude bis zur Durchfahrt zum Hof mit der alten Linde. Dort saß wieder die Straßenhändlerin neben ihrem Korb voller duftendem Gebäck.

«Na, Madam, wieder feine Harburger Kringel? Alle mit Kaneel, Zitrone und Mandeln, ganz frisch. Die sind nirgends besser.»

Rosina schüttelte bedauernd den Kopf. Sie sei zu eilig losgerannt und habe nicht die winzigste Münze in der Tasche, aber wenn sie auch morgen hier sei mit ihren Kringeln …

Die Straßenhändlerin nickte, dann suchte sie in ihrem Korb und fischte für Rosina ein Stück von einem zerbrochenen Kringel heraus. «Schon mal 'ne Probe für morgen. Ihr wollt da rein, das seh ich schon. Irgendwas ist da los, oder?»

Rosina musste sie schon wieder enttäuschen. «Stimmt, ich will da rein, aber mir scheint, Ihr wisst mehr als ich. Verratet Ihr mir, worum es geht?»

«Na, zuerst die Kinder von der Gardewinsch, die sind ja alle Tage hier, aber heute kamen sie nicht zusammen, und die Aline, ist ja sonst 'n hübsches Ding, die sah gar nicht gut aus.

Und jetzt ist der Weddeknecht reingegangen, das kommt auch vor, wegen der Ermordeten und Erschlagenen. Aber der Grabbe soll auf dem Speicher über der Totenkammer irgendwas nachgucken. Der Doktor hat gesagt, da schiebt öfter mal einer die Körbe mit altem Papier aus'm Rathaus von einer Ecke in 'ne andere. Das ist doch drollig, oder? Wozu das wohl gut sein kann?» Sie grinste. «Wenn Ihr wieder rauskommt und mir flüstert, was da drin los ist, schenk ich Euch 'n ganzen Kringel. Wenn's 'ne gute Geschichte ist, zwei.»

Rosina lachte. «Das klingt nach einem ehrlichen Handel. Versprochen.»

Sie trat in den Hof und sah sich um. Der Leichenkarren stand in seiner Ecke, aber es war niemand zu sehen. Außer Kuno. Grabbe nahm seinen Hund immer mit, wohin er auch ging. Nur an zwei Orten blieb ihm das verwehrt, bei der Amtsstube des Weddesenators und der Totenkammer. Deshalb lag der große schwarze Hund nun hier auf dem Bauch, den mächtigen Kopf auf den ausgestreckten Vorderpfoten, es sah demütig aus. Rosina zögerte nur kurz. Grabbes Hund würde sie nicht gleich fressen.

Das von ängstlichen Gemütern gern ‹der schreckliche Kuno› genannte Tier wedelte, als Rosina näher kam, es sah weniger begeistert als pflichtschuldigst aus, war aber besser als lauerndes Knurren, auf das er sich auch sehr gut verstand. Er richtete sich auf, blickte Rosina mit schräggelegtem Kopf auffordernd an und kratzte mit der rechten Pfote an einer Stelle herum, die schon von seinem Sabber dunkel war.

«Na gut, Kuno. Wenn du so freundlich bittest. Was steigt dir da in die Nase?»

Sie beugte sich hinunter. Er hatte am Rand einer in den Boden eingelassenen Klappe herumgeschnüffelt und gekratzt. Ein Eisenring war darin eingelassen, um die Klappe hochzuziehen. Sie kannte sich in dem großen und weitläufigen Gebäude nicht gut aus, dennoch – dort unten müsste sich ein Abschnitt des Wein- und Bierlagers befinden, der Ratsweinkeller war für die breite Auswahl der Getränke berühmt, also verfügte er auch über ein großes Lager. Vielleicht wurde es durch diese Klappe bestückt. Da hier keine Speisen angeboten wurden, würde es kein Vorratsraum für Würste, Schinken und Schweinehälften sein, oder was ein stets hungriger Hund sonst gerne räubern würde.

Sie sah Kuno an, der sah sie an – dort unten würden also nur Fässer sein, auch Flaschen, nichts, was einen Hund an der Klappe kratzen und so auffordernd blicken ließ. Aber gab es nicht irgendwo in den schrofferen Regionen der Alpen von Mönchen erzogene große Hunde, die verirrte, abgestürzte, sogar von Schneemassen verschüttete Menschen fanden? Wahre Lebensretter?

Sie versuchte, die Klappe mit der Hilfe des Ringes hochzuziehen, sie war zu schwer und bewegte sich um nicht mehr als einen halben Zoll.

«Dann eben wie brave Leute durch die Tür», murmelte Rosina. Kuno musste erst überredet werden, seinen Posten an der Klappe zu verlassen, bevor er ihr folgte. Am Fuß der Treppe zur Totenkammer und zum Anatomischen Theater blieb sie stehen und rief: «Ist jemand da oben?» Niemand antwortete.

Kuno lief schon seitlich der großen Treppe wenige Stufen abwärts und schnüffelte und kratzte an einer Tür am Anfang eines Ganges, der von dort ins Dunkle führte. Wenn Grabbe auf dem Dachboden nach ominösen Körben suchte, konnte er sie hier unten kaum hören. Und Wagner? Der musste noch ein paar Minuten mehr auf die Neuigkeiten vom Eschenkrug warten. Wo immer er gerade steckte.

Die Tür war nicht abgeschlossen, Kuno ließ ein kurzes ungeduldiges Jammern hören, und zwängte sich gleich hinein, kaum dass Rosina begann, die schwere Tür aufzuschieben, und lief immer seiner Nase nach in den dunklen Raum, wo sich offensichtlich die Ursache seiner Unruhe befand.

«Madam Gardewinsch?» Rosina lauschte wieder ihrem Ruf nach, es hatte dumpf geklungen. Sie fühlte sich unbehaglich und fröstelnd an einen anderen sehr düsteren Keller erinnert, in dem sie vor einer Reihe von Jahren eine halbe Nacht gefangen gewesen war. Wenn sie sehen wollte, was sich in diesem Raum befand, musste sie hineingehen, also die Tür loslassen – die schloss sich so rasch, als habe das schwere Holz nur darauf gewartet. Rosina fluchte leise, aber, nein, sie fürchtete sich nicht. Schließlich hatte sie einen Beschützer mit gelben Augen und kräftigem Gebiss an ihrer Seite.

«Kuno? Wo bist du?»

Die Luft war kalt und klamm, aber ihre Augen gewöhnten sich an die Dunkelheit, sie nahm Schemen wahr, was bedeutete, irgendwo musste ein winziger Lichtschein durch Ritzen eindringen, ersticken würde sie nicht. Also weiter. Sie tastete sich behutsam einige Schritte voran. Sie verstand jetzt noch besser, warum Grabbe es so gern hatte, wenn sein Hund ganz nah an seiner Seite ging.

«Kuno?» Er winselte, da war auch ein befremdliches, an Schmatzen erinnerndes Geräusch. «Madam Gardewinsch? Seid Ihr hier? Braucht Ihr Hilfe?» Eine blöde Frage – wer in so einem Keller feststeckte, brauchte natürlich Hilfe.

Sie waren beide da, und beide beachteten Rosina nicht. Die Gardewinsch lag auf dem Steinboden, jedenfalls nahm Rosina an, dass sie es war. Es war zu dunkel, um Gesichter, überhaupt irgendetwas genau zu erkennen. Sie beugte sich hinunter und berührte einen nackten Unterarm, eine Leinenbluse, tastete sich aufwärts, berührte den Kopf mit einer verrutschten Haube, das Gesicht, etwas Verkrustetes – Blut? Was sonst. Ihr wurde übel. Die Haut mit dem verkrusteten Blut war kalt.

W eddemeister Wagner trommelte mit den Fingern der rechten Hand auf den Tisch, was sehr selten vorkam. Gewöhnlich reichten seine Schnaufer, um einen Ärger oder eine Sorge leichter zu machen. Werner Drosch, Seifenmanufakteur aus Magdeburg und Beinahe-Schwager des Toten aus der Gerbergrube, saß immer noch im Kerker, was ihn mit jeder Stunde mehr empörte und schließlich veranlasste, immer wieder kräftig gegen die Tür zu hämmern und seine Freiheit zu fordern. Wagner hätte ihn in diesen Momenten gerne in die Marterkammer weitergereicht, der Anblick der Gerätschaften dort hätte ihn schon zum Schweigen gebracht. Oder auch nicht, einerlei – Drosch musste warten.

Gerade waren die beiden Knechte zurück, die der Fron dem Weddemeister großzügig ausgeliehen hatte. Einer war zum Waisenhaus gelaufen, um nach Madam Gardewinsch zu fragen, und hatte nichts erfahren. Den anderen hatte er zum Eschenkrug hinaus reiten lassen, auch der brachte keine Nachricht über die Gardewinsch mit, aber eine von der Wirtin. Madam Vinstedt sei gestern erst dort gewesen und habe sich nach den Bekanntschaften des jungen Meunier und der Kinder der Gardewinsch erkundigt, davon habe der Weddemeister sicher gehört, da erkläre sich womöglich manches.

Er hatte den Knecht umgehend weiter zur Mattentwiete geschickt. Der hatte dort nur eine Mamsell Pauline angetroffen, die versicherte, Madam Vinstedt sei sicher bald zurück, sie wusste aber nicht von wo. Eine Nachbarin hatte ihm danach auf der Treppe verraten, die Madam sei am Morgen sehr eilig aus dem Haus gelaufen, als sie von ihr, also der Nachbarin, gehört hatte, die Stadtleichenfrau sei verschwunden, der Weddemeister suche schon nach ihr. Da sei sie geradezu gerannt.

Und nun? Was hatte sie im Eschenkrug erfahren? Wohin war sie am Morgen gerannt, und vor allem – wo könnte sie jetzt sein? Die Beckerschen Komödianten waren nicht in der Stadt, Magnus Vinstedt auch nicht. Bei den Herrmanns? Im Garten an der Alster? Ein letzter Trommelwirbel seiner Finger auf der malträtierten Tischplatte. Nein, ganz sicher würde sie zuerst zu ihm kommen und erzählen, was sie von Elske gehört hatte, sei es nur eine Winzigkeit, was es jedoch offenbar nicht war. Natürlich gab es hundert andere Möglichkeiten, trotzdem – ganz sicher war sie auf diesem Weg gewesen, als sie das Haus so eilig verließ. Und irgendwo abgebogen? Aufgehalten worden? Verloren gegangen?

Wagner fröstelte nicht mehr, nun schwitzte er.

Ihr Herz schlug im Galopp. Sie musste raus hier. Sie und Kuno und die Gardewinsch. Ein Königreich für eine brennende Kerze.

«Komm, Kuno, wir holen Hilfe.» Jetzt war sie schon so verrückt wie Grabbe und sprach mit einem Hund, der nicht einmal ihr gehörte. Der lag ganz nah bei der Gardewinsch, als wolle er sie wärmen. Rosina weigerte sich, das Wort Leiche zu denken, auch sie spürte seine Wärme, und da war ein Geruch, der zu nichts passte, was hier war oder was sie hier vermutete.

Sie tastete auf dem Boden, um sich zu orientieren. Da war etwas, das sich wie eine Schräge anfühlte, sie kniff die Augen zusammen, es veränderte nicht viel, doch plötzlich begriff sie: Sie befanden sich genau unterhalb der Klappe, an der

Kuno vorhin gekratzt hatte, und was sich wie eine Schräge anfühlte, war eine Schräge, nämlich eine Rutsche für die schweren Fässer, die irgendwo weiter hinten in der Dunkelheit lagern mussten. Also zurück zur Tür. So weit kam sie nicht. Sie glaubte gerade unter ihrer Hand eine leichte Atembewegung der Frau auf dem Kellerboden zu spüren, als es über ihrem Kopf scharrte, mattes Licht kam von oben, wurde heller und blendete sie, wurde wieder dunkler, etwas polterte – und dann hörte Rosina nur ihren eigenen Schrei. Das große Weinfass verharrte von zwei zitternden Seilen gehalten auf der Rutsche. Kaum drei Zoll über dem Kopf der Gardewinsch.

Kapitel 12

E s war eine stumme Gesellschaft, die im vorderen Teil des Lagerkellers unter dem Eimbeckschen Haus um Dr. Pullmann herumstand. Nicht dass sich die Aufregung so schnell gelegt hätte, aber seit der Physikus energisch Platz gefordert hatte, waren Rosina, Aline, Grabbe und der Weinhändlerknecht respektvoll einen halben Schritt zurückgetreten, damit er Platz und vor allem genug Licht fand, den Leichnam der Gardewinsch zu untersuchen. Rosina war das Gefühl für Zeit abhandengekommen, seit sie voller Entsetzen zu dem sich rasch die Schräge herunter nähernden großen Fass gestarrt und gerade noch rechtzeitig schrill aufgeschrien hatte. Glück war auch, dass der Weinhändlerknecht nicht nur mit einem guten Gehör, sondern auch mit einem wachen Geist gesegnet war. Der Schrei hatte ihn nicht unentschlossen zögern, sondern sofort die Seile wieder fest anziehen lassen, auch mit aller Kraft festzuhalten, bis Rosina die Tote mehr zur Seite gezerrt als geschoben hatte. Gerade als der Knecht hinunterrief, lange könne er das Fass nicht mehr halten, es sei auch zu schwer, um es alleine wieder heraufzuziehen, war unten genug Platz, es ganz hinunterzulassen.

Dann musste alles schnell gegangen sein, auch wenn es ihr vorkam, als habe es Stunden gedauert. Sie hatte den Knecht die Treppe hinaufgeschickt, um Grabbe zu holen, falls Dr. Pullmann auch dort sei, möge der zuerst …

Da war der Knecht schon mit Riesenschritten nach oben verschwunden gewesen. Aline hatte in einem Nebenzimmer der Totenkammer gesessen, die eiligen Schritte der Männer gehört und war ihnen hastig gefolgt.

Grabbe erreichte den Lagerraum zuerst, Kuno hatte ihn würdig begrüßt. Als der Weddeknecht hörte, sein kluger Hund habe Rosina auf die Spur und die Idee gebracht, in den Keller zu sehen, siegte sein strahlender Stolz über die Tragik des Moments. Er hatte immer gewusst, was in Kuno steckte. Bald würden es alle wissen. Bekamen Hunde Orden?

«Sie ist nicht tot», flüsterte Aline heiser, «das kann nicht sein, das geht doch gar nicht.»

Dr. Pullmann kniete neben der Gardewinsch. Er hatte sich tief über sie gebeugt, nun richtete er sich auf, kreuzte ihre Hände auf ihren Leib, umfasste noch einmal ihr rechtes Handgelenk und nickte leicht. Rosina sah es genau, obwohl das Licht, das durch die offen stehende Klappe hereinfiel, nicht weit reichte.

«Das stimmt, Aline», sagte er endlich. «Madam Gardewinsch ist ohnmächtig. Sie ist nicht tot.»

Es klang als wolle er hinzufügen ‹Noch nicht›.

Da es unmöglich war, die ohnmächtige Gardewinsch die vier engen Treppen zu ihrer Wohnung in der Jakobitwiete hinaufzutragen, ohne ihr weiter zu schaden, stellte Kellermeister Appolt eine fast leere Kammer im Hochparterre des Eimbeckschen Hauses zur Verfügung, direkt über dem Keller, in dem sie gefunden worden war. Es war nur ein Kämmerchen, es könne ja nicht lange dauern, erklärte er, wobei ungewiss blieb, ob er damit meinte, bis sie aus der Ohnmacht erwache oder bis die Besinnungslosigkeit in die ewige Ruhe übergehe. Zunächst hatte er zu bedenken gegeben, so ein unbequemer Transport auf der Leichentrage, eine doppelte Lage Segeltuch über zwei sieben Fuß lange Stangen gespannt, helfe mit all der Schüttelei auf den Treppen womöglich, sie wiederaufzuwecken, Scheintote solle man auch kräftig schütteln und sogar ohrfeigen, Klistiere sowieso. Dr. Pullmann hatte den Vorschlag entschieden abgelehnt. Madam Gardewinsch, betonte er, habe sich heftig am Kopf gestoßen, das zeigten die Schwellung, die sich von der Schläfe hinaufziehe, und Abschürfungen im Gesicht und am Kinn. Offenbar sei sie im Dunkeln gestolpert. Zudem sei sie unterkühlt, so ein Kellerlager sei fein, um Wein und Bier kühl zu halten, dem menschlichen Körper bekomme diese Temperatur weniger gut, sobald er sich darin zu lange, gar mehr als einige Stunden oder eine ganze Nacht aufhalte.

Mehr hatte er der Kellerrunde nicht erklären wollen, es hatte auch niemand gefragt. Auch nicht, warum die Klappe überhaupt gegen jede Usance offen gestanden hatte. Er kannte das – die Fragen kamen später, dann trieben die Überlegungen, Mutmaßungen und von jeder Fachkenntnis freien Behauptungen dafür die schillerndsten Blüten.

«Wann wacht sie auf?», fragte Weddemeister Wagner, kaum dass er angekommen war.

Grabbe hatte den Bierjungen nach ihm geschickt, der war aufgeregt in die Fronerei gestürmt, just als der Weddemeister den Magdeburger Seifenmanufakteur endlich aus dem Kerker ließ und ihm missmutig eine gute Heimreise wünschte.

Drosch war ein fabelhafter Verdächtiger mit viel Anlass zu mörderischer Wut. Leider hatte er ein Alibi. Der honorige Roß-Wirt persönlich hatte bestätigt, dass Monsieur Drosch an jenem Abend im Goldenen Roß gewesen war, zuerst beim Wein in munterer Runde, nur ehrliche Herren, gewiss, danach die ganze Nacht in seinem Zimmer. Alleine, ja, er reise nicht in Gesellschaft. Seine Gegenwart war jedoch nicht zu überhören gewesen, Monsieur Drosch schnarche ganz gottserbärmlich. In dieser Nacht hatten Gäste der neben seinem liegenden Zimmer darauf bestanden, andere zu bekommen. Mitten in der Nacht. Ansonsten sei Monsieur Drosch ein ruhiger angenehmer Gast gewesen.

«Wann sie aufwacht? Das weiß Gott allein», sagte der Physikus, «ich kann nur vermuten, und das ist wenig dienlich. Es ist wie Lotteriespielen, man weiß nicht, was der Glücksjunge aus der Lostrommel zieht. Ein dummer Vergleich, zugegeben, ein besserer fällt mir gerade nicht ein.»

Bevor Wagner gekommen war, hatte Dr. Pullmann alle aus dem Kämmerchen geschickt und die Ohnmächtige genauer untersucht, er hatte ihre Wunde, von der noch niemand sonst wusste, behutsam mit Wasser gesäubert, um sie dann mit einem mehrfach gefalteten und leicht in verdünnten Weinessig getauchten Stück reiner Leinwand aus seiner stets griffbereiten Physikus-Tasche zu bedecken, das nun mit einer Binde um ihren Kopf befestigt war. Morgen würde er den Verband erneuern, was hoffentlich half, eine Entzündung zu verhindern. Mehr konnte er nun nicht tun. Zuvor hatte er ihr, wie es in einem solchen Fall üblich war und erwartet wurde, kaltes Wasser ins Gesicht gespritzt, hatte ihr stinkenden Asant, den die Leute aus gutem Grund Teufelsdreck nannten, und Salmiakspiritus unter die Nase gehalten. Sie war nicht aufgewacht, hatte sich nicht einmal bewegt. Ihr Atem ging flacher als gewöhnlich, aber sie atmete gleichmäßig, was ein gutes Zeichen war. Nun blieb nur, Geduld zu haben.

Er hatte sie nicht zur Ader gelassen, weil er trotz des Mangels an Licht das Blut im Keller gesehen hatte. Das Fass, das der Weinhändlerknecht heruntergelassen hatte, nachdem es Rosina gelungen war, die Gardewinsch halbwegs in Sicherheit zu bringen, verdeckte es fast. Wenn es jedoch um Blut ging, war der Physikus wachsamer als die meisten anderen.

Die Verletzung an ihrem Hinterkopf fühlte sich beinahe so an wie die des toten Jungen aus der Gerbergrube. Nur beinahe, er fühlte keinen Knochenbruch, das war ein bedeutender, wahrscheinlich über Leben und Tod entscheidender Unterschied. Er hoffte, sich darin nicht zu irren, dass nicht tiefer und für ihn unerreichbar in ihrem Schädel doch etwas gebrochen war. Diese Verletzung und diese Sorge hatte er für sich behalten und nur Aline wieder in die Kammer gelassen, die am Bett wachen wollte.

Er hätte lieber nach Marie geschickt. Seine Frau war außerhalb des Anatomischen Theaters, wenn es also um lebende Kundschaft ging, seine Gehilfin, sie verstand sich am besten auf die Versorgung Verletzter. Auch hatte er in den vergangenen Monaten zu oft bemerkt, welcher Hader zwischen der Gardewinsch und ihrer Tochter herrschte. War das ein Grund, dem Mädchen zu misstrauen? Er war einfach zu lange im Krieg gewesen und hatte zu viele verrohte Menschen erlebt. Nicht nur im Krieg, auch in dieser Stadt.

Also hatte er Aline erklärt, sie solle nicht versuchen, die Kranke ‹aufzuwecken›, sondern nur über deren Ruhe wachen. Sie sei nicht scheintot, da bedürfe es tatsächlich erheblich härterer Geschütze. In diesem Fall jedoch sei zunächst Ruhe das beste Mittel. Sie solle ihn jederzeit rufen, bei der geringsten Veränderung, insbesondere wenn die Kranke unruhig werde, er bleibe in der Nähe.

Nun saß er mit dem Weddemeister und Rosina unter der Linde im Hof. Der war menschenleer, allerdings war es nur eine Frage von ziemlich wenig Zeit, bis sich die Geschehnisse im Eimbeckschen Haus herumsprachen und die ersten Neugierigen auftauchten. Wagner und Dr. Pullmann wollten jetzt genauer hören, wieso Rosina die Gardewinsch gefunden hatte. Dass der eigentliche Held Kuno war, stand fest. Rosina wusste mehr, doch das behielt sie für sich, Grabbes Stolz auf seinen Hund mit allgemeinem Hohngelächter zu demütigen um der ganzen Wahrheit die Ehre zu geben?

Diese war eine der Ausnahmen, für die die Wahrheit einen halben Schritt zurückstehen konnte.

Tatsächlich war der wachsame Weddehund weniger der Spur einer vermissten Frau gefolgt, als er an der Klappe gekratzt und genagt hatte. Vielmehr war es der für eine Hundenase überaus köstliche, geradezu unwiderstehliche Geruch einer Blutwurst gewesen, die in einem Leinenbeutel in der Rocktasche der Gardewinsch gesteckt hatte. Sicher hatte Kuno weniger der Duft nach Majoran und Korinthen gelockt als der nach Blut und fettem Bauchfleisch vom Schwein. Seine Nase musste etwas davon am Rand der geschlossenen Klappe erschnüffelt haben, was nur eins bedeuten konnte: Die Gardewinsch war dort hinuntergerutscht, wahrscheinlich auf dem Bauch und mit dem Kopf zuerst, sodass ein Fetzchen Speck oder nur eine Spur der fettigen Wurst an der Kante und auf der Schräge abgerieben worden war.

Als sie in die Kammer hinaufgetragen wurde, hatte Rosina die aufgerissene Tasche und die Fettflecken in ihrem Rock bemerkt, zuvor schon auf dem Boden, dort, wo sie zuerst gelegen hatte, ein zerkautes, fettiges Leinenbeutelchen, an dem noch ein winziger Wurstrest klebte. Kuno hatte ganze Arbeit geleistet. Grabbes wachsamer Hund war der Spur der Blutwurst gefolgt, er hatte sie gefunden und genüsslich vertilgt. Dass er nebenbei Rosina zu der vermissten Gardewinsch geführt hatte, war auch ein Verdienst, irgendwie, das musste nicht geschmälert werden.

So berichtete Rosina, sie sei auf der Suche nach dem Weddemeister gewesen, um ihn wissen zu lassen, was sie im Eschenkrug erfahren hatte. Nämlich von der Bekanntschaft Palles und Alines mit Hippolyt Meunier. Sie seien einander einige Male auf dem Borgesch begegnet. Meunier sei gern dort gewesen, er war von seiner einsamen Wohnstatt bei der

Lohmühle über die Wiesen in das Gasthaus gekommen, um Gesellschaft zu finden, gut zu essen, und, ja, das natürlich auch, zu trinken. Elske sei mit der Gardewinsch schon sehr lange gut bekannt und so etwas wie eine Patin für Aline. Und ein oder zwei Mal sei da noch jemand gewesen, älter als die drei und wie ein guter Bürger gekleidet, jedenfalls nicht wie ein Holzarbeiter, er sei wohl aus Wandsbek oder aus St. Georg, mit dem habe Meunier gestritten. Wenn es kein echter Streit gewesen war, so doch eine – wie hatte Elske spöttisch betont? Eine Meinungsverschiedenheit. Leider nicht laut, so ernst war es offenbar nicht geworden, jedenfalls habe niemand gehört, worum es gegangen sei. Vielleicht um Aline, aber das war nur eine romantische Vermutung. «Womöglich ist dieser Gast aus dem Eschenkrug derselbe Mann, mit dem wir Aline neulich beim Dragonerstall gesehen haben.»

Sie wandte sich an den Stadtphysikus: «Könntet Ihr Euch zu einer kleinen Indiskretion hinreißen lassen, Dr. Pullmann? Ich meine, wisst Ihr, ob Aline eine heimliche Liebe hatte? Einen ernsthaften Verehrer?»

Dr. Pullmann überlegte einen Moment. «Nein», sagte er schließlich, «ich habe die reizende Aline nie außerhalb des Eimbeckschen Hauses gesehen. Von Bekanntschaften oder Freundschaften, ob zu Männern oder Frauen, weiß ich nichts. Hier zeigt sie sich immer als eine fleißige, zumeist gehorsame Tochter, was gewiss nicht immer leicht ist.»

Wagner schnaufte, was alles und nichts bedeuten mochte. Tatsächlich konnte er sich Aline als fleißig, aber nicht als gehorsam vorstellen.

Rosina hingegen nickte. «Das dachte ich schon. Bei Elske im Eschenkrug hat sie offenbar mehr Freiheiten. Davon hatte ich Euch gleich heute Morgen erzählen wollen, Wagner. Als ich schon in unserem Haus auf der Treppe hörte, die

Gardewinsch sei verschwunden, dachte ich, Euch am ehesten hier zu finden. Was nicht stimmte, jedenfalls nicht gleich, dafür traf ich den lieben Kuno. Er lag vor der Klappe und schnüffelte und sabberte daran herum. Also musste darunter etwas sein, das er erreichen wollte.»

«Und da dachtet Ihr gleich an unsere Gardewinsch?» Dr. Pullmann klang eine winziges bisschen amüsiert, Wagners Schnaufer hingegen ziemlich neutral.

«Ja», gestand Rosina, «irgendetwas Ungewöhnliches musste der Hund doch geschnuppert haben. Die Klappe ist schwer, ich konnte sie kaum einen Daumenbreit anheben. Die Tür ein paar Stufen unterhalb des Eingangs schien dorthin zu führen, wo draußen diese Klappe war. Sie war nicht verschlossen, Kuno drängte sich gleich hindurch, und ich folgte ihm. Leider fiel die schwere Tür hinter uns zu, und wir saßen im Dunkeln. Ich habe mich vorgetastet, da war doch eine Ahnung von einem Lichtschimmer, und habe die Gardewinsch gefunden. Kuno lag schon neben ihr, als wolle er sie bewachen.»

«Und dann wolltet Ihr gleich Hilfe holen …», ergänzte Wagner ungeduldig. Meistens hörte er ihr gerne zu, auch wenn es mal blumig und ausufernd wurde, heute nicht. Heute wartete zu viel Gedanken- und auch andere Arbeit auf ihn.

«Natürlich wollte ich das. Aber in dem Moment ging über meinem Kopf nicht nur die Klappe auf und ich erkannte im einfallenden Licht tatsächlich die Gardewinsch, da kam auch ein großes Fass über die Rutsche herunter. Hätte ich nicht geschrien», Rosina schluckte, als der Schrecken noch einmal zu ihr zurückkam, «dann hätte der Weinhändlerknecht nicht sofort die Seile festhalten, bis ich die Gardewinsch weggezogen hatte, und dann würde jetzt niemand mehr fragen, ob sie wieder aufwacht.»

«Ihr wisst schon», fragte der Physikus behutsam, «was

dem braven Kuno geholfen hat, Madam Gardewinsch in ihrem kalten Verlies aufzustöbern?»

Rosina nickte. «Aber doch nur geholfen», erklärte sie, «ohne seine feine Nase, seine Wachsamkeit und die Vorliebe für Blutwurst und fetten Bauchspeck läge die Gardewinsch womöglich immer noch dort unten. Ich dachte, wir sollten Grabbe und seinem Hund die Ehre lassen, denkt Ihr nicht auch?»

«Gut», sagte Wagner knapp, und: «Blutwurst. Von mir aus. Die Hauptsache, Ihr habt die Gardewinsch gefunden, und dass sie schnell aufwacht und erklärt, was geschehen ist, ja, das ist die Hauptsache. Und dann: Wie? Warum? Vor allem: Wer?»

«Wenn Kuno schon oben an der Klappe die Spur gewittert hat, wird sie auch von oben durch die Klappe und über die schräge Rutsche bis nach unten gelangt sein», überlegte Rosina, «sie lag genau unterhalb der Rutsche.»

«Dann könnte es ein Unglück gewesen sein», sagte Wagner und klang dabei wenig überzeugt, «die Schuld liegt bei Appolt. Der Kellermeister muss dafür sorgen, dass diese fatale Klappe immer geschlossen ist, damit kein Unglück passiert. Besonders zu einer Zeit, in der er keine Lieferung mehr erwarten kann.»

«Falls Ihr das als Hoffnung hegt, lieber Wagner, müsst Ihr sie fahrenlassen. Es war kein Unglück, jedenfalls nicht nur.» Es sah auf seine Hände, betrachtete und rieb die Fingerbeeren, als zeige sich dort, was er getastet hatte. «Madam Gardewinsch liegt nicht nur wegen dieses Fallens und Hinabrutschens in einer so tiefen Ohnmacht. Auf der Rutsche für die Fässer hat sie sich verletzt, das stimmt, man sieht es in ihrem Gesicht, auch an der Bluse, an der Schulter, dem rechten Ellbogen. Sicher gibt es auch Blutergüsse, zum Beispiel auf den Hüften. Daraus lässt sich schließen, dass sie mit dem Kopf voraus und ein wenig seitlich auf dem Bauch abwärtsgerutscht ist. Aber an ihrem Hinterkopf», Wagner verstand schon und schnaufte einen heftigen Schnaufer, «ja, Ihr vermutet richtig. An ihrem Hinterkopf, Wagner, hat sie die eigentliche, die schwere Verletzung. Annähernd die gleiche wie Meunier. Sie hat mehr Glück gehabt oder ist auf einen unentschlosseneren Täter getroffen. Der Schlag war nicht so heftig. Soweit ich es erkennen kann, ist der Schädelknochen nicht gebrochen. Man weiß aber nie, was in den nächsten Stunden und Tagen im Inneren ihres Kopfes noch geschehen wird. Sie hat Blut verloren, es klebt auf dem Boden, zum größeren Teil unter dem Fass. Sobald es weggerollt worden ist, sollte der Boden gründlich gescheuert werden. Die Ratten folgen dem Blutgeruch noch gieriger als Kuno dem der fetten Wurst. Es ist beinahe ein Wunder», murmelte er, «dass sie noch nicht dort waren, wenn Madam Gardewinsch schon während der ganzen Nacht bei der Fassrutsche lag.»

Das Wunder heißt Arsenik, dachte Wagner grimmig, das war in jedem reinlichen Haus das probate Mittel gegen Ungeziefer aller Art und Ratten insbesondere. Wie auch in der Gerberei. Und wie in der Totenkammer und im Anatomischen Theater, sobald es nottat. Allerdings bedurfte es in einem so weitläufigen Keller sehr viel von dem für Mensch und Tier tödlichen Gift.

Alle drei schwiegen. Dr. Pullmann dachte besorgt an seine neue Patientin, Wagner an die lange Liste der Dinge, die nun zu tun waren und in welcher Reihenfolge, und Rosina fragte in die Stille: «Wo ist eigentlich Palle?»

Der Sohn der Gardewinsch war den ganzen Morgen nicht im Eimbeckschen Haus gewesen.

Aline wachte am Bett der Gardewinsch, was allgemein als liebende Pflichterfüllung einer Tochter gewertet wurde und sich fast so schnell herumsprach wie die Tatsache als solche, nämlich dass die Gardewinsch dem Tode nah im Eimbeckschen Haus liege. Allerdings klopfte niemand an, um sie zu besuchen oder sich nach ihrem Wohl zu erkundigen, dafür kursierten einige unfeine Witze über den Zusammenhang zwischen einer Ohnmacht, einer Leichenfrau und der nahen Totenkammer. Hier und da kam auch das Zergliedern im Anatomischen Theater darin vor. Von den mit Spiritus gefüllten Gläsern der Schausammlung war dabei noch nicht gesprochen worden, aber das war eine Frage der Zeit.

Aline hörte von diesen Scherzen nichts, da sie das zum Krankenzimmer gewordene Kämmerchen kaum verließ. Vielleicht handelte es sich weniger um töchterliche Liebe als Furcht vor der Vergeltung und um das schlechte Gewissen, weil sie ihre Mutter in den letzten Wochen, Monaten gar, immer wieder belogen und Pläne gemacht hatte, die allem zuwiderliefen, was die Gardewinsch wollte. Bisher hatte sie das wenig gestört, sondern ihr vielmehr eine trotzige Freude bereitet. Aline verfügte über das Talent, die Widersprüchlichkeiten in ihrem Leben zu übersehen oder zurechtzubiegen, bis sie zu ihren Wünsche passten. Nun hatte sie plötzlich Zeit zum Nachdenken, ob sie es wollte oder nicht. Die beiden Bücher, die Madam Appolt ihr hatte schicken lassen, ein handliches Neues Testament und ein Exemplar von Robinson Crusoe, konnten sie nicht ablenken.

Ihre Gedanken wanderten auch in sonst wenig besuchte Winkel ihrer Seele. Nun starrte sie immer wieder in das stille Gesicht ihrer Mutter, es erschien ihr wie das einer fremden Frau, und sie verstand zum ersten Mal, wie wenig sie einander kannten. Wie wurde ihr Leben, wenn die Gardewinsch nun starb? Wieso fühlte sie nichts?

Wenn sie starb. Aline wartete auf ein Gefühl, auf Angst oder Trauer, Entsetzen, Widerspruch. Nur eins war gewiss – wenn die Gardewinsch starb, wurde ihr Leben einfacher. Jetzt erschrak sie doch über die Kälte des Gedankens. Ein bisschen.

Und Palle? Sie war nicht ihres Bruders Hüterin. Weder jetzt noch zukünftig. Niemand aus der Totenkammer, überhaupt aus diesem Haus hatte noch Platz in ihrem Leben. Das war ein großer Gedanke und zugleich ein beängstigender. ‹Geh weg, Gedanke›, murmelte sie wie ein Kind, ‹geh weg.› Aber er ging nicht weg. Womöglich nur, um sie und ihre Pläne zu verspotten.

Sie hatte gehofft, Elske werde kommen und ihr beistehen, sobald die Nachricht zum Eschenkrug gelangt war, und ihr auch die Zeit vertreiben. Elske hatte so vieles erlebt, sie war immer voller Geschichten. Mit ihr war es nie langweilig, und mit ihr verschwanden erschreckende Gedanken, lösten sich auf wie Seifenblasen. Tatsächlich wäre Elske in normalen Zeiten längst da, aber sie war in einem Alter schwanger, in dem etliche Frauen Großmütter wurden. Der Anblick, die Gegenwart einer Frau, die dem Tod so nahe war, konnte das Kind in ihrem Leib zutiefst erschrecken und missgestalten oder den Tod gleich seine Hand nach dem Ungeborenen ausstrecken lassen. Um diese Dinge wusste jede schwangere Frau. Elske blieb im sicheren Eschenkrug.

Aber Palle war wieder aufgetaucht. Das Leben ging weiter, also auch das Sterben. Steffen hatte ihn begleitet, wer eignete sich besser als ein Anatomieknecht, einen Toten, auf den niemand Anspruch erhob, in die Totenkammer zu holen, wenn die Stadtleichenfrau und ihre Gehilfin ihre Arbeit nicht tun konnten. Diesmal war es eine alte Frau, jedenfalls sah sie alt aus, was wenig zu sagen hatte, Haut und Knochen, nur Lumpen am Leib. Kinder hatten sie hinter dem Drillhaus beim Ufer der Binnenalster gefunden. Sie konnte erst wenige Stunden dort gelegen haben, das schwappende Wasser hatte das Tuch um ihren Kopf gelöst, ihr dünnes Haar umwallte ihn wie ein feines Gespinst. Das sei gut, hatte Palle erklärt, dann seien die Läuse weggespült. Alle brachten Heerscharen von Läusen mit, wenn sie auf dem Karren landeten.

Als sie den Leichnam in die Totenkammer hinaufgebracht hatten, stieg Palle die Treppe wieder hinunter. Er trat in die Kammer der Gardewinsch und sah eher prüfend als besorgt in das bleiche Gesicht, es wirkte trotz der Abschürfungen friedlich. Er wusste, was geschehen war, die Spatzen pfiffen es schon von den Dächern, und was sie nicht oder falsch pfiffen, hatte ihm Dr. Pullmann gerade in der Totenkammer richtig erklärt. Eines fragte er dennoch: «Wann wacht sie wieder auf?»

A ls es Abend wurde, setzte Rosina sich mit Feder, Tinte und Papier an den Tisch in der Wohnstube, stützte das Kinn in die Hände und ließ den Blick wieder einmal aus dem Fenster wandern. Der Sommer war nun wirklich angekommen, aus den Straßen und Höfen, entlang der Fleete und Wälle, ragte frisches Laub bis über manche Dächer. Es hieß zu Recht, Hamburg sei eine an Gärten und Bäumen, an Grün aller Art besonders reiche Stadt, wobei es innerhalb des Befestigungsringes inzwischen mit den Gärten nicht mehr so weit her war. Überall wurden Wohnhäuser und noch mehr Speicher gebaut, von Letzteren schien es nie genug zu geben, das war ein gutes Geschäft.

Umso mehr und üppiger gediehen Gärten im Umland, wo zahlreiche Hamburger inmitten weitläufiger Grundstücke Sommerhäuer besaßen. Wenn Magnus zurückgekehrt war, werde sie in ihrem Garten ein großes Fest geben, hatte

Anne Herrmanns angekündigt, das sei versprochen, alle freuten sich schon darauf, und mit ein wenig Glück gelinge auch ein Feuerwerk. Magnus möge sich mit der Rückkehr beeilen, noch sängen die Nachtigallen so betörend. Das solle Rosina ihm schreiben.

Das wollte sie nun tun. Wenn er Wetzlar erreichte, erwartete ihn hoffentlich das halbe Dutzend, das sie schon abgesandt hatte. Sie wollte ihm auch erzählen, was sich heute ereignet hatte, die Sache mit Kuno und der Blutwurst würde ihn amüsieren. Und der Anschlag auf die Gardewinsch? Vielleicht sollte sie den gar nicht erwähnen, er würde sich nur wieder überflüssige Sorgen machen, was ein schönes Zeichen der Liebe war, aber auch lästig sein konnte.

Am Nachmittag hatte sie lange gebraucht, um Tobi zu erklären, was geschehen war. Auf dem Heimweg aus der Schule hatte er vom Unglück der Gardewinsch erfahren, dazu kursierten abenteuerliche Varianten in der Stadt. Das war üblich, Rosina hatte oft über solches Geschwätz gelächelt oder geschimpft, je nach Stimmung und Anlass. In einer der beiden Varianten, die Tobi gehört hatte, war nicht ganz eindeutig, wer Opfer und wer Retterin war. Der Junge war voller Angst nach Hause gerannt. Als er sie oben an der Treppe sah, sie hatte gerade noch einmal ausgehen und rasch etwas Versäumtes nachholen wollen, war er in ihre Arme gestürzt, ein aufschluchzendes dünnes Bündel von einem Jungen. Er hatte ein wenig gebraucht, bis er erklären konnte, warum er solche Angst gehabt und so froh gewesen war, wirklich so riesenkrokodilundgiftschlangenmäßig froh!, weil sie gar nicht aufgeschlitzt in der stinkenden Totenkammer lag, was er sowieso nie geglaubt hatte, niemals!, sondern so wunderschön wie immer, so liebreizend an der Treppe gestanden und auf ihn gewartet hatte.

Darauf hatten sie beide noch ein bisschen geweint. Rosina,

weil sie manchmal vergaß und nun auch mit erstaunlichen Novitäten aus Tobis Wortschatz daran erinnert worden war, welche Bedeutung sie, Magnus und Pauline für das Kind hatten. Und weil sie darüber sehr glücklich war. Jedenfalls hatte sie es herzlos gefunden, noch einmal auszugehen. Ihr Pflegesohn sollte wissen, dass sie da war, auch später, falls er in dieser Nacht Bedrohliches träumte. Es war überhaupt besser, zu Hause zu bleiben, so hatte sie gedacht, sie sollte wirklich nicht ständig ihre Nase in Wagners Angelegenheiten stecken. Das war ein erstaunlicher Einfall, denn gewöhnlich gab es wenig, was sie lieber tat. Aber – morgen war auch noch ein Tag und jetzt die Stunde, für Tobi da zu sein und den nächsten Brief an Magnus zu schreiben. Was sehr viel angenehmer war, als Knöpfe zu versetzen.

Also sah sie aus dem Fenster und über die Dächer, suchte sich hinaus auf die Überlandstraßen zu denken, wie sie es gerne tat, doch heut wollten die Gedanken einfach nicht durchs Tor hinaus und weiter in die Ferne fliegen. Sie blieben stecken, irgendwo zwischen dem Bremer Schlüssel, dem Eimbeckschen Haus und? Und dem Eschenkrug. Da war etwas in ihrem Kopf, das sie eigentlich wusste, aber nicht fand. Zwei Dinge, aus denen eines werden wollte? So in etwa. Vielleicht auch drei.

Ging es um den Schuppen? Sie hätte sich dort bei der Lohmühle gerne umgesehen, als sie auf dem Borgesch war, es war aber schon zu spät gewesen, zu nah am Toresschluss. Sie lachte leise und gab nach. Es war ja immer dasselbe. Und immer war sie zu ungeduldig. Es würde ihr schon einfallen, das tat es jedes Mal. Meistens.

Der aufregende Tag forderte seinen Tribut. Schließlich schlief sie, den Kopf auf den Armen, am Tisch ein. Bis Pauline in der Dämmerung vom Besuch bei ihrer Tochter zurückkehrte und die unvernünftige Madam Vinstedt weckte.

Wer müde sei, schimpfte sie, gehöre ins Bett, anstatt sich mit Schreiben und zu viel Denken, was sowieso ungesund sei, wach zu halten. Besonders nach einem solchen Tag.

Rosina hörte Pauline zu, lächelte noch schläfrig und versuchte zugleich, die Traumbilder aus ihrem kurzen Schlaf zurückzuholen, die mit dem Aufwachen und Paulines strenger Stimme verblasst und verschwunden waren. Ein Bröckchen war da gewesen, ein Detail, von Bedeutung für die richtige Spur. Vielleicht kehrten die Bilder zurück, wenn sie sich beeilte, wieder einzuschlafen, konnten sie noch nicht weit fort sein.

Sie gab sich Mühe, doch wie meistens, wenn man dringend schlafen sollte, kümmerte das den Schlaf überhaupt nicht, und er trieb sich anderswo herum. Also stopfte sie sich ein Kissen in den Rücken und machte Pläne für den morgigen Tag. Dabei hatte sie eine so fabelhafte Idee, dass der Schlaf eilig zurückkehrte, um nichts zu versäumen.

Als Aline am Morgen erwachte, fand sie sich auf dem Fußboden einer fremden Kammer wieder, in eine Decke gewickelt, die sehr viel bessere Tage gesehen hatte und aufdringlich roch. Oder doch nur nach Kampfer?, überlegte sie noch schlaftrunken, als ihr wie von einem Schlag aus der Elektrisiermaschine getroffen einfiel, wo sie war. Und warum sie hier war.

Sie wollte nicht hier sein. Es war so still. Sie schloss die Augen und presste die Lider fest aufeinander Wenn ihre Mutter in der Nacht gestorben war und sie es nicht bemerkt hatte? Endlich gab sie sich einen Ruck, setzte sich auf und öffnete die Augen – die Gardewinsch war nicht gestorben.

Sie saß halb aufgerichtet mit dem Rücken an die Wand gelehnt auf dem kargen Lager, die Decke bis über die Brust hochgezogen, die Arme verschränkt. Der Verband um ihren Kopf war verrutscht, was ihr etwas Absurdes gab. Sie war immer noch bleich, die Schrammen in ihrem Gesicht traten umso deutlicher hervor. Aber sie war auch sehr wach und blickte ihre Tochter lauernd an.

«Aha, da bist du. Wohin habt ihr mich verschleppt, du und dein nichtsnutziger Bruder, und womit habt ihr mich vergiftet? Antworte endlich. Denk bloß nicht, ich könnt mich nicht wehren, nur weil ich steife Knochen hab und einen Specht im Kopf. Willst du nicht antworten? Oder hat dir einer die Sprache ausgetrieben? Soll ich dich wieder wie 'n faules verlogenes Gör behandeln?»

Aline rappelte sich auf, plötzlich war sie sehr erleichtert – sie hatte alles Recht auf garstige Gedanken und große Lust auf garstige Taten. «Sprich nicht so von Palle und nicht so von mir», sagte sie und fühlte sich großartig, weil es ganz ruhig und sehr kalt klang. «Niemand hat dich verschleppt, und niemand hat dich vergiftet, obwohl man grad jetzt auf den Gedanken kommen kann. Du bist gestern Abend durch die Luke in den Keller gefallen und hast dich sehr verletzt, wahrscheinlich warst du betrunken. Daran musst du dich doch erinnern. Niemand hat dich verschleppt, der Kellermeister hat erlaubt, dass du hier ausruhen kannst, bis es dir bessergeht. Keiner wollte dich die Treppen in der Jakobitwiete hochschleppen.»

«Keller?» Der Blick der Gardewinsch wurde unsicher. «Das ist Blödsinn», entschied sie aber gleich mit alter Vehemenz, «wir haben keinen Keller, haben wir nie gehabt.»

«Wir sind doch im Eimbeckschen Haus, Mutter. Auch daran musst du dich erinnern, trotz der Beule am Kopf. Und wie du in diese Luke geraten bist.»

«Luke? Ich war oben in der Totenkammer, und dann … dann …» Die Gardewisch hob suchend die Hände, drückte die Fingerspitzen an die Schläfen, nur um sogleich aufstöhnend loszulassen. «Ich war in unserer Totenkammer», wiederholte sie mit so viel Trotz wie Ärger in der Stimme. «Da gab es mal wieder viel aufzuräumen. Und dann …» Sie setzte sich plötzlich ganz gerade auf. «Ich muss hier raus. Was macht ihr mit mir? Was habt ihr mir eingeträufelt?»

Sie versuchte wütend aufzustehen, sank gleich vom Schwindel schwankend zurück und legte schwer atmend die Hände vors Gesicht. «Ich war in der Totenkammer. Die Tücher für die Leichenwäsche …» Sie schwieg. Aline sah mit Genugtuung, wie die Unterlippe ihrer Mutter zitterte.

Madam Gardewinsch, die auf ihre guten Augen und Ohren so stolz war wie auf ihr so praktisches gutes Gedächtnis, erinnerte sich an gar nichts mehr, seit sie vor anderthalb Tagen in der Totenkammer hoch oben im Eimbeckschen Haus für Ordnung gesorgt hatte. An diesem Morgen war gar nichts mehr in Ordnung. Jedenfalls nicht in ihrem Kopf.

D er Knecht vom Physikus, der Steffen, der sagt, die Gardewinsch ist wieder wach, putzmunter würd ich sagen, sie schimpft nämlich schon wieder, sagt er, trotzdem ist sie blöde geworden.»

«Blöde?», fragte Rosina. «Ihr meint, sie ist ganz ohne Verstand? Aber wenn sie schon wieder schimpft …»

«Genau das hab ich auch gesagt», die Straßenhändlerin mit den frischesten Harburger Kringeln rutschte sich auf der Bank unter der Linde im Hof des Eimbeckschen Hauses bequemer zurecht und hob triumphierend den rechten Zeigefinger, «wenn die Gardewinsch schimpft, ist sie wie immer. Aber so ist das nicht, sie hat alles vergessen, was da in dem Kellerloch passiert ist. Sie sagt, sie war in keinem Keller, nur oben in ihrer Totenkammer. Und der Physikus sagt, so was kommt vor, das kennt er von Soldaten aus'm Krieg. Manchmal wird's wieder gut, manchmal nicht. Weiß man erst hinterher, ob man das überhaupt will, denk ich, so 'ne Erinnerung kann hässlich sein.»

Rosina nickte. «Ja, manchmal weiß man es erst hinterher. Aber sie weiß doch, wer sie ist?»

«Steffen sagt, ja. Sie weiß nur nicht, was passiert ist, seit sie oben in der Totenkammer war. Jedenfalls behauptet sie das, und dann muss man das wohl glauben. Die Totenkammer, und dann ist bei ihr alles duster. Wie im Keller, wo der Kuno sie gefunden hat.» Die Kringelfrau griff in ihren Korb, nahm einen etwas krumm geratenen Kringel und biss herzhaft ab. «Tja», sagte sie noch genüsslich kauend, «aus unserm Handel wird nun nix, Madam. Ihr solltet doch zwei Kringel von mir kriegen, wenn Ihr mir 'ne gute Geschichte von da drinnen mitbringt, und jetzt erzähl ich Euch die Geschichte.» Trotzdem nahm sie ein Gebäck aus ihrem Korb und reichte es Rosina. «Weil Ihr dem Kuno geholfen habt, als er die Gardewinsch aus dem Keller gerettet hat, habt Ihr doch einen verdient.»

«Danke, das ist großzügig. Ihr kennt Madam Gardewinsch wohl gut.»

Die Kringelfrau überlegte einen Moment, biss noch mal ab und sagte: «Die kennt keiner gut. Umgekehrt wird 'n Schuh draus.»

«Umgekehrt?»

«Das ist doch klar, sie hat ihre Ohren überall. Und wenn Ihr mich fragt», sie strich Kuchenkrümel von ihrer Bluse, ließ den Blick über den Hof sausen und neigte sich Rosina näher zu, «also wenn ich das jetzt mal so sage – Ihr müsst das für Euch behalten, ich hab jedenfalls nichts gesagt.»

«Nein, auf keinen Fall. Natürlich nicht», raunte Rosina. «Was habt Ihr denn nicht gesagt?»

«Ich dachte gleich, Ihr seid ein kluges Kind. Ja, ich denk mir nur, wer viel hört und nicht ganz dumm ist und in der Stadt rumkommt, könnte sich ja auch mal, hm, mal entschädigen lassen, für das, was die armen Ohren hören mussten.»

«Oh», sagte Rosina, sie folgte in Gedanken noch einmal dem gewundenen Satz. «Das habt Ihr also nie gesagt. Sie lässt sich dafür bezahlen, wenn sie Geheimnisse anderer Leute für sich behält? Ist das verbürgt? Ich meine, wisst Ihr das genau?»

«Ich? Ich hab doch gar nix gesagt.» Die Kringelfrau grinste fröhlich. «Was weiß so 'ne dusselige arme Hökerin schon?»

«Natürlich, wie dumm von mir. Dann sagt mal was anderes. Ihr wart nicht zufällig hier und habt noch mit der Gardewinsch ein Schwätzchen gehalten, als sie vorgestern Abend aus dem Haus kam?»

«Was Ihr Euch so vorstellt! Das hat der Weddemeister auch schon gefragt. Sie erinnert sich doch nur, wie sie in der Totenkammer war. Mehr kann ich auch nicht wissen, gesehen hab ich sie jedenfalls nicht. Wenn sie doch vor dem Keller hier im Hof war, dann war ich schon weg. Im Übrigen kommen ja öfter mal Leute aus der Tür in den Hof, auch die, die im Anatomischen Theater waren oder die Missgeburten in den Gläsern angeguckt haben. Davon werden ja Sachen erzählt! Ich mag mir das nicht ansehen, das unchristliche Zeug. Aber die Leute gucken auch noch zu, wenn der Physikus 'ne Leiche zergliedert. Der Steffen sagt, hier ist das alles für die Wissenschaft, deshalb ist es erlaubt.»

«Sicher, die Wissenschaft. Wenn man was davon verstünde …»

«Ach wo, die da hingehen, verstehen auch nichts davon, sind alle möglichen Bürger, Frauen sogar, aber meistens Männer, Kaufleute oder Gesandte oder was weiß ich. Haben alle gute Schuhe an, na ja die meisten, mancher Reiche stinkt nach Parfüm und hat Löcher in den Stiefeln, ja. Der alte Syndikus hat immer ganz feine polierte Schuhe, von dem vergess ich immer den Namen, der kommt oft. Steffen sagt, der Alte schläft die meiste Zeit, lässt aber immer gutes Trinkgeld da, und der Physikus gibt alles dem Steffen. Der jüngere Herrmanns kommt auch und bringt sogar Freunde mit, Ihr wisst schon, der alte Herrmanns ist im letzten Jahr fast auf'm Köppelberg gelandet, weil er den Konditor vom Rödingsmarkt umgebracht haben soll.»

Rosina hätte jetzt gerne etwas von übler Nachrede, Missgunst und dummem Klatsch gesagt, dazu war nun nicht der rechte Moment, was sie sehr bedauerte. Es war nie gut, aufwallenden Zorn herunterzuschlucken. Andererseits war sie gerade selbst dabei, auf Klatsch zu hören. «Ihr kennt Euch gewiss besser aus und wisst es genauer als solche Schwätzer. Palle und Aline verlassen das Haus sicher auch über die Treppe zum Hof …?»

«Och, die beiden. Die sind nicht immer hier, so viel wird ja gar nicht gestorben. Und der Palle», sie rieb sich vieldeutig über die Kehle, «der nimmt gern mal die Treppe zur anderen Seite, die zum Ratsweinkeller runter, sagt Steffen. Ich weiß so was ja nicht, unsereiner hat da drin nichts zu suchen. Die Aline, die macht grad aus der Kleidersellerei der Gardewinsch 'n Laden für feinere Leute. Ob das gutgeht, weiß kein Mensch, glaub ich aber nicht. In den alten Kleidern steckt der Tod wie faules Fleisch. Das kann keiner wegwaschen. Armen Leuten ist so was egal, Jacke ist Jacke, und Hose ist Hose, und Löcher kann man flicken. Bei feineren Leuten ist das anders, ich mein», ihre Stimme rutschte wieder einige Etagen tiefer, «so feinen Leuten wie der Monsieur, mit dem man sie schon mal sehen kann, wenn man die Augen aufmacht. Wenn die Gardewinsch das rausfindet, ich weiß nicht, aber ich denk mir, dann landet die Aline auch im Keller. Und nicht gemütlich über die Treppe.»

«Wer?» Rosina fand, es sei Zeit für gezielte Fragen. «Ich bin sicher, Eure Augen sind mindestens so gut wie die Ohren der Gardewinsch.»

Die Kringelfrau kicherte. «Jetzt muss ich aber beleidigt sein. Ich bin keine, die verkauft, was sie so hört und sieht, ich verkauf nur meine Kringel und manchmal Zwiebeln und Sellerie von meinem Gartenstück. Aber weil Ihr's seid», noch ein Kichern, «verrat ich Euch was. Wie der heißt, weiß ich nicht, aber der feine junge Herr ist gar nicht mehr jung, ich mein, nicht so wie Aline, wo so 'n Mädchen zum Glück doch feuriges Blut brauchen tät. Und er hat teure Schuhe, Schuhe, sag ich immer, verraten, wo einer herkommt. Oder wo einer hinwill. Oder beides.» Als Kringelhökerin sitze sie mit ihrem Korb auch oft vorm Rathaus oder dem noblen Kaiserhof, da sehe sie alle Arten von Schuhen, erstaunlich wär's, wie viele verschiedene es gebe. Trotzdem wisse sie, ohne auf die Gesichter zu achten, nur von den Schuhen, ob einer durch die Vordertür rein dürfe.

«Und Alines Verehrer – der geht durch die Vordertür.»

«Fragt sich, wie lange noch.»

«Du meine Güte. So schlimm? Warum?»

«Kann man ja nie wissen, oder? Na gut, ich mein, wenn's bei der Vordertür bleiben soll, muss man doch schlau in 'ne passende Familie einheiraten.»

Die Sache mit der Vordertür und der passenden Familie war nichts Besonderes, dachte Rosina, als sie sich von der plötzlich wortkarg gewordenen Hökerin verabschiedet hatte, nicht ohne fünf Kringel gekauft zu haben, so war es überall. Der Gedanke erinnerte sie daran, dass über den unfreiwilligen Sturz der Gardewinsch der arme tote Meunier nicht vergessen werden durfte. Dr. Pullmann hatte befunden, beide seien auf dieselbe, zumindest ähnliche Weise verletzt worden, der eine zum Tode, die andere nur bis zur Vergesslichkeit. Was verband Hippolyt Meunier und die Stadtleichenfrau? Außer dass sein Leichnam auf ihrer Karre von der Lohgerberei zum Eimbeckschen Haus geschoben und hinauf in ihre Totenkammer getragen worden war?

Im Leben hatte sie nichts verbunden. Auf den ersten Blick. Anders wurde es, wenn man in Gedanken einen naheliegenden Umweg nahm, nämlich über die Vorstadt St. Georg und den Holzplatz auf dem Borgesch, über Elskes Eschenkrug. Dort hatte Meunier Aline und Palle getroffen, die Kinder der Gardewinsch, und vielleicht, sogar wahrscheinlich, war er in Aline verliebt gewesen, und vielleicht hatte das Palle nicht gefallen. Oder einem anderen. Einem Mann aus Wandsbek. Oder St. Georg? Oder …? Sie griff ihr Bündel fester und hatte es plötzlich sehr eilig.

Eine halbe Stunde später führte ein junger Mann Magnus Vinstedts eleganten Fuchs durch das Steintor aus der Stadt hinaus. Eigentlich war das Pferd zu groß für die zierliche Gestalt, trotzdem schaffte sie es ohne fremde Hilfe in den Sattel, endlich ritt sie im leichten Trab die Straße am östlichen Festungswall entlang und zum Borgesch hinüber. Es war so wunderbar, dass sie sich im Übermut versprach, den jungen Reichenbacher zukünftig alle Tage ausreiten zu lassen.

Brooks hatte geschmunzelt, als Rosina in den Stall kam und, wie am Portal des Herrmanns'schen Hauses am Neuen Wandrahm verabredet, nach Magnus' Pferd fragte. Allerdings wurde seine Miene ernst, als sie auch fragte, wo sie sich umkleiden könne, sie habe die Kleider dieses jungen Reichenbacher Studenten bei sich, der wolle zum Eschenkrug hinausreiten. Benni hatte Rosso schon in aller Frühe

374

über die Alsterwiesen jagen lassen, er würde sich sehr brav reiten lassen, sie kennten einander ja schon, der Reichenbacher und der Fuchs, hatte Brooks zwinkernd hinzugefügt. Benni werde sie gern begleiten, er sei mit Madam Augustas altem Rappen beim Hufschmied und werde sehr bald zurück sein, sie müsse nur ein wenig warten. Er selbst sei in den Neuen Wandrahm bestellt, sonst wäre es ihm ein Vergnügen …

Rosina bedauerte und zeigte ihr charmantestes Lächeln. Der Reichenbacher könne nicht warten. Nicht heute, das Wetter drohe womöglich umzuschlagen, und sie freue sich so sehr, wieder auszureiten. Er möge kein Spielverderber sein, sie bleibe nicht länger als eine oder zwei Stunden.

Wagner wartete. Für einen Mann, dessen Pflicht es ist, Verbrechen aufzuklären, muss das ein unangenehmer Zustand sein, besonders wenn die Lösung zum Greifen nah ist. Wagner wartete drauf, dass die Gardewinsch sich endlich doch erinnerte, wem sie genug im Weg war, um ihr beinahe den Schädel einzuschlagen. Immerhin war sie wieder aufgewacht, was Dr. Pullmann zunächst nicht hatte versprechen können, sie war noch bleich und schwach, voller Schrammen und blauer Flecke, von der Verletzung an ihrem Kopf ganz zu schweigen, aber sie war unverkennbar die Gardewinsch, bis auf diese höchst lästige Lücke in ihrem Gedächtnis. Er hatte sie vergeblich befragt. Sie war, gleich nachdem er sich energisch Zutritt zu ihrer Kammer verschafft hatte, wieder in einen ohnmächtigen Schlaf gesunken.

Dr. Pullmann vermutete, der Mörder des jungen Meunier, oder Müller, wie Wagner nun wusste, sei derselbe, der die Gardewinsch nur fast ins Jenseits, aber doch in diese Ohnmacht und Vergesslichkeit und in den Keller befördert hatte. Wenn Dr. Pullmanns Vermutung also stimmte, musste Wagner noch dringender eine neue, nämlich die richtige Spur finden.

Aline und Palle wussten nichts zur Aufklärung beizutragen, ebenso wenig die Leute, die er im Ratsweinkeller und drum herum befragt hatte. Es war wirklich erstaunlich, wie taub, blind und stumm die Menschen durch die Welt gingen. An dem Abend war die Gardewinsch auf ein kleines Schlückchen Port im Ratsweinkeller gewesen, um jedoch sehr bald in die Totenkammer im oberen Stockwerk zurückzukehren. Sie habe dort noch etwas zu erledigen gehabt, hatte Kellermeister Appolt erklärt. Alles in allem war das ein überaus mageres, nämlich gar kein Ergebnis.

Grabbe hatte in der Gerberei Neulander gefragt, ob an dem Abend zufällig ein Mitglied des Hauses in der Nähe des Eimbeckschen Hauses gewesen sei. Der Meister wusste längst, worum es ging, und hatte barsch reagiert. Die Wedde möge endlich herausfinden, wer den Toten in seiner teuren Lohegrube versenkt habe, anstatt dumme unnütze Fragen zu stellen. Niemand habe am Abend das Anwesen verlassen. Punktum.

Der Weddeknecht hatte nichts anderes erwartet und einen kleinen Umweg zum Bremer Schlüssel gemacht, weil dort die Suppe und das Bier so lecker waren und weil die Chance auf Nachrichten bei Jakobsen am größten war. Auch viel Klatsch, den ein guter Mann von der Wedde nie verachtete, denn irgendwas war immer dran, das war ein alter Hut. Als Grabbe mit Kuno, der viel gelobt und mit einem ordentlichen Stück Blutwurst beglückt worden war, das Gasthaus verließ, hatte er nichts Neues erfahren, doch Jakobsen wusste nun alles, was es über das Geschehen im Eimbeckschen Haus zu wissen und zu vermuten gab.

Wagner setzte sich für eine kleine Verschnaufpause wieder

auf die Bank unter der Linde im Hof. Es war nun angenehm friedlich hier, die Schaulustigen waren schon wieder verschwunden. Gerade als er Gefahr lief, wohlig einzudösen, weckte ihn schrilles Jaulen. Wo sonst die Leichenkarre ihren Platz hatte, waren sechs Bierfässer aufgestapelt, um abgeholt und gegen volle ersetzt zu werden. Ein struppiger Straßenköter tanzte um die Fässer, sprang vor und zurück, die Nase auf der Erde, als plötzlich eine große Ratte mit schrillem Quieken aus der Ecke hervorschoss, aufspringend nach der Nase des Hundes schnappte und im Hastdunichtgesehen über den Hof davonflitzte. Der verblüfft aufjaulende Hund hetzte ihr nach, da war sie schon in einem Loch bei der Außenmauer verschwunden. Er versuchte immer wieder, mit den Pfoten in das Loch zu gelangen, versuchte, es trotz der Mauersteine aufzubuddeln. Plötzlich ließ er davon ab, schüttelte sich, dass die Flöhe nur so flogen, und trödelte, als sei nichts geschehen, vom Hof.

Weil es nie schadete, Dingen auf den Grund zu gehen, rappelte auch Wagener sich auf und ging zu den Fässern hinüber. Er musste nur ein bisschen ruckeln und schieben, um zu erkennen, was die Ratte dorthin gelockt hatte. Mit spitzen Fingen zog er eine kurze eiserne Stange mit einem Holzgriff hervor. Der Griff zeigte Spuren von Rattenzähnen und einen Rest von Blut. Der Hund hatte die Ratte bei ihrem appetitlichen Mahl gestört. Und zweifellos war es das Werkzeug, mit dem die Gardewinsch getroffen und so übel zugerichtet in den Keller befördert worden war. Wagner hatte keine Ahnung, was für ein Gerät das sein mochte.

Aline wachte immer noch über das Wohlergehen ihrer Mutter. So hatte es geheißen, doch so ganz stimmte es nicht. Inzwischen gab es immer mehr Momente, Minuten,

Viertelstunden, die sie zur vorübergehenden Flucht nutzte. Letztlich war das für beide von Vorteil, nämlich damit Alines allmählich zurückkehrende grässliche Gedanken nur Gedanken blieben.

Nach der ersten Empörung hatte die Gardewinsch begonnen, diese vom Stadtphysikus, also sozusagen amtlich verordnete Ruhe als angenehm zu empfinden. Wann hatte sie jemals ausruhen können? Als Erstes verlangte sie einen Nachttopf, eine Schüssel Wasser – schließlich sei sie für ihre Reinlichkeit bekannt, und so solle es bleiben – und einen Becher Kaffee, aufgeschlagen mit warmer fetter Milch, Muskat und Zimt. Das mit dem Nachttopf und dem Wasser war kein Problem, auch der Kaffee konnte beschafft werden – aber mit fetter Milch, Muskat und Zimt? So etwas hatte sie sich bisher nie erlaubt. Dann ging es um ein Kissen für ihren Rücken, kühle Wickel für ihren Kopf, warme Socken für die Füße, sie wünschte, vorgelesen zu bekommen, natürlich aus der Bibel, nichts von diesem verloren gegangenen Engländer auf irgendeiner fremden Insel. Das Fenster geöffnet, geschlossen, halb geöffnet und so weiter. Aline sorgte sich aufs Neue, ob ihre Mutter nun nicht doch an Blödigkeit litt. Die Erinnerung versteckte sich jedenfalls weiter in der Dunkelheit.

Aline wäre gerne viel länger als eine Viertelstunde weggeblieben, sogar unbedingt. Es gab so vieles zu besprechen. Doch das wagte sie jetzt nicht. Die Gardewinsch konnte sie nun zwar nicht stören, sie blieb in Appolts Kammer, wenn es nach Dr. Pullmann ging, noch eine ganze Weile, aber Aline war sicher, sie habe nach wie vor ihre Spione in der Stadt.

Von alledem wusste Rosina nichts, bis auf die Sache mit der fehlenden Erinnerung wäre es ihr möglicherweise egal gewesen. Seit sie die Idee gehabt hatte, auf Rosso auszureiten, und zwar nach St. Georg, ließ sie sich nicht so einfach aufhalten.

Auf dem Holzplatz wurde gearbeitet, die langen Stapel der zu zersägenden Stämme waren wieder größer und zahlreicher geworden. Es gab zwei Gruben, über denen jeweils ein Gestell errichtet und fest verankert war, das mehrere Männer trug. Jeweils ein Arbeiter hockte auf dem Gestell, ein zweiter stand unten in der Grube, jeder hielt ein Ende der langen, immer gut geschärften Säge, die sich mit dem gleichmäßigen Auf und Ab, Ritsch und Ratsch des acht oder zehn Fuß langen Sägeblattes zwischen den Männern durch einen fest querliegenden Stamm fraß. Holzarbeiter brauchten nicht nur große Körperkraft, sondern auch Erfahrung und Geschick, nicht zu vergessen Geduld, damit die Bretter glatt und gleichmäßig wurden.

Rosina stieg ab und führte Rosso im respektvollen Bogen um die Gruben. Die Vorstellung der mächtigen Sägeblätter war ihr stets unbehaglich, und Rosso würde die ungewohnten Geräusche sicher nicht mögen, sie wollte nicht riskieren, dass er scheute.

Elske erkannte Rosina auf den zweiten Blick, nämlich als die den großen flachen Hut abnahm. Sie hatte ihn auf Frauenart mit einer langen Hutnadel in ihren dicken Locken festgesteckt, damit er ihr nicht davonfliege, und klemmte ihn nun auf Männerart unter den Arm.

«Heute seid Ihr also wieder Komödiantin», konstatierte Elske und stellte mit einer einladenden Bewegung einen mit dem gutem Brunnenwasser vom Borgesch gefüllten Becher auf die Theke.

Rosina nickte. «Ab und zu nehme ich mir kleine Freiheiten. Es stört Euch doch nicht?»

«Wir sind hier in der Vorstadt, uns in St. Georg stört nicht viel. Ein schönes Tier.» Sie zeigte mit dem Kinn zum vorderen Fenster, neben dem Rosina den Fuchs festgemacht hatte.

«Es braucht Bewegung, so wie ich. Geht es Euch und Eurem Kind gut?» Elskes Ja schien Rosina ein bisschen zu zögerlich. «Ihr solltet zu Matti fahren, oder, wenn es Euch schaden könnte, holt Matti her. Sie ist eine alte Frau, für sie wäre der Weg weit, aber die Kutsche in Eurer Remise sieht bequem aus, eine Fahrt von Mattis Haus auf dem Hamburger Berg nach St. Georg könnte ihr Freude machen. Allerdings brächte es Euch um das Vergnügen, ihren besonderen Garten zu erleben.»

«Und könnt Ihr vielleicht bei der Hebamme für uns gutsprechen?»

«Das mach ich gerne, aber es ist nicht notwendig. Matti wird Euch auch so freundlich in ihr Reich lassen.»

Elske musterte Rosina oder den jungen Reichenbacher, als gelte es plötzlich, an ihr Teufelshörner oder einen Bocksfuß zu entdecken. Dann lächelte sie entschuldigend. «Ich nehme immer zuerst das Schlechte an. Nach dem, was Johanne passiert ist, dachte ich, Ihr seid gekommen, um mich wieder auszufragen, und macht vorher mit der Hebamme gut Wetter.»

Rosina rieb mit dem Zeigefinger über die Schläfe. «Ihr habt nicht ganz unrecht. Mit Matti und Eurem Wohlergehen würde ich nie handeln, aber ich bin tatsächlich gekommen, um noch einmal nach Meuniers und auch Alines Bekanntschaften zu fragen.»

«Sagt mir zuerst, wie es Johanne geht. Der Gardewinsch. Ich weiß nur, dass sie in den Lagerkeller unterm Eimbeckschen Haus gestürzt ist, der schreckliche Hund vom Weddeknecht soll sie gerettet haben. Das ist schon kurios genug.»

«Das stimmt, die Nachrichten fliegen erstaunlich schnell bis zu Euch auf den Borgesch. Kuno hat sie gefunden. Madam Gardewinsch lag lange ohnmächtig, die ganze Nacht, den folgenden Tag und wieder bis zum Morgen. Alle waren in großer Sorge, besonders Aline. Nun geht es wieder besser, sie erinnert sich nur nicht daran, was passiert ist. Aber es scheint, sie schimpft schon wieder.»

Endlich lachte Elske. «Dann ist sie auf dem besten Weg. Sie kann ein schreckliches Weib sein, aber für mich ist sie das nicht. Wenn wir mal ganz viel Zeit haben, erzähle ich Euch die Geschichte, weil mir scheint, Ihr wollt ständig welche hören, ob sie Euch was angehen oder nicht. Aber heute, Madam oder Monsieur», sie lächelte ihr spöttisches Lächeln, «heute erzähle ich Euch keine Geschichten. Wenn Ihr was über das Mädchen wissen wollt, fragt Aline selbst. Ich bin keine von denen, die hinter ihrem Rücken über sie reden.»

Rosina nahm einen Schluck Wasser, dann leerte sie den Becher ganz und sah mit dankbarem Nicken zu, wie Elske ihn trotz ihres harschen Tones wieder bis zum Rand füllte.

«Ich danke Euch», sagte sie und nahm noch einen Schluck, «ich war durstiger, als ich wusste. Tatsächlich möchte ich mehr über die Kinder Eurer Freundin und deren Bekanntschaft mit dem toten Mechaniker wissen. Es gibt da etwas, das Ihr noch nicht wisst. Madam Gardewinsch ist nicht einfach in den Keller gestürzt, weil jemand ungeschickt genug war, im Hof die Klappe offen zu lassen. Jemand muss sie hineingestoßen haben, und zuvor heftig verletzt.»

Der Stadtphysikus habe an ihrem Hinterkopf nahezu die gleiche Verletzung gefunden, die bei Meunier zum Tod geführt hatte, bei der Gardewinsch zum Glück nur zu einer blutigen Wunde, einer langen tiefen Ohnmacht und einem schwarzen Fleck in ihrer Erinnerung. «Versteht Ihr? Doch was, wenn nun auch Aline in Gefahr ist?»

«Gott im Himmel», flüsterte Elske, «steh ihr bei. Das wusste ich nicht, niemand hier.»

«Das ist gut. Dr. Pullmann hat es nur dem Weddemeister berichtet, und ich war, nun, ich saß gerade daneben, weil ich mit Kuno in dem Keller war, als er Eure Freundin fand. Da gehörte ich eben ein bisschen dazu. Es soll sich noch nicht herumsprechen, Ihr müsst auch darüber schweigen. Bis die Gardewinsch sich erinnert. Dann wird sie wissen, wen sie im Hof getroffen hat und warum sie in diesem Keller gelandet ist.»

«Gott im Himmel, steh ihr bei», wiederholte Elske mit dünner Stimme. «Ich dachte nie, dass etwas passieren könnte.»

«Was? Warum passieren?»

«Ich meine gar nichts Bestimmtes. Glaubt mir, ich weiß wirklich nichts, keine Person, keinen Namen. Es gibt jemand, von dem Aline träumt, mit dem macht sie Pläne, und ich wünsche ihr, dass es umgekehrt auch so ist. Ich habe da nämlich eine Vermutung und deshalb meine Zweifel. Sonst würde sie mir mehr anvertrauen. Das hat sie immer getan, eher mir als ihrer Mutter.» Sie strich über ihren Bauch, als gelte es, ihr eigenes Kind zu schützen. «Wenn er Aline was antut, wenn er sie wie die Huren in den Gängen enden lässt, dann, ja, dann hilft ihm kein Gott im Himmel mehr.»

Rosina dachte fröstelnd an die Sägegrube, die zahlreichen Koben voller gefräßiger Schweine und die Abfallgruben. ‹Wenn er sie wie die Huren in den Gängen enden lässt›? Das hörte sich nach zwei Möglichkeiten an. Entweder dachte Elske an einen dieser charmanten Kerle, die sehnsüchtigen Mädchen den Himmel versprachen, um sie doch nur in die Hölle ihrer Halbwelt mitzunehmen und bald wegzuwerfen. Oder an einen der wohlhabenden Kaufmannssöhne, die Mädchen wie Aline als Liebschaft hielten, sie vielleicht sogar verwöhnten, ihnen neue Träume schenkten, eine Zeitlang, bis sie die für ihren Stand passende Ehe eingingen. Hatte so ein Mädchen Glück, wurde sie mit einem Geldgeschenk fortgeschickt, als ein Art Mitgift für eine Ehe in ihren eigenen Kreisen oder für ein eigenes Geschäft. Selbst wenn Aline sich auf ein solches Arrangement einlassen würde, viele junge Frauen taten das, konnte Elske beides nicht gefallen.

«Ihr sagt, Ihr habt eine Vermutung. Verratet Ihr mir, an wen Ihr dabei denkt?»

Elske sah Rosina an, als gelte es zu prüfen, wem sie da ihr Vertrauen schenken sollte. Dann schüttelte sie langsam den Kopf.

«Uns hier draußen wird oft Schlechtes nachgesagt», erklärte sie, «solche dummen Lügen und Gerüchte sind klebriger als die vergifteten Fliegenfänger über unseren Tischen. Ich will nicht das Gleiche tun, das werdet gerade Ihr verstehen. Aber ich frage Aline und gebe mich nicht mehr mit ausweichendem Geschwätz zufrieden. Jetzt nicht mehr.»

Rosina nickte. Heute würde sie nichts mehr erfahren.

«Aline wird schon nichts geschehen», versicherte sie, «Madam Gardewinsch ist wieder munter und ein echter Zerberus, wie man hört, dann ist da auch noch Palle …»

«Palle! Welche Wege der gerade geht, weiß auch keiner.»

«Wer geht welche Wege?» Finger war hereingekommen und sah neugierig auf die Frauen an der Theke. «Und wem gehört der feine Fuchs da draußen, hab ihm 'n bisschen Wasser hingestellt. Hähä», er lachte verdutzt, «die Madam hat jetzt 'n Bruder? Ist aber mit 'nem echten Milchgesicht gesegnet.»

Der Holzarbeiter, der im Laufe der Jahre einige seiner Finger eingebüßt und einen passenden Spitznamen bekommen hatte, war von Elskes Besucherin irritiert, Frauen in Männerkleidern, dazu ein Pferd mit einem Herrensattel vor der Tür – wohin sollte das führen? Und was sollte man dazu sagen?

Stattdessen sagte er: «Im Lohmühlenschuppen ist einer, dabei ist da doch alles zu. Die Sachen von dem Hippolyt sind noch drin, bis einer kommt und den Kram holt.»

«Das wird Mettler sein, der Lohmüller, oder Ellen. Seine Tochter», erklärte Elske an Rosina gewandt, «die kümmert sich dort um alles. Ein tüchtiges Mädchen …»

«Nee», unterbrach Finger sie, «der Mettler und Ellen sind schon wieder mit dem Müllerknecht zum Holzhafen gefahren. Pieter sagt, die Rinde und anderes Zeug für die Lohe kommt jetzt aus Übersee, gestern ist wohl ein Schiff mit solcher Ladung eingelaufen.»

«Wer kann es sonst sein?» Rosina war plötzlich hellwach.

«Sonst? Da fällt mir keiner ein. Sollen wir die Wache holen?»

«Das ist nicht nötig.» Rosina drückte ihren Hut auf die Locken, steckte die lange Nadel hindurch und zog ihn tiefer ins Gesicht. «Womöglich ist inzwischen ein Verwandter des Mechanikers gekommen, es soll schon einer in der Stadt sein, und der holt nur, was Meunier nachgelassen hat. Er wird sich ordentlich erschrecken, wenn die Stadtwache einmarschiert. Rosso braucht noch eine Meile Auslauf, ich reite mit ihm zur Mühle, von dort kann ich immer noch die Wache holen.»

«Seid Ihr sicher?» Elske legte ihre Hand auf Rosinas Arm. «Wartet lieber, bis Pieter mit dem Brett fertig ist, dann begleitet er Euch.»

«Danke für Eure Sorge. Aber noch ist heller Tag, und ich reite nur mal an der Lohmühle und dem Schuppen vorbei.»

Wie immer wieder in den letzten Tagen zeigte sich der Himmel wetterwendisch, hatte am Morgen noch die Sonne geschienen, wurde es nun über der Alster düster. Als sie Rosso über den Entwässerungsbach auf den Weg entlang der weit vorgelagerten zweiten Befestigung lenkte, dem sogenannten Neuen Werk, zeichnete sich die Mühle scharf gegen den Himmel und den See ab. Nur wenig entfernt duckte sich unter alten Bäumen und dichtem Buschwerk ein Gebäude in eine flache Mulde. Das musste Meuniers Schuppen sein, sie erkannte inmitten des Grüns nur das Dach. Im Hintergrund lag träge und dunkel das Wasser des großen Alstersees, keines der hurtigen Schaumkrönchen, wie sie bei auffrischendem Wind über das Wasser tanzten, zeigte sich. Gleichwohl war es in seiner dunklen Melancholie ein schönes Bild. Es erinnerte an die Gouachen der jungen Madam Matthes mit den leuchtenden Blüten auf fast schwarzem Grund. Hier dominierten die Baumkronen und Büsche in frischem Maigrün vor dem sich verdunkelnden Himmel, nicht nur für ein Album oder eine Zimmerwand, sondern weit ausholend über das Land.

«Los, Rosso», murmelte sie, «wir sehen uns den Schuppen mal an.» Doch dann verhielt sie die Zügel. Das Bröckchen, das sie in ihrem Hinterkopf gesucht hatte, regte sich und wurde deutlich. Es war ein Bild, und hier, in dieser Welt der natürlichen Bilder aus Himmel, Wasser, Grün und einer Bockwindmühle, fiel es ihr wieder ein. Wie hatte Elske gesagt? Keiner weiß, welche Wege Palle geht?

In der Totenkammer war es gewesen, als Eve Neulander in dem Anblick von Meuniers Leichnam eine Botschaft ihres toten Sohnes gesucht hatte, als sie schließlich erkannte und fühlte, es sei nun Zeit, Abschied zu nehmen. Dieser metallische Klang, den niemand außer ihr, Rosina, zu bemerken schien, und Palle, der sich en passant hinunterbeugte und etwas aufhob. Sie hatte es aus den Augenwinkeln bemerkt und nicht beachtet. In jenem Moment neben dem Toten und der mit sich und ihrer Sehnsucht und ihren Zweifeln kämpfenden Eve Neulander war es unwichtig und banal gewesen.

Ein Schlüssel? Klein, nicht groß genug für ein Portal oder eine einfache Haustür. Einer, der für ein Vorhängeschloss passen könnte, wie Wagner eines an der Schuppentür vorgefunden hatte, ohne es öffnen zu können? Meuniers Schlüssel? Wer war zuerst bei dem Toten in der Gerberei gewesen? Noch vor dem Weddeknecht. Wer hatte ihn aus der Grube gezogen? Jakob Neulander? Der Meister? Palle.

Wagner hatte geknurrt, die Gardewinsch und ihre Leute seien schon wieder vor ihm bei der Leiche gewesen. Das freche Weib habe überall Spione. Wenn es so weitergehe, müsse er bei ihr in die Lehre gehen. Palle konnte einen so handlichen Schlüssel in den Kleidern des Toten gefühlt und eingesteckt haben, ohne dass es jemand bemerkte. Womöglich tat er so etwas häufig. Oder er hatte Hippolyt Meunier besser gekannt, als alle wussten.

Und nun?

Natürlich konnte sie noch lange hinter dem Gebüsch stehen und dieses und jenes erwägen, sie konnte aber auch einen Zaun oder Busch finden, an dem Rosso einige Minuten auf sie wartete, konnte weiterschleichen und durch das Schuppenfenster sehen. Der Rest, dachte sie heiter, findet sich dann von selbst. So war es doch meistens.

Rosso war es zufrieden, er stand im saftigen Gras und knabberte schon am Holunder.

Schließlich verlangte die Gardewinsch selbst nach einer Pause. Sie solle viel schlafen, hatte Dr. Pullmann gesagt, das sei keine Anregung, sondern ein Befehl. Also schickte sie Aline hinauf in die Totenkammer, um zu prüfen, ob dort alles seine Richtigkeit hatte. Sicher gebe es viel zu tun, sie habe lange genug faul herumgesessen. Aline war schneller geflüchtet, als eine Maus in ihrem Loch verschwand.

Allein in der Kammer bestastete die Gardewinsch vorsichtig ihren Kopf, die Beule, die anderen Blessuren, der rechte Ellbogen fühlte sich steif an und schmerzte. Bedenklich fand sie jedoch nur die Verletzung an ihrem Hinterkopf und dass sie sich schwach und mürrisch fühlte wie eine alte Vettel.

Sie legte sich auf die andere Seite und versuchte nachzudenken. Es stimmte nicht, dass sie alles vergessen hatte. Ihr fehlte jede Erinnerung an diesen Keller und die Rutsche für die Fässer, wie sie überhaupt dort hineingeraten war. An das, worauf es ankam, erinnerte sie sich inzwischen wieder genau.

Nichts wäre ihr lieber gewesen, als alles zu erzählen. Das war und blieb unmöglich. Sie musste sich etwas einfallen lassen. Sie war die Stadtleichenfrau, sie war schlau genug, und sie kannte sich aus. Es gab Möglichkeiten, und auch Ecken in der Stadt, die niemand fand.

Sie konnte nicht richtig denken, ihr Kopf, ihr ganzer Körper waren eine Marter. Aber sie würde jetzt nicht sterben. Nicht bevor sie einen guten Plan gemacht hatte, einen wirklich listigen guten Plan gemacht und ausgeführt hatte. Es wäre einfach, dem Weddemeister zu erzählen, was passiert war, der würde für die nötige Ordnung sorgen. Aber das durfte nicht sein. Selbst wenn sie nicht im Spinnhaus landete, wäre sie keinen Tag länger die Stadtleichenfrau. Dieses kleinliche selbstgerechte Bürgervolk würde sie aus ihrer Totenkammer und aus der Stadt jagen. Das ließ sie nicht zu. Eine schwer arbeitende Witwe und Mutter wie sie … Ach ja. Beinahe wäre sie von sich selbst gerührt gewesen, aber davor schlief sie doch wieder ein.

Wenn in der Lohmühle gearbeitet wurde, war das Stampfen zur ersten groben Zerkleinerung der Rinden und Hölzer weit zu hören. Dazu wurde viel Wind gebraucht, die ganze Mühle musste an der langen Stange gedreht werden, bis sich die Flügel dem Wind im richtigen Winkel boten und den Stampfhämmern und Mahlwerken ihre Kraft übertrugen. Nun lag die Mühle still, es wurde nicht gestampft und nicht gemahlen, und nicht einmal im Laub der Bäume flüsterte ein Windhauch. Rosina lauschte. Irgendwo zwitscherten Vögel, selbst das verhalten und geflüstert. Sicher war es klug, sich zu beeilen.

Im Schutz eines von Geißblatt durchwucherten Holunderbusches sah sie zur Tür des Schuppens hinüber. Da hing die Kette mit dem Vorhängeschloss, von dem Wagner erzählt hatte, er habe es nicht öffnen können, aber die Halterungen für die Kette mehr oder minder gewaltvoll aus dem Holz gezogen, und als er den Schuppen mit den beiden spionierenden Großkaufleuten wieder verließ, die langen gebogenen Nägel um die Kette wieder fest in das Holz gefügt. Die waren nun wieder herausgezogen, die Kette hing noch an einer Befestigung, das nutzlose Schloss lag im Sand. Die Tür stand einen Spaltbreit offen. Finger hatte sich nicht geirrt – da war jemand in Meuniers Unterkunft.

Dennoch kam aus dem Schuppen kein Laut. Vielleicht hatte nur einer, der keine Wohnung hatte, kein Zuhause, den scheinbar unbewohnten Raum als neues Quartier erkoren. Bis der Müller ihn hinauswarf. Ein paar Nächte unter einem schützenden Dach lohnten den Rauswurf und die Schmach.

Sie schlich näher und blickte vorsichtig durch die Fenster, da war niemand, sie sah ein Lager in der Ecke, der Vorhang war halb zurückgezogen. Das Geld, dachte sie, es kann nur um das Geld gehen. Anne und Augusta hatten ihr die ganze Geschichte anvertraut. Niemand wusste, was aus dem

Geld geworden war, das sie in Meunier und seinen vielversprechenden Plan gesteckt hatten. Er hatte erst einen Teil der zugesicherten Summe bekommen, einen beachtlichen Teil, aber er konnte es noch nicht ganz ausgegeben oder für Materialien angezahlt haben. War er dafür getötet worden? Ausgerechnet in einer Gerberei?

Es war immer noch bleiern still. Wenn tatsächlich jemand im Schuppen war, würde sie doch irgendetwas sehen, sei es nur ein Schatten. Sie war noch nie ein Hasenfuß und immer schon neugierig gewesen, was sich einige Male als unbekömmliche Mischung erwiesen hatte – trotzdem.

Die Tür öffnete sich leicht, eine dicke Fliege summte ihr entgegen und floh durch die geöffnete Tür in die Freiheit. Eine Melange von Gerüchen stand in der warmen Luft, undefinierbar, vielleicht mit einem Hauch von Melisse? Der große Tisch war staubig, doch bis auf eine Schale mit Schreibutensilien, einen Zirkel und verschiedenen Linealen leer. Das Wandregal und die Kästen und Schachteln mit allen möglichen Gerätschaften, die ein Mechaniker und Schlosser brauchen mochte, hatte Wagner durchsucht.

Ganz oben, auf dem letzten Brett entdeckte sie ein Buch. Vielleicht hatte er es übersehen. Auf den Zehenspitzen konnte sie es greifen und stellte ein wenig enttäuscht fest, es war nichts Außergewöhnliches, eine einfache Bibel, wie es sie in jedem Haushalt gab. Auf der ersten Seite hatte jemand in runder, verschnörkelter Schrift *Henner Meier, im Dezember 1769* geschrieben. Im 4. Buch Mose, in dem von der Wanderung des Volkes Israel vom Berg der Gesetzgebung durch die Wüste bis an die Grenze von Kanaan erzählt wird, steckte ein Bogen Papier. Er war so gefaltet, dass er nicht über die Ränder der Seiten ragte. Sie faltete ihn auseinander und versuchte zu entziffern, was darauf stand, die Schrift war akkurat, doch sehr klein. Sie las den Namen Hippolyt Meunier und etwas, das wie Überlassung aussah, ja, Überlassung einer Summe von dreihundert Mark, es folgten einige halbwegs verwischte Zeilen und – Wandsbek war zu entziffern …

Ein leises Scharren ließ sie aufhorchen. Da war nichts, trotzdem schlug ihr Herz heftiger. Sie sollte nun wieder gehen. Dieser Raum hatte etwas Stickiges, Unheilvolles, vielleicht war es so, wenn alles an einen gewaltvoll Getöteten erinnerte. Ihr Blick suchte das Ende der Zeilen, da standen zwei Namen. Meunier. Und – Barfhause? Nein, Barghusen. Woher kannte sie den Namen? Von den Herrmanns? Oder …

Ein neues Geräusch ließ sie herumfahren. Eines der dünnen Metallrohre in der hinteren Ecke kippte und schlug dumpf tönend auf. Als sei er gerade aus dem Boden gewachsen, stand nun direkt daneben ein Mann. Das diffuse dämmerige Licht nahm seiner schwarzen Kleidung die Konturen, sein Gesicht schien umso bleicher, die Halsbinde hing geöffnet von seinem weißen Hemd herab. Er hatte geschwitzt, sein Rock war staubig. Rosina erfasste das Bild in einem Augenblick, doch sie würde es lange nicht vergessen. Sie erkannte das Gesicht und stellte erstaunt fest, dass es sie nicht einmal überraschte.

«Ihr habt etwas gefunden, das mir gehört», sagte der Mann. «Wäret Ihr wenige Minuten später gekommen, hätte ich es selbst gefunden. In der Bibel? Wie passend. Ich hätte gleich darauf kommen müssen. Meunier war ein gläubiger Mensch. Ganz allgemein gesprochen. Wenn ich bitten darf.» Er streckte seine Hand aus, es war weniger höflich gemeint, als es aussah. Ohne nachzudenken, steckte Rosina das Papier tief in ihre Bluse.

«Nein, tut das nicht. Ihr zwingt mich … Gebt es her, und wir vergessen es. Die Sache geht Euch doch gar nichts an.» Er stieß die Tür mit der Ferse zu und stellte sich davor. Auf seiner Stirn standen Schweißperlen, seine Augen waren gerötet. Immer noch streckte er seine Hand fordernd aus. Ein Lächeln ging über sein Gesicht. «Ich habe Euch heranschleichen sehen, schon dabei wart Ihr sehr ungeschickt.»

«Ich werde es Euch nicht geben, und das wisst Ihr. Seid nicht zu sicher, die Männer vom Holzplatz werden gleich hier sein, ich bin nur vorausgeritten. Meunier hat Euch das Geld gegeben, das er für den Dampfwagen bekommen hatte. Hier steht es, und hier steht auch, wie Ihr es verdoppeln wollt.»

«Wollte», sagte Magister Barghusen, er lehnte sich mit dem Rücken gegen die Tür, und Rosina spürte endlich die Angst. Das durfte nicht sein, sie brauchte einen klaren Kopf. Sie wollte in keinem Keller enden, in keinem Wasserloch. Sie brauchte Verstand. Keine lähmende Furcht.

«Wo ist das Geld?», fragte sie und sprach zu hastig. «Es war zu viel, um es einfach auszugeben. Was habt Ihr damit gemacht?»

Er sah ihre Angst, sein Blick, seine ganze Miene veränderte sich nur um eine Nuance, als habe er ganz in der Ferne die Ahnung von etwas Rettendem gesehen, etwas Befreiendem. «Natürlich hielt ich Euch für einen Jungen, jetzt sehe ich, wer Ihr seid. Das Kostüm kleidet Euch, Madam. Ihr seid die ehrbare Komödiantin, eine Freundin der Herrmanns, ich hatte von Euch gehört, und Christian hat Euch mir gezeigt, Euch und Euren Gatten. Neulich erst, irgendwo in der Neustadt, Ihr habt uns nicht gesehen, obwohl niemand die Herrmanns übersieht …»

«Aber ich habe Euch anderswo gesehen, und daran werdet Ihr Euch gut erinnern. Ihr standet da mit Aline …»

«Ja, ich erinnere mich tatsächlich. Ihr wart in Eile.» Er sagte das sehr ernsthaft, fast hätte sie den maliziösen Unterton überhört. «Nachdem wir uns einander nun so höflich vorgestellt haben», fuhr er fort, «wollt Ihr wissen, wo das Geld geblieben ist? Diese Summe Geldes von wirklich sündig wohlhabenden Kaufherren, die einen solchen Verlust ohne jede Not verschmerzen werden? Es ist übrigens ein Leichtes, eine solche Summe in wenigen Tagen, in einer Nacht auszugeben. Fragt Eure reichen Freunde, die wissen es sicher. Aber diese sollte guten Zwecken dienen, nicht gleich, zukünftig.» Er sah sie an, die Schweißperlen auf seiner Stirn waren getrocknet, umso bleicher war sein Gesicht. «Ich habe ein wichtiges Amt, es hilft denen, die Hilfe brauchen, und je höher ich steigen werde, umso mehr Hilfe kann gegeben werden. Das versteht Ihr sicher, Ihr habt selbst nicht immer volle Teller gehabt. Auf dem Weg dorthin, wo man die irdische Welt wirklich zum Besseren bewegen kann, ist manche schmutzige Hürde zu nehmen. So ist die Welt nun mal, für ein großes Ziel heißt es auch Haken zu schlagen.»

«Haken schlagen nennt Ihr das. Ich verstehe Euch überhaupt nicht», sagte Rosina kühl. Das Gute an der Angst war, sie führte entweder in eine Ohnmacht oder in berechnende Fühllosigkeit. «Wenn Ihr Meuniers Geld für gute Werke ausgegeben hättet – ach ja, das Armenstift bei der Kirche in St. Georg!, da standet Ihr in der Pflicht, nicht wahr? –, dann könntet Ihr Euch damit schmücken. Es hätte Differenzen gegeben, dennoch wäre es …»

«Es wäre dennoch eine gute Tat? Das ist Unsinn, Madam. Dafür war die Zeit noch nicht gekommen. Die Hälfte des Geldes diente dazu, meine alten, nennen wir es: meine alten Verbindlichkeiten bei sehr ungeduldigen und wenig zimperlichen Männern auszulösen. Es war allerhöchste Zeit. Mit der andern Hälfte hatte ich die besten Aussichten, sie mindestens zu verdoppeln. Niemand wäre zu Schaden gekommen.»

«Wandsbek!», begriff Rosina. «Natürlich, der Ort wird in dem Dokument erwähnt. Ihr wart in Wandsbek, darüber wurde neulich auch im Eschenkrug gesprochen, und ich wusste nichts damit anzufangen. Jetzt weiß ich es: Ihr habt dort Meuniers Geld in der Lotterie verspielt. Wie dumm und banal. Jeder weiß, das funktioniert nicht. Aber wie klug von Euch, es nicht in Hamburg zu versuchen, da wird die Lostrommel auf dem Gänsemarkt und im Eimbeckschen Haus gedreht, man hätte Euch an beiden Orten gekannt.»

«Ja, wie klug. Und wie sinnlos. Wir hatten beide daran geglaubt.» Er lächelte mit befremdlicher Heiterkeit. «Warum wir es trotz des Risikos verabredet haben? Ich, weil ich es musste. Der dumme Meunier, weil er gerne glaubte, an Gott, seine Träume oder an das, was ehrbare Bürger ihm erzählten. Dabei war er klein genug, den Handschlag zu verachten und dieses dumme Papier aufzusetzen – das Ihr mir nun zurückgeben werdet. Es gehört nicht Euch, es gehört mir. In Euren Händen richtet es nur überflüssigen Schaden an. Nun, wo alles wieder gut vorangehen könnte.»

«Wieder gut vorangehen? Nach allem, was geschehen ist?» Rosinas Stimme hatte die sichere Kälte verloren, ihr wachsender Zorn brachte sie zurück. «Ihr seid der Mann mit dem Kapuzenmantel, der in der Nacht von Meuniers Tod bei der Gerberei gesehen wurde. Es gibt zwei Zeugen, wisst Ihr das nicht? Warum musste Meunier sterben? Ging es um Euren guten Ruf? Euer Amt? Wie jämmerlich! Wenn Ihr dieses Papier haben wollt, antwortet zuerst. Ein Handel, wenn Ihr so wollt. Der Zettel ist das Protokoll Eurer Verabredung mit Meunier, habe ich recht? Und der einzige Beweis. Ohne den wird mir niemand glauben, sollte mir einfallen, davon zu reden. Ich bin eine Fahrende gewesen, wir lügen und betrügen, das wisst Ihr ja. Eure Geschichte gegen das Papier.»

Er sah sie schweigend an, dann schien er einen Entschluss zu fassen. «Der Mantel ist ein Beweis? Ein kühner Zirkelschluss, Madam. Es gibt ihn zu Hunderten und mehr. Aber es stimmt. Meunier mag ein genialer Tüftler und Mechaniker gewesen sein, trotzdem war er ein dummer Mensch. Ich sagte es schon. Als er hörte, was in Wandsbek geschehen war, verweigerte er mir Zeit für die Suche nach einem Ausweg. Ich hätte einen gefunden, ganz sicher. Stattdessen war er so dumm, mir zu versichern, er werde zu den Herrmanns gehen, ins Rathaus, zum Geistlichen Ministerium und überall bekanntmachen, was ich ihm, seinen Geldgebern und der Welt des Fortschritts angetan habe. Das war eitel und lächerlich. Es war genauso seine Entscheidung wie meine. Er war gierig. Dummheit und Gier sind eine fatale Mischung.»

Lass ihn reden, dachte sie, lass ihn weiter reden, er will, dass ihm endlich jemand zuhört, lass ihn reden, bis Leute vom Holzplatz kommen. «Die Gerberei», sie hoffte, er bemerke das Zittern in ihrer Stimme nicht, «warum diese Gerberei?»

Er trat einen Schritt zur Seite und legte die Hand auf den Türgriff. Aber er zögerte und blieb stehen. «Die Gerberei, ja. Meunier kannte den Lehrjungen, den Sohn des Meisters. Das hat jetzt aber wenig Bedeutung. Glaubt Ihr an Zufälle? Ich nicht, dies muss tatsächlich einer gewesen sein. Wäre das Tor versperrt gewesen … Eben das war es nicht. Wir hatten dort ganz in der Nähe besprochen, was nun wegen des verlorenen Geldes zu tun sei. Ihr wisst schon, Verlorenes muss wiedergefunden werden. Der freundliche Hippolyt wurde zum zornigen Zwerg, schwache Menschen sind so. Dann drohen sie und halten sich für groß und bedeutend, weil sie irgendwelche Autoritäten kennen. Nur die Andeutung einer Ohrfeige», er betrachtete seine rechte Hand wie ein exotisches Tier, schloss sie zur Faust, um sie gleich wieder zu öffnen, «nur eine Hand und die Größe ist dahin, ein Zwerg ist wieder ein Zwerg. Plötzlich rannte er, glaubt mir, Madam, es war kurios, ich habe gelacht und bin ihm gefolgt. Er war kein schneller Läufer, er war betrunken, und es war Nacht, er hatte keine Chance. Und dann», er lachte auf, «dann verschwand er in dieser Durchfahrt, lief weiter bis in die Werkstatt, er ist ausgerutscht und hingefallen. Er hat sich aufgerappelt, und da waren diese Werkzeuge. Habt Ihr einmal Lohgerberwerkzeuge gesehen? Manche sind recht handlich und doch schwer, auch scharfkantige sind darunter. Dann lag er wieder da. Es war nur eine Kette von erstaunlichen Ereignissen wie die Schritte eines Tanzes, eines Reigens. Im Haus haben sicher alle längst geschlafen, dennoch klappte irgendwo eine Tür. Ich war sehr erschöpft, saß in der Dunkelheit, und Meunier lag vor mir. Es war nicht schön, ich hätte beten sollen, die richtigen Worte fielen mir nicht ein. Ich war sehr ärgerlich. Am besten wäre es gewesen, ihn der Alster hinter der Werkstatt anzuvertrauen, so ein Fluss nimmt doch alles mit sich fort, und später weiß niemand, woher es kam. Das Wassertor war leicht zu öffnen, doch gegenüber am anderen Ufer stand eine Frau, falls es nicht ein böser Geist war, und starrte herüber. Da waren auch so viele Fenster in den Häusern. Ich hatte keine Wahl, Madam, das werdet Ihr verstehen, er musste in diese Grube, denn da waren Schritte auf der Treppe. Mir blieb dann nur der Weg über die Rückseite der Häuser. Und jetzt», der Ton seiner Stimme änderte sich abrupt, als kehre er in die Gegenwart und in die Realität zurück, «das Papier. So war unser Handel.»

«Noch nicht.» Rosina hörte ihre Stimme wie die einer Fremden. Ihre Kehle war zu eng, und um ihre Brust spannte sich ein eiserner Ring. Er durfte nicht gewinnen. Wenn aber niemand kam, ihr beizustehen? «Madam Gardewinsch», rief sie, «unser Handel ist noch nicht zu Ende. Habt Ihr Madam Gardewinsch auch erschlagen? Warum? Hat sie alles gewusst?»

Er starrte sie an. «Erschlagen?» Ein fiebriger Glanz von

Hoffnung lag plötzlich in seinem Blick und verblasste gleich. «Diese tückische Schnüfflerin. Das Leben ist eben doch voller Zufälle. Das Leben und das Sterben. Vor allem im Zorn. Hätte diese Eisenstange nicht bei der Karre gelegen, keine fünf Zoll von meiner Hand … Nun ist es genug. Meuniers Papier!»

Als sie bewegungslos verharrte, öffnete er die Tür. Kein Windhauch kam herein, die Luft war bleiern, unter dem düsteren Himmel lag der See inmitten des leuchtenden Grüns der Ufer schwarz wie ein drohendes Omen. «Ihr wollt nun gehen? Natürlich wollt Ihr das. Gebt mir den Wisch, und die Tür steht für Euch offen.»

Sie traute ihm nicht und machte doch einen ersten unsicheren Schritt, einen zweiten, schon bereit zum Sprung, nur noch drei Schritte bis zur Tür, vier bis in den Hof. Sie spürte den Geruch von Schweiß und Melisse. Und von Angst. Vier Schritte. Er hielt sie fest und drückte sie gegen die Wand, seine Hände an ihren Schultern, um ihren Hals, kein Schrei kam aus ihrer Kehle – diesmal blieb der Angst nur die Ohnmacht.

Es wurde wieder hell in ihrem Kopf, was so schwankte, war kein Schwindel, sie lag in dem auf dem Wasser schaukelnden Ruderboot, das stets am Anleger der Lohmühle festgemacht war. Sie hörte nur Möwen, als sei die Welt ohne Menschen. Selbst das Wasser schwieg. Ihre Hände waren gefesselt, mit einer Halsbinde aus sehr feinem Stoff, ihr Hals, ihre Kehle schmerzte, sie wusste, wo sie war, sie wusste, warum und wer sie hierhergebracht hatte. Und sie wusste, was geschehen sollte. Sie würde sich wehren, auf jede mögliche Weise.

Sie spürte seine Nähe im Boot. Wenn sie sich weiter ohnmächtig stellte, wenn sie ihn überraschte, plötzlich angriff, sich auf ihn stürzte, wenn sie schrie, irgendwo musste doch ein Lastboot sein, wenn sie … Ein schrecklicher tierischer Schrei flog ganz aus der Nähe davon, wie ein wütendes Aufschluchzen, das Boot schaukelte heftiger, etwas schlug auf das Wasser, da kam Hilfe.

Sie versuchte, sich aufzurichten, als es schließlich gelang, war sie alleine im Boot. Ganz nah, nur eine Schrittweite entfernt, bewegte sich das Wasser noch in unruhigen Kreisen.

Epilog

Magister Wilhelm Barghusen hatte nicht gewonnen. Er hatte sich zu Höherem berufen gewusst, als zukünftiger Ratssyndikus und irgendwann, mit der richtigen Heirat, sogar als Ratsherr gesehen. Das waren hohe Ziele, und er war überzeugt, er strebe nur danach, weil es ihm ermöglichen würde, Gutes für die Armen und überhaupt die ganze Stadt zu tun und als verdienter Mann und Wohltäter in die Geschichte Hamburgs einzugehen. Für einen solchen Weg hatte er besondere Freiheiten und Rechte für geboten, ja, unverzichtbar gehalten. Ein Scheitern hatte er bis zu diesem Frühjahr nicht in Erwägung gezogen, so war er auch nicht in der Lage gewesen, seine Eitelkeiten und seine Selbstüberschätzung zu erkennen, seinen Narzissmus, oder den hinter seiner charmanten Fassade plötzlich aufwallenden Zorn zu beherrschen, wenn sich ‹ein geringerer Mensch› erfrechte, ihm bedrohlich Paroli zu bieten.

Wilhelm Barghusen war ein Meister des Selbstbetrugs gewesen – bis zu jenem Moment im Boot auf der Alster unter dem düsteren Himmel.

Natürlich erfuhr niemand, was den Mörder Hippolyt Meuniers erkennen ließ, welcher letzte Weg ihm noch geblieben war, aber es muss ein schwarzes Resümee gewesen sein. Er hatte einen wütend keifenden Verräter im Zorn erschlagen und vor sich selbst als Unfall entschuldigt, auch gegen das tückische Weib aus der Totenkammer hatte er sich doch nur zur Wehr gesetzt, als sie seine hehren Ziele, seinen perfekten Lebensplan zu ruinieren ankündigte. Doch dann, in jenen Minuten, als das Wasser so schwarz wurde wie der tiefe Himmel darüber, auch die Frau neben ihm töten? Ertränken? Ohne diesen Zorn? Vielleicht hatte er auch nur die Männer auf den Pferden schon gehört, die vom Holzplatz nach der Lohmühle ritten – was er auch versuchen würde, es gab kein Entkommen mehr.

Die Schmach, vor aller Welt unter dem Beil oder, schlimmer noch, auf dem Rad zu enden, vor Tausenden nach Sensation lüsternden Augen, diese Schmach musste für ihn noch schwerer gewogen haben als die Angst vor dem entsetzlichen Tod, den Menschen anderen Menschen um einer zweifelhaften Gerechtigkeit willen zufügten.

Dieser schrecklich tierische Schrei über dem Wasser zeugte ein letztes Mal von diesem plötzlich aufwallenden Zorn, diesmal auf das Schicksal, das ihm keine Wahl mehr ließ, als die Steine in die eigenen Taschen zu schieben. Und zu springen.

Wer Wilhelm Barghusen und die Wahrheit gekannt oder auch nur geahnt hatte, mochte verstehen, warum er sich in dem Boot dort draußen für diesen Ausweg entschieden hatte. Wer ihn wie Christian Herrmanns verehrt und tatsächlich sehr wenig gekannt hatte, trauerte um das Drama seines tragischen Unfalltodes und beklagte den Verlust eines ehrenwerten, für das Wohl der Stadt und seiner Menschen verlorenen Mannes. Und blieb wohl auch taub und blind für Hinweise auf die bedrückende Wahrheit.

Drei Tage nachdem Rosina Vinstedt im Ruderboot des Lohmüllers auf der Außenalster von den Holzplatz-Leuten entdeckt und an den Anleger zurück bugsiert worden war, wurde an der Lombardsbrücke ein Leichnam angeschwemmt. Es geschah kurz vor Sonnenuntergang, und die Finder waren zwei Nachtwächter auf dem Weg zu ihrem Dienst. Sie schickten nicht nach der Stadtleichenfrau und ihren Leuten, der Leichnam wurde in das kleine Wachhaus am Alstertor gebracht und mit dem Segen des Weddesenators und einem maßgebenden Vertreter des Geistlichen Ministeriums zur Bestattung noch in derselben Nacht bestimmt. Die Steine, die in seinen Rocktaschen gefunden worden waren und die Leiche trotz der Strömung länger, als zu erwarten gewesen wäre, auf dem Grund des Sees festgehalten hatten, wurden ihm mit in die Grube gegeben.

Magister Barghusen, so wurde bekanntgemacht, sei einem grausamen Unfall zum Opfer gefallen, als sein Boot bei einem dieser zwar seltenen, jedoch umso tückischer und mächtiger wirkenden Windstöße, die plötzlich bei schwülem Wetter auftreten, kenterte. Madam Vinstedt habe ihn retten wollen, aber natürlich sei das einer schwachen Frau nicht möglich gewesen.

Das war eine sehr seltsame Geschichte, und sie entbehrte in manchen Details, um nicht zu sagen ganz allgemein der vernünftigen Zusammenhänge. Doch schließlich war sie vom Rat und ein wenig mürrischer auch vom Senior der Geistlichkeit mit Nachdruck bestätigt (manche sagten: erfunden) worden. Was konnte mehr Gültigkeit haben als die Gemeinsamkeit von weltlicher und geistlicher oberster Autorität?

Es gab einige Gerüchte, nach denen es ganz anders gewesen war. So wurde von den mit einer feinen Halsbinde gefesselten Händen der vermeintlichen Retterin gesprochen, auch die Sache mit dem Boot und dem plötzlichen Sturmwind, den niemand sonst in der ganzen Stadt und auf der Alster oder entlang der Ufer bemerkt hatte, war recht mysteriös. Da bei so außerordentlichen Ereignissen unausweichlich verschiedene Varianten der Wahrheit auftauchten, stets zumindest eine, die den Teufel ins Spiel brachte, legte sich die Aufregung in der Verwirrung der Meinungen bald. Und irgendwann ist eine Nachricht immer die alte Nachricht von gestern.

Weddemeister Wagner kannte die Wahrheit und wusste, warum er darüber zu schweigen hatte. Sein Amt hatte ihn früh gelehrt, was es kostete, wenn er es behalten wollte. Ihm war nie etwas begegnet, das es wert gewesen wäre, den Verlust in Kauf zu nehmen. Und als ein Mann mit Frau und Kind hatte er nun mal auf eine zusätzliche Pflicht und Verantwortung Rücksicht zu nehmen.

So wurde der Mörder des jungen Mechanikers und Erfinders Henner Meier aus Magdeburg nie gefunden. Da er fremd in der Stadt gewesen war und noch keine Freunde gefunden hatte, geriet das bald in Vergessenheit. Immerhin hatte er als Hippolyt Meunier ein Grab für sich allein bekommen, im Schatten einer blühenden Kastanie. Wie Eve Neulander es gewünscht und auch mit der Zustimmung ihres Mannes bezahlt hatte. Es sollte ein bescheidener, aber stiller Ort bleiben, an dem sie hin und wieder gerne an ihren im Rheinischen begrabenen Sohn dachte.

Auch die Gardewinsch kannte die Wahrheit, weil auch sie wusste, warum der ehrbare Magister Barghusen am Ende keinen anderen Weg gefunden hatte, als sich oder seine unsterbliche Seele eher der Hölle als dem Himmel zu überantworten.

Der Unhold, der ihr an jenem Abend im Hof des Eimbeckschen Hauses so übel mitgespielt hatte, blieb ebenfalls offiziell unbekannt. Die Gardewinsch tat nichts, um das zu ändern, und wer wiederum die Gardewinsch kannte, konnte sich einige Gründe vorstellen. Wer zu viel hörte und zu viel wusste, kam leicht in gefährliche Versuchungen, was bei entsprechenden Forderungen nicht immer gut endete. In diesem Fall hatte sie einige Gerüchte gehört, hier gefragt, dort ihre Lauscher nachforschen lassen und schließlich, nach Meuniers Tod, die Bröckchen zusammengesetzt und frohlockt. Das war mal ein großer Fisch!

Sie hatte erfahren, der feine Magister habe eine Schwäche fürs Spiel und sei an ziemlich unfeine Mitspieler geraten, er sei auch mit diesem spintisierenden Mechaniker bekannt gewesen, dem wiederum viel Geld abhandengekommen war und der dann plötzlich tot in der dunklen Brühe der Gerbergrube steckte – und just dieser Magister mit besten Zukunftsaussichten hatte das Herz ihrer leichtfertigen Tochter berührt. Was lag näher, ihm die Wahl zu lassen: Entweder werde sie ihr Wissen bekanntmachen, und zwar überall, von den dunklen Gängevierteln mit den heimlichen Spieltischen über die Pastorenhäuser bis zum Rathaus. Oder: Er schwöre den Spieltischen ab und heirate Aline, wie es sich für einen Mann von Ehre gehörte. Die dritte Möglichkeit, bei der es um nichts als profanes Geld ging, hatte sie noch für die Verhandlungen aufgehoben.

Die Gardewinsch kannte das Leben und die Menschen. Sie hatte sich nicht vorgestellt, so ein Magister werde sogleich frohgemut zustimmen, aber die Veränderung in seinem Gesicht, die beginnende Dämmerung hatte es noch fratzenhafter wirken lassen, sein Auflachen, seine gezischte Verachtung hatten sie erschreckt zurückweichen lassen, sie hatte weglaufen wollen – und dann war sie in dieser stickigen Kammer aufgewacht.

Alles in allem – die Gardewinsch war die, die in diesem bösen Spiel am meisten Glück gehabt hatte. Jedenfalls war das ihr zufriedenes Resümee.

Und Aline? Barghusens Tod brach nicht ihr Herz, sie hatte ihn gemocht und war in ihn verliebt gewesen, in ihn und in die Welt, zu der er gehörte. Als sie herausfand, wer der Mann hinter der Fassade gewesen war, fiel es ihr leichter zu vergessen, wovon sie geträumt hatte. Eine enttäuschte Liebe und verlorene Sehnsucht kann ein Mädchen schnell erwachsen werden lassen. Sie blieb, wo sie war, in diesem

Leben mit der Totenkammer und der Kleiderhökerei, aber sie ließ sich nichts mehr gefallen, und erstaunlicherweise behandelte die Gardewinsch sie mit einem neuen Respekt, jedenfalls meistens.

Aline fand einen anderen Mann, dem sie schließlich erlaubte, sie zu heiraten. Er hieß Henner, das ließ sie noch manchmal an den kleinen Mechaniker denken, der im Eschenkrug ungeschickt wie ein Welpe versucht hatte, ihr den Hof zu machen, und so traurig geendet war. Alines Mann hatte sich geschickter angestellt. Als Kleiderhöker passte er zu ihren Geschäften, und weil es nötig und so üblich war, gehörte er bald auch zu den Leuten der Gardewinsch. Bis in nicht ganz so ferner Zukunft Aline deren Platz und Amt erbte und die nächste Gardewinsch wurde.

Henner war auch gerade recht gekommen, um Palles Arbeit zu übernehmen. Palle blieb nicht mehr lange im Eimbeckschen Haus. Er nahm eine Stelle als Schreiber beim Wasserschout im Hafen an, verschwand aber bald in den Gängevierteln, um sich lukrativeren, nicht ganz so ehrbaren Geschäften zuzuwenden. Er erlaubte sich und anderen keine Zimperlichkeiten und ging krumme Wege. Später hieß es, er habe es zu einem hübschen Anwesen im englischen Stil am idyllischen Elbhang hinter Altona und einer respektablen Ehefrau gebracht. Übrigens bewahrte er sein Leben lang einen Schlüssel auf, um sich stets zu erinnern, wohin er nie zurückwollte. Der Schlüssel gehörte zu dem Vorhängeschloss an Meuniers Schuppen bei der Lohmühle. Palle hatte ihn aus der Jacke des Toten in der Gerberei gestohlen, aber nicht gewagt, ihn zu benutzen. Vielleicht war ihm auch nur der Weg weit hinaus nach der Mühle wegen seines verkrüppelten Beins zu beschwerlich gewesen.

Und Rosina, die gar nicht mehr so junge Madam Vinstedt? Sie versuchte in diesen Tagen zu verstehen, warum ausgerechnet Fahrende, Leute auf den Komödiantenkarren, reisende Musiker oder Wanderhändler von den Bürgern als unehrliche Leute bezeichnet wurden. Es war ihr schwergefallen, das Lügenspiel, das in diesen Tagen in den bedeutenden Kreisen der ehrbaren Stadt Hamburg um Barghusens Tod gespielt wurde, auszuhalten. Der Vertrag zwischen Meunier und Barghusen, den sie in ihrer Bluse verborgen hatte, bevor er sie überwältigte, der einzige gültige Beweis für sein gemeines Spiel, war verschwunden, als sie endlich von ihren Fesseln befreit immer noch zitternd danach griff. Er hatte ihn mitgenommen, den Vertrag. Und die Steine.

Wie es bei jeder Liebe geschieht, bekam auch ihre Liebe einen Riss, die Liebe zu der Stadt, in der sie sich mit Freude niedergelassen hatte und bleiben wollte. Zum ersten Mal gestand sie sich ein, dass es Preise dafür gab, die sie nicht bezahlen wollte. Da sie nun jedoch auch andere, nämlich schwerere Sorgen hatte, verschob sie diese Gedanken auf die Zukunft. Eine Nachricht von Magnus erforderte schnelle Entscheidungen und neue Pläne.

In der Lohgerberei Neulander war Ruhe eingekehrt. Eve Neulander wollte bald ins Rheinische reisen, um das Grab ihres ältesten Sohnes zu besuchen. Es war noch nicht entschieden, ob Meister Neulander seine Frau begleiten werde. Neue Versuche mit der Lohebrühe beschäftigten ihn, und – das darf hier gesagt werden – er war von den voraussichtlichen Ergebnissen geradezu beflügelt. Ihm gefiel es, am Anfang von etwas Neuem in seinem alten Gewerbe zu stehen.

Jakob wollte seine Mutter gerne ins Rheinische begleiten, aber seine Lehrzeit war noch nicht beendet. Danach wollte er als junger Geselle auf der Walz auch dorthin wandern. Sein Plan war dann immer weiter zu gehen, nämlich über das große Gebirge im Süden bis nach Italien, dem Traumziel aller Kunstmaler. Er war heiter, weil er nicht nur daran glaubte, sondern wusste, er werde es schaffen. Übrigens war seine heimliche Leidenschaft für die wunderschöne Aline verflogen, seine neue heimliche und viel zartere Liebe galt der stillen Madam Matthes, seiner jungen Lehrerin mit Zeichenstift und Pinsel und den zarten Blütenfarben. Es war eine vielleicht, ein wenig, doch, wirklich, erwiderte, aber ganz sicher unerfüllbare Liebe. Das festigte seinen Entschluss und Mut, im Licht des Südens noch besser malen zu lernen.

Hätten die Neulanders die Fähigkeit, in die Zukunft zu sehen, herrschte noch mehr Zuversicht und Zufriedenheit in Haus und Werkstatt an der Kleinen Alster. Denn wenige Tage vor Johanni klopfte ein Gerbergeselle auf der Walz an die Tür, er war schon auf seiner letzten Etappe, bevor er Meister werden durfte. Regine öffnete ihm die Tür, und, ach ja, manche Liebe beginnt mit dem ersten Blick und muss nicht heimlich bleiben, ob es die schönere, die tiefere Liebe ist – wer könnte das entscheiden? Diese sollte eine allen hochwillkommene Verbindung werden. Der handfeste und ansehnliche junge Mann verstand sein Handwerk gut, er war überhaupt nicht nur ganz nach Regines, sondern auch nach Maerten Neulanders Geschmack. Wo ihm das Kaufmännische fehlte, ohne das kein Gewerbe leben kann, war Regine an seiner Seite. Das war immer ihr heimliches Ziel gewesen. Es war nicht mehr nötig, eine weitere ihrer bisher noch kleinen Intrigen gegen Jakob zu spinnen. Sollte er nur in Italien bleiben und herumklecksen. Als Erbe einer Lohgerberei wurde er nicht mehr gebraucht und war ihren Ambitionen als Meisterin und Herrin des Hauses nicht mehr im Weg, was wiederum beiden die Chance auf ein Leben in Zufriedenheit gab, vielleicht sogar, zuzeiten, im Glück.

An einem der ersten Junitage ritt ein junger Mann aus dem Steintor, dicke blonde Locken zum Zopf geflochten, der breitkrempige flache Hut festgesteckt, damit der nicht davonflog, beschattete auch die lange schmale Narbe von der linken Schläfe zum Kinn. Das weiße weite Leinenhemd über der schwarzen Hose, darüber eine bequeme lange Jacke, Stiefel bis übers Knie, die Hände in Lederhandschuhen. Ein praller Mantelsack war hinter dem Sattel festgebunden. Das Pferd war nicht gerade ein eleganter Fuchs, jedoch ein braver und ausdauernder Wanderer, auch schnell, wenn es sein musste und darauf ankam. Das Pferd, wie es für diesen Reiter und diesen Weg genau richtig war, stammte aus dem Stall der Herrmanns vom Neuen Wandrahm. In dem Mantelsack befanden sich neben dem, was ein Reisender auf einen langen Ritt gewöhnlich mitnimmt, eine Schachtel mit speziellen Salben von Dr. Pullmann und eine andere mit Kräutern, Wurzeln und drei besonderen Steinen aus Mattis Garten und Schatullen. Auch ein Wechsel auf eine Kölner Bank, der in vielen Städten gutgeschrieben wurde, ein Geschenk für den Fall, nun, für jedweden Fall, in dem Geld helfen konnte. Rosina war auf dem Weg, ihren Mann heimzuholen.

Am Anfang der Großen Allee wandte sie sich im Sattel noch einmal um. An der Brüstung über dem Steintor standen immer noch Pauline und Tobi, der Junge war hinaufgeklettert, um ihr nachzuwinken. Sie wusste, er hatte geweint, er fürchtete, Magnus kehre nicht zurück, und dann bliebe auch sie fort. Sie hatte ihm geschworen, beides werde nicht geschehen.

Es stimmte, Magnus war auf der Heimreise irgendwo auf einem Waldweg schon bald nach Wetzlar überfallen worden. Es war eine ganze Bande gewesen, gegen die ein Reiter allein keine Chance hatte. Sie hatten ihm alles genommen, auch sein Pferd, und ihn im hohen Gras am Wegesrand liegen gelassen. Wahrscheinlich hatten sie gedacht, er sei tot. Zwei Reisigsammlerinnen, Mägde aus einem nahen Herrenhaus, hatten ihn gefunden. Das war sein Glück gewesen. Als der Brief eines Fremden Rosina mit einem Eilboten erreichte, hatte sie sich gefürchtet, das Siegel mit dem Wappen zu brechen und den Bogen aufzufalten. Sie hatte immer gedacht, sie werde spüren, wenn ihm ein Unglück geschah, aber sie hatte es nicht gespürt.

Nun war sie auf dem Weg. Anne und Claes Herrmanns und Madam Augusta, Theda Harling wie immer an ihrer Seite, hatten sie mit der offenen Kutsche noch durchs Tor begleitet und sich zum hundertsten Mal versprechen lassen, Rosina werde sich nach dem Zollenspieker und der Fähre über die Elbe wie vereinbart Hamburger Handelsleuten anschließen, die Waren nach Süden brachten.

Noch ein Winken, noch ein Lebt wohl, dann war sie auf ihrem Weg. Auch Brooks sah ihr vom Bock der Herrmanns'schen Kutsche nach, er lächelte zufrieden. Der Bote, den er ausgesandt hatte, war sicher längst am Ziel – Benni hatte für diesen Ritt nach Lüneburg das schnellste Pferd bekommen.

Schließlich war die Reiterin in den Männerkleidern für die, die zurückblieben, nur noch eine Ahnung zwischen anderen Menschen, Tieren und Wagen auf der Straße zum Tor zwischen der ersten und zweiten Bastion im Neuen Werk. Nachdem sie mit der Zugbrücke und dem Bedeckten Weg das Tor passiert hatte, sah sie einen schnellen Reiter auf dem Fahrweg entgegenkommen. Sie blinzelte gegen die Sonne, gewiss, sich zu irren, er war doch weit weg mit den Beckerschen Komödianten in Lüneburg oder Celle oder sonst wo. Sie irrte nicht. Muto kam ihr entgegen, mit fliegendem rostrotem Haar und lachendem Gesicht. Er sprang aus dem Sattel, half ihr aus ihrem und umarmte sie wie die wiedergefundene große Schwester, die sie ihm immer gewesen und geblieben war. Unmöglich, sie allein diese Reise ins Ungewisse machen zu lassen, hatten alle Beckerschen im Handumdrehen entschieden, als Benni sie mit der Nachricht erreichte.

Er wäre auch so geritten, erklärte Muto in seiner stummen gestenreichen Sprache, und sie lachten, und Rosina weinte auch ein bisschen. Es war ein großes Glück. Und ein gutes Omen. Ein besseres gab es nicht.

Und so ritten sie durch die blühenden grünen Marschen, bis zur Fähre über die Elbe und immer weiter.

GLOSSAR

ACADÉMIE ROYALE DE CHIRURGIE IN PARIS wurde 1731 von den Leibärzten Louis' XV. gegründet und elf Jahre später der *A. r. de médecine* gleichgestellt. Damit begann endgültig die Anerkennung der an großen Chirurgenschulen ausgebildeten Ärzte als gleichwertig. In den folgenden Jahrzehnten folgten ähnliche Akademien in Wien und Berlin.

AKADEMISCHES GYMNASIUM Die dreijährige Ausbildung am A. G. galt bes. der Vorbereitung des Universitätsstudiums zumeist nach Abschluss der Latein- oder Gelehrtenschule Johanneum, es gab auch öffentliche Vorlesungen und eine allgem. zugängliche (Leih-)Bibliothek. An dem renommierten Institut unterrichteten sechs Professoren, u. a. in den Fächern Logik und Metaphysik, Beredsamkeit, Moral, Naturwissenschaften oder orientalische Sprachen.

AMT Norddeutscher Begriff für Zunft.

BACCHUS ODER BÁKCHOS Der griechisch-römische Gott des Weines und der Ekstase, auch der Fruchtbarkeit, findet sich in oder vor vielen Weinrestaurants als Gemälde oder Statue. Die mit Weinreben bekränzte Bacchusstatue vor dem Hamburger Ratsweinkeller überstand anders als das Eimbecksche Haus den Großen Stadtbrand von 1842; heute steht sie vor der Tür des Restaurants im Keller des Rathauses.

BACH, CARL PHILIPP EMANUEL (1714–1788) Der zweite Sohn und Schüler Johann Sebastian Bachs studierte Jura in Leipzig und Frankfurt/Oder, ab 1737 gehörte er zur Kapelle des preuß. Kronprinzen und späteren Königs Friedrich II. Sein Spiel auf dem ‹Clavier›, dem Cembalo und dem Clavichord galt als unübertroffen. Im März 1768 folgte er seinem Patenonkel G. Ph. (→) Telemann im Amt des Städtischen Musikdirektors der fünf Hamb. Hauptkirchen und als Kantor der Lateinschule Johanneum. B. wurde zu seinen Lebzeiten weitaus höher geschätzt als sein heute berühmterer Vater und pflegte in Hamburg auch ein intensives öffentliches Konzertwesen. Zu seinem Hamburger Kreis gehörten bedeutende Vertreter der norddeutschen Aufklärung wie G. E. Lessing, M. Claudius, F. G. Klopstock.

BARBARESKEN Besonders gefürchtete Piraten aus den damals unter osmanischer Herrschaft stehenden nordafrikanischen Staatsgebilden.

BÜSCH, JOHANN GEORG (1728–1800) lehrte als Professor für Mathematik am (→) Akad. Gymnasium. 1764 hielt er auch öffentliche Vorlesungen über Mathematik, Geometrie, praktische Mechanik, Optik, Astronomie, Baukunst u. a., 1765 gehörte er zu den prägenden Gründern der bald *Patriotische Gesellschaft* genannten gemeinnützigen *Hamburgischen Gesellschaft zur Beförderung der Künste und nützlichen Gewerbe*, in der sich zum ersten Mal Angehörige versch. Stände, Gewerbe und Religionsgemeinschaften zusammenschlossen. Diese Vereinigung wurde schnell Mittelpunkt der Hamburger Aufklärer und aktiven Reformer. Der Schwerpunkt des Engagements lag auf dem Bildungs- und Sozialwesen. Seit 1768 war er zudem Lehrer, ab 1771 auch Leiter der Handlungsakademie, an der junge Männer aus ganz Europa erstmals organisiert in wirtschaftstheoretischem Fachwissen unterrichtet wurden. Zu den Schülern zählte später auch Alexander von Humboldt. B. half bei der Gründung einer Navigationsschule, einer Zeichenklasse für Handwerker. Seine Interessen und Kenntnisse, seine zahllosen fundierten Schriften zeigen einen immens vielseitigen, arbeitsamen und unermüdlich neugierigen Wissenschaftler. Seine Bibliothek umfasste einige tausend Bücher, viele auf Latein, dazu ungebundene Schriften, Karten und 521 Stadtpläne. Er war ein auch humorvoller geselliger Mann. Mit seiner Frau Margareta Augusta, geb. Schwalb, hatte er zehn Kinder, sie hatte sehr großen Anteil an seinen Aktivitäten und machte sein Haus in der Neustädter Fuhlentwiete zum Treffpunkt der gelehrten und geistreichen Leute der Stadt.

CABRIOLET, KABRIOLETT ODER CARIOLE Eine leichte, gut gefederte zwei- bis dreisitzige Equipage, einspännig und nach vorne offen mit herunterklappbarem Verdeck (wegen der Leichtigkeit nach dem frz. *cabrioler*: Luftsprünge machen).

COMMERZDEPUTATION Die Vorläuferin der Handelskammer wurde 1665 von Großkaufleuten als selbständige Vertretung des See- und Fernhandels gegenüber Rat und Bürgerschaft gegründet. Sie hatte sieben Mitglieder (sechs Kaufleute und einen Schiffer) und großen Einfluss auf Handel und Politik. Ihre 1735 gegründete Bibliothek besaß schon nach fünfzehn Jahren etwa fünfzigtausend Bücher und gehörte zu den größten und bedeutendsten Europas. Ab 1767 unterstand der C. auch die 1619 nach Vorbildern in Venedig und Amsterdam gegr. Hamburger Bank für den Giro- und Wechselverkehr. Die C. mischte mit Rat, Tat und viel Geld bei allem mit, was Hafen und Schifffahrt betraf. Die Räume der C., *Commerzium* genannt, befanden sich im oberen Stock des Gebäudes der alten Stadtwaage in direkter Nachbarschaft von Rathaus und Börse 1767 / 68 wurde von Baumeister George (→) Sonnin für die kostbare Bibliothek eine weitere Etage aufgestockt.

DIETZSCH, BARBARA REGINA (1706–1783) malte Blumen und Vögel auf Pergament und war eine der bekanntesten

Malerinnen des 18.Jh. Sie gehörte zu einer Nürnberger Malerfamilie, die auf naturgeschichtliche Kabinettmalerei im kl. Format spezialisiert war. B. R. D. und ihre Schwester Margaretha Barbara (1726–1795) waren von Anfang an sehr erfolgreich mit mit der ‹Darstellung naturaler Objekte (…) in der Tradition der Nürnberger Merian-Nachfolge›. Wie ihre sechs Geschwister war Barbara Regina D. bei ihrem Vater Johann Israel D. ausgebildet worden, bis auf einen Bruder blieben alle Geschwister ledig und lebten und arbeiteten im Familienhaus. Es wurde gemeinsam musiziert, und es gab ein reges gesellschaftl. Leben mit Kunstfreunden. Die Männer der Familie malten überwiegend fränkische Landschaften, Seeschlachten oder Ruinenlandschaften, holländische Bauernstücke u.a.

DRAGONERSTALL Anfang des 18.Jh. beim westlichen Wall zwischen den Bastionen Ulricus und Joachimus für die Pferde der Dragoner errichtet, wurde der D. schon 1740 von den Brüdern Mingotti zum Theater umgebaut. Beide waren als Opernprinzipale Topstars, tourten durch ganz Europa und gastierten bis 1754 häufig in Hamburg, 1748 mit einem Kapellmeister namens Ch.W.Gluck. Später traten in dem «kleinen Komödienhaus beim D.» reisende Theatertruppen aller Art auf, von denen besonders französische (→) Vaudeville-Truppen dem Hamb. Nationaltheater am Gänsemarkt bittere Konkurrenz machten. Im Lauf der Zeit wäre aus dem Stall beinahe eine Kapelle, ein Weinlager oder eine Stierkampfarena geworden. 1811 wurde das Gebäude von den französischen Besatzern requiriert und wieder als Stall genutzt, nach deren Abzug 1814 von den hamb. Ulanen.

DRILLHAUS Das 1671 nahe dem östl. Ufer der Binnenalster erbaute massive Gebäude diente der Ausbildung junger Bürger und anderer das Bürgerrecht wünschenden Männer am Gewehr und zum Exerzieren, aber auch als öffentlicher Konzertsaal. Der Boden war mit holländischen Klinkern belegt, die Gewehrschränke verglast. Unter dem runden hölzernen Gewölbe war Platz für ‹etliche hundert Bürger›. In dem repräsentativen Saal fanden auch Feiern statt, z.B. alljährlich Ende August das prunkvolle Festessen der Bürgerkapitäne. Dazu wurden extra Musiken komponiert, von 1722–68 z.B. vom städtischen Musikdirektor und Kantor G. Ph. Telemann. Die Akustik soll fabelhaft gewesen sein.

EWER Im 18. Jh. das Allround-Schiff für alle Gelegenheiten. Die flachbodigen, offenen, bis 1820 nur einmastigen Segler unterschiedlicher Größe wurden z.B. zum Transport landwirtschaftlicher Produkte und von Brennmaterial aus dem Umland, als Fährschiff oder Postewer, aber auch für die Fluss- und Küstenfischerei eingesetzt.

FLEETE werden die Gräben und Kanäle genannt, die seit dem 9. Jh. zugleich als Entwässerungsgräben, Müllschlucker, Kloaken, Nutz- und Trinkwasserleitungen und als Transportwege dienten. Manche waren (und sind es noch) breit und tief genug für Elbkähne. Viele F. fallen bei Ebbe flach oder trocken, so wurden die Lastkähne mit auflaufendem Wasser in die Fleete zu den Speichern u. a. Häusern in der Stadt gestakt, entladen und mit ablaufendem Wasser zurückgestakt. Ende des 18. Jh. durchzogen noch 29 F. die Stadt, teilweise gedrängt volle Verkehrswege, denn an ihren Ufern standen ca. 600 Speicherhäuser. Heute gibt es in der Innenstadt noch sechs, acht weitere F. im Hafenbereich.

FRONEREI Die F. im Zentrum der Stadt am ‹Berg› genannten Platz südwestlich der Hauptkirche St. Petri war der Kerker vor allem für die abgeurteilten Schwerverbrecher, die in jenen Zeiten zumeist noch mit dem Tod bestraft wurden. Der Scharfrichter wurde auch als Fron bezeichnet. Im Keller befand sich eine ‹Marterkammer› für ‹peinliche Befragungen›, die zu dieser Zeit nur noch mit Genehmigung des Rats durchgeführt werden durften. Die letzte offizielle Folterung fand in Hamburg 1790 statt. Für Gefangene der bürgerlichen Klassen (überwiegend säumige Schuldner und Betrüger) wurde 1768 in dem aus dem 14. Jh. stammenden Turm des alten Winser Tores am Meßberg eine allerdings erheblich gemütlichere Arrestantenstube eingerichtet.

Fuss Die Maße und Gewichte waren im 18. Jh. wie die Währungen ein einziges Kuddelmuddel. Handelsstädte wie Hamburg veröffentlichten ausführliche, zu Büchern wachsende Listen und Umrechnungstabellen, um den lokalen und internationalen Handel in dieser Hinsicht halbwegs reibungslos zu gestalten. Ein ‹Fuß hamburgisch› hatte 12 (→) Zoll und entsprach 0,2866 m.

Gängeviertel Die seit dem beginnenden 17. Jh. durch rapides Anwachsen der Bevölkerung immer enger werdende Stadt führte innerhalb der Befestigung zu wilder Bautätigkeit. Besonders in der nördlichen Neustadt und im südöstlichen Umfeld der Hauptkirche St. Jakobi entstanden Labyrinthe aus teilweise extrem schmalen Gassen (Gängen) und verwinkelten Höfen zwischen immer maroder werdenden, aufgestockten und angebauten Fachwerkhäusern – Elendsquartiere mit dramatischen hygienischen und sanitären Verhältnissen. Den Bürgern galten die G. als Brutstätte allen sittlichen und kriminellen Übels. Durch die Nähe zum Hafen und die billigen Unterkünfte entstand hier spätestens im 19. Jh. eine Arbeitersubkultur. Seit Mitte jenes Jh. wurde der Abriss diskutiert, doch erst nach der Choleraepidemie 1892 und dem Hafenarbeiterstreik 1896/7 begannen Flächensanierungen. Als

Letztes wurde zw. 1933 und 1938 das als Hochburg der KPD geltende G. um den Großneumarkt im Schatten der Michaeliskirche abgerissen, sicher nicht nur aus hygienischen Gründen.

GARDEWINSCH, GARDEWINSCHE ODER GARWINSCH war über einige Generationen hin die Bezeichnung für die Hamburger Stadtleichenfrau, wahrscheinlich nach dem Familiennamen der ersten Frau in dieser Funktion am Beginn des 18. Jahrhunderts. Zu den Aufgaben der G. gehörten u. a. die Bergung und der Transport der Leichen von Verunglückten, Selbstmördern, Verbrechensopfern, unbekannten Toten zum Eimbeckschen Haus, die Organisation der amtlichen Totenschau und der Beerdigung. Ab 1765 gehörte Rettung (zumindest Bergung) im Wasser Verunglückter oder Ertrunkener dazu. In vielen Fällen stand ihr die Kleidung der Toten zu. Mit ihren Arbeitsleuten hatte sie ausgesetzte Kinder zu versorgen, bzw. zum Waisenhaus zu bringen, zeitweilig gehörten Botengänge, best. Putz- und Wascharbeiten etc. dazu. Die Bezahlung erfolgte nach den in Rechnung gestellten/aufgelisteten Einzelarbeiten.

Offenbar wurde das Amt (lange Zeit ohne feste Anstellung) von der Mutter an eine Tochter weitergegeben. Etwa 1830 übernahm Johann Heinrich Morgenstern, der Sohn der letzten Stadtleichenfrau, als der erste Stadtleichenmann und bekam auch als Erster eine feste Anstellung u. im Alter ein Ruhegehalt. Das Amt bestand in dieser Form bis zum Ende des 19. Jh. Ein Sohn und ein Enkel der letzten Stadtleichenfrau Morgenstern wurden bedeutende Landschaftsmaler, ihr Urenkel war der Dichter und Schriftsteller Christian Morgenstern.

GOUACHE (franz. nach dem ital. *guazzo* für Wasserlache). Seit den alten ägypt. Kulturen bekannte Maltechnik, im Mittelalter in der Buchmalerei verwendet. Gouache-Farben sind Wasserfarben, denen weiße Füllstoffe wie Tonerde und Bindemittel wie Gummiarabikum oder Leim zugesetzt sind. Bei der Gouache-Malerei auf Papier wie auf Leinwand werden die Farben zumeist auf getönte, auch fast schwarze Untergründe aufgetragen, seit dem 19. Jh. bes. für Entwürfe von Plakaten, Bühnenbildern u. Illustrationen.

HAMBURGER BERG Die Geesthöhe zw. dem Hamb. Millerntor und Altonaer Nobistor war im 18. Jh. noch recht dünn besiedelt, seit dem 17. Jh. waren dort ‹störende› Gewerbe wie Tranbrennereien, Ölmühlen, auch Bordelle, 1605 der sogen. Pesthof (zugl. ‹Irrenanstalt› und Infektionskrankenhaus) angesiedelt worden. Die St. Paulikirche war eine Filialkirche der gr. Michaeliskirche in der Hamb. Neustadt. Mit dem ausgehenden 18. Jh. begann rasant die Entwicklung zur von Vergnügungsbetrieben (‹Spielbuden›) bestimmten Vorstadt, seit 1833 mit dem Namen St. Pauli.

HAMBURGISCHE ADDRESS-COMTOIR-NACHRICHTEN Die zuerst im Januar 1767 mit acht Seiten erschienene Zeitung bes. für Handel, Schifffahrt und Börse, lokale Nachrichten, auch zur Geschichte Hamb., gilt als eine der ersten dtsch. Handelszeitungen. 1768–70 war Matthias Claudius ihr Redakteur. Kulturelles war in den H. A.-C.-N. kaum vorgesehen, weil der junge Dichter aber trotz des Hungerlohns mehr Sinn für Drama, Komödie und Poesie hatte, wurde er entlassen. Ab 1771 war er Redakteur des *Wandsbecker Boten*. Die H. A.-C.-N. ging 1826 in der zuerst nahezu gleichzeitig erschienenen *Hamburgischen Neuen Zeitung* auf, die 1846 eingestellt wurde.

HAMBURGISCHER CORRESPONDENT eigentlich *Stats- und Gelehrte Zeitung des Hamburgischen unpartheyischen Correspondenten*. Die Zeitung erschien seit dem 1. Januar

1731 viermal wöchentlich mit einer Auflage von bis zu 30000 Exemplaren (mehr als das Dreifache der schon berühmten Londoner *Times*). Sie blieb bis 1851 führend, war viele Jahre die meistgelesene Zeitung Europas und bestand bis 1934. Neben politischen Berichten aus aller Welt, Handels- und Schifffahrtnachrichten wurden auch geistesgeschichtlich wichtige Diskussionen gedruckt, z.B. zw. Lessing, Goeze, Bodmer, Gottsched und Lichtenberg. Aber auch regionale Kleinanzeigen und – eine Sensation – Heiratsanzeigen.

HANSWURST Die wichtigste ‹komische Person› auf dem frühen deutschen Theater darf (und soll) alles, sie rülpst und furzt, lässt die Hosen runter, hantiert mit dem Klistier, ist dumm, gemein und schlau zugleich, prügelt und wird verprügelt. Der H. ist eine derbere, weniger listenreiche Variante des italienischen *Arlecchino* der *Commedia dell'Arte*, der ihn im 18.Jh. als Harlekin auch in Deutschland verdrängte. Es gab ihn auf allen europäischen (Wander-) Bühnen, in England als *Punch*, *Clown* oder *Pickelhering*, in Spanien als *Leporello*, in Frankreich als *Pierrot*, in Russland als *Petruschka*, in Holland als *Jan Tambour*.

HASENMOORE Gemauerte, gleichwohl verschlammte Abflussrinnen im Stadtgebiet, durch die Abwässer und Unrat in die Fleete geleitet wurden.

HOPFENMARKT Im 14.Jh. kauften die damals besonders zahlreichen Hamb. Brauer auf dem Markt bei der Hauptkirche St.Nikolai ihren Hopfen, der das damals weithin berühmte Hamb. Bier haltbar machte. (Brauhaus der Hanse). Bis zum Ende des 19.Jh. war der H. der bedeutendste Wochenmarkt für alle Lebensmittel (auch Fisch oder lebendes Geflügel) des täglichen Bedarfs. Das Fleisch wurde auf besonderen, später gemauerten und überdachten Ständen, den Fleischschrangen verkauft, den amtlich genehmigten Verkaufsstellen. Der H. zählte lange zu den Sehenswürdigkeiten der Stadt. In der frühen Neuzeit gab es 40 bis 60 Stände, um 1900 zum überwiegend aus den Vierlanden bestückten Gemüsegroßmarkt umgewidmet (daran erinnert heute noch der sehenswerte Vierländerin-Brunnen), drängten sich ca. 900 Stände.

HOSPITAL ZUM HEILIGEN GEIST Seit dem späten 12.Jh. ein Hospital für in der Stadt gestrandete Pilger und alte, arme Kranke. Nach der Reformation verwalteten die (→) Oberalten die wohlhabende Stiftung. 1787 berichtet J.L.v.Heß, ein bedeutender Topograph Hamburgs: «Es bestehet in drei großen Sälen über einander, deren jeder in 4 Reihen besonderer Wohnfläche abgetheilet ist, worin 150 arme und alte Leute beiderlei Geschlechts, jedoch mehr Weiber als Männer, leben und ernähret werden.» Es herrschte keine Vorschrift zur Arbeit, von den Frauen wurde jedoch erwartet, dass sie sich in der Spinnstube betätigten.

KAFFEEHAUS Das K., lange eine reine Männerdomäne, war Anlaufpunkt für Reisende aus aller Welt und Treffpunkt der Bürger und Diplomaten, Gelehrten und Publizisten, der wohlhabenden Reisenden; es gab Spielzimmer, internationale Zeitungen und jede Menge wirtschaftlichen, politischen und privaten Klatsch. Im Lauf der Zeit hatte jede ‹Szene› ihr K., Hamburger Literaten und Gelehrte z.B. trafen sich im *Dresser'schen* bei der Zollenbrücke, in dessen Vorderzimmer sich die Redaktion der *Hamb. Addreß-Comtoir-Nachrichten* befand. Hamburgs erstes K. wurde nahe Börse und Rathaus wahrscheinlich 1677 von einem engl. Kaufmann oder 1680 von dem Holländer Cornelius Bontekoe eröffnet, einem späteren Leibarzt am preußischen Hof. Hamburg war zentraler Kaffee-Umschlagplatz für Nordeuropa. Ab 1763 passierten jährlich ca. 25 Mio. Pfund den Hafen, 1777 gab es in Hamburg 276

Kaffee- und Teehändler. Die wichtige Rolle der K.er zeigt, dass *Lloyd's,* eine der bedeutendsten Versicherungsgesellschaften, bis heute den Namen des Londoner K.besitzers trägt, an dessen Tischen sie Ende des 17. Jh. mit Seeversicherungen entstand.

KAISERHOF AM NESS Das renommierte Gasthaus für vornehme Gäste auch des Rats wurde 1619 nur wenige Schritte von Rathaus und Börse erbaut. Seine Renaissance-Fassade galt als die schönste in Hamburg. Sie wurde beim Abriss des Gebäudes 1873 abgetragen und im Innenhof des Hamburger Museums für Kunst und Gewerbe wiederaufgebaut. Dort ist sie heute noch zu sehen.

KUHLENGRAB Gemeinschaftsgräber wie auf dem Armenfriedhof um St. Gertrud oder auf dem Michaeliskirchhof waren Kuhlen in der Erde, die so lange offen bleiben, bis sie als voll gelten konnten. Bis dahin wurden die einfachen Särge nur oberflächlich mit Erde bedeckt. Eine Forderung des Hauptpastors von St. Michaelis, die Kuhlen mit Brettern abzudecken (wie auf anderen Kirchhöfen), damit Pferde und Menschen nicht hineinfielen, hatte wenig Erfolg, da die Bretter stets schnell gestohlen wurden.

LUSTSCHÜTE Kleine, teilweise überdachte Vergnügungsboote auf der Alster, die samt Musik und Bewirtung gemietet werden konnten.

MAKLER gab es als organisierte Berufsgruppe in Hamb. seit dem 16. Jh. Sie vermittelten Waren und Dienstleistungen nahezu aller Art zwischen Anbietern und Käufern im Groß- und Zwischenhandel. Ihre Rechte und Pflichten waren in einer Maklerordnung streng geregelt. Nur vereidigte M. durften nach der Maklerordnung von 1642 ‹für Andere Waaren kaufen und verkaufen, Schiffe befrachten und sonst bedienen, Assecuranzen schließen, Immobilien kaufen, verkaufen und vermiethen sowie den öffentlichen

Geld- und Wechsel-Cours notieren und über geschlossene Wechsel- und Geld-Negationen amtliche Atteste erteilen›. Ihr Ausweis war ein mit dem Wappen der Stadt, ihrem Namen und dem Datum ihrer Vereidigung geprägtes Kupferstück, ab 1787 der Maklerstock. Ihre Tätigkeit war spezialisiert, 1809 verzeichnete das Hamb. Adressbuch siebenunddreißig verschiedene M. von Assekurranz- über Russische Waren- bis Zuckermakler. Heute betreuen mehr als zweihundert Maklerfirmen jedes im Hafen einlaufende Schiff, dessen Reederei kein eigenes Büro in Hamb. hat.

MANTELSACK Eine Art Sattel- oder Reisetasche, in der der Mantel oder Umhang und Proviant aufbewahrt wurden, zumeist aus mantelähnlichem robusten Stoff.

MATTHES, ELISABETH CHRISTINA geb. Höll (1749 – nach 1808), die Nürnberger Blumen- und Tiermalerin war Schülerin der (→) Dietzsch-Schwestern; durch ihre Heirat mit dem in Nürnberg ausgebildeten Bildnismaler, Radierer und ‹Gemäldehändler›, dem geborenen Hamburger Nikolaus Christopher M. (1729–nach 1796), kam sie mit ihm 1773 an die Elbe; nach dem Hamb. Künstlerlexikon von 1854 gab sie Unterricht im Blumenmalen, malte selbst Blumen, Früchte und Vögel ‹nach Dietzscher Manier›, ‹die sich noch oft in den Portefeuilles der Liebhaber finden›. Sie stand für ‹große Naturtreue und fleißige Ausführung›. Heute sind einige ihrer (→) Gouachen im Besitz der Hamburger Kunsthalle. Im Adressbuch von 1790 findet sich der Eintrag *Matthes, Nic. Christ. hohe Bleichen, Maler No. 207. M. 10.* Ihre Schwester Katharina verh. Prestel (1747–1794) war zunächst Schülerin und Mitarbeiterin ihres Mannes Johann Gottlieb P. u. besonders erfolgreich mit Radierungen nach berühmten Werken anderer Künstler wie A. Dürer. Katharina trennte sich 1786 von ihrem

Mann, ohne den Kontakt ganz abzubrechen, und lebte und arbeitete erfolgreich bis zu ihrem Tod in London.

MECHANIKER Gegen Endes 18.Jh. löst der Begriff den alten *Mechanikus* ab = Feinschlosser, Facharbeiter zur Wartung und Reparatur von Apparaten und Maschinen.

MEILE Europäische Längeneinheit von sehr unterschiedlichem Maß zwischen ca. 1,0 (Niederlande) und 10,688 (Schweden)km. In Kurhessen z.B. 9,2, in Westfalen (als ‹Große M.›) 10, in Sachsen (als ‹Postmeile›) 2,5 Kilometer. Eine Hamburger Meile entspr. 7532,2 m.

NACHTWACHE Seit dem Mittelalter gab es in Hamburg professionelle Nachtwächter. Sie patrouillierten mit Musketen u. Piken bewaffnet von Sonnenunter- bis Sonnenaufgang in schwarzen Mänteln und Hüten, achteten auf Nachtschwärmer, unredliches Gelichter und Feuer und riefen stündlich die Zeit aus. Hölzerne Schnarren dienten als Signalgerät und zum Herbeirufen von Verstärkung. 1770 taten 284 Männer (nur ehemalige Soldaten) in 64 N.-Distrikten Dienst. Die Bevölkerung nannte sie ‹Uhlen› (Nachteulen), als 1876 die Polizeibehörde die Aufgabe übernahm, ging der daraus entstandene Spottname ‹Udl› auf Polizisten über.

NIEDERGERICHT Das Gericht für Zivil- und Strafsachen in der 1. Instanz bestand im 18.Jh. aus zwei Rechtsgelehrten und sieben vom Rat gewählten Kaufleuten. Seine Räumlichkeiten befanden sich in einem Anbau des Rathauses.

OBERALTE Das überaus bedeutende bürgerliche Kollegium bestand aus je drei (ehrenamtlichen) Mitgliedern der fünf Hamburger Hauptkirchspiele und hatte weitgehende Kontrollbefugnisse in Regierung und Verwaltung der Stadt. Da das mit einer Menge Arbeit und Papierkram verbunden war, um es einmal so auszudrücken, wurde das Amt des Oberaltensekretärs geschaffen, das (zumindest im 18. Jh.) eines der einflussreichsten und vielfältigsten war. Es wurde nur an graduierte Juristen vergeben. Die O.sekretäre dienten dem Kollegium der Ehrbaren Oberalten und als ‹Actuar› der Erbgesessenen Bürgerschaft, d. h. als deren Protokollant und Verwalter der Akten. Sie mussten zwei Eide leisten, zunächst vor dem Kollegium, dann vor dem Rat. Geheimhaltung war ein bedeutsames Gebot. Der weitere Aufstieg zum Ratssyndicus oder sogar Senator gelang häufig. Bis dahin war die Fülle der Arbeit kaum je zu bewältigen, zumindest zeitweilig wurde dem jeweiligen Amtsträger eine Art Assistent, Archivar oder ‹Untersekretär› bewilligt, eine Funktion, die in diesem Roman mit dichterischer Freiheit etwas freischwebend benutzt wird.

RAT UND RATSHERR Bis Mitte des 19. Jh. in Hamburg die Bezeichnung für Senat und Senator. Der Rat bestand aus vier Bürgermeistern (drei davon graduierte Rechtsgelehrte) und vierundzwanzig Ratsherren (elf davon grad. Rechtsgelehrte), zugeordnet waren vier Syndicis und vier Sekretäre, alle graduierte Rechtsgelehrte. Alle mussten mind. 30 Jahre alt, vereidigter Bürger, von luth. Religion und keinem «fremden Fürsten oder Herrn weder durch Titel, Eid, Dienst oder Pflicht verwandt seyn». Brüder, Vater u. Sohn konnten nicht zur gl. Zeit im Rat sein. Nach dem Tod eines Ratsherrn wählte der Rat ein neues Mitglied innerhalb von acht Tagen in stark ritualisiertem Verfahren auf Lebenszeit. Wer die Wahl ablehnte, verlor seine Bürgerschaft und musste die Stadt verlassen!

RÖTEL Der weiche Pigmentfarbstoff ist ein bräunlich rotes Gemisch aus Roteisenstein (Hämatit) und Ton oder Kreide. Zu Minen oder Stangen gepresst, wurde Rötel bes. im 15. Jh., aber auch im Barock und Rokoko als Zeichenstift benutzt.

SCHOLARCHAT So eine Art Schulaufsichtsbehörde. Das ‹Hochansehnliche Collegium der Herren Scholarchen› bestand aus einigen Mitgliedern des Rats (Hochweisheit bzw. Wohlweisheit tituliert), den fünf Hauptpastoren und ‹sämtlichen Herren (→) Oberalten›. Diese letzten fünfzehn, drei aus jedem Kirchspiel und in der Regel tatsächlich außerordentlich betagt, waren ein mächtiges Gremium zwischen Rat und Bürgerschaft und von hohem Einfluss in allen Bereichen von Verwaltung und Regierung der Stadt. Dass Claes Herrmanns als Mitglied der Commerzdeputation zum Scholarchen gemacht wurde, ist eine historische Mogelei, die der Zeit weit vorausgreift. Dennoch: Ämterfilz war damals kein Thema, sondern selbstverständlich: Die ca. 600 offiziellen Ämter der Stadt teilten sich gut 300 ‹Amtspersonen›.

SCHREIBER In dieser Zeit keine Hilfskraft, sondern «leitender Angestellter» bis in etwa Geschäftsführer.

SONNIN, ERNST GEORGE (1713–1794) Der geniale Tüftler mechanischer und optischer Geräte begann erst 40-jährig als Baumeister zu arbeiten. Seine aus fundiertem Wissen entwickelten bautechnischen Methoden galten als verwegen, wenn nicht gar teuflisch. Die Michaeliskirche, das Hamburger Wahrzeichen, war sein berühmtestes Werk (mit Baumeister und Steinmetzmeister J. L. Prey, Innendekorationen von S.s Mitarbeiter und Freund seit dessen Jugend C. M. Möller). Er arbeitete häufig im Auftrag der (→) Commerzdeputation, als Bauhofmeister, eine Art städt. Oberbaudirektor, lehnte ihn der Rat jedoch ab. Zahlreiche Aufträge erhielt er aus dem Hamb. Umland und Lüneburg. S. gehörte zu den sehr aktiven Kreisen der Aufklärer und den Gründern der *Patriotischen Gesellschaft*.

SOUBRETTE Nach provenzalisch *soubret* = geziert; weibl. Sopran-Rollenfach des munteren gewitzten Mädchens, der

Zofe etc. in Oper, Operette und Singspiel, früher auch im Schauspiel.

STADTPHYSIKUS Der bei der Stadt angestellte, von einer Universität promovierte Arzt musste den größeren Teil seines Lebensunterhalts durch Privatpatienten verdienen. Ihm waren ein Subphysikus und ein (gewöhnlich nichtakademischer) Chirurg oder ein Bader unterstellt. Zu den Aufgaben gehörte die Aufsicht über die Apotheken und die Wehmütter (Hebammen), auch über ihre Ausbildung, und die «Wegschaffung der Afterärzte und Quacksalber». Im benachbarten, unter dänischer Hoheit stehenden Altona war der Stadtphysikus zugleich Armen- und Hafenarzt, also auch Quarantänearzt.

ST. NIKOLAI Hamburgs fünf Hauptkirchen St. Petri, St. Nikolai, St. Katharinen, St. Jakobi und St. Michaelis waren die Zentren der in fünf Kirchspiele geordneten Stadt, natürlich gab es außerdem eine beachtliche Zahl von weiteren Kirchen und Kapellen. Da die Kirchturmuhren sehr eigenwillige Laufwerke hatten, schlugen kaum zwei zur selben Zeit. Deshalb hatte der Rat St. Nikolai als offiziellen ‹Stundengeber› für die Stadt bestimmt. Nur eine Minderheit der Bevölkerung besaß eine eigene Uhr.

TWIETE meint im Niederdeutschen eine kleine Gasse oder einen schmalen Gang, ursprünglich als Durchgang zwischen zwei (*twee*) größeren, bzw. breiteren Straßen.

UNSCHLITT wird der Talg von Rindern, Schafen und anderen Wiederkäuern genannt, der u. a. zur Herstellung von Seifen und Kerzen verwandt wird. Während die besseren (nicht qualmenden) Bienenwachskerzen von Wachsziehern hergestellt wurden, wurden die billigeren und weniger hell brennenden U.kerzen häufig von Seifensiedern und Metzgern gegossen und verkauft.

VAUDEVILLE Die derben Schwänke aus den Pariser Vorstädten (*voix de ville* = Stimme der Vorstadt) waren ab dem Beginn des 18. Jh. auch bei vielen Bourgeois sehr beliebt. Außer einigen (→) Couplets und Gassenhauern, gerade richtig zum Mitgrölen, boten sie wenig Musik. Viele V.-Stücke wurden von der Zensur verboten, was ihre Beliebtheit in den vorrevolutionären Zeiten noch förderte. Selbst in Mozarts *Die Entführung aus dem Serail* gibt es ein V. benanntes Quartett. Später bürgerte sich der Begriff auch für revueartige, nach wie vor deftige Stücke und Couplets ein, die im 19. Jh. in ganz Europa viel aufgeführt wurden. Im Gegensatz zum süßlichen deutschen Singspiel verstand sich das Vaudeville immer auch als spitze Satire.

VESAL (LAT. VESALIUS), ANDREAS (1514–1564) war ein flämischer Chirurg und Anatom deutscher Herkunft, mit seinem 1543 in Padua veröffentlichten Hauptwerk *De humani corporis fabrica, libri septem*, dem ersten vollständigen Lehrbuch der menschlichen Anatomie, schuf er die Grundlage der modernen Anatomie. Die Tafeln fertigte wohl der niederl. Maler u. Graphiker Jan S. van Calkar an, zeitweilig Schüler Tizians. V. war anschließend Leibarzt Kaiser Karls V., später König Philipps II.

VINCENNES, PORZELLAN AUS Die 1738/40 in V. östlich von Paris mit bedeutender Unterstützung des Königs gegründete Porzellanmanufaktur stellte auch Porzellan ‹im Meißener Stil› her; auf Wunsch Madam Pompadours wurde die Manufaktur 1756 nach Sèvres näher zu Versailles verlegt, wo neben Plaketten etc. mit gemalten Miniaturlandschaften, besonderen farbigen Tafelgeschirren bald auch kunstvolle Porzellanfiguren, bes. Gruppen im Rokokostil hergestellt wurden. Um 1900 wurde die Produktion überwiegend auf Art-Nouveau-Stil umgestellt.

VORSETZEN werden seit mindestens 500 Jahren die zum Schutz der Uferböschungen ‹vorgesetzten› Wände aus

Eichenbohlen oder Weidenrutengeflecht, damals seltener aus ‹gehauenen Steinen› genannt. Hier konnten die Schiffe direkt festmachen. Eine Straße gleichen Namens am Hamb. Hafenrand erinnert noch an diese bis ins 20. Jh. angewandte Form der Kaianlage und Ufersicherung.

WASSERKUNST Für die Hamburger Trinkwasserversorgung standen die Fleete, Flüsse und wenige Brunnen zur Verfügung, auch Wasserwagen und -träger verkauften Wasser. Für Wohlhabende gab es einige ‹Feldbrunnenleitungen› mit Holzrohren von außerhalb der Stadt. 1531 wurde die erste (von drei) sog. W. am Oberdamm (Jungfernstieg) gebaut, in dem hohen Gebäude wurde Alsterwasser in eine Art Sammeltank unter dem Dach und von dort in Röhrenleitungen zu angeschlossenen (wohlhabenden!) Häusern geleitet. Die erste zentrale Trink-(und Ab-)wasserversorgung des Kontinents nach engl. Vorbild wurde nach dem Großen Brand 1842 durch den engl. Ingenieur William Lindley eingerichtet.

WASSERSCHOUT oder SCHOUT Zunehmender Ärger mit unzuverlässigen und unfähigen Seeleuten führte 1691 nach holländischem Vorbild zur Anstellung eines W.sch. Bewerber wurden von der (→) Commerzdeputation vorgeschlagen, von der Admiralität (Kollegium für das Recht in Seesachen und zur Sicherung der Schifffahrt) gewählt und vereidigt, ab 1750 auf Lebenszeit. Bald durften nur noch vom Sch. überprüfte und registrierte Jungen und Männer als Seeleute geheuert werden, ab 1766 mussten er oder einer seiner Gehilfen nur noch bei der Musterung durch den Schiffer anwesend sein. Er schrieb die Musterrolle (eine Art Arbeitsbuch, bzw. Namensliste der angeheuerten Besatzung eines Schiffes) jedes in Hamburg geheuerten Seemannes und eine Kopie für den jeweiligen Steuermann. Bei Verbrechen von Seeleuten auf dem Wasser und an Land hatte der W. Polizeibefugnisse, er sollte Streit schlichten, Straftäter arretieren und dem Richter vorführen. Jeglicher Ärger, jeder Vertragsbruch an Bord, auch die im 18. Jh. zunehmenden Frachtdiebstähle sollten ihm gemeldet werden.

WEDDE Die Organisation der Hamburger Behörden und Verwaltungen im 18. Jh. unterschied sich stark von der heutigen. Die W. ist nicht mit der heutigen Polizei gleichzusetzen, zu ihren Aufgaben gehörte u.a. die Registrierung von Eheschließungen und Begräbnissen, die Aufsicht über ‹die allgemeine Ordnung› und z.T. Jagd auf Spitzbuben aller Art. Kein Prediger durfte ohne Erlaubnisschein der W. für das Brautpaar eine Trauung vornehmen. Die der W. vorgesetzte Instanz wurde Praetur genannt. Dass der gleich vier Senatoren vorstanden, zeigt Bedeutung und Vielzahl der Aufgaben. Als Praetoren waren sie in ‹Criminalsachen› entfernt der heutigen Staatsanwaltschaft mit einer guten Prise Kriminalpolizei ähnlich. Die Position eines Weddemeisters gab es in der hier dargestellten Form nicht, sie wurde eigens für die Romane um die Komödiantin Rosina kreiert. Ebenso der Begriff des Weddesenators, tatsächlich einer der Praetoren, die alle zwei Jahre im Amt wechselten. In diesen Romanen wirkt nun schon seit zehn Jahren derselbe, weil ich bei meiner Arbeit immer so gerne alte Bekannte wiedertreffe.

WHIST Das Spiel mit 52 Karten stammt aus dem England des 17. Jh., daraus entwickelte sich nach und nach das heute noch populäre Brigde, u.a. heißt es, um 1880 durch britische Soldaten in Konstantinopel.

ZOLL Die seit dem 15. Jh. gebräuchliche Längeneinheit löste die im Mittelalter üblichen Maßeinheiten *dume* (Daumenbreite) und *vinger* (Fingerbreite) ab. Ein Z. maß regional unterschiedlich zw. 2,2 und 3 cm, in Hamburg 2,39 cm.

Die Bezeichnung Zollstock für den zusammenklappbaren Messstab entstand im 18. Jh.

WAS NOCH ZU SAGEN IST ...

Vor zehn Jahren haben sich die Komödiantin Rosina
& Cons. sozusagen in den Ruhestand zurückgezogen.
Weil es aber mit der Ruhe und dem Vergessenwerden nicht
wirklich geklappt hat, wollten sie doch noch einmal zurück
‹auf die Bühne›. Ob das klug war? Wer weiß. Das entscheiden
nun die Leser*innen.

Auch für die Arbeit an dieser Geschichte um einen Toten in der Gerberei an der Kleinen Alster direkt gegenüber
dem Johanniskloster konnte ich wieder von den großartigen
Hamburger Bibliotheken und Museen und auch dem Staatsarchiv profitieren, deren Mitarbeiter*innen ich sehr danke.

Ein besonderer Dank geht an Sabine Zorn, Leitung Re-
staurierung Graphik & Fotografie der Hamburger Kunsthalle, und Michaela Pens vom Benutzerservice der dortigen
Bibliothek für die Unterstützung bei der Recherche zum
Thema Gouachen und Künstler*innen der sog. Nürnberger
Schule, die Geheimnisse der Entwicklung des Bleistifts nicht
zu vergessen.

Abbildungen und Pläne des alten und neuen Eimbeckschen Hauses verdanke ich wieder Joachim W. Frank, Archivar im Staatsarchiv Hamburg und zuständig für den Bereich
Bilder, Karten, Pläne.

Über die Lohgerberei lernte ich fast alles von Dr. Klaus
Schlottau, ehem. Arbeitsbereich Deutsche Geschichte an
der Universität Hamburg, nicht zuletzt seine umfassende
Studie *Von der handwerklichen Lohgerberei zur Lederfabrik
des 19. Jahrhunderts* lehrte mich größten Respekt vor diesem
schweren, zu wenig geachteten Handwerk. Dr. Günter Groß
im Lohgerbermuseum Dippoldiswalde beantwortete schon

vor einer ganzen Reihe von Jahren geduldig meine noch sehr laienhaften Fragen, seine Veröffentlichung *Zur Geschichte der Gerberei in Sachsen* gibt u. a. Einblick in das soziale Leben der Gerber und die Walz.

Sabine Paap, die genealogische Recherchen im Staatsarchiv und kirchlichen Archiven betreibt, verdanke ich die Figur der Stadtleichenfrau Gardewinsch, da sie mir ihre Rechercheergebnisse im Staatsarchiv über die Hamburger Stadtleichenfrauen zur Verfügung gestellt hat.

Und das großartige Rowohlt-Team! Danke! Allen voran meiner Lektorin Friederike Ney für die stete Unterstützung – selbst mein Ringen mit der ab und zu widerspenstigen Rosina brachte sie nie aus der Ruhe – und die Verlässlichkeit und Sorgfalt.

Petra Oelker
Im Juni 2020